KB083749

김유정 문학과
세계문학

엮은이
김유정학회
김유정 문학과 동시대 문학 연구를 중심으로, 장르 및 매체 변화에 따른 재창조작업에 관심을 가지고 연구의 지평을 확대하는 데 목적을 두고 2011년에 설립된 학술연구단체이다. 매년 전국규모의 학술대회를 개최하고 학술연구서를 출간하고 있다.

김유정 문학과 세계문학

초판 인쇄 2022년 12월 5일 **초판 발행** 2022년 12월 15일
엮은이 김유정학회 **펴낸이** 박성모 **펴낸곳** 소명출판 **출판등록** 제1998-000017호
주소 서울시 서초구 사임당로14길 15 서광빌딩 2층
전화 02-585-7840 **팩스** 02-585-7848 **전자우편** somyungbooks@daum.net **홈페이지** www.somyong.co.kr

값 36,000원 ⓒ 김유정학회, 2022
ISBN 979-11-5905-745-8 93810

김유정
문학과
세계문학

Kim Youjeong's
Literature and
World Literature

김유정학회 편

이만영
안슈만 토마르
조비 표정옥
박성애 권미란
김연숙 진은진
조미영 김병길
김지은 석형락
이상민 임보람
하창수 김혁수

책머리에

2021년은 K-콘텐츠가 세계적으로 주목받은 해였다. 글로벌 OTT 서비스를 통해 코로나의 거리 두기를 뚫고, 한국의 이야기가 세계인의 마음을 움직였다. 한국문학 연구자들에게 매우 힘이 되는 사건이었고, 우리 고유의 이야기 가치를 찾아 드러내고 확장하는 일에 더 몰두할 수 있게 하였다. 이에 김유정학회에서는 그 누구보다 한국적인 표현과 향토적 색채를 보여준 김유정만의 특별함과 콘텐츠 가치에 대해 다시 생각해보고 세계문학 작품과 비교해보자는 기획에서, 지난해 두 차례의 학술대회를 진행했다.

봄 학술대회에서는 'K-콘텐츠 김유정성과 세계문학'을 주제로 비정상 가족, 청각적 공동체 지향, 음양陰陽의 사유체계, 극적 요소 등을 키워드로 김유정 소설의 고유성을 새로운 시각에서 조망한 다양한 연구 결과가 발표되었다. 가을 학술대회에서는 "김유정 문학의 비교문학적 접근"이라는 주제로 독일, 프랑스, 미국의 근대문학/문화와 김유정 문학을 비교한 연구논문이 발표되었다. 슈패만R. Spaemann의 근대 이념적 지표를 통해 김유정문학의 근대성을, 프랑스의 지역주의 문학과의 비교를 통해 김유정문학의 지역성을, 그리고 구체적 작품 비교를 통해 김유정 소설의 여성에 대한 미의식을 읽어내는 시간이었다. 이어 빈궁을 키워드로 한 최서해와 김유정의 비교, 「봄·봄」을 새롭게 이어 쓴 청소년 소설 모음인 『다시 봄·봄』을 비교한 논문이 발표되었다.

김유정학회는 장르나 매체의 교체에 따른 문학 확장에 관심을 두고, 김유정문학과 관련된 창작발표를 함께 진행하고 있다. 봄에는 동화작가 고수산나의 동화 「삽살개 이야기」를 통해 식민지 시기 아동의 형상화와 김유정의 창작방식을 다시 생각해 보았고, 가을에는 현재 김유정문학촌 상주작가로 있는 하창수 소설가의 신작 『사랑을 그리다』의 일부를 작가의 목소리로 직접 듣는 시간도 가졌다.

이런 학술 활동 결과물을 모아, '김유정 문학과 세계문학'을 제목으로 한 11번째 단행본을 출간한다. 그간 비교문학적 접근과 번역 현황 연구, 김유정의 번역 작품 「잃어진 보석」 분석 등 다양한 접근이 없지 않았으나, 이번에는 그 연구 결과 중 단행본에 수록되지 않은 해외연구자의 논문을 포함하여 김유정 문학에 대한 13편의 논문과 두 편의 창작 작품을 엮었다.

제1부에는 김유정 문학의 세계문학적 보편성과 고유성을 고찰한 네 편의 글을 실었다.

「김유정과 문학사」이만영는 김유정 문학의 해학성이 문학사적으로 주목받기 시작한 지점이 한국문학의 고유성과 세계성에 대한 관심이 고양된 시기였음을 지적한 중요한 글이다. 1950년대 말부터 해학이 서구의 풍자, 아이러니 등과 구별되는 우리 고유의 미적 특질임에 주목하고, 그 전통을 잇는 근대 작가로 김유정이 호명되었으며, 그의 해학이 세계문학적 보편성을 지닌 것으로 간주되기 시작했음을 밝혀내고 있다.

「김유정과 쁘렘짠드 소설의 여성상 비교」안슈만 토마르(Anshuman Tomar)는 1930년대 인도의 작가 쁘렘짠드Prem Chand의 소설과 김유정 소설의 여성상을 비교한 글이다. 여성들이 마음을 선택하게 되는 과정, 매춘과 빈곤의 원인이 되는 식민지 수탈 정책과 사회 부조리, 그리고 매춘의 비극성까지 그 유사성을 분석하여 보여주고 있다.

「1930년대 한·중 매춘 모티프 소설에 나타난 비극적 가정 서사 비교」조비(Cao Fei) 역시 여성의 매춘과 가족 문제를 다룬 글이다. 김유정의 「소낙비」와 중국의 작가 러우스柔石의 「노예가 된 어머니爲奴隸的母亲」를 비교하여, 두 작가 모두 1930년대 농촌 현실을 객관적, 사실적으로 반영하고 가부장적 남편들의 타락상과 그 권위에 종속된 여성의 탈윤리적인 모습을 생생하게 보여주고 있다는 점에서 유사성을 지적하고 있다.

「근대적 미의식의 양가적 충돌과 타자적 여성성에 대한 서로 다른 두 시선」표정옥은 19세기 미국의 대표 작가인 너새니얼 호손의 「반점The Birthmark」과 김유정의 「안해」에 등장하는 두 여성을 근대라는 의미망을 통해 비교 분석한 글이다. 이를 통해 19세기 근대과학 담론과 20세기 근대 한국의 미적 담론이 여성의 자의식 형성과 미의식에 어떤 영향을 끼치고 있는지 살피고 비교 연구의 확장 가능성을 가늠해보고 있다.

제2부에는 매체와 장르, 시대를 넘어 김유정의 콘텐츠 원형의 확장 가능성을 검토한 네 편의 글을 수록했다.

「정전 이어쓰기를 통한 주제의 심화와 변주 양상」박성애은 이순원 등 7인의 작가가 김유정의 「봄·봄」을 이어쓰기하여 엮은 『다시, 봄·봄』을 분석한 글이다. 이 소설들이 들리지 않는 타자의 목소리를 드러내고자 했던 김유정의 주제 의식을 어떻게 심화, 변주하는지에 초점을 두고 그 양상을 살핌으로써 김유정의 이야기 가치를 재차 확인시키고 있다.

「김유정 소설의 극적 요소」권미란는 「봄·봄」과 「동백꽃」이 대중성과 보편성을 겸비하게 된 이유를 남녀 간의 사랑을 해학적으로 그린 점 외에 극적 묘미를 지닌 남녀 인물 구도와 행위, 갈등의 양상과 농촌 공간의 설정에서 찾고 있다. 이러한 극적 요소로 하여, 두 작품은 가장 폭넓게 읽히고 여러 대중매체로 전환되어 수용될 수 있었다고 파악하고 있다.

「1930년대 김유정 소설에 나타난 '금金'과 경제적 상상력의 표상」김연숙·진은진은 조선 후기 치부담 유형의 야담 〈개성상인開城商人〉과 김유정의 '금' 소재 소설을 연속선상에서 비교 분석한 글이다. 이 글은 '금'을 둘러싼 서사를 통해서 경제적 상상력이 조선에서 어떻게 담론화되었고, 자본주의적 변화가 어떻게 삶을 재구조화하고, 집단적 감각으로 각인되어나갔는지를 보여주고 있다.

「TV 드라마 〈동백꽃 필 무렵〉에 나타난 소설의 서사와 의미의 확장」조미영은 김유정 소설 「동백꽃」과 이효석 소설 「메밀꽃 필 무렵」의 원형적 의미가 드라마로 어떻게 확장되었는지 살핀 글이다. 소설 「동백꽃」에서 간접적으로 축출된 의미소들을 차용하여 재의미화하고 있음을 확인하고 있다.

제3부에는 김유정 소설의 문제성을 재검토하고, 감정과 언어, 미학적 성취와 윤리 문제 등 새로운 시각에서 접근한 다섯 편의 글을 실었다.

「식민시기 빈궁에 관한 서사 재현의 두 가지 양상」김병길은 빈궁을 경험하고 또 그것을 핵심 모티프로 한 소설을 쓴 두 작가 최서해와 김유정의 창작 태도를 비교한 글이다. 둘 다 빈궁 문제를 정직하게 응시하고는 있지만, 감정의 과잉과 극적 장면을 통해 재현한 최서해보다 해학과 페이소스의 언어를 통해 재현한 김유정이 더 높은 미학적 성취를 보여주었다고 지적하였다.

「「동백꽃」의 어수룩한 '나'의 감정 '다시' 보기」김지은은 '감정'을 통한 「동백꽃」의 포스트—서사학적 교육의 방향을 논구함으로써, 교육적 의도와 목적으로 봉합되지 않는 다양한 해석의 층위를 지닌 문학작품에 대한 새로운 접근 방식의 타당성을 보여준 글이다.

「맹세하는 인간과 처벌 없는 세계」석형락는 김유정의 모든 작품이 그가 세계에 반드시 던져야만 하는 말맹세과 던질 수 있는 마지막 말유언의 사이에 있다고 보고, 맹세의 시각에서 김유정 문학을 읽어낸 글이다. 인간과 말이 극단으로 분리된 식민지 조선 현실, 계약의 성실한 이행을 처벌로 갚는 세계에서 김유정은 처벌 없는 세계를 상상했고, 그것이 그가 제안한 윤리의 세계라고 주장하고 있다.

「김유정 소설에 나타난 비정상의 낯선 익숙함」이상민은 김유정 소설에는 특정 사회 집단의 고착된 시각의 문제점, 사회의 민낯을 적나라하게 드러내는 의도적 장치가 있음을 지적하고 있다. 이 장치를 통해, 김유정은 정상과 비정상의 경계를 모호하게 만들고, 사람 간의 관계가 합리성과 이성에 근간하고 있지 않다는 사실을 끊임없이 폭로하고 있다고 파악한다.

「김유정의 「소낙비」에 나타난 '소리풍경' 연구」임보람는 김유정 소설에 나타난 소리의 형상화를 분석한 연구자의 연속논문 중 하나이다. 소리풍경이라는 미학적 구조가 소리의 감각을 기반으로 소리 주체와 청자의 공동 관계가 형성되게 함으로써, 독자가 「소낙비」의 춘호부부가 하는 행위에 대한 윤리적 판단에 의문을 제기하게 한다고 해석하고 있다.

제4부에는 김유정 소설을 새롭게 읽고 그의 생애를 재구성한 창작소설과 희곡 두 편을 실었다.

「유정有情과 이상理想의 날들―장편소설 「미드나잇 인 경성」 구상 전말기」하창수는 부제에서도 짐작되듯, 「미드나잇 인 경성(유정과 이상의 날들)」이라는 장편소설 쓰기에 대해 쓴 메타소설이다. 어느 봄날, 김유정문학촌 상주작가인 H가 동료작가이자 촌장인 L, 사무국장인 P와 대화하면서 1920~30

년대 활동한 김유정과 그의 친구들이 실명으로 등장하는 장편소설을 구상하게 되는 과정이 흥미로운 자료의 소개와 함께 펼쳐진다.

「유정, 봄을 그리다」^{김혁수}는 2022년 강원도립극단과 춘천문화재단이 공동으로 제작하여 공연한 〈유정, 봄을 그리다〉를 재구성한 뮤지컬 대본이다. 1937년 봄 실레마을을 배경으로 김유정의 삶과 문학, 사랑 이야기가 펼쳐지는데, 현신現身의 유정과 영기靈騎의 유정을 등장시켜 그의 소설과 삶을 나누고 또 겹쳐서 읽어내도록 표현하였다.

이번에도 춘천문화재단의 지원을 받아 소명출판에서 책을 출간하였다. 재단의 지속적인 지원이 없었다면, 매년 학회의 단행본을 도맡아 출간해주는 소명출판 편집진의 수고가 없었다면, 연구자들의 공들인 연구 결과를 모아 책을 내는 일은 어려웠을 것이다. 아울러 김유정학회 활동을 물심양면으로 도와주시는 김유정문학촌 이순원 촌장님과 학예사 여러분께도 진심으로 감사드린다. 원고 수합에서 출간까지 힘든 일을 도맡아 한 표정옥 총무이사님의 수고에 특별히 고마움을 전한다.

아직도 다 드러나지 않은 김유정만의 고유성을 새롭게 찾아내어 다시 소통하고 상상해낼 힘을, 이 글의 행간에서 읽어낼 수 있기를 바란다.

2022.9

김유정학회 회장 이상진

차례

제4부 유정을 다시 쓰다

제1부 / 김유정 문학과 세계문학

김유정과 문학사

1930~60년대 김유정론의 전개 양상을 중심으로

이만영

1. 들어가기 – 문학사 서술과 김유정

문학사는 필연적으로 작가 및 텍스트에 대한 가치평가를 수반해야 한다. 이때 가치평가는 문학사 서술의 주체와 그가 속한 시대에 따라 달라질 수밖에 없다. 왜냐하면 서술 주체는 그가 속한 계급·성별 등의 요소와도 유기적인 관계를 맺고 있을 뿐만 아니라 특정한 시공간에 구애받고 있기 때문이다. 그런 의미에서 작가와 텍스트는 문학사 서술 주체가 가진 복합적이고 중층적인 논리에 의해 부단히 변화·운동하는 유동적 실체라 할 수 있다. 김유정과 그의 작품도 문학사적 평가를 거쳐왔음은 물론이며, 이러한 가치평가가 누적됨에 따라 김유정의 작품은 문학사적 '정전'으로 자리매김하게 된 것이다.

그간 김유정 작품이 정전화되는 과정을 살펴보는 연구는 크게 세 가지 방향으로 진행되어왔다. 첫째, 전집 발간 및 작품 수록 양상을 확인하는 연구이다. 이는 김유정의 전집 출판 양상이나 각종 문학 전집·선집에 김유정 작품이 수록된 양상을 검토하는 것에 해당된다. 김유정 작품이 여타 문학전집·선집에 수록된 양상에 대해서는 별도의 연구를 찾아보긴 어렵지만, 김유정 전집 발간에 관한 연구는 전신재와 유인순 등의 선구적인 연구자에 의해 정리된 바가 있다.[1] 둘째, 교육과정의 재편 과정을 살펴보는 연구이다.

---

1 그간 발간된 김유정 전집의 내역을 정리하자면 다음과 같다.
① 김유정 편, 『(조선문인전집 7)동백꽃』, 삼문사, 1938, ② 『동백꽃』, 세창서관, 1940, ③ 『동백꽃』, 왕문사, 1952, ④ 『동백꽃』, 장문사, 1957, ⑤ 김유정전집편집위원회 편, 『김유정전집』, 현대문학사, 1968, ⑥ 전신재 편, 『원본 김유정 전집』, 한림대 출판부, 1987, ⑦ 김유정기념사업회 편, 『김유정 전집』 상·하, 강원일보 출판국, 1994, ⑧ 유인순 편, 『정전 김유정 전집』 1·2, 소명출판, 2021. 이 글의 논의와는 거리가 먼 내용이지만, 이 자리를 빌어 김유정 전집의 서지사항과 관련하여 중요한 사실 하나를 바로잡고자 한다. 그간 『동백꽃』의 초판본은 1938년 세창서관에서 간행되었다는 것이 정설로 남아 있지만, 이는 사실과 다르다. 현재 국립중앙도서관에서 소장하고 있는 삼문사본의 판권지를 검토해 볼 때, 초판본의 발행 주체는 세창서관이 아니라 삼문사라고 보는 것이 합당하다. 구체적인 설명을 위해 삼문사본(1938년 발간)과 세창서관본(1940년 발간)의 판권지를 비교하자면 다음과 같다.

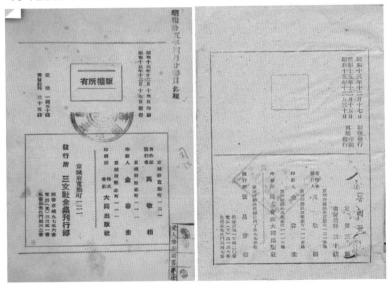

1938년 삼문사본 판권지　　　　　　　1940년 세창서관 판권지

두 판본을 비교함으로써 우리는 다음과 같은 사실을 확인할 수 있다. ① 발행일 : 1938년 삼문사본과 1940년 세창서관본의 판권지에서는 초판 발행일이 모두 1938년(소화13년) 12월 17일로 기재되어 있다. 그리고 1940년 세창서관본에서는 재판 발행일이 1940년(소화15년) 12월 30일로 추가 기재되어 있다. ② 발행소·발행인·인쇄인·인쇄소 : 두 판본은 발행소만 다

통상적으로 정전은 학교 교과과정 속에서 공인된 텍스트나 해석 혹은 모방할 만한 가치가 있다고 널리 인정받은 텍스트를 의미한다.[2] 김유정의 작품은 6차 고등국어과 국정교과서에 「동백꽃」이, 7차 고등국어에는 「봄·봄」이 각각 수록되었다. 이를 통해 김유정 소설은 국민들에게 널리 읽히는 문학적 예전例典으로서 기능하게 되었는데, 이에 관한 연구는 유인순,[3] 김동환,[4] 김지혜,[5] 김명석[6] 등에 의해 진행된 바가 있다. 셋째, 문학사·비평의 서술 양상에 관한 연구이다. 김유정 문학은 백철의 『조선신문학사조사』1949, 박영희의 『현대조선문학사』1958~1959, 김현·김윤식의 『한국문학사』1973에 반복적으로 호명되는 등 많은 문학사가들의 관심을 받아왔다. 이러한 문학사적 관심과 함께 김유정에 대한 비평적인 글도 1930년대부터 꾸준하게 발표되었지만, 그간의 연구사를 검토해본 결과 문학사·비평에서 다뤄진 김유정론에 대한 본격적인 연구는 거의 수행되지 않았다.[7]

이 글에서 다루고자 하는 주제는 상기한 연구 경향 중에서 세 번째의 흐름과 맞닿아 있다. 물론 위에서 언급한 첫 번째와 두 번째의 연구 경향, 즉

를 뿐 저작 겸 발행인, 인쇄인, 인쇄소가 모두 동일하다. ③ 기타 : 이 외에도 두 판본의 목차와 본문을 비교해볼 때 수록 작품 및 작품별 페이지가 모두 동일하다는 점을 확인할 수 있다. 이상의 내용을 토대로 볼 때, 단편집 『동백꽃』의 초판은 1938년에 세창서관이 아닌 삼문사에서 발간되었고, 1940년에 발행소만 바꿔 세창서관에서 재판본을 발간했다고 보는 것이 합당하다.

2 하루오 시라네·스즈키 토미 편, 왕숙영 역, 『창조된 고전』, 소명출판, 2002, 18면.
3 유인순, 「「동백꽃」과 함께 하는 문학교실」, 『문학교육학』 1, 한국문학교육학회, 1997, 319~342면.
4 김동환, 「교과서 속의 이야기꾼, 김유정」, 김유정학회, 『김유정의 귀환』, 소명출판, 2012, 35~54면.
5 김지혜, 「김유정 문학의 교과서 정전화 연구-7차 교육과정과 2007년 교육과정을 중심으로」, 『현대문학이론연구』 51, 현대문학이론학회, 2012, 135~155면.
6 김명석, 「김유정 소설 교육과 새 교과서-「동백꽃」을 중심으로」, 『구보학보』 13, 구보학회, 2015, 207~232면.
7 김유정론에 대한 연구는 김세령의 것이 거의 유일하다고 할 수 있는데, 이 또한 1950년대 발표된 김유정론만을 논의의 대상으로 삼고 있기 때문에 여타의 시기까지도 포괄할 수 있는 논의가 필요해 보인다. 김세령, 「1950년대 김유정론 연구」, 『현대문학이론연구』 49, 현대문학이론학회, 2012, 5~29면.

김유정 작품이 여타 문학 전집·선집에 수록된 양상이나 김유정 작품의 교과서 정전화 과정을 해명하는 연구들이 중요하다는 점은 분명하다. 하지만 이러한 연구만으로는 김유정에 대한 그간의 평가를 조망하는 데 어려움이 있다고 판단된다. 특히 김유정의 작품이 처음 수록되었던 시점이 1992년6차 교육과정이었다는 사실을 고려해볼 때, 김유정 문학의 교과서 정전화 논의만으로는 김유정의 작품이 해석·평가되어온 양상을 총체적으로 파악하기에 한계가 있지 않을까. 즉, 교과서를 대상으로 한 정전화 논의뿐만 아니라 김유정이 그간의 문학사 내지는 비평에서 호명되었던 양상까지 설명할 수 있어야만 김유정에 대한 그간의 문학사적 인식을 총체적으로 조망할 수 있는 것은 아닐까.

이와 같은 문제의식에서 출발하여, 이 글에서는 1930년대부터 1960년대까지 김유정론이 전개되어 온 양상을 분석하고 김유정이 문학사적 의미를 획득해왔던 궤적을 살펴보고자 한다. 이는 단순히 김유정에 관한 문학사적 평가를 선형적으로 나열하는 데 그친다는 의미가 아니라, 김유정에 대한 평가들이 변화될 수 있었던 역사적 계기를 추적하고 김유정이 어떠한 문학사적 좌표를 점유해왔는지를 통시적으로 탐문하겠다는 의미이기도 하다. 뒤에서 상론하겠지만, 김유정론은 특정 유파 내지는 특정 시기에 따라 다르게 전개되어왔다. 이를테면 김유정은 1930년대 중후반만 하더라도 구인회에 몸담았다는 이유로 엄흥섭·김남천·임화 등의 문인들에 의해 적지 않은 비판을 받았지만, 1950년대 말부터는 전통론의 부상과 함께 임중빈·김영기 등의 평자들에 의해 한국문학적 전통을 잇는 근대 작가로 호명되었고, 1960년대 후반에 이르러서는 '해학'이라는 특정한 미학적 자질을 통해 한국문학적 특수성뿐 아니라 세계문학적 보편성을 가진 작가임이 강조되기도 했다. 이렇듯 김유정과 그의 문학은 초역사적이고 일관된 방식으로 평가된 것이 아니라, 역사적이면서 가변적인 방식으로 평가되었다. 그에 따라이 글에서는 김유정에 대한 평가가 형성되고 변화될 수 있었던 계기를 면밀하게 살펴보고, 김유정 문학에 대한 해석과 평가가 어떻게 변모해왔는지를분석해보고자 한다.

2. '한 개의 기담奇譚' 혹은 신심리주의

1935년 『조선중앙일보』 신춘문예 소설 부문 입상자 명단을 보면 우리문학사에서 적지 않은 무게를 감당했던 두 이름을 발견할 수 있다. 「화랑의후예」로 당선된 김동리와 「노다지」로 입선한 김유정이 바로 그들이다. 당시 선자選者로 참여했던 김동인은 「노다지」에서 보여준 인생의 깊이가 너무얕다는 말과 함께 "한 개의 기담奇譚 ― 이 이상 더 말할 수가 없다"라는 품평을 남긴 바 있다.[8] 그 자신이 선자였던 탓인지, 김동인은 그 이후에도 김유정의 문학적 행보에 대해 깊은 관심을 가졌던 것으로 보인다. 몇 개월 뒤 그는 김유정에 대해 "침착한 운필運筆이며 건실한 표현 등은 상당히 평가할 만한 작가"라고 상찬하면서도 "소설을 한 개 기담奇譚으로 만들어 버리는"[9] 소설가라는 다소 박한 평가를 내리게 된다. 김동인이 남긴 글은 김유정에 대한 초창기의 공식적 논평이라 할 수 있는데, 그가 김유정의 초기작 두 편을두고 '기담'이라 명명했던 것은 소설의 결말이 지나치게 경박하다는 이유

---

8   김동인, 「단편소설 선후감(4) ― 가작 「노다지」, 김유정 작」, 『조선중앙일보』, 1935.1.8.
9   김동인, 「촉망할 신진 ― 김유정 작, 「금따는 콩밧」」, 『매일신보』, 1935.3.26.

때문이었다.

이렇듯 '기담'이라는 박한 평가에도 불구하고, 김유정은 1935년 한 해 동안 「금」, 「떡」, 「산골」, 「만무방」, 「솟」, 「홍길동전」, 「봄·봄」, 「안해」를 연이어 발표하고 구인회 후기 동인에 가입하는 등 신인답지 않은 열정적인 행보를 보여준다.[10] 당시 평단에서도 이러한 김유정의 행보에 깊은 관심을 표명하고 있었다. 김유정이 등단한 이후부터 그가 작고한 1937년 3월까지, 김유정 문학에 대한 평가를 주도했던 사람들은 엄흥섭[11]·김남천[12]·안함광[13]·임화[14] 등과 같이 사회주의 문학운동에 가담했거나 가담하고 있는 이들이었다. 이 가운데 김유정에 대해 가장 먼저 관심을 보인 이는 엄흥섭이었다. 그는 김유정의 「떡」에 나타난 묘사와 표현에 대해서 상찬하면서 다음과 같은 지적을 남긴 바 있다.

이 작가는 그 표현이나 묘사가 가진 기술적 수련을 가지고 잇는 반면 다른 작

---

10 현재로서는 김유정이 구인회에 가입한 시기를 명확하게 특정하기가 어렵다. 그간 많은 연구자들은 구인회 멤버 구성 및 가입 시기와 관련된 정보를 조용만의 회고에 의존해왔다. 하지만 조용만이 남긴 일련의 글, 즉 「구인회의 기억」(『현대문학』, 1957.1), 「구인회 이야기」(『청빈의 서』, 교문각, 1969.4), 「나의 구인회 시대 1~6」(『대한일보』, 1969.9.19~10.10), 『울밑에 선 봉선화야』(범양사, 1985, 123~139면) 등의 회고 내용이 일관되지 않다는 점은 여전히 문제로 남아 있다. 따라서 현재까지 남겨진 신문 자료를 토대로 가입 시기를 추정해볼 수밖에 없는데, 현재로서는 김유정의 가입 시기를 1934년 9월~1936년 3월 사이로 보는 것이 합당할 것으로 보인다. 이에 대한 논의는 현순영, 「구인회 연구」, 고려대 박사논문, 2009, 99~101면.
11 엄흥섭, 「6월 창작평 – 심중한 관찰과 관련적 표현(7)」, 『조선중앙일보』, 1935.6.22; 엄흥섭, 「문예시평 – 성격묘사의 부조화 (3)」, 『조선일보』, 1936.5.6.
12 파붕(巴朋), 「최근의 창작(2) – 사회적 반영의 거부와 춘향전의 哀話적 재현」, 『조선중앙일보』, 1935.7.23; 파붕(巴朋), 「최근의 창작(3) – 언어의 창건과 문장의 곡예」, 『조선중앙일보』, 1935.7.24.
13 안함광, 「최근 창작평 – 「金따는 콩밧」 김유정씨 작」, 『조선문단』 4-4, 조선문단사, 1935.8; 안함광, 「昨今文藝事總檢 – 금년 하반기를 주로」, 『비판』 3-6, 비판사, 1935.12.
14 임화, 「조선문학의 新情勢와 현대적 諸相 (7)」, 『조선중앙일보』 1936.2.3; 임화, 「조선문학의 新情勢와 현대적 諸相 (12)」, 『조선중앙일보』 1936.2.8.

가보다 훨씬 유의하지 안흐면 안될 것이 잇스니 그것은 작가로서의 심중한 인생관 내지 세계관의 부족이다. (…중략…) 그것은 관찰에 대한 작가의 심중한 태도 여하로 결정되는 것이다. 이 작가가 주의하지 안흐면 안될 것은 이「떡」가운데 작가의 심중한 태도가 아조 박약하다는 것을 재삼 말하고 십흔 것이다. 최근 모든 작가의 관심을 자극하는 리알리슴이 다만 객관적인 냉엄한 표현과 묘사를 주장하고 요구한다고 어떤 작가는 그것을 섯불리 소화식혀가지고서 혼히 작가로서의 일어서는 안 될 심중한 태도를 일코 혹은 경솔하게 혹은 혹은 야비하게 혹은 비방적 태도로써 작중인물을 대하며 사건을 전개식히는 예가 만흔 것은 진정한 리알리슴을 위하야 저윽이 경계하지 안흐면 안될 바라 하겟다.[15]

위의 글에서 엄흥섭은 김유정의 「떡」에서 '심중한 태도', 즉 리얼리즘에서 요구되는 인생관과 세계관을 읽어낼 수 없다고 비판한다. 「떡」은 극도의 가난 속에 살아가는 옥이네 가족을 그린 작품으로, 옥이의 아버지 '덕희'는 현실을 개선하기 위한 의지를 갖기는커녕 밤낮 술만 마시며 신세한탄만 하는 무기력한 존재로 그려진다. 엄흥섭은 '덕희'라는 인물을 분석하는 과정에서 김유정이 가진 세계관을 지적하고 있는데, 그가 구체적으로 지적했던 것은 「떡」의 주인공 '덕희'가 농민으로서의 전형을 갖추지 못하고 있다는 것이었다. 말하자면, 전형적 인물의 창출에 실패했기 때문에 「떡」을 '진정한 리얼리즘' 작품으로 평가하기 어렵다는 것이다. 그의 논의대로라면 농민과 농촌을 그렸다고 해서 반드시 진정한 리얼리즘에 도달할 수 있는 것은 아니다. 객관적이고 냉엄한 표현뿐만 아니라 '심중한 태도'를 기반으로 한 전형적 인간의 창출이 가능할 때라야 비로소 '진정한 리얼리즘'으로 도약

---

15 엄흥섭, 「6월 창작평 – 심중한 관찰과 관련적 표현(7)」, 『조선중앙일보』, 1935.6.22.

할 수 있다. 하지만 엄홍섭의 입장에서 볼 때 '덕희'와 같은 인물은 일제의 농촌 빈민의 실상을 대변하는 전형으로 충분히 체현되지 못했다. '덕희'는 자신이 빈민으로 전락하게 된 현실을 제대로 인식하지 못할 뿐 아니라, 계급적 각성이나 현실 개선의 의지마저도 철저하게 결여하고 있다. 따라서 '군기 사건'으로 인해 카프에서 제명된 이후에도 프로문학에 대해 우호적 입장을 견지해왔던 엄홍섭으로서는 「떡」에 대해 리얼리즘적 세계관을 재현하지 못한 작품이라는 평가를 내릴 수밖에 없었던 것이다.[16]

엄홍섭의 글이 발표된 지 1개월 만에 김남천도 김유정에 대한 논평에 가담한다. 그는 「최근의 창작 (2) ― 사회적 반영의 거부와 춘향전의 애화哀話적 재현」과 「최근의 창작 (3) ― 언어의 창건과 문장의 곡예」라는 두 글에서 김유정의 또 다른 농촌소설 「산골」에 관한 긴 논평을 남긴 바 있다. 「산골」에서는 주인집 '도련님'과 그의 유혹에 넘어간 하녀 '이쁜이'가 주인공으로 등장한다. '도련님'이 공부하겠다고 서울로 떠난 후, '이쁜이'는 자신의 어머니와 주인 마님의 질책에도 불구하고 오매불망 '도련님'을 기다린다. 이와 같이 「산골」은 신분적 차이로 인한 사랑의 질곡을 잘 보여준 작품으로, 김남천은 이 작품에 나타난 '봉건적인 주종 관계와 그에 따른 조선 농촌의 특수한 환경'에 주목하고자 했던 것이다.

우리들의 흥미는 「춘향전」이 그 후대의 거울로서 우리들에게 다시금 평가될 때에 김유정 씨의 「산골」은 지금은 농촌 관계를 얼마나 반영하였는가 하는 데

---

16 엄홍섭은 1930년대 초까지 카프의 중앙위원으로 활동하다가 '군기 사건'으로 제명당한 경력이 있다. 그러나 그는 제명 이후에도 1930년대 중반까지 프로문학에 대한 지향성을 견지하고 있었다. 군기 사건과 그 이후 문학적 태도에 관련해서는 박진숙, 「엄홍섭 문학에 나타난 동반자적 성격 연구」, 『관악어문연구』 16, 서울대 국어국문학과, 1991, 99~114면; 장명득, 「『군기』 사건과 엄홍섭의 초기소설」, 『배달말』 34, 배달말학회, 2004, 99~123면을 참조.

있을 것이다. 물론 이러한 작은 이야기 속에서 조선의 복잡한 농촌 관계의 예술적 개괄이라든가 그의 형상화의 일체를 찾는다는 것은 무리한 일일 것이나, 실로 이 소설에서는 편지를 나르는 '체부'의 존재를 제외하고는 현금의 조선적 향기를 예술적 묘사의 어느 구석에서도 찾아볼 수 없어 그것은 그대로 자본주의적인 '물'이 하나도 몰윤沒潤되지 않은 봉건 사회의 것으로 되어 버렸다는 것이다. 그러나 누구도 알다시피 우리들 농촌에 남아 있는 봉건적 신분 관계란 순전한 옛날 그대로의 것이 나이고 현대적인 성격을 가진, 환언하면 자본의 침입에 의하여 기형적으로 잔재된 것으로 언명하고 있는 바, 「춘향전」 시대의 그것과는 판이한 것이 아닐 수 없다.[17]

위 인용문에 나와 있듯이 김남천은 김유정의 「산골」을 읽을 때 지금의 농촌 현실을 얼마나 잘 반영했는지 유념해야 한다고 주장한다. 그러면서 이 작품은 자본주의적 현실에 놓여 있는 당대적 현실을 제대로 반영하지 못하고 있기 때문에, 봉건적 신분 관계를 재현했던 「춘향전」에 비해 전혀 나아진 것이 없는 작품이라고 혹평한다. 사실 김남천이 「산골」과 「춘향전」을 병치시키면서 논의를 전개한 이유는, 두 작품이 모두 봉건적인 주종 관계를 토대로 한 조선 사회에서의 사랑을 재현하고 있기 때문이었다. 하지만 그의 시선에서 「춘향전」은 현대인에게도 공명을 주는 위대한 작품인 데 반해, 「산골」은 현대적 가치를 전혀 내재하지 못한 봉건적 애화哀話에 불과하다. 왜냐하면 「산골」은 자본의 침입으로 인해 주종 관계가 형성된 당대 농촌의 핍진한 현실이 아니라, 조선 시대로부터 내려온 신분적 차이와 그로 인한

---

17 파붕(巴朋), 「최근의 창작(2) – 사회적 반영의 거부와 춘향전의 哀話적 재현」, 『조선중앙일보』, 1935.7.23

사랑의 실패만을 부조하는 데 그치고 있기 때문이다. 그가 김유정에게 필요로 했던 것은, 당시 조선 사회를 육박해오는 자본주의의 물결 속에서 식민지 농촌의 주종 관계가 어떻게 설정되고 변화될 수 있는지에 관한 질문이었다. 이것은 식민지 농촌 사회에 작동되고 있었던 계급적 갈등과 모순, 그리고 이를 어떻게 타개할 수 있는지에 관한 정치사회학적 질문을 의미한다. 이러한 질문이 없이는 창작자에게 요구되는 세계관은 확립될 수 없다는 것, 그것이 바로 김남천이 김유정에게 요구했던 바이다.

　김남천이 지적한 것은 이러한 세계관의 부족뿐만이 아니다. 그는 「최근의 창작(3) – 언어의 창건과 문장의 곡예」『조선중앙일보』, 1935.7.24에서 김유정의 문장과 표현을 상찬하는 비평적 태도를 경계하면서, 김유정이야말로 '언어의 곡예'에 빠진 '형식주의자'일 뿐이라고 비난한다. 그는 김유정이 구사하는 '부적당한 언구의 남용'이나 '형용사의 남발'을 그 근거로 삼는데, 그것은 최근에 유입된 "새로운 창작 이론의 왜곡된 이해"로부터 비롯되었다고 말한다. 여기에 언급된 '새로운 창작 이론'이란, 1930년대 초 조선에 상륙했던 제임스 조이스식 신심리주의를 말한다. 한국의 평단에서 조이스 및 『율리시스』에 관한 논의가 집중되었던 시기는 1933~35년경이었는데, 이당시 카프 진영에서는 대체로 조이스와 그 작품에 대해 비판적인 관점을 표명한 바 있다.[18] 김남천도 여타의 카프 진영 평론가들과 같은 맥락에서 김

18　영문학 전공자이면서 카프 진영의 평론가로 활동했던 백철의 경우가 예외적이라 할 수 있다. 백철은 「문단시평(완) – 인간묘사시대」(『조선일보』, 1933.9.1)과 「문예시평(상) – 심리적 리얼리즘과 사회적 리얼리즘」(『조선일보』, 1933.9.16)에서 프루스트, 조이스, 버지니아 울프, 이토 세이 등의 신심리주의 작가에 대한 해설을 시도한 바 있다. 그는 이들의 문학이 발생하게 된 사회적 동인과 사정이 있다고 말하면서, 조선에서 실험되고 있는 경향을 "주목해야 할 문단 경향의 하나"라고 주장하였다. 이러한 백철의 논의는 임화와 김남천 등의 동료 비평가들에 의해 집중 포화를 맞게 된다. 이에 대한 구체적인 논의는 김미지, 「한중일의 '제임스 조이스' 담론과 매체 네트워크」, 『구보학보』 28, 구보학회, 2021, 105~107면을 참조.

유정을 '형식주의자'라고 단정하고 비판하고 있다. 물론 그가 근거로 내세웠던 '부적당한 언구의 남용'과 '형용사의 남발'이 과연 정당한 것인지 의문시되는 게 사실이지만, 우리가 여기에서 주목할 것은 김유정이 언어와 문장의 형식에만 치중하는 '형식주의자' 중 하나로 거명되고 있다는 점이다. 이 시기 김유정은 후기 구인회에 가담하여 이상과 박태원 등의 작가와 교분을 쌓아가고 있었던 터라, 작품에 나타난 문학적 색채와는 무관하게 그를 신심리주의에 경도된 작가로 오인할 소지는 다분했다. 바로 이러한 맥락에서 김남천은 김유정의 「산골」을 두고 '형식주의'의 폐해를 보여준 작품으로 거명하고 있었던 것이다.

김유정을 신심리주의자로 규정하려는 인식은 임화의 글에서도 발견된다. 임화는 엄흥섭이나 김남천과는 달리, 김유정의 특정 작품에 주목하기보다는 그 문학사적 위치를 설정하는 데에 초점을 맞추고 있다. 그의 논점은 「조선문학의 신정세新情勢와 현대적 제상諸相 (7)」『조선중앙일보』, 1936.2.3과 「조선문학의 신정세新情勢와 현대적 제상諸相 (12)」『조선중앙일보』, 1936.2.8에 집약되어 나타나는 바, 그는 이 글에서 김유정을 비롯한 구인회 그룹을 '예술지상주의자'로 규정하면서 "이 작가들이 극단의 형식주의자인 것을 잊어서는 아니된다. 김유정 씨의 목가적 내용에 조선어의 무질서한 난용亂用이라든지 박태원 씨의 실로 난해한 문장 등은 조선에 있어서의 조선적인 것의 발굴 고양이란 유행적 '스로-간'으로 옹호되고 있다"라고 단언한다. 요컨대 김유정은 조선 농촌의 목가적 현실을 그렸다는 점에서 '조선적인 것'을 발굴하고 고양시킨 작가임에는 틀림없지만, 실상은 조선어를 난용하고 있다는 점에서 그 또한 극단적인 형식주의자에 불과하다는 것이다.

이상에서 살펴본 바와 같이, 김동인의 평가 이후에는 주로 엄흥섭·김남천·임화 등 카프에 가담했거나 가담하고 있는 문인들이 김유정 문학에 대해 깊은 관심을 표명하고 있었다. 그러나 이들은 두 가지 측면에서 김유정 문학을 비판적으로 바라보고 있었다. 첫째, 「떡」이나 「산골」과 같은 김유정의 농촌문학에서 계급적 각성이나 새로운 전망을 보여주는 리얼리즘적 세계관이 부족하다고 보았다. 「떡」의 '덕희'가 가난의 원인을 해명할 만한 계급적 각성이나 가난으로부터 벗어나기 위한 전망도 갖지 못했다는 점, 그리고 「산골」에서는 식민지 농촌의 주종 관계가 자본에 의해 설정되어 있다는 점이 핍진하게 제시되지 않았다는 점 등이 그 구체적 논거로 제시되었다. 둘째, 김유정 작품에 내재된 형식주의 혹은 신심리주의적 한계에 주목하였다. 특히 김남천은 「산골」에서 무분별하게 언구가 남용되고 형용사가 남발된다고 지적했고, 임화 또한 그와 비슷한 맥락에서 조선어를 무질서하게 난용하고 있다고 비판한 바 있다. 오늘날 김유정의 문학과 신심리주의를 연결하려는 인식이 보편화되어 있지 않다는 점에서 볼 때, 과연 이들의 비판이 타당한 것인지는 의문시될 필요는 있다. 하지만 이들의 주장이 카프의 세력이 급격히 약화되고 급기야 해체되는 과정 중에 제출되었다는 점은 시사하는 바가 크다. 이들이 새로운 리얼리즘의 길을 모색하는 과정에서 발견했던 대항 세력은, 신심리주의를 적극적으로 전유하고자 했던 구인회 작가들이었다. 김유정은 분명 이상이나 박태원과 같은 작가와는 달리 농촌의 현실을 반영한 작품들을 다수 발표했음에도 불구하고, 엄흥섭·김남천·임화와 같은 평자들은 김유정을 구인회 작가 중 한 사람으로 호출하면서 '극단의 형식주의자'김남천라든지 '예술지상주의자'임화와 같은 평가를 내리고 있었다. 그에 따라 작품에 대한 세부적 고찰에는 이르지 못한 채, 김유정 문학은 형식주의나 신심리주의라는 사조를 통해 평가·일반화되기에 이르렀던 것이다.[19]

3. 발견된 해학, 세계문학으로의 길

오늘날 김유정의 문학적 특질을 논하는 데 있어서 빼놓지 않았던 요소 중 하나가 바로 해학humor이다. 김유정을 '35년대의 유익한 유우머의 작가'라고 명명했던 백철,[20] 김유정이 남긴 단편에 대해 "고독과 비애가 있으면서도 정열과 희망이 있고 또 기지가 있다"라고 평했던 박영희,[21] 김유정의 유머가 고전소설에서 흔히 볼 수 있는 것이라는 점에서 전통과 결부될 수 있다고 규정했던 김현·김윤식[22] 등이 그 대표적인 예이다.

하지만 흥미로운 사실 하나는, 식민지 시기까지만 하더라도 김유정의 소설에서 해학을 읽어내려는 시도가 거의 없었다는 것이다. 앞서 살펴봤듯이 인생을 바라보는 시각이 지극히 얕다고 평가했던 김동인을 필두로, 김유정이 생존했을 당시에 평을 남겼던 엄흥섭·김남천·임화 등도 모두 김유정 소설의 한계를 지적했을 뿐 해학이나 웃음을 김유정 문학의 근원적인 특질로 거론하지 않았다. 그나마 같은 휘문고보 출신의 선배 문인 이태준 한 사람만이 김유정 소설에 나타난 웃음에 주목한 바 있는데, 실상은 그마저도 "웃기는 웃으면서도 작자의 좀 지독한 익살에 불유쾌不愉快하였다"[23]라고 혹

---

19 김유정에 대한 카프 문인들의 부정적 인식은 김유정이 유명을 달리했던 1937년 3월 이후에도 한동안 지속되었다. 예컨대 박태원, 안회남, 이상, 김유정 등의 작품을 두고 "구인회를 중심으로 한 일련의 작가들의 창작경향이 오로지 푸루스트의 심리주의와의 무반성한 추수를 감행하고 있나"고 규성했던 한효, 그리고 박태원의 『천변풍경』이나 김유정의 소설에서 "전형적 성격의 결여, 그 필연의 결과로서 '푸롯트'의 미약"을 읽어낼 수 있다고 말했던 임화 등이 그 대표적인 사례에 해당된다. 자세한 내용은 한효, 「조선적 단편소설론(완)」, 『동아일보』, 1938.1.30; 임화, 「세태소설론(四)-세부묘사와 푸롯트의 결여」, 『동아일보』 1938.4.5.
20 백철, 『백철문학전집 4-신문학사조사』, 신구문화사, 1968, 494면.
21 박영희, 「현대조선문학사」, 이동희·노상래 편, 『박영희전집』 II, 영남대 출판부, 1997, 529면.
22 김윤식·김현, 『한국문학사』, 민음사, 1996, 320면.
23 이태준, 「신춘창작계개관-단순한 독후감」, 『조선중앙일보』, 1936.1.19.

평하는 데 그치고 있다. 이는 김유정의 친우親友였던 안회남이나 김문집도 마찬가지였다. 그들도 김유정 문학에 나타난 전통적 미학을 강조한 적은 있으나,[24] 해학을 김유정 문학의 중요한 미적 자질로는 호명하지 않았다. 그렇다면 우리는 다음과 같은 질문을 제기해볼 수 있을 것이다. 김유정과 해학을 접맥하려는 문학사적·비평적 시도는 언제부터 본격화되었고, 또 그러한 평가가 가능했던 계기는 어떻게 설명할 수 있을까. 이 장에서는 바로 이러한 질문에 착목하여, 해학과 김유정 문학을 연계하고자 했던 1950~60년대의 비평적 시도를 검토해보고자 한다.

한국전쟁 이후, 우리 문인들은 서구적 가치에 의해 침식당하는 문화정체성을 회복하고 문화적 후진성을 극복하기 위해 다각적인 노력을 기울인다. 그러한 노력의 일환으로 1950년대 중반부터는 한국문화의 '전통'에 관한 논의가 활발하게 이루어진다.[25] 이에 관한 논의는 1955년 초 『사상계』의 한 좌담회를 통해 본격화되는바, 이 좌담회에 참석자 중 한 명이었던 백철은 다음과 같이 말한 바 있다.

우리나라 문학사가 왜 모방사가 되었느냐 하면, 적으나 많으나 자기의 어떠한 독자적인 것을 찾아내서 그걸 가지고 중심을 삼지 못했다는 데에 모방사가 될 수밖에 없는 하나의 근본적인 원인이 있다고 생각합니다. 그러니까 역시 우리의 현대문학이 사상성이 결여되었다, 혹은 전통을 살리지 못했다, 그것을 금후에 문학을 하는 데 있어서는 살려야 된다고 생각합니다.[26]

---

24 김문집, 「김유정의 예술과 그의 인간 비밀」, 『조광』 3-5, 1937.5, 98~106면; 안회남, 「작가 유정론(上)·(下)-그 1주기를 당하야」, 『조선일보』, 1938.3.29~31.
25 서영채, 「민족, 주체, 전통-1950~60년대 전통 논의의 의미」, 『민족문학사연구』 34, 민족문화사학회·민족문학사연구소, 2007, 11면.
26 「(좌담회) 한국문학의 현재와 장래」, 『사상계』 19, 1955.2, 205면.

위 인용문에서 확인할 수 있듯, 백철은 우리 문학사가 모방사가 될 수밖에 없었던 원인을 '전통의 부재'에서 찾는다. 그는 일제와 한국전쟁이라는 두 가지의 역사적 경험을 거치면서 전통의 가치가 훼손되었고, 그 결과 전통적 사상보다는 서구적 사상을 토대로 삼는 기형적 상황에 놓이게 되었다고 주장한다. 백철이 언급한 '전통의 복원'은 서구 지향적이고 몰주체적인 문단의 후진적 풍토를 극복하기 위해 제출된 것이기는 했지만, 정작 중요한 문제는 그가 말한 '전통'의 실체적 의미가 과연 무엇인가 하는 것이었다. 바로 이러한 문제를 의식해서였는지, 백철은 1년 뒤에 다른 지면에서 한국문학의 전통을 실체화할 수 있는 방안과 그 구체적 사례를 제시하게 된다.[27] 그는 우리 문학에 관류하는 전통을 발굴하기 위해 "고전문학을 검토하는 데 있어서 작품의 중점적인 특질을 파악·섭취"해야 한다고 주장하면서, 고전문학의 정신이면서 동시에 현대문학에도 효용이 있는 특질로 해학을 거론한다. 다시 말해 그는 해학을 현대적으로 복원할 수만 있다면 이는 곧 한국 현대문학의 독자성을 확보할 만한 수법과 표현이 될 수 있다고 본 것이다.

이처럼 백철이 한국문학적 전통 중 하나의 사례로 해학을 지목한 이후, 우리 문단에서는 크게 세 가지의 움직임이 일어난다. 첫째, 정병욱[28]과 신윤상[29]과 같은 고전문학 연구자들을 중심으로 해학적 전통에 관한 연구가 활성화된다. 이 가운데 정병욱은 해학이 한국문학 전반에 관류하고 있다고 주장하면서 고전문학에서는 「춘향전」의 사례를, 현대문학의 작가로는 김유정과 유주현을 그 전거로 제시한 바 있다. 둘째, 김사엽[30]과 이어령[31]에

---

27 백철, 「현대문학과 전통의 문제(하)」, 『조선일보』, 1956.1.7.
28 정병욱, 「해학의 전통성」, 『국문학산고』, 신구문화사, 1959, 238~254면; 정병욱, 「해학과 국문학」, 같은 책, 304~306면.
29 신윤상, 『한국의 유모어 - 시가의 해학 연구』, 영진사, 1963.
30 김사엽, 「웃음과 해학의 본질 - 국문학의 특질 구명을 위하여」, 『어문학』 2, 한국어문학회, 1958,

의해 해학에 대한 개념 정립이 본격화된다. 사실 그 이전까지만 하더라도 해학 개념은 풍자satire나 아이러니irony, 골계the comic 등의 개념과 혼용되곤 했는데, 이 두 사람의 선구적 작업을 통해서 비로소 해학 개념이 체계화되기 시작했다. 특히 이어령은 해학이 풍자·아이러니·기지wit와 함께 주관적 골계의 하위범주에 해당된다는 점을 명확하게 밝히면서, "김유정의 소설이 풍자적인 것이 아니라 해학적인 것이라는 근거가 여기에 있다"라고 주장하였다. 이러한 분류 체계의 확립을 통해 김유정의 소설에 나타난 해학의 속성을 보다 학제적으로 해독할 수 있는 여지가 마련된 셈이다. 셋째, 해학을 김유정의 문학적 자질로 호명하는 글이 본격적으로 대두되기 시작한다. 이를테면 백철과 이병기가 공동 저술한 『국문학전사』에서는 "이 작가[김유정-인용자 주]는 자기고백과 같이 우울이 성격화되었고 그 우울성은 일견 '유모어'해 보이는 그 작품 뒤에 애수를 숨겨놓았"다고 기술되었는가 하면,[32] 대한민국 예술원에서는 해외에 소개할 번역작품으로 김유정의 「봄·봄」을 선정하기도 하였으며,[33] 정태용과 같은 평론가는 "유정裕貞은 유우모아를 위해서 인간을 바보취급하는 것이 아니라, 오히려 인간생활의 어쩔 수 없는 여러 가지 모순과 갈등을 이런 유우모아와 샤타이어를 통하여 묘출"[34]한다고 평가하기도 했다.

이러한 일련의 노력을 기반으로 해서, 1960년대 중반부터는 김유정의 문학 일반을 '해학' 개념과 연계하여 논의한 김유정론이 연달아 발표된다. 1965년 『동아일보』 신춘문예 당선작인 임중빈의 「닫힌 사회의 캐리커추어」[35]와

1~36면.

31 이어령, 「해학의 미적 범주」, 『사상계』 64, 사상계사, 1958.11, 284~295면.

32 이병기·백철, 『국문학전사』, 신구문화사, 1957, 421~422면.

33 「이십 이편을 선정, 해외에 소개될 작품」, 『경향신문』, 1958.1.26.

34 정태용, 「김유정론」, 『현대문학』 44, 현대문학사, 1958.8, 176면.

1967년에 발표된 김영기의 「김유정론」[36]이 바로 그것이다. 먼저, 임중빈의 평문은 김유정 문학의 본질이 '유머'에 있다고 규정한다. 그는 김유정의 소설에 등장하는 선량한 바보들, 즉 「동백꽃」의 '나'와 같은 인물형에 주목하면서 이들이 자아내는 '유머'가 "암흑사회의 부조리를 투시하면서 거기에 소극적으로나마 반항하려는 그 성격의 소산"이라고 주장한다. 요컨대 김유정의 문학에서 나타난 유머는 단순히 일회적인 웃음에 그치는 것이 아니라 부조리한 현실에 대한 비판의식으로부터 발원했다는 것이다. 임중빈이 '유머'라는 키워드로 김유정의 작품 전반을 해석하고 평가하는 데 초점을 둔 데 반해, 김영기는 김유정의 해학문학이 한국문학사에서 어떤 좌표를 차지할 수 있는지에 대해 고구하고 있다. 그는 '이항복의 익살→구운몽→홍부전'의 해학적 전통을 잇고 있는 근대작가가 바로 김유정이라고 주장한 후, "우리는 한국적 해학의 미적 전통이 한국문학의 전통적 미학일 수 있는가를 아직도 의심하고 있다. 김유정의 소설은 이러한 의심에 대한 어느 정도의 해답을 내려주고 있다"[37]면서 김유정의 문학사적 의의를 조명한 바 있다.

이처럼 임중빈과 김영기 두 사람은 모두 김유정의 문학이 갖는 해학적 특징에 주목했다. 1960년대 중반에 이르러서 김유정 문학과 해학을 연계하려는 움직임이 본격화될 수 있었던 것은, 백철의 전통계승론이 대두된 이래 해학이 '한국적인 것' 내지는 '전통적인 것'을 내포한 개념어로 부상하고 있었기 때문이었다. 말하자면 이 시기 해학은 고전문학과 현대문학의 간극을 메워줄 수 있는 매개적 개념으로 강조되었고, 그 과정에서 가장 적극

---

35 임중빈, 「닫힌 사회의 캐리커추어 (1)~(4)」, 『동아일보』, 1965.1.5~12.
36 김영기, 「김유정론」, 『현대문학』 153, 현대문학사, 1967.9.
37 김영기, 앞의 글, 266면.

적으로 호출되었던 근대 작가가 바로 김유정이었던 것이다. 김유정 문학의 해학성에 주목하고, 이를 통해 고전문학과 현대문학의 단절된 역사를 하나의 궤로 엮으려는 시도는 신동욱[38]과 이어령[39]에게도 계승되기에 이른다.

사실, 김유정 문학의 해학은 단순히 고전문학과 현대문학을 잇는 특성일 뿐 아니라 한국문학적 특수성과 세계문학적 보편성을 동시에 함유한 특질로도 간주되고 있었다. 이 두 가지 특질에 주목했던 이는 다름 아닌 백철이었다.

> 해학이라고 하는 '유머' 그것은 한자로 쓰고 있지만 대륙의 것과 엄연히 구별되는 것. 언어적인 수사법에도 과장에 의한 '리얼리티', 이런 것들은 여하튼 우리 과거 예술작품의 '패턴'이라 할까, '아키타입'이라는 것이 있다. 그 '유머'의 문제만 해도 오래 내버려두고 현대문학이나 희곡에서 발굴하여 쓰지 못하고 있다. (…중략…) 끝으로 지방성은 동시에 역사적으로 현시점의 현실성에서 강조되는 뜻이 크다고 봐야겠다. (…중략…) 이 시점에 내세우는 지방성은 우선 그 지역의 것이며 특수한 것이며 비세계성·비보편성의 것으로 특징 지어진다. 이것을 어떻게 국제성의 광장으로 끌고 나갈 것인가. 그 길을 어떻게 통하는가가 동시에 제기되는 문제이다.[40]

---

38 "해학의 미는 상류층의 미학이기보다 하류층의 미학이며 때로는 공격적인 미학이다. 그것은 그들의 생활과 직접 연결된 것이다. 이것을 김유정은 예리하고 정확하게 따랐다. (…중략…) 한국문학사상으로 볼 때 김유정의 작품은 이조 평민소설의 계열에서 가장 건전한 전통적인 창의력을 발휘한 위치를 점유한다." 신동욱, 「김유정考」, 『현대문학』 169, 현대문학사, 1969.1, 293~301면.

39 "삼국시대의 온달설화에서 김유정의 현대소설에 이르기까지 한국문학의 웃음은 곧 '바보의 웃음'이었고, 그 바보의 웃음이란 가치의 전도에 의해서 그 실상을 새롭게 파악하는 창조적인 웃음이라고 할 수 있다. 즉 겉으로는 바보지만 언제나 한국의 옛날 이야기나 그 문학작품 속에서는 똑똑하고 잘난 사람보다 그 바보가 더욱 현명하고 우월한 것이다. 거사와 법사의 위치가 역전될 때 생기는 그 웃음이 있기에, 인간은 아집과 위선의 관습에 젖은 정신의 병에서 언제나 새롭게 회복되어 가는 것이다." 이어령, 「한국문학과 유머」, 『동아일보』, 1969.3.30.

백철은 그간 한국문학사에서 해학을 바라보는 태도에 있어서 두 가지의 문제점이 있다고 지적한다. 하나는 전통 단절의 문제이다. 해학은 고래로부터 내려오는 우리 예술작품의 '패턴'이자 '아키타입'이지만, 현대문학에서는 이를 좀처럼 찾아보기 어렵다는 것이 백철이 바라본 첫 번째 문제이다. 다른 하나는 세계문학적 보편성의 문제이다. 보통 해학과 같은 특질은 한국문학적 특수성을 지닌 것이자 비세계성·비보편성을 지닌 것으로 간주되지만, 백철의 입장에서 볼 때 이는 세계성·보편성으로 확장될 수 있을 때라야 비로소 의미를 획득할 수 있다. 백철이 가진 두 가지의 문제의식은 결국 해학이 고전문학—현대문학을 잇는 가교이면서 동시에 한국문학—세계문학을 잇는 가교가 될 수 있다는 믿음에서 배태된 것이었다. '해학의 세계화'라는 백철의 기획이 실현되기 위해서는 세계문학적 보편성을 지닌 작가 및 작품이 발굴되고, 이를 뒷받침할 만한 번역 시스템 또한 재구축되어야 한다.

이러한 시기에 김유정의 작품이 해외에 본격적으로 번역·소개되었다는 점은 특히 주목되어야 한다. 김유정의 작품이 해외에 처음 번역·소개된 것은 1966년으로 확인된다. 독일 유학생이었던 이장범이 국내 대표작가의 단편 19편을 묶어 독일어로 번역하여 『꽃신』이라는 선집을 발간한 바 있는데, 이 선집에 수록된 작품 중 하나가 바로 김유정의 「동백꽃」이었다.[41] 당시 백철이 회장으로 재임하고 있었던 국제펜클럽 한국본부에서는 이장범의 공로를 인정하여 1970년 제11회 번역문학상 특별상을 수여하기도 했을 만큼, 번역을 통한 한국문학의 소개에 박차를 가하고 있었다. 그러한 노력의 일환으로 한국펜클럽국제펜클럽 한국본부에서는 한국작품 번역을 위한 번역

---

40 백철, 「예술의 지방성과 국제성」, 『중앙일보』, 1967.2.16.
41 참고로 국제펜클럽 한국본부는 번역자 이장범의 공로를 인정하여 1970년 제11회 번역문학상 특별상을 수여하기도 한다. 「11회 번역문학상에 이동현 교수를 결정」, 『중앙일보』, 1970.10.29.

위원회를 만든다. 번역위원회는 ① 한국적 특색을 살린 작품, ② 보편적인 공감을 얻을 수 있는 작품, ③ 소설은 1편, 시는 1인 4~5편, ④ 월북작가는 제외, ⑤ 해외에 소개된 앤솔로지에 수록된 작품은 제외 등을 작품 선정기준으로 설정하였는 바, 이때 김유정의 대표작 「봄·봄」이 선정된다.[42] 그에 이어 1971년에는 한국펜클럽 한국문학번역 7인 위원회에서 『아시아문학』 1집에 수록할 작품 5편 중 한 편을 김유정의 「금따는 콩밭」으로 결정한다.[43] 주지하듯이 「동백꽃」, 「봄·봄」, 「금따는 콩밭」은 모두 한국의 특수한 농촌 현실을 재현함과 동시에 해학이라는 미학적 특질을 내재한 작품으로, 한국펜클럽은 이 작품들을 세계에 널리 소개함으로써 우리 문학이 가진 세계문학적 가능성을 타진하고자 했던 것이다.

지금까지 살펴본 바와 같이, 김유정의 문학은 1950년대 중반부터 본격적으로 대두되었던 전통론의 영향을 받아 비로소 문학사적 좌표를 공고히 할 수 있었다. 백철은 고전문학과 현대문학을 잇는 전통적 요소의 발굴에 매진하였고, 그 결과 새롭게 발견해 낸 개념이 바로 해학이었다. 해학은 「흥부전」이나 「춘향전」과 같은 고전문학에서도 쉽게 찾을 수 있는 미학적 특질이었기에, 한국문학사의 연속성이 담보되기 위해서는 현대문학에서도 그 범례를 찾을 수 있어야 했다. 바로 그러한 모색의 과정 속에서 김유정은 해학적 특질을 지닌 작가로 재호명될 수 있었다. 김유정의 문학적 본질을 해학으로 간주했던 임중빈의 글이라든지, 『구운몽』과 『흥부전』의 해학적 전통을 이을 수 있는 작가로 김유정을 호명했던 김영기의 글이 그 대표적인 증례이다. 이와 더불어 김유정의 해학은 세계문학적 보편성을 담지한 것으

---

42 「한국작품의 대광장」, 『경향신문』, 1969.1.6.
43 「번역작품 선정 한국펜클럽」, 『경향신문』, 1971.2.19.

로도 간주되었다. 당시 "어느 시대, 어느 나라나 해학이 있다는 사실이 산견"[44]된다는 사실이 강조되었던 것에서 알 수 있듯, 해학은 세계문학 일반에 통용될 수 있는 미적 특질로 인식되고 있었다. 그 결과 김유정의 농촌소설에 내재된 해학적 요소를 세계의 언어로 번역·소개될 필요성이 점차 증대될 수 있었던 것이다.

이러한 노력에 힘입어, 김유정은 1970년대 이후부터 한국문학사에서 해학적 전통을 잇는 중요한 작가로 자리매김할 수 있었다. 대표적으로 「동백꽃」과 「봄·봄」에 나타난 따뜻한 해학에 주목하여 김유정을 '보온유머리스트'라고 명명했던 김종출,[45] 김유정이 새로운 농촌문학의 지평을 제시했다고 상찬하면서 그의 작품에 나타난 '유머의 표현기교'를 주목했던 이선영,[46] 김유정의 유우머가 고전소설에서 흔히 볼 수 있는 전통적인 유우머라고 강조했던 김윤식·김현,[47] 프로이트의 웃음 이론을 토대로 김유정의 해학을 분석했던 김영화[48] 등의 사례에서 알 수 있듯이, 1970년대는 김유정과 해학을 연계시키는 문학사적·비평적 진술이 그 어느 때보다도 범람했던 시기라고 할 수 있다. 이처럼 김유정의 문학사적 좌표가 '해학'이라는 키워드를 통해서 설정될 수 있었던 계기는, 1950년대 중반부터 부상했던 전통론과 해학론을 통해서 비로소 마련될 수 있었던 것이다.

44 「토론내용 : 심각한 현대상황, 해학성 더욱 긴요」, 『조선일보』, 1970.4.15.
45 김종출, 「현대소설에 있어서의」, 『조선일보』, 1970.4.15.
46 이선영, 「김유정 34주기, 그의 문학세계」, 『조선일보』, 1972.3.28.
47 김윤식·김현, 앞의 책, 197~199면.
48 김영화, 「김유정론」, 『현대문학』 259, 현대문학사, 1976.7.

4. 나가기 - 김유정의 해학과 문학사 서술의 향방

우리 문학사에서 김유정의 대표작은 주로 「동백꽃」과 「봄·봄」이 거론된
다. 두 작품은 농촌소설이면서 동시에 해학적 요소를 담고 있는데, 여기에
재현된 농촌 현실과 표현 기법으로서의 해학은 모두 한국문학의 특수한 유
산으로 간주되고 있다. 김유정의 작품에 붙은 농촌소설이라는 레테르는
1930년대에도 줄곧 따라다니는 것이기는 했지만,[49] 해학이라는 특질은 식
민지 시기에는 그다지 주목되지 않았던 요소 중 하나였다.

김유정 문학과 해학을 접맥하려는 움직임은 1950년대 비평계의 전통 논
의와 맞물리면서 본격화된다. 전통의 계승을 중시했던 백철은 한국문학 전
반에 관류하고 있는 전통적 요소가 무엇인지에 관한 질문을 제기했다. 그
실체론적인 질문을 반복하는 과정에서 얻은 답변은 바로 해학이었다. 그에
게 있어서 해학은『춘향전』이나『흥부전』등의 고전문학에서도 쉽게 찾아
볼 수 있는 요소라는 점에서 주목되었다. 하지만 해학이 학제적 개념어로
쓰이기 위해서는, 보다 엄밀하게 개념 체계가 정립될 필요가 있었다. 그에
따라 1950년대 말 이어령은 해학을 풍자, 아이러니, 골계 등의 개념과 변별
되는 개념어로 규정하고자 했고, 그 과정에서 김유정이 해학의 작가임을 보
다 명증하게 밝혀낼 수 있었다. 해학의 개념 및 분류 체계가 확립된 후, 임
중빈·김영기·신동욱·이어령 등의 평론가에 의해 김유정 문학의 해학적
특질에 주목한 비평이 다수 발표된다. 이들의 논의를 통해서 김유정 작품에
내재된 해학의 특질이 보다 실체적으로 드러날 수 있었을 뿐 아니라, 김유

---

49 김유정의 작품 중 '농촌소설'이라는 표제를 단 작품은 「동백꽃」과 「봄·봄」단 두 편이다. 이 작
품들은 1936년 네 차례에 걸쳐 '향토' 관련 특집을 마련했던『조광』에 게재되었다. 김지혜, 「김
유정 문학의 교과서 정전화 연구」, 앞의 글, 139면.

정이 한국문학의 해학적 전통을 잇는 작가라는 사실이 보다 분명하게 선언될 수 있었다.

이와 함께 함께 김유정의 해학은 세계문학적 보편성을 지닌 것으로 간주되었다. 1962년에 한국펜클럽 회장에 피선된 백철은 본격적으로 '한국문학의 세계화'라는 기획에 착수한다. 1950년대 중후반부터 '한국적인 것'의 특수성에 대해서 숙고한 경험이 있었던 그에게는, 한국문학이 세계문학으로 나아갈 수 있는 계기를 마련하는 일이 무엇보다 중요했다. 번역은 그 활로를 개척하는 데 중요한 방략으로 여겨졌던 바, 김유정은 번역을 통한 한국문학의 세계화 과정 속에서 지속적으로 호명되었던 작가 중 한 명으로 군림할 수 있었다. 이 당시 번역되었던 「동백꽃」, 「봄·봄」, 「금 따는 콩밭」은 모두 조선의 특수한 농촌 현실을 재현함과 동시에 해학적 요소를 담지한 작품들이다. 이런 점을 고려해볼 때, 김유정의 해학이 가진 보편적 자질은 당시 한국펜클럽의 번역 취지에 부합하는 것이라 할 수 있을 것이다.

1930년대만 하더라도 김유정은 카프 문인에 의해 형식주의자 내지는 신심리주의자라는 평가를 받아왔다 물론 그 당시 그의 소설에서 토속성 내지는 향토성을 읽어내려는 움직임이 있었던 것도 사실이지만, 해학이라는 특질은 충분히 해명되거나 발견되지 못했다. 그러나 오늘날 우리는 김유정 문학의 의의를 부여할 때 해학성을 중요한 준거로 활용하고 있다. 이러한 문학사적 통념이 자리잡게 된 계기는 전통론이 부상했던 1950년대 중반 이후에서야 비로소 마련될 수 있었고, 그 결과 김유정은 해학적 전통을 잇는 근대 작가이자 세계문학적 보편성을 담지한 근대 작가로 호명될 수 있었다. 해학을 통해 김유정의 문학사적 좌표를 설정하려는 인식이 보편화된 지금, 우리는 김유정이 지향하고자 했던 해학이 무엇인지를 규명하고 그것이 실제 작품 속에서 어떻게 시현되고 있는지를 추가적으로 논의할 필요가 있다. 이와 더불어 김유정과 해학을 연결하려는 인식이 크게 확산되었던 1970년 대의 흐름이 어떠한 맥락 속에서 형성되었는지를 고구해 본다면, 김유정 문학의 문학사적 의미가 형성되었던 과정을 총체적으로 파악할 수 있을 것이라고 본다. 여기에서는 지면상의 이유로 그 논의까지 포괄하지 못했지만, 향후 관련 주제에 대해 상세하게 논의함으로써 김유정이 1970년대 이후 문학사에 기입되었던 양상과 그 맥락을 조망해 볼 예정이다.

참고문헌

1. 기본자료

김유정 편, 『(조선문인전집 7)동백꽃』, 삼문사, 1938.

_____ 편, 『동백꽃』, 세창서관, 1940.

『동백꽃』, 왕문사, 1952.

『동백꽃』, 장문사, 1957.

김유정전집편집위원회 편, 『김유정전집』, 현대문학사, 1968.

전신재 편, 『원본 김유정 전집』, 한림대 출판부, 1987.

김유정기념사업회 편, 『김유정 전집』 상·하, 강원일보 출판국, 1994.

유인순 편, 『정전 김유정 전집』 1·2, 소명출판, 2021.

『조선문단』, 『비판』, 『조광』, 『사상계』, 『현대문학』, 『조선중앙일보』, 『매일신보』, 『동아일보』, 『조선일보』, 『중앙일보』, 『경향신문』 등

2. 논문

김명석, 「김유정 소설 교육과 새 교과서-「동백꽃」을 중심으로」, 『구보학보』 13, 구보학회, 2015.

김미지, 「한중일의 '제임스 조이스' 담론과 매체 네트워크」, 『구보학보』 28, 구보학회, 2021.

김사엽, 「웃음과 해학의 본질-국문학의 특질 구명을 위하여」, 『어문학』 2, 한국어문학회, 1958.

김세령, 「1950년대 김유정론 연구」, 『현대문학이론연구』 49, 현대문학이론학회, 2012.

김지혜, 「김유정 문학의 교과서 정전화 연구-7차 교육과정과 2007년 교육과정을 중심으로」, 『현대문학이론연구』 51, 현대문학이론학회, 2012.

박진숙, 「엄흥섭 문학에 나타난 동반자적 성격 연구」, 『관악어문연구』 16, 서울대 국어국문학과, 1991.

서영채, 「민속, 수체, 전통-1950~60년대 전통 논의의 의미」, 『민족문학사연구』 34, 민족문화사학회·민족문학사연구소, 2007.

유인순, 「「동백꽃」과 함께 하는 문학교실」, 『문학교육학』 1, 한국문학교육학회, 1997.

장명득, 「『군기』 사건과 엄흥섭의 초기소설」, 『배달말』 34, 배달말학회, 2004.

현순영, 「구인회 연구」, 고려대 박사논문, 2009.

3. 단행본

김유정학회, 『김유정의 귀환』, 소명출판, 2012.

김윤식·김현, 『한국문학사』, 민음사, 1996.

박영희, 『박영희전집』 II, 영남대 출판부, 1997.

백철, 『백철문학전집 4 – 신문학사조사』, 신구문화사, 1968.

신윤상, 『한국의 유모어 – 시가의 해학 연구』, 영진사, 1963.

이병기·백철, 『국문학전사』, 신구문화사, 1957.

정병욱, 『국문학산고』, 신구문화사, 1959.

하루오 시라네·스즈키 토미 편, 왕숙영 역, 『창조된 고전』, 소명출판, 2002.

김유정과 쁘렘짠드 소설의 여성상 비교

'매춘'의 양상을 중심으로

안슈만 토마르

1. 들어가며

한국과 인도는 같은 아시아 대륙에 위치한 국가이지만 상호 간의 비교문학 관련 연구는 질적·양적으로 매우 척박한 상태라고 할 수 있다. 1973년 수교 이후 양국 간의 교류가 본격적으로 시작된 데 비해 비교문학 관련 연구는 거의 이루어지지 않았다. 한국에서 한국외국어대학교에 인도어학과가 신설된 후 인도 문학에 대한 연구와 작품 번역이 시작되었고, 인도어에 대한 연구 분야가 확장되고 있다.[1] 한국에서 인도문학에 대한 관심이 늘어나고 있으며, 살만 루시디의『자정의 아이들』, 줌파 라히리의『이름 뒤에 숨은 사랑』, 쁘렘짠드의『니르말라』, 아룬다티 로이의『작은 것들의 신』과 체탄 바갓의『세 얼간이』가 한국어로 번역된 상태이다.

양국 소설의 여성상을 다루는 논문은 거의 없으며 식민지 시기 작품에

---

[1] Khan, Afzal Ahmad, 「신채호와 쁘렘짠드 소설의 비교 연구」, 경북대 석사논문, 2011; 성정혜, 「탈식민 시대의 디아스포라와 혼종성 – 살만 루시디의『자정의 아이들』,『수치』,『악마의 시』」 이화여대 박사논문, 2010.

나타난 매춘의 양상에 대한 비교연구도 많지 않다. 한국과 인도는 사회·역사·문화적으로 많은 유사성을 지니고 있으며, 양국의 소설에 나타난 여성상을 비교하여 차이점과 유사점을 살피는 작업은 양국의 식민지 시기 사회를 보다 깊이 이해하기 위한 유의미한 작업이 아닐 수 없다. 한국과 인도의 비교문학 관련 논문이 전무한 상태인데 한국과 타국의 비교문학 관련 연구가 활발하게 진척되고 있다.[2] 이러한 환경 속에서 이 글은 김유정과 쁘렘짠드 소설에 나타나는 매춘의 양상을 비교 고찰해 보고자 한다.

김유정[3]과 쁘렘짠드[4]가 활동하였던 1930년대는 양국 모두 사회·정치적으로 문제적 시기였으며, 경제적 궁핍상 역시 매우 심하였다.[5] 억압과 착취

---

2 조홍매, 「채만식과 라오서(老舍)의 소설에 나타난 여성상 비교연구―1930년대를 중심으로」, 단국대 석사논문, 2007; 이혼, 「1920~30년대 한·중 소설 속의 여성상 비교연구―채만식·강경애와 老舍·蕭紅의 소설을 중심으로」, 경희대 석사논문, 2013; 김완이, 「이수(亦舒)와 공지영의 여성주의 소설 비교―『나의 전반생(我的前半生)』와 『무소의 뿔처럼 혼자서 가라』에 나타난 지식층 여성상을 중심으로」, 성균관대 석사논문, 2016; 선금희, 「이광수의 『무정』(韓)과 녓 린의 『도안 뚜옛』(越)에 나타난 여성상 비교 연구―시련과 극복 양상을 중심으로」, 한국외대 석사논문, 2016.

3 김유정은 1908년 강원도 춘천에서 출생한 작가이다. 29살 때 사망하였던 유정은 병고와 경제적인 악조건 속에서도 삶을 결코 포기하지 않았고 문학을 통해 희망을 찾게 되었다. 그는 농촌 현실을 잘 파악하고 자신의 체험을 소설에 반영하였다. 1935년에 등단하였고 「소낙비」란 작품이 조선일보 신춘문예에 1등 당선되었다. 또한 「노다지」가 조선중앙일보 신춘문예에 입선되었다. 1933년 잡지 『제일선』에 「산골나그네」와 『신여성』에 「총각과 맹꽁이」를 발표하였다.

4 쁘렘짠드는 1880년 웃따르 쁘라데쉬 라므히에서 출생한 작가이며 어렸을 때부터 우르두어와 힌디어 문학에 관심을 갖게 되었다. 현대 힌디어 문학에서 매우 유명하고 가장 주목할 만한 작가이며 많은 작품이 인도에서 역사적인 의미를 가지고 있다. 국립학교에서 교사가 된 후 그의 반식민지와 반봉건의식을 반영하는 논설들이 우르두어로 발간된 문예지에서 연재되었다. 「성직자의 비밀」이라는 첫 장편 소설에서 인도 사제계급의 부패와 타락을 나타냈고 이 작품은 『하늘의 소리』라는 주간지에서 발표되었다. 「키스나」에서 여성들의 패물에 대한 집착을 묘사하였고 「속상한 여왕」에서 무산계급의 패망과 여성의 용맹성을 극명하게 나타냈다. 그의 수많은 작품들은 인도의 중·고등학교 교과서에서도 실려 있으며 다양한 주제를 다루고 있다. 1920~30년대 쁘렘짠드의 반식민주의 의식을 내타내는 주요 작품으로는 「죄인」, 「어머니」, 「진행」 등이 있으며 인도 고대의 영웅적 인물과 인도의 고전 문화와 전통을 반영하는 역사 소설로 「국가 신봉자」, 「존엄의 딸」 등이 있다.

5 김유정이 문학 활동을 하던 시기에 한국은 정치·사회적으로 극심한 불안을 겪고 있었다. 일본은 한글 교육을 폐지하였고 집회, 언론과 출판의 자유를 박탈하였다. 세계적 대공황으로 일본의 침략전쟁이 시작되며 일본은 한국의 모든 산업을 전쟁을 위한 지원산업으로 활용하였다. 당시

를 당하고 있었던 국민들은 생존하기 위해서 수단을 가리지 않았다. 영국과 일본은 한국과 인도인들을 교묘한 방법으로 억압하였고 이에 작가들은 작품을 통해 자유롭게 저항과 비판의 목소리를 낼 수 없었다. 그러나 그러한 제약된 상황에서도 작가들은 작품 속에서 빈민층의 삶을 사실적으로 서술함으로써 민중들의 고난을 나타냈다. 김유정과 쁘렘짠드 소설은 소재나 태도에 있어서 유사한 양태를 지니고 있으며, 1930년대 사회·경제 정책, 토지제도, 소작 현황과 관련 문제도 잘 반영되어 있다. 소설에서 빈곤한 농부들이 겪었던 경제적 문제와 아픔을 볼 수 있으며, 삶을 살아내기 위해서 자의든 타의든 매춘이라는 극단적인 선택을 할 수밖에 없었던 여성들의 절망과 무력감을 이해할 수 있다.

한국과 타국의 전쟁 시기 소설과 여성상을 다루는 논문들이 많다는 점에서 식민지와 분단을 경험한 한국과 인도의 여성상 비교 연구는 매우 중요하고 소중한 분야라고 할 수 있다. 김유정과 쁘렘짠드는 식민지 농촌 사회의 모순을 꿰뚫어 보고 있었으며 매춘과 노동착취를 강요당한 여성들의 힘든 삶을 사실적으로 서술하였다. 김유정은 인물들을 통해 해학성, 토속성과 전통성을 드러냈고 쁘렘짠드는 풍부한 상상력과 통찰력으로 사회악을 반영하고 국민들의 애국심을 불러일으켰다. 두 작가의 소설에서 유사한 내용과

문인들은 일제의 감시와 통제로 인하여 식민 통치에 대한 비판·저항 및 하층민들이 겪고 있었던 참혹한 문제를 작품에 적극적으로 반영하지 못하였다. 이러한 상황에서 김유정은 한국 농촌 사회의 문제에 대한 현실을 보여주었고, 여성들이 당했던 성적·육체적 학대를 작품에 그려냈다. 식민지 농입징책 때문에 사작농이 소삭농으로 선락하였으며, 1920년부터 이러한 형태가 계속 늘어나기 시작하였다. 인도에서는 여러 번 독립운동이 일어났지만, 영국 제국주의의 억압 때문에 실패하였다. 영국의 수탈 정책으로 인하여 농부들은 상당한 손실을 입었고 많은 사람들이 기아로 죽었다. 인도 경기가 침체의 늪에 빠져 있어서 1인당 소득이 매우 낮았고, 실업률이 늘어나고 있었다. 세계적으로 유명한 인도의 수공예 산업과 가내 수공업도 대규모로 파괴되었다. 그 시기 인도의 작가들 역시 자유롭게 영국 제국주의에 대항할 수 없었다. 하지만 쁘렘짠드는 그의 소설에 비폭력적 정치의식, 민족의식과 사회개혁의식을 드러냈다. 그뿐만 아니라 자치의 혜택과 영국의 지배를 종식시키고 완전한 독립을 얻을 수 있는 다양한 방도를 제시하였다.

작가의식을 발견할 수 있으며 비슷한 상황에서 등장인물의 다른 행동 양식도 확인할 수 있다. 이 글은 김유정과 쁘렘짠드 소설에 드러난 여성상을 살피고 두 나라의 식민지 현실을 이해하는 데 목적을 둔다. 또한 김유정과 쁘렘짠드 소설에 나타난 매춘의 양상을 살펴보고 작가들은 이러한 사회적 문제를 어떻게 보고 있는지 비교 분석하고자 한다.

이 글에서 살펴볼 소설에 나타난 인물들 대부분은 소작인들이다. 이들은 아무리 열심히 농사를 지어도 입에 풀칠조차 하기 어려운 힘든 상황 속에서 환상을 꿈꾸고 일탈을 시도하였다. 절망적인 상황 속에서 여인들은 가부장적 질서에 억압을 당하고 생존하기 위해 매춘을 선택할 수밖에 없었다. 소설에 나타난 매춘의 양상을 통해 양국 사회의 부조리를 이해할 수 있으며 매음 행위의 근원을 알 수 있다. 이 글에서는 김유정의 「소낙비」, 「산골나그네」, 「정조」, 「안해」와 쁘렘짠드의 「지옥으로 가는 길」, 「두 무덤」, 「신혼」과 「홍등가」를 비교 분석하여 양국 작품에 드러난 매춘의 형태를 살펴보려 한다.

양국 식민지 소설의 여성상 관련 비교문학 연구는 현재 거의 전무한 상태지만, 양국 상호 간의 상관성을 살펴볼 때 유의미하고 소중한 연구 분야가 아닐 수 없다. 이 글은 연구사가 없는 새로운 주제의 논문이다. 양국 작가는 생존을 위해 매춘을 하게 된 여성들의 삶의 모습을 사실적으로 묘사하였으며 아이러니, 풍자뿐만 아니라 창작 방법에서도 비슷한 점을 확인할 수 있다. 1930년대 한국과 인도 식민지 시기 여성상이 소설에 어떻게 형상화되었는지 살펴보고 김유정과 쁘렘짠드는 소설 속에 반영한 매춘의 양상을 어떻게 조명하고 인식하고 있는지 살펴볼 것이다. 이러한 여성상 비교연구는 양국의 식민지 상황과 하층민들의 삶을 더욱 깊이 있게 이해하는 데 도움이 될 것으로 기대된다.

1) 연구사 검토

김유정의 소설은 약자나 피해자가 주인공으로 나타나고, 작가가 그들을 부정적으로 드러내거나 연민의 시선을 보내지도 않는다는 것이 특징이다.[6] 김유정 문학의 연구 경향은 세 가지로 분류할 수 있다. 작가의 역사의식이나 사회의식에 대한 연구, 전통적 정서와 관련된 그의 해학성·토속성과 풍자에 대한 연구, 또한 문학의 내적 구조를 다루는 연구로 볼 수 있다. 김유정은 1930년대 농촌 사회의 궁핍한 상황을 사실적으로 묘사하였으며, 그의 작품에 관한 역사주의적 논의는 그의 사회·역사적 시각에 근거하고 있다.[7] 신동욱은 김유정 소설에서 사회의 극심한 모순과 갈등이 드러나 있다고 주장하였다. 1980년대의 비평적 분위기를 반영하는 윤지관은 김유정 문학이 브나로드식의 계몽 문학 또는 카프 문학과 다르다고 해명하였다. 그에 따르면 김유정 소설에는 민중적 관점과 시적 결합이 드러나 있다.

형식주의적 관점에서[8] 김유정 문학에 관심을 가진 김문집은 김유정의 조선어휘 구사능력이 뛰어나다고 극찬하였다. 김유정의 문체에 대한 김문집의 찬사는 인상 비평에 불과하고 구체적인 분석을 이루지 않았다. 김상태의 연구에서는 아이러니적 양상, 활력의 언어와 이중의 비전이 김유정의 문체적 특징으로 언급되어 있지만, 이것에 대한 의미파악을 확인할 수 없다는

---

6 조남현, 「김유정 소설과 동시대소설」, 『김유정의 귀환』, 소명출판, 2012, 2·33면.
7 신동욱, 「김유정고」, 『현대문학』, 1호 1969; 윤지관, 「민중적 삶과 시적 리얼리즘」, 『세계의 문』 48, 1988; 김영화, 「김유정의 소설 연구」, 『어문논집』 16, 1975; 김영기, 「농민문학론」, 『현대문학』 10호, 1973; 윤홍로, 「김유정의 소설미학」, 『한국문학의 해석학적 연구』, 일지사, 1976; 서종택, 「궁핍화 시대의 현실과 작품 변용」, 『어문논집』 17, 1976.
8 형식주의적 접근 방법에서 작품의 미학적 특성과 자율적 구조에 대한 논의가 있으며 신비평적·구조주의적·문체론 연구에 중점을 두고 있다.
   김상태, 「생동의 미학」, 『현대작가연구』, 민음사, 1976; 김상태, 「김유정의 문체」, 『문체의 이론과 해석』, 새문사, 1982; 박정규, 「김유정 소설의 시간 구조 연구」, 한양대 박사논문, 1991; 윤홍로, 「김유정의 소설미학」, 『한국문학의 해석학적 연구』, 일지사, 1976.

점에 한계점으로 드러난다. 신라·고려·조선 시대 해학의 맥락을 다루는 연구자인 정한숙[9]은 김유정의 소설에서 드러난 해학이 전통과 연결되어 있지 않으며, 그보다 훨씬 미약한 수준이라고 주장하였다. 이와 반대로 임헌영과 조건상은 김유정의 문체가 18세기의 판소리 문학의 전통과 밀접한 관계가 있다고 해명하였다. 유인순은 김유정 작품에 나타난 행위주의와 공간의 관계를 분석하고 작가의 문학성을 연구하였다.

이러한 방식으로 작품의 내용과 형식을 분리해서 연구가 이루어졌기 때문에 문학성과 사회성을 같이 연구하는 시도가 있었다. 소설의 내용과 형식을 같이 분석하는 것은 의미가 있지만, 작품 구조에만 치중한다는 한계가 있다. 이주일, 김명숙과 이건택[10]은 김유정 소설의 등장인물들의 계급적 성격과 갈등구조를 분석하여, 인물 유형을 요부형, 우직형, 순종형, 현실타산형, 의지실현형과 탐욕아집형으로 나누었다.

최명순은 김유정 작품의 가족관계를 분석해서 작가의식을 연구하였으며, 주경순은 작중인물의 도덕성 변화를 다루면서 피해를 주거나 입는 인간형과 윤리의식이 타락된 여성으로 유형화하였다. 김유정 소설의 여성 인물들은 주로 요부형과 비윤리적인 여성으로 유형화되어 있다. 김유정은 작품에서 나타난 여성 인물이 생존을 유지하기 위해 선택한 매춘 행위를 부정적으로 보여준 것이 아니다. 식민지 현실과 빈곤 때문에 일어난 어쩔 수 없는 상황은 매음 행위의 근원으로 설명되어 있다. 박길숙[11]은 식민지 현실 대응 양상을 살펴보면서 극심한 가부장적 억압을 당했던 여성들이 자각현상을

---

9 정한숙, 『현대한국문학사』, 고려대 출판부, 1982.
10 이주일, 「김유정 소설 연구」, 명지대 박사논문, 1991; 김명숙, 「김유정 소설의 인물 연구」, 연세대 석사논문, 1992.
11 박길숙, 「김유정 소설의 여성상 연구」, 수원대 석사논문, 1997.

나타내지 않았다는 사실을 제시하고, 인물을 능동적·희생적·이기적 인간형으로 유형화하였다. 이호림[12]은 김유정 소설의 작중 인물의 현실 대응 양상을 능동적 현실타개형과 수동적 현실순응형으로 나누었다. 또한 작품의 공간 배경을 기준으로 도시 여성과 농촌 여성으로 분류해서 식민지 시기의 비참한 상황과 여성의 기능 및 의미를 파악하려 하였다.

김종구[13]는 김유정 작품에 드러난 혼인 시련 양상과 근원을 살펴봤으며 여성 인물을 기혼·미혼 도시·농촌 여성으로 유형화하였다. 한상무[14]는 김유정 소설의 작중 여성 인물을 기혼·미혼으로 나누며 기혼여성을 결혼 생활의 억압에서 벗어나지 못하는 순응적 인고형 여성상과 가정을 보호하기 위해 노력하는 탈도덕적 정의적인 여성상으로 나눠서 분석하였다. 김윤식[15]은 김유정의 들병이 사상을 분석하였으며 매춘의 긍정적·부정적 면을 사실적으로 묘사한 김유정의 문체를 평가하였다. 박세현[16]은 김유정 소설에 나타난 매춘의 양상을 식민지 사회의 비참한 현실을 반영하기 위한 소설적 장치라고 하였다. 주영준[17]은 김유정 작품의 매음을 생존을 유지하기 위한 매음과 경제적 부를 축적하기 위한 매음으로 나누었다.

임한성[18]은 김유정이 소설에서 들병이를 등장시킨 이유는 그 시기 사회 현실을 반영하기 위해서라고 하였다. 또한 여성 인물이 매춘을 선택한 것이 성적 쾌락을 원해서 아니라 생계를 꾸리기 위해서였다고 해명하였다. 이주

---

12 이호림, 「김유정 소설에 나타난 여성상 연구」, 성균관대 석사논문, 2000.
13 김종구, 「김유정 소설의 여주인공 연구」, 한국언어문학회, 1995.
14 한상무, 「김유정 소설에 나타난 강원도 여성상」, 『강원문화연구』 제24집, 2005.12.
15 김윤식, 「들병이 사상과 알몸의 시학」, 『김유정 문학의 재조명』, 한림대 아시아 문화 연구소 제9호, 학술연구발표요지, 1994.
16 박세현, 「김유정 소설의 매춘 구조 분석」, 『김유정의 소설 세계』, 국학자료원, 1998.
17 주영준, 「1920~30년대 나타난 매춘의 양상 분석」, 한남대 석사논문, 2006.
18 임한성, 「김유정 소설에 나타난 '들병이' 연구」, 공주대 석사논문, 2008.

형[19]은 매춘 양상의 부정적인 모습이 드러난 나도향의 「물레방아」와 김동인의 「감자」 같은 작품을 살펴보면서 김유정 소설의 여성 인물의 삶의 현실과 사회적 상황인식은 자연주의 관점이라고 주장하였다. 본 연구사 검토에서 알 수 있듯이 김유정 소설의 인물 분석, 여성 인물의 유형화, 들병이에 대한 연구, 문체의 특성, 해학성과 역사성에 대한 연구가 많이 이루어졌다는 것을 확인할 수 있다.

인도에서 쁘렘짠드에 대한 연구는 해방 이후 본격적으로 힌디어와 우르두어 문학에서 이루어졌다. 영국 통치하에서 인도는 종교와 언어를 토대로 분단되었으며 쁘렘짠드에 대한 연구는 힌디어와 우르두어 문학 분야에서 활발하게 진행되었다.[20] 인도가 분단된 이후 수많은 학자들이 작가의 소설, 논설, 편지 등을 수집해서 분석하기 시작했다. 암리뜨 라이[21]는 쁘렘짠드의 단편소설을 수집해서 『만사로워르』전8권과 「굽뜨단」전2권, 그의 문예활동에 대한『펜의 병사—쁘렘짠드』를 출판하였으며, 마단 고빨[22]은 『쁘렘짠드—펜의 노동자』를 발행하였다. 연구자들이 쁘렘짠드의 많은 작품에서 국수주의적·사실주의적 측면이 드러난다고 해명하였다. 차루 굽따[23]는 힌디문학에 있어서 쁘렘짠드가 민중의식과 사회의식을 새로이 구현하였다고 주장

---

19 이주형, 「「소낙비」와 「감자」의 거리」, 경북대 국어교육 연구 8호, 1976.
20 언어는 어떤 민족의 특성을 반영하는 데 매우 중요한 역할을 한다. 독립 국가에서 국민들은 민족어의 자유로운 사용과 보급을 원한다. 인도는 언어, 민족, 문화와 종교가 매우 다양한 국가이다. 식민지 시기 영국 통치자들은 힌두교와 이슬람교 사람들 사이에서 대립과 갈등을 불러일으켜서 이를 통해 더욱 오랫동안 인도를 지배하려 하였다. 쁘렘짠드는 자라면서 힌디어와 우르두어 배웠고 이 두 가지 언어로 작품을 창작하였는데, 사실 그가 사용하였던 언어를 인도어라고 할 수 있다. 그런데 독립 이후 인도가 인도와 파키스탄으로 분단되면서 쁘렘짠드에 대한 연구는 힌디어와 우르두어 문학 분야에서 활발하게 이루어져 왔다.
21 Amrit Rai, *Kalam ka Sipahi*, Hans Publication Allahabad, 1962.
22 Madan Gopal, *Munshi Premchand : A Literary Biography*, Asian Publishing House, 1964.
23 차루 굽따, 『쁘렘짠드 소설의 여성인물 연구』, 사회과학자 제19호, 1991.

하였다. 그의 소설에는 인도 사회의 다양한 모습이 거울처럼 반영되어 있으며, 작가가 사회적 비리와 모순에 대해 주도면밀한 서술을 통해 민중들이 인도의 암울한 현실을 느끼게 만드는 소설 작법을 이용했다고 보았다.

남워르 싱[24]은 식민지 시기 쁘렘짠드 소설에 드러난 독립의 요구, 농촌의 실상과 모든 계층의 문제를 분석하면서 작가를 사회주의자로 평가하였다. 작가가 하층여성의 비애, 고통 또한 상위 계층에게 당하였던 억압, 착취, 모욕과 냉대를 사실적으로 묘사하였다고 보았다. 남워르 싱은 그의 연구에서 쁘렘짠드와 러시아의 유명한 작가인 톨스토이의 세계관을 비교 분석하면서 쁘렘짠드를 사회주의 리얼리스트 소설가로 파악하였다. 그는 쁘렘짠드와 하층계급[25]에 대한 그의 연구에서 쁘렘짠드가 무산계급, 노동자와 빈민자의 문인이라고 주장하고, 작가가 나라를 독립시키기 위해 소설을 통해 어떻게 국민들에게 애국심을 고취시켰는지를 해명하였다. 자파르 라자[26]는 쁘렘짠드 문학의 중요성과 경향을 고찰하고 작가의 창작 언어가 인도어라고 주장하였다. 또한 쁘렘짠드의 힌디어로 번역되어 있는 우르두어 소설의 오역에 대한 비교연구도 수행하였다.

데비리나[27]는 쁘렘짠드가 영국 통치하에서 인도의 사회적·정치적 현안을 사실적으로 보여주었으며, 문인으로 그의 책임을 소홀히 하지 않았다고 해명하였다. 또한 그 작품은 계몽적 개선주의, 사회적 사실주의와 진보적 사실주의 경향을 나타낸다고 분석하였다. 한국에서도 1980년 이후 쁘렘짠드에 대한 연구와 작품 번역이 시작되었다. 김규성[28]은 쁘렘짠드의 소설에

---

24 남워르 싱, 『쁘렘짠드와 인도 사회』, 라즈카말 출판사, 2010.
25 남워르 싱, 『쁘렘짠드와 무산계급의 문학』, 하층계급 문학의 경향과 쁘렘짠드 소설, 2000.
26 자파르 라자, 『소설가 쁘렘짠드』, 록바르티 출판사, 2010.
27 Devleena Ghosh, *Premchand : Radicalism vs Nationalism*, Sydney Studies in Society and Culture, 1983.

드러난 역사의식, 사회의식과 농촌문학관을 평가하였다. 그는 작가의 봉건주의, 신분제와 빈부격차에 대한 비판의식을 해명하였다. 이은구[29]는 쁘렘짠드의 「헌우」를 살펴보면서 작가의 사실주의적 관점을 파악하였다. 그는 이 소설에 등장한 무슬림 인물을 연구하고 작가의 무슬림 종교관을 파악하고자 했다. 이은구는 쁘렘짠드가 인도의 다종교와 다민족의 민중들을 대표하는 작가라고 결론을 짓고 그를 민족주의 작가라고 주장하였다.

니르말라[30]는 쁘렘짠드 소설에서 드러난 여성들의 모든 고통의 근원이 인도 사회에서 존재했던 사회적 불평등 때문이라고 보았다. 또한 작가가 그의 많은 소설에서 독특한 성격을 가진 여성인물을 그렸으며 경제적 어려움 때문에 중산층과 하층 여성이 매춘부가 되는 경우가 많았다고 분석하였다. 빨라비[31]는 쁘렘짠드 소설 속 여성 인물을 이상적인 여성, 고통받는 여성, 과부와 매춘부, 희생적인 주부와 항의하는 여성으로 유형화하였다. 여성이 가부장적 억압에서 벗어나지 못하고 가정을 위해 자신을 희생하는 인물로 드러나 있다고 해명하였다. 빨라비는 「크리켓」에서 작가가 그린 강하고 독립적인 여성의 모습을 분석하였다. 결혼과 가족 외에도 여성에게 중요한 것들이 있다고 주장하고 어려운 상황에서도 포기하지 않고 열심히 일을 해서 생계를 유지하는 여성 인물을 고찰하였다.

기탄잘리[32]는 쁘렘짠드 소설에 반영된 사회적 불평등 때문에 남성만이 누리고 있는 특권을 비판하였다. 작가가 소설을 통해 억압과 폭력을 당하는

---

28 김규성, 「쁘렘짠드의 단편소설에 나타난 민중의식」, 한국외대 석사논문, 1985.
29 이은구, 「쁘렘짠드의 소설문학에서 이상과 현실」, 『외국문학연구』 제24집, 한국외대, 1991.
30 니르말라 잰, 「쁘렘짠드 소설의 여성인물 연구」, 『남아시아문학 저널』 제21호, 1986.
31 빨라비 티와리, 「쁘렘짠드의 단편소설에 드러난 성과 여성」, 『인도 역사 회의의 저널』 제70호, 2009.
32 기탄잘리 판대, 「얼마나 대등한가? 쁘렘짠드 소설의 여성」, 『경제적·정치적 주간지』 제21호, 1986.

기혼여성들에게 이러한 고난에서 벗어나기 위해 이혼을 추천한 것을 극찬하였다. 기탄잘리는 쁘렘짠드 소설에 드러난 매춘 양상을 소극적·적극적 양상으로 분류해서 식민지 사회에 여성들의 삶의 현실과 매춘의 암울한 면을 파악하려 하였다. 쁘렘짠드 소설은 신분제로 인한 사회적 문제와 여성들이 겪는 착취와 고난에 대한 연구가 많이 이루어진 것을 확인할 수 있다.

2. 김유정과 쁘렘짠드 소설에 나타난 매춘의 양상

식민지 시기 하층민들은 인간다운 삶을 살지 못하고 인신매매, 가족의 이산과 매음[33] 같은 절망적 문제들을 경험하였다.[34] 극단적 가난 속에서 여성의 몸이 상품으로 이용되었고, 가족을 지키기 위해 여성들은 매춘을 할 수밖에 없었다. 김유정은 식민지 시기의 비참한 현실을 날카로운 시선으로 작품에 드러냈고 소설에 반영된 양상이 특성을 가지고 있다. 그의 소설에 등장인물들은 경제적·사회적 차별 받고 억압을 당하는 인물로 공통점을 지니고 있으며 비상식적·비윤리적 행동 양식을 보여주고 있다. 쁘렘짠드는 농촌생활에

---

[33] 매춘이란 행위는 여성이 남성에게 돈을 받아서 정조를 파는 것으로 정의된다. 성매매는 난교, 성범죄와 금전 수수 등을 포함한다는 악평이 많으며, 사회에서 도덕적으로 인정받지 못한다. 블로흐는 매음을 혼외 성관계의 특이한 형태라고 하였으며, 성교 또는 다른 성적 행동과 유혹을 목적으로 하는 전문적인 거래라고 정의하였다. 그의 정의에 따르면, 애인도 매춘부로 인식될 수 있는데 대가를 받기 위해 성교나 유혹 같은 행위에 관여하기 때문이다. 그러나 어떤 사회가 매음의 지위에 대해 평가하고 법적인 결정을 하기 때문에 이러한 정의의 문제가 존재한다고 볼 수 있다. 사회에서 여성을 남성의 소유물로 생각하는 경우는 흔히 발견되며, 여성과 간통을 저지르는 것이 범죄로 인식되었다. 많은 경우, 정조를 상실한 여성들은 결국 매음을 선택할 수밖에 없었고 이는 매우 비참한 삶을 살아가는 것으로 이어졌다. 19세기와 20세기에 여성의 성에 대한 다양한 연구가 활발하게 이루어졌고, 문학에서도 매춘 행위의 유형과 매춘부들의 삶의 모습이 드러나기 시작하였다.

[34] 김영기, 「김유정 문학의 본질」, 『김유정 전집』, 현대문학사, 1968, 67면.

관심을 많이 가져서 농민, 과부, 궁곤한 가족과 불가촉천민 등을 소설에 등장시켰고 이들이 겪었던 다양한 사회적·경제적 문제들을 묘사하였다. 소설에서 인물과 사건에 대한 자세한 묘사도 확인할 수 있다. 식민지 사회의 암담한 현실을 이해하기 위해 김유정과 쁘렘짠드 소설에 나타난 적극적 매춘과 소극적 매춘의 양상을 살펴볼 것이다.[35]

1) 가정을 지키기 위한 소극적인 매춘

김유정 소설에는 가난하고 비참한 상황 속에서도 강한 생활력을 보이며 가정을 지키기 위하여 끝까지 노력하려는 희생적인 여인상이 드러나 있다. 소설에서 재정적으로 궁박한 상황에 빠져 있는 남편들은 아내를 술장사로 내몰며 강제적으로 매춘까지 시킨다. 그들은 아내에게 폭력을 행사하면서 빈곤에서 벗어나기 위해 아내를 팔기까지 하는 무능한 남편의 표본이라 할 수 있다. 그러나 김유정이 그린 여성 인물은 가정폭력을 당하면서도 남편에

---

35 한국에서는 삼국시대부터 매춘이 존재하였다. 이능화는 매춘의 기원에 대해 설명하면서 매음이 이미 신라시대부터 존재하였음을 언급하였다. 고려시대에는 가무를 담당하였던 기녀라는 여성들이 있었으며 조선시대에는 이 기녀의 이름이 기생으로 바뀌었다. 한국에서 일본인들이 공창제도를 도입하여 17세기에 실제적으로 매매춘이 시작되었다. 일본에서는 16세기 막부시대부터 집창촌이 허용되어 있었으며 1876년 일본의 매춘업이 한국에 들어왔다. 한국에서 유곽 매춘지역이 처음으로 생긴 곳은 부산이었는데 1905년 을사늑약과 1910년 강제 한일병합이 이루어진 후 매춘 공창제가 전국에서 시행되었다. 일본 통치하에서 성매매가 매우 늘어났고 해방 전까지 전국에서 매춘지역이 지속적으로 크게 증가하였다. 해방 이후 한국에서 공식적으로 공창제가 폐지되었지만 사실상 성매매가 완전히 일소된 것이 아니었으며, 묵인 상태가 일정 기간 지속되었다. 인도 무굴 시대에는 왕과 귀족들을 위해 일을 하는 여성들이 존재하였고 그들을 타와이프라고 불렀다. 타와이프는 전통 인도 음악, 춤, 연극과 우르두 문학에 뛰어났으며, 이러한 예술 발전에 지대한 공헌을 했다. 타와이프는 무굴 궁정 문화의 중요한 일부였고, 18세기 중반의 무굴 지배의 약화로 더욱 유명해졌다. 18세기 후반에 영국 동인도 회사가 인도에 들어와서 무역을 시작한 후, 영국군은 전국에 사창가를 설립하고 유지하였다. 가난한 인도 시골 가정에서 여성과 소녀들이 모집되었으며, 군이 직접적인 수요자였다. 뭄바이 같은 대도시의 홍등가는 이때 발달되었다. 영국의 지배 아래 인도의 홍등가가 증가했고, 군대 기지에서도 사창가가 설립되었다. 19세기와 20세기 초에 유럽과 일본 출신의 수천 명의 여성들이 영국령 인도에 밀매되었으며 매춘부로 일을 하였다. 현재 인도에서는 매춘이 합법으로 인정된다.

게 매우 헌신적인 모습을 보인다. 이들은 남편이 원한다면 정조까지도 팔아서 남편의 요구를 충족시키리란 순종적인 마음을 가지고 있다. 김유정 소설과 비슷한 매춘의 양상은 쁘렘짠드 소설에서도 확인할 수 있다.

여성 인물은 성적 쾌락을 원해서 매춘을 선택한 것이 아니라 생존을 위해 몸을 판다. 「소낙비」에서 춘호는 흉작과 빚에 쫓겨 야반도주하는 이농민이다. 그는 노름판에 갈 밑천을 만들기 위해 농사일을 품앗이하는 아내를 매질하고 돈을 벌어오라고 명령한다.

> 아내는 나이 젊고 얼굴 똑똑하겠다 돈 2원 쯤이야 어떻게라도 될 수 있겠기에 묻는 것인데 들은 체도 안 하니 괘씸한 듯싶었다.[36]

춘호가 아내에게 돈을 마련하라고 하면서 은연중에 강제적으로 매음을 시키고 있다는 것을 알 수 있다.

> 만약 돈 2원을 돌린다면 아는 집에서 보리라도 꾸어 파는 수밖에는 다른 도리가 없다. 그리고 온 동네의 아낙네들이 치맛바람에 팔자 고쳤다고 쑥덕거리며 은근히 시새우는 쇠돌엄마가 아니고는 노는 벌이를 가진 사람이 없다. (…중략…) 쇠돌엄마도 처음에야 자기와 같은 천한 농부의 계집이런만 어쩌다 하늘이 도와 동리의 부자양반 이주사와 은근히 배가 맞은 뒤로는 얼굴도 모양내고, 옷 치장도 하고, 밥 걱정도 안 하고 하여 금방석에 뒹구는 팔자가 되었다.[37]

---

36 전신재 편, 「소낙비」, 『원본 김유정 전집』, 강, 2007, 41면.
37 위의 책, 42면.

위의 인용에서 춘호 아내가 가정폭력을 당하면서도 무능한 남편과 이혼하기보다는 어떻게 하면 그가 필요한 돈을 마련할 수 있는지 생각하는 모습을 확인할 수 있다. 춘호 아내는 쇠돌엄마를 떠올리고 그녀를 찾아갔다가 쇠돌엄마의 집에서 이주사에게 겁탈을 당하게 된다. 그녀가 정조를 팔았던 것은 성적 쾌락을 원해서가 아니라 돈 2원을 필요하기 때문이었다. 춘호 아내는 무능한 남편에게 매 맞지 않고 사이좋게 살고 싶어서 수치심을 느끼면서도 몸을 판다. 자신의 행실에 대해 남편이 알게 되면 폭력을 당할까 봐 걱정하는 춘호 아내의 모습은 그녀가 남편에 관한 죄의식과 윤리의식을 동시에 가지고 있다는 것을 보여주고 있다.

춘호 아내에게 윤리의식이 배제되어 있는 것이 아니다. 다만 그녀는 수치심과 도덕성보다 남편이 요구한 돈 2원을 더 중요하게 여길 뿐이다. 춘호 아내는 빈곤으로 인하여 매춘을 하게 된 것을 불행으로 생각하지 않고, 가정을 지키기 위해 자신이 희생해야만 하는 것으로 받아들인다. 반면 남편은 아내의 감정에 매우 무관심하고, 그녀를 매질하고 강제로 매춘시킨 것에 죄의식을 느끼지 않는다. 이처럼 김유정 소설에서 아내의 매음 행위가 남편에 의해 조장되는 것임을 확인할 수 있었다.

그렇다면 쁘렘짠드 소설의 경우에는 어떤 양상을 보이는지 살펴보고자 한다. 「지옥으로 가는 길」에서 남편은 흉작으로 인하여 매우 빈곤한 상황에 처하자 아내에게 금목걸이를 도둑질해 오라고 요구한다.

이제 어떻게 먹고 살아? 흉작 땜에 집에서 먹을 게 하나도 없어. 니 부모가 왜 돈 없고 지참금도 이렇게 적게 줘서 내 삶을 일부러 망쳤어. 너 일하는 데가 부잣집이지? 비싼 것도 많을 텐데 (…중략…) 거기서 보석이 박힌 금목걸이를

하나 훔쳐 와. 그걸 팔고 장사를 시작하자.[38]

위의 인용에서 남편은 아내에게 금목걸이를 도둑질하라고 시키면서 그들이 가난한 원인은 지참금을 적게 받았기 때문이라고 말한다. 결국 아내가 금목걸이를 훔쳐서 돈을 마련하지만, 무능한 남편은 그 돈을 도박으로 모두 잃고 그 이후 아내에게 매춘을 강요하기 시작한다. 착한 아내는 매일같이 집에서 매질을 당하면서 남편이 요구한 돈을 구하기 위해 정조를 판다.

나는 왜 이런 세상에서 태어난 거야? 왜 내 부모는 이런 사람이랑 결혼시켰어? 나를 사랑하는 사람은 하나도 없어. 그 때문에 목걸이를 도둑질하고 이런 나쁜 짓까지 하게 됐어. (…중략…) 앗. 어떻게 몸을 팔아서 돈을 벌라고 할 수 있지? 내 몸을 더럽게 만든 그랑 내가 계속 같이 살 이유가 어딨어. 나는 동물이 아니잖아. 어떻게 나한테 이럴 수가. 이런 지옥 같은 생활 더는 못 살아.[39]

인용한 부분에서 아내의 절규를 통해 식민지 시기 인도 사회의 하층민 여성의 고통을 절감할 수 있다. 그녀는 가정폭력을 당하고 매춘부 같은 비참한 생활을 더는 견디지 못해 자살까지 시도하지만, 한 여인이 그녀를 구해낸다. 그러나 그녀의 생명을 구한 여인도 결국 하층민 여성에게 매춘을 강제한다. 「소낙비」에서 춘호 아내는 가정폭력을 당하면서도 남편에게서 탈출할 시도를 하지 않는 반면, 「지옥으로 가는 길」에서 하층민 여성은 죽음을 선택함으로써 남편에게서 탈출하려는 의지를 보여준다. 쁘렘짠드는

---

38 M Asaduddin, *Stories on Women by Premchand*, Penguin Viking, 2015, p.88.
39 Ibid., p.97.

인도 사회의 부조리를 폭로하고 있으며 가정폭력을 당하고 생존을 위해 강제 매춘을 하는 착한 하층 여성의 힘든 삶의 모습을 드러내고 있다. 그의 작품을 통해 당대 인도 문화에 가부장제가 뿌리 깊게 박혀 있었음을 확인할 수 있다.

「소낙비」와 「지옥으로 가는 길」에서 아내는 빈곤과 남편의 매질을 더는 피할 수 없어서 생존의 수단으로 매춘을 강제당한다. 이 두 인물에게 중요한 것은 도덕적 수치심보다는 남편과의 행복이었다. 남편은 아내가 정조를 파는 것을 불행으로 느끼지 않았고 비도덕적인 행위로도 생각하지 않는다. 춘호 아내가 이주사한테 돈을 받으러 갈 때 남편은 아내에게 몸단장을 시켜서 보낸다. 이는 「지옥으로 가는 길」에서도 동일하게 드러난다. 남편은 그녀에게 매춘을 시키면서 손님에게 갈 때 옷을 예쁘게 입고 가라고 말한다. 남편이 아내의 매춘 행위를 조장하는 것은 두 작품의 공통적인 특징이다. 여성 인물은 남편에게 매 맞지 않고 행복하게 살기 위해 수치를 느끼면서도 정조를 팔게 된다. 이것이 작품에는 반어적 상황으로 드러나 있다. 양국의 두 소설에서 남편이 극심한 빈곤과 굶주림의 고통에서 스스로의 힘으로 벗어나지 못하는 무능한 인물로 그려지는 것 역시 공통점이라고 할 수 있다. 남편이 아닌 아내가 가정을 책임지고 몸을 바쳐서 생존을 유지하려 노력한다. 춘호 아내와 하층민 여성은 매춘을 모욕과 수치로 느끼면서도 남편에게 매를 맞지 않고 의좋게 살고 싶어서 지속적으로 강제로 매춘을 할 수밖에 없었다. 작가는 이 여성 인물들이 겪는 윤리의식의 결여가 무지와 가난 때문임을 보여준다. 여성들이 생존을 위해 정조를 팔면서도 죄의식이 상실되어 있었다는 사실은 그 시기 양국의 파괴된 농촌 사회 현실을 반영하고 있다. 「소낙비」와 「지옥으로 가는 길」에서 드러난 정조의 관념이 쾌락 추구형과 상이하다는 것을 알 수 있다.

소극적 매춘의 양상은 김유정의 또 다른 소설에서도 발견할 수 있다. 「산골나그네」에서 한 여성은 홀어미가 사는 곳을 찾아가서 그녀와 함께 술집을 운영하게 되고 그녀의 아들 덕돌과 결혼까지 하게 된다. 그런데 나그네 여인에게는 병든 남편이 있었고, 그녀는 그를 위해 옷이 필요해지자 어느 날 옷을 훔쳐서 달아난다.

> 거지는 호사하였다. 달빛에 번쩍어리는 겹옷을 입고서 집행이를 끌며 물방앗간을 등졋다. 골골하는 그를 부축하여 게집은 뒤에 따른다. 술집 며느리다. "옷이 너무 커… 좀 저것엇스면…", "잔말말고 어여갑시다 펄적…" 게집은 불이 나게 그를 재촉한다. 그러고 연해 돌아다보길 잇지 안엇다.[40]

나그네 여인은 덕돌과 위장 결혼하고 주막일을 잘 도와주는 완벽한 며느리의 모습을 보여준다. 그녀는 남편을 위해 위장결혼과 들병이 생활도 마다하지 않았다. 그런데 위의 인용에서 확인할 수 있듯이 병든 남편은 아내가 자신을 위하여 다른 남자와 결혼해서 그녀 스스로를 희생한 것을 묵인하고 그녀가 도둑질해 온 옷이 매우 크다고 투정한다. 아내가 극심한 빈곤 속에서 남편을 위해 옷을 훔쳐오고 생존을 유지하기 위해 돈을 벌고 있지만, 남편은 그녀에게 고마운 마음을 갖기는커녕 불만을 표하고 있었다. 김유정은 당대 인간적 윤리의식이 사라지고 가부장제가 사회에 완전히 팽배해 있음을 나타내고 있다.

나그네 여인은 옷을 훔칠 때 은비녀는 도둑질하지 않았다. 기회를 틈타

---

40 전신재 편, 「산골나그네」, 앞의 책, 21면.

집안의 다른 값나가는 물건을 다 훔칠 수도 있었지만, 그녀는 욕심을 부리지 않고 남편을 위해 겨울옷만 가지고 달아난다. 병든 남편을 버리고 덕돌과 편안하게 살 수 있었지만 그녀는 희생적이고 헌신적인 성격을 가지고 있어서 끝까지 남편을 봉양하려 하였다. 애초에 나그네 여인은 홀어미 집에서 일만 열심히 하려 했으나 상황이 결혼까지 이르게 되자, 결핍 상황에서 벗어나기 위해 위장 결혼을 결심한 것이다.

「산골나그네」에서 남편을 봉양하기 위해 위장결혼까지 감행하는 나그네 여인의 비참한 상황을 확인할 수 있었다. 지금부터 쁘렘짠드의 「두 무덤」에서 인도의 엄격한 사회 계급 제도는 어떻게 한 여성의 삶, 생계와 평판을 파괴할 수 있는지 살펴볼 것이다. 최하층 가족에서 태어난 슬로차나는 가난하고 낮은 계급이기 때문에 어렸을 때부터 정신적 · 육체적으로 학대를 당했다. 최하층 여성을 매춘부로 보는 사회에서 남편인 라멘드라는 흉작 때문에 극심한 가난에 시달리게 되자 슬로차나에게 매춘을 하도록 강요한다.

> 이걸로 일주일간 하루 한 끼도 못 먹을 것 같은데……. 왜 나를 이렇게 죽이려 하냐? 너 때문에 아무 일도 못 찾으면서 내가 어떻게 사는지 알아? 와이샤최하층 여성가 어떻게 돈 버는지 잘 알지? 어렸을 때부터 해왔잖아. 우리 먹고 살아야 될 거 아냐. 네가 와이샤인 거 알면서도 결혼했는데 너도 그렇고 여동생도 그렇고 아무도 쓸모가 없어. 이런 얼굴이 진짜……. 그거 하는 데가 많잖아. 내 일도 다녀오고…[41]

라멘드라는 슬로차나를 구타하고 그녀에게 욕설을 퍼붓고 강제로 매춘

---

[41] M Asaduddin, op. cit., p.146.

시켜서 빈곤과 굶주림에서 벗어나려 한다. 아내는 마지못해 생존을 위해 몸을 팔 수밖에 없게 된다. 위의 인용에서 볼 수 있듯이 남편은 그녀가 벌어온 돈이 일 주일간 생활하기엔 턱없이 부족하다며 화를 내고 있다. 그는 최하층 여성에 대한 편견을 가지면서 아내를 모욕하고 호되게 매질까지 한다. 그의 행동은 나그네 여인 남편의 행동과 비슷하다. 둘 다 정조까지 바쳐서 생계를 꾸리려 하는 착하고 헌신적인 아내에게 고마운 마음이 전혀 없다. 농촌 사회가 파괴되어서 남편의 경제적 무력함이 나타나 있으며, 아내가 최하층 여성이기에 그녀에게 매음하라고 강요하는 것은 신분제도가 인도 사회에서 얼마나 심각한 문제였는지를 보여주고 있다.[42] 여성 인물에게 빈곤 결핍 상황에서 매춘을 통해 생계를 꾸리는 것은 성관계를 갖는 것으로 인식되지 않으며, 의식주의 해결을 위한 노동으로 인식된다. 두 여성은 가족을 지키기 위해 위장결혼과 매춘 행위를 마다하지 않았다. 남편을 봉양하려는 여성인물의 이러한 행위를 죄악으로 볼 수는 없다. 위에서 살펴본 작품에는 여성인물들이 성관계를 가져서 쾌락을 원하고 남편을 배반하는 이기적인 인간이 아니라 희생적이고 순박한 여성으로 드러나 있다.

2) 궁핍에서 벗어나기 위한 적극적인 매춘

「정조」에서는 이농민이었던 행랑어멈 부부가 시골에서 올라와 주인아씨로 인하여 행랑채에 정착한다. 어느 밤 남편이 고향집에 간 사이에 행랑어멈은 주인서방이 술에 취해 있는 것을 보고 고의적으로 그와 잠자리를 같이 한다. 또한 그것을 기회로 삼아서 한밑천을 잡으려 하는 노골적이고 약삭빠

---

42 C. Gupta, *Sexuality, Obscenity and Community : Women, Muslims, and the Hindu Public in Colonial India*, Palgrave Macmillan, 2001, p.249.

른 태도의 요부로 드러나 있다. 그녀가 주인아씨 집에서 주인행세를 하고 자신의 이익을 위해 주인서방을 유혹해서 돈까지 받아내려 하는 행위가 남편에 의해 묵인되고 조장된 것이었다.

"아씨! 전 오늘 이사를 가겠어요" 하고 어멈이 앞으로 다가선다. 아씨는 어떻게 되는 속인지 몰라서 떨떠름한 낯으로 (…중략…) "고뿌술집 할 테니까 한 이백 원이면 되겠지요. 더는 해 뭘하게요?"[43]

행랑어멈은 매우 현실적이고 계산적인 성격이어서 정조의 대가로 돈을 받아낼 수 있었다. 그녀의 내면에는 악랄한 기질이 숨어 있으며, 위에서 살펴본 춘호 아내와 슬로차나에 비해 훨씬 더 계산적이고 능동적인 형태라고 할 수 있다. 주인 서방이 문란하고 타락한 태도를 가지고 있어서 행랑어멈은 쉽게 그를 유혹하고 밑천을 받아낼 수 있었다. 여기서 주목해야 할 점은 춘호 아내, 슬로차나와 나그네 여인이 기본적 생존 수단을 위해 일시적으로 매음 행위를 선택하였지만, 행랑어멈은 성행위를 삶의 수단으로 선택하였다는 것이다. 그녀는 부잣집에서 일을 하게 되면서 기본적인 생존을 보장받았으나 그것으로 만족하지 않고 주인 서방을 유혹하고 밑천을 잡으려는 욕망을 보여준다.

지금부터는 쁘렘짠드의 「신혼」에서 나타난 적극적 매춘의 양상을 살펴볼 것이다. 이 소설에서 당가말이 젊지 않고 예쁘지 않은 아내를 미워하고 그녀와 헤어지려는 사이 아내가 병에 걸려 죽게 된다. 당가말은 아샤라는 미인과 재혼하고 행복하게 살고자 한다. 그러나 그들 사이에는 큰 나이 차

---

43 전신재 편, 「정조」, 앞의 책, 291면.

이가 존재했고, 아샤는 그의 남편에게 사랑을 느끼지 않는다. 어느 밤 당가 말이 집에 없는 사이에 아샤는 그의 친구인 주갈을 유혹하고 그와 동침한 다. 또한 그에게 협박까지 해서 돈을 얻었다.

> 어젯밤 동침한 거 비밀로 해야 하는 거지? 근데 내가 비밀 못 지키면 니타^{주갈}의 아내가 어떻게 될까? 바람 피우는 남편을 누가 좋아해. 모든 것에는 대가가 있어. 이걸 잘 기억해라. 오늘은 3백 루피 주고 가도 되는데, 앞으로 돈이 더 필요할 때마다 얘기할게. 니타를 잘 챙기고.[44]

위의 인용에서 볼 수 있듯이 아샤는 주갈을 유혹하고 그와 동침한 후 그의 아내에게 이 사실을 다 알리겠다고 협박까지 해서 돈을 얻는다. 여기서 주갈은 주인 서방과 비슷한 식으로 문란한 성격을 가지고 있어서 아샤는 그와 동침한 후 그에게서 밑천을 받아낼 수 있었다. 그 이후 욕심이 많은 아샤는 자신의 이득을 위해 주체적으로 매음하고 돈을 벌기 시작하였으며, 남편도 아내가 정조를 팔도록 그 상황을 묵인한다. 남편이 번 돈으로 기본적인 생존이 보장됨에도 불구하고, 아샤는 더 잘살아보기 위해 몸을 팔기 시작하였다. 나이 차이가 많이 나는 늙은 남편을 아샤는 사랑하지 않는다.

그 시기 인도에는 지참금 문제 때문에 여성을 무능하고 나이 많은 남성과 결혼시키는 경우가 많았고 작가가 이 소설을 통해 인도 사회에 존재하였던 문제들을 밝히고 있다. 생김새 때문에 첫 아내를 사랑하지 않았던 남편은 재혼 후 젊고 미인인 아내에게 사랑을 받지 못한다. 주갈과 성관계를 가진 것을 이용해서 그를 협박까지 한 것은 아샤의 교활하고 영악한 모습을

---

44 M Asaduddin, op. cit., p.223.

반영하고 있다. 그녀는 자신의 몸과 아름다움을 너무 자랑하고 육체를 이용해서 돈을 벌 줄 알며 무정하고 자만심이 매우 강한 인물로 드러나 있다. 물질적으로 결핍된 상황이 나아질 수 있지만 돈에 대한 추구와 욕구불만으로 인한 결핍된 상황을 극복하는 것은 매우 힘들다. 두 작가는 기본적인 생존 조건이 보장된 상황에서도 또 다른 만족과 충족을 위해 정조까지 팔아서 물질을 추구하는 인물을 그렸다.

지금부터는 김유정의 「안해」에서 농사를 지어도 생계를 유지하지 못하는 부부의 상황을 살펴볼 것이다. 빚에 몰려 있기 때문에 아내는 궁핍한 상황에서 들병이가 되겠다고 결심한다. 남편은 아내가 못생겼다고 하면서 늘 구박하지만, 아내의 생김새보다 수단을 중요시한다. 들병이가 되기 위해, 담배도 피울 줄 알고 술도 마실 줄 알고, 사람도 주무를 줄 알아야 하였다.

> 이깐 농사를 지어 뭘 하느냐, 우리 들병이로 나가자고. 딴은 내 주변으로 생각도 못했던 일이지만 참 훌륭한 생각이다.[45]

위의 인용에서 볼 수 있듯이 부부에게는 하루 한 끼를 마련하는 것도 큰 문제였기에 아내는 가정을 지키기 위한 매춘을 선택하는 것이 훌륭한 생계 수단이라고 생각하였다. 그러나 아내의 이러한 적극적인 태도는 문제가 되었다.

> 이런 기맥을 알고 년을 농락해 먹은 놈이 요 아래 사는 뭉태놈이다. 놈도 더러운 놈이다. 우리 마누라의 이 낯짝에 몸이 닳았다면 그만함 다 얼짜지. 어디

---

45 전신재 편, 「안해」, 앞의 책, 170면.

계집이 없어서 그걸 손을 대구, 망할 자식두… 참말이지. 이런 자식 때문에 우리 동리는 망한다.[46]

가난에서 벗어나기 위해 들병이가 되려 하는 아내는 적극적으로 동네 남자와 들병이 연습까지 하게 되지만, 뭉태한테 농락당하자 남편은 아내를 불신하며, 아내에게 들병이를 그만두게 한다. 또한 아내에게 돈을 벌지 말라고 하면서 아이를 낳도록 강요한다. 그는 아들을 많이 낳아서 그들이 벌어다 주는 돈으로 호강하고 살 미래를 꿈꾸고 있었다. 그러나 극심한 가난 속에서 아이를 많이 낳는 것은 부부를 더 극단적인 궁핍에 빠지게 만드는 길이었다. 남편이 아내를 경제적인 돈벌이의 수단으로 여기고 있음을 확인할 수 있다. 남편은 생존을 위해 여성을 사물로 이용하는 무력함을 보인다. 김유정은 비참한 현실 속에 황당한 꿈을 꾸면서 고통을 잊으려 하는 농민들 삶의 모습을 드러냈다. 임헌영은 김유정 소설에 들병이가 많이 드러나 있다고 하였다.[47] 그의 소설에 등장한 들병이가 그 시기에 실제로 존재하였던 인물 유형이며 잘살아보려 하는 사람들 중에 성행위를 선택하는 여성들이 많았다는 것을 알 수 있다.

위에서 빈곤에서 벗어나기 위해 들병이가 되려 하는 아내의 힘든 상황을 살펴보았다. 지금부터는 쁘렘짠드의 「홍등가」에 등장한 수만의 비참한 삶을 살펴볼 것이다. 이 작품에서 한 공무원이 딸인 수만을 결혼시키기 위해 뇌물까지 받아서 지참금을 마련하려 하였는데, 경찰에게 잡혔고 감옥에 가게 되었다. 수만은 일련의 불행한 사건들을 경험한 후에 마침내 매우 극빈

---

46 전신재 편, 「안해」, 앞의 책, 173면.
47 임헌영, 「김유정론」, 『국문학 논문선』, 서울 : 민중서관, 1977, 368면.

한 소작농과 결혼하게 되었다. 극단적 가난 속에서 남편이 어느 날 집주인한테 돈을 받아서 수만에게 집주인과 잠자리를 같이 하라고 하였다. 정조를 이용해서 생존을 유지할 수 있었다. 그 이후 궁핍한 상황에서 매춘은 생계를 유지할 수 있는 유일한 선택권이 되었고, 수만은 홍등가에서 몸을 팔기 시작하였다.

언제까지 비참한 가난 속에 살 거냐. 먹고 살 만한 돈도 없으면서 인생을 이렇게 낭비할 필요가 있나? 몸으로 할 수 있을 때까지 굶을 필요가 없어. 돈이 다야. 지금은 될 거고 나이 먹으면 이것도 안 될 것 같은데. 홍등가는 손님 많고 내가 인기 있을 텐데.[48]

위의 인용에서 확인할 수 있듯이 수만은 의식주가 매우 중요하다고 하면서 잘살아보기 위해 몸까지 팔아도 상관없다고 한다. 「안해」에서 들병이가 되려 하는 아내의 적극적인 태도는 수만의 태도와 비슷하다고 볼 수 있다. 빈곤에서 벗어나기 위해 시작한 매춘 행위이지만 갈수록 그녀는 성적 쾌락도 느끼며 적극적으로 매음을 시작한다. 그런데 며칠 후 수만이 매춘부가 된 것은 그녀의 여동생의 결혼 생활에 영향을 끼쳤다. 언니가 매춘부로 생계를 꾸리고 있기 때문에 여동생의 남편이 그녀와 이혼하고 수만과 여동생은 심각한 사회적 차별을 받게 되었다. 그녀가 사회적으로 소외되고 괴롭힘을 당하였기 때문에 매춘을 그만두고 노동자로 일을 해서 생존을 유지하려 하였는데 지속적 착취를 당하게 되었다.[49] 남편의 무능함 때문에 수만이 적

---

48 M Asaduddin, op. cit., p.341.
49 김영화, 「김유정론」, 『현대문학』, 1976, 8면.

극적으로 매춘을 시작하지만, 사회적 차별과 억압 때문에 결국 매음을 그만 두게 된다. 사회는 궁핍 속에서 자신의 육체를 이용하여 돈을 버는 것도 불가능하게 만들었다. 수만의 아버지가 지참금을 마련하기 위해 뇌물까지 받는 것이 인도에 존재하였던 사회악을 보여주고 있다. 쁘렘짠드는 소설을 통해 그 시기 인도에서 여성들이 실제로 겪고 있었던 문제들을 드러내고 있다. 식민 통치하에서 경제적 수탈, 가부장제와 궁핍화로 인한 압력 때문에 여성들의 몸이 생존유지의 수단으로 이용되었다. 또한 어떤 경우에는 여성들이 기본적인 생존 조건이 보장된 상황에서도 욕심 때문에 정조를 이용해서 밑천을 잡으려 하였다는 것을 확인할 수 있다.

3) 작품에 드러난 여성상의 특징

김유정과 쁘렘짠드 작품의 주된 모티브는 가난이라고 할 수 있다. 소설에서 남편과 아내의 진정한 사랑의 관계는 드러나지 않는다. 가난에 몹시 찌든 상황에서 남편이 아내를 호되게 매질하고 강제적으로 매음 행위와 술장사를 시키는, 가치가 전도된 관계가 나타나 있다. 양국 사회에서는 전통적으로 여성에게 현모양처형을 요구해 왔고, 여성의 정조는 목숨과도 같은 것이었다. 여성은 가부장적 사회에서 전통, 결혼, 가족 제도 같은 인습에서 벗어날 수 없었고, 남편의 내조자로 역할을 해 왔다. 인도의 경우에는 이러한 인습이 더욱 많아서 여성의 삶이 매우 비참하게 그려졌다. 위에 살펴본 소설에서 확인할 수 있듯이 여성의 정조가 보호되지 않았으며, 남편의 묵인 하에 아내의 정조가 생계의 수단으로 이용되었다. 위에서 살펴본 양국 소설에 드러난 여성상의 특징을 알아보고자 한다.

첫째, 김유정과 쁘렘짠드 소설에는 성의 역할이 전도된 남녀관계가 나타나 있다. 여성들은 극단적인 궁핍 속에서 직면하는 문제들을 남성보다 적극적으로 나서서 해결한다. 남성들은 가정을 책임져서 직접 문제를 해결하지 않고 여성의 삶을 비참하게 만드는 모습을 보인다. 생활고에 시달리고 있을 때, 남성들은 허황된 꿈을 꾸는 반면에 여성들이 강한 생활력을 보여준다. 남성은 무능하고 현실에서 도피하려 하는 인물로 그려져 있으며, 여성은 잔약한 몸으로 생계를 꾸리기 위해 최선을 다하고 자신을 희생하는 인물로 나타나 있다. 여기서 남성이 집 밖에서 돈을 벌고 여성이 가사노동을 하는 기존의 인습이 전도된 것을 알 수 있다.

둘째, 가부장적 사회에서 여성의 사물화 과정이 조장된 것을 확인할 수 있다. 가부장적 이데올로기 아래에서 남성은 여성을 가치 절하하며, 가난 속에서 여성을 생계의 수단으로 이용한다. 남성 중심 사회에서 여성은 남성에게 완전히 예속되어 있었으며, 여성에 대한 남성의 성적 지배가 매우 강화되었다. 양국 소설에서 궁핍한 상황에 빠져 있을 때 남편이 아내의 정조까지 판다는 것은 여성이 하나의 사물로 취급된다는 사실을 보여준다. 아내가 남편에 의해 억압받고 착취를 당하면서 매우 고통스러운 삶을 살아감은 그들이 서로 사랑하고 존경하는 정상적인 부부관계가 아님을 드러낸다.

셋째, 여성인물은 어떤 문제에 대해 스스로 판단하고 결정하는 것이 아니라 남편의 명령에 따라 움직인다. 궁핍 속에서 무능한 남편 때문에 매춘을 선택할 수밖에 없게 된 여성들은 이러한 불행이 자신의 운명이라고 생각하고, 자신을 괴롭히고 매도하는 남편의 명령을 맹목적으로 따른다. 가부장적 사회에서 희생과 헌신, 끈기와 인내는 여성의 타고난 성품으로 여겨지며, 남편이 아내의 성을 상품으로 이용했을 때도 이들은 반항하지 않았다.

넷째, 양국 소설에 등장한 여성인물의 윤리의식이 희박하고 매춘 행위에 대한 죄의식이 없다는 것을 확인할 수 있다. 극단적인 빈곤 속에서 벗어나기 위해 아내들은 남편이 요구한 대로 도둑질하고 정조까지 팔게 된다. 여성들이 극심한 궁핍 속에서 살아남기 위해 도덕성을 잃고 매음을 선택하는 것이 나타나지만, 기본적인 생존 조건이 보장된 상태에서도 비정상적인 행위를 마다하지 않는다는 것은 당대 사회적 현실과 인간의 본성을 설명해 준다.

3. 나가며

이 글은 한국과 인도 식민지 시기 소설의 여성상을 비교해 보았다. 1930년대에는 양국에서 진행되었던 식민 통치의 수탈정책 때문에 수많은 민중들이 소작농과 빈민으로 전락하게 되었다. 농촌 사회가 파괴되어서 농민들은 생존을 유지하기 위해 농촌에서 일탈하고 생계를 꾸릴 수 있는 다른 방법을 구하고자 하였다. 이 글에서 김유정과 쁘렘짠드 소설에 반영된 억압의 상황 속에서 생존을 유지하지 못하는 여성들이 매음을 선택하게 되는 과정을 살펴보았다. 두 작가는 소설에서 매춘 행위가 사회에 미치는 부정적인 영향에 중점을 두지 않았으며, 매춘과 빈곤의 원인이 되는 식민지 수탈 정책과 사회 부조리를 밝히고 있다. 기혼자가 매춘을 하는 과정을 묘사하면서 매춘의 비극성을 보여주고 있다.

가부장제 사회에서 지독한 가난에 처해 있는 여성이 가정을 책임지고 생계를 꾸리기 위해 매춘까지 하는 것은 그녀의 생활력이 매우 강하다는 것을 드러낸다. 김유정과 쁘렘짠드는 약자인 하층민 여성들이 가난에서 벗어나고자 하는 강한 의지를 가지고 있음을 드러냈다. 여성 인물들은 남성 중심

사회에서 경제적으로 무능한 남편을 부양한다. 양국이 비슷한 식민지 상황을 경험했더라도 쁘렘짠드는 김유정과 비교해서 현실 부정적인 인식을 더 강하게 드러냈다고 할 수 있다.

이 글에서 살펴본 작품들에는 남성보다 여성이 적극적으로 경제적인 문제를 해결하는 모습이 나타나 있다. 여성 인물들은 어려운 상황에서도 희망을 잃지 않으며 몸을 팔아서라도 가족을 지켰다. 그녀들은 남성이 여성의 성을 상품으로 이용했을 때도 반항하지 않았다. 빈곤한 상황에서도 경제적으로 무능한 남성의 가부장적 힘이 유효하다는 것을 알 수 있다. 그러나 어떤 경우에는 기본적인 생존 조건이 보장된 상황임에도 불구하고, 인물들이 한밑천을 잡으려는 욕심 때문에 도둑질하고, 사람을 속이고, 정조까지 파는 것을 확인할 수 있다.

김유정과 쁘렘짠드의 소설은 유사성뿐만 아니라 차이성도 가지고 있다. 인도소설에는 식민지 사회에 존재하였던 지참금 제도, 종교 갈등과 신분 제도 관련 많은 문제들이 드러나 있다. 또한 쁘렘짠드 작품에서 인도의 문화와 전통을 묘사하는 부분도 확인할 수 있다. 예를 들어 그는 소설 속에 결혼생활의 모습을 나타내면서 인도의 독특한 혼인풍습을 보여주었다. 아내는 남편이 장수하기를 기원하고 단식까지 하는 풍습을 볼 수 있다. 또한 다양한 종교의례를 치르는 장면을 재미있게 서술하였으며, 특별한 명절 의식을 생생히 묘사하였다.

한국소설과 달리 인도 작품에서 이슬람교, 힌두교와 기독교의 특징이 많이 반영되어 있으며, 신에 관한 굳건한 신념이 잘 드러나 있다. 종교가 많은 인도에서 종교적 상징물은 사회적 중요성을 담고 있는데 이는 쁘렘짠드 소설에서도 극명히 확인할 수 있다. 이외에도 쁘렘짠드 소설에서는 대가족의 모습과 중매결혼의 모습을 흔히 발견할 수 있으며, 그것으로 인한 다양한 어려움도 이해할 수 있다.

지참금 문제와 계급 제도 때문에 하층민 여성들은 사회적 차별과 착취를 당하고 비참한 생활을 할 수밖에 없었다. 「두 무덤」에서 슬로차나와 여동생이 어렸을 때부터 정신적·육체적 학대를 당했다는 것은 카스트 제도로 인한 심각한 사회적 문제를 반영하고 있다. 쁘렘짠드는 문학을 통해 인도 사회의 악을 폭로하고 박해를 받는 무산 계급에 대한 공감과 연민을 드러냈다. 마지막으로 한국과 인도소설에서 인물들의 행동 양식에도 차이를 볼 수 있다.

「정조」에서 행랑어멈은 돈을 벌기 위해 서방을 유혹하였지만, 「신혼」에서 아샤가 주갈과 동침한 것은 돈을 얻기 위해서만은 아니었다. 현재의 결혼 생활에 만족하지 못한 아샤는 성적 쾌락 역시 원했다. 「소낙비」에서 춘호 아내와 「지옥으로 가는 길」의 하층민 여성은 남편에게 매우 헌신적인 인물로 나타나는데, 춘호 아내와 달리 하층민 여성이 지속적 착취와 폭력을 버티지 못해 자살함으로써 비참한 삶을 끝내려는 적극적 의지를 보여준다. 두 작가의 소설에서 인물들은 비슷한 상황에서 다르게 행동한다. 김유정은 소설에서 비극적 결말을 나타내고 있지만 그러한 시대적 상황에서 국민들이 겪고 있었던 문제들을 극복하는 방법을 제시하지 않았다. 이것은 김유정 소설의 한계성으로 볼 수 있다. 쁘렘짠드 소설에서도 인도 사회의 엄격한 카스트 제도가 지적되는데, 그것을 철폐할 수 있는 방법이 제시되어 있지 않다는 것은 한계성으로 드러난다.

이러한 비교문학적 연구는 한국과 인도 간의 상호 이해를 깊게 하며 장기적인 문화 교류를 가져올 수 있다고 생각된다. 양국의 비교문학 관련 연구는 아직 척박한 상태이며 이 연구 분야를 더욱 넓혀가야 할 필요가 있다. 앞으로 윤흥길과 사다트 하산 만토의 분단 소설 비교 연구와 주요섭과 아르 케이 나라얀의 소설의 모성상 비교 연구하고자 한다. 역사상 양국이 식민 지배와 분단을 경험하였다는 것은 작가들의 문학 창작에도 영향을 끼쳤으며, 이는 양국 소설에서 빈민층의 아픔 등 비슷한 대목으로 반영되었음을 확인할 수 있다. 한국과 인도 식민지 소설의 이러한 비교 연구는 양국의 역사·사회·문화적 유사성과 차이성을 이해할 수 있는 좋은 계기를 마련한다.

참고문헌

1. 기본자료

김유정, 전신재 편, 『원본 김유정 전집』, 강, 1997.

M Asaduddin, *Stories on Women by Premchand*, Penguin Viking, 2015.

_____, *Stories on Caste by Premchand*, Penguin Viking, 2017.

Premchand, *Premchand Ki Sarvashreshta Kahaniyan*, Diamond Books, 2004.

2. 논문 및 단행본

김나현, 「김유정 소설에 나타난 여성상 연구」, 창원대 석사논문, 2005.

김문식, 「일제하의 농업」, 『일제의 경제침탈사』, 현음사, 1982.

김상태, 「김유정과 해학의 미학」, 『김유정 문학의 전통성과 근대성』, 한림대 출판부, 1997.

김영기, 「김유정 문학의 본질」, 『김유정 전집』, 현대문학사, 1968.

_____, 『김유정 - 그 문학과 생애』, 지문사, 1992.

김영화, 「김유정론」, 『현대문학』, 1976.

김윤식, 「들병이 사상과 알몸의 시학」, 『현대문학과의 대화』, 서울대 출판부, 1994.

_____, 『한국근대문예비평사』, 일지사, 1982.

박세현, 『김유정의 소설세계』, 국학자료원, 1998.

박영기, 「김유정과 그의 벗, 현덕의 문학 연구 - 들병이 소설과 「두포전」을 중심으로」, 『문학교육학』 62호, 2019.3.

박종성, 『한국의 매춘』, 인간사랑, 1994.

송홍엽, 「김유정 소설의 매춘 연구」, 경남대 석사논문, 1996.

이 경, 「김유정 소설에 나타난 친밀성의 거래와 여성주체」, 『여성학연구』 28호, 2018.10.

이미림, 「김유정 문학의 로컬리티 연구」, 『배달말』 64호, 2019.6.

조남철, 「일제하 한국 농민소설 연구」, 연세대 박사논문, 1985.

조남현, 『소설신론』, 서울대 출판부, 2004.

Ashwini Tambe, *Codes of Misconduct : Regulating Prostitution in Late Colonial Bombay*, Univ. Of Minnesota Press, 2009.

Bipan Chandra, *Nationalism and Colonialism in Modern India*, Orient Blackswan Private Limited, 1981.

C. Gupta, *Sexuality, Obscenity and Community : Women, Muslims, and the Hindu Public in Colonial India*, Palgrave Macmillan, 2001.

Dr Sujata S. Mody, *The Making of Modern Hindi : Literary Authority in Colonial North India*, OUP India, 2018.

Jon Wilson, *India Conquered : Britain's Raj and the Chaos of Empire*, Simon & Schuster Ltd, 2017.

Shobna Nijhawan, *Women and Girls in the Hindi Public Sphere : Periodical Literature in Colonial North India*, Oxford University Press, 2012.

1930년대 한·중 매춘 모티프 소설에 나타난 비극적 가정서사 비교

「소낙비」와 「노예가 된 어머니」를 중심으로

조비

1. 들어가며

김유정1908~1937과 러우스1902~1931는 각각 한국과 중국 현대문학사에서 뚜렷한 영향력이 있는 작가들이다. 이 두 작가는 몰락한 선비 가정의 후손으로 태어나 가난한 어린 시절을 보냈고, 각자 식민지와 반식민지 치하에서 교육을 받고 창작 활동을 했다.

김유정이 문단활동을 시작한 것은 1932년부터이고 공식등단1935 이전에 이미 7편을 창작했다.[1] 그의 작품은 1933년에 「산골 나그네」와 「총각과 맹꽁이」가 잡지를 통해 발표되었다. 따라서 김유정의 문단 활동 시기는 5~6년에 걸쳐져 이루어졌음을 알 수 있다. 김유정이 소설을 발표하기 시작

---

[1] 현재까지 알려진 김유정의 최초의 작품은 1932년 6월 15일자로 집필 완료한 「심청」을 들 수 있고, 신춘문예 당선작인 「소낙비」를 비롯해서 「산골 나그네」, 「총각과 맹꽁이」 등은 1933년에 집필된 작품이다. 그리고 신춘문예 당선되기 전해인 1934년에 이미 「솥」, 「만무방」, 「애기」, 「노다지」 등을 창작하였다(유인순, 『金裕貞文學 硏究』, 강원출판사, 1988, 19면 참조).

한 이 무렵부터 당시 한국 문단의 주류였던 카프의 활동이 퇴조하기 시작했고, 대신 떠오른 것이 이른바 순수문학이었다. 1933년 순수문학을 표방하는 작가들 아홉 명이 '구인회'라는 문학 친목단체를 결성했다. 구인회는 순수문학을 추구하면서도 그 구성원들이 서로 다른 문학 경향을 가진 채 문단 활동을 전개한다는 점에서 주목할 만하다. 김유정은 이 단체의 후기에 참가했기 때문에 구인회 안에서도 김유정의 문학적 영향력은 크지 않았을 것이다.[2] 그런데 친목 단체로 모인 이 작가들은 문학의 순수성을 추구하고 정치성은 배격해야한다고 주장하였다.

김유정의 문학에 대한 태도는 그가 『조광』에 발표한 수필 「병상의 생각」에서 엿볼 수 있다.

그리고 다만 한 가지 믿어지는 것은 사랑이란 어느 시대 어느 사회에 있어서나 좀 더 많은 대중을 우의적으로 한 끈에 꿸 수 있으면 있을수록 거기에 위대한 생명을 갖게 되는 것입니다.[3]

이것을 통하여 김유정은 자신의 관심을 가지는 대상은 일반 대중이라고 볼 수 있다. 그는 식민지 사회의 하층민 문제를 대상으로 삼아 이를 문학 작품을 통해 가감 없이 드러냈다. 또한 그의 독서 경험은 자신의 문학 세계에 영향을 주기도 했다. 김유정은 조카 김영수에게 「죄와 벌」·「귀여운 여인들」·「가난한 사람들」·「외투」·「마리아와 광대」·「홍당무」·「아Q정전阿Q正傳」 등 소설을 추천했다[4]. 이 작품들에는 한 가지 공통점이 있다. 작품들의

---

2 서준섭, 『한국모더니즘 문학연구』, 一志社, 1988, 47면.
3 유인순, 앞의 책, 20면.
4 위의 책, 21면.

주인공이 모두 가난한 하층민이라는 것이다. 이를 통해 보건대, 김유정 작품의 주인공들이 가난한 농민이거나, 도회지의 하층민들이라는 것이 우연만은 아닌 듯하다. 러우스의 본명은 조평복趙平復으로 1902년에 절강성浙江省의 한 몰락한 선비의 가정에서 태어났으며 30세 되던 1931년에 요절했다. 러우스의 문학 창작 기간도 그렇게 길지는 않다. 그는 1925년 처녀 소설집 『미치광이』를 자비로 출판하였다. 이 소설집 안에 6편의 단편소설을 수록하였다. 하지만 러우스는 자신의 첫 작품에 대해 만족하지 않았다. 그는 친구 창표昌標한테 보낸 편지 중에서 이들을 '다 가치 없는 작품'이라고 말했다.

1928년에 러우스는 청강생으로 베이징대학교에 들어가서 공부하였다. 여기에서 러우스는 자신의 문학 창작에 영향을 제일 많이 줬던 루쉰魯迅을 만나게 되었다. 루쉰은 중국 현대소설의 영향력있는 거장 중 한명으로서, 그의 글의 특징 중 하나는 민중들을 억압해온 봉건사상을 비판적으로 서술하며 근대 중국의 사회를 그린다는 것이다. 특히 루쉰은 주로 고향의 현실적인 모습을 자신의 문학 소재로 삼았다. 이런 루쉰의 영향을 받아, 러우스의 문학 작품이 변화하기 시작하였다. 그는 퇴락한 고향의 이미지와 마비된 고향 사람의 정신세계를 묘사함으로써 시대의 어둠을 비판하였다.

> 그는 드디어 바꾸기로 결정했다. 그때 그는 이후 자신의 작품의 내용과 형식을 모두 바꾸어야겠다고 나에게 분명하게 말했다.[5]

루쉰의 「망각의 기념을 위하여」에서 러우스는 자신의 창작 내용과 형식

---

5   "他終於決定的改變了, 有壹回, 曾經明確的告訴我, 此後應該轉換作品的內容和形式."(魯迅, 「為了忘卻的紀念」, 『南腔北調集』, 上海同文書店, 1933, p.54)

을 바꾸겠다고 했다. 이후에 러우스는 현실적인 내용을 대중들이 접하기 쉬운 형식으로 풀어내기 시작했다. 그래서 1929년에 발표한 중편소설 「세자매」와 장편 「구시대의 죽음」에서는 젊은이의 애정 고민을, 「2월」에서는 격동의 시대에 방황하는 한 중국 인텔리의 쇠락을 통해 인도주의의 한계를 그렸다. 러우스의 마지막 작품인 「노예가 된 어머니」는 가난한 여인이 빚 때문에 대리모가 되지만, 정작 그 아이의 어머니가 될 수 없는 그녀의 기구한 운명을 그리고 있다.

또 이 두 작가의 공통점으로 두 작가 모두 루쉰과 관련이 있다는 것이다. 특히 루쉰의 「아Q정전阿Q正傳」이 김유정의 독서 목록에 들어 있다는 것은 주목할 만하다. 루쉰의 이름은 대개 1920년대 후반부터 한국 문학평단에서 언급되기 시작하여 1930년대에는 널리 알려져 있었던 것으로 보인다.[6] 이를 통해 김유정과 러우스, 두 작가 모두 루쉰의 영향을 받아 그것이 그들의 창작 활동에 반영되었을 것이라고 볼 수 있다.

「소낙비」는 김유정의 데뷔작으로 1935년 『조선일보』에 실렸다. 「소낙비」는 김유정이 쓴 매춘을 주제로 한 소설 중에서 대표작으로 손꼽을 수 있으며 중국에서도 김유정 작품 중에 가장 널리 알려진 작품이기도 하다. 20세기 초 일본이 한국과의 합병조약을 체결하여 한국은 일본의 식민지가 되었다. 일본의 식민지 수탈은 날이 갈수록 심해져, 이 시기에 농민들은 일해도 가난해지는 지경에 처하게 되었다. 주인공 춘호는 해를 이어 흉작이었기 때문에 어쩔 수 없이 고향을 떠난 유랑민이다. 야반도주를 하는 춘호는 어린 아내를 데리고 이산 저산을 넘어 도착한 한 마을에서 형편없이 살고 있

---

6   유인순, 「루쉰(魯迅)과 김유정(金裕貞)」, 『한중인문학연구』제4집, 中韓人文科學硏究會, 2000, 77~78면.

다. 농토가 없는 춘호는 결국 노름판에 뛰어들게 되었다. 밑천을 만들 수 없던 춘호는 애꿎은 아내에게 돈을 마련하라며 아내를 매질하였고, 아내는 어쩔 수 없이 그 마을에서 제일 잘 사는 이주사와 불륜 관계를 맺게 된다.

러우스는 1930년에 좌익작가연맹의 기관지『맹아萌芽』에서「노예가 된 어머니」를 발표하였다. 1920년대부터 중국에서는 군벌 전쟁이 끊임없이 일어났고 농촌 경제가 거의 파탄지경에 이르러 농민의 생활은 점점 어려워졌다. 이 소설은 생활고와 빚 때문에 자신의 아내를 다른 집에 대리모로 팔아 버린 남편 황핑黃胖과 자신의 자식을 남의 자식이라고 밖에 부를 수 없는 그의 아내의 비극적인 이야기를 그렸다. 50세 나이의 리슈차이李秀才라는 인물은 집안을 물려 줄 아들이 없어 아들을 낳아 줄 첩을 두려고 했지만 처의 반대 때문에 전처典妻[7]라는 방법을 통해 대리모를 구해 대를 잇기로 한다. 즉 일종의 씨받이를 찾는 것이다. 때마침 돈이 필요했던 황핑黃胖은 아내를 대리모로 팔았고, 아내는 집안을 위해 어쩔 수 없이 시키는 대로 끌려갔다. 그녀는 오로지 아이들의 허기진 배를 채우기 위해 남편의 결정에 따른다. 이렇게 황핑黃胖의 아내는 노예의 길을 걷게 된다.

"여러 작품에 나타난 주인공들을 분석하고 귀납해 볼 때 일종의 유형론이 가능해진다."[8] 이런 각도에서「소낙비」와「노예가 된 어머니」는 서로 다

---

7 典妻는 빈곤으로 인하여 남편들이 아내를 전당잡고 매매하는 행위이다. 典妻가 나타난 것은 전당제도가 나타나면서부터이다. 전당되는 처의 주요한 임무는 바로 주인을 위하여 후손을 낳아주는 것이었다. 또 다른 면으로는 일종의 성노예가 되는 것이다. 전처는 남편이 아내를 하나의 인격체가 아닌 물건이나 사유재산으로 여기는 모습이기도 하고 남편이 아내를 매춘시키는 행위이기도 한다. 1920~30년대 전처의 풍속은 주로 중국 남방에서 유행했는데, 특히 절강에서 심했다. 러우스는 절강 사람으로 자기 고향의 성행하는 전처 누습을 주제로 삼고 사람의 마비된 정신세계를 묘사함으로써 시대의 어두움을 비판하였다. 그리고 중국 현대문학사에서 보통 매춘 모티프 소설을 전처 모티프 소설이라고 부른다. 그리고 '典妻', '賣妻'를 내용으로 창작한 작품이 그렇게 많지 않고 그중에 대표적인 작품이 쉬지에(許杰)의「賭徒吉順」, 러우스(柔石)의「노예가 된 어머니」와 루어수(羅淑)의「生人妻」를 뽑았다(臧小艷,「典妻賣妻－中國現代小說中的非常態婚姻敘事」,『學理論』27집, 哈爾濱市社會科學院, 2014, 123면 참고).

른 언어, 다른 국가의 소설이지만 그 인물들의 행동 양상을 적절하게 종합하여 귀납해볼 때 놀라운 공통점을 찾아낼 수 있다. 일단 두 작품이 다룬 사회의 배경과 그로 인해 생기는 모순이 매우 유사하다. 두 작품에서 등장하는 인물들은 모두 생존을 위해 발버둥치는 사회 하층의 농민들이다. 다시 말해, 이 두 작품은 가난하여 생계유지가 어려웠던 당대 농민들의 현실 생활을 재조명한 것이다. 경제적 욕망 즉, 돈에 대한 욕망을 채우기 위해 아내를 '희생품'으로 여기며 매춘을 강요하는 남편이라는 점에서 '춘호'와 '황핑黃胖' 두 인물들은 매우 흡사하다. '춘호'와 '황핑黃胖'은 경제적 곤궁에 적극적으로 대응하지만 결국 여성의 희생과 수난으로 돈을 버는 수단을 선택했다. 이런 면에서 보면 작가는 궁핍한 한 가정의 구성원들을 통해 당대 혼란스러운 사회상을 생생하게 서술했고 가부장제도 여성들의 수난사를 형상화 하고 있다. 이 소설들은 춘호 처나 황핑黃胖의 아내가 남편의 강요 때문에 매춘을 하거나 생산 도구로 팔리는 상황을 통해 여성이 남성들의 재산 증식 수단이 되거나 교환가치를 가진 거래 대상으로 간주되는 양상을 보여준다. 따라서 이 글은 「소낙비」와 「노예가 된 어머니」를 비교하면서 이 두 소설에서 나타나는 농촌 가정의 남편과 아내의 비극적 삶의 모습을 살펴보고자 한다.

지금까지 「소낙비」에 대한 연구는 수없이 진행되어 왔고, 이들을 간단히 정리하면 다음과 같다. 김영택[9]은 작중 인물들의 희학적인 작태를 통해 궁핍한 현실과 식민지 사회의 구조적 모순을 비판하였고 송현호[10]는 이주 담

8 조남현, 『소설원론』, 고려원, 1984, 135면.
9 김영택, 「窮乏化 現實과 諧謔的 僞裝－'소낙비'의 作品世界」, 『목원국어국문학』, 목원대 국어국문학과, 1990.
10 송현호, 「〈소낙〉에 나타난 이주담론의 인문학적 연구」, 『현대소설연구』, 한국현대소설학회, 2013.

론에서 이주민들의 빈곤과 매음의 문제를 새로운 시각으로 보여주었다. 비교 연구에서는 이주형[11]이 「소낙비」와 「감자」를 대비시켜 식민지 시대 작가의 현실 인식 태도를 보여주었다. 또한 매춘 모티프와 관련한 연구들도 활발하게 진행되었다. 박인숙은 도덕적으로 타락하는 부부 관계에 주목하였다.[12] 박해경은 김유정 소설에서의 여성의 육체나 성이 욕망과 쾌락의 문제가 아니라 철저하게 남편에게 소유된 타자의 대상이며 물질적 도구라고 보았다.[13] 이혜영은 이 작품에서의 매춘이 가난으로부터의 탈출구이며, 아내의 정조를 팔아버리는 허황된 방법으로만 부부의 행복을 찾을 수밖에 없는 당대의 현실을 반영한 것이라고 주장하였다.[14] 하지만 「소낙비」와 비슷한 주제의 중국 단편소설을 비교한 연구는 아직 없다.

중국에서도 「노예가 된 어머니」에 대한 연구들이 많이 있으며 그중에 매춘 모티프와 관련 있는 것들은 다음과 같다. 쉬지둥徐繼東은 전통봉건사상의 배경 하에 있는 여성은 자아의식이 결핍되어 있기 때문에 자신의 육체를 파는 것에 대해 반항 없이 순종하여 철저하게 노예로 전락한다고 지적한다.[15] 자오단趙丹의 경우에는 1920~30년대 전처典妻 모티프 소설의 주제에 대해 선충원沈從文의 「장부丈夫」, 뤄수羅淑의 「생인처生人妻」, 쉬졔許杰의 「도도길순賭徒吉順」 등 같은 작품을 비교하면서 중국 농촌 사회에 나타나는 순종적인 여성상, 무정하고 어리석은 남성상을 깊이 있게 분석했다.[16] 주목할 만한 것은

---

11 이주형, 「「소낙비」와「감자」의 거리－植民地時代 作家의 現實認識의 두 類型」, 『국어교육연구』, 국어교육학회, 1969.

12 박인숙, 「매춘모티브를 통해 본 김유정 소설 연구」, 『漢城語文學』, 한성대 한성어문학회, 1991.

13 박혜경, 「김유정 소설 속 여성인물이 구현한 성의 양상」, 『아시아문화연구』, 가천대 아시아문화연구소, 2013.

14 이혜영, 「金裕貞의 性을 통해서 본 社會意識－소낙비·산골나그네·안해를 中心으로」, 『又石語文』, 우석대 국어국문학연구회, 1986.

15 徐繼東, 「沈寂鄕土的痛－從兩性生存的悲劇意識解讀 : 爲奴隸的母親」, 『名作欣賞』, 山西三晋报刊传媒集团, 2007.

그 동안 각각 한국과 중국에서 「소낙비」와 「노예가 된 어머니」를 다양하게 연구해왔지만, 두 작품을 엮어서 비교 연구한 논문은 지금까지 중국에서도 한 편에 불과하다. 리옌홍李彦紅의 논문에서 처음으로 「소낙비」와 「노예가 된 어머니」를 줄거리와 주인공들의 성격의 차이점에 입각하여 작가의 창작 의도를 분석했다.[17]

이 두 작품은 모두 1930년에 창작된 것으로, 당시 한국과 중국 농촌에 있는 사회의 비참한 현실을 생생하게 담아내고 있으며 각국 문단의 중요한 위치에 있다. 두 작품은 나날이 피폐해지는 농촌 현실을 배경으로 힘든 삶을 영위해야 했던 농민들의 실상을 그려내고 있다. 이 두 소설은 이러한 비참한 현상을 가족 단위로 보여주고 있는데, 이 두 이야기에서 남편들은 가난을 벗어나기 위해 가족을 물화하는 비인간적인 방법을 선택한다. 즉 가족을 돈으로 환원하거나 성을 상품화하는 방식으로 생계를 유지하는 것이다. 그래서 「소낙비」와 「노예가 된 어머니」의 공통적인 모티프가 '아내의 매춘'이 된다고 할 수 있다. 이와 같이 두 소설은 당대 농촌의 비참한 환경을 보여 주고 있는데, 이것은 아내의 몸에 대한 지배 권력이 있는 남편들의 타락상과 그런 남편들의 가부장적 권위에 종속된 아내의 모습을 기형적 형태로 보여주고 있다는 점에서 매우 유사하다.

---

16 趙丹, 「中國現代文學中"典妻"題材作品的主題流變」, 『汕頭大學學報(人文社会科学版)』 第31卷 第1期, 汕頭大學, 2015.

17 李彦紅, 「從《中国为奴隶的母亲》与韩国《骤雨》看作者用意的异同」, 『科技信息』 第35期, 山东省技术开发服务中心, 2010, p.234.

2. 현실 탈출에 실패한 남편들의 타락상

「소낙비」와「노예가 된 어머니」에는 주인공들이 궁핍한 현실에 적응하지 못하고 그런 현실에서 탈출하려고 한다. 이들은 현실에서 탈출하기 위해 농토를 포기하여 유랑민이 되거나 일확천금의 꿈을 가지고 노름판에 투신하거나, 아내를 돈 많은 사람에게 매춘부로 팔아버린다. 당시 농촌의 현실 상황을 고려했을 때 이들에게 다른 적절한 방법이 별로 없는 것은 사실이다.

그는 자기의 고향인 인제를 등진 지 벌써 삼 년이 되었다. 해를 이어 흉작에 농작물은 말 못되고 따라 빚장이들의 위협과 악다구니는 날로 심하였다.

마침내 하릴없이 집 세간살이를 그대로 내버리고 알몸으로 밤도주하였던 것이다. 살기 좋은 곳을 찾 는다고 나이 어린 아해의 손목을 끌고 이 산 저 산을 넘어 표랑하였다. 그러나 우정 찾아들은 곳이 고작 이 마을이나, 산 속은 역시 일반이다. 어느 산골엘 가 호미를 잡아 보아도 정은 조그만치도 안 붙었고, 거기에는 오직 쌀쌀한 불안과 굶주림이 품을 벌려 그를 맞을 뿐이었다. 터무니없다 하여 농토를 안 준다. 일 구멍이 없으매 품을 못 판다. 밥이 없다. 결국에 그는 피폐하여 가는 농민 사이를 감도는 엉뚱한 투기심에 몸이 달떴다.[18]

앞의 인용문과 같이 춘호는 가난한 현실에서 탈피하려는 당시 한국 농민의 모습을 보여주는 전형적인 인물이다. 그는 흉작과 늘어가는 빚 때문에 고향을 등지고 여기저기 떠돌다가 지금 사는 이 마을에 정착했으나 터무니없다는 이유로 농토를 얻을 수 없었고 품도 팔지 못 하였다. 춘호와 아내가

---

18 李善榮 편저, 『김유정』, 志學社, 1985, 36면.

이주 후에도 살림이 나아지지 않는 모습은 유랑민 가정의 빈곤을 현실적으로 보여준다. '거기에는 오직 쌀쌀한 불안과 굶주림만 있다'고 한 것은 춘호가 야반도주하여 이 땅에 순조롭게 정착하기는커녕 외지인으로서 마을 사람의 믿음을 얻지 못하여 늘 불안하고 비참하게 살아야 했다는 사실을 나타낸다. 이런 불안감과 굶주림 때문에 춘호와 그의 가족은 결국 어느 마을에도 정착하지 못하게 되었다. 일제의 식민지 농업정책으로 인해 농민은 궁핍에 시달리고 생활터전이었던 고향에서는 생존을 유지할 수 없게 되었다. 이런 이유 때문에 춘호는 단순히 고향을 떠난 것에 그치지 않고 더 이상 농촌에서 살고 싶어하지 않는다.[19] 일제의 식민지 농업정책은 어느 정도 농민 계층을 분화하여 사회 구조를 빠르게 변화시켰다. 그런데 춘호는 상경하여 돈을 벌 마땅한 대책이 없었다. 그는 오로지 노름판에서 돈을 따 가지고 빚을 갚은 후에 서울로 올라가서 호화로운 생활을 누릴 궁리만 하고 있었다. 그의 아내도 남편의 말만 믿고 서울로 가기만하면 지금 같은 힘든 현실에서 벗어나 잘 살 수 있을 것이라는 헛된 꿈을 꾸고 있었다. 하지만 춘호의 "서울에 대한 기억과 설계는 아주 추상적이고 속물적이며 그가 생각하는 서울의 모습은 당시 보편적인 서울의 이미지와는 차이가 있어 보인다".[20]

돈이 없는 춘호에게 현실 탈출할 수 있는 방법은 일확천금의 꿈을 가지고 노름에 빠지는 것이다. 그러나 노름판은 돈을 버는 곳이 아니라 결국 더 빈곤해 질 수 밖에 없는 곳이다. 그는 밑천 이원이 없어서 노름판에 낄 수 없게 된다. 결국 춘호는 아내에게 매질을 하며 돈을 구해오라고 위협한다. 이는 빈곤과 도박으로 한 가정의 가장인 남편이 보여주는 허위적인 모습이

---

19 송현호, 앞의 글, 317면.
20 위의 글, 319면.

다. 이러한 남편의 타락상은 아내에게 매질로 매춘을 강요하는 모습에서만 확인할 수 있는 것이 아니다. 서울에 올라가면 '아내는 안잠을 재우고 자기는 노동을' 하면서 생활을 누리려는 춘호의 계획에는 이면적 의도가 있다.

> 첫째, 사투리에 대한 주의부터 시작되었다. 농민이 서울 사람에게, '꼬라리'라는 별명으로 감 잡히는 그 이유는 무엇보다도 사투리에 있을지니 사투리는 쓰지 말며, '합세'를 '하십니까'로, '하게유'를 '하오'로 고치되 말끝을 들지 말지라. 또 거리에서 어릿어릿하는 것은 내가 시골뜨기요 하는 얼뜬 짓이니 갈 길은 재게 가고 볼 눈은 또릿또릿이 볼지라하는 것들이었다. 아내는 그 끔찍한 설교를 귀담아들으며 모기 소리로 '네, 네' 하였다. 남편은 두어 시간가량을 샐틈 없이 꼼꼼하게 주의를 다져 놓고는 서울의 풍습이며 생활방침 등을 자기의 의견대로 그럴싸하게 이야기하여 오다가 말끝이 어느덧 화장술에까지 이르게 되었다. 시골 여자가 서울에 가서 안잠을 잘 자주면 몇 해 후에는 집까지 얻어 갖는 수가 있는데, 거기에는 얼굴이 예뻐야 한다는 소문을 일찍 들은 바 있어 하는 소리였다.
>
> 그래서 날마다 기름도 바르고, 분도 바르고, 버선도 신고 해서 쥔 마음에 썩 들어야……[21]

위의 인용문을 보면 서울 생활에 대한 춘호의 계획 중 하나가 아내를 '안잠자기'로 들여보내는 것이다. 그런데 여기에서 춘호의 이런 서울 생활에 대한 계획의 이면이 심상치 않다는 것을 알 수 있다. 안잠자기 하려면 얼굴이 예뻐야 한다면서 아내에게 화장을 시킨 춘호의 의도는 사실 매춘을 위한

---

21 李善榮, 앞의 책, 38~39면.

것이다. 결국 이 대목은 춘호 아내의 매춘은 일시적인 것이 아닌 지속적인 것일 가능성이 더 높을 것임을 암시한다. 남편인 춘호의 타락상도 우연이나 일시적인 것이 아니며, 이미 지속적으로 일상화되고 있음을 의미한다. 폭력적 수단을 통해 아내에게 매춘을 종용하고 더 나아가 앞으로도 아내의 매춘을 기대하는 춘호에게 아내는 독립적인 인격이라기 보다 돈벌이 수단인 셈이다.

> 그녀의 남편은 가죽을 판매하는 상인이다. 그는 사냥꾼이 잡은 짐승과 가죽을 도시에 가서 판다. 가끔은 삯을 받고 모내기를 하는데, 능력이 뛰어나 함께 일한 일꾼 중 가장 인정받곤 했다. 하지만 그의 형편은 좋지 않았고, 빚은 점점 쌓여만 갔다. 그렇게 그는 술, 담배와 가까워졌고 심지어 도박도 시작했다. 그런 그가 흉악하고 난폭한 사람이 되어 앞으로 더 가난해질 것은 자명했다.[22]

내용을 보아 황핑黃胖은 도덕적인 결함을 지녔을 뿐 아니라 무책임한 가장이자 난폭한 남편이다. 이러한 설정은 황핑黃胖이 전형적인 반식민주의 중국 농촌 현실 사회의 무력자임을 나타낸다. 황핑黃胖 가정에서 일어나는 비윤리적인 사건들을 통해 우리는 작가가 낙후된 봉건 문화와 구시대 농촌의 폐해를 비판하고 있음을 알 수 있다. 인용문과 같이 황핑黃胖은 열심히 일을 하지만 더 가난해지는 상황을 해결할 올바른 방법을 찾지 못했다. 그런 황핑黃胖이 선택한 것은 바로 도박이다. 황핑黃胖은 도박을 통해 빈곤한 현실 굴

---

22 "她底丈夫是壹個皮販，就是收集鄉間各獵戶底獸皮和牛皮，販到大埠上出賣的人。但有時也兼做點農作，芒種的時節，便幫人家插秧，他能將每行插得非常直，假如有五人同在壹個水田內，他們壹定叫他站在第壹個做標準，然而境況是不佳，債是年年積起來了。他大約就因為境況的不佳。煙也吸了，酒也喝了，錢也賭起來了。這祥，竟使他變做壹個非常兇狼而暴躁的男子，但也更貧窮下去。"(柔石，『為奴隷的母親』，人民文學出版社，2000, p.4)

레에서 벗어나고자 하지만 탈출은 쉽지만은 않다. 소설 곳곳에서는 '어찌할 도리가 없다再也沒有辦法了', '내게 무슨 뾰족할 수가 없을리我有什麽辦法呢', '찢어지게 가난해도 죽고 싶지 않다可是窮了, 我們又不肯死', '아무리 생각해 보아도 목숨을 끊을 용기가 없다想來想去, 總沒有力氣跳了' 등과 같은 황팡黃胖의 무력함이 나타난다. 결국 그는 아내를 상품화하는, 춘호와 같은 길을 선택한다. 이는 도덕성과 책임감을 버린 타락한 가장의 모습을 보여준다.

어느 날, 그는 아내에게 말했다. "더 이상 다른 방법이 없어. 계속 이렇게 가다간 냄비까지 팔아야 할 거야. 나는 말이야, 결국 네 몸에서 방법을 찾아야겠어. 이대로라면 우린 다 굶어죽어. 어쩔 수 없잖아."

"내 몸에서?……."

아내는 부뚜막 옆에 앉아 난 지 삼십 일밖에 되지 않은 아들을 품에 안고 젖을 먹이며 낮은 목소리로 더듬거리며 물었다.

"그래, 네 몸,"

남편이 힘없는 목소리로 말했다.

"내가 이미 너를 담보로 내놨어……"

(…중략…)

"아들은 하나 밖에 없잖아…… 그렇지만 여보—"[23]

위의 인용은 주인공 황팡黃胖 가정의 궁핍한 상황을 보여주는 동시에 황

---

23 "有壹天, 他向他底說：" 再也沒有辦法了。 這樣下去, 連小鍋也都賣去了。 我想, 還是從妳底身上設法罷。 妳跟著我挨餓, 有什麽辦法呢?" " 我底身上?……" 他底妻坐在竈後, 懷裏抱著她剛滿五周的男小孩—孩子還在嗺著奶, 她訥訥地低聲地問。 " 妳, 是呀, " 她底丈夫病後的無力的聲音, " 我已經將妳出典了……" (…中略…) " 兒子呢, 妳只有壹個, 舍不得。 但妻—" (Ibid., p.5)

팡黃胖이 아내에게 그녀가 이미 전당잡혔다는 사실을 말하는 장면이다. 아내를 전당잡은 황팡黃胖의 행동과 아내를 냄비와 동렬에 놓고 평가했다는 점에서 남편 황팡黃胖이 그녀의 인간적 가치를 부인하고 그녀를 하나의 물건처럼 취급함을 알 수 있다. 하지만 아내는 이러한 황팡黃胖의 행동에도 그 어떤 말도 하지 못한다. 이는 가정 안에서 아내가 남편에게 철저하게 종속된 존재임을 의미하며 이러한 아내의 모습을 통해 작가는 남편의 타락과 독단을 강조한다.

가부장적 가족 이데올로기는 가문과 부계혈통의 계승에 따른 남아선호사상과 장자에 대한 권한과 책임감에 따른 억압과 예속으로 작용했다.[24] 갓 태어난 친딸을 아내 앞에서 잔인하게 살해한 황팡黃胖과 이에 대한 아무 저항도 하지 못하는 아내의 모습을 통해 작가는 앞서 제기한 중국 사회의 문제가 어디까지 비참해질 수 있는지를 보여준다.

이 때, 그녀의 과거 기억 속, 한 사건이 생각이 났다. 그 때, 그녀는 딸을 하나 낳고 그야말로 죽은 것처럼 침대에 누워 있었다. 죽음은 몸의 전 부위에서 느껴졌는데, 그야말로 온 몸이 찢겨 나가는 느낌이었다. 갓 태어난 여자 아이는 바닥의 건초더미에서 "응애, 응애" 하며 첫 울음을 울고 있었다. 목소리는 무거웠고, 아이는 양손발을 움츠린 상태였다. 탯줄은 그 아이의 몸을 둘둘 감고 있었고, 태반은 그 옆에 놓여 있었다. 아내는 일어나서 그 아이를 씻겨 주고 싶어 머리를 간신히 들어 올렸지만, 몸을 일으켜 세울 수가 없었다. 이 때 남편, 아니, 이 흉악한 남자는 얼굴을 붉히며 끓는 물 한 통을 여자 옆에 놓았다. 아내는

24 박숙영, 「1930~1940년대 시에 나타난 가족의식 연구 — 백석 · 이용악 · 김상훈을 중심으로」, 숙명여대 박사논문, 2015, 18면.

기를 쓰고 하지 말라고 빌었지만, 눈 앞의 이 흉악한 남자는 조금도 타협할 생각이 없다는 듯, 대답도 하지 않았다. 그리고는 살기 위해 몸부림치며 울고 있는 딸, 갓 태어난 생명을 두 손으로 거칠게 든 채 마치 백정이 새끼양을 죽이듯, 풍덩, 하고 끓는 물에 속에 던져버렸다.[25]

위의 대목은 황팡黄胖이 자기 딸을 끓는 물에 던지고 죽인 장면이다. 아들 하나만 있으니 팔기를 아쉬워하는 것에 비해 신생여아를 죽이는 장면은 남아선호사상을 가진 황팡黄胖의 비인간적인 모습을 부각시킨다. 황팡黄胖은 아내의 간청을 매몰차게 물리치고 상의할 여지조차 없이 새 생명의 목숨을 자신의 손으로 끝내 버렸다. 황팡黄胖은 자기 딸을 자기 손으로 죽인다는 사실에 대한 아무런 도덕적 자책감이 없다. 가부장 남성이 보기에는 가족은, 특히 여성들은 자신의 소유물로 간주하기 때문에 빈곤한 현실 앞에 아무런 경제적 효용가치가 없는 새로 태어난 딸을 물건 버리듯 처리함에 있어 한 치의 망설임이 없었다. "아내가 반항하지 않을 생각이 없는 것도 아니고 남편이 자신의 새로 태어난 딸을 죽였을 때 그녀는 온 힘을 다해 남편에게 하지 말라고 큰소리로 외치며 저항했다. 그러나 이것들은 다 부질없었다. 그녀는 현실을 이길 수 없었고 결국 순응을 선택할 수밖에 없었다."[26] 황팡黄胖의 아내와 갓 태어난 딸의 비극적인 결말은 한 가정의 가장인 남편의 타락과 더

---

25 "這時, 在她過去的回憶裏, 卻想起恰恰壹年前的事 : 那時她生下了壹個女兒, 她簡直如死去壹般地趴在床上。死還是整個的, 她卻肢體分作四碎與五裂。剛落地的女嬰, 在地上的幹草堆上叫 : "呱呀, 呱呀," 聲音很重的, 手腳秋縮, 臍帶繞在她底身上, 胎盤落在壹邊, 她很想掙紮起來給她洗好, 可是她底頭昂起來, 身子凝滯在床上。這樣, 她看見她底丈夫, 這個兇狼的男子, 紅著臉, 提了壹桶沸水到女嬰的旁邊。她簡單用了她壹生底最後的力向他喊 : "慢! 慢……"但這個病前極兇狠的男子, 沒有壹分鐘商量的余地, 也不答半句話, 就將 "呱呀, 呱呀,"聲音很重地在叫著的女兒, 剛出世的新生命, 用他底粗暴的兩手捧起來, 如屠戶捧將殺的小羊壹般, 撲通, 投下在沸水裏了!"(柔石, op. cit., p.7)
26 李彦紅, op. cit., p.234.

불어 그 당시 빈곤함으로 인해 윤리와 도덕성을 상실한 가정의 비극적인 모습을 보여준다. 「노예가 된 어머니」는 가부장적 남편의 타락을 비판하는 동시에 특히 가부장체제하의 남존여비 사상을 지적한다. 이러한 남존여비의 규범은 여성을 심리적으로나 신체적으로 연약하게 만들고 여성은 물질적 측면의 양 측면 모두에서 독립적 주체로서 존재할 수 없다는 것이다.

상술한 바를 종합하면, 「소낙비」와 「노예가 된 어머니」는 가장으로서의 도덕적 권위조차 포기 한 채 오롯이 아내의 육체에만 기대어 살아가려는 남편들이 아내를 물적 존재로 취급하며 생계를 유지하는 이야기를 담고 있다. 이 남편들은 가족을 보살펴 줄 능력이 없는 무능력한 인물들인데, 이는 남성들이 자신의 남성우월주의적 권위를 포기하지 못하고 여성들의 무한적 희생을 대가로 경제적인 부유함을 얻는 1930년대의 농촌 사회의 참혹함을 나타낸다. 하지만 이 두 소설에는 명확한 차이점이 존재한다.

춘호는 현실적으로 더 이상 어떻게 해 볼 방법이 없었던 무능한 자신을 외면하고 애써 감추며 아내가 벌어온 2원으로 노름판에서 더 큰돈을 마련하겠다는 환상에 휩싸여 자신의 이성적 판단을 마비시킨다. 매춘으로 인해 이 가정에서는 부부간의 평화가 오랫만에 찾아온다. 남편의 근심도 해결해 주지 못한 폭력의 대상은 도리어 돈을 벌어주는 '귀한' 존재가 된다. 춘호는 아내에게 옷 한 벌 못해 입히고 고생만 시킨 죄책감을 느끼기도 한다. 그래서 그는 아내가 벌어올 돈은 원하면서도, 감정적 측면에서 아내의 매춘은 원하지 않는다. 아내를 상품화한 것은 본인이면서도 아내가 상품이 될 수밖에 없는 현실에 대해서는 못마땅해 하게 여기는 것이다. 그러므로 아내가 저녁 무렵에 돌아왔을 때 '너 이년 어디 가서 자빠졌다가 왔어?' 하고 아내의 얼굴에 주먹질을 한다. 이렇게 모순적인 모습을 보이는 이유는 그가 아내를 사랑하기 때문이다. 이에 비해 황팡黃胖은 여자의 몸이 경제적 보상과 직결된다는 것을 알고 있다. 황팡黃胖은 춘호와 달리 아내에게 무조건적인 복종을 강요하는 모습을 보이며 아내는 자신의 소유물일 뿐이지 사랑받아야 할 존재라는 생각 자체를 하지 않는다. 황팡黃胖은 가난 앞에서 아내를 단지 이용가치가 있는 '물건'으로 취급함으로 자신의 무능력함을 상쇄하려했다. 황팡黃胖이 빚으로 인해 아내를 전당잡고 아내를 하나의 인격체가 아닌 물건이자 사유재산으로 여기며 매매하려고 할만 뿐이었다. 이는 황팡黃胖처럼 여성을 사물화하고 여성을 비인격적 대우를 한 것이 단지 소설 속 내용이 아님을 나타낸다. 그래서 「노예가 된 어머니」에서 아내를 매매하고 매춘시키는 누습을 폭로할 뿐 아니라 한 가정의 가장인 남편의 타락상도 깊이 있게 밝혔다.[27]

3. 출구 없는 아내들의 탈윤리적 모습

빈곤한 현실에서 벗어나기 위한 남편들의 비윤리적 행위들을 중심으로 두 작품에 대하여 논의하였다. 두 작품은 공통적으로 남편의 '전처典妻 행위'를 포함하고 있으며, 남편은 아내를 성적 도구로 간주하고 있다. 그래서 이 두 소설에서 드러나는 아내의 매춘 문제는 굶주림의 상황과 관련되고 매춘을 부추기는 원인도 남편의 물욕이다. 매춘의 의미도 도덕적이고 윤리적인 차원에서 바라보고 있지 않는다는 뜻이다. 매춘이 궁핍한 현실상황을 탈출하려는 의지에서 비롯되고 있다는 점에서 그녀들의 매춘은 도덕적 판단의

---

27 辛金順, 『中國小說國族書寫－以身體隱喻爲觀察核心』, 秀威資訊科技股份有限公司, 2015, p.143.

대상이 되지 않고 도덕의 문제를 초월해 있음을 드러낸다. 소설을 통해 사회 밑바닥에 위치한 당시 여성들의 삶이 불행하고 비극적이었음을 쉽게 알수 있다. 「소낙비」의 '춘호 처'와 「노예가 된 어머니」의 '황핑黃胖의 아내'는 순박한 성품과 강한 생활력을 가진 여인들이다. 한마디로 말하면 이 아내들은 다 남편에게 순종하고 헌신한다. '황핑黃胖의 아내'는 무능한 남편이 자기를 매매한 사실을 알면서도 남편에게 반항하려는 기미조차 보이지 않았다. 춘호의 처 또한 남편에게 순종적이었으며 '이주사'의 욕구대상이 되고 나서 '모욕', '수치', '봉변', '몹쓸 지랄'이라는 생각을 하면서도 '성공은 성공'이라는 결론을 내리고 있다.[28] 이렇듯 춘호의 처는 남편에게 매를 맞지 않으며 의좋게 살아갈 수 있다는 희망을 변함없이 가지고 있다. 즉 이 두 작품에 나온 아내들은 주어진 상황에 원망의 말 한마디 없이 순응했다. 눈여겨보아야 할 점은 「소낙비」와 「노예가 된 어머니」에서 서로 유사한 매춘행위가 있지만, 이러한 현실에 대한 아내의 대응이 사뭇 다른 점이다. 즉, 황핑黃胖의 아내에 비해 춘호의 처가 매춘에 대해 더 능동적인 모습을 보이고 있다.

쇠돌엄마도 처음에는 자기와 같이 천한 농부의 계집이련만 어쩌다 하늘이 도와 동리의 부자 양반 이주사와 은근히 눈이 맞은 뒤로는 얼굴도 모양 내고, 옷치장도 하고, 밥 걱정도 안 하고 하여 아주 금방석에 딩구는 팔자가 되었다.
한편으로는 자기도 좀만 잘했더라면 지금쯤은 쇠돌엄마처럼 호강을 할 수 있었을 터인데 그런 갸륵한 기회를 날려 버린 자기 행동에 대한 후회와 애탄으로 말미암아 마음을 괴롭히는 쓰라림도 적지 않게 느꼈다.
쇠돌엄마의 호강을 너무나 부럽게 우러러보는 동시에 자기도 잘만 했더라면

---

28 송현호, 앞의 글, 325면.

하는 턱없는 희망과 후회가 전보다 몇 갑절 쓰린 맛으로 그의 가슴을 찌푸뜨렸다. 쇠돌네 집을 하염없이 건너다보다가 어느덧 저도 모르게 긴 한숨이 굴러내린다.[29]

"결정했어?"

아내가 이를 덜덜 떨며 물었다.

"전당 계약서만 쓰면 돼."

"재수 없는 일이야, 나는! 다른 방법이 하나도 없나? 춘보 아빠!"

춘보는 자기 품에 안은 아이의 이름이다.

"재수 없지. 나도 생각해 봤어. 하지만 이렇게 가난한데, 그렇다고 죽고 싶지도 않고, 어쩔 수 없잖아. 아마 나는 올해 모내기도 하지 못 할 거야."

"춘보는 생각해 봤어? 우리 춘보 이제 겨우 5살인데, 엄마 없으면 애는 어떡해."

"내가 보살피면 돼, 어차피 이제 젖 먹는 나이는 지났잖아"

남자는 점점 화가 나서는 집을 나갔다.

그녀는 울기 시작했다.[30]

춘호 처의 심리활동에 대한 묘사에 대한 각 부분을 총괄하면 "춘호 처의 생각에는 양심의 가책 같은 것은 별로 없다"[31]는 사실을 알 수 있다. 춘호 처가 볼 때 쇠돌엄마는 매춘행위를 통해 자신을 경제적으로 이겼을 뿐만 아

---

29 李善榮, 앞의 책, 31면.
30 "決定了麽?"婦人戰著牙齒問。"只待典契寫好。""倒黴的事情呀, 我! —壹點也沒有別的方法了麽? 春寶底爸呀!"春寶是她懷裏的孩子底名字。"倒黴, 我也想到過, 可是窮了, 我們又不肯死, 有什麽辦法? 今年, 我怕連插秧也不能插了。""妳也想到過春寶麽? 春寶還只有五歲, 沒有娘, 他怎麽好呢?""我領他便了, 本來是斷了奶的孩子。"他似乎漸漸發怒了。也就走出門外去了。她, 卻嗚嗚咽咽地哭起來。(柔石, op.cit., p.6)
31 유인순, 앞의 책, 318면.

니라 쇠돌엄마를 '금방석에 뒹구는 팔자'로 여긴다. 쇠돌엄마와 춘호 처를 통해 알 수 있듯이, 매춘은 당시 사회에 보편적으로 이루어진 행위였으며 이에 대한 도덕적 인식은 애당초 배제되어 있다. 쇠돌엄마와 자신은 똑같이 천한 계집인데 쇠돌엄마는 동리 부자 이주사와 눈이 맞은 뒤 잘살게 되었고, 자신은 남편에게 매일 매를 맞아가며 가난하게 살아가고 있는 대조적인 현실에 춘호 처는 쇠돌엄마에 대한 부러움과 동시에 본인에게 주어진 기회를 놓친 것에 대한 후회의 모습을 드러냈다. 이러한 감정은 춘호 처의 도덕 인식을 마비시켰다. "춘호 처는 점차 윤리의 영역 밖으로 추방된다."[32] 가난을 이기고자 춘호 아내는 결국 비윤리적 행위를 정당화하기 시작했다. 비록 제안은 춘호가 했으나 소설 속 춘호 처의 심리묘사와 이후 상황을 말미암아 춘호 처 역시 춘호와 같은 생각이었음을 알 수 있다.

하지만 황팡黃胖의 아내는 이러한 과정 속에서 피동적인 수용자의 모습으로 나타난다. 자신이 팔린다는 사실을 확인한 후 그녀는 옛일을 회상하면서 '아 쓰라린 운명이군요'라며 탄식한다. 춘호 처가 몸을 판 대가로 2원을 받는 것이 소중한 기회라고 생각한 것과 달리 황팡黃胖의 아내는 그저 견뎌야할 불행이라고 생각하는 것이다. 이것을 통해 「노예가 된 어머니」는 여성의 왜곡된 가정 관념과 자주의식의 결함 역시 당시 사회의 문제였음을 시사한다. 이것은 전처典妻제도 자체에서 그 원인을 찾아낼 수 있는데, 전처典妻제도는 중국 절강 지역에서부터 비롯되었으며 혼인 제도의 일부로써 존재하였다. 그래서 전당잡히는 아내가 보이지 않는 족쇄에 채워져 있는 것처럼 자기 자신을 파는 사실에도 순응한 것이다. 이러한 점들을 토대로 「노예가 된 어머니」의 작가 러우스는 당시 중국의 전처典妻제도와 낙후된 관념에 의

32 위의 책, 317면.

한 잘못된 탈윤리적인 성 관념을 비판하였다. 춘호 처와 황핑黃胖의 아내는 결국 몸으로 돈을 벌게 되었지만 두 아내는 매춘에 대해 전혀 다른 태도를 보여주었다. 물질적인 욕망과 남편에 대한 사랑이 있는 춘호 처는 황핑黃胖의 아내보다 이러한 현실에 보다 적극적인 모습을 나타냈다. 하지만 황핑黃胖의 아내는 이러한 사실을 받아들이는 모습만 드러냈고 남편에게 제대로 된 저항의 말 한마디 하지 못했다.

"서울 언제 갈라유."

남편의 왼팔을 베고 누웠던 아내가 남편을 향하여 응석 비슷이 물어 보았다. 그는 남편에게 서울의 화려한 거리며 후한 인심에 대하여 여러 번 들은 바 있어 늘상 안타까운 마음으로 몽상하여 보았으나 실제로 구경은 못 해보았다. 얼른 이 고생을 벗어나 살기 좋은 서울로 가고 싶다는 생각이 간절하였다.

"곧 가게 되겠지, 빚만 좀 없어도 가뜬하련만."

"빚은 낭중 갚더라도 얼핀 갑세다유."

"염려 없어. 이달 안으로 꼭 가게 될 거니까."[33]

가마는 일찍 왔다. 하지만 아내는 밤새 한숨도 자지 못했다. 아내는 먼저 춘보의 해어진 옷 몇 벌을 깁고 꿰맸다. 봄옷, 여름옷을 다 깁고 나서 심지어 겨울에 입던 누더기 솜옷까지 꺼내어 수선했다. 춘보 아빠한테 맡기려고 했지만 그는 이미 침대에서 자고 있었다. 아내는 남편 옆에 가서 그에게 몇 마디 말이라도 하고 싶었지만, 밤은 지나가고 결국 그녀는 아무 말도 하지 못했다. 그녀는 용기를 내 남편을 몇 번 불러보았지만, 똑똑히 들리지 않는 그 목소리는 남편의

33 李善榮, 앞의 책, 33면.

귀에 맴돌 뿐이었고, 그녀는 더 이상 아무 말도 하지 않고 그냥 잠을 청했다.[34]

위의 인용 부분은 매춘을 하기 전 소설 속 두 집의 마지막 밤의 모습을 보여준다. 춘호 부부 간의 불화, 남편의 폭력도 경제적인 어려움으로 인한 불행이었다. 춘호 처의 매춘행위로 부부사이에는 오랜만의 평화가 찾아왔다. 비록 이 화목은 일시적이고 표면적인 것이었지만 이 일시적 '화목'을 얻은 아내는 도시를 꿈꾼다. 소위 말하는 행복한 꿈을 가지고 있는 아내는 몸으로 돈을 버는 일에 적극적이고 능동적이다. 아내는 남편 춘호에게 들은 도시의 '화려함'과 '후한 인심'을 바탕으로 도시에 대한 막연한 기대감을 가지고 있으며, 춘호 아내에게 있어 매춘은 남편과 함께 빈곤에 찌든 농촌 생활을 탈출하도록 도와줄 하나의 '수단'이다. 남편과 의좋게 살고 싶은 갈망, 남편에 대한 사랑 때문에 그녀는 그녀의 자발적 의지로 매춘이라는 선택지를 결정한다. 작가는 이 같은 한 가족의 가난과 그로인한 탈윤리적인 행위를 통해 당시의 궁핍하고 비참한 농촌 현실을 직간접적으로 보여준다.

황핑黃胖 부부는 서로에 대한 정을 느끼지 않는다. 황핑黃胖의 아내는 이 집을 떠나가 전에 자식을 위해 옷을 수선하고, 남편과도 대화의 시간을 가지고 싶었으나 그 남자는 그녀의 목소리에 미동조차 보이지 않은 채 묵묵부답으로 잠만 청했다. 기나긴 밤 동안 그녀는 한참을 망설였으나 그녀는 결국 한 마디의 말조차 꺼내지 못하였다. 두 소설 속 분위기의 차이는 황핑黃胖이 더욱 아내를 감정 없는 하나의 물건으로 취급하고 있음을 보여주며, 아내

---

34 "轎是壹早就到了。可是這婦人, 她卻壹夜不曾睡。她先將春寶底幾件破衣服都修補好; 春將完了, 夏將到了, 可是她, 連孩子冬天用的破爛棉襖都拿出來, 移交給他底父親 — 實在, 他已經在床上睡去了。以後, 她坐在他底旁邊, 想對他說幾句話, 可是長夜是遲延著過去, 她底話壹句也說不出。而且, 她大著膽向他叫了幾聲, 發了幾個聽不清楚的聲音, 聲音在他底耳外, 她也就睡下不說了。"(柔石, op. cit., p.10)

역시 남편에 대한 감정을 드러내지 않는다. 작가는 차가운 부부 관계를 통해 아내의 비극적인 운명과 당시 사회의 어둠을 보여준다. 그래서 이 작품은 암담한 사회와 냉담한 남편에 대한 묘사를 통해 썩어빠진 가부장제도에 의한 당시 사람들의 정신적 우매함을 비판한다.

「소낙비」와 「노예가 된 어머니」 두 작품 모두 1930년대에 발표한 작품이지만 그 당시 한국과 중국의 사회적 환경은 명백한 차이가 있었다. 따라서 작가가 작품을 통해 말하고자 하는 바에도 엄연찬 차이가 존재한다. 「소낙비」가 일제의 식민지 농업 정책에 시달려 고향을 떠난 유랑민 춘호 부부가 몸을 상품처럼 돈과 바꾸는 탈윤리적 행위로 비극적 환경을 견뎌내는 식민지 시기 농민의 모습을 그려냈다면, 「노예가 된 어머니」는 황핑黃胖의 아내가 겪는 비극적 현실을 통해 하층 노동자 여성들이 가부장적 시대 분위기로 인한 속박 하에 자신의 자주적인 정체성과 자의식을 갖추지 못하고 그저 하나의 출산도구로만 전락한 점을 낱낱이 보여주고 있다.

이 글은 두 작품의 비교 연구를 통해 한중 현대소설에 대해 특히 매춘 모티프 소설에 대해 더 많은 연구 가능성을 제공하였다. 「소낙비」와 「노예가 된 어머니」 중에 내용의 유사성에 입각하여 1930년대 한중 두 나라의 농촌 사회의 현실 생생하게 그려내고 있으며 농민들의 비참하게 살았다는 공통점을 추측할 수 있다. 더 나아가 말하자면 한중 양국의 이러한 유사한 작품에 주목하여 시간과 공간을 초월하는 동아시아문화의 보편성을 살펴볼 수 있다고 생각한다.

4. 나가며

이 글에서는 소설에 나타난 비극적 가정서사 간 비교를 통해 한중 양국의 대표적인 단편소설인 「소낙비」와 「노예가 된 어머니」를 살펴보았다.

먼저 현실 탈출에 실패한 남편들의 타락을 전면적으로 서술했다. 춘호와 황팡黃胖은 고통스러운 현실을 벗어나기 위해 다양한 노력을 했지만 정상적인 방법이 모두 차단되었고 결국 그들은 비정상적이고 탈윤리적인 방법을 선택할 수밖에 없었다. 바꾸어 말하면 가난한 하층 농민이 현실을 개선하고 탈출하기 위해 선택하는 마지막 수단이 여성의 성으로 돈을 얻은 것 외에는 아무것도 남지 않은 것이다. 즉, 왜곡된 가장의 권력으로 아내의 희생을 강요하는 것이다. 이러한 사상적 기반 및 현실적 상황하에서 춘호와 황팡黃胖의 생각과 행동은 가부장적 권위를 유지하는 동시에 여성에게 기대어 현실을 탈출하려는 가장의 타락적 측면을 보여준다. 생활의 곤궁함에 처한 한 가정의 가장이 아내의 매춘을 조장하거나 방조한 것은 가부장으로서의 도덕적인 권위를 스스로 방기한 것이다.

이 작품들이 주목한 것이 바로 매춘의 문제였고, 가난을 벗어나기 위한 이 행위에 대한 두 아내들의 양상을 비교하고 서술했다. 이 두 소설은 궁핍 때문에 남편이 아내를 팔고, 아내 역시 빈곤으로 인해 이 사실을 받아들일 수밖에 없는 당시 사회의 비참함을 강조한다. 하지만 아내들은 전혀 다른 태도를 보여주었다. 물질적인 욕망과 남편에 대한 사랑이 있는 춘호 처는 자신이 매춘부가 됨에 있어 적극적인 면을 보였지만, 황팡黃胖 아내는 자신이 팔린다는 사실을 불행한 운명이라며 탄식했고 남편 황팡黃胖 앞에서 말 한마디 하지 못했다. 김유정과 러우스는 같은 시대상 속 인물들의 다른 현실 대응양상을 보여주었다. 「소낙비」는 남편의 타락한 모습을 서술하는 동시에 일제의 수탈적 통치 아래 있는 농민의 비참함을 그렸으며, 「노예가 된 어머니」의 황핑黃胖은 아내를 돈으로 환전하는 것과 갓 태어난 딸을 죽이는 비윤리적 사건들을 통해 봉건제도 하의 가부장제와 기형적인 사회구조가 빈곤한 하층민들의 가정을 어떻게 파괴하며, 이런 현실에서의 삶이 필연적으로 절망과 비극을 초래한다는 사실을 알려주었다.

참고문헌

1. 자료

김유정, 李善容 편저, 『김유정』, 志學社, 1985.

柔　石, 『為奴隸的母親』, 人民文學出版社, 2000.

2. 단행본

김영기, 『金裕貞-그 문학과 생애』, 知文社, 1992.

박세현, 『김유정의 소설세계』, 국학자료원, 1998.

서준섭, 『한국모더니즘 문학연구』, 一志社, 1988.

유인순, 『金裕貞文學 硏究』, 강원출판사, 1988.

임종국, 『한국문학의 사회사』, 정음사, 1982.

조남현, 『소설원론』, 고려원, 1984.

魯　迅, 『南腔北調集』, 上海同文書店, 1933.

王艾村, 『柔石評傳』, 上海人民出版社, 2002.

魏金枝, 『柔石選集』, 開明書店, 1951.

3. 논문

방민호, 「일본 사소설과 한국의 자전적 소설의 비교」, 『한국현대문학연구』 31, 한국현대문학회, 2010.

김영택, 「窮乏化 現實과 諧謔的 僞裝-'소낙비'의 作品世界」, 『목원국어국문학』 제1권, 목원대 국어국문학과, 1990.

김예리, 「김유정 문학의 웃음과 사랑」, 『한국예술연구』 14, 한국예술종합학교 한국예술연구소, 2016.

김원희, 「김유정 단편소설의 크로노토프와 식민지 외상의 은유」, 『인문사회과학연구』 제12권 2호, 부경대 인문사회과학연구소, 2011.

박숙영, 「1930~1940년대 시에 나타난 가족의식 연구-백석·이용악·김상훈을 중심으로」, 숙명여대 박사논문, 2015.

박인숙, 「매춘모티브를 통해 본 김유정 소설 연구」, 『漢城語文學』 제10권, 한성대 한성어문학회, 1991.

박혜경, 「김유정 소설 속 여성인물이 구현한 성의 양상」, 『아시아문화연구』 제32권, 가천대 아시아문화연구소, 2013.

배상미, 「1930년대 농촌사회와 들병이 – 김유정의 소설을 중심으로」, 『민족문학사연구』 51권, 민족문학사학회, 2013.

송현호, 「「소낙비」에 나타난 이주담론의 인문학적 연구」, 『현대소설연구』 54, 한국현대소설학회, 2013.

신제원, 「김유정 소설의 가부장적 질서와 폭력에 대한 연구」, 『국어국문학』 175, 국어국문학회, 2016.

유창진, 「試論〈丈夫〉和〈驟雨〉之主題比較」, 『中國人文科學』 제25권, 중국인문학회, 2002.

유인순, 「루쉰(魯迅)과 김유정(金裕貞)」, 『한중인문학연구』 제4집, 中韓人文科學研究會, 2000.

이상화, 「중국의 가부장제와 공·사 영역에 관한 고찰」, 『여성학논집』 제14·15합집, 한국여성연구원, 1996.

이주형, 「「소낙비」와 「감자」의 거리 – 植民地時代 作家의 現實認識의 두 類型」, 『국어교육연구』 제8권 제1호, 국어교육학회, 1969.

이혜영, 「金裕貞의 性을 통해서 본 社會意識 – 소낙비·산골나그네·안해를 中心으로」, 『又石語文』 3권, 우석대 국어국문학연구회, 1986.

전경리, 「소설에 나타난 여성 인물의 정체성 형성 과정 고찰」, 『現代文學理論研究』 66집, 현대문학이론학회, 2016.

정신영, 「金裕貞 文學에 나타난 현실인식 고찰」, 『士林語文研究』 4권, 창원대 국어국문학과 사림어문학회, 1987.

조용숙, 「김유정 소설에서 본 비극미의 양상」, 『한중인문학연구』 50권, 한중인문학회, 2016.

한상무, 「김유정 소설에 나타난 강원도 여성상」, 『강원문화연구』 24권, 강원대 강원문화연구소, 2005.

李如春, 「《為奴隸的母親》的人性主題及其獨特性」, 『今日南國』 第12期, 廣西日報社, 2008.

李彦紅, 「從《中國為奴隸的母親》與韓國《驟雨》看作者用意的異同」, 『科技信息』 第35集, 山東省技術開發服務中心, 2010.

劉俐俐, 「女人成為流通物與文學意味的產生 – 柔石《為奴隸的母親》藝術價值構成探尋」, 『甘肅社會科學』 第5期, 甘肅省社會科學院 2006.

默 語, 「蕭紅與柔石比較研究 – 談《橋》與《為奴隸的母親》的相似之處」, 『佳木斯大學社會科

學學報』第3期, 佳木斯大學, 2000.

徐繼東, 「沈寂鄉土的痛－從兩性生存的悲劇意識解讀 : 為奴隸的母親」, 『名作欣賞』, 山西三晉報刊傳媒集團, 2007.

徐　瓊, 「地域·經驗·敍事－《賭徒吉順》和《為奴隸的母親》再解讀」, 『寧波大學學報(人文科學版)』第6期, 寧波大學, 2010.

趙　巍, 「被剝奪了做母親的權利－談《為奴隸的母親》中主人公的悲劇命運」, 『河北民族師範學院學報』第3期, 民族師範學院, 1985.

趙　丹, 「中國現代文學中"典妻"題材作品的主題流變」, 『汕頭大學學報(人文社會科學版)』第31卷 第1期, 汕頭大學, 2015.

朱慶華, 「論《為奴隸的母親》與《生人妻》的審美異趣」, 『理論月刊』, 湖北省社會科學聯合會, 第9期2004.

臧小艷, 「典妻賣妻－中國現代小說中的非常態婚姻敍事」, 『學理論』第27期, 哈爾濱市社會科學院, 2014.

근대적 미의식의 양가적 충돌과
타자적 여성성에 대한 서로 다른 두 시선
너새니얼 호손의 「반점The Birthmark」과 김유정의 「안해」를 중심으로

표정옥

1. 들어가며

한국 향토문학의 대표작가인 김유정 문학을 논할 때 지금까지 비교문학적 시각은 그다지 활용되지 않았다. 작가가 사용하는 상상력과 언어가 지극히 향토성과 한국의 고유한 상상력에 기반하고 있기 때문일 것이다. 그럼에도 불구하고 작가의 상상력은 동시대 세계 문학의 영향을 받을 수밖에 없다. 김유정도 예외는 아니다. 그간 김유정을 비교문학적으로 다룬 논문은 지극히 한정적이다. 대표적으로 유인순의 「김유정 문학의 해외 문학적 침투」와 「김유정과 루쉰」 연구를 살펴볼 수 있다.[1] 김유정은 「심청」에서 '칸트', 「따라지」에서 '톨스토이', 「병상의 생각」에서 '제임스 죠이스' 등 외국 작가들을 직접 언급하였다. 유인순은 「따라지」와 「야앵」에서 톨스토이의 예술관이 김유정의 예술관으로 변형되어 투영되었다고 보았고, 에밀 졸라

---

[1] 유인순, 『김유정을 찾아 가는 길』, 솔과학, 2003, 159~254면.

의 「나나」는 작품 「정조」에서 하층민을 묘사하는 언어로 이어지고 있다고 보았다. 또한 「솥」의 주인공의 내면 의식과 「따라지」의 서사 공간의 입체화는 제임스 조이스의 「율리시스」를 자못 연상시킨다고 보았다. 김유정의 언어에서 「부활」과 「나나」와 「율리시스」의 상상력을 읽어낸다는 것은 문학적으로 주목할 일이지만, 많은 연구자들의 자연스러운 읽기 행보로 이어지는 데는 다소 어려움이 있는 것이 사실이다. 이는 지극히 열정적이고 의도적인 독서를 수행했을 때라야만 가능한 것이다. 따라서 문학의 과도한 환원주의적 평가를 유발할 수 있다는 우려를 받을 수도 있다. 또한 유인순은 「김유정과 루쉰」 연구에서 김유정의 「만무방」을 루쉰의 「아큐정전阿Q正傳」과 연결시킨다. 공통적으로 삽화와 이야기 서술방식과 등장인물의 시대 인식과 양가성 측면에서 두 작품의 유사성을 다루고 있는 것도 주목해 볼 수 있다. 도둑 이야기, 무밭 이야기, 늑대 이야기 등의 삽화가 두 작품에 공통적으로 등장하는 것에 주목하고 더 나아가 수수께끼 형식인 것과 선과 악의 양가성이 드러나는 것에서도 공통점을 찾고자 했다. 이 또한 분명 의미 있는 비교가 될 것이다. 그러나, 영향을 주고받았다는 논의를 펼치기에는 이러한 문학적 기교는 매우 보편적인 글쓰기 양식이어서 유독 김유정에게만 독특하게 해당한다고 보는 것도 다소 논란의 여지는 있어 보인다. 이렇게 되면 모든 작가들의 일정 부분 상상력의 고리가 어느 정도 느슨하게 연결되어 있는 것처럼 보일 수도 있다는 비판을 면치 못할 것이다.

　　김유정 문학을 광의적인 비교문학적 관점으로 읽어낸 논문으로 세계문학 이론과 연결시키는 논의를 찾아볼 수 있다. 대표적으로 양문규는 리얼리즘과 바흐친과 탈식민주의적 관점으로 김유정 문학을 세계 문학의 자장 안에서 해석하려는 그간의 연구들을 정리 분석하고 있다.[2] 김유정이 시작은

했지만 현덕이 완성한 동화 「두포전」을 동아시아 아기장수 설화라는 비교
문학적으로 접근한 최배은의 논의 역시 비교문학적 접근으로 살펴볼 수 있
다.[3] 이 연구들은 엄밀히 비교문학적 관점으로 보면 비교했다기보다는 특
정한 관점의 비평적 해석이라고 할 수 있다. 그외 다른 김유정 비교문학의
방향으로 번역을 들 수 있다. 잘 알려져 있지는 않지만 김유정은 외국문학
을 번역하기도 했다. 이만영은 「귀여운 소녀」라는 김유정 번역 소설이 찰스
디킨스의 「오래된 골동품 상점The Old Curiosity Shop」을 번역했다고 말한다.
그러나 엄밀히 말하면 일본 작가인 무라오카 하나코村岡花子가 「소녀 네리」
로 번역한 것을 중역한 것이다. 「귀여운 소녀」가 『매일신보』에 발표된 1937
년은 김유정이 이미 세상을 떠난 후였다. 또 다른 번역소설인 「잃어진 보
석」은 반 다인이라는 작가의 「벤슨 살인사건The Benson Murder Case」인데, 이
는 일본 작가 히라바야시 하쓰노스케平林初之輔가 「벤슨가의 참극」으로 번역
했고, 김유정은 다시 이것을 중역한 것이다.[4] 이러한 번역 소설의 발굴은 그
간 진행되지 못한 부분이라고 할 수 있다. 중역이라는 문학 언어의 번역을
통해 김유정의 새로운 비교문학의 가능성은 열려있다고 볼 수 있다.[5] 또한
김유정 연구는 근대와 향토성이라는 측면에서 독일의 근대와 프랑스의 향
토성을 연결지어 비교문학의 지평을 넓힐 수 있는 가능성이 열려있다. 독일
의 근대라는 개념을 한국의 근대와 비교하는 관점을 제시하는 김윤상의 논

---

2 양문규, 「김유정과 리얼리즘, 바흐친, 탈식민주의」, 『김유정과 문학 콘서트』, 소명출판, 2020,
   17~37면.
3 최배은, 「김유정의 「두포전」과 동아시아 아기장수 설화」, 『김유정과 문학 콘서트』, 소명출판,
   2020, 38~60면.
4 이만영, 「김유정의 '귀여운 소녀' 번역 저본의 발굴과 그 의미」, 『김유정의 문학산맥』, 소명출
   판, 2017, 255~285면.
5 「귀여운 소녀」과 「잃어진 보석」의 전문은 유인순의 김유정 문학 전집에 실렸다. 유인순, 『정전
   김유정 전집』 2, 소명출판, 2021, 161~302면.

근대적 미의식의 양가적 충돌과 타자적 여성성에 대한 서로 다른 시선   **103**

의에서 슈페만의 근대 일곱 가지 개념 중 세 번째 지표인 진보적 자연지배는 독일의 근대와 한국의 근대를 연결할 수 있는 지점으로 보인다.[6] 김유정의 향토성과 프랑스 지역 문학의 특성을 비교하는 관점으로 당시 경성의 서구문학사조와 김유정이 강원도의 향토성을 독자적으로 문학화 하는 것을 비교할 수 있다는 가능성도 새로운 비교문학의 전망으로 가늠해 볼 수 있을 것이다.[7]

한 작가가 다른 나라의 문학에서 부지불식간에 일정 부분 영향을 받는 것은 매우 자연스러운 일이다. 그간의 비교문학의 흐름이 대부분 여기에 큰 비중을 차지하고 있는 것은 학계의 인지상정일 것이다. 그러나, 김유정과 같은 한국적인 작가를 비교문학적 시각으로 읽어내기 위해서는 다소 다른 시각이 필요하다고 생각한다. 즉 구현된 작품 속에서 각 나라의 문화적 현상이 어떻게 구현되어 새로운 의미망을 형성하는지가 더 중요한 일일 것이다. 직접적인 영향만을 비교문학의 범주에 넣을 수는 없다. 비록 직접적인 영향은 없지만 각자의 문화권에서 의미를 형성하는 문화적 층위가 비슷하게 형성된다면 다소 시대가 차이가 있더라도 충분히 비교의 근거를 찾을 가치가 있을 것이다. 각각의 문학이 그 나라에서 형성하는 의미의 삼각주가 비슷한 문화적 지층을 이루고 있다면 다양한 시각으로 비교 분석이 가능하리라고 본다. 최근 김유정의 매춘 모티프를 중국의 문학과 인도의 문학 속에 등장하는 매춘과 비교하는 것은 주제론적 문학과 문화의 상호 비교이다.[8] 그런 의미에서 이 글은 1843년 19세기 미국의 대표 작가인 너새니얼

6   김윤상, 「근대의 이념적 지표들과 원칙적 의미」, 『제13회 김유정 가을학술대회 논문집』, 김유정문학회, 2021, 1~13면.
7   정의진, 「김유정 문학의 한국적 근대성-프랑스 지역주의 문학과의 비교연구 시론」, 『제13회 김유정 가을학술대회 논문집』, 김유정문학회, 2021, 14~21면.
8   조비, 「1930년대 한, 중 매춘 모티프 소설에 나타난 비극적 가정서사 비교 연구-「소낙비」와

호손의 「반점」이라는 작품과 1930년대 20세기 한국의 대표 작가인 김유정의 단편소설 「안해」에 등장하는 여성성에 대해서 근대라는 의미망을 통해 비교 분석해서 살펴보고자 한다.

너새니얼 호손의 작품 「반점」은 어느 과학자가 자신의 부인의 얼굴에 난 붉은 반점을 없애려다가 그녀를 죽게 만드는 어처구니 없는 이야기이다. 「반점」에는 인종, 젠더, 국가 등에 대한 사유를 통해 자유, 예속, 죄, 죽음, 도덕, 어둠 등의 문제가 기술되어 있다는 평가를 받고 있다.[9] 또한 과학의 이원성에 대한 담론이라는 논의가 주장되고 있는데, 과학을 실행하는 주체가 남자이고 그것의 대상이 여성이 되는 것에 주목하기도 한다.[10] 과학의 절대적 힘을 믿는 과학자는 인간의 숙명적 불완전성의 상징으로 아내의 반점을 매우 거슬려한다. 결국 사랑하는 부인을 잃게 되는 이 이야기는 여성에 대한 혐오의식과 근대적 미의식의 양가적 충돌로 바라볼 수 있다. 혐오의식Hatred은 제러미 월드론이 지적한 대로 내적 감정상태가 아니라 외부로 표출된 부정적 감정이며 그 자체가 차별 행위이고 폭력이기도 하다.[11] 따라서 혐오의식은 단순한 미적 담론보다 더 큰 의미를 함축할 수 있는 개념이다. 이런 측면에서 데릭 젠슨의 기술을 주목할 필요가 있는데, 그는 우리 사회의 작동 원리가 혐오의 정치경제학이며 누구나 차별과 혐오의 논리를 내면화하고 있다고 말한다. 심지어 모든 생명에 대한 혐오, 멸시, 무시가 우리

「노예가 된 어머니」를 중심으로」, 『춘원연구학보』, 춘원연구학회, 2019, 131~157면; 안슈만 토마르, 「김유정과 쁘렘짠드 소설의 여성상 비교 연구 – '매춘'의 양상을 중심으로」, 『인문학연구』, 경희대 인문학연구원, 2019, 167~198면.

9   한우리, 「너새니얼 호손의 반점 에 나타난 인종, 젠더, 국가」, 『미국학논집』53-1 , 한국아메리카학회, 2021, 189~194면.

10 박양근, 「너새니얼 호손의 단편에 나타난 과학의 이원성」, 『인문사회과학연구』17-3, 부경대 인문사회과학연구소, 2016, 296~301면.

11 제러미 월드론, 홍성수·이소영 역, 『혐오표현, 자유는 어떻게 해악이 되는가』, 이후, 2017, 293~294면.

경제의 단단한 기초라고까지 말하고 있다.[12] 여성의 미의식이라는 측면에서 김유정의 작품에서도 여성 인물들에 대한 감정이 매우 양가적으로 등장하고 있음을 볼 수 있다. 이 글에서는 김유정의 작품 중에서 여성의 미모와 관련된 작품 중 「안해」에 나타난 미적 여성성을 너새니얼 호손의 「반점」 속에 나타난 미의식과 상호 비교해 보고자 한다.

근대 한국 작가들의 작품에 등장하는 여성의 아름다움에 대한 가치는 늘상 원초적인 죄의식을 수반하고 있는 경우가 많다. 대표적으로 김동인의 경우를 살펴볼 수 있다. 김동인은 「광화사」, 「감자」, 「배따라기」 등에서 아름다움에 대한 욕망을 죄악시하고 있음을 볼 수 있다. 김동인의 여자 주인공들은 아름다움에 대한 자의식이 형성되는 것 자체가 전면적으로 차단되어 버린다. 「광화사」의 '소경처녀', 「감자」의 '복녀', 「배따라기」의 '아내'는 모두 아름다움이라는 가치와 연루되어 결국 비참한 죽음을 맞이하는 비운의 여성들이다. 자신이 처음으로 여자임을 느끼는 소경처녀는 이상적 여성상을 추구했던 솔거에게 죽음을 당하고, 왕서방의 사랑을 빼앗긴 복녀는 질투 때문에 낫을 휘둘렀다가 오히려 그 낫에 자신이 죽는 비참한 최후를 맞이하고, 시동생과 쥐를 잡다가 옷고름이 풀어진 아내는 부정하고 타락한 여자로 낙인찍혀 비극적인 자살을 하고 만다. 김동인이라는 작가에게 여성의 아름다움과 자의식은 허용되지 않는 철저한 전근대적인 삼강적 세계였다. 근대를 대면하는 작가 김동인에게 여성의 미의식에 대한 자각은 매우 위험한 것이었다. 그래서 김동인의 여성들은 살해당하기도 하고 자살을 하기도 하는 극단적인 결말에 봉착할 수 밖에 없었다. 하지만 1930년대를 대표하는 김유정에게 아름다움은 죽음이라는 담론과는 다소 거리가 멀다. 아름다

---

12 데릭 젠슨, 이현정 역, 『혐오와 문명』, 아고라, 2020, 312~313면.

움의 미의식에 대한 김유정의 생각들은 근대와 전근대가 결합되어 매우 혼종적으로 등장한다. 김유정에게 미의식은 여성의 자기 존재를 인식하고 사회적 자아로 나아가는 일종의 통로이기도 하다. 19세기 근대 과학 담론으로서 너새니얼 호손의 「반점」과 20세기 근대 담론으로써 김유정의 「안해」를 통해 미의식의 충돌과 양가 의식과 타자의식 등을 주제학적 차원에서 비교해 보고자 한다. 이를 통해 근대와 과학과 경제적 자본이라는 담론이 여성의 자아형성과 미의식에 어떤 영향을 끼치고 있는지 그 의미의 미시적인 지층을 들여다 것이다. 너새니얼 호손의 작품 「반점」의 여주인공은 자신의 반점을 거슬려하는 남편의 뜻에 따라 반점을 제거하려다가 불행하게도 목숨을 잃고 만다. 하지만, 김유정의 작품 「안해」의 부인은 못생긴 얼굴을 가졌지만 능력을 신장시켜 가면서 자신의 미적 자존감을 회복하는 양상을 보인다. 근대라는 공간에서 과학과 자본의 영향하에 여성의 미에 대한 다소 다른 담론을 보이는 너새니얼 호손과 김유정의 작품을 통해 김유정 연구의 새로운 비교문학적 외연 확장의 가능성을 가늠해 보고자 한다.

2. 전근대적 이데올로기와 비주체적 자아

전근대적 이데올로기란 삼강적 이데올로기로 지칭할 수 있다. 많은 고전 작품 속 여성은 전통적 이데올로기 안에서 의미를 찾는 존재라고 할 수 있다. 그렇다면 삼강적 여성이란 도대체 무엇인가. 삼강적 인물이란 『삼강행실도』에 등장하는 여성들의 이데올로기를 실현시키는 소설 속 인물들이라 말할 수 있다. 주영하는 삼강적 지식과 삼강적 인물이 근대적 인쇄 기술을 통해 삼강의 지식확산이 가속화되었다고 평가한다. 즉 근대성과 과학주의를 내세운 근대에 조선총독부는 조선의 혈연주의와 가문주의의 성리학을 공개적으로 부정하면서도 유림들을 포섭해서 봉건 사유의 핵심인 삼강적 지식체계를 확산시켰다고 주장한다.[13] 그러나 여성의 '열녀 되기'는 열녀라는 허울 속에서 벌어지는 간접 살인이라고 주장하는 비판적 목소리도 있다. 즉 삼강적 이데올로기가 수용자에게 내면화를 유도하지만 그 실천이 매우 위해적이다. 『삼강행실도』의 「열녀편」에는 예의범절을 지키다 불에 타 죽은 여인, 남편을 따라 치수에 몸을 던져 죽은 여인, 시어머니 도둑질을 대신 누명쓰고 죽은 며느리, 왜구에게 팔과 발이 잘리지만 굴하지 않고 죽음을 선택한 여인 등 끔찍한 살인의 현장들이 여과없이 드러나 보인다. 이는 가정의 터전을 지키기 위해 자신의 목숨을 초개처럼 버리는 여인들을 미화시키는 유교적 이념화의 과정이며, 자신의 안위보다는 가정과 사회라는 테두리를 더 중요하게 바라보게 하는 파쇼적 이데올로기라고 할 수 있다.

김유정 작품들 속에서 대부분의 아내들은 가정을 지키기 위해 싸움을 불사하고, 남을 속이는 것을 감행하고, 위장 결혼을 하며 심지어 도둑질을 하기도 하고, 가정을 지키기 위해 들병이를 자처하기도 하며, 죽음을 맞서는 희생정신을 발휘한다. 대표적으로 「산골 나그네」의 아내는 아픈 남편을 위해 거짓 결혼을 하고, 「소낙비」의 춘호 처는 남편의 놀음 밑천을 위해 이주사라는 부자에게 몸을 판다. 이는 『삼강행실도』에서 끔찍한 죽음을 감행한 열녀들의 모습에 다름 아니다. 한국 신화 속 집을 지키는 터주신의 이데올로기는 주로 여성에게만 강요된 측면이 강했다. 이는 문학의 형상화로 보자면 사회의 불합리에 어찌할 수 없는 남성들의 무능함을 상징적으로 그리는

---

13 주영하 외, 『조선시대 책의 문화사』, 휴머니스트, 2008.

것일 수도 있고 삼강적 여성 되기를 그림으로써 당시 여성의 불합리를 그대로 그려내려는 의도일 수도 있다. 혹은 그러한 의식과는 별개로 민간에 내려오는 원천적 상상력을 무의식중에 자연스럽게 그려놓고 그것을 통해 근대 사회의 불합리를 읽게 하는 고도의 작법일 수도 있다. 김유정은 삼강적 인물들을 다양한 형상으로 작품 안에 살아가게 함으로써 당시의 불합리한 사회상을 유머와 해학으로 아이러니하게 그려내고 있다.

19세기 미국의 작가 너새니얼 호손은 「주홍글씨」를 통해 17세기 미국 청교도들의 위선을 폭로하였다. 청교도 목사 딥즈 데일과 그와 간음한 여주인공 헤스터를 등장시켜 인간의 위선과 죄책감을 드러내고 있다. 이 글의 대상이 되는 작품은 단편인 「반점」이다. 이 작품에서 여주인공 조지아나는 남편 에일머가 자신의 존재에 대해서 내리는 평가를 매우 수동적으로 받아들이는 삼강적 인물의 하나이다. 그녀는 철학과 과학에 능통한 에일머라는 과학자에게 구혼을 받고 그의 사랑을 믿고 행복이 보장된 것처럼 보이는 결혼을 한다. 에일머는 냉철한 과학적 사고와 분석적인 철학적 사고의 결과로 그녀에게 청혼한 것이기 때문이다. 그런데, 결혼 후 얼마되지 않아 에일머는 조지아나에게 "조지아나! 당신의 뺨 위에 있는 그 점을 지울 수 있다는 생각을 한 번도 해 보지 않았소?"[14]라고 질문한다. 남편 에일머의 예기치 않은 질문에 조지아나는 한 번도 그런 생각을 한 적이 없다고 대답하고 더 나아가 "사실 말이지, 저는 사람들이 이 점을 매력이라고 말하기에 그러려니 하고 생각해 왔을 뿐인걸요"76면라고 대답한다. 지금까지 자기의 매력이라고 생각했던 반점이 남편의 미적 질서에 위배된다는 것은 그녀에게 매우

---

14 너새니얼 호손, 천승걸 역, 『너새니얼 호손 단편선』, 민음사, 2012, 76면. 「반점」의 작품 인용은 이 번역본을 참고한다. 이후 인용은 페이지만 기재한다.

충격적인 일이었다. 조지아나 자신이 생각한 주체적 미의식은 남편의 질서 속에서 철저히 외면당하고 만다. 자신의 반점에 대해 긍정적으로 이야기하는 조지아나에게 남편 에일머는 "다른 사람의 얼굴 위에 있는 점이라면 그럴지도 모르지. 그러나 당신은 절대로 그렇지가 않아. 정말 아니야, 사랑스러운 조지아나, 당신은 대자연의 손이 가장 완벽에 가깝게 만들었기 때문에 아무리 작은 점이라 해도 결함이 되는 거요. 아니 그걸 결함이라고 해야 할지 아름다움이라고 해야 할지 잘 모르겠지만, 그것은 나에게 지상 세계의 불완전함 표시로 보여서 날 놀라게 하오"76면라고 말한다. 남편의 반점에 대한 평가는 조지아나에게 큰 상처가 되고 그녀는 분노하면서 눈물을 터트리기에 이른다. 그녀는 남편에게 "그러하면 무엇 때문에 나를 엄마 곁에서 데려왔어요? 당신을 놀라게 하는 사람을 사랑할 순 없을 텐데요!"77면라고 이야기하면서 그의 프로포즈와 그들의 결혼을 원망하면서 슬퍼하기에 이른다. 남편의 사랑은 자신의 가치 기준에 의해 철저하게 재단되어 있는 세계였다. 에일머가 조지아나에게 내리는 미적 판단은 순혈적인 백인주의에 대한 집착이기도 하고 인종적 타자를 배제하는 기제이기도 하다.[15] 남편 에일머는 꿈에서조차 아내의 반점을 괴로워하는 순혈 집착주의를 보이는 외골수적 인물로 등장한다.

조지아나의 반점은 결혼 전 세계 즉 에일머의 근대 과학적 세계에 들어오기 전까지는 매우 낭만적이고 신비로운 아름다움의 상징이었다. 조지아나의 반점은 사람의 손의 형상과 비슷했기 때문에 그녀를 사랑하는 사람들은 그녀가 태어날 때 요정이 아기의 뺨에 손을 얹었다고 말한다. 그래서 모

---

15 한우리, 「너새니얼 호손의 반점 에 나타난 인종, 젠더, 국가」, 『미국학논집』 53-1, 한국아메리카학회, 2021, 194면.

든 사람들은 그 흔적은 사람들의 마음을 사로잡는 마력이 있다고까지 믿었다. 조지아나의 생각도 여기에서 크게 벗어나지 않았다. 그녀는 에일머와 결혼하기 전에는 스스로 아름답다고 느끼면서 살았다. 따라서 그녀가 에일머의 과학과 미적 질서 안에 들어오기 전까지 그녀는 자신의 반점을 매력포인트로 여겼다. 수많은 총각들은 조지아나에게 상사병을 느끼고 있었고, "그 신비스럽고 조그만 손에 키스를 할 수 있는 특권을 위해서라면 목숨을 바치기라도 했을 것"75면이라고 기술될 정도로 남성들은 작은 요정의 손에 키스할 수 있기를 간절히 바랐다. 조지아나는 남편 에일머의 과학적 세계 이전에는 매우 아름답고 신비스러운 미의 상징이었던 것을 알 수 있다.

아름다운 조지아나와는 대조적으로 김유정의 「안해」에서 부인의 아름다움은 남편의 세계에 비해 매우 부족한 것으로 등장한다.[16] "우리 마누라는 누가 보든지 뭐 이쁘다고는 안 할 것이다. 바로 계집에 환장된 놈이 있다면 모르거니와. 나도 일상 같이 지내긴 하나 아무리 잘 고쳐 보아도 요만치도 예쁘지가 않다"[17]라고 진술된다. 따라서 「안해」의 여주인공은 매우 못생겼기 때문에 남편의 눈치를 보면서 존재감이 거의 없다. 아내는 외모로 인해 사회적 존재감을 거의 얻지 못한 채 늘 저자세의 모습으로 등장한다. 남편은 부인의 못난 외모를 "둥글넓적이 내려온 하관에 멋없이 쑥 내민 입"328면이라든지 "먼 산 바라보는 도야지의 코"328면로 묘사한다. 따라서 아내는 남편의 눈치를 슬슬 살피는 매우 비주체적인 존재로 등장한다. 또한 남편과

---

16 유인순 편, 『정전 김유정 전집』 1, 소명출판, 2021, 327면. 안해는 아내와 동일어로 16세기 『소학언해』와 『번역소학』에 처음 나온 말이라고 한다. 집안의 태양과 같이 소중한 의미라고 한다. 현대에서는 '아내'라는 제목으로 나오는 책들이 있지만 이 글은 원작 그래로의 제목인 '안해'로 사용한다.

17 유인순 편, 『정전 김유정 전집』 1, 소명출판, 2021, 327면. 이후 인용은 각주로 처리하지 않고 페이지로 처리한다.

다투는 언쟁을 하면 "제가 주먹심으로나 입심으로나 나에게 덤비려면 어림도 없다. 쌈의 시초는 누가 먼저 걸었던 간 언제든지 경을 파다발로 치고 나앉는 것은 년의 차지였다"330면라고 진술하고 있다. 즉 힘없이 짓밟힌다는 '파다발'의 의미처럼 아내는 남편에게 외모적으로 자신감이 없어 보인다. 남편과 부인의 관계가 매우 전근대적인 종속관계를 보여주고 있으며 여성은 획일적인 미적 담론에 갇혀 있는 것처럼 수동적으로 보인다.

너새니얼 호손 작품 「반점」의 조지아나 역시 작품 전반부의 모습에서 수동적인 전근대성이 나타난다. 조지아나는 에일머라는 과학자의 전근대적인 세계 안에 들어오기 전에는 모든 남자들의 선망의 대상이 되었던 아름다움의 표지라고 할 수 있다. 처음 에일머에게 보여질 때의 수동적 미의식이 에일머의 보기라는 능동성으로 들어오면 기존의 미적 질서는 와해되는 작용을 하고 있는 것을 볼 수 있다. 에일머는 결혼 후 조지아나에게 그녀의 반점이 지상의 불완전함의 상징처럼 그에게 충격이라고 말한다. 조지아나는 에일머의 말에 몹시 상처를 받고 분노를 느끼기까지 한다. 조지아나는 남편의 시선이 점점 부담스러워지기 시작한다. 그리고 자신들의 결혼에 대한 깊은 회의감을 내보인다. 이는 에일머의 견고한 전근대적 세계에 대한 새로운 질서의 유입이 매우 어려운 것임을 은유적으로 설명한 것이라 할 수 있다. 급기야 에일머는 그 반점만 아니라면 그녀의 아름다움이 완벽할 것이라고 생각하게 되고 그 하나의 홈이 점점 더 견디기 어려운 일이 되고 만다. 조지아나의 반점은 에일머의 완벽한 과학의 세계 즉 이는 백인 사회의 순혈주의라고 지칭할 수도 있는 그런 견고한 세계에서 혐오적 타자로 인식되고 있는 것이다. 「안해」에서 아내의 외모나 「반점」에서 조지아나의 반점은 모두 견고한 세계에 새로운 가치가 끼어들 수 없음을 상징화하는 전근대적 이데올로기의 표지라고 할 수 있다. 이런 측면에서라면 너새니얼 호손의 「반점」이 미국의 이상주의를 비판한다는 논리는 설득력을 얻을 수 있다. 따라서 에일 머의 실패가 유럽의 낡은 삶을 버리고 새 삶을 꿈꾸던 미국인들의 이상에 대한 질문이라고 평가하는 의견에 일견 동의하게 된다.[18] 미국인들의 이상 은 에일머가 꿈꾸는 인위적인 백인 순혈주의로 등장하면서 비판의 대상이 될 수 있다.

3. 새로운 미적 논쟁과 미적 가치의 양가성

근대의 형성은 인간의 자의식과 미의식의 자각 사이에서 긴밀한 지층 운 동을 하는 자연현상과 같다. 근대를 형성하는 문화 중에서 여성의 자기 주 체인식과 사회적 자아로의 발전은 지극히 당연한 행보일 것이다. 김유정의 「안해」에는 전통적 이데올로기를 표상하는 삼강적 여성과는 다소 다른 근 대적이고 입체적인 여성이 등장하는 것에 주목할 필요가 있다. 「안해」의 주 인공인 아내는 변화하는 가치관을 적극 받아들이는 입체적인 인물이다. 이 는 동시대 작가인 김동인의 「광화사」와 「감자」의 여주인공들인 소경처녀 와 복녀와는 다소 다른 행보를 보인다. 소경처녀와 복녀는 자신의 자존에 대한 내적 인식이 이루어지는 인물들이었다. 소경처녀는 솔거와 하룻밤을 보내고 처음으로 여성이었음을 자각하였고 복녀는 왕서방에게 사랑을 받 으면서 자신이 예쁜 여성이라는 자존적 인식을 했다. 그러나 그녀들은 그러

---

18 장경욱, 「너새니얼 호손의 「반점」에 나타난 미국의 이상주의 비판」, 『영어영문학연구』 29-2, 대한영어영문학회, 2003, 139~153면.

한 여성의 자의식 형성을 허락받지 못하고 결국에는 비극적 죽음에 이른다.

근대초기『신여성』과『부인』등의 잡지를 통해 근대적 여성에 대한 문화적 수용이 광범위하게 일어나고 있었지만, 김유정의 주인공들은 대부분 그러한 문화적인 영향을 직접적으로 받지 못하는 순박한 시골 출신들이다. 이 장에서는 앞에 논의한 전근대적 여성성과는 좀 다른 심리적 양성성을 가진 미적 가치의 양가성을 살펴본다. 「안해」의 주인공은 김동인 소설「감자」의 복녀처럼 자신의 아름다움이 경제적 가치로 활용될 수 있음을 자각한다. 그러나 복녀처럼 죽음을 맞이하지는 않는다. 삼강적 질서가 여전히 작품 안을 지배하고 있지만 동시에 그 세계만이 견고한 질서가 될 수 없다는 미적 가치의 양가성을 보여준다. 「안해」의 남편은 자신의 부인에게 오히려 삼강적 질서를 깨뜨리고 돈을 벌어오도록 격려하는 아노미적 인물이다. 아내는 아들 똘똘이를 낳고 난 후부터 자존적 자기의식이 강해지기 시작하고 심지어 당당해지기까지 한다. 남편은 아내가 아들 똘똘이를 내놓고는 세도가 매우 댕댕해졌다고 말한다. 심지어 자기가 들어가도 본채 만채 하고 눈을 내려감고 아이의 젖만 먹인다고 불만스럽게 진술한다. 그러나 남편은 이런 부인의 변화를 자연스럽게 받아들인다.

아들을 낳고 나서 자존감을 얻은 아내는 심지어 남편에게 들병이로 먹고 살자는 파격적이고 건설적인 제안을 한다. 이것에 대해 남편인 나는 나보다 아내가 한결 의뭉스럽다는 생각을 한다. 아내는 밑지는 농사보다는 이밥과 고기를 먹고 옷도 마음대로 입자고 남편에게 적극적으로 제안했다. 그러나 이러한 제안에 솔깃하다가도 남편은 못생긴 아내의 얼굴을 이윽히 뜯어 보다가 그만 풀이 죽는다는 표현을 하며 매우 분해한다. 그러나, 눈치 빠른 아내는 비단 들병이가 얼굴만 이뻐서 되는 게 아니라라고 말하면서 얼굴은 박색이라도 수단이 더 필요하다고 자신을 방어한다. 아내는 남편의 박제되고 고정된 미의식을 흔들기 시작하는 것이다. 부인의 변화되는 자존감에 의해 남편의 미적 가치가 변화되고 있는 것을 살펴볼 수 있다. 부인의 제안에 따라 박색인 미모보다는 수단인 능력을 키우기 위해 아내와 남편은 소리를 공부하기 시작한다. 미의식의 새로운 논쟁이 시작되면서 남편인 나는 부인의 수단 즉 능력이 더 중요하다는 말에 점점 동화되어 간다. 남편은 낮에 일을 마치고 밤에는 아내에게 소리를 가르치기 시작한다. 점점 아내의 노래하는 능력이 증진되어 가면서 남편의 아내에 대한 미의식도 변화를 보인다. 그에 따라 아내의 자존감도 향상되어 간다. 아내는 배운 노래를 빨래하면서도 연습하고 바느질하면서도 연습한다. 심지어 어린 아들 똘똘이를 업고 야학에 가서 시체 창가까지 배운다. 이 시체 창가는 소리를 가르쳐주는 남편도 하지 못하는 매우 근대적 능력인 것이다. 자신의 능력을 개발하기 위해 아내는 매우 노력한다. 그렇지만 여전히 남편은 아내의 얼굴만이 걱정이라고 진술한다. 소리는 점점 되어가지만 얼굴을 보면 틀렸다고 생각한다. 그는 "경칠 년, 좀만 얌전히 나왔더면 이판에 돈 한 몫 크게 잡는 걸. 간혹가다 제물에 화가 뻗치면 아무 소리 않고 년의 뱃기를 한 두어 번 안 줴박을 수 없다"336면고 말한다. 아내의 수단 우선주의 즉 능력 향상 진술에 일정 부분 동화되다가도 또다시 외모 중심으로 되돌아오는 남편의 미적 양가성을 찾아볼 수 있다.

너새니얼 호손의 「반점The Birthmark」에서도 주인공 조지아나의 미에 대한 평가는 양가성을 가진다. 그리고 조지아나 스스로도 자신의 반점에 대해서 양가적 감정을 느낀다. 조지아나의 반점에 대한 사람들의 반응은 요정의 흔적이기도 했다가 파괴적인 불길함의 상징이기도 한 양가성을 가진다. 조지아나의 얼굴에 나오는 진홍빛 반점은 흥분되거나 의기양양하면 거짓말처럼 사라졌다가 창백해지면 더욱 선명하게 드러나는 속성을 가진다. 따라서 새끼손가락 크기의 반점은 요정이 남기고 간 흔적으로 모든 사람의 마음을 사로잡는다는 마력의 흔적으로 읽히기도 하지만 반대로 남편 에일머의 반점에 대한 집착은 그녀를 더욱 불행하게 변화시킨다. 남편은 급기야 그 반점을 뽑아야 한다고 생각했고 그 반점이 아내의 슬픔이자 쇠락이자 죄라고까지 생각하기에 이른다. 남편 에일머와 부인 조지아나는 반점으로 인해 불행이 극도로 치닫게 된다. 부인은 남편의 시선이 느껴지면 살이 떨리기까지 한다.

조지아나는 남편의 괴로움을 느끼는 것이 그녀에게는 불행이었기 때문에 스스로도 자신의 반점에 대한 애착이 사라지고 이제 반점을 혐오하는 단계에 이른다. 에일머는 아내에 대한 사랑과 과학에 대한 사랑을 결합할 수 있을 때 자신의 힘을 느꼈다. 에일머는 아내의 반점만 사라지면 완벽할 것 같았고 순간순간을 잘 견딜 것 같다고 생각한다. 에일머는 조지아나의 반점을 자연이 남긴 치명적인 오점으로 여겼다. 에일머는 조지아나를 사랑한다는 핑계로 급기야 반점을 없애려고 하였다. 만약 그 반점이 심장과 연결되어 있다면 그녀의 심장마저도 도려낼 각오를 하는 과학자이다. 이는 아름다움의 절대성이 존재하지 않음에도 불구하고 맹목적인 절대성에 몰입하는 인간의 어리석음을 보여준다. 「안해」의 주인공 남편인 나는 미의 가치관에 있어서 가치의 양가성을 발휘한다. 동일하게 「반점」의 에일머 역시 아름답다고 느끼던 조지아나에게서 일종의 혐오감을 느끼는 미적 가치의 양가성을 보인다.

남성 주인공들의 미적 양가성에 대해 여성 주인공들의 반응은 다소 다르다는 것을 알 수 있다. 김유정의 「안해」에서 아내는 자기의 미적 자존감을 남편에게 설득시키는 긍정적이고 주체적 인물로 보인다. 그러나 너새니얼 호손의 「반점」에서 조지아나는 남편의 변화된 미의식에 자신의 미의식을 조정당하는 수동적인 인물이다. 조지아나는 자신의 자부심이었던 아름다움의 상징인 반점이 더 이상 그녀에게 매혹적인 표지가 되지 못한다. 이는 이상주의에 쫓긴 인간의 이율배반적인 미의 양가성에 대한 부조리한 삶의 태도를 보여주는 것이라 할 수 있다. 남편 에일머는 조지아나의 반점 때문에 괴로워하고 그것을 없애기 위해 연구를 한다. 에일머는 과학에 대한 확고한 믿음으로 반점을 제거할 용액을 제조하고 조지아나에게 그것을 마시게 한다. 「안해」에서 남편인 나와 아내는 들병이로 살아가기 위해 구체적인 실천에 들어간다. 밤이면 집에 돌아와서 아내에게 아리랑을 가르친다. 아리랑을 가르치지만 아내는 소설 책을 읽고 있다고 불만을 토로한다. 하지만, 아내는 아리랑뿐만아니라 스스로 아이를 업고 야학에 가서 새로운 장르인 시체 창가를 배우기도 한다. 아내는 스스로의 능력을 신장시키는 능동적인 인물이다. 아내와 남편은 소리를 함께 하면서 남편은 아내의 생각에 동화되어 간다. 심지어 아내가 자기보다 더 수단이 좋다고 느끼게 된다. 소리를 배우면서 부부에게 전근대적인 편협된 미의식은 많이 희석되고 있으며, 남편은 부인의 미적 가치와 사고방식에 동화되어 간다. 여기에는 김유정이 밝힌 들병이 철학이 들어간 것이라고 할 수 있다. 김유정은 들병이들도 처음에는 성한 오장육부가 있었다고 말한다. 그러나, 그들은 땅을 빼앗기고 발길 닿는 대로 유랑하게 되었고 조선의 최하층민이 되었다고 기술한다.[19] 홍기돈은 들병이를 다루는 「안해」 계열의 소설이 농촌의 최하층민과 연대 의식을

---

19 김유정, 「朝鮮의 집시-들병이 哲學」, 전신재 편, 『원본 김유정 전집』, 강, 2012, 415면.

가진다고 주장한다.[20]

「반점」에서 에일머와 조지아나는 반점에 대해서 많은 이야기를 한다. 그간 복점이라고 느끼던 조지아나는 에일머의 생각을 알고 난 후부터 오히려 자신이 더 그 반점을 혐오하기 시작한다. 에일머의 미적 가치에 편입되어 점점 부정적으로 변화되는 것을 알 수 있다. 에일머는 조수인 아미나다브와 함께 실험에 들어간다. 그러나 조수는 조지아나가 자신의 아내라면 자기는 이 반점과 절대로 헤어지지 않을 것이라고 중얼거리면서 에일머를 우회적으로 비난한다. 그럼에도 불구하고 에일머는 아내를 설득시키고 실험에 임한다. 자신이 믿는 신념에 따라 아내를 위험한 실험대상으로 만들어 간 셈이다. 그는 자면서까지 아내의 반점을 빼는 수술을 진행한다. 결국 조지아나는 자신의 반점을 더욱 혐오하게 되고 자신의 존재마저도 혐오스러워하는 지경에 이른다. 남편 에일머의 미적 기준에 완전히 동화되어 스스로의 가치와 의미를 완전히 잃게 된다. 김유정의 「안해」와 너새니얼 호손의 「반점」은 부인의 외모에 대한 기술이 작품에 주된 동력이 된다는 공통점이 있다. 「안해」의 경우 부인의 새로운 미적 세계에 동화되는 남편이 그려지고 있는 반면, 너새니얼 호손의 「반점」의 경우 조지아나는 남편의 편향된 미적 세계에 동화되어 결국 자신을 잃고 만다. 미적 담론은 인간의 불완전함과 타자 이해의 영역으로 학대해서 논의할 수 있는데, 「안해」의 미적 담론과 「반점」의 미적 담론에는 매우 큰 차이가 있음을 알 수 있다.

---

20 홍기돈, 「김유정 소설의 아나키즘 면모 연구-원시적 인물 유형과 들병이 등장 작품을 중심으로」, 『김유정 문학과 문화충돌』, 소명출판, 2021, 205면.

4. 근대 타자적 여성성의 서로 다른 두 시선

아름다움에 대한 인식과 근대적 주체 의식은 근대 초기에 가장 왕성한 논의가 될 수 있을 것이다. 한국 근대 초기에 등장하는 잡지『향혼』,『미용강화』,『미용문답』등을 보면 아름다움이라는 것이 단순히 표현하는 것에 그치지 않는다는 것을 알 수 있다. 여성의 아름다움에 대한 인식은 근대 시대를 읽는 정신적이며 문화적인 지표이자 아이콘으로 작용할 수 있다. 또한 미와 추에 대한 상반된 개념 역시 당시 근대문학에 등장하는 요소이다. 이 장에서는 김유정의「안해」에 제시된 미의식의 개념과 너새니얼 호손의「반점」의 미의식이 어떻게 타자성으로 연결되는지 살펴보고자 한다. 미적 관점에서 두 작품 속 여성들은 남성의 시선에 의해 타자화되고 있음을 알 수 있다. 김유정과 너새니얼 호손은 각각 그 사회에서 근대와 미의식을 다루고 있지만 다소 다른 시선을 보이고 있다.

아름다움은 매우 문화적이고 사회적이고 근대적인 개념이다. 미개하고 전근대적이고 전통적인 사회일수록 여성의 아름다움은 과소평가되고 공론화되지 못한다. 여성이 아름다운 성으로 인식되게 된 것은 역사적 흐름에 따라 형성된 현상이며 사회적 제도이다. 그것은 비교적 현대의 담론이었다. 미의 대중화가 시작된 시대에 미용은 모든 사회 계층으로 확산되었으며 여성의 자의식도 함께 발달했다고 할 수 있다. 전통적 이데올로기가 지배하는 사회에서 여성의 외모에 대한 진술은 거의 찾아볼 수 없는 담론이다. 아름다움에 대한 이야기는 문화가 발전하는 것에 따라 함께 발전해온 담론이라는 것을 알 수 있다. 김유정 작품에서는 전통적 이데올로기에 얽메인 삼강적 여성들의 모습이 보이기도 하고, 양가성을 보이는 적극적인 여성들이 존재하기도 하며, 적극적으로 아름다움을 추구하고자 하는 문화적이고 근대적인 존재들도 함께 보인다. 지금까지 김유정의 인물들을 향토적이고 해학적인 지표로 활용해왔기 때문에 상대적으로 미의식과 근대의식에 관련해서는 거의 연구된 바가 없다. 소설 「안해」의 주인공은 아내의 추한 모습을 기술하면서 아내가 매우 비사회적인 존재임을 기술한다. 남편은 자기 부인의 외모가 매우 보잘 것 없다는 진술을 전면에 배치한다. 자기 부인이 "계집에 환장한 사람이 아니고서야"라고 표현하거나 "아무리 고쳐 보아도 요만큼도 예쁘지 않은" 추한 얼굴이다. 그녀는 남편이 말을 걸어주는 것만으로도 감동받을 만큼 스스로에 대한 자존감이 전혀 없는 인물이었다. 그러나 그녀의 추한 외모는 자식 똘똘이를 나면서 사회적 존재로 점점 나아간다. 그녀는 남편에게 매우 당당해지기 시작하고 말도 걸지 못했던 남편에게 싫은 소리도 거뜬히 할 정도로 발전하게 된다. 인간의 자존적 인식이 외면의 아름다움에만 국한되지 않는다는 자각의 시작이라고 읽어낼 수 있다. 급기야 못생긴 아내는 들병이가 될 수 있을 것이라는 황당한 자신감까지 가진다. 더 나아가 스스로 자기의 가족을 위해 경제적 활동을 할 수 있다는 적극적 생각을 하고 있는 근대적이고 사회적인 존재가 된다. 이는 자신의 미에 대한 자존감을 가지기 시작한 것에서 오는 급진적인 현상이다. 그녀는 미의 획일적이고 단편적인 기능을 폄하하면서 예쁘다는 것보다는 '수단' 즉 능력이 새로운 미의 창출 기준이 될 수 있음을 주장한다. 김유정 소설에서 아내는 남편에게 천직인 농사를 포기시키고 다른 일을 하도록 종용하는 인물들이 되기도 하는데 들병이라는 직종도 거기에 속한다. 이렇게 부추기는 아내들은 민중의 다른 이름이라고 해석되기도 한다.[21]

---

21 심재욱, 「김유정 문학의 미학적 정치성 연구」, 『김유정과 문학콘서트』, 소명출판, 2020, 128면.

아내는 한발 더 나아가 들병이가 그렇게 예쁘지 않아도 된다는 능력 중심의 열린 의식으로까지 진화한다. 그녀의 미의식은 작품 처음 부분과는 매우 다르다. 예쁘지 않아서 남편이 걸어주는 말에도 감동을 받던 소극적인 여성이 더이상 아니다. 그녀는 자신의 능력을 키우면서 자신감을 얻어가고 그것이 곧 적극적인 아름다움이 된다는 진리를 얻게 되는 것이다. 즉 아름다움이라는 것이 절대 기준이 아니라 상대적 가치의 소산임을 알게 되는 사회적 존재로 변모하고 있다. 작품 초반에 아름답지 못한 아내는 비사회적인 인물이었지만 아들을 낳으면서 자존감을 회복하고 점점 사회적 자아로 발전해 간다. 급기야 들병이로 나아가기 위해 자신의 능력을 개발하는데 적극적이고 남편에게 아리랑을 배우고 글자도 배운다. 그녀는 분을 바르면서 들병이가 반드시 아름다울 필요는 없다고까지 주장한다. 화장을 통한 미의 대중화가 엿보이는 서사담론이자 미의식의 확산이 자존감을 증가시키는 모습을 엿볼 수 있다. 「안해」에서 남편인 '나'는 삼강적 질서가 무너지고 근대적 자아로 나아가게 하는 매개체가 된다. 즉 아내의 능동적인 변화에 거부감을 드러내지는 않는다. 바야흐로 아내는 들병이가 되겠다고 주막에 가서 친구 뭉태에게 술을 팔고 노래를 부르기에 이른다. 나는 아내가 애써 이룬 그간의 노력이 가져온 결과에 당황하게 되고 아내를 사회적 존재로 내보내지 않기로 결단을 내린다. 이는 들병이의 성매매가 이전의 성매매와 구별되는 것으로 노동자의 노동을 대신하는 수단으로 여긴다는 논의를 설득력있게 받아들이게 한다.[22] 결국 주인공 나는 아내를 사회적이고 근대적인 존재로 성장하게 독려하지만 그 변화된 세계를 받아들이지는 못하고 다시 전근

---

22 이태숙, 「김유정 소설의 근대성과 여성의 신체」, 『여성문학연구』 42, 한국여성문학학회, 2017, 142면.

대적 위치로 되돌려서 삼강적 질서를 재구축하려는 구시대적 인물로 남는다. 아내의 사회적 진출은 남편에 의해 다시 타자화되고 있다.

「안해」에서 남편은 변화해 가는 아내의 모습을 보면서 아내의 새로운 미적 가치를 다시 인식하게 된다. 나의 아내의 가치가 단순히 보여지는 외모의 '예쁘다'에 있는 것이 아니라 '자식'을 생산하는 데 있다고 스스로를 자위한다. 나는 "이년이 뱃속에 일천 오백 원을 지나고 있으니까 아무렇게 따져도 나 보담은 낫지 않은가"340면라고 갈무리하고 그녀에게 들병이를 못하게 하려고 한다. 그녀가 들병이를 하지 않아도 자식을 낳기만 하면 돈이 된다는 계산인 것이다. 작품 「안해」 초입에서 자기의 아내는 누구도 거들떠보지 않는다고 말하면서 자신이 매우 우위에 있는 것처럼 이야기 하지만 작품 말미에는 능력을 얻어가면서 자신의 미의식과 자의식을 성취하는 아내를 보면서 자기를 버릴 수 있다는 불안한 마음을 가진다. 근대 여성의 미의식의 형성이 자의식이 어떠한 관계를 가지는지 보여주는 사고의 단초라고 할 수 있다. 「안해」에서 등장하는 들병이라는 직업군은 농민들이 유랑하기 시작하는 일제강점기에 생기기 시작했는데, 이는 전근대적인 성매매와는 다른 근대성의 산물이라고 평가된다. 몰락해가는 농촌과 화폐 경제의 확산이 낳은 자본주의의 산물이라고 할 수 있는데, 자본주의의 교환의 가치를 가지는 것이 남성 즉 농부의 신체가 아니라 그의 아내의 신체라고 비판받기도 한다.[23]

반면, 너새니얼 호손의 「반점」에서 조지아나는 과학이라는 근대의 산물에 의해 고쳐질 수 있는 타자적 여성성으로 그려진다. 더 나아가 조지아나

---

23 이태숙, 「김유정 소설의 근대성과 여서의 신체」, 『김유정 문학의 감정미학』, 소명출판, 2018, 248~250면.

스스로 자신의 미의식을 혐오스러워하는 지경에 이른다. 김유정의 「안해」에서 아내와 남편은 함께 소리를 하면서 서로를 이해하며 소통한다. 소통과 공감이라는 측면에서 보면, 너새니얼 호손의 「반점」에서 조지아나는 실험실에서 자신의 남편 에일머의 실험노트를 보면서 남편의 연구에 깊은 감동에 느낀다. 급기야 조지아나는 어떠한 대가를 지불하더라도 반점을 제거 하고 싶다고 말하며 남편인 에일머가 그 반점을 잘 제거할 수 있는지 묻는다. 에일머는 안전하게 반점을 제거할 수 있다고 자신하고 조지아나는 죽음의 위험을 무릅쓰고라도 반점을 제거하기로 결심한다. 이는 김유정의 「안해」에서 부부가 함께 소리를 하면서 부인의 자존감이 회복되고 획일화된 미의식을 극복하면서 사회적 존재로 나아가는 것을 보여주고 있는 것과는 대조적이다. 조지아나는 남편의 실험실에서 남편의 연구 노트를 보면서 오히려 남편의 왜곡된 미의식에 더 깊게 연루되어 자기 자신을 부정하는 타자화에 이른다. 여기에서 더욱 문제가 되는 것은 「반점」에서 과학을 실행하는 주체가 남자의 시선이라는 점이다. 에일머는 인간이 가지는 개인적인 욕망을 공통적인 요소로 확대하였고 조지아나는 그의 논점에 동화되어 합리화시키면서 단지 타자적인 미적 이미지로만 남게 된다는 문제점이 제기된다.[24]

김유정의 「안해」에서 부부는 소리를 배우면서 서로를 이해하게 되는 소통의 시간을 갖는다. 그 시간을 통해 남편인 나는 부인이 주장하는 아름다움의 담론에 동화되어 간다. 남편은 아내에게 이뻐졌다는 이야기를 하기에 이른다. "짐짓 이뻐졌다, 하고 나서도 능청을 좀 부리면 년이 좋아서 요새 분때를 자주 밀었으니까 좀 나졌겠지, 하고 들병이는 뭐 그렇게까지 이쁘지

---

24 박양근, 「너새니얼 호손의 단편에 나타난 과학의 이원성」, 『인문사회과학연구』 17-3, 부경대 인문사회과학연구소, 2016, 301면.

않아도 된다고 또 구구히 설명을 늘어 놓는다. 경을 칠 년, 계집은 얼굴 밉다는 말이 칼로 찌르는 것보다도 더 무서운 모양이다"337면에서 보이는 것처럼 남편은 부인의 변화된 모습을 만나게 된다. 그녀는 스스로 들병이가 그렇게까지 예쁘지 않아도 된다고 주장한다. 이는 작품 초반에 남편에게 다가가는 것도 어려워했던 모습과는 매우 대조적이라고 할 수 있다. 심지어 들병이가 되기 위해 각종 모험을 시도하기도 한다. 담배 피우기와 술 팔기 등 들병이와 관련된 일들을 모두 해보는 과정에서 아내는 동내 뭉태의 꼬임으로 술을 마신다. 일을 마치고 술을 마시는 아내와 뭉태를 혼내주고 집으로 돌아오면서 남편은 부인의 가치를 다른 곳에서 찾는다. 남편은 술에 취한 부인을 업고 돌아오면서 "국으로 주는 밥이나 얻어먹고 몸 성히 있다가 연해 자식이나 쏟아라. 뭐 많이도 말고 굴때 같은 아들로만 한 열 다섯이면 족하지. 가만 있자, 한 놈이 일년에 벼 열 섬씩만 번다면 열 다섯 놈이니까 일백 오십 섬. 한 섬에 더도 말고 십 원 한 장씩만 받는다면 죄다 일천 오백 원, 일천 오백 원, 사실 일천 오백 원이면 어이구 이건 참 너무 많구나"340면라고 진술한다. 아내의 미적 담론에 동화되어 가는 것에서 더 나아가 아내의 전도된 미적 질서가 가져올 것에 대한 두려움이 그려진다. 따라서 아내의 가치를 아이를 낳는 것에 한정하고자 하는 전근대적 회귀방식을 보이면서 다시 여성을 타자화시키고 있다.

　「안해」의 부부가 소리를 공부하는 것처럼 너새니얼 호손의 「반점」에서도 조지아나와 에일머는 실험실에서 부부가 서로를 이야기하는 소통의 시간을 갖는다. 그러나 여기에서 조지아나는 「안해」의 여주인공과는 다르게 자신의 미의식을 버리고 일방적으로 남편 에일머의 편향된 미적 질서로 편입되는 왜곡된 양상을 보인다. 그녀는 남편에게 "오, 제발, 제발, 그걸 다시 보지 말아줘요! 당신이 경련이 일 듯 몸서리치던 그 모습을 영원히 잊을 수가 없을 거예요"80면라고 말하면서 남편보다 더 강렬하게 자신의 얼굴에 있는 반점을 극도록 혐오하게 되고 심지어 죽음을 각오하기에 이른다. 한때 조지아나 자신의 자랑거리였던 반점이 현재의 그녀에게는 가장 큰 불행의 원인이 된 것이다. 남편이 이끄는 실험실에 도착한 조지아나는 급기야 기절하고 만다. 그녀에게 반점을 제거한다는 것은 죽음을 암시하는 것처럼 느껴졌다. 에일머는 온갖 과학 서적을 탐독해서 아내의 반점을 제거할 물약을 개발하는 데 성공한다. 에일머는 아내에게 약을 먹이고, "이제 그 모습을 추적하기가 거의 불가능하군. 성공이다! 성공이야! 이제 아주 연한 장밋빛 같구나. 뺨이 조금만치라도 홍조를 띠면 완전히 감추어버리겠군. 하지만 얼굴이 왜 저리 창백하지?"87면라고 말한다. 그 약을 먹은 아내는 깊은 잠에 빠져 깨어나지 못하게 된다. 조지이나는 그 약을 먹고 스스로 죽을 것이라는 것을 알고 있었다. 그녀는 마지막에 "불쌍한 에일머……"87면라고 말하면서 남편에 대한 연민을 보여준다. 근대 과학이라는 이름으로 타자화된 여성성이 왜곡된 미의식과 연루되어 한 여성이 문화의 지층으로 사라지는 것을 통해 너새니얼 호손은 당시 만연하는 인종 문제와 과학 만능주의와 과학 계몽주의와 젠더 문제 등을 복합적으로 그리고 있는 것으로 보인다. 근대 여성의 미의식과 과학과 자의식의 문제 등을 통해 김유정과 너새니얼 호손은 인간 존재의 이면을 탐구하고 여성 섹슈얼리티에 대한 성찰을 시도한 것으로 보인다.

5. 나오며

이 글은 그간 비교문학적 접근이 부족했던 김유정 문학을 새롭게 읽어가는 외연 확장의 시도였다. 김유정이 그리는 여성의 특성은 한국문학 안에서도 매우 독특하다. 순박하면서도 고집이 있고 당찬 한국적 여성상이다. 「안해」의 주인공 역시 순박하고 당차고 능동적이다. 그러나 매우 못생겼다는 특징이 있다. 김유정의 작품에는 유독 예쁜 여자와 못생긴 여자라는 이분화된 사유가 자주 드러나곤 한다. 작품 「산골」에는 '예쁜이'라는 인물이 등장한다. 예쁜이는 주인집 도련님을 사모하지만 서울로 간 도련님을 그리워하는 것 이외에는 아무것도 할 수 없는 무기력한 인물이다. 심지어 편지를 쓸 수조차 없는 문맹의 처녀이다. 그러나 「안해」의 주인공은 누가 봐도 못생겼다고 생각할 정도이지만 스스로 노래도 배우고 글씨도 배우는 능동적인 인물이다. 이 글은 김유정의 여성 그리기를 미국의 너새니얼 호손의 「반점」 속의 조지아나와 연결시켜 근대와 여성이라는 측면에서 살펴보았다.

지구촌화된 현대사회에서 특정 선후 영향 관계의 비교문학만을 논한다는 것이 어쩌면 연구의 폭을 좁히는 일이 될 수 있을 것이다. 이미 문학에서 국경의 의미가 매우 희미해지고 있기 때문이다. 그러나 100년 전 우리나라에서 외국 문학을 접하기는 쉬운 일은 아니었다. 김유정의 작품이 가지는 근대성과 향토성은 서양의 근대성과 향토성이라는 비교문학적 층위에서 충분히 논의할 수 있는 담론이다. 그러나, 김유정을 보다 생산적인 텍스트로 읽기 위해서는 영향을 주고 받은 직접적인 선후 관계의 비교문학에만 머물러서는 안된다고 생각한다. 각 문화권마다 근대화의 시기는 다소 다를 수 있고 향토성의 양상도 다르다. 따라서 근대화와 관련된 여성성의 재현 양상도 매우 다르다. 따라서 나라들의 특성을 주제학적으로 접근하는 시도를 통해 비교문학의 다양성과 외연을 넓힐 필요가 있을 것이다. 김유정의 도시소설, 김유정 소설의 놀이성, 김유정 소설의 축제성, 김유정 소설의 여성성, 김유정 소설의 근대와 로맨스, 김유정 소설의 향토성 등 다양한 주제적 층위를 설정해서 외국의 근대문학과 연계시켜 볼 필요가 있을 것이다. 그러한 주제학적 상호 비교는 문화권에서 진행되는 문학의 변화를 사회현상과 유기적으로 결합해서 읽게 해 줄 것이다.

참고문헌

권경미, 「들병이와 유사가족 공동체 담론 – 김유정의 소설을 중심으로」, 『우리문학연구』 66, 우리문학회, 2020.

권장규, 「토지로부터 분리된 농민과 투기자본주의 주체 사이 – 김유정 소설의 탈주하는 하층 민들」, 『인문과학연구』 55, 강원대 인문과학연구소, 2017.

_____, 「가부장 권력과 화폐 권력의 결탁과 경합 – 김유정 소설을 중심으로」, 『여성문학연구』 42, 한국여성문학학회, 2017.

김근호, 「김유정 농촌 소설에서 화자의 수사적 역능」, 『현대소설연구』 50, 한국현대소설학회, 2012.

김미현, 「숭고의 탈경계성 – 김유정 소설의 "아내 팔기" 모티프를 중심으로」, 『한국문예비평연구』 38, 한국현대문예비평학회, 2012.

김유정, 전신재 편, 『원본 김유정 전집』, 강, 2012.

김유정학회, 『김유정 문학 콘서트』, 소명출판, 2020.

_____, 『김유정 문학 다시 읽기』, 소명출판, 2019.

_____, 『김유정 문학의 감정미학』, 소명출판, 2018.

_____, 『김유정의 문학산맥』, 소명출판, 2017.

김윤상, 「근대의 이념적 지표들과 원칙적 의미」, 『제13회 김유정 가을학술대회 논문집』, 김유정문학회, 2021.

너새니얼 호손, 천승걸 역, 『너새니얼 호손 단편선』, 민음사, 2012.

데릭 젠슨, 이현정 역, 『혐오와 문명』, 아고라, 2020.

박양근, 「너새니얼 호손의 단편에 나타난 과학의 이원성」, 『인문사회과학연구』 17-3, 부경대 인문사회과학연구소, 2016.

서세림, 「이상 문학에 나타난 '안해'의 의미 고찰」, 『이화어문논집』, 이화어문학회, 2016.

신제원, 「김유정 소설의 가부장적 질서와 폭력에 대한 연구」, 『국어국문학』175, 국어국문학회, 2016.

심재욱, 「김유정 문학의 미학적 정치성 연구」, 『김유정과 문학콘서트』, 소명출판, 2020.

안슈만 토마르, 「김유정과 쁘렘짠드 소설의 여성상 비교 연구 – '매춘'의 양상을 중심으로」, 『인문학연구』, 경희대 인문학연구원, 2019.

양문규, 「김유정과 리얼리즘, 바흐친, 탈식민주의」, 『김유정과 문학 콘서트』, 소명출판, 2020.

오태호, 「김유정 소설에 나타난 '연민의 서사' 연구」, 『국어국문학』 184, 국어국문학, 2018.

유인순, 『김유정을 찾아 가는 길』, 솔과학, 2003.

_____, 『정전 김유정 전집』 1·2, 소명출판, 2021.

이 경, 「김유정 소설에 나타난 친밀성의 거래와 여성주체」, 『여성학연구』 28-2, 부산대 여성연구소, 2018.

이만영, 「김유정의 '귀여운 소녀' 번역 저본의 발굴과 그 의미」, 『김유정의 문학산맥』, 소명출판, 2017.

이재선, 『현대소설의 서사주제학』, 문학사상사, 2007.

이태숙, 「김유정 소설의 근대성과 여서의 신체」, 『김유정 문학의 감정미학』, 소명출판, 2018.

장경욱, 「너새니얼 호손의 「반점」에 나타난 미국의 이상주의 비판」, 『영어영문학연구』 29-2, 대한영어영문학회, 2003.

전신재 외, 김유정학회 편, 『김유정 문학과 문화충돌』, 소명출판, 2021.

정의진, 「김유정 문학의 한국적 근대성-프랑스 지역주의 문학과의 비교연구 시론」, 『제13회 김유정 가을학술대회 논문집』, 김유정문학회, 2021.

제러미 월드론, 홍성수·이소영 역, 『혐오표현, 자유는 어떻게 해악이 되는가』, 이후, 2017.

조 비, 「1930년내 한, 중 매춘 모티프 소설에 나타난 비극석 가성서사 비교 연구-「소낙비」와 「노예가 된 어머니」를 중심으로」, 『춘원연구학보』, 춘원연구학회, 2019.

주영하 외, 『조선시대 책의 문화사』, 휴머니스트, 2008.

차희정, 「김유정 소설에 나타난 한탕주의 욕망의 실제」, 『현대소설연구』 64, 한국현대소설학회, 2016.

천연희, 「너새니얼 호손의 「반점」에 나타난 "좀 더 심오한 지혜"」, 『영어영문학연구』 37-2, 대한영어영문학회, 2011.

최배은, 「김유정의 「두포전」과 동아시아 아기장수 설화」, 『김유정과 문학 콘서트』, 소명출판, 2020.

한상무, 「고상한 여성상/타락한 여성상-김유정의 두 작품에 그려진 여성상」, 『어문학보』 33, 강원대 국어교육과, 2013.

한우리, 「너새니얼 호손의 반점 에 나타난 인종, 젠더, 국가」, 『미국학논집』 53-1, 한국아메리카학회, 2021.

홍기돈, 「김유정 소설의 아나키즘 면모 연구-원시적 인물 유형과 들병이 등장 작품을 중심으로」, 『김유정 문학과 문화충돌』, 소명출판, 2021.

제 2 부 /
확장과 상상、 매체와 장르를 넘어서

정전 이어쓰기를 통한 주제의 심화와 변주 양상

「봄 · 봄」과 『다시, 봄 · 봄』을 중심으로

박성애

1. 이어쓰기, 타자의 목소리를 재현하는 방법

김유정의 많은 작품은 타자의 목소리를 전달하는 매개적 텍스트로 작용하였다. 특히 김유정은 「봄 · 봄」에서 일제하 조선의 농촌을 살아가는 여러 하위주체들—소작농, 노동자, 그리고 여성 등—의 모습을 형상화함으로써 당시의 목소리 없는 존재들을 입체적으로 그려냈다. 「봄 · 봄」에는 남성과 남성의 계약으로 이루어지는 새로운 가정의 탄생에 단지 매개물로 존재했던 여성인물의 목소리가 나타나고 있다. 「봄 · 봄」을 통해 작가는 타자적 존재의 목소리가 세계에 드러나도록 만들고, 그들이 이 세계에 존재함을 환기시켜, 타자에 대한 작가의 윤리적 역할에 대해 사유할 수 있게 한다. 이처럼 중심세계에 의해 억압된 타자의 목소리를 드러내는 것은 「봄 · 봄」의 중요한 주제 중 하나이다.[1]

---

1 오태호, 「김유정 소설에 나타난 '연민의 서사' 연구」, 『국어국문학』 184, 국어국문학회, 2018, 212~213면.
    저자는 "타자의 고통과 불행을 외면하는 것이 아니라 인간의 보편적 감정을 공유하고 함께하

최근, 김유정의 「봄·봄」은 "김유정의 「봄·봄」 이어쓰기"라는 주제하에 현대 작가들에 의해 재서사화되어 청소년문학시리즈 『다시, 봄·봄』으로 묶여 출간되었다.[2] 『다시, 봄·봄』의 작품들은 원 텍스트「봄·봄」를 '이어쓰기'하고 있기에 인물들은 기본적으로 김유정이 창조한 본래적 성격을 유지하고 있다. 이 작업에 참여한 7명의 작가는 개인의 상상력과 개성을 통해 모두 다른 뒷이야기를 보여주지만, 김유정의 「봄·봄」을 이어받은 만큼 원 텍스트에 드러나고 있는 여성, 소작인 등 타자의 목소리, 타자의 '말'을 좀 더 뚜렷하고 다양한 형태로 나타내고 있음은 분명해 보인다. 즉, 『다시, 봄·봄』에서 작가들은 이어쓰기를 통해 「봄·봄」의 주제를 심화시키며 변주하고 있는 것이다. 독자들은 원 텍스트와 그것을 이어 쓴 텍스트를 함께 읽음으로써 다양한 작가들의 상상력을 접할 수 있고, 원 텍스트의 주제가 심화되고 변주되는 과정에 참여할 수 있게 된다.

그러면, 「봄·봄」과 『다시, 봄·봄』의 주제는 독자청소년를 비롯한 우리 사회 타자들에게 어떠한 의미를 가질 수 있는가를 고찰할 필요가 있다. 인간은 "말과 행위"로서 세계에 참여하는 존재로 "참여의 충동은 태어나서 세상

려는 것이 '연민의 서사'에 해당한다. 그리고 그러한 서사적 감수성을 1930년대 식민지 시대의 궁핍이라는 질곡을 통해 안타까이 비극적으로 형상화한 작가가 바로 김유정이다. 그리고 타인의 고통을 인지하고 더 나은 세상을 고민하는 공감 능력의 필요성이 제기되는 '연민의 서사'를 내장한 작품이 바로 김유정의 소설"이라고 평가한다. 이러한 평가는 김유정 작품이 지닌 타자지향의 성격을 잘 보여준다.

2 김유정·전상국 외, 『다시, 봄·봄』, 단비, 2017.
  『다시, 봄·봄』은 청소년문학 시리즈 중 하나로, '김유정의 「봄·봄」 이어쓰기'라는 주제로 창작된 작품들을 출간한 것이다. 『다시, 봄·봄』은 김유정 문학과 그의 텍스트를 이어받아 다양하게 변주한 작품들의 청소년문학적 가능성을 타진하였다. 이 작품집에는 김유정의 「봄·봄」과 함께, 「봄·봄」을 이어쓰기 한 단편 7편이 실려 있다. 그 목록은 다음과 같다.
  김유정, 「봄·봄」; 전상국, 「봄·봄하다」; 김도연, 「봄밤」; 한정영, 「미행」; 윤혜숙, 「어느 봄밤에」; 이순원, 「봉필 영감 제 꾀에 넘어갔네」; 이기호, 「하지 지나 백로」; 전석순, 「입하」. 앞으로 작품 인용 시 제목과 페이지만 표기한다.

에 존재하게 되는 그 시작의 순간에 발생"하는 근원적인 것이다.[3] 그러나 중심세계에 참여하여 말하고 행위하는 것이 누구에게나 가능한 일은 아닌데, '말'함으로써 행위하는 것이 타자들에게는 허락되지 않기 때문이다. 이에 중심세계에서 타자의 말은 온전히 전달되기 힘든 '그늘을 남기는 말', 즉 들리지 않는 타자성의 언어가 된다.[4] 왜냐하면 타자에게는 공적 언어가 허락되지 않거나, '말'한다고 하더라도 그들의 경험과 생각을 주체의 언어로 전해야 하기 때문에 이는 중심세계에 온전히 전달되기 힘들기 때문이다.[5] 이에 타자의 말은 주체에 의해 해석된 상태로 전달되고, 주체에 의해 이해되기에, 왜곡되어 소통되거나 완전히 해석되지 않은 의미의 그늘, 곧 의미의 '부스러기'를 남기게 되는 것이다. 따라서 타자적 존재가 세계에 나타나기 위해서는 타자의 목소리를 그늘 없이 전달할 수 있는 매개자작가의 섬세한 듣기와, 그 말을 독자에게 전달하기 위한 효과적인 전략이 필요하다. 작가는 주체의 언어를 구사할 수 있는 중심세계의 구성원이자 타자의 목소리를 매개하는 전달자이기 때문이다.

매개자로서 작가의 역할은 청소년문학에서 더욱 중요하다고 할 수 있다.

---

3 한나 아렌트, 이정우 역, 『인간의 조건』, 한길사, 1996, 237면.
4 김애령, 「다른 목소리 듣기 – 말하는 주체와 들리지 않는 이방성」, 『한국여성철학』 17, 한국여성철학회, 2012.
    저자는 "공적 공간에서 그러한 언어(logos)로 말할 수 없을 때 그 말은 말이 되지 못하는 소리에 머문다. 공적 공간에서 말하는 주체로 자신을 기입할 수 있기 위해서는 분절된 언어를 사용할 수 있어야 하며 그 언어로 말할 수 있어야 한다"(41면)고 말한다. 하지만 타자가 그들의 타자적 삶을 주체의 언어를 통해 온전히 전달하는 것은 거의 힘든 일이기 때문에 "그 발화는 이데올로기적으로 투명하지도, 온전히 주체적일 수도 없다"(47면)고 하였다.
5 위의 글, 36면.
    저자는 "자기 스토리를 말할 수 있는 '말하는 주체'만이 세계 내의 행위자이자 참여자가 될 수 있"지만 "누구나 자기 스토리를 말할 수 있는 것은 아니다"라고 말한다. "공식적인 언어를 사용하는데 무능하거나, 하나의 스토리로 자기를 설명할 수 없을 때, 또는 지배 권력에 의해 침묵을 강요당하거나 발화의 공간을 박탈당할 때, 그 개인은 주체로 인정받지 못 한다"는 것이다.

주지하듯이 청소년문학은 성인 작가가 청소년 독자에게 전달하는 것으로, 우리 사회 미성년 타자들의 삶의 진실을 그 안에 담고 있어야 한다. 따라서 이 세계의 주체인 성인작가에게는 타자의 목소리에 귀 기울이는 윤리적 듣기와, 그들의 목소리를 그늘을 남기지 않고 전달해야 하는 윤리적 말하기가 모두 요구된다. 당시 김유정이 청소년소설로 작품을 창작한 것은 아니지만, 그의 소설이 오랫동안 청소년독자에게 읽히고 있는 것은 김유정이 작가로서 타자에 대한 윤리적 듣기와 말하기를 그의 작품을 통해 실천하고 있음에서 기인하는 면이 있다.[6] 더불어 『다시, 봄·봄』이 청소년문학 시리즈로 기획된 것도 김유정의 「봄·봄」과 이를 이어쓰기 한 현대 작가들의 작품이 타자의 목소리를 듣고 그것을 매개하여 말하기를 진행하였기에 가능한 것이라고 할 수 있다.

『다시, 봄·봄』은 타자에 대한 윤리적 시선을 드러내는 「봄·봄」을, 이어쓰기라는 방법을 통해 타자의 문학으로 만들어낸 작품들이다. 이렇게 김유정과 『다시, 봄·봄』은 '타자'와 '윤리'라는 지점에서 '이어쓰기'라는 방식을 통해 만난다. 「봄·봄」은 현재의 청소년들에게 가장 많이 읽히는 작품으로 실질적으로 청소년소설의 역할을 하고 있는 "교육정전으로서의 위상이 확고"[7]한 작품이며, 이를 이어 쓴 『다시, 봄·봄』은 주체성인작가와 타자청소년

---

6 김유정이 의도한 것은 아니라하더라도 그의 작품은 청소년들에게 친숙하며, 타자성을 잘 드러내고 있다. 김유정의 「동백꽃」과 「봄·봄」은 중·고등학교 교과서에 실리면서 우리사회 청소년들이 가장 많이 읽은 작품 중 하나가 되었다. 우신영은 그의 논문(「문학교육에서 김유정 문학 읽기의 지평과 전망」, 『한중인문학연구』64, 한중인문학연구소, 2019)에서 교과서에 실린 김유정 텍스트에 대해 분석하면서, "「봄·봄」은 고등학생 학습자들이 독해하기에 '상대적으로' 흥미롭고, 교육정전으로서의 위상이 확고한 동시에, 전편을 수록할 수 있는 희귀한 소설"이기에 "「봄·봄」에 대한 교과서 집필진들의 애호는 합리적이고 수긍할 만한 것"(65~66면)이라고 말하고 있다. 그러면서 저자는 '해학'과 '토속성'에 집중된 "작가세계를 해석하는 어휘들, 즉 해석어휘의 편향성"에 우려를 표하고 있는데, 이 글은 이에 동의한다. 교과서라는 매체를 통해 실질적으로 청소년소설의 역할을 하는 「봄·봄」을 해석하는 다양한 관점들이 청소년독자에게 전달될 필요가 있는데, 이 일에 『다시, 봄·봄』이 기여하는 면이 있다고 본다.

의 관계를 기반으로 하는 장르인 청소년소설로 기획되었고,「봄·봄」의 주제인 '타자에 대한 윤리'를『다시, 봄·봄』의 작가들도 이어받고 있기 때문이다. 또한 이어쓰기는 그때 그곳의 문제원 텍스트의 문제를 지금 여기의 관점에서 다시 해석하여 원 텍스트의 이야기 범주에서 풀어내는 방식이다.[8] 따라서 이어쓰기는 원 텍스트의 작가가 지닌 문제의식을 지금 여기의 관점에서 현재의 독자들에게 다양한 형태로 풀어내어 보여줄 수 있는 기회를 제공한다. 또한 원 텍스트에 대한 변주인 만큼 원 텍스트에 대한 더 폭넓은 이해도 가능하게 되므로, 원 텍스트와 이어쓰기한 텍스트들을 함께 읽음으로써 청소년독자는 "텍스트에 대한 경험"의 "누적"과 "중첩"을 통해 문학능력을 향상시킬 수 있다.[9] 이렇게「봄·봄」이어쓰기 작업은 청소년(사회적 타자를 포함하여) 독자에게 타자의 목소리를 전달하는 다양한 방법을 실천하고 있다는 점에서, 그리고 그 작업의 결과로 청소년의 문학능력을 높이는 데 도움이 될 수 있다는 점에서 의미가 있다.

이에 이 글에서는 이어쓰기를 통해 현재의 작가들이, 들리지 않는 타자의 목소리를 드러내고자 했던 김유정의 주제의식을『다시, 봄·봄』에서 어떻게 심화시키고 변주하는지 그 양상을 살펴보고자 한다. 이는 구체적으로 '시점', '타자적 인물의 연대', '글쓰기'로 나누어 분석할 것이다. 더불어 이

---

7   위의 글, 65면.
8   안화진,「창의적인 다시쓰기」,『교양학연구』1, 다빈치미래교양연구소, 2015, 46면.
     지자는 "고전이란 시대의 차이를 뛰어넘어 변함없이 읽을 만한 가치를 지닌 작품을 의미한다. 그러한 고전을 다시 쓴다는 것은 삶을 대하는 나의 가치관, 인생관을 정립할 것을 요구한다. 또한 현 시대에 맞춰 고전을 다시쓰는 것은 우리가 몸담고 있는 이 세계와 사회를 직시하고 이해할 것을 요구한다"고 주장한다.
9   유진현은 그의 논문(「문학능력 신장을 위한 문학 지식 교육 방향 연구」,『문학교육학』45, 한국문학교육학회, 2014)에서 문학능력은 "개별 문학 텍스트에 대한 경험이 누적되고 중첩되는 과정에서 개발"(308면)된다고 말한다. 이렇게 정전과 정전을 변주한 텍스트에 대한 읽기 경험의 누적은 청소년독자들의 문학능력을 키우는 데에 도움이 된다고 볼 수 있다.

글에서는 「봄·봄」과 『다시, 봄·봄』에서 타자의 목소리가 드러나는 방식을 추적하여 매개자로서 작가의 역할을 함께 고찰할 것이다.

2. 우회하는 타자의 '말'과 희극적 부스러기 – 김유정의 「봄·봄」

먼저 「봄·봄」에 드러나는 타자의 목소리를 살펴보고자 한다. 「봄·봄」의 사건은 크게 두 가지이다. 마을의 권력주체인 봉필을 위해 이렇다 할 저항 없이 무보수 노동을 하던 타자적 인물 칠보가 봉필과 담판을 짓기 위해 권위 있는 인물에게 찾아가 성례를 시켜 달라 요구하는 '행위'를 한 것. 그리고 칠보가 봉필에게 말뿐 아니라 몸으로 대들면서 우스꽝스럽게 싸우게 된 것. 이 두 사건은 모두 칠보가 봉필에게 성례를 요구하면서 벌어진 것으로, 첫 사건이 외부의 권위를 통해 성례를 성취하려 했던 것이라면 두 번째 사건은 자신의 힘무력으로 목적을 이루려 했던 것이다. 이 두 사건은 성례를 시켜준다는 핑계로 칠보를 보수 없이 부리려 했던 봉필의 의지에 칠보가 저항하여 발생한 것으로, 봉필이 만든 질서를 전복하려는 시도라고 할 수 있다. 이 사건들은 외적으로는 칠보의 주체적 행위처럼 보이지만, 사실은 점순의 의도대로 발생한 일이다.

> A: "밤낮 일만 하다 말 텐가!" (…중략…)
>
> "성례시켜 달라지 뭘 어떡해…."22면
>
> B: "구장님한테 갔다 그냥 온담그래!" (…중략…)
>
> "쉄을 잡아채지 그냥 뒤, 이 바보야!"29면

C: "에그머니! 이 망할 게 아버지 죽이네!"[10]

위의 인용문은 「봄·봄」에 나온 점순의 발화 전체이다. A는 첫 번째 사건을 발생시킨 직접적인 원인이 된 발화이고, B는 두 번째 사건의 원인이 된 말이다. 그리고 C는 이 두 사건의 결과가 실패임을 선언하는 것이다. 점순은 A의 발언을 통해 칠보가 적극적인 말로 성례를 요구하도록 부추기고, B의 발언을 통해 칠보가 직접 그의 무력을 사용할 것을 지시한다. 이렇게 「봄·봄」의 서사는 점순의 '말'을 통해 시작되고 진행되며, 마무리 된다.

그러나 점순의 말은 직접적이고 주체적인 '말'로서 이 세계에 공적으로 통용되는 것이 아니다. 봉필의 질서가 작동하는 마을세계에 점순의 '말과 행위'는 공식적으로 없다. 점순은 자신의 결혼에 대해 어떤 말이나 행위를 (공식적으로) 할 수 없는데, 그녀는 봉필과 칠보의 계약 '조건'으로 두 남성인물이 주고받는 매개물이기 때문이다. 점순이라는 매개물을 중심에 두고 권력 다툼을 하는 두 남성인물 사이에서 점순은 주체로 존재할 수 없다. 이를 파악한 점순은 자신의 '말'을 칠보를 통해 '행위'로 만들고자 한다.[11] 이 세계에서 주체적인 행위를 할 수 없기에 '남성을 통한 말하기'를 시도하게 되는 것이다. 이렇게 점순의 말은 칠보에 의해 세계에 나타나지만, 온전히 그 의미대로 전달되지 않고 그늘을 남긴다. 칠보는 점순의 말에 의해 그가 무엇을 해야 할지 알게 되지만, 그 행위의 수준이 어느 만큼이어야 하는지는 알

---

10 「봄·봄」, 33면(기호 표기는 인용자).
11 여기서 칠보 또한 타자적 위치에 있음을 함께 살펴볼 필요가 있다. 봉필은 칠보를 계약의 주체로 세우는 것처럼 말하지만, 사실 봉필의 질서 속에서 칠보 또한 주체가 될 수 없음도 분명하다. 칠보는 어리숙함이라는 결함 때문에 봉필의 질서 속에서 동등한 계약의 주체가 되지 못하고 지속적으로 착취당하는 타자의 자리에 머물게 된다. 즉 봉필은 점순을 억압함으로써 칠보를 좀 더 쉽게 착취하며, 타자화하는 것이다. 따라서 칠보의 행동은 그 자체로는 주체의 '행위'가 될 수 없다.

지 못한다. 그래서 첫 사건에서는 점순의 의도보다 덜 나아가고, 두 번째 사건에서는 점순의 의도보다 더 나아간다. 무엇을 해야 할지는 점순의 말대로 하였으나, 얼마만큼 해야 하는가는 자기 자신이 판단했기 때문이다. 두 사건의 최종 실패는 점순의 '말'을 온전히 전달받아 이해하지 못한 칠보의 주체적이고 자율적인 판단에서 기인한다. 이는 칠보와 점순의 소통을 금지함으로써 칠보로 하여금 주체적인 행위를 하지 못하도록 하는 봉필의 권력유지 방식이 여전히 효과적으로 작동하고 있음을 드러내는 것이기도 하다.[12]

이렇게 「봄·봄」에서 김유정은 세계에 공식적으로 나타날 수 없는 타자여성타자의 말을 남성인물을 우회함으로써 드러나게 하고 타자가 세계에서 간접적으로 행위하도록 한다. 김유정은 타자의 '말'이 우회되고 그늘을 남긴 채 실행되는 과정을 그려냄으로써, 점순의 말을 수행하는 칠보의 상대적 어리석음과 그 대척점에 있는 봉필의 간악함을 보여주며, '말'을 가진 남성주체를 희화화하는 효과도 함께 거두고 있다. 칠보는 점순의 말을 온전히 이해하고 수행하지 못하고 부스러기를 남기는데, 칠보보다 지적으로 높은 위치에 있어 점순의 말을 이해할 수 있는 독자들은 칠보의 수행능력을 보면서 웃게 된다.[13]

앞에서 언급했듯이, 칠보가 두 사건(외부의 권위와 물리적으로 충돌하는 것)으로 봉필의 질서를 전복할 수 없었던 이유 중 하나는 칠보와 점순의 소통에 결함이 있었기 때문이다. 두 인물의 소통이 원활하여 점순의 생각이 온

---

12 봉필은 "내외를 해야"(「봄·봄」, 22면) 한다는 이유로 칠보와 점순이의 대화를 금한다. 이에 점순은 "고개를 푹 숙이고 밥함지에 그릇을 포개면서 날더러 들으라는지, 혹은 제소린지"(「봄·봄」, 22면)의 형식으로 소통을 시도하는 것이다. 둘만 있는 상태이지만 마치 매개자가 있어 그에게 간접적으로 전달을 하는 양 주고받는 칠보와 점순의 대화는 명확하게 서로에게 닿지 않는다. 이는 봉필이 만든 소통의 빈곤에서 기인한다.

13 희극성은 '거리두기'에서 발생하는데, 독자보다 낮은 이해수준을 가진 칠보를 좀 더 높은 위치에서 바라봄으로써 독자들은 웃을 수 있다.

전히 칠보에게 전달되었거나, 혹은 점순이 이 세계의 한 주체로서 자신의 말을 칠보를 통하지 않고 직접 발화할 수 있었다면, 봉필의 질서는 붕괴되었을 수도 있다. 그러나 남성을 우회하는 여성타자의 목소리가 세계에 온전한 형태로 전달될 가능성과 여성타자의 목소리가 직접 발화될 가능성은 당시의 현실에서 크지 않았다. 이에 김유정은 현실에 발 딛고 여성타자의 목소리가 세계에 드러나는 방식을 탐색하되, 신뢰하기 힘든 남성인물을 우회하도록 함으로써 타자의 '말'이 완전히 이해되지 못하고 희극적 '부스러기'를 남기도록 한다. 더불어 1인칭 주인공 시점, 즉 칠보의 시선에서 이 사건을 전달함으로써 점순의 말이 칠보에 의해 단순하게 해석되고 사건이 엉뚱한 방향으로 흐르는 것을 지켜보는, 칠보에 대해 지적으로 우위에 있는 독자로 하여금 웃음을 짓게 만든다.[14] 독자들은 칠보에 의하여 해석되지 못한 채 남아있는 희극적 부스러기까지도 이해할 수 있기에 웃을 수 있는 것이다. 이렇게 「봄·봄」은 여성타자들의 목소리가 당시 주체의 세계에서 불완전하게 유통되고 있음을 드러냄으로써 남성주체들의 어리석음과 이기심을 보여주고 여성타자의 목소리가 어떻게 들리지 않게 되는지를 추적한다.

이처럼 온전히 전달되지 않는 타자의 말을 희극적으로 독자들에게 전달한 김유정의 작업을 이어받아, 『다시, 봄·봄』에서 작가들은 '시점을 활용

---

14 기존 연구에서는 「봄·봄」을 포함한 김유정 소설의 희극적 특성으로 아이러니를 중요하게 분석하고 있다. 또한 '신뢰할 수 없는 서술자'와 내포독자의 '거리'를 주요 요소로 파악한다. 박선영은 그의 논문(「「봄·봄」 연구 ― 희극성과 이미지의 작용을 중심으로」, 『영상예술연구』 4, 영상예술학회, 2004, 339면)에서 「봄·봄」이 "신뢰할 수 없는 화자를 내세워 스토리를 이끌어가게 만들면서 내포작가와 독자 서술자/프로타고니스트 사이의 거리를 일정하게 유지함으로써 비판적 거리를 만들어"내고 있다고 하였다. 독자가 인물에 대해 갖는 이 거리에서 웃음이 발생하는 것이다. 또한 "이 거리를 통해 소설 「봄·봄」은 현실에 대한 통찰을 이끌어 낸다. 해학과 웃음 속에서 30년대 후반 식민지 조선에서 농민들을 억압하고 착취했던 그 모순적인 사회 구조에 대해 질문하는 것이다"라고 함으로써 김유정 소설의 희극성이 갖는 궁극적 의미를 설명하였다. 이러한 논의에 더하여 이 글에서는 타자적 존재의 '말'이 소통되지 못하고 남기는 부스러기가 희극성을 만들어낸다고 보았다.

한 말하기', 공적인 언어인 '글'을 획득하기, 타자의 연대를 통해 '말'이 행위가 되도록 하기 등 여러 방법을 활용하여 타자의 목소리가 주체의 세계에 드러나도록 한다. 이는 다음 장에서 살펴볼 것이다.

3. 시점의 활용을 통해 전달되는 타자의 '말'

앞 장에서 살펴보았듯이, 「봄·봄」에서 점순의 '말'은 사건을 만드는 역할을 하지만, 점순이 직접 행위의 주체가 되지 못하기 때문에, 그의 말은 칠보에 의해 해석되고 수행됨으로써 부스러기를 남긴다. 이로써 목소리를 가진 남성 주체들에 대해 거리를 두고 독자들은 웃을 수 있다. 전달되지 않은 점순의 말을 통해 희극성을 드러내는 「봄·봄」과 달리 『다시, 봄·봄』의 「봄봄하다」, 「봄밤」은 타자의 말을 완전히 전달하는 데에 집중한다.[15] 점순의 시선으로 세계와 인물을 관찰하고, 그녀의 사유를 직접 드러내는 시점의 활용을 통해, 타자를 적극적으로 말하는 이로 만들어내는 것이다.

「봄봄하다」의 점순은 자신에 대한 소문과 칠보와 아버지봉필에 대한 사람들의 평판을 모두 알고 있다. 야학당 사람들에게 들은 정보를 종합하고, 각 인물에 대해 판단할 수 있는 힘을 점순이 갖추었기 때문이다. 또한 점순은 야학당에서 글을 배우고 있는데, '글'은 봉필의 권력이 미치는 마을이라는 좁은 세계 너머에까지 영향력을 갖는 더 큰 세계의 공적 언어로, 봉필이 칠보를 협박하는 데에 사용하는 '법'을 구성하는 언어이자 더 거대하고 새로운 세계의 도래를 가져오는 언어이기도 하다.

---

15 전상국, 「봄봄하다」; 김도연, 「봄밤」.

야학당 선생님은 마을의 부녀자들에게 글을 가르치면서, 부모에 의해 정해진 결혼이 아니라 자신의 선택이 중요한 세상이 되었다는 등 새로운 세계의 질서에 대해서도 교육한다. 이에 점순은 그 날을 고대하며 그런 결혼을 하고 싶다고 생각한다. 자신의 욕망대로 선택하는 삶. 세계의 주체인 아버지에게 매인 타자로서의 삶을 벗어날 수 있는 새로운 세계. 이를 고대하는 점순은 '시집 안 가겠다'는 실수에 가까운 발언을 하게 되고 이 실언은 온 동네에 소문으로 퍼져간다. 이 소문을 들은 칠보는 점순의 의도를 오해하여 실망하게 되고, 그것을 눈치 챈 점순은 곧 '글'을 통해 이 일을 반전시키고자 한다. 그리고 이를 통해 아버지의 의도대로 성례가 지속적으로 지연되는 것을 막고, 자신이 원하는 시기에 성례가 이루어지도록 주체적인 행위를 하기로 결심한다.

> 칠보씨, 우리 빨랑 봄봄해유.

> 봄봄하자구 썼다. 봄봄, 야학당 데련님하구 우리하구만 통하는 말이다. 데련님은 날씨가 좋아두 아, 봄봄하다, 노란 동백꽃 냄샐 맡으면서두 봄봄하다, 어떤 애가 뒷간 갈 때두 너 지금 봄봄하러 가는구나, 그래두 우린 다 알아 듣구 키득키득 웃었다.[16]

"봄봄하다"는 야학당 선생님과 부녀자들 사이에서 공유되는 말로 이 공간에서 다양한 의미로 변주된다. 이 말은 상황과 맥락에 따라 그 의미가 달라지는데, 이 공간의 구성원들부녀자들과 야학 선생님은 각 상황마다 달라지는 의

---

16 「봄봄하다」, 52면.

미를 잘 이해하기에 이 공간에서 '봄봄하다'를 소통하는 일은 아무 문제가 없다. 즉 이는 타자들끼리 주고받는 말로 타자들의 공간에서는 충분히 소통되는 말이다. 그러나 이 말이 주체의 세계로 넘어가면 전혀 소통되지 않는다. 이에 점순은 자신이 이를 글로 쓴다고 해도 아버지는 물론 뭉태나 칠보가 알아듣지 못할 것이라 짐작한다. 그리고 이 의미를 칠보가 물을 때 점순은 타자들끼리만 소통되는 '봄봄하다'의 의미를 칠보에게도 알려주리라 생각한다. 칠보에게 의미를 알려주고 그의 품에 안길 것이라 다짐함으로써 칠보와 소통하고 연합하여 아버지의 질서를 위반하고자 하는 것이다.

이렇듯 중심세계에서 점순의 말은 통용되지 않는, 오해되어 버리는 타자의 말이다. 「봄봄하다」는 점순을 1인칭 주인공으로 내세워, 점순의 시점에서 점순과 칠보, 봉필의 관계를 설명하고 더 나아가 그가 사는 마을의 여러 인물들에 대해 전달하고 논평한다. 1인칭 시점은 "'나'의 경험과 존재를 입증하려는 '존재론적 충동'"[17]을 드러내는 데 유용하다. 작가는 1인칭 주인공 시점을 활용함으로써 점순의 '말의 의미'를 세밀하게 독자에게 전달한다. 뿐만 아니라 작가는 김유정의 여러 소설에 나오는 다양한 인물들을 「봄봄하다」의 배경이 되는 마을의 구성원들로 설정하고 그들에 대해 점순의 시선에서 논평하고 있다.[18] 점순은 마을 어른들의 말, 즉 주체들의 말과 아버

---

17 나병철, 『영화와 소설의 시점과 이미지』, 소명출판, 2009, 244면.
  저자는 "1인칭 고유의 특징은, 1인칭의 경우 화자의 이야기꾼으로서의 서사적 충동 이외에, '나'의 경험과 존재를 입증하려는 '존재론적 충동'이 나타난다는 점이다"라고 말한다.
18 이 작품에는 김유정 소설의 다양한 인물들이 마을 사람들로 등장하는데, 「산골 나그네」, 「산골」의 중심인물들은 꽤 비중있는 역할로 등장한다. 「산골」의 서울 도련님은 점순의 야학선생님이 되고, 이뿐이는 점순의 친구가 되는 식이다. 「산골 나그네」의 덕돌이와 나그네는 점순이와 칠보의 관계에 간접적으로나마 영향을 미치는 인물로 등장한다. 이 외에도 「솥」, 「동백꽃」, 「만무방」 등은 간접적으로 이 작품의 한 부분으로 등장한다. 또한 김유정이 고향마을에 세웠던 금병의숙은 점순이 다니는 야학 이름으로 나타난다. 이 작품에서 금병의숙 선생님은 「산골」의 서울 도련님이지만, 작품 속 인물의 성격을 따져볼 때 「산골」의 서울 도련님보다는 작가 김유정에 더 가깝다고 할 수 있다.

지의 권위적인 말을 그대로 따르고 순응하는 존재가 아니라, 자신의 의지와 욕망대로 상황을 만들어가는 존재이기에 이러한 논평이 가능한 것이다.[19] 「봄밤」은 1인칭 주인공 시점으로 시작하여 3인칭으로 옮겨간다.

> 내 귀에는 꼭 흐느끼는 것처럼 들린다. 대체 저렇게 울면 어느 암컷이 좋다고 하겠는가. 나라도 찾아가지 않겠다.[20]

위에 인용한 부분은 「봄밤」의 첫 부분이다. 이처럼 1인칭 주인공 시점점순으로 시작된 「봄밤」은 3인칭 시점으로 옮겨간다. 그러나 3인칭으로 바뀐 이후에도 작가는 점순의 감정과 생각을 중심으로 묘사하면서 점순의 시점에서 다른 인물들을 관찰하고 있기에 1인칭 주인공 시점을 이어가는 것처럼 보인다.[21] 「봄밤」에서 점순의 말은 직접인용으로 처리되고, 점순의 직접 발화는 작품의 대부분을 차지한다. 소쩍새에 대한 '나'의 사유로 시작된 작품은 3인칭으로 옮겨간 이후에는 직접적으로 점순의 목소리를 쌍따옴표(" ")를 통해 노출시킴으로써 독자가 여성타자의 목소리를 현장에서 직접 듣는 듯한 효과를 낸다.

---

19 더하여 「봄봄하다」의 점순은 '글'로 타자의 말을 구현한다. '글'이라는 권위의 언어로 '타자의 말'을 전달하는 것이다. 시집가지 않겠다는 오해를 풀고 다양한 의미로 해석되는 타자의 말로 소통하기 위해 점순은 칠보에게 '글'을 쓴다. 글은 중심세계에서도 일부만이 사용할 수 있는 권위적이고 공적인 언어이다. 이를 취함으로써 점순은 주체적인 사유가 가능한 인물이 되며 동시에 더 넓은 세계의 공적 언어를 사용할 수 있는 인물이 된다.

20 「봄밤」, 57면.

21 최병우, 「김유정 소설의 다중적 시점에 관한 연구」, 『현대소설연구』 23, 현대소설학회, 2004, 29~46면 참고.
김유정은 그의 소설에서 다중적 시점을 활용하여 희극적이고 미적인 장치로서의 시선을 확보하기도 하였다. 「봄밤」은 이러한 김유정 소설의 특성에 대한 오마주로 읽을 수도 있다.

"니는 내가 좋나?"

"…좋다."

"나랑 성례를 올리고 싶나?"

점순은 바람벽에 막혀 더 이상 뒤로 물러날 수 없는 칠보의 얼굴 가까이 다가가 물었다. 막걸리 냄새를 풍기는 입으로.

"그래."

"좋아. 그럼 지금부터 니도 뭉태에게 들어 어느 정도 알고 있는 우리 집 상황을 얘기해 줄게."[22]

봄밤에 술과 안주를 들고 칠보의 방에 찾아간 점순은 그들이 처해있는 상황이 어떠한지, 그동안 봉필이 어떤 식으로 데릴사위에게 해왔는지, 그리고 앞으로 어쩔 속셈인지를 칠보에게 모두 이야기 한다. 당찬 16살 여성의 목소리는 칠보에게 그리고 독자에게 직접적으로 전달된다. 이뿐 아니라 점순은 봉필에 저항하기 위해 구체적인 '행위'를 시작한다.

"나는 니가 좋아. 니는?"

"…나도. 하지만…."

"알아. 니 입장이 어떤지. 그래서 내가 이 오밤중에 니 방에 찾아온 거야. 뭔가 방법이 있을 거야."

"어떤 방법이 있는데?"

"우리가 일을 저지르면 된다."[23]

---

22 「봄밤」, 62면.
23 「봄밤」, 65면.

직접적으로 자신의 감정을 표현한 후 점순은 칠보에게 "일을 저지르"자고 한다. 봉필이 엄격한 내외를 하게 하면서 막았던 둘 사이의 소통을 이뤄내려는 것이다. 봉필의 의도가 지속적으로 관철될 수 있었던 것은 칠보와 점순의 주체적인 소통이 막혀있었기 때문임을 점순은 간파했다고 볼 수 있다.[24] 봉필은 점순의 목소리를 들을 수 없는 타자의 말로 만들고, 이 모든 상황을 완전히 이해할 수 있는 능력이 부족한 칠보와만 소통함으로써 이들의 관계를 자신의 의도대로 조정할 수 있었던 것이다. 이에 점순의 말이 발화되고, 두 인물이 합의하에 이 세계의 주체인 봉필이 금지한 행위를 시도하는 것은 기존의 질서를 위반하는 일이 된다. 이처럼 작가는 점순의 말이 점순의 목소리로 직접 발화되고 칠보의 행위를 이끌어 내도록 만듦으로써 타자의 목소리를 작품 전면에 드러낸다. 이렇게 「봄봄하다」와 마찬가지로 「봄밤」은 시점을 적절히 활용하여 점순의 말이 직접 발화되도록 만들고 있으며, 점순의 생각을 비교적 논리적으로 전달함으로써 타자들의 말하기를 실현하고 있다.

「입하」는 독특한 시점의 활용을 통해 타자의 목소리를 듣는 것, 곧 윤리적 행위로서 '듣기'에 주목한다.[25] 타자의 목소리가 주체의 세계에 들릴 수 있는 것은 먼저, 타자의 말이 주체의 세계에 소통되는 언어의 형태로 나타날 때 가능하다. 파편화되고 통합되지 않는 타자의 말은 주체의 세계에서 '의미 있는 언어'로 받아들여지지 않는다. 이러한 타자의 언어가 가진 중심

---

24 한병철, 김남시 역, 『권력이란 무엇인가』, 문학과지성사, 2011, 22~23면.
     "권력은 커뮤니케이션 매체이며 커뮤니케이션이 특정한 방향으로 원활히 흘러가게"(23면) 하는 역할을 한다. 이에 봉필의 권력이 작동하는 공간에서 칠보의 말은 봉필에게로 흘러가기 어려우며, 오직 봉필의 말만이 칠보에게로 흘러오게 된다. 따라서 권력의 구조에 대응하기 위한 타자의 연대와 타자의 목소리를 통합하는 힘이 필요하다.
25 전석순, 「입하」.

세계에서의 소통 불가능성에 대해 「입하」는 보여주고 있다.

> 유심히 듣다 보면 할머니의 이야기가 점점 촘촘해진다는 것을 알 수 있었다. (…중략…) 인물은 점점 생동감이 넘쳤고 목소리는 활달해졌다. 그에 따라 갈등도 세밀해졌다. 그래서 너는 할머니의 기억이 조금씩 돌아오는 것 같다고 생각했다. (…중략…) 숲이 절정에 닿았을 때 너는 퇴근하려던 선생님을 모셔왔다. 선생님은 의심을 거두지 않으면서도 혹시나 싶은 심정으로 물었다.
> "구구단 5단 아시죠? 한번 외워 볼까요?"
> "…"
> 선생님은 시선을 조금 비껴 다른 목소리를 던졌다.
> "점순이 할머니, 그러지 마시고 올해 연세가 어떻게 되는지 알려주세요."
> 할머니는 머뭇거리다가 이내 발을 동동 굴렀다. 남자가 아버지의 호령에 아무 소리 못하고 있을 때 꼭 저랬을 것만 같았다.[26]

「입하」는 치매를 앓아 요양원에 오게 된 할머니'점순'와 그를 담당하고 있는 '너'점순의 담당자'를 중심인물로 하는 작품이다. 전반적으로 '너'의 시점에서 할머니와 선생님 등 요양원의 인물들이 관찰되는데, 동시에 작품의 서술자는 또한 '너'를 객관적으로 관찰하면서 서술한다. 독특한 것은 서술자의 목소리가 짐짓 점순의 것처럼 느껴지기도 한다는 것이다. 점순은 치매를 앓는 노인으로, 조리 있게 말하고 일관되게 행동하는 것이 힘든 인물이다. 점순의 말은 파편화되어 흩어져 하나로 모이지 않기에 통합되고 일관된 의미를 전달하지 못한다. 이에 점순은 늘 무엇인가 말하지만, 그 말은 의미를 담

---

26 「입하」, 146~147면.

지하지 못하고, 세계에서 소통되지 않는다. '너'는 그러한 점순의 말을 통합하려 시도하는 인물로, 말의 조각을 이어 일관된 흐름을 만들어 그것이 소통 가능한 언어임을 공적 세계에서 인정받게 하고자 한다. 이에 점순의 말이 어느 정도 괜찮았던 어느 날, 타자에 대해 판단할 수 있는 권위를 가진 "선생님"을 모셔온다. 그러나 판단자 앞에서 점순의 말은 다시 한 번 삼켜지고 의미는 흩어진다. 점순은 자신의 상태를, 자신의 삶을 결정하는 권위적 주체아버지, 선생님 앞에서 "아버지의 호령에 아무 소리 못하고 있"었던 칠보처럼 말을 잃는다.

이를 통해 작가는 과거의 시공간에서도 점순과 칠보는 봉필과 소통하지 못했으며, 이 관계에서는 봉필의 말만이 일방적으로 칠보와 점순에게로 흘렀음을 드러낸다. 동시에, 그때나 지금이나 점순에게는 말하는 주체의 지위가 부여되지 않음을, 타자의 말은 주체의 공간에서 부유할 뿐 의미 있게 통합되지 않음도 보여준다. 주체와 타자의 관계가 만들어낸 이러한 방향성 때문에, 타자의 말을 소통 불가한 말로 규정함으로써 권위자의 말은 일방향으로 타자에게 흘러가고 타자의 목소리는 주체의 공간으로 역행하지 못한다. 이러한 상황에서 '너'는 부유하는 타자의 말을 붙잡아 주체에게 흘러가게 하고자 애쓰고 노력하며, 가끔은 타자의 말을 매개하는 역할을 하고자 한다. 이는 「입하」의 독특한 지점으로, 작가는 권위 있는 주체의 말이 일방향으로 흘러가는 것을 막고 타자의 말이 주체에게 흐를 수 있도록 매개하는 인물을 '너'라는 2인칭으로 지칭한다.

A: 할머니는 머뭇거리다가 이내 발을 동동 굴렀다. 남자가 아버지의 호령에 아무 소리 못하고 있을 때 꼭 저랬을 것만 같았다. 밤낮으로 아무 소리 못 하고

있을 때 꼭 저랬을 것만 같았다. B : 밤낮으로 일하는 것밖엔 모르던 남자. 나를 데려가 살 생각이 있기나 한 건지. C : 처음에 너는 할머니의 생각을 짐작할 수 없었지만 여러 번 듣다 보니 이제는 훤히 꿰뚫어 볼 수 있었다. 여차하면 할머니는 남자와 야반도주라도 할 생각이었다.[27]

위의 인용문에서 A와 C는 '너'의 시점에서 관찰한 모습과 '너'의 생각을 서술한 내용이다. A와 C 사이에 B가 불쑥 끼어드는데, B는 점순이 1인칭 주인공 시점에서 서술한 것이라 볼 수 있다. 작가는 '너'라는 2인칭과 점순을 '나'로 지칭하는 1인칭을 경계 없이 사용하면서 동시에 3인칭 시점에서 인물들을 관찰하기도 한다.[28] 3인칭 관찰자 시점은 서사를 이끌어 가기 위한 기능적 역할에 머무는 반면, 주요 서사는 '너'와 '나'의 말과 생각으로 진행된다. '나'를 객체화하고 관찰하는 권위자의 시선에 대항하여 '너'는 지속적으로 '나'의 말을 통합하여 타자를 하나의 일관된 서사와 사유가 가능한 주체로 세우고자 한다. '너'는 '나'와 권위적 주체 사이에서 매개자의 역할을 하고 있는데, 이런 존재를 '너'로 지칭함으로써 작가는 '나와 그것'의 관계로 고착된 주체와 타자를 이분된 주체와 주체의 관계인 '나와 너'의 관계로 읽고자 한다.[29] 말들의 파편을 모아 주체의 언어로 바꾸는 일, 그리하

---

27 「입하」, 146~147면(A, B, C는 인용자 표기).
28 이 작품에서 1인칭, 2인칭, 3인칭의 관계를 살펴보면 다음과 같다.
　　3인칭 서술자('점순')＝2인칭 '너'를 관찰→2인칭 시점＝1인칭 '나'(점순)를 관찰→1인칭 시점＝점순의 생각을 직접적으로 표현
29 마르틴 부버, 표재명 역, 『나와 너』, 문예출판사, 1997.
　　마르틴 부버는 '나-너'의 관계와 '나-그것'의 관계 속에서만 '나'가 있을 수 있다고 말한다. '나-그것'의 관계는 주체가 타자를 "경험"의 대상으로 바라보는 관계이다. "경험은 실로 '그 사람 안'에 있으며 그와 세계 사이에 있는 것이 아니"(11면)므로 '나-그것'의 관계로 주체는 타자를 경험할 때에 그는 타자를 실제로 만난 것이라 볼 수 없다. 이에 반해 "'나-너'는 관계의 세계를 세운다"(11면). 따라서 「입하」의 아버지(봉필)나 선생님은 점순을 '나-그것'의 관계에서 사

여 타자의 목소리가 주체의 세계에 드러나도록 하는 매개자는 점순ᄂ에게 '너'가 될 수 있는 것이다. 이렇게 소통 가능성을 여는 매개자에게 '너'라는 지위를 부여함으로써 작가는 타자의 목소리를 이 세계에 길어 올린다.

「봄봄하다」와 「봄밤」에서 작가들은 시점을 활용하여 점순의 목소리를 작품 전면에 드러냄으로써 들리지 않는 타자의 목소리를 선명하게 전달하고자 하였다. 또한 「입하」에서 작가는 권위적 주체 앞에서 들리지 않는 타자의 말을 듣고 길어 올려 의미 있는 서사가 되게 하고자 하는 인물을 2인칭ᄂ으로 지칭함으로써 타자의 말을 듣는 것의 중요성을 드러냈다. 흩어진 타자의 말을 통합하는 이에게 특별한 지위를 부여하면서 그들이 서로에게 주체와 주체의 관계로 발전할 수 있음을 보여주는 것이다.

4. 인물의 개성 보완–타자들의 연대와 글쓰기

「어느 봄밤에」에서 봉필은 마름이라는 자신의 권위를 이용하여 소작농인 끝네 아버지가 그의 딸과 데릴사위인 병식의 결혼을 미루도록 만든다.[30] 봉필은 이 마을에서 가장 지식인이라 할 수 있는 구장을 구슬려 끝네 아버지가 딸의 성례를 미루게 하는 일에 가담하게 한다. 봉필의 권력과 구장의 지식이 만들어낸 이 일은 "실례마을 총각들 앞날이 달린 문제"[31]로 비화될

유하기에 그들 안에서 점순은 단지 경험일 뿐이다. 의도적으로 작가는 서술자에 대하여 모호하게 표현하고 있지만 서술자는 짐짓 점순인 것 같은 느낌을 준다. 이때 점순이 '너'라는 지칭을 사용하는 것은 '나-너'의 관계에서는 타자가 "사물 중의 하나가 아니"라 '나'가 경험할 수 없는 또 하나의 주체이기 때문이다.

30 윤혜숙, 「어느 봄밤에」.

31 "이건 성의 문제가 아니라 실례마을 총각들 앞날이 달린 문제라고. 욕필이가 마름 권력을 내세워 성례에까지 간섭하기 시작하면 다른 일로 번질 게 뻔하지. 이게 나 하나로 끝날 것 같아?"

수 있다. 이에 병식은 칠보의 똑똑치 못한 행동 때문에 자신도 피해를 보게 되었다며 칠보에게 화를 내지만, 뭉태는 끝네와 병식, 칠보와 점순이 함께 봉필에 대응해나갈 것을 제안한다. 이는 봉필의 '말'이 구장의 '지식'과 결합하여 타자의 삶을 억압하는 것에 대한 문제제기이자, 대안제시이다. 작가는 이 세계에서 드러나지 못하는 것은 단지 여성타자인 점순의 목소리만이 아니라는 것에 주목한다. 이 공간에서는 봉필의 목소리를 제외하고는 어떤 목소리도 드러날 수 없기에 작가는 이 작품에 다양한 타자의 목소리를 담으려 시도한다.

먼저 작가는 봉필이 그의 권력이 작동하는 세계마을에서 권력주체로서 타자를 억압하고 있음을 드러내기 위해 「봄·봄」에서는 불특정 다수로 나타났던 소작인들에게 구체적인 이름과 역할을 부여한다. 끝네 아버지와 데릴사위 병식, 끝네 등이 그들이다. 또한 「봄·봄」에 잠시 등장했던 뭉태를 주요 인물로 만들어, 뭉태를 중심으로 타자들이 연대하도록 한다. 이름을 얻은 인물들은 먼저 이 상황이 권력자와 그 권력 하에서 목소리를 잃어버린 타자와의 관계에서 발생했음을 설명언어화함으로써 문제를 공식화한다. 그리고 칠보와 점순, 소작농들의 연대를 통해 봉필에게 저항할 수 있는 방법을 강구한다. 이 과정에서 작가는 봉필 처의 목소리도 삽입한다.

> "그래도 약속은 약속인디, 한 입으로 두말하는 걸 보믄 끝네 아버지도 사내는 아닌갑소."[32]

(「어느 봄밤에」, 102면)

[32] 「어느 봄밤에」, 91면.

점순과 마찬가지로 점순 어머니 또한 말을 갖지 못한 타자이다. 그러한 점순 어머니가 봉필을 우회적으로 비판하는 말을 할 수 있게 함으로써 이 세계의 모든 타자적 인물들—여성과 소작농—이 봉필과 대척 지점에서, 들리지 않지만 그에 대항하여 지속적으로 말하고 있음을 드러낸다. 그리고 작가는 그들이 함께 연대하여 주체에 대응하는 목소리를 내게 하면서 타자들의 밝은 미래를 전망한다. 이들의 연대는 결과와 상관없이 그 자체로 봉필의 권력에 균열이 생겼음을 보여주는 것이기 때문이다.

「봉필 영감 제 꾀에 넘어갔네」에서는 좀 더 적극적인 타자와의 연대, 혹은 타자되기가 이루어진다.[33] 봉필영감에게 말이나 논리로 대응할 수 없었던 칠보에게 고향 마을 친구 삼보는 기태영감이 결혼하게 된 일화를 들려준다. 이를 통해 칠보는 성례를 위해 봉필영감과 대화하려 애쓰기보다, 자신보다 더 타자적 존재인 점순과 소통하고 연대하는 것이 필요하다는 것을 깨닫는다. 이후 칠보와 점순은 기태영감이 했던 것처럼 '혼례'를 아버지 동의 없이 실생활에서 선취하고 결국 점순은 임신한다. 봉필의 권력에 주체의 '말'로 대응할 수 없었던 칠보는 기태영감의 선례대로 주체적인 '몸'으로 행위한 것이다. 봉필의 '말' 앞에 무력했던 이들은 타자의 몸이 아닌 주체의 몸으로 봉필의 권력을 무화한다.

"이 바보, 언제까지 일만 하고 말 텐가?"

칠보가 점심을 다 먹고 나자 점순이가 그릇을 챙기며 툴툴댔다.

"니두 춥지?"

"누가 춥다고 했나? 일만 하고 말 거냐고 했지?"

33 이순원, 「봉필 영감 제 꾀에 넘어갔네」.

"추우면 여기 와 폴짝 앉아 봐. 그러면 나도 니 말대로 일만 하지 않지."

"증말루?"

"그래. 증말루. "[34]

칠보와 점순은 주체적인 몸을 가진 존재로 봉필이 허락하는 성례가 아니라 자신들의 합의하에 이루어지는 성례를 치른다. 위의 인용문은 이를 결정하는 과정에서 나누는 대화이다. 인용문에서 알 수 있듯이 이들의 대화에는 공적인 말이 갖는 선명함이 없다. 대신 모호함과 시적 은유가 가득하다. 「봄·봄」에서부터 반복된 '언제까지 일만 할 것이냐'는 점순의 말에 함유되어있던 그늘이 드디어 "니두 춥지?"라는 칠보의 대답에 담긴 그늘로 전이되고 해석되는 것이다. 사실, 타자들의 말은 해석되지 않은 그늘에 그 핵심이 담겨있기도 하다. 칠보가 공적인 '말'로 봉필의 말에 대응하고 있을 때보다, 점순과 같은 타자적 위치에서 타자들끼리의 소통에 참여할 때 점순의 말은 더 잘 이해되고 그늘을 남기지 않을 수 있는 것이다. 이처럼 '말'과 '질서'를 가진 봉필에 '말'과 '질서'라는 같은 방식으로 대응하는 대신 타자의 말, 타자와의 '주체적인 연대'를 통해 대응할 때, 오히려 권력주체의 질서는 붕괴되고, 이들은 실질적이며 공적인 '성례'를 이루게 된다.

「하지 지나 백로」는 한 발 더 나아가 봉필이 타자의 위치에 서서 칠보와 점순과 함께 연대하는 과정을 그린다.[35] 봉필은 칠보와 점순의 성례 이후 끝순의 데릴사위로 들인 '막냇사위'에게 속아 타자적 위치로 떨어진다. 봉필은 막냇사위와 술을 마시다 술김에 그가 내민 종이에 지장을 찍어주는데,

---

34 위의 글, 123~124면.
35 이기호, 「하지 지나 백로」.

그 이후로 막냇사위는 봉필과 문서상 계약이 체결되었다는 이유로 일을 하지 않고 빈둥댄다. 봉필은 글을 몰랐기 때문에 계약서의 내용을 읽을 수 없었고, 주체적으로 계약에 참여할 수 없었던 것이다. 타자였던 막냇사위가 관계를 주도할 수 있었던 것은 바로 공적 언어인 '글' 때문이다. 글이 없는 상황에서는 봉필의 '말'이 공적 언어로 기능했지만, 봉필의 작은 세계를 넘어서는 '글'의 위력은 그를 타자의 위치에 놓이게 만들었던 것이다.

사실 '더 공적인 말'의 위력에 눌려 타자화 되는 봉필의 모습은 칠보와 점순의 혼례를 통해 이미 드러난 것이다. 칠보는 자신의 '말'로 타자적 위치를 벗어날 수 없음을 알게 되자, 지주인 "배참봉"에게 가서 봉필과 자신의 관계와 상황을 이르겠다고 한다. 봉필이 마름으로서 지위를 누릴 수 있는 것은 배참봉이 그의 권력을 봉필에게 대리하도록 했기 때문이다. 따라서 배참봉의 말은 봉필의 것보다 '더 공적인 말'로 봉필에게 절대적인 힘을 행사할 수밖에 없기 때문에, 칠보의 이러한 태도는 즉각 효과를 낸다. 이처럼 봉필은 근대화된 사회에서 글을 모르기 때문에 또한 지주가 아닌 마름이기 때문에 '글'과 '지주의 말' 앞에서 주체로 행위할 수 없다.

봉필이 처한 어려움을 이해하고 그가 어려움을 타개하도록 돕는 것은 결국 칠보와 점순이다. 특히 이 상황을 타개할 수 있는 방법을 강구해낸 인물은 상황 파악 능력이 떨어지고 소통에 어려움을 겪는 칠보와 봉필이 아니라 「봄·봄」에서 사건을 만드는 '말'의 주인공이었던 점순이다. 아버지와 남편의 대화에 적극적으로 가담할 수 없는 타자이기에 "문밖에서 잠자코 듣고만 있던"「하지 지나 백로」, 136면, 소통의 과정에서 배제되었던 점순이지만 그의 말은 다시 한 번 사건을 만들어낸다. 점순은 봉필의 '말'을 이기는 막냇사위의 공적인 말, 즉 글로 된 문서를 없애라고 지시한다. 이에 두 인물은 그것이 옳다는 것을 깨닫고 점순의 말에 따라 행위하기 위해 함께 밤길을 걸어 봉필의 집으로 가기 시작한다. 「하지 지나 백로」에서도 「봄·봄」에서와 마찬가지로 점순은 소통에서 제외되지만, 오히려 사건을 일으키는 가장 중요한 말을 가진 인물이 되는 것이다. 밤길을 걸으면서 칠보는 "어딘지 짜부라지고 맥 빠진 노인네"가 된 봉필을 발견하고 "짠하고 안쓰러운 마음"「하지 지나 백로」, 137면을 갖게 된다. 더 공적인 말을 갖지 못한 봉필이 타자가 되는 것을 목도하고, 그 자신도 타자로서 연대의 감정을 느끼게 되는 시점이다.

이처럼 「어느 봄밤에」, 「봉필 영감 제 꾀에 넘어갔네」, 「하지 지나 백로」는 타자의 연대를 통해 권위의 목소리, 중심의 질서를 넘어서는 타자들의 모습을 보여줌으로써 그들의 목소리가 중심 세계에 드러날 수 있는 가능성을 모색한다. 이 과정에서 눈에 띄는 부분은 작가들이 문자로 이루어진 언어, 즉 '글'에 주목하고 있다는 점이다.

주지하듯이 김유정은 '금병의숙'을 세우고 고향사람들에게 글을 가르쳤다. 『다시, 봄·봄』의 작가들도 글이 갖는 힘이 타자들의 말이 가진 그늘을 이기고 중심세계에 소통 가능성을 열 수 있다고 보았다. 「봄봄하다」의 점순과 「미행」[36]의 점순은 야학당에서 글을 배워 공적 언어로 소통하고자 한다. 「어느 봄밤에」에서 점순과 칠보는 봉필이 "꼼짝 못 할 거"를 내놓겠다면서 "계약서"108면를 쓰기로 다짐한다. 법을 좋아하는 봉필에 글로 대항하고자 하는 것이다. 「하지 지나 백로」의 봉필이 곤란한 지경에 처하는 것도 바로 새로운 시대의 공적 언어인 '글' 때문이다. 이처럼 타자적 인물들은 '글'이 가지고 있는 공적 언어로서의 권위에 주목하고, 그 힘을 인정한 후 전달되지 않는, 세계에 없는 말인 타자의 말을 소통 가능한 말로, 주체의 행위로

---

36 한정영, 「미행」.

바꾸고자 한다. 한정영의 「미행」은 글을 가지려는 점순의 적극성을 보여주면서 글을 습득하는 과정에 발견되는 새로운 세계에 대한 여성타자의 경험을 잘 드러낸다.

"그 보따리는 어쩐 것이여?"

묘순이가 점순이를 반기며 대뜸 물었다.

"눈독 들일 거 없구먼. 현석 씨 주려고 감자 삶은 것이여."

"현석 씨? 하긴 서울 사람들은 그리 부른다고… 가만, 그럼 뭐야?"

"응?"

"오메! 서방님 밤참 부리는 것인가베?"[37]

점순이가 돌부리에 걸렸는지 비틀거렸다. 청년이 얼른 점순이의 팔을 잡아 올렸고, 못 이기는 체하며 점순이가 청년의 팔을 붙잡고 기댔다.[38]

"그러기에 내가 뭐래? 야학당 선생님이라고 했잖아. 선생님한테 글 배워서 칠보 가르쳐 준다고 했지 않어? 그래서 아부지한테 언제 성례시켜 줄 건지 글로 써서 약속이라도 받아 두려 했다고. 왜 그걸 몰라? 배운 사람들은 다 그렇게 한다는구먼. 그렇게 해야 나중에 아부지도 꼼짝 못할 거라구."[39]

「미행」에서 점순은 묘순과 야학당에 다니며 글을 배운다. 점순이 글을 배우는 목적은 "아부지한테 언제 성례시켜 줄 건지 글로 써서 약속이라도

---

37 위의 글, 75면.
38 위의 글, 83면.
39 위의 글, 86면.

받아 두려"는 것이다. 「봄봄하다」의 점순처럼 「미행」의 점순도 글이 가진 힘을 잘 알고 있다. 점순의 말을 대리하는 '칠보의 말하기'를 신뢰할 수 없었던 점순은 '글'이라는 새로운 언어매체를 선택하게 된다. 그러나 이 작품에서 점순은 비단 글을 얻기 위해서만 야학에 다니는 것이 아니다. 노동의 대가로 사위에게 지불될, 봉필의 '경제적 수단으로서의 점순'에게는 결코 허락되지 않는 연애를 점순은 이곳에서 간접적으로나마 경험한다. 칠보와의 성례를 성취하기 위해 글을 배우는 과정에서 글이 가지고 올 수 있는 새로운 세계의 질서, 즉 글을 통한 주체적 행위 가능성, 그리고 그것을 통한 새로운 관계 방식을 경험하는 것이다. 이 세계에서는 남녀가 주체가 되어 소통하고 서로를 알아가는 과정인 '연애'가 가능하기에, 점순은 노동력의 대가로 남성에게 주어질 몸이 아니라 "서방님"을 위해 자발적으로 선물을 준비하는 주체적인 신체로 존재할 수 있다.

　권력주체의 공간에서, 점순의 키가 자라지 않는 것이나 칠보가 다리를 삐는 일 등, 타자의 신체와 관련된 일은 오직 권력주체의 이익이나 손해로만 환산된다. 즉 타자의 신체가 아들 생산에 방해가 되는 일이 되거나, 농사를 망치는 일로 해석되는 세계에서 점순과 칠보의 몸은 교환을 위한 수단일 뿐이다. 그러나 글을 배우는 세계에서 점순의 몸은 주체적인 연애관계로 들어서는 몸이기에 밤길을 걷다 다리를 비틀대는 것도 서로의 감정을 확인하는 즐거운 경험이 될 수 있는 것이다. 이 세계에서 점순은 주체적인 말하기와 주체적인 행위의 가능성을 알게 된다.

5. 중심세계에서 타자의 목소리로 말하기

청소년독자는 원 텍스트와 그것을 이어 쓴 텍스트를 함께 읽음으로써 다양한 작가들의 상상력을 접할 수 있고, 원 텍스트의 주제가 심화되고 변주되는 과정에 참여할 수 있다. 또한 이 과정에서 자연스럽게 원 텍스트의 주제를 심도 있게 이해하고 문학능력을 신장시킬 수 있다. 이 글에서는 『다시, 봄·봄』에서 현재의 작가들이 이어쓰기를 통해 김유정의 「봄·봄」의 주제의식을 심화·변주하고 있다고 보고, 이를 위해 어떠한 전략을 사용하고 있는지 살펴보았다. 먼저, 김유정은 「봄·봄」에서 주체의 세계에 드러날 수 없는 타자의 말이 어떻게 굴절되고 부스러기를 남기는지를 희극적으로 보여줌으로써 타자의 목소리를 독자들에게 전달하였다. 이러한 「봄·봄」을 이어쓰기 하면서 『다시, 봄·봄』의 작가들도 시점 활용, 타자적 인물들끼리의 연대 생성, 공적 언어인 글 획득 등의 방법을 통해 타자의 목소리를 작품에 드러내고자 하였다.

작가들은, 여성타자인 점순의 목소리를 직접 드러내는 1인칭 시점을 활용하여 타자의 목소리로 작품의 세계를 서술하거나, 작품 내에서 시점에 변화를 주며 점순의 말을 직접 인용하는 방식으로 타자의 목소리가 세계에 드러나도록 만들었다. 또한 1인칭과 2인칭을 활용하여 주체와 대상의 관계가 '주체와 주체'의 관계로 진입할 수 있는 가능성을 타진하기도 하였다. 이러한 시점의 활용은 여성을 비롯한 타자들의 시선과 상황을 직접 드러내는 데에 효과적인 방법이라고 할 수 있다.

더불어 작가들은 타자적 인물들이 자발적, 주체적 연대를 통해 더 권위적인 목소리, 즉 중심세계에서 더 잘 들리는 목소리에 대항하도록 만들기도 하였다. 있을 법한 인물들을 새로 등장시키거나 전혀 목소리가 드러나지 않았던 타자적 인물의 발화를 직접인용을 통해 드러내는 방식을 통해 권력주체에 대응하는 타자적 힘을 만들어낸 것이다. 이 과정에서 눈에 띄는 부분은 작가들이 문자로 이루어진 언어, 즉 '글'에 주목하고 있다는 점이다. '글'이 가진 힘을 기존 질서를 전복하는 방식으로 활용하면서 글을 배워가는 과정을 통해 인물들이 주체적 관계를 경험하도록 만들기도 하였다.

위와 같은 전략을 통해, 김유정에서 시작된 타자의 목소리 듣기와 타자의 목소리로 말하기는 현재적 시점에서 다양한 모습으로 구현되었다. 이러한 이어쓰기의 과정을 통해 작가들은 타자의 목소리를 듣고 그것을 주체의 언어로 중심 세계에 드러내면서 타자와 주체 사이, 매개자로서 그 역할을 하고 있다고 볼 수 있다. 더욱이 이 작품은 청소년소설로 기획된 것으로, 청소년문학이 지닌 그 장르적 기반, 즉 성인작가와 청소년독자의 관계 속에서 성인 작가의 매개자적 윤리를 살펴볼 수 있기에 더욱 주목을 요한다. 이에 대한 내용은 자세히 다루지 못했기에 다음의 연구를 기약한다.

참고문헌

김유정, 전상국 외, 『다시, 봄·봄』, 단비, 2017.

나병철, 『영화와 소설의 시점과 이미지』, 소명출판, 2009.
마르틴 부버, 표재명 역, 『나와 너』, 문예출판사, 1997.
한나 아렌트, 이정우 역, 『인간의 조건』, 한길사, 1996.
한병철, 김남시 역, 『권력이란 무엇인가』, 문학과지성사, 2011.

김애령, 「다른 목소리 듣기 – 말하는 주체와 들리지 않는 이방성」, 『한국여성철학』 17, 한국
　　여성철학회, 2012.
박선영, 「「봄·봄」 연구 – 희극성과 이미지의 작용을 중심으로」, 『영상예술연구』 4, 영상예
　　술학회, 2004.
안화진, 「창의적인 다시쓰기」, 『교양학연구』 1, 다빈치미래교양연구소, 2015.
오태호, 「김유정 소설에 나타난 '연민의 서사' 연구」, 『국어국문학』 184, 국어국문학회,
　　2018.
우신영, 「문학교육에서 김유정 문학 읽기의 지평과 전망」, 『한중인문학연구』 64, 한중인문
　　학회, 2019.
유진현, 「문학능력 신장을 위한 문학 지식 교육 방향 연구」, 『문학교육학』 45, 한국문학교
　　육학회, 2014.
최병우, 「김유정 소설의 다중적 시점에 관한 연구」, 『현대소설연구』 23, 현대소설학회,
　　2004.

김유정 소설의 극적 요소
김유정 소설 「봄·봄」과 「동백꽃」을 중심으로

권미란

1. 김유정 소설 속 '사랑'의 의미—보편적 정서 함양을 위한 교감의 매개체

작가 김유정은 평범한 사람들의 이야기를 주로 다루며 사랑과 결혼과 같은 보편적 정서와 감성을 담은 작품을 남긴다. 불과 2년 남짓한 짧은 창작 활동에도 김유정이 한국 근대소설을 대표하는 작가 중 한 사람으로 뽑힌 데는 그의 작품이 한국인의 정서라 할 해학미와 정감을 잘 드러내고, 지금 우리의 상황에서 수용할 수 있는 문화적 감수성을 지녔기 때문이다. 그는 실제 자신이 생활하며 보고 겪은 바를 '창작의 소재'박태상, 1987로 삼았고 그래서 '사실성과 향토성에 기반하여 당대의 현실문제를 날카롭게 드러낸다는 평가'김양선, 2004를 받았다. 그래서 유독 김유정 소설에 등장하는 인물은 현시대와도 무리 없이 융화되는 보편성을 지닌다. 이 평범한 인물이 일상과 사소하고 개인적인 문제들을 주요한 사건으로 다루게 한다.

그래서 다양한 매체가 범람하는 지금에도 사람들은 김유정의 소설을 읽는다. 그 이유는 단순 무결한 인물 구도와 그 인물들이 보여주는 욕망 추구

방식이 지금의 삶을 영위하는 사람들에게도 충분히 공감할만한 것이기 때문이다. 김유정 소설에서는 자기 욕망을 실현하려는 인물이 벌이는 다툼이나 싸움을 담화구조로 입체화한다. 이렇게 구현된 현실감은 극적 공간이상란, 2003으로 독자가 천천히 인물과 함께 사건을 경험하며 그 세계에 빠져들게 한다.

곧 김유정 소설에서 인물이 나누는 쌍방향적 대화는 인물의 성격을 구축하는 동시에, 누가 읽어도 재미있는 이야기가 되는, 독자의 상상력을 자극하는 요인이 된다. 이런 점에서 김유정의 작품세계는 극적 요소를 활용해 사건과 인물을 구체화하는 양상에서 빛을 발한다. 주제를 구현하기 위해 희화화된 인물들은 시대의 비극을 풍자하기보다는, 일상의 의미와 개인의 존재가치를 강조한다. 즉 개인적 차원에서 삶의 가치를 구현하는 과정에서, 김유정 소설 특유의 여유로움과 해학미가 만들어진 것이다.

그러므로 김유정 소설의 인물은 어느 시대에서건 한국적 정서로 풍자성과 해학미를 드러내게 된다. 소설 속 인물과 사건은 이야기적 재미를 통해 한국적 정서를 교감케 만든다. 이것이 우리가 김유정을 향토적 서정성박헌호, 2001을 지닌 작가로 부르게 된 여유이기도 하다. 김유정 소설에서 인물들이 하는 담화 방식은 일상의 의미에 주목하려는 작가의식과 함께 한민족의 정서를 드러내는 독특한 향취로 다가온다. 바로 이 점이 인물 갈등의 축이자 사건이라 할 '남녀 간의 사랑'에 주목하려는 이유다.

김유정은 농촌 사회의 비루한 현실과 개인의 생존 문제를 다루기 위해, 사랑이란 소재를 주제로 선택한다. 결혼은 사회체제 안에서 화합하는 개인과 공동체 결성을 의미하며, 개인의 욕구가 실현되는 희망적 미래를 상징하고, 사랑의 위기는 현재 우리가 직시해야 할 현실을 나타낸다. 그래서 표정옥은 「봄·봄」에서 장인과 예비 사위가 결혼 시기로 벌이는 실랑이를 노동 착취와 저항의 문제로, 「동백꽃」은 사춘기 소년, 소녀의 풋풋한 사랑 이야기를 매개로 한 마름과 소작인의 비애를 다룬다고 보았다.

그리고 전신재1997와 표정옥2013은 작품에 내재한 문화 콘텐츠적 요소를, 이상진2011과 엄미옥2018은 지금까지 재생산된 김유정 관련 문학 텍스트를 분석해 정전으로서의 가치를, 홍순애2016는 박정규의 「봄봄봄」을 토대로 김유정 소설의 다문화 요소를 분석하며 풍자성이 지닌 가치를 새롭게 논의했다.

그런데도 김유정의 소설이 사회적 맥락을 함유하지 못하다고 저평가받는 데는, 풍자성을 토대로 작품의 주제와 의미를 지나치게 한정해왔기 때문이다. 이에 표정옥2013은 '엔트로피사티어'라는 개념으로 김유정 소설의 주제를 새롭게 다루었다. 엔트로피는 사회적 질서체계를 무너뜨리고 전통적인 생각을 파괴하며 획일성을 부식시키는 은유로, 그는 김유정 소설이 지닌 특성을 개인과 사회를 획일적으로 구분하지 않고, 가능한 사실 그대로를 보여주는 현장성에 있다고 보았다.

김유정 소설은 사랑을 개인과 사회의 관계를 보여주는 작용점[1]으로 활용한다. 독자는 사랑 앞에 시시각각 변화하는 인물의 행동과 감정 속에서 현실문제를 인식하고 인간 내면의 성장을 목도한다. 즉 극적 요소는 김유정

---

1 인물의 심리적·감정적 변화에 따라 기민하게 반응하는 유동체로 인식된다. 그중 어떤 욕망보다 원시적이지만 가장 현실적인 문제로 공간을 압도하는 현상이 바로 사랑이라는 감정이다. 사랑은 자기 욕망을 실현하는 주체의 적극성을 드러내는 매개체로, 가장 순수한 인간의 감정 상태를 나타낸다. 그래서 김유정의 농촌 소설이 대중의 환심을 사는데 이바지했을 뿐 아니라, 서사구조 상의 한계를 뛰어넘게 만드는 독특한 전략이 곧 사랑이라고 할 수 있다. 사랑이란 복잡미묘한 감정경로에 따라 인물의 심리변화를 그려내는 과정은, 답답하다 못해 바보스럽기까지 한 인물과 자기 생각과 감정을 드러내는 데 거리낌이 없는 솔직한 인물의 대비 구도와 갈등 양상으로 가시화된다.

소설 속 인물 갈등을 효과적으로 드러내며 '하층민의 곤궁함'과 인간 욕망의 지층을 생생하게 표현한다.

그러므로 개인의 정체성 문제를 다루는 작가의 문제의식을 살펴보기 위해 사랑을 주제로 한 「봄·봄」과「동백꽃」의 극적 요소를 살펴보고자 한다. 극적 요소는 대중을 압도하는 장악력엄미옥, 2018과 다양한 장르 변용이상진, 2011에서 알 수 있듯, 김유정 소설이 시대와 상황을 넘어 대중과 호흡하는 이유와 다채로운 영역과 장르에서 활용되는 배경을 밝혀줄 것이다.

2. 극적 환상과 현실을 오가는 인물 '나'의 정체성

인물에 의해 묘사되는 신체적 표현에는 기억된 감정이 담기게 된다. 이는 인간의 신체가 세상을 경험하는 방식이고, 몸은 지각과 인지를 형성하는 기반임을 나타낸다. 그래서 김용수2020는 타인의 감정이나 움직임을 보는 것으로도 타인의 감정과 의도를 파악할 수 있다고 했다. 즉 행동 보는 것으로도 그 신체적 상태가 드러내는 감정이 무엇인지 느낄 수 있다는 것이다. 연극에서 신체적 표현은 관객과 교감하는 무대를 만드는 데 유용하게 쓰이는데, 김유정 소설에서도 인물의 신체적 표현을 활용해 독자와 긴밀한 공감대를 형성한다. 그 대표적 인물이 바로 1인칭 주인공 '나'다.

「봄·봄」1935과「동백꽃」1936은 간결한 서사구조와 개성적 인물을 토대로 대중성과 보편성전상국, 1995을 갖춘 이야기로 인기를 얻는다. 두 작품 모두 이야기꾼 기질전신재, 2013를 드러내는 1인칭 주인공 시점으로 기술되는데, 독자에게 자신의 속마음을 그대로 드러내는 '나'라는 인물의 심리상태에 따라 변주되는 시공간적 흐름은 사건 전개와 별도로 가장 흥미로운 관전 요소가 된다.

전신재2013는 김유정이 설화에서 소재를 취한 경우가 많았고 그 특성이 이야기꾼 기질을 지닌 인물에서 드러난다고 했다. 노총각이 자기가 당한 억울함을 호소하는 「봄·봄」과 일방적으로 당하기만 하는 어리숙한 소년의 하소연을 담은 「동백꽃」은 이야기꾼 역할을 충실히 수행하는 서술자라 볼 수 있다. 이야기꾼 인물이 등장하는 소설은 다른 소설에 비해 인물의 비극성이 비교적 가볍게 서술되는 경향이 있다. 이는 김유정 소설이 현실문제를 다루는 주요한 방식으로 풍자성과 함께 희화화된 인물의 성격을 구축하기 때문이다.

그러나 이야기의 배경이 되는 농촌은 생존의 공간으로 인물이 살아가는 현실 세계를 그려낸다. 이 공간에서 인물은 계절의 절기처럼 변화한다. 그리고 이 성장의 증후는 나와 긴밀한 관계에 있는 대상녀과 상호작용하며 드러난다.

그리고 타자와의 관계 속에서 사랑은 인간의 '민얼굴'을 드러내며 생명 본능의 욕망을 자극한다. 익숙한 환경에서 드러난 인간의 본모습을 인물 '나'에게서 확인할 수 있게 된다. 그러나 나는 결코 참혹한 현실을 있는 그대로 보여주지 않는다. '나'라는 인물의 경험과 생각 그리고 감정은 오직 애정 관계에 봉착되어있기 때문이다. 신체와 정신처럼 '나'의 감정은 자신이 지시하는 대상의 감정과 생각을 인식하는 과정에서 발현된다. 그래서 독자는 '나'가 보여주는 일상의 여러 단면 속에 사건과 인물관계에 대한 정보를 얻게 된다. 그리고 '나'에게 영향을 준 핵심 인물을 찾고 그 인물의 신체 언어와 감정표현에 의미를 둔다. 그래서 '나'의 서술 중 내적 독백과도 같은 속마음은 독자에게는 중요한 사건으로 인식된다.

1930년대의 시대적 특질을 반영한 비극적 인물의 의식 또는 특질이 '나'라는 인물의 순수성을 만들어냈다면, 김유정 소설에서 반복해서 드러나는 자연에 대한 묘사, 뚜렷한 계절감, 계절의 변화와 같은 순환적 시간의 흐름을 보여주는 농촌은 현실의 비극성을 구현하는 공간으로 쓰인다. 그래서 김유정이 쓴 농촌 이야기에는 사랑과 같은 이상적 가치를 추구하는 인물이 등장한다.

극빈한 시대에 생존이 아닌 자유연애나 사랑을 중요하게 다루는 데서 식민지 시대를 살아간 지식인으로 김유정이 중요시하는 가치가 무엇인지 가늠하게 된다. 사랑과 연애는 당시 부르주아 계급이 꿈꿀 수 있는 사치스러운 것이었고 실상 머슴이나 소작농의 아들에게는 생각조차 하기 어려운 개념이었다. 그런데도 농촌에서 두 남녀의 사랑을 주요한 사건으로 다룬 데는 아둔한 인물들이 보여주는 우스꽝스러운 모습으로 곤궁한 현실에서도 인간 본연의 감정을 포기하지 않는 순수함을 개인의 정체성으로 여겼음을 나타낸다.

그래서 독자는 일련의 사건과 갈등구조를 파악하기 위해 우선 '나'의 말에 귀 기울인다. '나'는 다른 인물에 대한 정보를 제공해주고 자신이 처한 상황에 대한 자기 생각과 감정을 독자에게 그대로 전달한다. 독자는 '나'의 말을 가장 믿을만한 정보로 인식하며, 인물 '나'의 개성적 어투나 어조 그리고 행동의 의미를 파악하는 일을 작품의 주제를 파악하는 일만큼 중요시하게 된다.

그러므로 '나'라는 인물의 특성은 '나'의 서술에 기대어 이야기를 따라가는 독자에게서 확인된다. 독자가 인물 '나'에게 느끼는 동정심과 연민도 실제로는 '나'가 불러일으키는 감정이기 때문이다. '나'의 감정과 생각이 다른 인물에 대한 정보는 물론 '나'라는 인물에 대한 정보가 된다는 점에서 이야기는 오직 '나'의 서술로만 형성된다. 마치 대사처럼 들리는 '나'의 언술이 특히 그렇다.

참말이지 난 이 꼴을 하고는 집으로 차마 못 간다. 장가를 들러갔다가 오죽 못났어야 그대로 쫓겨 왔느냐고 손가락질을 받을 테니까…….

논둑에서 벌떡 일어나 한풀 죽은 장인 앞으로 다가서며

"난 갈 테야유, 그동안 사경 쳐내슈."
"너 사위로 왔지 어디 머슴 살러 왔니?"
"그러면 얼찐 성례를 해줘야 안 하지유, 밤낮 부려만 먹구 해준다 해준다……." 「봄·봄」

「봄·봄」의 주인공 '나'는 장인과 대화하며 자신의 심경을 드러낸다. 담화 상으로는 이 마을을 떠나겠다고 엄포를 놓고 있지만, 실상 그의 속마음은 혹여나 장인이 자신을 내칠까 싶어 내심 걱정하고 있다. 이러한 상반된 태도는 '나'의 속마음이 드러난 자기서술과 장인과 나누는 담화로 양분되어 드러난다. 그러므로 '나'라는 인물의 캐릭터 성은 다른 인물과 대화하는 내용과 자신이 하는 혼잣말을 명확히 구분하는데 드러난다. '나'는 다른 사람과 하는 대화에서는 자신이 보여줘야 하는 일면, 가령 장인에 대한 '분노'나 '다짐' 등이 담긴 극히 표면화된 감정을 언술로 제시한다. 즉 실제 속마음을 그대로 드러내지 않는다.

하지만 대화 이전 또는 이후에 제시되는 '나'의 혼잣말에는 감춰져 있던 진심이 담겨있다. 그래서 '나'는 점순이 한 혼잣말 "밤낮 일만 하다 말 텐가!"를 듣고, 장인에게 달려들게 되는 것이다. 다시 말해 '나'의 서술에는 다른 인물과의 관계 속에 변화하는 '나'라는 인물의 내면의식과 외면적 변화를 동시에 나타내며 인물의 특성을 고착화한다.

이러한 두 가지 담화 방식이 인물의 캐릭터와 인물 구도를 확연히 드러내며 김유정 소설의 극적 요소를 나타낸다. 반면 「동백꽃」에서는 대화보다는 '나'의 혼잣말이라는 언술의 기능이 더 강조되며 '나'의 내면의식이 외면화되는 과정을 보여준다. 이때 '나'의 순수함이란 고유한 특성은 작품을 이끄는 주요한 서사적 기능을 수행한다.

필연코 요년이 나의 약을 올리느라고 또 닭을 집어 내다가 내가 내려올 길목에다 쌈을 시켜 놓고 저는 그 앞에 앉아서 천연스레 호드기를 불고 있음에 틀림이 없으리라. 나는 약이 오를대로 올라서 두 눈에서 불과 함께 눈물이 퍽 쏟아졌다. 나뭇지게도 벗어 놀 새없이 그대로 내동댕이치고는 지게막대기를 뻗치고 허둥지둥 달려들었다. 「동백꽃」

「동백꽃」의 '나'는 노총각인 「봄·봄」의 '나'보다 어린 소년으로, 점순이와 동갑내기다. 이러한 측면에서 '나'의 감정변화는 혼잣말과 함께 즉각적인 행동으로 드러난다. '나'는 점순이의 놀림과 괴롭힘을 참지 못하고 이내 눈물을 흘린다. 유순하기만 하던 '나'는 점순이로 인해 분노와 설렘 등 다양한 감정을 경험하게 된다. 그러면서 점순이라는 인물의 성격이 점차 드러나기 시작한다.

　자신을 향해 눈을 부라리고 눈물을 흘리던 점순이는 자신이 이전에 알던 모습이 아니다. 점순은 부끄럼을 타지 않는 천연덕스러움을 가진 대장부 기질의 호방한 성격이었다. 하지만 이 모든 정보는 자신과는 말도 나누지 않는 관계에서 '나'가 보고 들은 일종의 관찰된 정보이자 기억에 불과하다. 인물 '나'의 성격과 가치관은 점순이와의 관계에서 구체화된다. 점순과 대화하거나 싸움을 하면서 '나'는 비로소 자기 존재를 부각하고, 자신과 점순과의 관계 속에서 새로이 경험하게 된다. 소작농의 아들인 '나'에게 마름의 딸은 함부로 대하기 곤란한 대상이다. 그런데도 '나'는 결국, 점순이에 농간질에 그녀에게 달려들어 싸움을 벌이게 된다. 이러한 극적 전개를 가늠케 하는 정보는 오롯이 '나'의 언술뿐이다.

　두 작품의 주제는 인물 '나'의 정체성 형성과 성장사와 이어진다. 그래서 이야기꾼 '나'의 언술에는 그의 삶을 중심으로 한 인물과 공간에 대한 설명이 담기게 되고, 이를 현장감 있게 표현하는 인물 '나'의 감정과 태도가 곧 이야기를 전개하는 근간이 된다. 이는 나와 대립거나 감정을 나누는 인물에 대한 외모나 성격에 대한 구체적인 묘사를 통해서도 드러난다. 즉 '나'라는 인물과 이야기를 나누는 인물과 대화 상황에 대한 설명이 곧 사건이 된다. 이런 점에서 김유정 소설에서 '나'라는 1인칭 서술자가 갖는 위력은 상당하다.

　그러므로 김유정의 농촌 소설 중 빈궁한 농촌 현실과 함께 두 남녀의 사랑을 주요한 갈등 요소로 다룬 「봄·봄」1935과 「동백꽃」1936에서도 '나'의 이야기꾼 기질에 주목하게 된다. 특히 '나'라는 인물의 말과 행동은 김유정 소설의 극적 요소를 살펴보는 데 주요하다. 두 소설의 주인공으로 설정된 '나'라는 인물은 다음과 같은 공통점을 지닌다. 꾀나 속임수를 쓸 줄 모르는 아둔함, 여자의 마음을 모르는 순진무구함 그리고 순종적 태도다. 이러한 인물의 특징들은 마치 이야기꾼이 청자의 흥미를 돋우기 위해 등장인물에 따라 적절한 표현을 곁들여 말하듯이, 반복적으로 행해지는 인물의 말과 행동에서 구축된다.

3. 극적 담화와 인물형상화 전략

그러므로 김유정 소설이 지닌 힘이라 할 보편성과 대중성은 바로 인물과 인물형상화 전략에서 나온다. 그리고 단순 무결한 캐릭터이상진, 2011의 힘을 보여주는 대표작품이 바로 「봄·봄」과 「동백꽃」의 주인공 '나'와 그 '나'의 언술 방식이다.

두 작품에서 '나'는 나이를 제외하고는 어리숙하고 순종적인 태도를 지닌 인물이라는 공통점을 지닌다. 독자가 우위를 선점하게 만드는 1인칭 주인공 시점은 어린아이 같은 순수함과 함께 시시각각 다른 인물에게 느끼는 감정을 고스란히 전달하는 현장성을 지닌다. 마치 지금 눈앞에서 벌어지는 사건을 보듯 독자는 상상할 필요 없이 인물이 느끼는 감정과 생각을 고스란히 듣는다.

그 안에는 인물 내면의 목소리 바로 숨겨진 욕망도 담겨져 있다. 이는 사랑이라는 감정선을 따라가다 보면 점차 그 모습을 드러낸다. '나'와 대응하는 인물과의 관계 속에서, 새롭게 형상화된 '나'라는 인물에 의해, 매우 입체적인 인물로 그려지게 된다. 이것이 어쩌면 순수한 사랑의 감정을 주제로 한 이 작품이 연극으로 공연되는 이유일 것이다.

연극계는 물론 여러 매체와 장르에서 소설 「봄·봄」과 「동백꽃」은 무한히 재생산된다. TV 드라마와 영화 그리고 애니메이션으로 만들어졌고 동화책이나 교과서와 잡지 속 삽화로도 쓰였다. 또 예능 프로그램 콩트의 소재로도 사용되는 등 한국인이라면 제목만 들어도 줄거리를 떠올릴 정도로 대중성을 지닌 작품이었다. 이처럼 다양한 장르에서 다채로운 형태로 변용되며 대중과 만나온 문학작품이 있을까 싶을 정도로, 두 작품 모두 한국문학의 정전으로 일컬어지며 한국적 정서를 가늠케 하는 단골 레퍼토리로 여겨졌다.

최근에는 K-pop 열풍과 함께 전 세계적으로 한국학과 문화예술에 관한 관심이 높아지면서 한국문화와 언어를 알리는 문화 텍스트로 두 소설의 활용 반경이 넓어지게 되었다. 그래서 표정옥2013은 김유정 문학정신이 놀이의 창조적 상상력으로 이어진다는 점에서 그의 소설이 문화콘텐츠로 연계될 가능성이 크다고 설명한 바 있다. 이러한 맥락에서 살펴보자면 김유정 소설이 지닌 가능성은 다양한 문학 장르와 영향을 주며, 새로운 방식으로 소비되는 지금의 모습에서 찾아볼 수 있다. 이는 곧 우리에게 이야기가 필요한 이유이자 김유정 문학이 담당하는 사회적 기능과 역할을 고찰하는 일이기도 하다.

이 일을 해내기에 앞서, 우리는 김유정 소설이 지향하는 이야기의 힘을 먼저 탐구해야 한다. 그 첫 번째 과제가 독자의 상상력을 자극하는 이야기의 원천을 확인하는 일이다. 엄미옥2018은 '주인공 '나'의 내적 고백을 듣는 독자는 그 바보스러움과 미숙함에 연민의 감정을 느끼며 마치 그 현장에 가 있는 것처럼 주인공 '나'가 겪고 있는 상황에 빠져들게 된다엄미옥, 2018고 했다. 이와 같은 독자의 적극적인 반응을 불러일으키는 요인은 '나'라는 인물의 순수함에 있다. 이 인물의 눈에 비치는 세계는 아름답기 그지없다. 거짓을 꾸며내지 못하는 해맑은 심성의 인물 '나'의 고유성은 『동백꽃』의 주인 공 '나'가 보여주는 순수함과 중첩되며 김유정 소설이 지향하는 인간상을 나타내게 된다.

순수한 인간의 전형으로 묘사되는 주인공 '나'의 성격은 자연공간에 대한 작가의 인식을 반영한다. 「봄·봄」에서 '나'는 온종일 땅을 일구며 성실하게 살아가는 농부의 모습으로 그려지고 「동백꽃」에서 '나'도 소작농인 부모 밑에서 땅을 일구는 일을 천직으로 하는 인물로 제시된다. 그래서 두 인물의 일상은 대체로 땅을 갈거나, 농작물을 심거나 캐는 행동으로 드러난다. '나'는 낮이 되면 논과 밭으로 가 땅을 일구고 가축을 길러낸다. 이러한 농부의 생활 방식이 땅과 흡착되어 살아가는 인간 본연의 순수함으로 그려지며 그들이 하는 노동의 가치를 숭고하게 만든다. 절기에 따라 농작물을 심고 수확하는 일은 따로 배움이 필요 없는 자연 그대로 삶을 지향하는 작가의 자연관과 생명의식을 반영한다. 그래서 권채린2010은 자연과 고향 그리고 가족공동체를 동일 선상에 두었다는 점이 김유정 소설의 향토성이 갖는 특이점이라고 밝혔다. 이와 더불어 서동수2015도 김유정의 수필과 소설에서 제시된 자연 공간을 고향의 의미와 함께 가족이라는 공동체의 의미를 밝히며 이러한 공간의식을 작가의식의 발로로 분석한 바 있다.

이제껏 '나'라는 인물은 여성 인물의 다채로움과 생동감에 비해 다소 무능하게 여겨지며 수동적 인물로 여겨져 왔다. 그러나 노동과 생명의 가치를 중시하고 가족공동체를 위시하는 면모는 이런 측면에서 보자면, 자연의 순리대로 평화로운 삶을 살아가려는 태도로 여겨진다. 그렇다면 주인공 '나'의 성격을 새롭게 구축하는 정보는 어떻게 얻을 수 있을까. 먼저 「봄·봄」에서는 나가 장인과 대화하는 도중에 자신이 점순과 혼례를 올리지 못하는 이유를 설명하는 장면에서 그 단서를 찾을 수 있다.

> 이 자라야 한다는 것은 내가 아니라 장차 내 아내가 될 점순이의 키 말이다. (…중략…) 하지만 점순이가 아직 어리니까 더 자라야 한다는 여기에는 어째 볼 수 없이 그만 벙벙하고 만다. (…중략…) 물동이를 이고 들어오는 점순이를 담배통으로 가리키며 "이 자식아 미처 커야지. 조걸 무슨 혼인을 한다고 그러니 원" 하고 남의 낯짝만 붉게 해주고 고만이다. 골 김에 그저 이놈의 장인님, 하고 댓돌에 메 꽂고 우리 고향으로 내뺄까 하다가 꾹 참았다. 「봄·봄」

'나'는 결혼하기 위해 고향을 떠나 남의 집 머슴살이를 하고 있다. 자신을 부려먹는 장인의 속셈을 뻔히 알면서도 그는 '아직 어린아이'처럼 작은 키의 점순을 강제로 아내로 맞겠다고 성을 내지도, 그렇다고 다시 고향으로 도망치지도 않는다. 그 이유는 바로 점순이 아직 더 자라야 하는 어린아이기 때문이다. 이 명분은 어쩌면 장인보다도 자연의 순리대로 살고자 하는 '나'에게 더 위력적이다. 그래서 점순이와의 혼례를 오랫동안 간절히 염원해온 '나'는 인내하며 점순이의 성장을 기다린다. 나의 도덕성과 윤리의식은 혼잣말로도 장인에게 '님'이라는 호칭을 붙이는 온건한 태도에서 다시금 드러난다. 나에게 점순은 장차 자신이 맞이할 아내이자 배우자로, 함부로 소유권을 논할 대상이 아니다. 따라서 나의 순박함과 감정 절제는 삶을 지탱케 하는 기반인 땅과 가족을 보존하려는 주체의 의지와 인내로 여겨진다. 그래서 나에게 가장 큰 난관은 끝없는 노동도 허기짐도 아닌 바로 자라지 않는 점순이의 '몸'이다. 멈춰버린 점순이의 키는 자연의 순리에 어긋난 현실의 불합리함을 나타내며 '나'가 점순의 외모를 설명하는 장면에서 잘 드러난다.

점순이는 뭐 그리 썩 예쁜 계집애는 못 된다. 그렇다구 개떡이냐 하면 그런 것도 아니고. 꼭 내 아내가 돼야 할 만치 그저 툽툽하게 생긴 얼굴이다. 나보다 십년 아랫니까. 올해 열여섯인데 몸은 남보다 두 살이나 덜 자랐다.「봄·봄」

나에게 점순은 이미 '내 아내'로 점찍어져 있다. 그래서 얼굴 생김새마저 내 아내가 될 만큼 생겼다고 단정하고 있다. 단지 점순이 지금 자신의 아내가 될 수 없는 데는 남보다 '두 살'이나 덜 자란 키뿐이다. 따라서 나와 점순의 혼례를 방해하는 것은 장인의 훼방이 아니다. 바로 인간의 힘으로 어찌할 수 없는 자연의 순리, 바로 환경이 되는 것이다. 바로 이 지점에서 나라는 인물을 둘러싸고 있는 땅의 의미, 자연과 환경에 맞서는 인간의 의지가 발현된다. 그로인해 '나'의 아둔함은 욕망 절제와 인내로, 순수함은 도덕성과 윤리의식으로 가시화된다. 이는 「동백꽃」에서 확인된다.

동네에서 소문났거니와 나도 한때는 걱실걱실 일 잘하고 얼굴 예쁜 기집애인 줄 알았더니 시방보니 그 눈깔이 꼭 여우같다. 나는 대뜸 달려들어서 나도 모르는 사이에 큰 수탉을 단매로 때려 엎었다. (…중략…) 그리고 나는 멍하니 섰다가 점순이가 매섭게 눈을 홉뜨고 닥치는 바람에 뒤로 벌렁 나자빠졌다. (…중략…) 나는 비실비실 일어나며 소맷자락으로 눈을 가리고는, 얼김에 엉하고 울음을 놓았다. 그러자 점순이가 앞으로 다가와서, "그래 너 이담부턴 안 그럴 테냐?"하고 물을 때에야 비로소 살길을 찾은 듯 싶었다. 나는 눈물을 우선 씻고 뭘 안그러는지 명색도 모르건만, "그래" 하고 무턱대고 대답하였다.「동백꽃」

그러므로 점순이란 존재는 별다른 걱정 없이 살던 나의 삶을 위기에 봉착하게 만드는 특별한 존재다. 공교롭게도 두 작품 모두에서 주인공 '나'의 마음을 뒤흔들고 평화로운 일상을 뒤흔드는 대상은 바로 점순이라는 16살 여자아이다. 「봄·봄」의 나는 점순이를 곧 자신의 아내로 맞이하기 위해 고군분투하고, 그녀의 말 한마디에 살고 죽는다. 반면, 「동백꽃」의 나는 점순이가 하는 행동을 이해할 수 없어 답답하다. 점순이는 자신이 함부로 대할 수 없는 존재로 그녀의 행동은 집안의 재산인 장닭을 잃을 위험에 처하게 한다. 곤경에 빠진 '나'가 겪는 심적 고통은 점순이와의 관계가 어긋나면서 시작된다.

　따라서 이 역시 애정 관계로 발생 된다고 볼 수 있다. 나는 제대로 자기감정을 표현할 수 없을 만큼 위축된 상태다. 그래서 점순이가 하는 행동은 '나'의 행동에 영향을 끼친다. 장인과 싸우게 하거나 닭싸움을 하다 도망치게 만든다거나 자기 생활 전반을 흔들만한 위기 상황에 봉착하게 한다.

　그러나 궁극적으로 이 모든 행위의 결과가 곧 점순이에 의해 마무리된다는 점에서 나의 안위는 점순이와의 애정 관계로 결정된다. 따라서 「봄·봄」의 나는 장인에게 다시 속아 논에 일을 하러 가고, 「동백꽃」의 나는 점순이에게 끌려가듯 동백꽃 아래로 넘어지는 것이다. 그래서 인물이 느끼는 감정이 변할 때, 그가 바라보는 시선에 따라 드러나는 공간 역시 변화하게 된다.

　두 작품 속에서 그려낸 '나'라는 인물에게 사랑은 밥을 배불리 먹은 것처럼 마음을 풍족하게 하는 만족감으로, 또 온몸을 가누기 힘들 정도 자신을 쓰러지게 만드는 무게감으로 가씨화된다. 애욕과 욕정과는 거리가 먼 순수한 애정으로, 「봄·봄」의 나에게는 점순이의 작은 키가 「동백꽃」의 나에게는 감자 한 알이라는 먹을거리로 두 사람 사이를 갈라놓는 요인으로 인식된다. 이 별거 아닌 관계가 어느 순간에 달라지는 데는, 바로 그들의 마음을 요동치게 만드는 인물 점순이의 성격과 태세 전환이라는 극적 변화 요인에 있다.

다시 말해 인물 '나'의 감정과 생각에 변화를 주는 점순이라는 존재는 감정적 끌어당김이야말로 인간 내면에 응축된 욕망을 표출하는 기제가 된다는 사실을 알려준다. 그러므로 평범한 두 인물의 담화는 인간 심리에 기반을 둔 텍스트로, 본능과 생존의 문제를 다루게 한다.

'나'라는 인물의 순수함이나 남녀 간의 '사랑'이란 주제는 불합리한 사회 체제에 순종하는 온순한 인간과 새로운 세계로 나가려는 인간 욕망의 실현으로 여겨지며 이 두 가치 체계를 봉합해내고자 한 김유정의 세계관을 상징하게 된다. 사랑에 빠진 두 남녀나 사랑을 얻고자 하는 인물의 모습에서 불합리한 사회에 저항하기보다는 평화와 화해를 염원하는 작가의식이 드러나는 것이다. 이는 두 남녀가 사랑을 확인하는 순간, 일시적으로 시공간이 정지하는 '멈춤'의 시공간으로 드러나게 된다. 부조리한 사회도 갈등 상황도 이 멈춰진 시공간 속에서 소급되어 사라진다.

4. 맺음말

한국문학에서 김유정의 소설만큼 오랫동안 대중적 인기를 누려온 작품은 찾기 어려울 것이다. 김유정의 「봄·봄」과 「동백꽃」은 마치 시차를 두고 써내려 이야기처럼 인물 나의 성장사로 읽힌다. 이와 같은 캐릭터의 영속성은 아마도 작가 김유정에게도 순수하다 못해 아둔하기까지 한 '나'라는 인물과 그 인물이 들려주는 이야기가 유의하게 작용했음을 나타낸다. 그래서 인지 이 두 작품은 마치 하나의 작품처럼 엮어져 공연되는 경우가 많았고, 그만큼 '나'라는 인물은 독자와 대중에게 강렬한 인상을 남기며 누구에게 익숙한 이야기로 각인되었다. 그 배경에는 한국인에게는 마치 하나의 명사처럼 순수한 인간의 전형으로 군림하는 '나'라는 인물이 있다.

TV 드라마와 영화로 수차례 다뤄질 만큼 「봄·봄」과 「동백꽃」의 '나'라는 인물의 서술성은 매력적이다. 어떤 이야기가 계속 생명력을 갖고 세대를 넘어 이어지는 데는 그 이야기 속 인물이 사람들에게 주는 영향력이 결정적인 역할을 한다. 사람들에게 '나'라는 인물이 들려주는 이야기는 내 안에도 존재하는 '순수함'을 발견하게 만든다. 순수한 사랑에 대한 미묘한 감정을 그려내는 단순하면서도 보편적 이야기는 평범한 우리들의 일상을 특별한 이야기로 탈바꿈한다. 따라서 한 인간의 내면의식에 투영된 일상, 삶과 결혼 그리고 감정들은 극적이지 않은 것을 극적으로 표현해는 강력한 이야기의 힘을 보여준다.

참고문헌

1. 1차 자료

김유정, 전신재 편, 「봄·봄」·「동백꽃」, 『원본 김유정 전집』, 강, 1997.

2. 단행본

김유정학회, 『김유정의 귀환』, 소명출판, 2012.

김용수, 「포스트-프로덕션 시대의 연극과 관객-인지과학, 뉴미디어, 그리고 관객 체험」, 『드라마학회 추계 발표회』, 한국드라마학회, 2020.

김윤희, 「소설과 연극의 이야기-『빛의 제국』을 중심으로」, 『우리문학연구』 52, 우리문학회, 2016.

김양선, 「1930년대 소설과 식민지 무의식의 한 양상-김유정 소설에 나타난 향토의 발견과 섹슈얼리티를 중심으로」, 『한국근대문학연구』 5(2), 한국근대문학회, 2014.

이상란, 『희곡과 연극의 담론』, 연극과 인간, 2003.

이상진, 「문화콘텐츠 '김유정', 다시 이야기하기-캐릭터성과 스토리텔링을 중심으로」, 『현대소설연구』 48, 한국현대소설학회, 2011.

이금란, 「김유정의 〈봄·봄〉과 HD TV 〈봄, 봄봄〉의 서사변용 연구」, 『한국문학과 예술』 17, 숭실대 한국문학과예술연구소, 2015.

이대범, 「김유정 원작소설의 영화화 양상 연구-영화 〈봄·봄〉과 〈땡볕〉을 중심으로」, 『어문론집』 54, 중앙어문학회, 2013.

엄미옥, 「봄봄의 OSMU와 스토리텔링 양상 연구」, 『우리말글』 79, 우리말글학회, 2018.

시모어 채트먼, 한용환 역, 『이야기와 담론』, 고려원, 1990.

주창윤, 「텔레비전 드라마의 미학적 성격」, 『한국극예술연구』 23, 한국극예술학회, 2006.

전상국, 『김유정-시대를 초월한 문학성』, 건국대 출판부, 1995.

전신재 편, 『문학의 전통성과 근대성』, 한림대 아시아문화연구소, 1997.

_____, 「김유정 소설의 설화적 성격」, 『김유정의 귀환』, 소명출판, 2013.

표정옥, 「상호텍스트성에 의한 소설텍스트 재구성으로써 영상화」, 『서강인문논총』 21(0), 2007.

_____, 「〈비보이를 사랑한 발레리나〉와 김유정 문학의 축제적 상상력 연구-놀이적 상상력과 축제적 상상력의 상호 연관을 통해」, 『인문과학연구』 9(0), 대구가톨릭대

인문과학연구소, 2008.

표정옥, 「현대문화와 소통하는 김유정 문학의 놀이 상상력」, 『김유정의 귀환』, 소명출판, 2013.

홍순애, 「다문화사회의 문학적 상상력과 교육방안 연구 – 다문화소설을 중심으로」, 『한중미래연구』 6호, 2016..

1930년대 김유정 소설에 나타난
'금金'과 경제적 상상력의 표상 *
조선 후기 야담 〈개성상인開城商人〉과 비교를 중심으로

김연숙 · 진은진

1. 들어가며

이 글은 1930년대 김유정의 소설을 주 텍스트로 삼아, 이를 조선 후기 야담 〈개성상인開城商人〉과 비교하면서 '금'을 통해 경제적 상상력이 표상되는 방식을 살펴보고자 한다. 조선 후기 야담과 1930년대 소설에서 '금'은 무엇보다도 현실적 욕망을 드러내는 표식이다. 또 한편으로 '금'은 보물—귀한 존재—라는 실물가치이자, 화폐의 교환가치로도 환산되는[1] 복합적 의미가 있다. 이런 까닭에 '금' 이야기에는 추상적 가치 인식과 함께 구체적이고 현실적인 가치 인식이 혼재되어 있고, 이를 통해 경제적 상상력의 변화 양상을 살펴보기에 적합하다.

이 글은『우리문학연구』71호(우리문학회, 2021)에 수록된 글을 일부 수정, 재수록하였다.
[1] 특히 1800년대 영국을 시작으로 독일, 네덜란드, 노르웨이, 스웨덴, 덴마크, 프랑스, 일본 등 주요 국가들이 채택했던, 금본위제(金本位制, Gold standard)가 그러한 특성 즉 화폐와 금의 가치가 연동되었음을 분명하게 보여준다.

한편 조선 후기와 1930년대의 서사를 비교하는 것은 다음과 같은 이유 때문이다. 조선 후기가 자본주의적 사회경제 변화로의 첫 단계라면, 1930년대는 식민지배의 일상화가 고착되면서 자본주의적 풍조가 확산되었던 시기이다. 1930년대는 소위 '황금광시대'라 불릴 만큼 조선 곳곳에서 열광적인 골드러쉬gold rush 풍조가 일어났으며, '금'을 소재로 한 문학작품 및 신문기사, 잡지 담론 등이 넘쳐났던 시기이기도 하다. 이는 그 당시 사람들의 사치나 허영심만으로는 좀처럼 설명되지 않는 현상으로, '금'은 언제나 있었던 초역사적·보편적 욕망이 아니라 1930년대식 근대 사회 유지에 필수적이었던, 산업화·제도화된 욕망의 대상[2]으로 작동한다. 이때 "1930년대식"이란, 바로 자본주의의 경제적 상상력이 전면화되는 시대적 분위기를 말한다.

1930년대의 대표적인 문인으로 손꼽히는 김유정은 토속적이며 향토적인 작가로 자리매김되어왔으며, 또 한편으로는 자전적 경험을 바탕으로 한, 이른바 금광 3부작으로 불리는 「금따는 콩밭」1935, 「노다지」1935, 「금」1935을 창작했고, 그 외 「봄밤」1936, 「연기」1937 등에서 금광 열기를 사실적으로 반영한 작가로 알려져 있다. 기존 연구에서 김유정의 소설은 채무자, 도박꾼, 구두쇠, 수전노, 마름, 탐욕·방탕한 사람, 소작인, 유랑민, 들병이, 금광꾼, 여급 등의 인간군상을 중요하게 다루고, 이들을 통해 돈의 욕망과 근대 자본주의적 양상을 핍진하게 드러낸다고 평가받아왔다. 대부분의 연구는 김유정의 소설 속에 작가의 자전적 경험이 사실적으로 투영되어 있는 점, 돈의 욕망 앞에 무너지는 인간군상의 심리와 상황을 적나라하게 보여주는

---

2   전봉관, 「1930년대 금광 풍경과 '황금광시대'의 문학」, 『한국현대문학연구』 제7집, 한국현대문학회, 1999, 89면.

점 등을 주목하면서, 특히 '금' 소재 소설들이 소위 '황금광시대'의 세태를 비판하고 있다고 지적한다.[3]

김유정의 '금' 소재 소설에서 일차적으로 드러나는 것은 황금광시대의 풍경과 등장 인물들의 탐욕스러운 치부 의지이다. 소설 곳곳에서는 금을 캐는 장면이 구체적이고도 생생하게 서술되며, 금을 획득하기 위해서라면 무슨 짓이든 할 수 있고「노다지」, 「금」, 순박했던 사람들마저도 탐욕스럽게 변해가고「금 따는 콩밧」, 「봄밤」, 금에 집착한 나머지 꿈속에서도 금을 캐내는「연기」 등 황금광시대에 타락해가는 인간의 모습이 여실히 그려지고 있다. 이러한 점에서 기존 연구는 김유정의 문학세계 전반을 아우르는 합당한 평가이지만, 김유정의 '금' 소재 소설에 드러난 '탐욕'은 좀더 세밀하게 고찰할 필요가 있다. 주지하다시피 자본주의는 인간의 욕망을 가속화한다. 그것은 소위 '화폐의 마력' — 보편성과 전능성 — 이 발휘된 결과이며, 이로 말미암아 돈에 대한 이해관계로만 얽힌 새로운 세상이 창출되었다고 단언하기까지 한다.[4] 그렇다면 김유정의 1930년대 소설로부터 [식민지적 궁핍 → 시대적 · 제도적 금광 열풍 → 식민지 조선인의 탐욕]이라는 도식을 추출하는 것은 지나치게

---

3 김유정 소설에 나타난, 황금욕망/세태 비판에 주목하는 대표적인 연구는 다음과 같다. 김승종, 「김유정 소설의 "열린 결말" 연구」, 『현대문학이론연구』 53, 현대문학이론학회, 2013, 5~28면; 이미나, 「1930년대 '금광열'과 문학적 형상화 연구」, 『겨레어문학』 55호, 2015, 109~141면; 전봉관, 「김유정의 금광 체험과 금광소설」, 김유정학회 편, 『김유정의 귀환』, 소명출판, 2012, 146~164면.; 차희정, 「김유정 소설에 나타난 한탕주의 욕망의 실제-「소낙비」, 「금따는 콩밧」, 「만무방」을 중심으로」, 『현대소설연구』 제64호, 한국현대소설학회, 2016, 365~398면. 한편 "금광을 전전한 경험이 없었다면 도저히 상상하기 어려운 서사와 금점꾼들의 질펀한 언어"에 대해 고평하는 서술을 감안하면(전봉관, 위의 글, 158면), 야담의 작법 논리 — 전기수들의 이야깃거리 수집과 이를 형상화 — 와 근대소설의 창작 논리가 유사하다는 점 또한 고려할 필요가 있다.

4 게오르그 짐멜은 현대 자본주의 사회에서 화폐는 "절대적인 수단"임에도 불구하고, 모든 목적의 최종점이 되어버렸으며 때문에 현대인의 심리구조에서 화폐적 가치는 마치 "신(神)과 같이 절대적인 존재"로까지 여기는 "감정이 분출"되었다고 지적한다(게오르그 짐멜, 김덕영 역, 『돈의 철학』, 길, 2019, 387~395면 참조).

평면적일 위험도 있다. 화폐적 특성 즉 자본주의적 특성을 전제로 한 '탐욕'
이라는 측면에서 김유정의 '금' 소재 소설을 재접근해야 할 필요성이 있고,
이는 전통적인 치부담의 요소가 근대 자본주의 양상에서 어떻게 드러나는
지를 살펴보는 과정에서 더욱 확연하게 그 의미가 드러날 것이다.

　이상과 같은 판단 아래, 이 글에서는 기존 연구 성과를 바탕으로 치부담
유형의 야담 〈개성상인開城商人〉과 김유정의 '금' 소재 소설을 연속선상에서
살펴봄으로써, '금'을 둘러싼 서사를 통해서 경제적 상상력이 조선에서 어
떻게 담론화되고 있는지, 자본주의적 변화가 어떻게 삶을 재구조화하고, 집
단적 감각으로 각인되어나갔는지를 분석하고자 한다. 이를 통해 사회현실
을 반영하는 문학적 형상화의 방식과 그 효용 가치도 가늠해볼 수 있으리라
기대한다.

2. 조선 후기 야담에 나타난 '금'과 경제적 상상력

　조선 후기 경제적 변동과 이에 따른 '경제'에 대한 새로운 인식은 '돈'이
나 '치산', '치부'에 대한 태도나 인식에도 변화를 가져왔다. 특히 「흥부전」
을 비롯한 조선 후기 소설이나 야담에서는 화폐 경제의 발달과 그로 인한
현실적 변화를 구체적으로 목격할 수 있다. 임형택은 「흥부전」이 "농촌사
회 내부로부터 봉건 사회 질서가 분해되는 과정에서 자본주의 맹아가 차츰
돋아나고 있었으며 이에 따라 봉건적·농촌공동체적인 인간관계가 변모되
고 있"는 조선 후기 역사적 현실을 사실적으로 반영하고 있다고 보았고,[5]

5　임형택, 「흥부전의 현실성에 관한 연구」, 『문화비평』 4호, 1969, 인권환 편, 『흥부전 연구』, 집

정하영도 조선 후기 실학파에서부터 달라진 경제 문제에 대한 시각이 「허생전」을 비롯한 한문 단편이나 야담집의 치부담 등에서 표면화되고 있다고 보았다.[6] 이원수는 조선 후기 치부담이 집중적으로 출현하고 있다는 데 주목하면서 "궁핍한 경제 상황에서 비롯된 부에 대한 관심과 욕망의 증가, 영농법의 발달과 상공업의 발흥 등 경제 환경의 변화에 따른 급격한 부의 재편과 집중, 실용적 가치관의 확산에 따른 부에 대한 사회적 인식의 변화 등 조선 후기의 구체적인 역사 동향을 그 배경으로 하고 있"다고 밝힌 바 있다.[7] 특히 이재운의 『해동화식전』[8]이라는 거부열전의 등장은 청빈한 삶을 통해 자기 수양의 윤리를 중시했던 사대부들의 전통에 반기를 든 것으로 해석할 수 있는데, 이는 조선 후기 '부' 혹은 '치부'에 대한 관심과 인식의 변화를 분명하게 보여주는 지점이다.

'부'에 대한 욕망은 시대를 막론한 보편적인 욕망이다. 따라서 구비 설화에도 치부담이 광범위하게 존재하기는 하나, 합리적 인과성보다는 상상력에 치중하는 구비 설화의 장르적 특성상 구비 설화에서 '부'란 애초에 날 때부터 타고나는 것이거나 도깨비, 명당, 복 많은 여성 등과 같은 우연한 기회를 통해, 혹은 선善에 대한 보응報應의 결과로 획득하게 되는 경우가 많다.[9]

문당, 1991, 316~317면에서 재인용.

6 정하영, 「치부담에 나타난 윤리관—한문단편 '귀향'을 중심으로」, 『이화어문논집』 9, 이화어문학회, 1987, 152면.

7 이원수, 「조선 후기 치부담의 성격과 의미」, 『인문논총』 18집, 경남대 출판부, 2004, 112~113면.

8 이재운, 안대회 역, 『해동화식전』, 휴머니스트, 2019; 한편 『해동화식전』에 대한 논의는 안대회, 「이재운의 『해동화식전』과 거부열전」, 『한국실학연구』, 37호, 한국실학연구회, 2019, 301~342면 참조.

9 이에 대해 천혜숙도 구비 설화의 부자 이야기가 "부에 대한 민중적 선망과 상상이 담론화된 것"이라고 보면서 "구전되는 부자 이야기는 부와 재복이 신성한 타계에서 온다는 신화적 사유, 편중된 부와 사회적 환원에 대한 전설적 논쟁, 그리고 엄청난 부에 대한 파격적 상상이 펼쳐지는 민담적 향유의 세계를 보여"준다고 보았다(천혜숙, 「부자 이야기의 주제와 민중적 상상력」,

그 결과 구비 설화에서는 '부자가 되었다'는 결과만 강조될 뿐 치부의 매개가 분명하게 드러나는 경우는 흔하지 않은데, 구비 설화에서 치부 과정이나 치부의 매개가 드러나는 경우 금이나 보화, 쌀 등이 중요한 요소로 등장한다. 반면, 조선 후기 소설과 야담에 나타나는 치부의 매개는 주로 돈/화폐여서 구비 설화의 치부 매개와는 차이가 있다.

예를 들어 「흥부전」을 살펴보면, 소설과 구비 설화의 확연한 차이를 알 수 있다. 최남선이 '몽고의 흥부 놀부'라고 소개한 '박 타는 처녀'에서는 제비 다리를 고쳐 준 착한 색시의 박에서 '금은주옥과 기타 갖은 보화'가 나오는데, 소설 「흥부전」의 흥부박에서는 '돈궤'가 나오는 것이다. 또한 첫 번째 박에서 나온 청의동자는 개안주, 불노초와 불사약 등 온갖 약을 주면서 "갑스로 의논ᄒ면 억만냥이 넘ᄉ오니 미미ᄒ여 쓰옵소셔"[10]라고 한다. 청의동자의 진귀한 약은 치유와 무병장수, 불로장생의 의미를 넘어서 화폐 즉, 경제적 가치로 환산되고 있음을 보여주고 있는 것이다. 놀부박의 경우에도 마찬가지다. 설화 「박타는 처녀」에서는 제비 다리를 일부러 부러뜨리고 치료를 해 준 '심사 바르지 못한' 이웃의 '색시' 박에서 '무시무시한 독사'가 나와 색시를 물어 죽인다.[11] 그러나 놀부 박에서는 가얏고쟁이, 사당패, 상여꾼들이 나와 놀부에게 '돈'을 요구한다.[12] 즉, 조선 후기에 이르면 '돈'이 '부'의 매개로 등장하고 있는 변화를 확인할 수 있는 지점이다.

『구비문학연구』 제29집, 한국구비문학회, 2009, 37~74면).
10 경판 〈흥부전〉 9뒤.
11 최남선, 「몽고의 흥부 놀부」, 『동명』 12호, 1922, 14~15면 참조.
12 일찍이 임형택은 「흥부전」을 사회경제사적으로 분석하면서, 이 작품이 화폐경제 체제에 들어섰음을 의미한다고 밝힌 바 있다. 「흥부전」에서 흥부 부부가 농지를 잃고 품팔이로 연명을 해 보려 하지만 가난에서 벗어날 수 없었던 점, 놀부 박을 타러 온 째보가 놀부와 품삯을 두고 거래하는 점, 놀부 박에서 나온 각종 군상들이 놀부에게서 돈을 받고서야 물러가는 점 등을 통해 「흥부전」이 향유되던 당시에 이미 '돈'이 중요한 의미를 지니고 있었다는 사실을 지적한 것이다(임형택, 앞의 글, 316~317면).

바꿔 말하면, 아직 화폐 경제가 확립되지는 않았던 조선 후기는 치부의 매개로 '돈'과 함께 환금성을 지니는 재화들이 공존하고 있었던 것인데[13] 화폐 경제의 성장에 따른 폐단을 비판한 이익의 글을 보면 재화에 대한 조선 후기의 이러한 전환기적 인식이 잘 드러난다.

> 저 돈이 보화로 취급되는 이유는 어디 있는가? 금은 주패珠貝의 재질처럼 귀함이 있는가? 능라 금수의 무늬처럼 아름다움이 있는가?[14]

이익은 '금은 주패'나 '능라금수'는 귀함과 아름다움 때문에 재화로서의 가치를 지니지만 '돈'은 그렇지 않음에도 '보화'로 취급되는 것을 비판하고 있다. '돈'과 '금'을 동일시하여 돈을 탐하는 세태를 비판하고 있는 것으로, 아직 '돈/화폐' 중심의 근대적 경제 이전의 인식을 보여주고 있는 것이다. 전근대적 경제 구조에서 근대적 경제로 탈바꿈하고 있던 이 시기 '금'은 '돈'과는 달리 추상적이고 막연한 '부'를 상징하는 동시에 교환 가치/환금성을 가지고 있기도 했던 것을 알 수 있다. 요컨대, '금'은 귀한 보물이라는 전통적인 인식 하에 교환가치/환금성에 대한 인식을 드러내기도 하지만, '돈'과는 구별되는 막대한 재화 혹은 엄청난 부 등의 비교적 추상적인 가치 판단 또한 공존하고 있었던 것이다. 이러한 조선 후기 '금'에 대한 인식의 혼재는 경제에 대한 인식을 반영하는 것이기도 하다는 점에서 주목할 만하다.

---

13 정충권은 초기 이본인 경판 〈흥부전〉과 신재효 〈박타령〉을 비교하면서 제3박에서 노적이 등장하는 경판본의 흥부박사설과 달리, 신재효본에서는 경판본에서는 등장하지 않던 쌀궤와 돈궤가 등장하고, 비단타령도 비중이 높아진다는 점을 주목한다. 노적에 비하여 교환가치가 우위에 있는 돈이나 비단, 쌀의 등장했다는 것은 재화에 대한 새로운 인식을 보여주는 것이라고 평가한다(정충권, 「경판 〈흥부전〉과 신재효 〈박타령〉의 비교」, 『판소리연구』 12, 판소리학회, 2001, 정충권, 『흥부전 연구』, 월인, 2003, 93~130면에서 재인용).
14 이익, 「전론(錢論)」, 『곽우록(藿憂錄)』, 『성호사설』, 민족문화추진회, 1966.

조선 후기 야담 〈은항아리銀甕〉[15]나 〈송유원宋有元〉[16]에 나오는 '은銀'은 귀한 가치를 지닌 보물이라는 의미에서 크게 벗어나지 않으며, 그것의 경제적 가치보다는 하늘에서 내리는 복이거나 경계해야 할 재화로서의 의미가 강조된다.[17] 그래서 자식이 방탕해질 것을 두려워한 어머니가 자식이 성공하기 전에는 '은항아리'의 존재를 알려주지 않는다거나〈은항아리(銀甕)〉, 갑자기 얻게 된 '은단지'를 운용할 방도를 찾지 못해 남에게 위탁하는〈송유원(宋有元)〉 정도로 그려진다. 따라서 이들 작품에서 강조되는 것은 '성실하게 인생을 살아가는 자세'[18]나 천복天福을 받기에 마땅할 인간적 가치를 갖추는 일이다. 즉 화폐 중심 경제가 확립되기 이전의 부와 재화에 대한 전통적 사유를 보여주는 이야기들인 것이다.

이에 비해 〈개성상인開城商人〉은[19] '금'에 대한 풍부한 서사를 담고 있는데, 작품 곳곳에서 전근대적인 상상력과 근대적인 상상력이 혼재된 양상이 드러난다. 우선 〈개성상인開城商人〉은 이야기의 첫 단계에서 '조趙동지'가 열 살 남짓한 아이를 양자로 데려온 것은 "만석꾼이 될" "관상" 때문이라 밝히고 있다. '만석꾼' 즉 치부 여부는 타고난 운명에 따라 좌우된다는 것이니, 이는 전통적/전근대적인 상상력의 소산인 셈이다. 그런데 그렇게 데려온 아이가 어느 정도 장성한 이후, 아버지에게 도회로 나가 장사하겠다고 선언한다. 이러한 양자 '조생'의 독립선언에 대해 기특히 여기며 돈 5천 냥을 내주

---

15 이우성·임형택 편역, 『이조한문단편집』, 창비, 2018, 235~238면.

16 위의 책, 243~245면.

17 이때 '은'은 고유한, 개별 금속/광물을 지칭한다기보다는 '금은보화'라는 통상적인 어법에서처럼 귀한 보물의 대명사처럼 사용되었다는 점에서 이 글에서는 '금' 이야기와 같은 차원에서 비교했다.

18 특히 「은항아리」의 원제가 '掘銀甕老寡成家'라는 데서 알 수 있듯이 강조점이 "은항아리를 통해서 한 어머니가 성실하게 인생을 살아가는 자세"에 놓여 있다(위의 책, 238면).

19 위의 책, 131~137면. 이는 『청구야담』에 실려있는 「獲生金父子同宮」을 그대로 옮긴 것이다.

며 격려하는 아버지 '조동지'의 모습에서는 조선 후기에 이르러 변화한 인간 양상의 일단을 짐작할 수 있다.

조선 후기에 활발해진 상업활동은 상인이라는 경제행위를 통한 삶의 주체, 즉 근대적 개인주체의 원형을 형성하게 만드는데, 개성상인이었던 '조동지'의 집안은 그러한 경제적 가치관의 전통이 강하다.[20] 나아가 아들이 자기 삶의 주체로 살아나겠다는 결심을 표출하자 아버지는 이를 적극 지지하는데, 이때 아버지의 태도가 부자간의 서열을 전제로 한 허락이나 칭찬이라기보다는, 아들의 판단에 대한 동의["네 말이 옳고 말고"]와 함께 실질적이자 경제적인 후원돈 5천 냥을 하는 수평적 관계의 일단을 보여주고 있어 주목을 요한다. 그런데 그렇게 집을 나갔던 아들이 방탕한 생활에 빠져 들어, 가진 돈을 탕진하고, 우연한 기회에 금덩어리를 얻고 나서야 집으로 돌아올 수 있게 된다. 그 방탕의 원인으로 기생에게 혹해서 재물을 탕진했다는 전형적인 서사적 요소를 사용하고 있으며,[21] 개인회생의 과정이 우연한 발견/계략 등의 요소에 기인하고 있다는 점도 대단히 전통적인 서사 구성방식이자 전근대적 가치관이 반영된 부분이다.

어느날 기생이 관가 잔치에 불려가서 조생 혼자 집을 지키고 있었다. 그날 마침 큰 비가 내렸다. 조생이 집 안에서 어정대다가 마당에 금가루가 흘러나온 것을 발견했다. 어디서 나왔는지 근원을 찾아가보니 뒷마당으로 쭉 이어져서 바로 방문 앞 섬돌로부터 흘러나온 것이었다. 그 자리에서 금가루를 쓸어 모으

---

20 독립을 선언하는 아들의 말에 아버지는 "우리 송도 사람은 소싯적부터 돈벌이로 나서는 게 관례"라고 말하면서 흐뭇해한다(위의 책, 132면).
21 남성의 방탕 서사에 기생이 매개되어 있고, 또 이후 부흥하게 되는 계기도 기생집의 보물이라는 서사적 요소는 여타 야담이나 이야기들에서 종종 등장하는 것들이다. 대표적으로 유몽인의 「尤孔金八字」이 그러하다(위의 책, 137면 참조).

니 착실히 몇근은 됨직했다. 그리고 섬돌을 살펴보니, 얼핏 보기는 다듬잇돌 같으나 통째로 생금덩이가 아닌가. (…중략…)

"고맙네, 고마워. 단 한 가지 소원이 있네. 뒷문 앞 섬돌을 날 주게나. 그 섬돌이 하찮은 물건이나 자네가 조석으로 밟던 돌이 아닌가. 내 이번에 돌아가는 길에 이 섬돌을 가져가서 자네 얼굴을 보는 듯 나의 마음을 위로하겠네."[22]강조─인용자

치부담의 주인공인 '조생'이 부를 획득하는 과정은 전적으로 외부적 요인이 작동한 우연한 결과이다. 그 내용을 "① 관가 잔치 → 혼자 있음, ② 비 → 금가루 흘러내림 → 생금덩이 발견"이라고 정리해보면, 외부적 요인이 결정적인 계기라는 것을 명확하게 알 수 있다. 또 위 인용문에서 강조한 부분에서처럼 '금덩어리섬돌'을 차지하기 위해, 기생에게 그럴듯한 거짓말을 꾸며대는 계략 사용도 민담이나 신화에 자주 등장하는 요소다.

한편 그렇게 획득한 금덩어리를 가지고 귀향한 '조생'은 곧장 아버지에게 이 사실을 알리는 것이 아니라 '아내를 시켜' 편지와 금가루를 전달한다. 원래 치부담 유형 민담에서도 '여성' 모티프는 높은 비중을 차지하는데[23] 이는 부를 외부적이고 우연적인 요소로 간주하는 사고방식때문으로, 개인의 이성적 판단과 선택 및 결정으로 경제적 이익을 얻고 그것을 축적하는 과정을 중시하는 자본주의의 경제적 상상력과는 다른 양상이다. 즉 전통적인 서사에서 '여성'이 치부과정에 중요하게 등장하는 것은 '부/여성'이 공히 타자성/외부성의 의미를 가지고 있기 때문이다. 따라서 〈개성상인〉에서도 '기생'과 '아내'의 등장은 전통적인 가치관이 투영된 부분이라 할 것이

---

22 위의 책, 132~133면.
23 천혜숙, 앞의 글, 44면 참조.

다. 그런데 비록 금덩어리가 기생 집에 있었던 것이기는 하지만, 기생-여성 부재의 상황에서야 비로소 금이 발견되었다는 점에서 여성적 요소의 약화라고 판단되며, '아내' 또한 마찬가지다. '아내'라는 여성적 요소도 '조생'의 치부과정에서 중요한 역할을 담당하거나 조력자의 구실을 하지 못하고, 그녀 스스로도 전후내막을 모르는 무지의 상태에서 남편의 심부름을 수행하는 단순가담자 역할만 하고 있다. 이로 미루어 볼 때, 〈개성상인〉의 치부과정에는 외부성의 요인이 현저히 약화되어서 나타나며, 이는 근대적 가치관으로의 변모 징후를 드러내는 것이라고 해석할 수 있다.

다음으로 '금덩어리'에 내재한 경제적 상상력의 변모를 살펴보자.

조동지가 받아서 편지를 뜯어보니 사연이 이러햇다.

소자의 다년간 소득은 비록 이것만으로도 지난날 제가 가져간 5천금에 거의 값할 듯하온데,
또 이보다 큰 것이 있기로 우선 이것으로 아뢰옵니다.

봉지를 열어보니 그게 전부 생금가루다. 그 가격을 따지자면 6,7천냥이 착실히 되는 것이었다. (…중략…)
"관상이 틀릴 리 없지. 네 관상을 보니 만석꾼이 될 상이더구나. 그래서 양자를 삼았더니, 오늘 과연 금덩이를 가지고 돌아왔구나. 이걸 녹여서 팔면 우리집 재산의 열 배는 되겠다. 이밖에 더 무엇을 바라겠니? 지난날 한때의 외도는 젊은이에게 항용 있을 수 있는 일이니라. 다시 입에 올릴 것도 없다. 어서 집으로 돌아가자."[24]

앞서 언급한 바와 같이 '금'은 보물—귀한 존재—라는 실물가치로서의 인식과 함께 화폐의 교환가치로도 환산되는 복합적 특성이 있다. 금뿐만 아니라, 모든 사물에 대해 전근대적 세계에서는 실물가치로서의 인식을 강하게 드러내며, 근대적/자본주의적 세계에서는 교환가치에 대한 인식이 거의 절대적이다. 특히 현대사회에서는 화폐를 기준으로 한 교환가치의 비중은 막강하여 그 물신화현상을 드러내기도 한다. 그런데 〈개성상인〉에서 '금'은 귀한 보물임과 동시에 그것이 돈이 될 수 있다는 막연한 환금성을 예상하는 수준을 넘어서서, "5천/6, 7천"이라는 구체적인 수치로 계산되는 재화이며, 아들이 가져온 금덩이 전체는 "녹여서 팔면" "열 배"가 된다는 이익 계산이 가능한 재화로 서술된다. 이는 자본주의 경제의 '계산가능성' 즉 화폐가치를 척도로 해서 서로 다른 사물을 비교하고, 그들의 사용가치/실물 가치는 배제한 채 오로지 화폐가치로만 사물의 가치를 환산한다는 특성을 정확하게 반영한 결과이다. 따라서 〈개성상인〉에 등장하는 '금'은 구체적인 이익 계산 과정을 보여주는 매개체이자, 그로 인한 이익을 축적하겠다는 개인의 경제적 욕망을 여실히 보여주는 소재라고 할 수 있다.

이후 아버지 '조동지'는 '조생'의 식솔을 모두 데려가고, 부자간이 화해하며 결합했다는 일종의 해피엔딩으로 이야기는 마무리되는데, 이야기가 종결된 이후에 서술자 논평에 해당하는 다음과 같은 단락이 덧붙여져 있다.

슬프다, 아비와 아들 사이가 금방 떨어졌다가 다시 합해지다니! 재물상의 이해가 개재되는 곳을 조심하지 않아서 되겠는가. 하나 시정의 부류이고 양부자의 관계이니 구태여 심하게 책망할 것은 없겠다.[25]

---

24 이우성·임형택 편역, 앞의 책, 134~135면.

위 인용문을 근거로 이우성·임형택 또한 "양부자의 관계도 윤리적으로 결합된 종래의 관계에서 이익사회의 현실적 관계로 바뀌어 철저한 실리주의적 사고를 보여주는 점이 이색적"이라고 평가한다.[26] 그런데 〈개성상인〉 원문에 수록된 논평적 서술 또한 조선 후기의 시대적 소산임을 감안할 때, "슬프다"는 것을 문자 그대로 비윤리성에 대한 비판이나 가치관 변화에 대한 경계로 해석할 수는 없다. 논평자 스스로도 "시정의 부류"로 한정하면서, "구태여 심하게 책망할 것은 없겠다"라는 일종의 묵인 내지 용인의 태도를 취하고 있기 때문이다. 그러나 〈개성상인〉의 결말 부분을 좀더 적극적으로 분석하면, 자본주의의 경제적 상상력에 따른 새로운 관계 공동체의 징후를 보여주는 것이라고도 할 수 있다.

주지하다시피 근대 국민국가의 성립에서 공동체가 결속하기 위해서는 언어·도량형·화폐의 통일이 요구된다. 이를 통해 서로 동등한 개인으로서의 위치를 부여받고, 평등한 관계의 연대를 통해 공동체를 형성하며, 개인은 공동체 일원으로서의 공통감각을 확보하는 것이다. 그렇다면 '조동지'와 '조생'의 화합은 물질적 이익으로 인해 인간관계가 좌우되는 세태변화를 보여주는 것이기도 하지만, 또 한편으로는 공통의 가치를 확인한 가운데 경제적 이익을 통해 결속력을 강화하는, 근대적인 공동체 구성 방식의 일단을 보여주는 것으로 파악할 수 있다. 결국 〈개성상인〉에 나타나는 '금'은 우연적이고 개인적으로 획득한 보물인 동시에 그것은 근대적인/자본주의의 경제적 상상력이 가해진 상황에서 조망되고 있었다. 등장인물들은 우연히 발견한 금덩어리를 구체적인 경제적 이익을 가져다 주는 대상으로 환산

---

25 위의 책, 136면.
26 위의 책, 137면.

하는 모습을 보여주었으며, 그 이익에 대한 가치 인식을 공유하는 공동체 연대방식의 징후까지도 드러낸 것이었다.

3. 김유정의 1930년대 소설 – 절대적 수단이자 목적인 '금'과 경제적 욕망

일본은 조선 전역에 대한 광산조사1911~1917를 실시하고 '조선광업령'1915을 공포하는 등의 식민정책을 통해 조선에서 일본인 이외 외국인의 광업권 취득을 금지함으로써 사실상 일본 자본에 의한 조선 광업권 독점의 길을 확보했다. 또 '조선광업령'에서는 "누구나 발견할 권리"와 "누구나 출원하면 캐게"할 권리를 인정하고, "국고보조"까지 받을 수 있게 만들어, 무한경쟁이나 다름없이 채굴을 부추기는 풍조를 확산시키는 결과를 낳았다.[27] 한편 1930년대 이후에는 전쟁이 본격화함에 따라 광물자원 약탈도 가속화되어 나갔다. 일본은 특히 전쟁수행에 필요한 물품의 지불수단인 금 생산에 각별한 관심을 기울였는데 '조선산금령朝鮮産金令'1937.9이 그 대표적인 예이다. 한편 1929년부터 거세진 세계적 대공황은 1930년에는 일본과 한반도에도 경제 공황을 야기시켰고, 이에 대응하기 위해 일본은 금본위제 복귀-정지 등의 정책 변동을 감행했고, 이는 일본-식민지 조선의 금값 폭등의 여파를 초래했다.[28]

이와 같은 시대 배경 속에서 조선인들은 총독부의 강제나 친일 여부와는

---

27 김종사, 『한국광업개사』, 한국자원공학회, 1989, 33~36면; 전봉관, 앞의 글, 95면.
28 일본은 1917년 제1차 세계대전 와중에 중지했던 금 수출을 1930년 1월 11일부로 허용함으로써 13년만에 금본위제로 복귀했고, 1931년 12월 13일에는 2년 동안 금본위제를 다시 정지했다. 이와같은 일련의 과정을 겪으면서 전자의 단계에서 30% 가치가 상승했던 금값은, 금본위제의 정지로 인해 3배이상 폭등했다(전봉관, 앞의 책, 213~290면).

상관없이 남녀노소를 가리지 않고 '금광꾼/금점꾼'이 되어 부자가 되겠다는 꿈에 부풀어 오르기 일쑤였다. 이 금광 열풍에 문인들이 가담하는 경우도 적지 않았다.[29] 그런데 기존 연구에서 김유정은 여타 문인들과는 달리 생계를 위해 "금광쟁이 뒷잽이"로 금광을 전전했다는 차이가 있다고 지적한다. 즉 김유정에게 금광은 부에 대한 욕망이 아니라, 더이상 내려갈 곳이 없는 막장과 같은 생존현장이었다는 것이다. 때문에 김유정의 금광 소설에는 브로커, 잠채꾼, 광부 등 금광과 관련된 군상들 중에서도 최하층민이 등장하며,[30] 내용면에서도 실제 금과 마주한 인간의 욕망을 형상화하는 현장성이 강하다는 특징이 있다. 이 글에서는 김유정의 소위 금광 3부작이라 불리는 「노다지」1935, 「금」1935, 「금따는 콩밧」1935과 「봄밤」1936, 「연기」1937를 구체적으로 살펴보고자 한다.

우선, 김유정의 '금' 소재 소설에는 자본주의적인 계산가능성과 교환가능성이 현실적으로 나타나며, 그것이 개인의 삶에 지대한 영향을 미치고 있다. 앞서 거론한 〈개성상인開城商人〉에서도 '금'을 화폐적 가치로 계산하는 아들과 아버지의 모습이 등장한 바 있다. 그런데 그때의 계산은 금가루/금덩어리 혹은 부분과 전체라는 양적인 차이에 따라 달라질 뿐, 아들과 아버지는 동등한 기준을 사용하며 그 계산 결과도 크게 다르지 않았다. 이에 비해 「금따는 콩밧」에서는 실물이 아니라 예상가능한 금을 대상으로, 서로 다른 인물이, 서로 다른 시공간적 기준을 전제로 한 복합적인 계산방식과 결과를 보여준다.

---

29 그 대표적인 문인으로는 김기진, 채만식 등을 들 수 있다. 조선일보 사회부장으로 근무하던 김기진은 경영난에 빠진 조선일보가 1933년 1월 금광 재벌 방응모에게 인수되자, 곧장 사표를 던지고 평남 안주에 가서 금광 사업에 뛰어들었고, 채만식은 셋째·넷째형들과 1938년 청주 금광 사업에 열성적으로 참여했다.
30 전봉관, 앞의 책, 151~153면 참조.

(가) 바로 이 산 넘어 큰골에 광산이 잇다. 광부를 삼백여 명이나 부리는 노다지판인대 매일 소출되는 금이 칠십 냥을 넘는다. 돈으로 치면 칠천 원. 그 줄맥이 큰산 허리를 뚫고 이콩밧으로 뻗어 나왔다는 것이다. 둘이서 파면 불과 열흘안에 줄을 잡을게고 적어도 하루 서돈식은 따리라. 우선 삼십 원만해두 얼마냐. 소를산대두 반필이 아니냐고.

(나) 따는 일년 고생하고 끽 콩 몇 섬을 얻어먹느니 보다는 금을 캐는 것이 슬기로운 즛이다. 하로만 잘만 캔다면 한해 줄것 공드린 그 수확보다 훨썩 이익이다. 올봄 보낼 제 비료값 품샀 빗해 빗진 칠원까닭에 나날이 졸리는 이판이다. 이렇게 지지하게살고 말빠에는 차라리 가루지나 세루지나 사내자식이 한번 해볼것이다.

(다) 안해는 안해대로의 심이 빨랏다.

시체는 금점이 판을 잡앗다. 스뿔르게 농사만 짓고잇다간 결국빌엉뱅이밖에 더못된다. 얼마 안 잇으면 산이고 논이고 밭이고 할것없이 다 금쟁이 손에 구멍이 뚫리고 뒤집히고 뒤죽박죽이 될것이다. 그때는 뭘 파먹고 사나. (…중략…) 올에는 노냥 침만 삼키든 그놈 코다리를 짜증 먹어 보겟구나만 하여도 속이 메질듯이 짜릿하엿다. 뒷집 양근댁은 금점덕택에 남편이 사다준 흰 고무신을 신고 나릿나릿 걸는 것이 뭇척 부러윗다. 저도 얼른 금이나 펑펑 쏘다지면 흰 고무신도신고 얼골에 분도 바르고하리라.[31]

인용문 (가)는 '영식'에게 콩밭에 금이 묻혀 있다며 채굴을 권하는 '수재'의 계산이고, (나)는 (가)의 계산을 듣고 난 이후 '영식'이 계산하는 방식이며, (다)는 그런 '수재'와 '영식'을 바라보는 '영식' 아내의 계산이다. (가)

---

31 김유정, 「금따는 콩밧」, 전신재 편, 『원본 김유정 전집』, 강, 2012, 68~69면.

에서 중요한 것은 예측가능성으로부터 현실적 가치를 환산해내는 것이다. '산 넘어 큰 골 금광실제→광맥 예측→채굴에 투여될 예상 시간과 인력→예상되는 금의 양→화폐가치 총량 환산→획득 예상이익 중 일부의 현물가치소(牛)'라는 구체적인 과정에는, 금광이 있는 산에서 광맥이 뻗어 있을 콩밭까지에 대한 공간적인 인식과 "열흘 안"에 광맥을 발견한다는 시간적 인식, "하루" 생산량을 예측하는 계산을 포함하고 있다. 또 마지막 단계에 이르러서는 이 계산을 받아들일 청자聽者인 '영식'이가 경제적 이익을 실감할 수 있도록 '소牛'라는 현물대상을 사용하는 등 다종다양한 요소를 두루 고려하고 있다. 작품 내에서 '수재'는 비교적 허세가 강한 인물로 종국에는 사기꾼일 가능성마저 내비치기는 하지만, 단지 그 때문에 능수능란한 언변이 가능하며 그로 인해 저러한 계산방식이 나왔다고 보기는 어렵다. '수재'의 금 채굴 계산은 허황된 공상이든 사악한 협잡이든 간에 대단히 논리적이고 이성적인 추론 과정으로부터 산출된 것이며, 이는 곧 자본주의적인 상상력의 산물인 셈이다.

이런 '수재'의 논리에 대응하는 '영식'의 생각도 구체적이다. 그는 '일 년 고생→콩 몇 섬' 대對 '하루 고생→금 획득'이라는 관계식을 세워놓고, 후자가 더 큰 값으로 계산되는 부등식이라는 것을 파악한다. 물론 여기에서 '금 획득'이 현실적으로 가능한지의 여부는 불분명하며, 금을 얻을 어느 '하루'가 특정시간으로 구체화되기도 어렵고 심지어는 미래未來로 끊임없이 지연되기 십상이라는 점 등은 전혀 고려되지 않는다. 따라서 '영식'의 계산은 근본적으로 비현실적이며 공상적인 논리일 뿐이지만, 그럼에도 불구하고 그것이 표면상으로는 시간 대비 결과 즉 자본주의 경제에서 효율을 측정하는 전형적인 방식이라는 점에서 주목을 요한다.

이러한 자본주의적 상상력은 인용문 (다)의 아내의 계산에 이르면 더욱 더 다양해진다. "스뿔르게 농사만 짓고잇다간 결국빌엉뱅이밖에 더못된다"는 아내의 논리는 놀랍게도 소위 상대적 빈곤/박탈감을 운운하는 현대 논리와도 일정 정도 유사하다. 그녀는 자신과 '뒷집 양근댁'의 처지를 비교해서 질투와 시기를 느끼며, 더구나 금광이 확장된다면 무분별한 채굴때문에 결국 농사짓기가 어려워질 수 있다는 대단히 현실적인 예측까지 하는 '빠른 셈'을 한다. 이러한 아내의 계산방식은 당대의 '신발견자 우대제도'[32]를 전제로 한 것이다.

금을 먼저 발견한 사람의 권리를 인정하는 제도는 사실상 식민지 자원을 약탈·착취하려는 의도에서 비롯되었지만, 일단 표면상으로는 모든 사람들에게 독립적인 개인 주체로서의 위치를 인정하고, 만인평등을 주창하는 방식이다. 따라서 자신이 획득한 부를 축적하고 확장시킨다는 경제적 개인의 자유로운 삶이 형식논리상으로는 성립한다. 이러한 세계에서 모든 "사물들의 관계는 상호 칭량秤量의 장으로 들어"서[33] 있게 되며, 교환이 가능한 상호 평등한 사물들의 관계는 곧 인간적인 범주에까지 영향을 미치게 된다. 따라서 인격적 가치평가에서도 화폐적 가치가 개입하고, 인간의 범주에서도 형식적이고 절대적인 평등의 논리화폐적 가치기준만이 작동하며 고유한 개인성과 같은 질적 영역은 사라지게 되고 만다.

그와 같이 변화한 세계를 보여주는 작품이 「노다지」이다. 이 소설은 금

---

32 신발견자 우대제도(新發見者 優待制度)는 '누구나 발견할 권리'를 인정하는 것으로, 매장된 금을 발견한 사람에게는 발견지점 양쪽의 연장 각 150미터씩의 구역을 6개월간 무분철[광주와 광산채굴자 간의 금 배분 비율을 무시하는 것] 채굴을 허가하는 정책이다(김종사, 앞의 책, 36면 참조). 이러한 시대적 배경을 감안하면, 아내의 셈속은 1930년대 신문·잡지에서 흔히 찾아볼 수 있는 당대의 세태였지 시골 아낙네의 근거 없는 허욕은 아닌 셈이다(전봉관, 앞의 책, 157면).

33 게오르그 짐멜, 앞의 책, 67면.

광을 돌아다니며 감돌[34]을 훔치는 잠채꾼[35]들의 이야기로, 금을 얻기 위해 폭력을 휘두르고, 갖은 음모를 꾸미며 배신하는 등 물질적인 이해관계 앞에서 인간성이 훼손되는 모습이 적나라하게 드러나 있다. 이때 각종 폭력과 음모에 원인이 되는 것은 금을 공평하게 "논으맥이노느매기"하는 문제였다.

> 아무러튼지 다섯놈이 설흔길이나 넘는 암굴에 들어가서 한시간도 채 못되자 감(광석)을 두포대나 실히 따올렷다. 마는 문제는 논으맥이에 잇엇다. 어떠케 이놈을 논흐면 서로 어굴치안흘가. 꽁보는 금점에 남다른 이력이 잇스니만치 제가 선뜻 맛탓다. 부피를 대중하야 다섯목에다 차례대로 메지메지 골고루 논앗든 것이다.[36] 강조―인용자

「노다지」에서 '꽁보'는 다섯 명에게 똑같은 양으로 금을 나누었다. 그것이 "우리가 늘하는 격식"이니, 가장 공정하다고 주장했지만 몇몇은 내가 이 구덩이를 먼저 팠다, 내가 여기로 데려왔다 등등 자신이 더 많이 기여했다고 주장하며 불만을 토로한다. 그 때문에 서로 주먹다짐을 벌이다 급기야는 '꽁보'가 돌 위에 패대기질을 당하는데, 이때 '더펄이'가 달려들어 '꽁보'를 때린 놈을 산비탈로 내던지며 그를 구해준다.

이처럼 금의 분배 때문에 싸움이 벌어졌지만, 사실상 분배에서 완전한 공평을 구현하는 것은 거의 불가능하다. 「노다지」에서처럼 양적인 평등/절대적인 평등을 실현했을 때조차 오히려 그것이 불평등하다고 문제 삼는 사람이 나타나며, 그 어떤 분배 방식을 택할지라도 모두가 공평하다고 인정하

---

34 유용한 광물이 어느 정도 이상으로 들어 있는 광석.
35 광물을 몰래 채굴하거나 채취하는 사람.
36 김유정, 「노다지」, 전신재 편, 앞의 책, 54면.

는 일은 사실상 어렵다. 원래 사회 정의란, 분배의 원칙을 결정하는 문제이지, 분배 이후의 균등한 결과를 보장하는 것은 아니다. 다만 전근대사회에서는 분배 논리가 신분질서에 따라 위계적/일방적으로 결정되는 경향이 강했다면, 근대 이후 소위 민주주의 사회에서는 사회적 계약으로서의 정의를 설정하고, 그 원칙을 공동체 구성원이 인정하고 합의할 따름이다.[37] 「노다지」에서 '꽁보'의 방식은 형식적인 평등/양적으로 평등한 분배논리를 주장하는 것이고, 그와 싸우는 덩치 큰 사내는 현 상황에 적절한, 새로운 분배원칙을 세워야 한다고 주장하는 것이다. 그런데 여기에서 이처럼 경제적 이익과 분배를 두고 다투는 것은 이들이 처한 상황이 이미 자본주의적으로 변모했음을 보여주는 징후이기도 하다.

한편 「노다지」에서 분배를 둘러싼 싸움은 죽고 죽이는 심각한 폭력으로 격화하며, 심지어 '더펄이'와 '꽁보'의 연대도 물질적 이해관계 앞에서 순식간에 무너지는 모습까지 보여준다. 기존 연구에서 누차 거론되었던 것처럼 황금을 향한 탐욕으로 치닫는 모습이자 그 때문에 인간성이 무너지는 모습인데, 이와 같은 부정적 양상을 다양하게 함축한 소재가 바로 '금'이다. 「금따는 콩밧」에서는 '금' 때문에 벌인 부부간의 말다툼이 순식간에 폭력으로 이어진다. 그런데 아내의 뺨을 쥐어박고, 떠다밀고, 발길질을 하는 등 폭력을 행사하던 남편은 금줄을 잡았다는 수재의 외침에[실은 거짓말이지만] 금세 딴사람이 된 것처럼 행동한다. 아내는 내가 금 채굴을 해보라고 하지 않았냐면서 자찬하듯 기뻐하고, 그런 아내를 어이없어하거나 타박하기는커녕 남편은 아내를 어여쁘게만 본다. 불과 1~2분 전에 아내에게 강도 높은 폭력을 행사하던 남편이 "엄지가락으로 안해의 눈물을 지워주"는 자상

---

37 존 롤스, 황경식·이인탁·이민수 역, 『공정으로서의 정의』, 서광사, 1988, 147~180면 참조.

한 모습으로 돌변하는 것이다.

또 「금」에서는 개인의 경제적 욕망을 현실화하기 위해 각종 '음모'가 동원되는 모습을 보여준다. 원래 '음모'는 저급하고 부정적인 가치판단을 내재한 말이지만, 자기욕망 충족을 갈망하는 개인에게 '음모'는 자기 노력의 최대치를 발휘하는 것이자, 할 수 있는 가능한 모든 수단을 고안해내는 이성적 노력의 소산이기도 하다. 그러나 그 노력은 인간적 범주를 넘어 각종 혐오스러운 행동이나 야비한 짓까지 자행하는 지경에 이른다. 채굴 현장에서 몰래 금을 가지고 나가기 위해서, 금을 꿀떡 삼키기, 입속이나 귓속 등은 물론 신체의 가장 은밀한 부위라 할 수 있는 "항문이에다 금을 박고나오다 고만 뽕이"[38] 나는 것도 예사다. 심지어는 자해행위까지도 서슴치 않는다. 금을 몰래 가지고 나가기 위해 '덕순이'는 돌로 자기 발을 마구 내려찧고, 으스러져서 떨어져 나간 살점과 뼈 대신 감돌을 끼워넣은 후 새끼줄로 다리를 동여매고, 집으로 돌아온다. "굵은 사내끼"를 풀어제치자 "어는게 살인지, 어는게 뼈인지 분간키 곤난"일 정도이며 그야말로 "선지같은 고기덩이가 여기에 하나 붙고 혹은 저기에 하나 붙고, 발꼬락께는 그 형체좇아 잃었을만치 아주 무질려지고" 말았으며, "아직도 철철피는 흐"르고 "보기만하여도 너무 끔찍하야 몸이 조라들 노릇이다".[39] 이 끔찍한 형국에서 '덕순이'는 그야말로 피칠갑이 된 감돌을 겨우 꺼내든다.

> 동무는 이광경을 가만이 드려다보고 섰다가
>
> "인내게 내 가주가 팔아옴세." (…중략…)

---

38 김유정, 「금」, 전신재 편, 앞의 책, 79면.
39 위의 책, 82면.

동무는 그걸 받아들고 방문을 나오며 후회가 몹시 난다. 제가 발을 깨지고 피를 내고 그리고 감석을 지니고 나왔드면 둘을 먹을걸. 발견은 제가 하였건만 덕순이에게 둘을 주고 원쿤이 하나만 먹다니. 그때는 왜 이런 용기가 안났던가. 이제와 생각하면 분하고 절통하기 짝이없다.[40]

금을 감추기 위해 스스로 발을 내려찧고, 나중에는 참혹하게 으스러진 뼈 사이를 헤집으며 피투성이 감돌을 찾아내는 '덕순이'도 끔찍하지만, 그런 모습을 "가만이 드려다보고" 있다가 왜 자신은 그런 '용기'를 내지 못했는지 "분하고 절통"하다는 친구의 모습을 보노라면, 그야말로 '이것이 인간인가'[41]라는 탄식이 나올 수밖에 없다. 김유정 또한 "살기 위하여 먹는걸, 먹기 위하야 몸을 버리고 그리고 또 목숨까지 버린다"는 작가 개입적인 서술을 덧붙인다.

치부 본능과 마찬가지로 탐욕 또한 본능의 발로이다. 그러나 자본주의적 세계에서 탐욕은 특히 무한 증식한다. 그것은 화폐가 절대적인 수단으로 여겨지면서 그 심리적 중요성이 점차 상승하게 되고, 급기야는 "지상에서 돈은 세속적인 신"이라는 탄식처럼[42] 화폐가 수단을 넘어 절대적인 목적으로 간주되는 지경에 이르렀기 때문이다. 전근대 사회에서 경제적 가치는 신분 윤리로 대변되는 봉건사회의 질서에 의해 일정 정도 무력화되기도 한다. 그

---

40 위의 책, 82~83면.
41 이는 아우슈비츠 포로수용소를 증언한 유대인 작가 프리모 레비의 책 제목으로, 레비는 수용소에서 오직 생존만을 갈구하던, 비참한 유대인 포로의 모습과 인간이길 포기하듯 인간이 인간을 학살한 독일군의 모습을 생생하게 그려낸 것으로 널리 알려져 있다(프리모 레비, 이현경 역, 『이것이 인간인가』, 돌베개, 2007).
42 이에 대해 게오르그 짐멜은, 근대사회에 이르러 화폐적 가치가 전면화되면서, 화폐는 욕구와 대상 사이, 인간의 생활과 생활 수단 사이를 매개하는 동시에 모든 것을 구매하는 속성을 가진 전능한 존재, 소위 '세계의 세속적 신'으로 군림하는 것이라고 설명한다(게오르그 짐멜, 앞의 책, 391면).

러나 화폐적 가치가 모두에게 평등한 가치로 인식된 근대 이후의 개인에게 '황금의 유혹'은 세상 모든 것과 교환할 수 있는 절대적 가치이며 그래서 물신화된 욕망이 기하급수적으로 증대한다. 그리하여 '금'은 무엇과도 교환 가능한 절대적 수단이자 그 자체가 지상최대의 목적이 되어버리는 전도된 양상을 드러내주고 있는 것이다.

4. 나가며

이 글에서는 조선 후기 야담 〈개성상인開城商人〉과 1930년대 김유정의 소설을 대상으로, '금金' 소재 이야기에 나타난 경제적 상상력의 변화 양상을 살펴보고자 했다. '금'을 주요 소재로 하는 이야기는 부富에 대한 인간의 근원적 욕망을 표출하는 전형적인 서사이지만, 조선 후기는 자본주의적 사회경제로 이행하는 변화를 보여주며, 1930년대는 식민지배의 일상화가 고착되고 자본주의적 풍조가 확산되었던 시기라는 점에서 주목하고자 했다. '금'으로 상징되는 경제적 가치와 부에 대한 욕망은, 초시대적인 보편성을 지니고 있는 동시에 각각의 경제발전 단계에 따르는 특수성을 드러내는 것이기 때문이다.

첫째. 〈개성상인〉에서는 전근대적인 상상력과 근대적인 상상력이 혼재된 양상이 나타났다. 이때 '금'은 귀한 보물임과 동시에 구체적인 수치로 계산가능한 재화로 서술된다. 따라서 '금'은 이익이 계산될 수 있다는 것을 보여주며, 그 이익을 축적하려는 개인의 경제적 욕망을 드러내는 도구로 사용되었다. 또 〈개성상인〉에서는 경제적 이익에 대한 공통감각과 공동체가 구성되는 양상 및 그 징후를 보여주었다.

둘째, 야담에서 '금'을 화폐적 가치로 계산했던 방식은 김유정 소설에서 더욱 복합적인 계산방식으로 나타났다. 김유정의 소설에서 '금'은 서로 다른 인물이, 서로 다른 시공간적 기준을 전제로 한 계산방식과 결과를 보여주었다. 특히 미실현 이익에 대한 예측가능성을 구체화하는 방식을 통해 미래를 전망하는 모습까지도 보여주었다. 이러한 과정에 따라, 사물과 '부'에 대한 비교가 가능해졌으며, 나아가 인격적 가치평가에서도 화폐적 가치가 개입하고 있었다.

셋째, 전통적인 서사방식에서는 치부 의지/탐욕을 인간의 본능이라 여기고 추상적인 범주에서 서술했다면, 조선 후기 야담에서 그것이 구체적인 현실에서 발현되는 모습을 보여주었다. 또 김유정의 소설에서는 무한 증식하는 탐욕을 드러내며, '금'은 무엇과도 교환가능한 절대적 수단이자 그 자체가 절대 목적이 되어버리는 전도된 양상을 드러내는 도구였다. 그러한 가치 전도를 내면화하여 황금 욕망을 추구하는 인물이 1930년대 김유정 소설에 나타난 것이다.

결국 조선 후기의 야담은 '금'이라는 공통 척도가 마련되는 양상을, 김유정의 소설은 그 이후 부정적 극단으로 치달아간 모습을 생생하게 드러내 준 것이다. '금'을 향한 욕망, 그것이 마치 자본/제국의 기표처럼 단일한 중심으로 작동하며, 그 자장 안으로 모든 사물과 인간까지 포섭당하는 무시무시한 형국인 셈이다. 황금 욕망이 도달한 물신화 풍조는, 자본이라는 단일한 가치가 개인의 삶을 전면적으로 지배하는 모습을 드러내며, 모든 사물과 인간의 질적 가치가 화폐적 가치 아래 복속되는 양상을 보여주는데, 사실상 이는 절대적인 단일 권력을 행사하는 제국주의의 작동방식과 진배없는 것이다. 특히 1930년대의 황금 욕망은 집합적 열정으로 발산되기는 했으나, 그것은 공동체의 꿈으로 승화될 수 없는 식민지 자본주의의 조건에 놓여 있었고, 또 개인에게서조차 그것이 발전 이데올로기로 작동하기에는 역부족이었던 것이다. 더 많은 자유와 풍요, 기회가 주어질 미래가 따라오리라는 전망은 자본주의 기획이 그린 꿈과 희망이지만, 약탈적인 경쟁과 물신화된 욕망 추구로 이어졌던 1930년대의 황금욕망은 식민지 조선인의 희생을 담보한 가운데 벌어지는 승자 중심의 이데올로기였을 뿐이었다.

이를 고려할 때 문학이 인간의 삶에, 사회에, 현실에 존재하는 이유도 짐작 가능하다. 원래 문학은 미래에 대한 낙관적 희망이든 완전한 불신이든 혹은 희망을 운운하는 상상력 자체를 조롱하든 간에 지금 여기의 삶으로부터 새로운 상상력을 작동시키는 일이다. 그로부터 '아직 오지 않은' 미래未來를 약속하고, 그 미래를 현재적 시간으로 구현하는 것이다. 이런 의미에서 조선 후기와 1930년대 '금' 이야기에 나타난 일련의 경제적 상상력은, 문학의 가장 근본적인 원동력이 표출되는 방식을 보여주는 셈이다.

참고문헌

1. 기본자료

이우성·임형택 편역, 『이조한문단편집』, 창비, 2018.

전신재 편, 『원본 김유정 전집』, 강, 2012.

2. 단행본

김종사, 『한국광업개사』, 한국자원공학회, 1989.

김유정학회 편, 『김유정의 귀환』, 소명출판, 2012.

_____ 편, 『김유정과의 만남』, 소명출판, 2013.

이재운, 안대회 역, 『해동화식전』, 휴머니스트, 2019.

인권환 편, 『홍부전 연구』, 집문당, 1991.

전봉관, 『황금광시대』, 살림, 2005.

정충권, 『홍부전 연구』, 월인, 2003.

게오르그 짐멜, 김덕영 역, 『돈의 철학』, 길, 2019.

존 롤스, 황경식·이인탁·이민수 역, 『공정으로서의 정의』, 서광사, 1988.

3. 논문

김승종, 「김유정 소설의 "열린 결말" 연구」, 『현대문학이론연구』 53, 현대문학이론학회, 2013.

김준현, 「김유정 단편의 반(半) 소유 모티프와 1930년대 식민지 수탈구조의 형상화」, 『현대소설연구』 제28호, 한국현대소설학회, 2005.

안대회, 「이재운의 『해동화식전』과 거부열전」, 『한국실학연구』 37호, 한국실학연구회, 2019.

우찬제, 「한국 현대소설의 경제적 상상력 연구」, 『현대소설연구』 제14호, 한국현대소설학회, 2001.

이미나, 「1930년대 '금광열'과 문학적 형상화 연구」, 『겨레어문학』 55호, 2015.

이원수, 「조선 후기 치부담의 성격과 의미」, 『인문논총』 18집, 경남대 출판부, 2004.

전봉관, 「1930년대 금광 풍경과 '황금광시대'의 문학」, 『한국현대문학연구』 제7집, 한국현대문학회, 1999.

정하영, 「치부담에 나타난 윤리관─ 한문단편 '귀향'을 중심으로」, 『이화어문논집』 9, 이화어문학회, 1987.

차희정, 「김유정 소설에 나타난 한탕주의 욕망의 실제 – 「소낙비」, 「금따는 콩밧」, 「만무방」을 중심으로, 『현대소설연구』 제64호, 한국현대소설학회, 2016.

천혜숙, 「부자 이야기의 주제와 민중적 상상력」, 『구비문학연구』 29, 한국구비문학회, 2009.

황태묵, 「김유정 소설에 나타난 '돈'」, 『우리문학연구』 제38호, 우리문학회, 2013.

TV 드라마 〈동백꽃 필 무렵〉에 나타난 소설의 서사와 의미의 확장
「동백꽃」과 「메밀꽃 필 무렵」을 중심으로

조미영

1. 들어가며

　문학은 서사를 기본으로 하는 영상 매체에서 이야깃거리 제공한다. 제공된 이야기의 서사는 원형으로, 구조로, 이미지로 영상 매체에 활용되는데, 특히 소설은 가장 많이 활용된 문학 장르 중 하나이다. 이처럼 문학과 영상의 교호적 관계는 소설 작품들이 꾸준히 영상화되고 있다는 사실에서 단적으로 확인된다. TV 드라마나 영화의 상당수가 소설로부터 이야기를 제공받고 있다는 것은 그만큼 소설 장르가 영상산업의 성장에 소중한 근간으로 기여하고 있음을 보여준다.[1] 이는 앨빈 커난Alvin Kerman이 주장한 'TV의 위력으로 인한 문학의 죽음The Death of Literature'[2]의 의미를 전복시킨다. 오히려

1　김중철, 「소설의 영상화에 따른 대중적 변모에 대하여」, 『문학과영상』 1권2호, 문학과영상학회, 2000, 6면.
2　Eugene Goodheart, *Does Literary Studies Have a Future?*, University of Wisconsin Press, 1999, p.54.

TV나 영화의 대중 매체의 '집단성'과 '동시성'은 소설의 대중성을 강화·증폭시키는 일차적인 원인이라고 해도 과언이 아니다.

이처럼 소설이 대중매체를 통해 영상화 되는 과정에서 대중성이 강화되고 있다는 사실은 다른 각도에서 생각해 본다면, 그만큼 영상매체가 대중적 취향의 이야기들이 문자매체보다 다양하고 풍부하게, 그리고 용이하게 생산해 낼 수 있다는 가능성을 보여준다. 영상이 문자보다 대중적 이야기 요소의 생산면에서 우위에 있다는 사실은 영상의 힘을 통해 소설이 자신의 소통 공간을 대중적으로 확장시킬 수 있다는 의미이기도 하다.[3] 그런 의미에서 문학의 서사가 TV매체를 통해 차용, 혹은 변용되어 확장되고 있다는 점은 문학의 또다른 부활이라고 해도 과언이 아니다. 이 글은 바로 이 지점에서 문학의 가치와 역할에 논하고자 한다.

1960년대가 첫 전파 발송을 통해 텔레비전의 미디어 스토리텔링 시대를 열었다면, TV 보급률이 80%를 넘어선 1970년대는 텔레비전을 즐겨 보는 시대로 급속하게 이동시킨다.[4] 이처럼 TV의 보급률 증가는 다방면에서 시청자의 요구에 맞닥뜨리게 되었다. 초기 TV 드라마의 경우 전문적으로 훈련된 드라마 극작가가 없어 기존의 소설 원작을 그대로 극작화 하는 경우가 빈번하였으나, 80년대 후반부터 다양한 통로를 통한 신인 극작가 배출로 전문 극작가들이 대거 기용되면서 TV드라마의 르네상스 시대를 맞이하게 된다. 특히 시청자의 다양한 취향은 TV의 대중성과 예술성의 경계를 무너뜨리면서 다양한 이야기의 공존을 가능하게 하였다.

1990년대까지만 TV드라마에서 소설 작품을 가지고 온다는 의미는 하나

---

3   김중철, 앞의 글, 17~18면.
4   이대영, 『스토리텔링의 역사』, 커뮤니케이션북스, 2018, 97면.

의 작품, 혹은 두 개의 작품을 차용하거나, 다시 쓰기를 통해 재탄생한다는 의미였다. 그만큼 TV 드라마의 서사가 소설의 서사에 많이 의존하고 있음을 보여주는 단적인 모습이기도 하다. 그러나 소설과 드라마가 서사라는 공통분모가 있음에도 불구하고 장르의 넘나듦에 있어 여러 문제에 봉착하게 되었는데, 그중 가장 큰 문제는 서사를 풀어가는 방식이 상이하다는 것이다. 덧붙여 다른 방식이라고 하더라도 같은 이야기를 읽어야 하는 대중의 피로도는 TV 드라마가 더 이상 소설의 서사를 따라가는 것을 용인하지 않았다. 그래서 동명의 TV 드라마와 소설 작품은 또다른 낯설게 하기에 주안을 두었다. 그래서 서사를 빌려오되, 시청자가 스스로 빌려온 서사를 찾아서 본 작품과 연결시켜 또다른 이야기를 만드는 역할을 하게 만들었다. 예를 들어 김은숙의 〈신사의 품격〉2012.5.26~2012.8.12, SBS의 내용 중 조연인 임메아리와 최윤의 사랑을 확인하는 장면에서 작가는 신경숙의 『어디선가 나를 찾는 전화벨이 울리고』2008의 한 페이지를 차용한다. 작가의 다른 작품 〈도깨비〉2016.12.1~2017.1.21, tvN에서도 주인공 김신과 지은탁의 사랑을 확인하는 장면에서 김용택의 『어쩌면 별들이 너의 슬픔을 가져갈지도 몰라』2015의 일부를 빌려왔다. 각각의 작품은 주인공들의 로맨스들의 색깔을 부여하는 역할뿐만 아니라 시청자들이 드라마를 이해하는 폭을 넓혀주었다. 덧붙여 작품들에서 소개된 신경숙과 김용택의 작품은 드라마 방영 기간에 베스트셀러가 되었는데, 아이러니하게도 대중매체가 예술적 성격이 강한 문학을 대중에게 소개하는 새로운 출구로서의 가능성을 보여주었다. 또다른 예로 윤난중은 단순히 소설 작품 일부를 빌려오거나 소품 활용을 넘어 시청자를 독자로, 향유자에서 적극적인 스토리텔러의 자격을 부여한다. 그의 작품 〈이번 생은 처음이라〉2017.10.9~2017.11.28, tvN는 총 다섯 편의 소설 작품을 활용한다. 김연수의 『세계의 끝 여자친구』2009, 정현종의 『섬』2015, 이영산의 『지상의 마지막 오랑캐』2017, 박준 『운다고 달라지는 일은 아무 것도 없겠지만』2017, 도리스 레싱의 『19호실로 가다』1994가 이에 해당된다. 〈이번 생은 처음이라〉의 주인공 윤지호는 책과 가까운 직업인 드라마 보조 작가로 자신의 마음을 표현할 때 책의 일부를 독백하거나 쪽지를 써서 상대 방에게 전달한다. 김은숙의 문학 작품 차용이 해당 장면의 이미지를 문자화 하여 나타낸 것이라면 윤난중은 문학작품을 드라마에서 말해주지 않는 등 장인물의 심리를 읽을 수 있게 한다. 드라마에서 소개된 문학 작품은 일부 이지만 전체를 알아야 깊이 있는 작품 읽기가 완성된다. 여기서 주목할 것 은 상호텍스트의 교차가 시청자의 능동적 문학읽기를 넘어 참여의 가능성 을 열어두었다는 것이다.

이 글의 분석 대상인 2019년 방영된 임상춘의 〈동백꽃 필 무렵〉2019.9.19~ 2019.11.21, KBS2은 여기서 한 단계 더 나아간다. 이 작품 또한 여타의 드라마 에서처럼 원작의 서사를 등장인물의 서사에 차용하고 있지만 기존과 달리 관객의 스토리텔러 역할을 확장시킨다. 주지하다시피 스토리텔링은 story +tell+ing의 합성어로 story는 원 소스one source이자 원 스토리one story로 이야기의 원형을, tell은 말하기로 서사를 전달하는 매체, ing는 이야기의 현재성이다. 초기 스토리텔링과 관계된 연구는 원형 이야기에 초점을 맞추 어졌으나 작금에 와서는 이야기의 매체적 특징과 현장성으로 확장되고 있 다. 이 글의 논의도 드라마라는 매체적 특징과 시청자를 통한 이야기의 현 재성에 대한 논의의 일부이다. 지금까지 〈동백꽃 필 무렵〉과 관련된 학술 연구 자료는 총 3편으로, 이다운[5]은 〈동백꽃 필 무렵〉에 나타난 지역주의

---

5   이다운, 「〈동백꽃 필 무렵〉 – 로컬의 낭만과 추리서사의 전략적 병합」, 『한국극예술연구』 67

에서 파생된 폭력과 낭만성을 추리서사극을 통해 들어난 한국 사회의 현실 문제를 분석하였다. 나머지 두 편인 권두현[6]과 윤용아[7]는 〈동백꽃 필 무렵〉의 장르 혼합의 상호텍스트성이 주는 효과에 대해 연구하였다. 이 글은 권두현과 윤용아의 논의와 맥을 같이 한다.

〈동백꽃 필 무렵〉의 제목은 익숙한 단편소설 두 편을 떠오르게 한다. 바로 1936년 같은 해 발표된 김유정의 「동백꽃」『조광(朝光)』, 1936.5과 이효석의 「메밀꽃 필 무렵」『조광(朝光)』, 1936.10이다. 이에 이 글은 〈동백꽃 필 무렵〉이 문학의 스토리텔링을 어떻게 활용하고 있는지, 그리고 그것을 통해 드라마와 문학 장르 융합의 확장이 가져올 가능성에 대해 살펴보려고 한다.

들뢰즈는 사건-효과들과 언어, 나아가 언어의 가능성 사이에는 핵심적인 관계에 대해[8] 말한 바 있다. 여기서 표현된 명제들은 세 가지 상이한 관계를 내포하는데, 지시, 현시, 기대에 의한 인과적 추론으로 정리된다. 〈동백꽃 필 무렵〉은 총 40회 방영에, 20개의 부제들로 구성되어 있는데, 각각의 부제들 중 다수는 이미 문학과 영상을 포함한 예술 장르에서 잘 알려진 작품들을 패러디한 제목들이다. 부제들은 각 화차의 이야기를 담고 있으면서, 전체 서사와 맥을 함께 한다. 부제들이 담고 있는 명제는 기존 작품의 지시적 의미와 패러디된 제목이 부여하는 의미, 그리고 향유자의 의식세계와 맞물려 새로운 의미를 창출한다.

이 글은 〈동백꽃 필 무렵〉의 제목에서 유추할 수 있는 두 편의 단편소설,

호, 한국극예술학회, 2020.

6　권두현, 「'관계론적 존재론'의 정동학(2)—텔레비전 드라마 〈동백꽃 필 무렵〉에 나타난 연결과 의존의 문제」, 『현대문학의 연구』 71호, 한국문학연구학회, 2020.

7　윤용아, 「TV 드라마 〈동백꽃 필 무렵〉의 성공 요인 분석—대본과 그 장르를 중심으로」, 『영상기술』 1권 32호, 한국영상제작기술학회, 2020.

8　질 들뢰즈, 이정우 역, 『의미의 논리』, 한길사, 2917, 62면.

「동백꽃」과 「메밀꽃 필 무렵」의 스토리텔링이 드라마 안에서 어떤 의미를 제공하고, 또 어떻게 새로운 의미를 부여하는지 분석하고자 한다.

2. 절충주의와 스토리텔링

탈정전화 또는 탈중심화의 현상이 두드러지는 포스트모더니즘 시대에 들어서면서 작가의 권위는 불안정한 것으로 여겨지기 시작하였다. 포스트모더니즘의 특징들—페스티쉬, 콜라주, 몽타주 같은 단편화, 이종혼합, 절충주의, 상호텍스트, 탈장르, 모호한 허구성과 사실의 경계, 자기반영성, 파격적인 시간과 공간 개념의 붕괴, 테크놀로지와 인간, 패러디와 아이러니—등은 전통적이고 엘리트주의적인 고급문화와 독보적인 작가의 권위를 부정하고 해체와 재구성에 대한 관심을 표명한다. 이러한 동향에 부응하여 포스트모더니즘 영화들에서도 원작과 재생산된 각색 버전 사이에 우열을 논하는 기존의 관념이 무너졌다.[9] 특히 최근 우리 사회에서 나타나는 여러 분야들의 접목을 통한 영역의 확장은 전자통신을 기반으로 한 매스미디어의 출현을 통해 여러 영역들 간의 수평적 정보 공존과 수용으로 새로운 양식이 창출되고 있다. 이러한 현상은 합리적이며 형식주의적인 모더니즘적 사고에서 벗어나 다원적이며 절충주의적인 양상을 띤 포스트모더니즘적 사고로의 전환을 의미한다.[10]

---

9 이혜경, 「포스트모던 절충주의—줄리 테이머의 〈타이터스〉」, 『외국문학연구』 57호, 한국외국어대 외국문화연구소, 2015, 442면.

10 전여선 외, 「무대의상에 나타난 다원적 절충주의 경향에 관한 연구—세계 4대 뮤지컬을 중심으로」, 『한국복식학회지』 63권6호, 한국복식학회, 2013, 59면.

여기서 절충주의eclecticism란 그리스어 'eklegin선택하는 것'에서 유래된 것으로 사전적 정의로 어떤 한 가지 특정 체계나 일련의 생각을 따르지 않고, 많은 것들 중 선택적으로 이용하는 것을 의미한다. 절충주의는 고대 희랍 철학에서 최초 등장했는데, 철학과 신학에서 각 학설의 근원이 되는 체계를 서로 다른 사상 체계에서 선택하는 수법이다. 다시 말해 여러 가지 다른 생각이나 효용으로부터 가장 유용하게 보이는 것들을 선택하는 주의나 원칙으로, 양 극단의 견해나 관점 따위를 조절하여 어느 것에도 치우치지 않고 직접적 대립을 피하면서 적당히 조화시키는 것을 의미한다.[11] 포스트모더니즘은 각 영역들 간의 탈경계화를 통해 다양한 가치체계를 추구하며 그것을 적절히 융합시켜 새로운 의미 형성과 독창적 문화 재생산에 기여했다면,[12] 절충주의는 새로운 의미의 확장성을 가져왔다. 절충주의는 과거와 과거, 과거와 현재의 문화적 양식을 혼용함으로써, 새롭게 재구성하거나 전통을 현대적으로 재해석한 표현을[13] 통해 새로운 의미를 부여한다. 절충주의에서의 스토리텔링은 그런 의미에서 문학의 다시쓰기를 넘어 새롭게 쓰기라 할 수 있다.

사건에 대한 시간적 배열을 서사라고 한다면 스토리는 플롯을 이용한 시간적, 인과적 사건 배열[14]을 의미한다. 스토리텔링은 사건에 대한 진술이 지배적인 담화 양식이다.[15] 스토리텔링의 가장 본질적인 특징은 이야기가 담화로 변화는 과정이다. 이 과정에서 이야기를 해체하고 변화시키면서 서

---

11 나현신, 「복식의 역사적 절충주의 양식-19C와 20C를 중심으로」, 서울여대 박사논문, 2001, 9~10면.
12 이정욱, 『혼성의 건축』, 건축문화사, 1991, 6면.
13 전여선 외, 앞의 글, 138면.
14 스티븐 코헨·린다 샤이어스, 이호·임병권 역, 『이야기하기의 이론』, 한나래, 1997, 90면.
15 이인화, 『스토리텔링 진화론』, 해냄, 2016, 15면.

사구조의 단편화Fragmentation와 이종혼합Hybridization을 갖는데, 여기에서 데리다Derrida가 말한 차연différence을 소환한다. 기존 원작의 콘텐츠화 과정에서 채택된 질서의 고의적 일탈을 통해, 그것이 보유한 안정된 구조와 의미를 상대적으로 전복시켜 작품 구성의 다양성과 차이는 의미의 탄력성을 획득하게 된다. 이렇게 만들어진 작품 구성은 문예창작의 자기 목적성이나 자율성, 그리고 원작의 독창성을 특별한 의미를 지니지 않는 탈중심화의 경향으로 전환하면서 다원성과 상대성이 중요시되는 포스트모더니즘의 시대에 순수예술과 대중예술의 장벽을 허무는 특징적 요인[16]으로 작용한다. 여기서 스토리텔링은 데리다Derrida가 말한 차연différence을 소환하는데, 이야기가 담화로 변화하는 과정에서 벌어지는 차이와 지연을 통해 문학 텍스트의 의미는 계속 해체되고 또 다른 의미로 창조되면서 문학은 '죽음'이 아닌 '부활'을 경험하게 되는 것이다.

이 글의 분석 대상인 〈동백꽃 필 무렵〉에 혼용된 서사들은 기존의 원작과 이를 통해 새롭게 구성된 이야기들의 교차를 통해 다시 작품을 해체하고 새로운 의미를 부여한다. 이 과정에서 문학 텍스트는 대중 드라마의 속성인 교환가치의 속물성과 후기산업사회의 물신주의 경향을 비틀어 순수예술성도 함께 획득하게 된다.

이에 이 글은 〈동백꽃 필 무렵〉에 내재된 원작이 갖는 서사의 의미, 그것이 해체되고 새로운 의미 부여를 통해 드라마가 얻는 효과, 더 나아가 독자적 해석을 가능케 하는 발판으로의 작용을 들뢰즈의 이론을 통해 분석하고자 한다. 앞에서 언급했다시피 들뢰즈는 그의 저서 『의미와 이론』을 통해

---

16 김기국·오세정, 「영화 〈셰익스피어 인 러브(Shakesperare in Love)〉의 스토리텔링과 포스트모던적 특성」, 『인문콘텐츠』 23호, 인문콘텐츠학회, 2011, 216면.

의미의 세 차원을 설명하고, 이것들과의 관계를 통해서 의미의 이중적 본성에 대해 논한바 있다. 〈동백꽃 필 무렵〉은 제목에서 언급된 두 편의 한국 문학 작품 「동백꽃」과 「메밀꽃 필 무렵」이 드라마 내에서 원작의 서사가 파편화 되어 애매모호하게 드러나고 있는데, 이 애매모호함이 원작의 논리적 맥락에서 벗어나 다양한 이야기와 공존할 수 있는 계기를 마련하게 한다.

3. 동백꽃, 필 무렵의 이야기들

임상춘의 작품은 데뷔작 〈내 인생의 혹〉2014.9.8, MBC부터 최근작 〈동백꽃 필 무렵〉에 이르기까지 그의 작품엔 전형적인 신데렐라 클리셰가 등장하지 않는다. 〈내 인생의 혹〉은 손녀와 할아버지의 관계를 통해 진정한 효를, 젊은이들의 창업 웹드라마 〈도도하라〉2014.10.27~2014.11.24, 네이버 TV, SBS Plus는 흙수저 4인 청년들의 엇갈린 사랑과 갈등, 실패, 도전을 그리고 있다. 얼핏 보면 뮤지컬 〈맘마미아〉의 서사를 비튼 것처럼 보이는 〈백희가 돌아왔다〉2016.6.6~2016.6.14, KBS2는 백희의 딸 옥희의 아빠 찾기가 주된 서사이지만, 뮤지컬과 달리 사회 문제를 고발하고 있다. 백희가 자신의 고향 섬월도를 떠난 이유가 백희의 섹스 동영상인 '빨간 양말'인데, 이는 묘하게 97년 대한민국 사회를 흔들었던 자작 포르노그래피 〈빨간 마후라〉와 중첩된다. 백희의 딸 옥희의 친부 범룡을 제외하고 종명, 두식은 옥희가 자신의 딸이 아니라는 것을 알지만 자신들의 딸이라고 주장한다. 미루어 짐작컨대, 첫사랑에 대한 미련이자 남의 자식도 자기 자식처럼 참견하는 우'정'의 오지랖 때문이다. 그동안 다섯 편의 드라마로 성실히 자신의 세계관을 구축해

왔던 임상춘 작품의 공통점은 정형화된 로맨스 드라마나 출생의 비밀에서 벗어나 한국인 특유의 "정"과 '순수성'을 담고 있다는 것이다. 임상춘이 대중에게 눈도장을 확실히 찍힌 작품은 〈쌈, 마이웨이〉2017.5.22~2017.7.11, KBS2이다. 이 작품은 세상이 보기엔 부족한 스펙 때문에 마이너 인생을[17] 사는 청춘들의 성장서사를 담고 있다. 이후 발표한 〈동백꽃 필 무렵〉도 사회적 편견 속에 살아가는 두 청춘 남녀의 사랑 이야기를 다루고 있다는 점에서 전 작품과 맥을 같이 한다.

〈동백꽃 필 무렵〉은 기획의도에서도 나와 있듯이 편견에 갇힌 동백을 깨우는 촌무파탈 황용식의 폭격형 로맨스이자 "사랑"으로 얽히고설킨 생활밀착형 치정 로맨스 드라마이다. 〈동백꽃 필 무렵〉의 중심 서사는 용식과 동백의 로맨스이지만, 오히려 주인공들과 주변 인물들 사이의 서사가 극을 이끌어가는 중요한 변곡점으로 작용한다.

포스트모더니즘의 특징 중 하나인 주체의 탈중심화 현상은 작품의 서사 구조와 긴밀한 관계를 맺는다. 탈중심화 현상이란 작품의 서사구조가 파편화되어 발생된 이야기들이 질서와 통합을 위해 단편의 조직화가 아니라 상호 간 개연성이 떨어진 파편화된 이야기, 그 자체만을 보여주는 단편화Fragmentation의 경향이 특징이다. 단편화의 서사전개는 문예작품 속에서 각각의 에피소드와 이야기가 마치 고립된 일람표一覽表처럼 분리되어 전후의 이야기와 논리적 맥락이 거의 드러나지 않아 절분법의 양상을 보이는 서사적인 단일성을 말한다.[18] 이때 원작이 있는 영화와 드라마의 성공 여부는 이야기의 서사 활용에 따라 갈린다. 서사 전개에 있어 영화보다 드라마가 더 많은 시

---

17 "해석 불가 '쌈 마이웨이' 제목의 비밀은? …"싸움+마이웨이", 『경상일보』, 2017.05.18, http://www.ksilbo.co.kr/news/articleView.html?idxno=594470 (최종검색일: 2020.8.16)
18 김기국·오세정, 앞의 글, 225면.

간이 필요한데, 일일 드라마의 경우 주 4회, 특별 요일 드라마의 경우 주 2
회로, 20~60분 내외로 편성된다. 일일 드라마를 제외하고 요일별 특별 드
라마는 인기 여부로 기간이 조절되기는 하지만 보통 16~20부작 내외로
3~4개월 동안 방영되기 때문에 영화와 달리 드라마는 단순히 주인공 중심
서사만으로 극을 끌어가기 어렵다. 그래서 드라마는 주인공 외에 조연들의
이야기 층위들이 서로 맞물리면서 이야기를 만들어 간다. 〈동백꽃 필 무렵〉
역시 20개의 부제들과 이를 중심으로 새로운 이야기들이 덧입혀 진다. 각
각의 부제들은 원작의 이야기를 선형적으로 제시하는 것이 아니라 수많은
단편의 이야기들로 쪼개어 불연속적으로 보여준다.[19] 이러한 불연속적 단
편화는 자칫 이야기의 개연성을 떨어뜨리는 것처럼 보이지만 수용자가 불
연속적으로 파편화된 이야기들의 빈 공백들을 주도적으로 채워 넣어 새로
운 이야기를 만들어낸다.

　〈동백꽃 필 무렵〉의 20개의 부재 중 10여 개 이상은 원작의 제목을 패러
디하고 있는데,[20] 단순히 제목만 패러디한 경우도 있지만 원작이 갖는 의미

---

19 위의 글, 227면.
20 〈동백꽃 필 무렵〉의 40화 중 20화의 부제가 원작이 있는 작품의 제목을 패러디한 것으로 다음
　과 같다.
　2019.9.18. "게르마늄 팔찌를 찬 여자"(1~2화) : 〈진주 귀걸이를 한 소녀〉(요하네스 페르메
　이르, 1963),〈"진주 귀걸이를 한 소녀〉(피터 웨버, 2004)
　2019.9.19. "좋은 놈, 나쁜 놈, 치사한 놈"(3~4화) : 〈좋은 놈, 나쁜 놈, 이상한 놈〉(김지운, 2008)
　2019.9.25. "똥개의 전략"(5~6화) : 〈똥개〉(곽경택, 2003)
　2019.10.02. "바람, 바람, 파란"(9~10화) : 〈바람, 바람, 바람〉(심재석, 1983), 〈바람, 바람,
　바람〉(김범룡, 1985), 〈바람, 바람, 바람〉(이병헌, 2018)
　2019.10.03. "본투비 하마"(9~10화) : 〈본 투 비 블루〉(로버트 뷔드로, 2015)
　2019.10.10. "이 구역의 스라소니"(15~16화) : 〈야인시대〉(장형일, SBS 2002.7.29~2003.9.30)
　2019.10.24. "나를 잊지 말아요" (23~24화) : 〈예정된 시간을 위하여〉(장덕, 1989)
　2019.10.30. "그 썸의 끝"(25~26화) : 『그 여름의 끝』(정해길, 2015), 『그 여름의 끝』(이성
　복, 1990, 『그 여름의 끝』(장미희, 2006)
　2019.11.13. "옹벤져스"(33~34화): 〈어벤져스〉(마블 스튜디어 제작, 월트 디즈니 픽처스 배
　급, 2012) 이후 2012, 2015, 2019년 까지 연관 시리즈가 나오고 있음

소들을 재해석하여 작품 속에 녹여내고 있다. 〈동백꽃 필 무렵〉은 1~2화의 부제인 '게르마늄 팔찌를 찬 여자'부터 드라마 부제 곳곳에서 다른 작품들의 제목을 차용한 것이 부각된다. 〈진주 귀걸이를 한 소녀〉피터 웨버, 2004의 모티브인 "진주 귀걸이를 한 소녀"요하네스 페르메이르, 1963는 베르메르와 그의 뮤즈이자 하녀였던 그리트의 안타깝고 절제된 사랑 이야기를 담고 있다. 당시 하녀 그리트에게 어울리지 않았던 진주 귀걸이는 베르메르의 사랑의 증표였던 것처럼 동백이 종렬에게 받은 유일한 선물인 게르마늄 팔찌도 같은 의미를 갖는다. 이후 게르마늄 팔찌는 〈동백꽃 필 무렵〉에서 동백과 종렬, 동백과 향숙의 관계에서 여러 의미소들을 만들어 낸다. 33~34화의 부제인 '옹벤져스'는 2012년부터 시리즈로 제작되고 있는 '어벤져스'를 차용한 제목이다. 그동안 자신들에게 구박받던 동백을 구하기 위해 옹산 '언니들'로 구성된 옹벤져스는 극의 결미에 가서 마을 사람들로 확장된다. 마을 사람들의 협동심으로 동백의 어머니는 골든타임을 놓치지 않고 수술을 받게 되고, 옹산의 연쇄살인마 까불이를 잡는 동인으로 작용된다. 과거와 달리 현대의 히어로 물은 단독 영웅보다 다수의 영웅들이 힘을 모아 절대 악인을 무찌른다. '나 같은 나쁜 놈은 계속 나올 거'라는 까불이의 협박에 '착한 놈들은 떼로 몰려 나온다'라 말한 용식의 대답은 우리 사회를 바꾸는 힘이 개인이 아니라 결국 공동체의 협력을 통해서 가능하다는 교훈을 시사한다.

〈동백꽃 필 무렵〉에는 나타난 포스트모더니즘의 특징인 패러디와 혼성모방은 한국의 골계미와 맥을 같이 한다. 패러디는 특정한 의도를 가지고 독특한 특징을 흉내 내는 목적이 있는 것이라면 혼성모방은 특정 의도 없이

2019.11.14. "여덟 살 인생"(35~36화) : 『아홉 살 인생』(위기철, 1991), 〈아홉 살 인생〉(윤인호, 2004)

단지 모방 자체에만 의미를 찾는다. 혼성모방은 문예작품에서 장르 경계의 해체와 혼합을 이루어지는데, 뚜렷한 목적의식 없이 모방 자체에만 집중함으로써 확실한 기준이나 중심이 없어진 포스트모더니즘 시대의 분열된 개성과 자아상실의 측면을 보여준다.[21] 〈동백꽃 필 무렵〉의 다른 부제들은 원제의 혼성모방 형태로 위트 있게 제목을 비틀면서 한국적 골계미를 갖는다. 골계는 기지wit, 반어irony, 풍자satire, 해학humor을 하위 범주로,[22] 기지는 언어적 표현으로 웃음을 유발하게 하는 지적 능력, 반어는 예상과 반대되는 결과에 대한 놀라움이 웃음의 장르에 따라 희극과 비극으로 나누는 복잡한 정서를 야기한다. 또한 풍자는 조롱의 웃음이 비판의 기능을 한다면 해학은 선의의 웃음을 유발하는 것으로 인간에 대한 동정과 이해, 긍정적 시선을 전제로 화해의 기능을 한다.[23] 〈동백꽃 필 무렵〉이 그리고 있는 사회 현실들의 문제가 결코 가볍지 않음에도 불구하고 따뜻하게 읽히는 이유는 작품의 골계미에서 비롯되어졌다고 봐도 과언이 아닐 것이다.

특히 〈동백꽃 필 무렵〉은 주인공과 주변 인물들의 관계를 중심으로 발생되는 삼각관계, 사각 관계, 오해로 인한 치정 관계, 아비 찾기 과정에서 향유자에게 비난이나 불편함이 아닌 끌어안음을 유발한다.

---

21 김기국·오세정, 앞의 글, 228면.
22 한용환, 『소설학 사전』, 문예출판사, 1999, 46면.
23 조수진, 「한국어교육에서 '해학'의 정서 표현 교육 방안 – 김유정의 「동백꽃」을 중심으로」, 『한국문예비평연구』 56호, 한국현대문예비평학회, 2017, 409~410면.

4. 의미와 의미의 확장, 그리고 다시 이야기

1) 〈동백꽃 필 무렵〉의 「동백꽃」의 의미 중첩과 재의미

〈동백꽃 필 무렵〉이 빌려온 「동백꽃」과 「메밀꽃 필 무렵」은 향유자에게 매우 익숙한 단편소설이다. 드라마는 이 두 작품의 이미지를 전략적으로 빌려온다. 먼저 「동백꽃」의 갈등구조는 아직 남녀 간의 이성에 눈을 뜨지 못한 '나'의 무지와 '점순'의 적극적 애정표현으로 야기된 외연적 갈등과 계층적 차이와 소통의 불일치로 애정이 불러온 내연적 갈등으로[24] 이루어져 있다. 1930년대라는 시대적 상황을 염두에 둔다면 「동백꽃」의 서술에 도입된 알레고리는 봉건적 권위에 대한 구속이 근대적 개인의 감정적 자유로 대체되면서 나타난 유동적이고 불안정한 관계의 수평성과 일치한다는 점에서 아주 적합한 서술 방식이 되는 셈이다.[25] 이처럼 소설 「동백꽃」에 나타난 관계의 서사는 〈동백꽃 필 무렵〉 등장인물의 관계를 통해 교묘하게 비틀어진다. 동백과 용식, 동백과 종렬, 동백과 규태, 종렬과 제시카, 자영과 규태의 관계는 새롭게 부여된 사회적 신분의 격차와 이로 인한 애정의 불안과 결핍으로 인해 갈등과 오해를 불러일으킨다. 이는 〈동백꽃 필 무렵〉의 서사에 수용자 스스로 「동백꽃」의 서사를 덧씌워 새로운 의미를 부여하게 만든다.

주지하다시피 〈동백꽃 필 무렵〉은 동백을 중심으로 벌어지는 로맨스 서사와 동백을 제외한 로맨스 서사가 교차돼 있다. 먼저 동백을 중심으로 벌

---

24 김윤정, 「김유정 소설의 정동 연구−연애, 결혼 모티프를 중심으로」, 『현대문학이론연구』 71권, 현대문학이론학회, 2017, 114면.
25 오양진, 「남녀관계의 불안−김유정의 〈동백꽃〉과 이상의 〈날개〉에 나타난 서술과 인간상」, 『상허학보』 29권, 상허학회, 2009, 232면.

어지는 로맨스 서사는 첫사랑 종렬, 현재 진행형 사랑 용식, 짝사랑 규태로 이루어진 사각 관계이다. 종렬은 동백의 첫사랑이자 아들 필구의 생물학적 아버지이며, 규태는 동백의 건물주로 생계에 큰 영향을 미치는 인물이다. 〈동백꽃 필 무렵〉의 동백과 종렬, 종렬과 제시카, 규태와 자영의 갈등 구조는 「동백꽃」의 계층적 서사가 투영되어 있다.

「동백꽃」에서 마름의 딸 '점순'과 소작농의 아들 '나'의 관계는 〈동백꽃 필 무렵〉에서 스물 셋 고아 동백과 프로 야구 선수 종렬로, 자본주의 사회가 부여한 신분적 격차로 치환된다. 종렬과 제시카도 마찬가지이다. 종렬은 억대 연봉을 자랑하는 프로 야구 선수이지만 홀어머니 밑에서 자라왔다. 반대로 종렬이 아니면 내세울 것 없는 제시카는 육군 장성으로 전역한 가부장적 아버지와 현모양처 어머니를 두고 있다. 종렬의 어머니가 고아인 동백에게는 헤어질 것을 종용했지만, 가정을 돌보지 않는 제시카에게 며느리의 도리를 강요하지 않는 이유이기도 하다. 가진 건 돈과 허세밖에 없는 규태와 이와는 반대로 능력 있는 변호사 자영의 위치는 남편은 하늘, 아내는 땅이라는 유교적 관습이 이들의 수직적 관계를 강제한다. 동백과 용식의 관계도 마찬가지이다. 술집 사장 동백과 경찰 용식의 사랑은 그들의 직업의 격차가 아니라 미혼모, 미혼남이라는 사회적 편견이 가져온 신분 격차가 장애물로 작용한다.

이처럼 「동백꽃」의 봉건적 사회가 부여한 남녀 간의 신분/계급 차이는 〈동백꽃 필 무렵〉에서 다른 양상으로 나타나지만 근본적인 동인은 같다. 할 포스터에 의하면 포스트모더니즘은 특정한 문맥이 갖는 역사적 의미를 박탈한다고 말한 바 있다. 이러한 의미들은 수많은 상징물로 전환되어 다양하고 부분적인 형태로 재생되는데, 이는 순간의 물화, 혹은 파편화로 날조된다.[26] 이 과정에서 포스트모더니즘은 과거의 예술을 소환하면서 다른 시대, 다른 문화의 양식과 이미지를 차용하면서 장르의 경계를 넘나들면서 새롭다고 생각하지만 실상은 전혀 새로운 것이 아니다. 「동백꽃」의 두 남녀의 단일한 로맨스 서사가 드라마에서는 두 남녀의 이야기를 확장하여 그들의 사회적 위치와 맺고 있는 관계들 사이에서 벌어지는 배금주의, 편모, 이혼녀, 미망인, 유복자, 미혼모, 가부장제, 이혼 가정, 재혼 가정, 고부 갈등, 장서 갈등 등을 통해 갈등의 양상을 다양화한다. 이 다양한 갈등은 물리적 존재가 아니라 관계의 '사이'에서 촉발되는데, 들뢰즈에 의하면 의미는 사물들 속에 존재하는 것도 정신 속에 존재하는 것도, 나아가 물리적 존재가 아닌 이들 '사이'에 있는데, 그 의미들 역시 확정된 것이 아니라 무효하고 되돌릴 수 없는 비생산적인 광휘光輝에 싸여 있기 때문에 간접적으로 의미를 축출할 수 있다.[27] 이처럼 〈동백꽃 필 무렵〉은 소설 「동백꽃」에서 간접적으로 축출된 의미소들을 차용하면서 새롭지만, 새롭지 않은 이야기들을 만들어 낸다.

「동백꽃」에서 '감자'와 '닭싸움'이 두 남녀의 갈등을 촉발하는 애증의 소재라면 〈동백꽃 필 무렵〉에서 주요 갈등을 촉발하는 소재는 8,000원짜리 땅콩 서비스이다. '땅콩 서비스'는 동백의 술집 '까멜리아'에서 값싼 안주이기에 종종 서비스로 제공된다. 그러나 동백은 유일하게 규태에게 이 서비스를 제공하지 않는다. 동백이 마을 사람들의 차별과 소외에서 벗어나 공동체로 편입되기 위해 제공했던 땅콩 서비스가 규태에게 제공하지 않아, 오히려 동백과 규태의 위치를 전복시킨다. 그리고 그것으로 인해 아이러니하게도 그동안 그녀를 배척했던 마을 사람들 안으로 편입할 수 있게 된다. 술은

---

26 Hal Fost, *Recordings : Arts, Spectacle, Cultural Potlitics*, Port Townsend, Bay Press, 1985, p.103.
27 질 들뢰즈, 앞의 책, 75면.

팔지만, 손목이나 웃음은 팔지 않는 그녀의 자존심과 그런 자존심을 소심하게 적은 그녀만의 '치부책'은 규태의 처쁒 자영과 그동안 동백을 의심했던 옹산 마을 '언니'들의 마음을 얻게 되는 계기이자, 동백을 쉽게 봤던 마을 남자들에게 일정한 선을 긋고 자신을 지킬 수 있는 보험이 된 것이다.

반면에 땅콩 한 접시는 옹산의 연쇄 살인범 까불이에게 차별과 무시의 의미로, 그녀의 목숨을 위협하는 매개물로 작용한다. 까불이 홍식은 동네에서 철물점을 운영하며, 걷지 못하는 부친을 부양하는 총각이다. 까불이는 자신을 무시한 사람들을 무차별적인 폭력으로 살해하는 인물로 동백의 친절을 오해한다. 마을 사람들에게 무시당하는 동백의 친절을 홍식은 모욕으로 받아들인 것이다. 이처럼 「동백꽃」의 '감자'와 '씨암탉'은 〈동백꽃 필 무렵〉에서 팔천 원짜리 땅콩 한 접시의 서비스로 치환되어 인물들 간의 갈등을 촉발하는 매개물로 작용한다. 갈등의 대척점에 있는 인물들은 다르지만 근본적 원인은 잘못된 의사전달로 기인한다.

이처럼 소설 「동백꽃」의 소재들이 드라마 〈동백꽃 필 무렵〉에서 다른 대상물로 치환되고 재의미화 되는데, 이러한 의미의 의미화는 하나로 고정되지 않고, 이와 같은 과정을 반복한다. 순간은 고정된 자리를 갖지 않고 모든 현재를 아이온중첩된 시간의 선분 위에서 과거−미래의 두 방향으로 동시에 나누어지기[28] 때문이다. 이를 통해 작품의 현재성을 획득하게 되는데 이 과정에서 원작과 향유자 사이에서 끊임없이 새로운 스토리텔링을 생산해 낸다. 그런 의미에서 〈동백꽃 필 무렵〉의 엔딩 장면인 '당신꽃, 필 무렵'의 표기는 유의미하다. 시청자를 드라마의 향유자에서 이야기의 주인공으로 내세움으로써 끝나지 않는 이야기의 영원성을 강조한다.

---

28 위의 책, 285면.

2) 필 무렵, 순환성과 영원성

〈동백꽃 필 무렵〉의 '필 무렵'은 강한 여운을 갖는다. 그런 의미에서 송기섭의 논문은 주의를 요한다. 그는 이효석의 「메밀꽃 필 무렵」의 '필 무렵'이 순환적 시간을 담고 있다고 말한바 있다. 이 순환적 시간은 회상의 동인이자 그것의 복제물이고, 더 나아가서 그로부터 생성된다. 말하자면 회상은 습관적인 기억의 수동적 재생이 아니라 하나의 활동이고 작용[29]으로, 과거에 붙잡히지 않고 현재와 미래에 새로운 것을 창조한다. 이 말은 시간과 일차적으로 결합하여, 절기와 순환을 내포한다. 이러한 순환적 시간은 반복적으로 기억된다. 이 순환론적 시간 속에서 사건은 태어나고 소멸하는데, 순환은 분할이자 단절이며, 또한 연속성을 갖는다. 이때 분할은 오히려 시간을 물리적으로 보지만, 의식 상태에서의 시간은 연속이다. 이러한 과정은 자기 고유의 과거를 가지고 무한한 감정을 잉태하는 실존을 낳는다.[30] 이는 리쾨르가 지목한 작품의 과거를 현재화하는 방식이다. 현재를 해석하는 '지금'은 기억하는 것과 불가분의 관계를 맺는 현재로 존재하게 하는 것에 의해 결정된다.[31] 이처럼 「메밀꽃 필 무렵」과 〈동백꽃 필 무렵〉의 시간의 순환을 의미하는 '필 무렵'은 꽃이 순환적 반복으로 피어나듯이 경험의 생동감이 반복됨을 의미한다. 또한 이는 반복의 한 장면을 포착하고, 그것이 새로운 경험과 만나는 순간이 가능하기 위해서는 지속되는 고통과 쾌락[32]이 동반되어야 함을 의미한다.

「메밀꽃 필 무렵」은 메밀꽃의 상징인 봉평에서 시작되어 봉평에서 끝나

---

29 한스 마이어호프, 이종철 역, 『문학 속의 시간』, 문예출판사, 2003, 71면.
30 송기섭, 「진실의 감춤과 드러냄 – 「메밀꽃 필 무렵」론」, 『한국문학논총』 68호, 한국문학회, 2014, 364~364면.
31 폴 리쾨르, 김한식·이경래 역, 『시간과 이야기』 1, 문학과 지성사, 2004, 145면.
32 송기섭, 앞의 글, 364면.

는 이야기로, '얼금뱅이요, 왼손잡이'인 장돌뱅이 허생원과 성서방네 처녀와의 운명적 만남과 이별, 그리고 20년에 걸친 삶의 공전과 친자일지도 모르는 동이와의 만남, 다시 성서방네 처녀를 만나기 위해 제천으로 떠나는 길을 그리고 있다. 얼금뱅이와 장돌뱅이라는 신체적·신분적 약점이 있는 허생원과 성서방네 처녀와의 하룻밤은 그의 떠돌이 삶을 운명적 삶으로 바꾸는 구심점이 된다. 허생원과 성서방네 처녀와의 만남, 그리고 허생원과 동이의 동행이 이루어지는 봉평이라는 공간적 배경과 밤이라는 시간적 배경은 현실 세계를 부정하고 상상의 노스탤지어로 환원하게 한다.[33] 달빛 아래 소금을 뿌린 듯이 희게 빛나는 메밀꽃은 허생원의 첫사랑 성서방네 처녀를 상징하기도 하지만 그 무렵의 봉평을 떠올리게 한다. 이러한 서정적 순간은 허생원에게 고달픈 현실의 삶에 의한 심리적 결핍감 대신 세계와의 내적 충일감을 경험하게 한다. 허생원의 낭만적 향수애로 미화된 과거로의 회상은 현실 고난을 극복하는[34] 정신적 계기를 제공한다.

「메밀꽃 필 무렵」이 갖는 이러한 서정성은 본질적으로 자아와 세계의 대립을 전제로 한 양식 속에 자아의 세계의 분열을 없애려는 시도, 즉 둘 사이의 융합을 지향하는 작가의 서정적 전망에 의해 구축된다. 이때 서정적 전망이란 바로 작가가 인간과 세계, 주체와 객체 사이의 대립을 무너뜨리고 둘 사이의 화합, 즉 총체성을 지향할 때 나타난다. 이에 대해 프리드만은 도시화, 문명화로 자아와 세계의 대립이 심화된 근대화에 대한 반감을 표현하기 위한 비판 미학의 형태라고 정의했다. 이처럼 서정성을 근간으로 하는 서정 소설은 근대성에 대한 비판적 의식으로 서사의 관점을 인간의 감성과

---

33 송준호, 「메밀꽃 필 무렵」의 상징론적 해석」, 『우석대학교논문집』 18권, 우석대, 1996, 247면.
34 송현미, 「이효석 소설의 특성 연구」, 연세대 석사논문, 2007, 56면.

무의식의 영역으로 옮겨오게 한다.[35] 〈동백꽃 필 무렵〉의 동백꽃이 특정 지역을 상징하지는 않지만 작품 속의 공간적 배경인 '옹산'의 이미지는 봉평과 맞닿아 있다. 옹산을 회고한 종렬의 말을 빌리면 "은퇴하면 거기 살고 싶어. 고향이었으면 하는 동네. 그 동네 디게 이상하거든. 무슨 씨족사회처럼 밥 때가 되면 아무 집이나 들어가면 돼. 그게 당연한 동네야. 온 동네가 가족 같아. 막 친절하진 않은데 뭔가 뜨듯"[20회]한 동네이다. 종렬의 옹산은 동백에게 엄마이자 고향이 되었다.

더 나아가 「메밀꽃 필 무렵」의 '봉평'과 〈동백꽃 필 무렵〉의 가상의 도시 '옹산'은 향유자에게 노스탤지어의 미감을 자극하는 근원지이다. 플라톤과 아리스토텔레스는 기억을 부재하는 대상의 표상이라고 말한 바 있다. 다시 말해 역설적으로 대상은 부재하지만 표상은 현전한다는 의미이다. 이처럼 부재하는 대상과 현전하는 표상이 관계를 맺을 수 있는 이유는 기억의 양면성에서 비롯된다. 기억은 이미 사라져 버린 대상, 더 이상 존재하지 않은 대상에 대한 충실한 보존인 동시에 대상의 부재가 열어주는 자유 속에서 사라져버린 대상을 자의적으로 변형, 왜곡하는 배반이기도 하다.[36] 들뢰즈는 이 특이성의 공간에 대해 선택으로 이루어진 곳이 아닌 방향성을 뜻한다고 말한다. 프랑스어 'sens'는 의미 외에 방향이라는 뜻을 갖는데, 특이성의 세계, 잠재성의 공간은 바로 일정한 방향이 아닌 양방향성을 갖는다.[37] 실제하는 곳 '봉평'과 가상의 도시 '옹산'은 그 자체로는 무의미한 공간이지만 그곳에서 사건이 발생하는 순간 그것은 동시에 계열화되고, 의미화 된다.

---

35 김해옥, 『한국현대 서정소설의 이해』, 새미, 2005, 29~31면.
36 주재형, 「베르그손의 『물질과 기억』에서 기억의 보존과 가변성에 대한 연구」, 『철학과 현상학 연구』 77권, 한국현상학회, 2018, 52면.
37 질 들뢰즈, 앞의 책, 30~31면.

그런 의미에서 '동백꽃'이 첫사랑이자, 서투른 사랑의 다른 이름이라면, '필 무렵은' 그런 사랑이 성숙해 나가는 공간이자 과정이라는 의미에서 순수성과 영원성을 의미한다.

5. 나가며

이 글은 다양한 장르의 절충주의를 내세운 드라마 〈동백꽃 필 무렵〉에서 소설 「동백꽃」과 「메밀꽃 필 무렵」의 원형적 의미의 확장성에 대해 살펴보았다. 오늘날 장르의 넘나듦은 더 이상 낯선 장치가 아니다. 더 이상 새로운 것을 창조할 수 없을 때 선택과 융합을 통한 절충주의 양식은 익숙하지만 낯선, 낯설지만 익숙한 양식들을 창조해 내면서 다양한 의미와 서사들을 제공하였다. 단어와 단어, 텍스트와 텍스트로 이루어진 서사는 무한한 역동성을 갖는다. 특히 소설은 은유적이고 추상적인 문자 언어를 기호체계로 사용하기 때문에 독자들의 머릿속에 해석할 수 있는 여지를 남겨둔다.[38] 즉 소설의 기호체계인 문자 언어로 인해 텍스트와 독자 사이에는 불확정 영역 areas of indeterminacy이 형성된다.[39] 이 불확정 영역은 수많은 의미들과 서사들을 만들어 낸다.

이 글은 소설 「동백꽃」과 「메밀꽃 필 무렵」의 원형적 의미가 드라마 〈동백꽃 필 무렵〉에서 다른 소재로 기표화 되면서 수용자들에 의해 새로운 서사를 만들어 낸다고 보았다. 문학이 장르의 경계를 허물고 다시 쓰기, 이어

---

38 이수현, 「〈메밀꽃 필 무렵〉의 스토리텔링 양상연구」, 『현대문학의 연구』 35호, 한국문학연구학회, 2008, 272면.
39 프란츠 칼슈탄젤, 김정신 역, 『소설의 이론』, 문학과 비평사, 1990, 177면.

쓰기, 열린 결말 등으로 다양한 해석과 조우하는 것은 이제 결코 낯선 현상이 아니다. 문학의 언어가 다른 매체의 언어로의 변용을 통해 보다 다양한 의미와 해석이 가능해 질 때, 문학은 다른 의미에서 영원성을 획득한다. 이는 문학뿐만 아니라 다른 장르의 교차적 선택을 통한 서사의 확장에 대한 가능성을 열어 두었다는 의미이기도 하다. 이 가능성에는 수용자의 역할이 극대화되는데, 분절된 서사와 이미지들을 묶고 연결하여 완성된 이야기로 만들기 때문이다. 이런 의미에서 절충주의에서 가장 큰 역할은 수용자이자 향유자인 시청자일 것이다.

참고문헌

1. 자료

임상춘, 〈동백꽃 필 무렵〉(KBS2, 2019.9.18~11.21).

2. 단행본

김해옥, 『한국현대 서정소설의 이해』, 새미, 2005.

이대영, 『스토리텔링의 역사』, 커뮤니케이션북스, 2018.

이인화, 『스토리텔링 진화론』, 해냄, 2016.

이정욱, 『혼성의 건축』, 건축문화사, 1991.

한용환, 『소설학 사전』, 문예출판사, 1999.

프란츠 칼슈탄젤, 김정신 역, 『소설의 이론』, 문학과비평사, 1990.

스티븐 코헨 · 린다 샤이어스, 이호 · 임병권 역, 『이야기하기의 이론』, 한나래, 1997.

한스 마이어호프, 이종철 역, 『문학 속의 시간』, 문예출판사, 2003.

질 들뢰즈, 이정우 역, 『의미의 논리』, 한길사, 2917.

폴 리쾨르, 김한식 · 이경래 역, 『시간과 이야기』 1, 문학과지성사, 2004.

Fost, Hal, "Recordings : Arts, Spectacle, Cultural Politics", Port Townsend, Bay Press, 1985.

Goodheart, Eugene, *Does Literary Studies Have a Future?*, University of Wisconsin Press, 1999.

3. 논문

권두현, 「'관계론적 존재론'의 정동학(2) – 텔레비전 드라마 〈동백꽃 필 무렵〉에 나타난 연결과 의존의 문제」, 『현대문학의 연구』 71호, 한국문학연구학회, 2020.

김기국 · 오세정, 「영화 〈셰익스피어 인 러브(Shakesperare in Love)〉의 스토리텔링과 포스트모던적 특성」, 『인문콘텐츠』 23호, 인문콘텐츠학회, 2011.

김윤정, 「김유정 소설의 정동 연구 – 연애, 결혼 모티프를 중심으로」, 『현대문학이론연구』 71권, 현대문학이론학회, 2017.

김종회, 「김유정 소설의 문화산업적 활용 방안 고찰」, 『비평문학』 62호, 한국비평문학회, 2016.

김중철, 「소설의 영상화에 따른 대중적 변모에 대하여」, 『문학과영상』 1권 2호, 문학과영상
　　학회, 2000.

나현신, 「복식의 역사적 절충주의 양식－19C와 20C를 중심으로」, 서울여대 박사논문,
　　2001.

송기섭, 「진실의 감춤과 드러냄－「메밀꽃 필 무렵」론」, 『한국문학논총』 68호, 한국문학회,
　　2014.

송준호, 「「메밀꽃 필 무렵」의 상징론저 해서」, 『우석대학교논문집』 18권, 우석대, 1996.

오양진, 「남녀관계의 불안－김유정의 〈동백꽃〉과 이상의 〈날개〉에 나타난 서술과 인간
　　상」, 『상허학보』 29권, 상허학회, 2009.

송현미, 「이효석 소설의 특성 연구」, 연세대 석사논문, 2007.

윤용아, 「TV 드라마 〈동백꽃 필 무렵〉의 성공 요인 분석－대본과 그 장르를 중심으로」,
　　『영상기술』 1권 32호, 한국영상제작기술학회, 2020.

이다운, 「〈동백꽃 필 무렵〉－로컬의 낭만과 추리서사의 전략적 병합」, 『한국극예술연구』
　　67호, 한국극예술학회, 2020.

이수현, 「〈메밀꽃 필 무렵〉의 스토리텔링 양상연구」, 『현대문학의 연구』, 35호, 한국문학
　　연구하회, 2008.

이혜경, 「포스트모던 절충주의－줄리 테이머의 〈타이터스〉」, 『외국문학연구』 57호, 한국
　　외국어대 외국문화연구소, 2015.

주재형, 「베르그손의 『물질과 기억』에서 기억의 보전과 가변성에 대한 연구」, 『철학과 현상
　　학연구』 77권, 한국현상학회, 2018.

조수진, 「한국어교육에서 '해학'의 정서 표현 교육 방안－김유정의 「동백꽃」을 중심으로」,
　　『한국문예비평연구』 56호, 한국현대문예비평학회, 2017.

전여선 외, 「무대의상에 나타난 다원적 절충주의 경향에 관한 연구－세계 4대 뮤지컬을
　　중심으로」, 『한국복식학회지』 63권 6호, 한국복식학회, 2013.

3. 인터넷 자료

"해석 불가 '쌈 마이웨이' 제목의 비밀은?…"싸움＋마이웨이"", 『경상일보』, 2017.5.18.
http://www.ksilbo.co.kr/news/articleView.html?idxno=59447(최종검색일 : 2020.8.16)

제3부 /

미학적 성취와 윤리、 독자의 시선

식민시기 빈궁에 관한 서사 재현의 두 가지 양상

최서해와 김유정의 작품을 중심으로

김병길

1. 글을 열며

작가가 되겠노라고 다짐하며 만주에서 경성으로 와 이광수의 식객이 된 서해 최학송은 방인근이 돈을 대고 이광수가 주재한 잡지 『조선문단』에 일자리를 얻는다. 겨우 입에 풀칠할 정도의 보수를 받았던 서해는 오뉴월 염천에도 땟국이 꾀죄죄 흐르는 겹옷을 입고 다녔다. 심지어 잡지사가 재정난으로 문을 닫고, 기자로 재취업한 『중외일보』마저 경영난으로 폐간된 후에는 전업 인기 작가라는 세간의 평이 무색하게 굶기를 밥 먹듯 했다. 그 딱한 사정을 안 친구 이모가 우연히 길에서 만난 서해를 '태서관'으로 이끌어 스키야키를 샀다. 모처럼 음식다운 저녁을 먹고 난 서해는, "나는 이렇게 배부르게 잘 먹었지만 집에서는 식구들이 아침부터 굶고만 있으니……"라고 말끝을 흐리며 돈 1원을 청했다. 식사를 대접받고서 일본어 소설 한질 값에도 못 미치는 돈 부탁까지 한 것이다. 서해의 빈궁한 처지를 여실히 보여주는 일화다.

잡지사 근무 시절에 서해는 사장의 외도 심부름을 했다. 동료 문인과 기생이 동침하는 방 윗목에서 죽은 듯 잠을 청한 적도 있다. 가난 때문이었다. 그 굴욕을 견디다 못해서 꿰찬 자리가 총독부 기관지 『매일신보』의 학예부장이다. 이념적 고고함에 사로잡혀 있던 카프 문인들은 이를 두고 매춘도 아닌 '매신賣身'이라 힐난했다. '매신'으로 불리던 『매일신보』에 몸을 팔았다고 비꼰 것이다. 결국 서해는 카프에서 내쫓겼다. 그러나 그 낙인을 대가로 얻은 경제적 안정은 그리 오래가지 못했다. 이듬해 서해는 위문 협착증으로 수술 중 사망한다.

서해 못지않게 가난을 운명처럼 안고 요절한 또 한 명의 작가가 있다. 김유정이다. 다음의 편지가 그 생활난의 한 자락을 전한다.

> 필승아
>
> 내가 돈 백 원을 만들어볼 작정이다. 동무를 사랑하는 마음으로 네가 조력하여 주기 바란다. 또다시 탐정소설을 번역하여 보고 싶다. 그 외에는 다른 길이 없는 것이다. 허니 네가 보던 중 아주 대중화되고 흥미 있는 걸로 한뒤 권 보내주기 바란다. 그러면 내 50일 이내로 번역해서 너의 손으로 가게 하여주마. 하거든 네가 적극 주선하여 돈으로 바꿔서 보내다오.

당대 최고의 명창 박녹주를 향한 김유정의 짝사랑 연애편지를 심부름하고, 거절의 의사를 위조하여 유정에게 답장을 전했던 이가 '안회남'이란 필명으로 잘 알려진 안필승이다. 유정은 죽기 열하루 전 그 필승에게 위의 서신을 띄웠다. 악화한 병세에 고향으로 내려간 유정은 '이글이글 끓는 명일明日의 희망'을 다지며 닭 삼십 마리를 고아 먹고 땅꾼을 사서 살모사와 구렁이를 십여 마리 달여 먹을 계획을 세웠다. 그러기 위해 돈이 필요했던 유정이 필승에게 일거리를 구해달라 청한 것이다. 죽음을 목전에 둔 상태에서 번역 일이 더치는 일임을 알면서도 유정은 병마와의 최후 담판이 고비에 이르렀다고 판단하여 그렇게 승부수를 던졌다. 유정은 이 편지에서 절박한 심정으로 "돈, 돈"을 연발한다. 그러면서 그런 자기의 모습을 슬픈 일이라 자조한다.

문단 데뷔 전 일본에 잠시 머물던 현덕은 막일을 나갔으나 흙 바구니를 지지 못하여 쓰러지고 쓰러지다가 결국 감독에게 쫓겨난 일이 있었다. 그날 울다 웃다 요도가와淀川 방둑 길을 홀로 걸으며 현덕은 자기의 몸이 그 일을 지탱해 갈 수 없음을 깨달았다. 그 허약한 몸이 할 수 있는 최후의 한 가지 일로 동경해 오던 문학의 길을 밟아 보겠다고 결심한 그는 귀경했다. 이 청년을 문학의 세계로 이끈 이가 우리가 익히 아는 김유정이다. 유정의 권유로 문인이 되겠다는 뜻을 굳힌 현덕은 『조선일보』 신춘문예에 응모하여 소설가로 등단한다.

어느 날 현덕은 유정의 병이 극심해진 사실을 인편으로 듣고 놀란 마음에 황황히 뛰어가려 하나, 때마침 그의 아우가 과한 객혈로 정신을 잃고 눕는 바람에 붙들리고 만다. 현덕은 돈이 없어 약 한 첩 못 쓴 채 이러지도 저러지도 못하고 동생을 우울히 지키고만 앉아 있는 자기의 처지를 유정에게 편지로 전한다. 한편에는 아우가 누웠고, 다른 한편에는 동무가 누웠고, 이렇게 시급히 돈이 필요하건만 현덕에게는 왜 그리 없는 것이 많은지, 유정은 탄식한다. 처세의 길을 열어 줄 수 없어 내치어 굴리다 끝내 현덕을 주저앉힌 세상을 원망하며 유정은 "아 나에게 돈이 왜 없었든가" 절규한다. 안타깝게도 유정은 필승으로부터 끝내 답을 받지 못했다. 폐결핵이 초대한 죽음이 앞서 도착했기 때문이다.

비단 서해와 유정과 현덕만이 아니다. 우리 근대의 소설가들은 자칭 타칭 천재요 지식인이었지만, 그들의 최고 비기라 할 글쓰기가 밥벌이가 된 순간 이내 가난을 숙명으로 떠안아야 했다. 그림자처럼 잠시도 곁을 떠나지 않는 빈궁은 필연코 질병을 선물했고, 드디어 그들의 무릎을 꺾어놓고야 말았다. 비극의 주인공이 성격적 결함 내지는 과오Hamartia 때문에 몰락의 길을 걷는다면, 영웅이 사라진 시대 근대 조선의 작가는 그렇듯 빈궁에 목숨줄을 저당 잡혀 생을 마감했다. 그들 생계의 유일한 버팀목이었던 글쓰기의 원천이 또한 빈궁이었다는 사실은 참으로 아이러니하다. 흥미롭게도 빈궁과 맞선 서해와 유정의 태도는 확연히 달랐다. 대조적이기까지 하다. 이 글은 그 저간의 사정을 이야기한다.

2. 분노로 써 내려간 자전적 기록

함경북도 성진에서 빈농의 아들로 태어난 서해는 소학교 중퇴 후 간도로 가 굶주림과 병으로 구차하게 젊은 날을 보냈다. 후일 소설가로 서해가 보낸 8여 년의 삶은 이때의 경험을 소환한 것이다. 조국에서 살지 못하고 간도로 유랑한 사람들, 함경도 지방의 시골을 배경으로 무식한 노동자나 잡역부들, 그리고 잡지사 주변을 맴도는 문인들의 빈궁이 곧 서해 소설의 시그니처로 자리한 내막이다. 그 간난신고의 세세한 기록의 하나가 바로 「탈출기」『조선문단』, 1925.3이다.

농사를 지어 배불리 먹고 농민들을 가르쳐 이상촌理想村을 건설하리라는 꿈에 부풀어 5년 전 주인공 '나'는 어머니와 아내를 데리고 살기 좋다는 간도 땅으로 이주했다. 그러나 막상 도착한 간도는 노는 땅은 없고 중국인에게 소작인 노릇을 하려 해도 빚을 갚을 길이 막연한 곳이었다. 생계를 잇기 위해 '나'와 가족은 하루하루 가히 사투를 벌인다. '나'와 가족이 내다 팔 두부를 만드는 다음의 장면에서 독자는 마치 자신도 그 한 자리를 차지하고 들어앉아 무사히 그 일이 끝나기만을 애태우며 마음 졸이게 된다.

> 콧구멍만한 부엌방에 가마를 걸고 맷돌을 놓고 나무를 들이고 의복가지를 걸고 하면 사람은 겨우 비비고 들어앉게 된다. 뜬 김에 문창은 떨어지고 벽은 눅눅하다. 모든 것이 후질근하여 의복을 입은 채 미지근한 물 속에 들어앉은 듯하였다. 어떤 때는 애써 갈아놓은 비지가 이 뜬 김 속에서 쉬어버렸다. 두붓물이 가마에서 몹시 끓어 번질 때에 우유빛같은 두붓물 위에 버터빛같은 누란 기름이 엉기면 (그것은 두부가 잘될 징조다) 우리는 안심한다. 그러나 두붓물이 희멀끔해지고 기름기가 돌지 않으면 거기만 시선을 쏘고 있는 아내의 낯빛부터 글러가기 시작한다. 초를 쳐보아서 두붓발이 서지 않게 매캐지근하게 풀려질 때에는 우리의 가슴은 덜컥 한다.
> "또 쉰 게로구나! 저를 어쩌누?"
> 젖을 달라구 빽빽 우는 어린아이를 안고 서서 두붓물만 들여다보시는 어머니는 목메인 말씀을 하시면서 우신다. 이렇게 되면 온 집안은 신산하여 말할 수 없는 울음·비통·처참·소조蕭條한 분위기에 싸인다.[1]

쉬어버린 두부를 앞에 두고 삶이 끝난 듯한 절망에 빠져버린 '나'는 열심

---

1 · 최서해, 「탈출기」, 곽근 편, 『최서해전집』 상권, 문학과지성사, 1987, 20~21면.

히 일해도 배고픔에서 헤어날 수 없는 현실을 절감한다. 그처럼 일말의 희망마저 앗아간 세상은 충실하게 살고자 노력할수록 되려 '나'를 모욕하고 멸시하고 학대했다. 결국 '나'는 험악한 공기의 원류를 바로잡을 길에 나선다. 어머니와 아내와 자식의 희생을 각오하고서 '××단'에 가담하기로 한 것이다. '나'의 그 결정은 실상 '나'의 자발적인 의지가 아니었다. 가난이 강권한 선택 아닌 선택이었다. 이러한 결말의 「탈출기」에는 우리 근대소설사에서 잊을 수 없는(잊혀서는 안 되는) 명장면이 담겨 있다. 현실의 폭압에 '나'가 무참히 짓밟혀 능욕당하고야 마는 순간이다. 간악한 그 현실은 아내의 배고픔을 내세워 다음과 같이 '나'를 급습한다.

한번은 이틀이나 굶고 일자리를 찾다가 집으로 들어가니 부엌 앞에서 아내가(아내는 이때 아이를 배어서 배가 남산만하였다) 무엇을 먹다가 깜짝 놀란다. 그리고 손에 쥐었던 것을 얼른 아궁이에 집어넣는다. 이때 불쾌한 감정이 내 가슴에 떠올랐다.

'……무얼 먹을까? 어디서 무엇을 얻었을까? 무엇이길래 어머니와 나 몰래 먹누? 아! 여편네란 그런 것이로구나! 아니 그러나 설마……. 그래도 무엇을 먹던데…….'

나는 이렇게 아내를 의심도 하고 원망도 하고 밉게도 생각하였다. 아내는 아무런 말없이 어색하게 머리를 숙이고 앉아서 씩씩하다가 밖으로 나간다. 그 얼굴은 좀 붉었다.

아내가 나간 뒤에 나는 아내가 먹다가 던진 것을 찾으려고 아궁이를 뒤지었다. 싸늘하게 식은 재를 막대기에 뒤져내니 벌건 것이 눈에 띄었다. 나는 그것을 집었다. 그것은 귤껍질이다. 거기엔 베먹은 잇자국이 났다. 귤껍질을 쥔 나

의 손은 떨리고 잇자국을 보는 내 눈에는 눈물이 괴었다.[2]

한편 「탈출기」와 같은 해 같은 지면에 발표된 「박돌의 죽음」『조선문단』, 1925.5에서는 빈궁을 직시하는 작자의 태도가 사뭇 다르다. 가난한 집에서 아비 없이 자란 열두 살 소년 '박돌'은 뒷집에서 버린 상한 고등어 대가리를 삶아 먹고 배탈이 난다. 어머니 '파충댁'은 '박돌'을 데리고 의원 '김초시'를 찾아가지만, 약재료 부족을 핑계로 그는 매정하게 모자를 내쫓는다. 그렇게 돌아온 '파충댁'에게 집주인은 쑥뜸을 시키라 권한다. 하지만 '파충댁'의 노력과 간곡한 기원에도 '박돌'은 눈에 흰자위를 까뒤집은 채 죽고 만다. 이에 분노하여 '김초시'에게 다시 달려간 '파충댁'의 복수는 이렇다.

"응 이놈아!"

박돌 어미는 김초시의 상투를 휘어잡으며 그의 낯에 입을 대었다.

"에구! 사람이 죽소!"

방바닥에 덜컥 자빠지면서 부르짖는 김초시의 소리는 처량히 울렸다.

사내 몇 사람은 방으로 뛰어들어간다.

"이놈아! 내 박돌이를 불에 넣었으니 네 고기를 내가 씹겠다."

박돌 어미는 김초시의 가슴을 타고 앉아서 그의 낯을 물어뜯는다. 코, 입, 귀…… 검붉은 피는 두 사람의 온몸에 발리었다.[3]

두 해 뒤 발표된 「홍염」『조선문단』, 1927.1에서도 「박돌의 죽음」과 유사한 현

---

2   최서해, 앞의 책, 19면.
3   최서해, 「박돌의 죽음」, 위의 책, 66면.

실 대응이 그려진다. 주인공 '문서방'은 조선에서 소작하다가 서간도로 이주한 인물로 빚 때문에 중국인 지주 '인가'에게 딸을 빼앗긴다. 죽기 전 딸을 한 번만이라도 보고 싶다는 병든 아내의 소원에 '문서방'은 '인가'를 네 번씩이나 찾아가나 번번이 거절당한다. 그 원한으로 아내가 죽자 '인가'의 집에 불을 지르고서 '인가'를 살해하고 딸을 되찾아온다. 「기아와 살육」『조선문단』, 1925.9의 주인공 '경수'의 처지 역시 크게 다르지 않다. 아내는 경련을 일으키고, 어머니는 머리 타래를 팔아 좁쌀을 사 오다가 중국인 개에게 물어 뜯긴다. 이러한 현실에 '경수'는 다음과 같은 광기로 맞선다.

경수는 머리가 떵하였다. 그는 사지가 경련되는 것을 느꼈다. 그의 가슴에서는 납덩어리가 쑤심질하는 듯도 하고 캐한 연기가 쿡 찌르는 듯도 하고 오장을 바늘로 쏙쏙 찌르는 듯도 해서 무어라 형언할 수 없었다. 갑자기 하늘은 시커멓게 흐리고 땅은 쿵쿵 꺼져 들어간다. 어둑한 구석구석으로부터는 몸서리치도록 무서운 악마들이 뛰어나와서 세상을 깡그리 태워 버리려는 듯이 뻘건 불길을 내뿜는다. 그 불은 집을 불사르고 어머니를, 아내를, 학실이를, 자기까지 태워 버리려고 확확 몰켜왔다.

뻘건 불 속에서는 시퍼런 칼을 든 악마들이 불끈불끈 나타나서 온 식구들을 쿡쿡 찌른다. 피를 흘리면서 혀를 물고 쓰러져 가는 식구들의 괴로운 신음 소리는 차차 들을 수 없이 뼈까지 저민다. 그 괴로와하는 삶生을 어서면케 하고 싶었다. 이런 환상이 그의 눈앞에 활동사진같이 나타날 때,

"아아, 부숴라! 모두 부숴라!"

소리를 지르면서 그는 벌떡 일어섰다. 그의 손에는 식칼이 쥐어졌다. 그는 으악—소리를 치면서 칼을 들어서 내리쩍었다. 아내, 학실이, 어머니, 할 것

없이 내리찍었다. 칼에 찍힌 세 생령은 부르르 떨며, 방안에는 피비린내가 탁해졌다.

"모두 죽여라! 이놈의 세상을 부수자! 복마전伏魔殿 같은 이놈의 세상을 부수자! 모두 죽여라!"

밖으로 뛰어나오면서 외치는 그 소리는 침침한 어둠 속에 쌀쌀한 바람과 같이 처량히 울렸다.[4]

수많은 마귀가 굶주린 어린 딸에게 달라붙는 환영에 빠져 식칼을 들고 아내와 노모를 차례로 내리찍고 집 밖으로 나가 닥치는 대로 찌르고 부수던 '정수'는 결국 중국인 경찰의 총에 맞는다. 가난이 불러온 파국이다. 이렇듯 서해의 소설에는 멸시, 탄식, 빈곤, 울음, 비통, 처참, 모욕, 학대, 비애, 분투, 홧김, 저주, 역증, 원통, 독기, 피, 죽음, 원한, 원혼 등의 어휘가 빈발한다. 이는 곧 '분노'로 집약된다. 서해 소설의 주 무대인 서간도는 '빈궁'을 대변하는 공간이다. 그곳은 생활 곤란으로 와 있는 자, 남의 돈 지고 도망한자, 남의 계집 빼가지고 온 자, 순사 다니다가 횡령한 자, 노름질하다가 쫓긴 자, 살인한 자, 의병 다니던 자 등등 별별 흉한 인사들이 모인 복마전伏魔殿이었다. 이처럼 극악한 현실과 그 속의 인물들이 토해내는 분노를 인과관계로 엮는 방식이 서해 소설의 문법이다.

젊은 날 서해는 실로 안 해 본 노릇이 없었다. 땅꾼, 구들장이, 막벌이꾼, 공사판 십장, 나무장수, 두부장수 등등. 하지만 끝내 생활난을 견디지 못한 그는 초혼한 부인과 생이별하고 무장 독립단에 입단했다. 「탈출기」는 바로 그 자전적 회고다. 독립단원이 된 서해는 총 맞아 죽은 동지를 지키려 얼음

---

4   최서해, 「기아와 살육」, 앞의 책, 38~39면.

판에서 밤을 새우기도 했다. 그러다 이광수를 찾아와 작가의 길에 들어선 서해지만 제대로 된 문학 수업을 받은 적은 없다. 보통학교 3년 수학이 그가 받은 제도권 교육의 끝이다. 장거리에서 구한 신구소설이나 잡지를 닥치는 대로 밤새워 읽은 것이 작가 수업의 전부였다. 그러나 서해는 감히 그 어떤 작가도 넘볼 수 없는 창작의 자산을 의도치 않게 쌓았다. 수없이 죽을 고비를 넘기고서 살아남은 간도에서의 시간이 그것이다. 신경향파 문학의 대표작가로 서해가 주목받은 데는 그의 소설이 관념의 프로파간다propaganda가 아닌 피와 살의 증언이기 때문이다.

오늘날 서해의 소설에 대해 학계에서는 흔히 전망의 부재와 사상의 빈곤을 지적한다. '전망의 부재'란 감당할 수 없는 외부 압력에 짓눌린 주인공들이 살인, 방화, 폭행, 호규號叫 등 충동적 발작적, 허무적 행위의 폭발과 함께 자기 파괴의 몸부림으로 끝장나고 마는 사태에 대한 불만이요, '사상의 빈곤'이란 현실적 비애의 궁극적인 원인을 해명하지 못한 채 맹목적이고 무의미한 주인공의 반항으로 이야기를 끝마치고만 데 대한 비판이다. 작가 사후 반세기가 지난 시점에서 가해진 이 같은 혹평과 작가 당대의 호평을 동시에 불러일으킨 서해의 소설이 대중에 선사한 카타르시스는 무엇인가? "적다고 믿었던 자기의 힘이 철통같은 성벽을 무너뜨리고, 자기의 요구를 채울 때 사람은 무한한 기쁨과 충동을 받는다"는 「홍염」의 결말을 그 답으로 읽을 수 있을 것이다. 계급문학의 논리에서 보건대, 서해의 소설은 곧 신경향파 문학의 최대치이자 한계였다. 그러나 외부의 정치적 기대와 거리를 둔 그의 작품이 어느 작가도 발 딛지 못한 세계에 대한 처절한 기록이었다는 데 이의를 달기 어려울 것이다.

3. 파괴된 농촌공동체의 사설辭說

대중에게 널리 알려진 「봄·봄」과 「동백꽃」을 열외로 친다면 김유정의 여타 작품은 한 편의 이야기로 읽힌다. 짜장 장편소설이다. 「산ㅅ골나그내」, 「총각과 맹꽁이」, 「소낙비」, 「솟」, 「만무방」, 「안해」, 「가을」, 「정조」 등은 주인공의 이름만 다를 뿐 한 사내의 전기로 읽어도 무방한 연작이다. '춘호', '덕만', '덕순', '응칠', '복만'에 이르기까지 가난하고 무능력한 이들 사내는 이명동인異名同人이나 다름없다.

「솟」의 '근식'은 들병이 '계숙'을 혼자 차지하려는 마음에 자기 집의 맷돌과 함지박은 물론 아내의 속곳까지 훔쳐내는 데 주저하지 않는다. 그러다 마지막 남은 세간인 솥을 가지고 '계숙'과 도주하려다 아내에 붙들리고 만다. 「소낙비」의 '춘호' 역시 「솟」의 '근식' 못지않은 아내 사랑을 자랑한다. 그는 노름 밑천을 변통해오라 젊은 아내를 매질로 닦달하는 게 버릇이 된 인물이다. 마을의 부자 양반 '이주사'의 손에 이끌려 돈 이 원을 약속받은 '춘호'의 아내는 그 소식을 남편에게 전하며 산골을 떠날 꿈에 함뿍 젖는다. 다음 날 '춘호'는 그 돈을 고이 받고자 손색없도록 실패 없도록 아내를 모양 내어 보내는 데 다음과 같이 정성을 쏟는다.

아내가 꼼지락거리는 것이 보기에 퍽이나 갑갑하였다. 남편은 아내 손에서 얼레빗을 쑥 뽑아들고는 시원스레 쭉쭉 내려 빗긴다. 다 빗긴 뒤 옆에 놓인 밥사발의 물을 손바닥에 연신 칠해가며 머리에다 번지르하게 발라놓았다. 그래 놓고 위에서부터 머리칼을 채워가며 맵시 있게 쪽을 딱 찔러주더니 오늘 아침에 한사코 공을 들여 삼아 놓았던 짚석이를 아내의 발에 신기고 주먹으로 자근

자근 골을 내주었다.[5]

그런가 하면 「안해」에 등장하는 사내는 아내를 들병이로 만들어 생계 방편으로 삼고자 담배와 술을 먹이고 그도 모자라 소리 교육에 직접 나선다.

들병이 하다가 이것 행실 버리겠다. 망할 년이 하는 소리가 들병이가 되려면 소리도 소리려니와 담배도 먹을 줄 알고 술도 마실 줄 알고 사람도 주무를 줄 알고 이래야 쓴다나. 이게 다 요전에 동리에 들어왔던 들병이에게 들은 풍월이렷다. 그래서 저도 연습 겸 골고루 다 한 번씩 해보고 싶어서 아주 안달이 났다.
이런 기맥을 알고 년을 농락해먹은 놈이 요 아래 사는 뭉태놈이다. 우리 마누라의 이 낯짝에 몸이 달았다면 그만함 다 얼짜지. 어디 계집이 없어서 그걸 손을 대구. 망할 자식두. 놈이 와서 섣달 대목이니 술 얻어먹으러 가자고 년을 꼬였구나. 들병이로 나가려면 우선 술 파는 경험도 해봐야 하니까, 하는 바람에 년이 솔깃해서 덜렁덜렁 따라나섰겠지.[6]

그러나 사내는 아내의 행실이 걱정되어 이내 사업 계획을 접는다. 대신 아들 열다섯을 낳아 그들이 벌어올 볏섬으로 호구지책을 설계하기로 결심한다.

이년하고 들병이로 나갔다가는 넉넉히 나는 한옆에 재워놓고 딴서방 차고 달아날 년이야. 너는 들병이로 돈 벌 생각도 말고 그저 집 안에 가만히 앉았는

---

5 김유정, 「소낙비」, 전신재 편, 『원본 김유정전집』, 강, 1997, 50면.
6 김유정, 「안해」, 위의 책, 227면.

것이 옳겠다. 구구루 주는 밥이나 얻어먹고 몸 성히 있다가 연해 자식이나 쏟아라. 뭐 많이도 말고 굴때 같은 아들로만 한 열다섯이면 족하지. 가만있자, 한 놈이 일 년에 열 섬씩만 번다면 열다섯 섬이니까 일백오십 섬. 한 섬에 더도 말고 십 원 한 장씩만 받는다면 죄다 일천오백 원이지. 일천오백 원, 일천오백 원, 사실 일천오백 원이면 어이구 이건 참 너무 많구나. 그런 줄 몰랐더니 이년이 뱃속에 일천오백 원을 지니고 있으니까 아무렇게 따져도 나보담은 낫지 않은가.[7]

「안해」의 낙천적인 주인공 사내와 달리 「가을」의 주인공 '복만'은 맞붙잡고 굶느니 아내는 다른 데 가서 잘 먹고 또 자기는 자기대로 그 돈으로 잘 먹고 살자며 아내를 소 장수 '황거풍'에게 일금 오십 원에 매매계약서까지 써서 판다. 언뜻 냉혹한 현실주의자 행세다. 그런데 전 남편 '복만'과 이별하고서 얼마 지나지 않아 아내의 종적이 묘연해진다. '복만'과 재결합하기로 이미 약조되어 있었던바, 조금 격조 높은 표현을 빌자면 혼인빙자 사기결혼을 감행한 것이다. 그렇듯 복이 많은(?) '복만'처럼 루저loser 사내들 곁에는 천생연분의 배우자가 있었다. 「소낙비」의 젊고 어여쁜 아내는 폭력을 일삼는 남편의 노름 판돈을 구하려 다른 사내에게 몸을 팔고, 「산ㅅ골나그내」나 「솟」의 그녀들은 병들거나 애 딸린 남편과 들병이가 되어 유랑의 길 위에 나선다. 그녀들은 종국에 「땡볕」의 병든 '덕순'처럼 남편의 등 뒤에서 죽을 날을 꼽으며 눈물로 유언을 써 내려간다.

곡절 많은 이들 남녀의 사연을 듣노라면 독자는 한참을 넋 내놓고 웃다 눈가를 훔치게 된다. 애잔한 신파가 아니라는 이야기다. 어느 평론가의 표현을 빌자면 '비루한 것들의 카니발'이 일상으로 펼쳐지는 파노라마다. 김

---

7   김유정, 「안해」, 앞의 책, 229면.

유정의 창작이 고향 '실레마을'에서 듣고 본 사건들의 기록이라는 사실을 굳이 언급하지 않더라도 편견 없는 독자라면 그 사연의 주인공들이 당대 농촌의 보편적인 삶을 대변한다는 것을 능히 알 수 있다. 하여 한국적 리얼리즘의 위대한 승리라는 거창한 수사쯤은 도리어 사양해야 옳다. 시쳇말로 거기엔 1930년 식민지 조선의 '레알'이 헐떡인다. 자전적인 작품이라 할 「심청」에서 그 일단을 만나게 된다.

「심청」의 주인공 '그'는 명색이 고보 출신이나 백수나 진배없는 인물이다. 팔팔한 젊은 친구가 할 일은 없고 그날그날을 번민으로만 지내곤 하니까 배짱이 돌아앉고 따라서 심청이 곱지 못하다. 그는 자기의 불평을 남의 얼굴에다 침 뱉듯 붙이기가 일쑤요 건듯하면 남의 비위를 긁어놓기로 일을 삼는다. 심보가 이러고 보니 눈에 띄는 것마다 모두 아니꼽고 구역이 날 지경이다. 무엇보다도 그의 비위를 상해주는 건 거지였다.

대도시를 건설한다는 명색으로 웅장한 건축이 날로 늘어가고 한편에서는 낡은 단청집은 수리좇아 허락지 않는다. 서울의 면목을 위하야 얼른 개과천선하고 훌륭한 양옥이 되라는 말이었다. 게다 각상점을 보라. 객들에게 미관을 주기 위하야 서루 시새워 별의별짓을 다해가며 어떠한 노력도 물질도 아끼지 않는 모양같다. 마는 기름때가 짜르르한 헌 누데기를 두르고 거지가 이런 상점앞에 떡 버티고서서 나리! 돈한푼 주―, 하고 어줍대는 그꼴이라니 눈이시도록 짜증 가관이다. 이것은 그상점의 치수를 깎을뿐더러 서울이라는 큰 위신에도 손색이 적다 못할지라. 또는 신사숙녀의 뒤를 따르며 시부렁거리는 깍쟁이의 행세좀 보라. 좀 심한 놈이면 비단결―이고 단장뿌이고 닥치는대로 그 까마귀발로 웅켜잡고는 돈 안낼테냐고 제법 혹닥인다. 그런 봉변이라니 보는 눈이다 붉어질 노릇이 아닌가! 거지를 청결하라. 땅바닥의 쇠똥말똥만 칠게 아니라 문화생활의 장애물인 거지를 먼저 치우라. 천당으로 보내든, 산채로 묶어 한강에 띄우든……[8]

이렇듯 근대와 전근대가 어쭙잖은 동거를 시작한 서울의 풍광을 「심청」의 주인공은 경멸해 마지않는다. 하루라도 빨리 훌륭한 양옥이 낡은 단층을 밀어내고 대도시로 개과천선해야 할 서울은 모던걸과 모던보이만의 세상이 아니다. 깍쟁이 거지가 문화생활의 장애물로 버젓이 상점 앞을 점유하고 있으니 말이다. 서울의 위신을 깎아내리는 그들에게 「심청」의 주인공이 심청을 부리는 것은 자신이 또한 그들 거지와 다를 바 없는 존재임을 부정하고 싶은 심사에서다. 거지들이 룸펜프롤레타리아라면 주인공 자신은 룸펜인텔리겐치아일터, 김유정의 어휘 사전에서 그들 모두는 '놈페이'로 등재될 인물이다.

김유정의 생 역시 최서해 못지않은 파란의 연속이었다. 절친 이상은 소설 「김유정」에서 생활고로 더친 유정의 병마를 전하며 그에 대한 애정과 격정, 건강 회복에 대한 기대를 표한다. 두 사람의 우정은 오늘날 유행하는 '브로맨스'의 전범이라 할 만하다.

유정裕貞은 폐肺가 거이 결단이나다시피 못쓰게되었다. 그가 울퉁버슨것을 보았는데 기구崎嶇한 수신瘦身이 나와 비슷하다. 늘
"김형金兄이 그저 두달만 약주를끊었으면 건강健康해지실 텐데."
해도 무가내기無可奈더니 지난 칠 월七月달부터 마음을 돌려 정릉리貞陵理 어

8 김유정, 「심청」, 앞의 책, 181면.

느절간에 숨어 정양중靜養中이라니, 추풍秋風이 점기漸起에 건강健康한 유정裕貞을 맞을 생각을 하면, 나도 독자讀者 함께 기쁘다.[9]

그처럼 궁핍과 병마에 줄곧 시달렸으면서도 유정은 자기 연민의 고백서사를 단 한 차례 남기지 않았다. 되려 고향 사람들의 빈궁을 특유의 해학으로 되받아쓰는, 오지랖 넓은 글쓰기에 진력했다. 서해의 문학적 현실 대응이 즉자적이었다면, 유정의 태도는 대자적이었던 셈이다. 그렇게 유정은 본인의 처지보다도 가난의 굴레에 붙들린 이웃들의 사정에 더 밝았다. 그네들 삶의 상처에 늘 눈길을 거두지 않았으면서도 정작 자신의 건강은 어찌하지 못했던, 창작의 열정으로 스스로 육체를 혹사했던 유정이었다. 그 치열한 작가정신이 1930년대 식민지 조선의 농민과 농촌 유민의 일상을 해학의 수사학으로 절개해 기록함으로써 독보적인 리얼리즘 문학의 정수를 구현하기에 이른 것이다.

김유정의 소설은 읽는다기보다는 듣는다고 하는 편이 맞는다. 유능한 독자임을 자부할라치면 귀명창이어야 한다는 이야기다. 전신재는 김유정이 말을 살리고, 사전은 말을 죽인다고 단언한다. "핏기 없는 표준어가 아니라 생생한 방언, 문어文語가 아니라 구어口語, 구어체라기보다는 구연체口演體라고 해야 할 유정의 언어는 언어가 사물에서 독립해 나가는 것이 아니라 사물과 밀착하려는 점에서 값지게 느껴진다"[10]는 것이다. 「아내」에서 서술자로 등장하는 '남편'의 다음과 같은 사설이 그 한 물증일 것이다.

---

9 이상, 「김유정」, 김주현 주해, 『이상 문학 전집』 2, 소명출판, 2005, 325~326면.
10 전신재, 「초판 서문」, 『원본 김유정전집』, 강, 1997, 7면.

게집 좋다는건 욕하고 치고 차고, 다 이러는 멋에 그렇게 치고보면 혹 궁한 살림에 쪼들리어 악에 받인 놈의 말일지는 모른다. 마는 누구나 다 일반이겠지, 가다가속이 맥맥하고 부하가 끓어오를 적이 있지 않냐. 농사는 지어도 남는것이 없고 빚에는 몰리고, 게다가 집에 들어스면 자식놈 킹킹거려, 년은 옷이 없으니 떨고있어 이러한 때 그냥 백일수야 있느냐. 트죽태죽[11] 꼬집어 가지고 년의 비녀쪽을 턱 잡고는 한바탕 홀두들겨대는구나. 한참 그 지랄을 하고나면 등줄기에 땀이 뻑 흐르고 한숨까지 후, 돈다면 웬만치 속이 가라앉을 때였다. 담에는 년을 도로 밀처버리고 담배 한대만 피어물면 된다.[12]

　　김유정은 등장인물들의 육성을 그대로 녹음해낸다. 문자가 곧 녹음기인 셈이다. 전신재가 갈파했듯이 그의 소설 언어는 언어라기보다는 목소리라고 하는 편이 맞는다. 에크리튀르écriture, 곧 글말이 아닌 파롤paroles, 입말에 근사하단 이야기다. 정확히 말해 그것은 파롤로 전이된 에크리튀르일 것이다. 음성언어와 문자언어의 대립을 초월한 개념으로 데리다가 말한 '원原-에크리튀르'의 실체일지도 모른다. 그도 아니라면 문자화된 음성이라 함이 타당하다. 그렇다고 해서 김유정이 새로운 어휘를 만들거나 발굴해낸 것은 결코 아니다. 그는 자신이 듣고 자란 마을 사람들의 일상어를 존중했을 뿐이다. 그 폭은 '꼬라리',[13] '등결잠',[14] '제누리',[15] '들쌩이',[16] '매팔짜'[17]와 같은 명사에서부터 '끼룩어렷스다',[18] '애키다',[19] '앵하다',[20] '히짜를 뽑

11　티적티적. 남의 흠이나 트집을 잡아 거슬리는 말로 자꾸 성가시게 구는 모양을 나타내는 말.
12　김유정, 「안해」, 앞의 책, 171면.
13　고라리. 시골고라리(어리석고 고집 센 시골 사람을 놀림조로 이르는 말).
14　깔고 덮을 것이 없이 옷을 입은 채 아무데나 쓰러져 자는 잠.
15　'곁두리(농사꾼이나 일꾼들이 끼니 외에 참참이 먹는 음식)'의 방언.
16　병에다 술을 담아 가지고 다니면서 술장사를 하는 사람 '들병장수'를 홀하게 이르는 말.
17　빈들빈들 놀면서도 먹고사는 일에 걱정이 없는 경우를 이르는 말.

다',[21] '훔스려내다'[22]와 같은 용언에 이르기까지 대단히 폭넓다. 이들 사투리의 부림은 지역적 개별성과 연계되어 인물의 성격과 행위를 개성적으로 재현해내는 데 효과적인 원천이 된다. 특히 다음과 같은 부사어와 능수능란하게 결합할 때 이야기가 자아내는 사실 효과는 극대화된다.

* 뒤해만 잘하면 소한바리쯤은 락자업시[23] 떨어진다 「총각과 맹꽁이」 중에서

* 공석에서 벼루기는 들실르며 등어리 정갱이를 대구[24] 쓴어간다 「총각과 맹꽁이」 중에서

* 눈물은 급기야 까칠한 웃수염을 거처 발등으로 줄대[25] 굴럿다 「총각과 맹꽁이」 중에서

* "여보 자우? 이러나게유 얼핀[26]" 「산ㅅ골나그내」 중에서

* 거반 울상이되여 허벙저벙[27] 방안으로 들어왔다 「산ㅅ골나그내」 중에서

---

18 무엇을 보거나 목구멍에 걸린 것을 삼키려고 목을 길게 **빼어** 앞으로 자꾸 내밀다
19 캥기다(잘못이 있거나 무언가 걸리는 구석이 있어서 편치 않게 되다)
20 기회를 놓치거나 손해를 보아서 분하고 아깝다.
21 가진 것이 없으면서 짐짓 분수에 넘치게 굴다.
22 남의 물건을 슬그머니 훔쳐 가지다.
23 조금도 다르지 않고 똑같다 '영락없다(零落-)'의 방언.
24 자꾸라는 의미의 강원도 사투리.
25 끊이지 않고 잇달아 계속.
26 얼른(시간을 오래 끌지 않고 곧바로)
27 마음이 급하여 어쩔 줄을 모르고 자꾸 서두르는 모양을 나타내는 말.

4. 글을 마치며

최서해와 김유정 소설문학의 핵심 모티프가 빈궁이라는 데 이의를 제기하기는 어렵다. 그것은 당시 그들 삶의 현주소였다. 비극의 주인공이 결국 몰락에 이르듯 빈궁이라는 운명의 그물에 걸린 그들이 맞은 병사病死, 그 필연적 사태가 이를 방증한다. 그러나 이처럼 유사한 생의 이력과는 별개로 빈궁을 대하는 두 작가의 창작 태도는 너무나 판이했다. 자전적 소설 「탈출기」와 「심청」만 보아도 그렇다. 전작은 신경향파의 대표작으로서 계급의식의 단초가 제시되어 있다. 한편 후작은 룸펜인텔리겐치아의 푸념을 통해 당대 지식인의 피상적인 현실 인식을 여실히 보여준다. 일례로 전자는 계급과 민족의 이중모순을 극복하려는 맹아적인 실천을 암시하는 데서 이야기가 마감되는 데 반해 후자는 절망적이 현실에 대한 혐오에 그친다. 문제는 두 작품의 이 같은 차이가 최서해와 김유정 창작 전반을 놓고 볼 때 대단히 예외적이라는 사실이다.

최서해는 비록 자전적 기록이 아닌 여타 작품에서도 식민지 조선인의 빈궁한 삶을 이야기하는 데 주력한다. 직간접으로 경험한 비극적 사건을 감정의 과잉 속에서 기록한 것이다. 이와 달리 김유정의 창작은 고향 마을에서 풍문으로 전해 들은 이야기를 밑천 삼은 재구성이다. 그 결과는 확연히 다른 담화 양상으로 나타난다. 최서해가 극적 장면과 사건을 보여주는 방식이라면, 김유정은 등장인물의 사연을 읊는 판소리 사설에 가깝다. 이 양 갈래의 전달 방식으로부터 배태되는 효과 역시 상이한데, 최서해는 등장인물의 강렬한 분노 표출을 통해 독자의 정서적 반응을 격발한다.

이에 비한다면 김유정의 소설 속 화자의 어조는 매우 차분하다. 거기엔 해학이 곁들어진 페이소스pathos가 짙게 배어 있다. 물론 배경 면에서 최서해와 김유정의 소설은 각각 1920년대와 1930년대로 시간적 격차가 있고, 주 무대가 간도와 강원도 산골 마을로 다르다는 점을 전연 배제할 수는 없다. 하지만 이 같은 차이를 무시하고도 남을 만치 두 작가의 작품은 빈궁의 문제를 누구보다도 정직하게 응시하고 있다는 점에서 일치한다. 그렇다면 과연 누구의 작품이 식민지 조선의 현실에 더 가까이 밀착되어 있는가? 질문을 달리해 소설미학 차원에서 누구의 작품이 더 높은 성취를 보여주느냐 묻는다면, 필자로서는 김유정의 소설 세계라 답할 수밖에 없다. 이유는 김유정의 언어 때문이다.

최서해의 소설 언어로 김유정의 작품을 되받아 쓴다고 상상해보라. 과연 식민지 조선의 농촌 현실을 얼마나 실감할 수 있겠는가 말이다. 동시대에 활약한 이기영, 박영준, 이무영 등 농민문학 대표작가들의 작품 어디에서 김유정 작품 속 인물들이 들려주는 웃픈[28] 사연을 만날 수 있느냐 말이다. 그런 김유정의 언어는 오늘날 한국인에게조차 외국어나 다름없다. 시간을 거슬러 올라가 문맥을 헤아리며 그의 작품을 읽는 행위 자체가 이국의 탐방이나 다름없다. 하여 그 안내서로 소설어 사전까지 꾸려지지 않았던가. 김유정의 소설을, 그리고 그 언어를 거들떠보는 일이 여전히 우리 시대 과제인 셈이다.

---

28 슬픈데 웃긴 상황을 나타나는 신조어

참고문헌

김병길, 『우리말의 이단아들』, 글누림, 2018.

_____, 『우리 근대의 루저들』, 글누림, 2020.

김유정, 「소낙비」, 전신재 편, 『원본 김유정전집』, 강, 1997.

이 상, 「김유정」, 김주현 주해, 『이상문학전집』 2, 소명출판, 2005.

전신재, 「초판 서문」, 『원본 김유정전집』, 강, 1997.

최서해, 「탈출기」, 곽근 편, 『최서해전집』 상권, 문학과지성사, 1987.

「동백꽃」의 어수룩한 '나'의 감정 '다시' 보기

김지은

1. 포스트-서사학적 소설교육을 위한 '감정'의 렌즈

이 글에서는 스토리지향 서사학story narratology으로부터 언어의 소통 기능을 중시하는 담론지향 서사학discourse narratology으로의 선회[1]를 보여 주는 대표적인 논의로서 애벗H. P. Abbott의 시각을 토대로, 체계화·유형화 불가능 지점에 보다 천착하는 포스트-서사학적 접근을 취해 「동백꽃」을 감정 중심으로 '다시' 짚어봄으로써 그 교육적 시사점을 마련해 보고자 한다. 이때 김유정의 「동백꽃」을 중점적으로 살피는 작업은, 7차 교육과정 교과서에 수록된 이후로 2015 개정 교육과정이 적용되는 오늘날의 교과서에까지 계속해서 수록되어 온 소설교육 중요 제재로서 「동백꽃」의 보다 다채로운 교육적 접근을 위한 토대를 마련하기 위함이면서, 동시에 교육적 의도 아래 그 의미망이 축소되었던 지점에 의미 구성 주체로서 학습자들의 자리를 마련

1　황국명, 「현단계 서사론의 과제와 전망」, 『인간·환경·미래』 4, 인제대 인간환경미래연구원, 2010, 8면.

해 보는 교육적 시도로서 그 의의를 가질 수 있다.

「동백꽃」을 포함한 김유정 소설의 특징은 정반대의 해석이 가능할 만큼 양가성이 풍부하다는 데 있다. 가령, 생존을 위해 부부가 취하는 '아내 팔기'와 같은 전략은 전통적 가부장제의 건재로 읽히기도 하고, 그것의 해체로 읽히기도 한다. '토속성' 짙은 강원도 농촌의 공간은 원시적 생명력이 넘치는 우리 민족의 원초적 고향으로 해석되기도 하면서, 동시에 일제 식민치하의 황폐한 현실로 해석되기도 한다. 또 기대의 '배반'과도 같은 방식으로 자주 사용되는 '반전' 기법의 경우 전통적인 설화의 원용이면서도 동시에 서구 탐정소설 구성법의 원용으로 보기도 하며, 김유정 특유의 문체에 있어서는 민중의 언어를 생생하게 반영하는 사실주의 기법이면서 그 언어적 미감을 즐긴다는 점에서 모더니즘의 기법으로 판단하기도 한다.[2]

이러한 양면적 해석을 가능케 하는 김유정의 독특한 문학세계는, 프로문학과 같은 당대 리얼리즘론을 대변한 문단에서는 현실인식이 '부재'한 문학으로 비판받았으나, 해방기에 이르러 향토성과 전통적 해학성을 중심으로 언어미학적 효과를 살피는 연구들을 통해 재평가 받았으며, 이후 여러 역사주의적 방법 또는 구조주의적 방법론을 오가며 확보된 논의들은 이른바 '포스트주의' 관점을 토대로 계속해서 '재해석', '재검토'의 여지를 마련하는 풍부한 토대가 되고 있다. 이러한 논의의 연장선에서 최근 연구들은 이른바 "감정의 정치학"[3]이자 "감정의 서사"[4]로서 '감정'을 중요한 키워드로 설정하여 김유정 소설을 바라보고 있다.[5]

---

2 전신재, 「서문」, 김유정문학촌, 『김유정 문학의 재조명』, 소명출판, 2008, 3면.
3 김근호, 「김유정 소설에서의 반전과 감정의 정치학」, 『한중인문학연구』 55, 한중인문학회, 2017.
4 정연희, 「김유정 소설의 멜랑콜리 미학과 총체성의 저항」, 『우리문학연구』 56, 우리문학회, 2017, 536면.

이러한 '감정' 중심의 접근들은 김유정 소설이 배태하고 있는 복합적인 심리에 주목하고, 이를 따로 명시하기보다는 '얽힘' 그 자체에 주목함으로써 그곳에서부터 생성되는 가치를 조명하고 있다. 이에 김유정 소설의 양가적이고 교란적인 성격은 기대와 배반, 패배와 순응이 교차하는 과정에서 매번 미완성되고 불완전하며,[6] 이러한 이질적인 것들의 혼합이자 이면의 공존을 특징으로 하는 김유정 소설은 모든 것들을 단일한 논리로 포섭하는 총체성에 저항하는 미학으로 의미화될 수 있다.[7] 이는 김유정의 소설을 이른바 '정情'을 매개로 한 미학적 정치의 실천[8]으로 바라볼 수 있도록 하는 근거를 마련해 주기도 한다.

문학교육에서도 소설교육 제재로서 「동백꽃」을 비롯한 김유정 소설과

5 　유인순(2008)의 경우 김유정의 전기적 사실과 연계해 양극성 장애를 일으키는 우울증의 증상으로서 웃음과 울음의 공존을 살펴보았고(유인순, 「김유정의 우울증」, 김유정문학촌, 앞의 책, 2008), 전신재(2008)와 오태호(2019)는 열등한 인물의 '기대의 배반'으로 인해 울음과 웃음이 공존하게 되면서 독자들에게 '연민'의 정서를 불러일으키는 점에 집중하였다(전신재, 「판소리와 김유정 소설의 언어와 정서」, 김유정문학촌, 앞의 책, 2008; 오태호, 「김유정 소설에 나타난 '연민의 서사' 연구-마사 누스바움의 '감정론'을 중심으로」, 김유정학회, 『김유정 문학다시 읽기』, 소명출판, 2019). 오양진(2010)과 김근호(2017)는 불확실한 근대를 마주한 남녀관계의 '불안'의 감정이 가학적 행위를 담지한 알레고리를 통해 그 고통이 일부 해소됨으로써 희망과 절망이 교차하는 불안한 현실과 더불어 살 수 있게 되는 과정을 보여 준다고 보았고(오양진, 「남녀관계의 불안」, 『상허학보』 29, 상허학회, 2010; 김근호, 앞의 글, 2017), 오은엽(2015)과 장수경(2016)은 각각 '분노'와 '사랑'의 정념을 중심으로 의식화 과정을 세밀히 살펴 현실의 허위성을 인식하고 그 안에서 살아가는 인물들의 현실 극복의 의지가 드러난다고 보았다(오은엽, 「김유정 소설에 나타난 정념의 기호학적 연구-〈금따는 콩밧〉, 〈금〉, 〈노다지〉를 중심으로」, 『한중인문학연구』 47, 한중인문학회, 2015; 장수경, 「정념의 관점에서 본 김유정 소설의 미학」, 『한민족문화연구』 55, 한민족문화학회, 2016). 특히 김예리(2016)와 송주현(2017)은 '슬픔'에서 정동된 '웃음'을 통해 이러한 '사랑'의 현존이 확인됨으로써 숭고와 비천을 결속시키는 존재론적 전환의 계기가 마련된다고 보아 그 탈근대적 가치를 조명하였다(김예리, 「김유정 문학의 웃음과 사랑」, 『한국예술연구』 14, 한국예술종합학교 한국예술연구소, 2016; 송주현, 「김유정 소설에 나타난 사랑의 의미 연구-인물 관계와 서사화 과정을 중심으로」, 『한민족어문학』 77, 한민족어문학회, 2017).

6 　김윤정, 「김유정 소설의 정동 연구」, 『현대문학이론연구』 71, 현대문학이론학회, 2017, 101면.

7 　정연희, 앞의 글, 2017, 558면.

8 　심재욱, 「김유정 문학의 미학적 정치성 연구」, 『어문논집』 78, 중앙어문학회, 2019, 360면.

관련한 논의들을 진행한 바 있는데, 대부분의 논의들은 편중된 작품 선정 및 그러한 작품의 정전화로 인해 발생한 고착화된 이해를 지적하고 있으며,[9] 특히 교과서를 통해 명징하게 드러나는 교육의 논리 아래 원작의 풍부한 의도가 왜곡될 수 있음을 지적하고 있다.[10] 곧 이들 논의는 지나친 '순수한 사랑 이야기'로 축소되는 문제점 및 '말하는 이'의 신뢰할 수 없음에 지나치게 주목함으로써 해학적 문체, 구어적 전통의 계승적 면모, 방언의 풍부한 사용에 대해서는 외면해온 데 대한 지적으로 일괄할 수 있다. 그러나 이러한 논의들이 "작품론을 기준으로 교육적 실천을 분석하고 평가하기 때문에 정작 이 소설을 교과서의 제재로 선택하고 예전으로 발전시킨 교육계의 의도와 해석 전략을 입체적으로 규명하지 못한다"[11]고 제

---

9 이러한 김유정 문학을 둘러싼 소설교육의 편중성을 지적하는 논의로는 김동환(2012)과 김지혜(2012)의 연구를 들 수 있다. 김동환의 경우 정전사(正典史)적 검토를 통해 「봄·봄」, 「동백꽃」, 「만무방」이 정전으로 자리 잡게 되는 과정을 살폈으며, 특히 소설교육적 논리에 의해 김유정 소설은 문학사적 정전보다는 소설의 장르적 특성을 이해를 돕는 예전(例典)의 기능을 수행하게 되었음을 지적했다(김동환, 「교과서 속의 이야기꾼, 김유정」, 김유정학회, 『김유정의 귀환』, 소명출판, 2012, 35~54면). 김지혜의 경우 김유정 소설의 교육적 활용에 있어 다양한 작품의 수적 확보를 주장하기보다는, 문화콘텐츠로서의 김유정 문학 교육의 확장 가능성을 시사하였다(김지혜, 「김유정 문학의 교과서 정전화(正典化) 연구」, 『현대문학이론연구』 51, 현대문학이론학회, 2012, 151~152면).

10 관련한 지적을 요약하자면, 문학교육, 특히 소설교육에서 「동백꽃」은, 「소나기」나 「사랑손님과 어머니」와 같이 사랑과 관련한 이야기이면서도, '향토성'과 '해학성'이 두드러짐으로써 특정 이념이 부각되지 않으며, 순수한 소년이 주인공으로 등장한다는 점에서 교육적 제재로 수용되게 된 지점에서부터 이러한 문제가 촉발되었다고 정리할 수 있다. 이때 「동백꽃」의 '나'는 눈치 없고 어리숙하여 점순이의 애정을 눈치 채지 못하는 신뢰할 수 없는 서술자의 한 유형으로 수용되고, 이에 이러한 점순과의 '애정 갈등'과 '해결'이 보다 부각되어 교수·학습 활동이 꾸려져 왔다. 이에 따라 학습자들은 부족한 '나'의 진술을 통해 점순이의 애정을 추론한 것을 요청받게 됨으로써, 「동백꽃」의 서사는 '나'의 서사 그 자체로 감상되는 것이 아니라, 내포작가의 서사 전략으로 인해 '점순이'의 입장을 살피기 위한 '재구성'이 필요한 서사로 이해되었고, 주요 사건 역시 이러한 점순의 입장에 맞추어 다시 선정되고 이해되었다. 이에 맞물려 주된 소재 역시, 갈등의 발단인 '감자'와 '동백꽃'으로 좁혀지고 있는데, 이러한 교육적 접근은 "오늘도 또 우리 수탉이 막 쪼이었다"로 포문을 여는 「동백꽃」의 역전 구성이나, 핵심 소재이자 사건으로서 반복된 '닭싸움'에 대한 관심을 '계급투쟁'으로 단순화하여 축소시키는 혐의를 갖는다.

11 정진석, 「동백꽃」의 '나'를 믿지 않게 가르치기」, 김유정학회, 『김유정의 문학산맥』, 소명출판, 2017, 201면.

기된 반론을 통해 숙고해 보았을 때, 단순히 작품론의 최신 흐름을 고스란히 반영하기보다는, 교육의 목적성을 염두에 두되 그것을 '학습자'의 해석 전략[12] 실천의 장이자 보다 풍부한 "판단 가능성"[13]으로 활용하는 실천적 논의가 요구됨을 확인할 수 있다.

이때 특정 개념을 설명하기 위해 예전例典을 선정하는 교육적 논리를 다른 국면으로 전환하는 데 있어, 이른바 '서술의 유형학'에서 '언어 소통 기능'으로 선회한 포스트-서사학적 접근을 참고할 수 있다. 이는 구조주의 서사학에 내재했던 한계들환원적인 유형화, 구조의 탈역사적 정태성, 탈이데올로기적 자족성 등을 극복하면서,[14] '개념', 곧 '사건event', '행위action', '서술/보고자narrator'와 같은 서사적 요소가 조립된 고립된 '모델'이 아닌 "단어도 아니고 이미지도 아니며 제스처도 아닌, 오로지 그러한 단어와 이미지, 제스처로 표시되는 사건과 상황, 그리고 행위들"[15]과 같은 역동태逆動態에 주목하는 접근 방법이다. 이러한 관점에 근거하면, 텍스트는 더 이상 어떤 추상적인 일반 법칙 또는 구조의 발현체로서 분석할 '대상'에 그치는 것이 아니라, 잠복되어 있는 여러 가지의 관계들이 상호 연관, 갈등, 충돌하는 구체적인 '양상'으로 존재한다.[16]

---

12 실질적으로 문학교육의 학습자들이 김유정 소설을 인식하고 전유하는 지점으로부터 갱신의 지점을 확보하는 연구로는 진용성(2017), 우신영(2019)의 논의가 있다(진용성, 「김유정 소설의 국어교육적 활용에 관한 연구」, 김유정학회, 앞의 책, 2017; 우신영, 「문학교육에서 김유정 문학 읽기의 지평과 전망」, 『한중인문학연구』 64, 한중인문학회, 2019).

13 정진석, 앞의 글, 2017, 224면.

14 박진, 「서술의 유형학에서 발화 행위의 프락시스(praxis)로-구조주의 이후 서술 이론의 동향과 전망」, 『한국문학이론과비평』 40, 한국문학이론과비평학회, 2008, 146면.

15 H. P. Abbott, 우찬제 외역, 『서사학 강의(*The Cambridge Introduction to Narrative*)』, 문학과지성사, 2010, 51면.

16 한용환, 「도구의 학문에서 본질의 학문으로-서사학의 현재와 미래」, 『한국문학이론과 비평』 12(3), 한국문학이론과비평학회, 2008, 10면.

이에 따라 텍스트 문면에 드러난 현상을 단순히 확인하고 기술하는 것에서 나아가 페미니즘, 지역성, 역사성, 욕망론, 물질성, 윤리성과 같은 다양한 정치성이나 담론과 연결시키는 접근이 요구된다는 점에서,[17] 의미 구성 주체이자 해석자로서 학습자의 자리를 고민하는 소설교육에 유의미한 시사점이 마련될 수 있다. 곧 포스트 서사학이 "유형화의 틀을 벗어나는 한계 지대"이자, 그로 인해 발생된 잉여적 '거리'에서부터 잠재된 새로운 의미를 적극적으로 읽어내는 독자를 호출함으로써 "실천의 윤리학"으로 기능한다 할 때,[18] 이에 근거한 소설교육의 방향 역시 구조시학의 '너머'로서 '우연'처럼 존재하는 잉여, 증상, 간극과 같은 서사의 심미 현상에 '필연'을 부여하는 학습자의 자리를 마련함으로써 모색될 수 있는 것이다.

이때 이 글에서는 독자들이 해석의 과정에서 주목할 수 있는 비가시적인 현상으로 '감정'에 주목해 봄으로써, "작중 인물의 잠재적 감정, 인물들 간의 정서적 교류, 그리고 서술자와 독자 간의 관계적 맥락"[19]에 주목하는 이러한 접근이 해석의 다양성을 담보할 수 있는 소설교육의 실천적 방법이 될 수 있는가를 확인해 보고자 한다.

이와 같은 감정에 대한 이 글의 접근은 주체에서 타자로 관심이 이동한 것과 같이, 이성 중심적 근대 사유 체계를 비판하며 일종의 '해석활동'으로서의 '감정'으로 논의의 중심축을 이동시키는 과정에서 발생한 감정 연구와 맞닿는다. 이때 감정emotion은 외부자극에 대한 단순한 생리적·본능적·감각적 반응이 아니라, 외부 대상이나 세계에 대한 감각이 인지cognition, 판

---

17 권택영, 「'포스트-고전서사학'의 전망과 현재」, 『한국문학이론과 비평』 40, 한국문학이론과
    비평학회, 2008, 33면.
18 박진, 앞의 글, 2008, 150·165면.
19 김윤정, 앞의 글, 2017, 106면.

단judgement 및 평가appraisal와 결합하여 복합적으로 일어나는 활동이자 실천으로서 보다 적극적인 의의를 지닌다.[20] 물론 감정 개념이 각종 문화 및 문학 연구에서 느낌feeling, 감각sense, 감성sentiment, 정동affect 등의 개념과 함께 쓰이면서 논점이나 논자에 따라 서로 다르게 사용되는 난맥상이 발생하기도 했지만,[21] 이러한 용어 간 엄밀한 구분보다는 포괄적인 접근을 취함으로써 감정과 정동, 정동과 감정 간 '이동'과 '이행'을 살펴 그 복합적인 '과정' 그 자체에 주목하는 관점이 실질적으로 유효할 수 있다. 이를 통해, 감정의 '존재론적' 위상을 '수행적' 측면으로 옮기는 본래 감정 논의의 관점 역시 유지할 수 있다.[22]

즉 감정은 단순한 감각적 차원을 넘어 사회문화적 의미 또는 권력관계의 영향을 받는다는 점에서, "개인적인 동시에 집합적"[23]이다. 이때 감정-주체는 감정의 인지-경험-표현을 거의 동시적으로 수행하면서 이와 동시에 주체의 사회적 생존을 위한 자기 감정의 은폐, 망각, 부정 등의 은폐 기제역시 함께 작동시킬 수 있다.[24] 따라서 이러한 감정에 대한 접근은 문면에 드러난 감정의 확인뿐만 아니라, 소설 텍스트에 발화된 '말'과 같이 유형화될 수 없는 그것의 '왜곡'과 '굴절'도 함께 살필 것을 요청한다는 점에서, 포

---

20 이명호, 「감정의 문화정치」, 이명호 외, 『감정의 지도 그리기』, 소명출판, 2015, 6면.
21 김미현, 「21세기 한국소설에 나타난 감정 윤리의 동학」, 『우리말글』 82, 우리말글학회, 2019, 346면.
22 이명호, 앞의 글, 2015, 12·16~17면. 김미현(2019) 역시 비생산적인 논란이나 개념의 모호성을 극복하기 위한 대안으로서 감정을 광의(廣義)의 개념으로 사용하면서도 정동이 지닌 장점을 도입할 수 있는 구체적 설정을 추가하는 것이 현실적 대안일 수 있다고 밝힌 바 있다. 즉 정동이라는 개념 자체가 '감정 연구의 폭을 확장한 시도'로서 의의가 있다는 점을 인정하고, 이를 위해 일시적이고 신체적이며 비재현적인 정동의 측면에 더하여 지속적이고 의지적이며 재현적인 감정의 특성도 고려할 수 있다는 유보적인 관점을 취한다. 위의 글, 348면.
23 이명호, 앞의 글, 2015, 9면.
24 최기숙, 「감정이라는 복잡계, 인문적 신호와 접속하기」, 소영현·이하나·최기숙, 『감정의 인문학』, 봄아필, 2013, 18~19면.

스트 서사학의 주요한 실천적 방법이 될 수 있는 것이다.

이러한 관점에 따라 이 글에서의 '감정'에 대한 접근 역시, 드러난 감정에 대한 재확인 또는 명명에 그치기보다는, 감정이 작중 인물의 정체성이나 사회관계를 드러내는 창구인 동시에 이를 흐리거나 은폐할 가능성[25]도 적극적으로 살피는 방향으로 이루어진다. 특히 소설교육의 중요 제재였으나 그렇기 때문에 상투적으로 다뤄져 왔던 「동백꽃」의 '나'의 감정이, 여러 상황과 사건, 행위 안에서 어떻게 잠재되어 있었고, 다른 감정과 접촉하며, 나아가 전이 및 확장되는가를 '마을'과 '눈물', '닭싸움'에 주목함으로써 그 과정을 조명하고자 한다. 이를 통해, "눈치 없고 어수룩"[26]한 전형적인 바보 인물로 단면화된 '나'의 내면과 감정으로부터 보다 다채로운 의미를 읽어낼 수 있을 것이다.

2. '마을'에서 중첩되는 감정의 충돌

"향토색 짙은 동백꽃 속에서 인생의 봄을 맞아 성숙해가는 젊은 남녀의 매우 소박하고 진실되며 아름다운 사랑의 이야기"[27]로 「동백꽃」을 바라보는 주된 시각은, 「동백꽃」이 성에 눈을 뜬 조숙한 점순이가 '나'에게 호감을 표현하지만 이를 눈치 채지 못하는 우둔하고 미숙한 '나'가 이를 거절함으로써 벌어지는 일종의 해프닝을 담아낸 이야기로 이해되도록 했다.[28] 이에

25 이명호, 앞의 글, 2015, 12면.
26 노미숙 외, 『(중학교) 국어 2-1』, 천재교육, 2019, 42~43면.
27 김은정·장도준, 「김유정의 '동백꽃'의 갈등과 소통의 문제」, 『인문과학연구』 16, 대구가톨릭대 인문과학연구소, 2011, 235면.
28 이진송, 「김유정 소설의 장소 연구」, 이화여대 석사논문, 2015, 109면.

따라 '나'는 「동백꽃」에서 그려지는 향토적인 공간과 맞물려 순박한 '바보'형 인물로 이해되어 왔고, 이는 "도덕적 감수성과 지각이 내포저자와는 차이를 보이는 서술자"[29]로서 적어도 '나'가 말하는 '사실'에 대해서는 신뢰할 수 있지만 그 '해석'은 그 신뢰성reliability을 의심해 볼 법한 "비협조적 서술자들discordant narrators"[30]의 한 유형으로 이해되도록 했다. 이러한 해석은 '나'와 같은 인물들을 소극적인 인물로만 바라보게 하고, 그 인물의 내면보다는 탈식민주의와 같은 외부적 관점의 조력을 통해서야 조금이나마 적극적 저항의 의의를 발굴해 내는 데 그치도록 했다.[31]

그러나 "서술자가 넓은 스펙트럼에 걸쳐 있는 신뢰성의 수준에서 어느 정도의 위치를 차지하고 있는지 알아차리는 명석한 감각"[32]이 요구됨을 강조한 애벗의 관점과 같이, 「동백꽃」에서 '나'의 신뢰할 수 없음을 명제의 형태로 재확인하기보다는, 내포저자와의 불일치로 인해 발생한 미학적이고 윤리적인 거리를 바탕으로 그 의미를 무어라 판단할 것인가를 보다 고민해 볼 필요가 있다.[33] 이때 이러한 '거리' 또는 '간극'에서 발생된 조화되지 못

---

29 H. P. Abbott, 앞의 책, 2010, 455면.

30 위의 책, 153면.

31 대표적으로는 한만수(1992)의 논의를 들 수 있다. 한만수는 김유정 소설이 한국 바보 서사물의 전통을 창조적으로 계승한다고 보면서, "식민지배 당국을 바보로 만들고 조롱하는 일이 검열 등의 존재로 인해 불가능한 것이었다면 거꾸로 조국의 식민지 상황에 대해 전혀 눈물림없이 즉자적 개인으로만 머물러 있는 인물들을 등장시켜 그들을 바보로 만듦으로써 각성을 추구하는 일도 의미있는 문학적 대응책이었다"고 그 참여적 의의를 에둘러 밝히고 있다(한만수, 「한국 서사문학의 바보인물 연구」, 동국대 박사논문, 1992, 101면). 이러한 관점은 비교적 최근의 연구인 이진송(2015)에서도 "「동백꽃」에서는 김유정의 다른 농촌 소설과 달리 가혹한 착취로 인해 생활의 터전이 붕괴된 농민이나, 농촌 피식민자들의 열등함을 감시하는 제국주의의 그림자가 등장하지 않는다. 점순의 구애와 이를 눈치 채지 못하는 '나'의 어리숙함이 이 소설의 중심이다"와 같이 기술됨으로써, "농촌 속의 피식민자는 열등하고 우매한 미개인으로 경관화"된다는 사실만을 재확인하는 데 그친다(이진송, 앞의 글, 2015, 109~111면).

32 H. P. Abbott, 앞의 책, 2010, 150~151면.

33 J. Phelan, "Estranging Unreliability, Bonding Reliability, and the Ethics of *Lolita*", 2007, 권택영, 앞의 글, 2008, 34~35면에서 재인용.

한, 뒤섞이고 부정형적인 감정'들' 간의 충돌을 살펴봄으로써, 고립된 즉자적 개인으로서 우둔한 '나'가 아닌 사회적이고 대자적인 존재로서 '마을'이라는 관계적 공간에 위치한 '나'를 확인해 볼 수 있을 것이다.

설혹 주는 감자를 안 받아먹은 것이 실례라 하면 그냥 주었지 '느 집엔 이거 없지'는 다 뭐냐. 그러잖아도 저희는 마름이고 우리는 그 손에서 배재를 얻어 땅을 부치므로 일상 굽신거린다. 우리가 이 마을에 처음 들어와 집이 없어서 곤란으로 지낼 제 집터를 빌리고 그 위에 집을 또 짓도록 마련해준 것도 점순네의 호의였다. 그리고 우리 어머니 아버지도 농사때 양식이 딸리면 점순네한테 가서 부지런히 꾸어다 먹으면서 인품 그런 집은 다시 없으리라고 침이 마르도록 칭찬하고 하는 것이다. 그러면서도 열일곱씩이나 된 것들이 수군수군하고 붙어 다니면 동리의 소문이 사납다고 주의를 시켜준 것도 또 어머니였다. 왜냐하면 내가 점순이하고 일을 저질렀다가는 점순네가 노할 것이고 그러면 우리는 땅도 떨어지고 집도 내쫓기고 하지 않으면 안 되는 까닭이었다.

그런데 이놈의 계집애가 까닭 없이 기를 복복 쓰며 나를 말려 죽이려고 드는 것이다. 299면[34]

'나'의 서술을 통해 비춰진 "마을"은, 같은 물을 마시는 '동네洞內'와 같은 공동체로서, "사람들이 모여 살며 공동의 것the common을 형성하고 유지하고 공유하는 실천을 통해 짜이는 관계의 망"[35]을 보여 주고 있다. 곧 이들은

---

34 이후 「동백꽃」의 인용은 김유정, 유인순 편, 『김유정 단편선 ─ 동백꽃』, 문학과지성사, 2005에 따르며, 면수는 인용문 끝에 표기하였음.

35 윤여일, 「미래를 되찾기 위해, 공동자원론을 발신하며」, 2017; 권두현, 「관계론적 존재론의 정동학」, 한국문학연구학회 · 젠더어펙트연구소 연합 국제학술대회 발표문, 2020, 254면에서 재인용.

공동재commons인 주변의 땅, 산, 숲, 하천, 바다 등 지역의 자원을 함께 이용·관리하면서, 이에 필요한 협력과 협동을 해 낸다. 이에 이들은 보다 봉건적·고착적·안정적 관계에 기초한connection-based 사회를 이루며, 특히 '소문'과 같이 정서적 공감대를 공유하고 형성하는 "정동적 소통의 공동체"[36]에 자리한다고 볼 수 있다.

그런데 이러한 공동체적 특성이나 공간적 특성을 "근대의 논리, 중심의 논리에 포착되지 않는 반동적 기운이 가득한 곳"[37]으로 단면화 할 경우, 젠더, 연령, 계층 등과 관련한 "다양한 근대적 욕망이 충돌하고 모순이 현시"[38]되고 있음을 도외시할 수 있다. 이곳 마을에서 가장 직접적으로 드러나는 관계는 점순네와 '나'의 가족 사이의 관계를 수직적 관계로 규정하는 자본주의적 '마름'과 '소작농'의 관계가 있으며, '나'와 가족의 "집터" 역시도 "점순네의 호의"로 마련된 것이라는 점에서, 이 관계는 "동리의 소문"을 살필 수밖에 없도록 만드는 구속력을 갖는다. 또한 "열일곱씩이나 된" 사춘기 남녀가 붙어 있으면 실제 사실과 무관하게 사나운 소문이 나는 봉건적 질서가 자리한 곳이기도 하다.

이에 '나'뿐만 아니라 점순 역시 어머니로 대변되는 관습적 권위의 감시로부터 자유로울 수 없으며, 이러한 중첩된 관계 아래 "특히 '나'가 더 자유롭지 못하다"[39]는 점에서, 불완전한 근대적 개인으로서 '나'의 감정은 점순의 감정에 비해 "'숨길 수밖에 없는' 또는 '숨겨질 수밖에 없는' 구조 속에 놓

---

36 위의 글, 252면.

37 김양선, 「1930년대 소설과 식민지 무의식의 한 양상 ─ 김유정 소설에 나타난 향토의 발견과 섹슈얼리티를 중심으로」, 『한국근대문학연구』 5, 한국근대문학회, 2004, 159면.

38 양문규, 「김유정과 리얼리즘, 바흐친, 탈식민주의」, 김유정학회, 『김유정 문학 콘서트』, 소명출판, 2020, 32면.

39 전신재, 앞의 글, 2008, 177면.

여"⁴⁰ 있게 된다.

그런데 숨겨진 '나'의 감정을 "침해"^{301면}하는 사건이 발생하는데, 이는 점순이가 "즈 집께를 할금할금 돌아보더니 행주치마의 속"^{297면}에서 "아직도 더운 김이 홱 끼치는 감자 세 개"^{298면}를 꺼내준 사건이다. 실로 뜨거운 이 감정들은 무감無感이라는 '나'의 존재에 균열을 내는 최초의 위기이자 사건이 되는데, 이 감자를 거절당한 이후로 점순이가 "까닭 없이 기를 복복 쓰"게 되면서, 견고히 규정되었던 이들의 관계는 다시금 감정의 재편과 재분할을 지향하는 긴장과 감응의 에너지를 지니게 된다.

이에 '나'의 눈에 "걱실걱실 일 잘하고 얼골 이쁜 계집애^{305면}"였던 점순이는 "고약한 그 꼴^{209면}"로, "망할 계집애년^{301면}"으로, "여호새끼^{305면}"로 변주하면서, "'느끼지 못하는', 또는 '느낄 수 없는' 지점"⁴¹에 놓여있던 '나'의 '분노'가 무감의 표피를 뚫고 나오기 시작한다.

> 나는 눈에 쌍심지가 오르고 사지가 부르르 떨렸으나 사방을 한번 휘돌아보고 그제야 점순이 집에 아무도 없음을 알았다. 잡은 참 지게막대기를 들어 울타리의 중턱을 후려치며
>
> "이놈의 계집애! 남의 닭 알 못 낳으라구 그러니?" 하고 소리를 빽 질렀다.
>
> 그러나 점순이는 조금도 놀라는 기색이 없고 그대로 의젓이 앉아서 제 닭 가지고 하듯이 또 죽어라, 하고 패는 것이었다. (…중략…) 그러나 나는 그렇다고

---

40 최기숙, 앞의 글, 2013, 14~15면. 최기숙은 감정의 진술한 표현이야말로 문화적 약자에게는 금기가 될 수 있으며, 이는 감정의 표현 자체가 권력과 관계된다는 점에서 저항과 반발의 제스처로 해석될 수 있기 때문이라고 보았다. 이에 따라 약자는 곧 감정을 숨기고 은닉하며, '자각하지 않'거나 타인에게 '숨기는' 것이야말로 유력한 정치적 선택일 수 있으며, 이 자체가 현실과의 타협이자 제도에 대한 순응이며, 생존을 위한 방편적 선택일 수 있다고 보았다.

41 소영현, 「감정 사회학-수치와 분노라는 공감」, 소영현·이하나·최기숙, 앞의 책, 2013, 62면.

남의 집에 튀어들어가 계집애하고 싸울 수도 없는 노릇이고 형편이 썩 불리함을 알았다. 그래 닭이 맞을 적마다 지게막대기로 울타리나 후려칠 수밖에 별도리가 없다.300면

그리고 나의 등 뒤를 향하여 나에게만 들릴 듯 말 듯한 음성으로

"이 바보녀석아!"

"얘! 너 배냇병신이지?"

그만도 좋으련만

"얘! 너 느 아버지가 고자라지?"

"뭐? 울아버지가 그래 고자야?"

할 양으로 열벙거지가 나서 고개를 홱 돌리어 바라봤더니 그때까지 울타리 위로 나와 있어야 할 점순이의 대가리가 어디 갔는지 보이지를 않는다.301면

'나'는 점순이네 집과의 경제적 위계를 명확히 인식한 소년으로서, 점순이와의 낭만을 감히 꿈꾸기보다는 이를 '거부'하고 '무감'한 감정적 태도로 자신의 열등한 위치를 받아들이는, "어리석은 바보가 아니라, 똑똑한 바보이고 순박한 바보"[42]이다. 그런데 점순이가 씨암탉의 "볼기짝께300면"를 쳐 그 생식 기관을 모욕하고, '나'와 '나'의 아버지를 "배냇병신"이나 "고자"라고 욕하고 자극함으로써, 이러한 '나'의 "상태의무~이어야 하기, devoir-être"[43]에 변화와 응답이 요구된다. 이러한 점순의 행위는 억압에 굴복하고 순응함으로써 새로운 관계 맺음의 가능성을 철저히 제한당한 그들의 관계

---

42 김미현, 「김유정 소설의 카니발적 구조 연구」, 이화여대 석사논문, 1990, 62면.
43 장수경, 앞의 글, 2016, 238면.

에 파문을 일으키는 에너지이면서, 동시에 '나'에게는 '우매함'과 같은 상태로 머물도록 했던 감정의 결핍[44] 상태가 점순에 의해 '불쾌'를 느끼게 되면서 "열벙거지가 나"고, "눈에 쌍심지가 오르고 사지가 부르르 떨"리는 육체적 감각으로 외현되는 분노로 구체화될 수 있도록 하는 감정 생성 및 변용의 계기가 된다.

'마을'이라는 관계적 공간을 중심으로 벌어지는 봉건적인 통제나 자본주의적 위계와 같이 최종심급으로 작용하는 수직성은, 이를 의식하는 '나'의 무감을 통해 그 불평등함을 분명 재생산하고 있다. 이러한 억압 아래 '나'의 감정은 형성될지언정 직접적으로 외현될 수 없기에, 이들은 "울타리"라는 마을의 질서를 경계로 둔 채 그것을 "지게막대기"로 후려치거나 "음성音聲"을 넘으로써 견고한 관계적 질서에 조금씩 균열을 내기 시작한다. 즉 이들의 관계를 새롭게 재편하고 존재론적 변화을 촉발시키는 감정의 에너지는, 마을의 수직적 질서를 수평적으로 넘나드는 감정의 충돌이 중첩됨으로써 확보되고 있음을 확인할 수 있다.

3. '눈물'로 외현되는 감정의 전이

앞서 살핀 '나'의 무감한 감정과 점순의 애정 감정의 '충돌'은, 서로의 상태를 정태적으로 둘 수 없도록 서사의 전개를 추동하는 에너지이자 감정의 분할체라고 볼 수 있다. 이들의 관계는 서로에 대한 기대감이 거듭 어긋나고, 이러한 어긋남이 겹쳐짐으로써 강한 분노 또는 공격성을 띠게 된다. 이

---

44 전소영, 「아파테이아, 감정의 잠재태」, 이명호 외, 앞의 책, 2015, 314면.

러한 안정성과 조화로움을 벗어난 어긋남, 분절, 대립, 동요를 마주한 순간
이 "구체적 맥락에서 현실화actualize되는"⁴⁵ 장면은 이들이 '눈물'을 흘릴
때이다. 특히 '눈물'이라는 신체적 반응이 드러나는 순간은 절묘하게 '나'
와 점순 사이의 감정의 '이동' 또는 '이행'을 보여주고 있다는 점에서 주목
할 필요가 있다.

Ⓐ 그랬더니 그래도 가는 기색이 없고 뿐만 아니라 쌔근쌔근하고 심상치 않
게 숨소리가 점점 거칠어진다. 이건 또 뭐야, 싶어서 그때에야 비로소 돌아다
보니 나는 참으로 놀랐다. 우리가 이 동리에 온 것은 근 삼 년째 되어오지만 여
태껏 가무잡잡한 점순이의 얼골이 이렇게까지 홍당무처럼 새빨개진 법이 없었
다. 게다 눈에 독을 올리고 한참 나를 요렇게 쏘아보더니 나중에는 눈물까지
어리는 것이 아니냐. 그리고 바구니를 다시 집어 들더니 이를 꼭 악물고는 엎
디어질 듯 자빠질 듯 논둑으로 횡하게 달아나는 것이다.298면

㉠ 욕을 이토록 먹어가면서도 대거리 한마디 못하는 걸 생각하니 돌부리에
채키어 발톱 밑이 터지는 것도 모를 만치 분하고 급기야는 두 눈에 눈물까지
불끈 내솟는다.301면

㉡ 나는 약이 오를대로 다 올라서 두 눈에서 불과 함께 눈물이 퍽 쏟아졌다.
나무 지게도 벗어놓을 새 없이 그대로 내동댕이치고는 지게막대기를 뻗치고
허둥지둥 달려들었다.304~305면

---

45 김윤정, 앞의 글, 2017, 115면.

ⓒ 나는 비슬비슬 일어나서 소맷자락으로 눈을 가리고는 얼김에 엉, 하고 울음을 놓았다.305면

Ⓐ에서 집의 눈치를 살피며 삶아온 감자 세 알을 무심히 거절당하자, 이에 대해 점순이는 "쌔근쌔근하고 심상치 않게 숨소리가 점점 거칠어"지고, 얼굴이 "홍당무처럼 새빨개"졌으며, "눈에 독을 올리고" "눈물"까지 어린다. 이는 점순이가 '나'에 대해 지녔던 성적 관심과 호감이 '나'에게 가 닿지 못하고 철회됨으로써, 다시 되돌아온 감정의 에너지가 점순이의 신체감각으로 외현될 정도로 강렬했음을 의미한다. 본래의 위계에 따르면 '나'는 적어도 점순이의 눈치를 살펴야 하고, 점순의 호의에 대한 거절 역시 상당히 어려운 일이어야 하지만, 점순이가 "행주치마의 속"297면에서 꺼내온 "감자 세개298면"는 "전통 뒤에 숨은 자기감정을 솔직하게 꺼내 보이는"46 것이었기에 이들의 수직적 관계가 재편되고, 이와 동시에 새로운 감정을 생성 가능케 하는 자유로움과 동시에 불안정함을 얻게 된 것이다.

곧 관습의 감정으로부터 보다 근대적인 연애 감정의 자장으로 이행하게 되면서, 점순은 이전에는 생각하지도 못했던 "난 감자 안 먹는다, 니나 먹어라298면"라는 '실연失戀' 또는 '거절'과 같은 어긋남을 맞이하게 되었고, 이로 인한 큰 불쾌감과 수치감을 느끼게 된다.

이와 같이 어떤 감정도 우위에 서지 못하고 상호 경쟁하는 감정 생성의 뜨거운 자장에 놓인 '나'와 점순의 관계는, 점순이가 느낀 수치심을 전가함으로써 다시금 우위를 확보하는, 가학적 행위로 외현되는 복수이자 애증에 기반한 교감의 과정을 드러낸다. ㉠에서 드러난 '나'의 "눈물"의 경우 그전까

---

46 오양진, 앞의 글, 2010, 229면.

지 무감했던 '나'가 성적 욕설을 들으며 점차 점순이의 감정에 반응하기 시작하는 것을 확인할 수 있으며, ⓛ에서는 '나' 대신 공격받고 "피를 흘리고 거의 빈사지경305면"에 이르는 수탉에 감정 이입함으로써 "두 눈에서 불"이 나는 감정적 각성을 겪고, 이러한 감정이 또한 "눈물"을 통해 드러나고 있음을 확인해 볼 수 있다. 점순이로부터 촉발된 승리에 대한 기대감과 패배에 대한 공포, 애정과 증오, 분노와 수치심이 뒤섞인 이러한 감정의 흐름은 ⓒ에 이르러, '나'와 점순 사이의 우열관계를 재확인하고 점순이가 느꼈던 패배감을 전가받았음을 외현하는 '나'의 세 번째 "울음"으로 드러난다.

이러한 이들의 교감交感을 드러내는 "눈물"은 일방적인 수치심의 표출과 수동적인 반응으로서 분노에 그치는 것도 아니고, 또한 점순의 감정과 '나'의 감정이 상호 완벽히 일치하는 것으로만 국한하여 이해할 필요는 없다.[47] 오히려 이러한 감정 사이에는 이러한 감정이 서로 오갈 수 있도록 하는 편폭의 '낙차'와 이들을 둘러싼 관계에 의한 '굴절'이 계속해서 존재한다는 점에서, 결국 점순의 눈가에 어린 "눈물"에서 '나'의 "울음"으로 이행된 이들의 감정 전이는 서로가 같은 감정을 느끼는 수평水平의 상태라기보다는 계속해서 다른 생각과 감정과 관계가 맞물려 역동하는 감정적 소통의 국면을 보여 준다는 점에 주목해야 한다.

곧 사랑이나 분노, 수치와 같은 이런 개별 감정들로 인해 연쇄된 "눈물"의 장면들은, 이들이 공통적으로 경험하는 '일반적인' 경험이라고도 볼 수 있지만, 이것이 개인의 육체를 거쳐 하나의 정서적 반응으로 드러나는 과정에서 각기 다른 의미로 해석될 수 있는 가능성을 지닌다.[48] 이때 점순과

---

47 이하나, 「감정은 어떻게 역사화되는가?」, 소영현·이하나·최기숙, 앞의 책, 2013, 46면.
48 이명호, 앞의 글, 2015, 19면.

'나'의 공통共通된 눈물은, 점순에게는 상대 '나'에게 준 애정이 거절당한 데에서 비롯된 실망감이자 불쾌감에서, '나'의 눈물은 욕설과 닭싸움 등의 알레고리로 변주된 전투에서조차 현실 원칙에 의해 무릎을 꿇어야 하는 수치감과 패배감에서 서로 달리 기인했으며, 이에 따라 이들의 감정 교류는 언제나 소위 '청춘남녀의 사랑'으로 짚어낼 수 없을 만큼 불일치하고 불완전하며 어긋남을 전제한다. 어떤 언어도 완벽하게 다른 언어로 번역될 수 없듯이, 모든 감정 역시 타인에게 온전히 전달·전이될 수 없기 때문이다. 따라서 이들의 '어긋남'은, 오히려 이러한 감정 교류의 '실패'가 거듭 반복되고 누적됨으로써 역설적으로 이들 감정의 교류가 반복될 수 있도록 하는 동력으로 해석되어야 할 것이다.[49] 즉 '미숙'하기에 언제나 미완성되고 미완전할 수밖에 없는 이들 사이의 감정 교류는 "오해 속에서 사랑하고, 미워하고"[50] 또 화해하는 여정을 지속한 동력을 지니게 된 것이다.

4. '닭싸움'으로 매개된 감정의 확장

"쌈이라면 회를 치는301면" 점순이네 수탉과 "찔끔못하고 막 곯는303면" '나'의 약한 수탉은, '나'와 점순이의 관계와 유비적 관련성을 지닌다. 이때 닭싸움은 실질적인 해결의 가능성을 마련해 줄 만한 어떤 현실성도 지니지 못한 '놀이'일 뿐이지만, 결국 피를 보고야 마는 잔혹함 역시 공존하고 있다는 점에서 현실의 질서와 맞닿아 있기도 하다. 따라서 이러한 놀

---

49 김미현, 앞의 글, 2019, 356면.
50 최기숙, 「심파(心波), 그리고 검은 마음의 뿌리」, 소영현·이하나·최기숙, 앞의 책, 2013, 79면.

이 아닌 놀이로서 '닭싸움'은 독자적인 법칙과 고유의 시간과 공간 속에서 이루어지기에 일상성과 진지함으로부터 완전히 벗어난 해방을 의미[51]한다고도 볼 수 있지만, 점순이와 '나' 사이의 감정이 기존의 수직적인 우열관계의 영향을 지속적으로 받는 과정 안에서 새로운 그들만의 관계를 다시 세워내는 치열한 전투라는 점에 보다 주목할 필요가 있다. 이때 닭싸움은 "'나'와 '점순이'의 갈등의 표면화이면서 애증의 교차"[52]가 벌어지는 가운데 감정을 맺고 풀어내는 기본적인 동력을 제공하는 작중 세계의 중심 사건으로서 자리한다.

오늘도 또 우리 수탉이 막 쪼키었다. (…중략…) 점순네 수탉(은 대강이가 크고 똑 오소리같이 실팍하게 생긴 놈)이 덩저리 적은 우리 수탉을 함부로 해내는 것이다. 그것도 그냥 해내는 것이 아니라 푸드득, 하고 면두를 쪼고 물러섰다가 좀 사이를 두고 또 푸드득, 하고 모가지를 쪼았다. 이렇게 멋을 부려가며 여지없이 닭아놓는다. 그러면 이 못생긴 것은 쪼일 적마다 주둥이로 땅을 받으며 그 비명이 킥, 킥, 할 뿐이다. 물론 미처 아물지도 않은 면두를 또 쪼키어 붉은 선혈은 뚝 뚝 떨어진다.296면

사람들이 없으면 틈틈이 저의 집 수탉을 몰고 와서 우리 수탉과 쌈을 붙여놓는다. 저의 집 수탉은 썩 험상궂게 생기고 쌈이라면 회를 치는 고로 으레 이길 것을 알기 때문이다. 그래서 툭하면 우리 수탉이 면두며 눈깔이 피로 흐드르하

---

51 J. Huizinga, 김윤수 역, 『호모 루덴스-놀이와 문화에 관한 한 연구(*Homo Ludens : a study of the play element in culture*)』, 까치, 1994, 27면.
52 김중신, 「김유정 소설에 나타난 해학의 구현 양상」, 『기저어문학회』 16, 수원대 국어국문학회, 2004, 109면.

게 되도록 해놓는다. (…중략…) 장독에서 고추장 한 접시를 떠서 닭의 주둥아리께로 들이밀고 먹여보았다. 닭도 고추장에 맛을 들였는지 거스르지 않고 거의 반 접시 턱이나 곧잘 먹는다.301~302면

가차히 와보니 과연 나의 짐작대로 우리 수탉이 피를 흘리고 거의 빈사지경에 이르렀다. 닭도 닭이려니와 그러함에도 불구하고 눈 하나 깜짝 없이 그대로 앉아서 호들기만 부는 그 꼴에 더욱 치가 떨린다. (…중략…) 나는 대뜸 달려들어서 나도 모르는 사이에 큰 수탉을 단매로 때려엎었다. 닭은 푹 엎어진 채 다리 하나 꼼짝 못하고 그대로 죽어 버렸다.305면

감자와 욕설로도 '나'의 감정적 반응을 만족스럽게 얻지 못한 점순이는, 보다 적극적인 색다른 시도이자 "연애 관계로 진입하기 위한 말 걸기"[53]로서 '닭싸움'을 시작한다. "붉은 선혈"이 뚝뚝 떨어질 만큼 치열한 이 전투는, 점순에게는 이러한 닭'싸움'이 자신의 감정표현을 위한 수단이자 접촉을 유지할 수 있는 계기일 뿐이지만, '나'에게 '닭'싸움이란 생활에 관계되는 가치로 해석되기에,[54] 닭싸움 역시 이들의 어긋남을 해소해주기는커녕 더욱 강화하게 된다. 이에 따라 애당초 점순이 "이길 것"이 예정되어 있는 뻔한 싸움임에도 불구하고, '나'는 피를 "뚝 뚝" 흘릴 정도로 끈질긴 전투를 이어가게 된다. 이때 닭싸움은 "닭이 맞을 적마다 지게막대기로 울타리나 후려칠 수밖에 별도리가 없300면"는 '나'가 나름대로 일상에서 찾아낸 극복 불가능한 대결의 틈을 무화시키는 상상적 '놀이'의 공간이자, 동시에 점순

---

53 정진석, 앞의 글, 2017, 216면.
54 김은정·장도준, 앞의 글, 2011, 245~246면.

에게 있어서는 자신이 보낸 초대에 '나'가 최초로 응답한 사건이 된다.

즉 '나'가 그동안 울타리를 때려가며 억눌러왔던 감정을 분출할 공간을 닭싸움을 통해 확보하게 되면서, '나'는 수탉에게 "고추장"을 먹여가며 아득바득 그 싸움에서 승리하려는 기대감을 갖게 된다. 이러한 기대감은 '나'의 수탉이 점순네 큰 닭을 공격하여 "그 대강이에서도 피가 흐르지 않을 수 없303면"게 만듦으로써 일시적으로나마 충족된다. 하지만 오히려 이러한 순간이 다시 "앙가프리303면", 곧 앙갚음을 당하게 되면서, 충족감은 더한 분노와 복수심으로 이행하게 되는 것이다.

또다시 마주한 닭싸움의 현장에서, '나'는 '닭'만 참여할 수 있다는 놀이의 규칙을 어기고, 기어이 "큰 수탉을 단매로 때려엎"어 죽이기까지에 이른다. 즉 이길 수 없는 놀이에서 이기고 싶다는 '나'의 순진한 열정이 지속되면서, 이는 진지한 규칙의 준수를 통해서는 이룰 수 없는 것이기에 '나'는 규칙을 부정함으로써 "한층 더 높은 질서"이자 새로운 질서를 요구하게 되는 것이다.[55] 이는 근대적·자본주의적·사회계층적 세계의 폐쇄적인 '승/패'의 문법에서 기인한 분노에 의해 '나' 역시 "감정적 자유를 폭발시킨"[56] 감정의 해방, 또는 새로운 감정 생성의 순간이라 볼 수 있다.

"뭐 이 자식아! 누 집 닭인데?" 하고 복장을 떼미는 바람에 다시 벌렁 자빠졌다. 그러고 나서 가만히 생각을 하니 분하기도 하고 무안도 스럽고 또 한편 일을 저질렀으니 인젠 땅이 떨어지고 집도 내쫓기고 해야 될는지 모른다.
나는 비슬비슬 일어나며 소맷자락으로 눈을 가리고는 얼김에 엉, 하고 울음

---

55 J. Huizinga, 앞의 책, 1994, 74면.
56 오양진, 앞의 글, 2010, 231면.

을 놓았다. 그러다 점순이가 앞으로 다가와서

"그럼 너 이담부텀 안 그럴 테냐?" 하고 물을 때에야 비로소 살 길을 찾은 듯 싶었다. 나는 눈물을 우선 씻고 뭘 안 그러는지 명색도 모르건만

"그래!" 하고 무턱대고 대답하였다.

"요담부터 또 그래봐라. 내 자꾸 못살게 굴 테니!"

"그래그래, 인젠 안 그럴 테야!"

"닭 죽은 건 염려 마라. 내 안 이를 테니."

그리고 뭣에 떠다밀렸는지 나의 어깨를 짚은 채 그대로 픽 쓰러진다.305~306면

점순이가 시작한 닭싸움이었지만 그 규칙의 위반을 통해서나마 '나'에 의해 매듭지어질 수 있었던 것은, 이들이 위치한 자리가 마을과 산 사이 중간지대라는 경계적 공간으로서 "산기슭304면"이었던바, 이러한 일시적 해결은 또다시 죽은 닭이 다른 집의 닭도 아닌 점순이네 닭이라는 현실 원칙의 심문을 받게 된다. 이로 인해 "인젠 땅이 떨어지고 집도 내쫓기고 해야 될는지 모른다"는 걱정, 곧 죄책감과 공포심이 '나'를 사로잡게 되고, '나'는 또다시 열등감과 수치감, 패배감에 젖어 "눈물"을 흘리게 된다. 이러한 위기의 순간에 점순은 "그럼 너 이담부턴 안 그럴 테냐?"는 목적어를 누락한 질문을 던짐으로써, '나'에게 또다시 새로운 놀이를 제안한다.

이들의 새로운 놀이는 식구들의 생존 문제에 닭의 죽음까지 결합한 비밀 수호 조약이면서, 동시에 점순의 호의를 더 이상 거절할 수 없다는 불공정한 조약이기도 하지만, 이러한 조약이 계속해서 유지될 수 있을 거라고 "무턱대고" 생각하는 순진한 두 남녀의 믿음을 통해 또다시 어긋남과 긴장을 전제한 채로 그 끈질긴 생명력을 이어간다.

곧 감자와 욕설, 닭싸움, 그리고 성적 교합으로 변주되는 이들의 놀이[57]
는 비록 "산 알306면"에서 들려오는 점순이네 어머니의 목소리에 의해 또다
시 방해를 받지만, 식구들의 생존 문제에 닭의 죽음이라는 비밀에 또다시
이 둘 사이의 새로운 비밀을 추가해 나가면서, 서로에 대한 성적 호감으로
확장되는 감정의 동력을 확보하게 된다. 소위 "민중의 끈질긴 생명력"[58]과
같이 손쉽게 해석될 수 있는 이들의 감정은, 가능성의 영역이자 사랑의 공
간을 완전히 현실 '너머'에서 찾는 것이 아니라, 구차한 일상 현실 '곳곳'의
틈새에서 발견해냄으로써 유쾌하게 "일을 저질"러내는, 결코 씁쓸하지만은
않은 카니발[59]적인 여운을 남기고 있다 하겠다.

---

57 놀이성(Ludism)의 관점으로 김유정 소설을 살핀 표정옥(2002)에 따르면, 이때 놀이는 인물들
   사이의 경쟁과 갈등뿐만 아니라 서술자와 피서술자, 내포작가와 내포독자 사이에서도 존재한
   다. 이들 간의 대결 사이에서 벌어지는 상호작용은, 김유정 소설에 있어서는 작중 인물들이 서로
   를 속고 속이는 과정이 놀이로 구현되고, 이러한 인물들 사이에서 벌어지는 감정 갈등이 당대
   사회적 상황과 밀접하게 연결됨과 동시에 경쟁과 모방의 형태로 드러난다고 보고 있다. 곧 선/
   악과 같이 분명한 대립을 전제한 제한적 시공간 안에서 이들은 서로의 역할과 규칙에 충실하면
   서도, 그 상호작용 과정에서 어긋남을 확인함으로써 이러한 놀이가 새로운 규칙을 담보한 놀이
   로 변주되도록 하는 원동력을 확보한다(표정옥, 「놀이의 서사시학」, 서강대 박사논문, 2002).
58 노귀남, 「김유정 문학세계의 이해」, 『새국어교육』 50, 한국국어교육학회, 1993, 6면.
59 바흐친의 라블레론에 따르면, 카니발은 마치 지배적인 진리들과 현존하는 제도로부터 일시적
   으로 해방된 것처럼, 모든 계층 질서적 관계, 특권, 규범, 금지의 일시적 파기를 축하하는 것이
   다. 카니발은 일정 기간 동안, 특정 장소(광장)에서 존재하는 모든 위계(位階) 관계를 파열하고
   전복하는데, 지위고하를 막론하고 인간 대 인간으로, 생생하고도 물질적인, 감각적인 접촉을
   허용한다는 점에서 환원주의적인 우주의 공포로부터 우리를 자유롭게 하고 또 '해방'시킨다.
   이러한 카니발에 의해, 엄숙하고 경직되어 공포만을 유발하는 굳은 기존의 질서는 재생될 수
   있는 활력을 얻게 되는데, 「동백꽃」에서 이들의 갑작스러운 교접 역시, 주어져 있던 권위주의적
   인 계율과 금기에 따른 공포로부터의 일시적 해방이라는 축제적 성격을 갖는다(M. M. Bakhtin,
   이덕형 · 최건영 역, 『프랑수아 라블레의 작품과 중세 및 르네상스의 민중문화(*Rabelais and his
   world*)』, 아카넷, 2001, 32면).

5. 소설교육에의 시사점 탐색

지금까지 '감정'의 렌즈로 김유정의 「동백꽃」을 살펴본 바에 따르면, 단순히 어리숙함 또는 감정의 부재나 결여의 형태로 바라볼 수 있는 주인공 '나'의 내면으로부터, 늘 '감정'에 '충실'했던 '나'의 감정을, 그리고 그러한 감정이 점순의 감정과 맞부딪치고 교차하는 가운데 생성, 이행, 확장되는 과정을 확인할 수 있었다. 이는 김유정의 웃음을 가리키는 해학성을 교육의 장에서 일컬을 때 주로 '웃음'과 '울음'의 공존으로 설명하는 지점에 대해서도 시사하는 바가 큰데, 곧 "울음과 웃음이 공존하는 양식에는 여러 가지 경우가 있다. 울음과 웃음이 각각 독립적으로 공존하는 경우, 울음과 웃음이 서로 같은 비중으로 결합하는 경우, 울음과 웃음이 충돌하는 경우, 울음 속에 웃음이 함몰하는 경우, 웃음 속에 울음이 함몰하는 경우 등 여러 가지 조합이 있을 수 있다"[60]는 지적과 같이 고정적인 개념을 통해 비춰지지 않는 작품의 면면을 '다시' 살펴보고, 보다 '풍부'한 해석의 지점을 찾고, 기존의 해석을 '갱신'해낼 수 있게 되는 것이다.

'나'가 눈치가 없고 '미숙'하다는 점에서 신뢰할 수 없는 서술자의 한 유형으로 굳어져 수용되었던 문제 역시, '나'는 점순의 감정에는 둔감하여 그 서술에 대한 신뢰성을 의심해 볼 필요가 있지만, 계층적 위계나 관습적 규칙에는 민감한 인물이라는 점에서 그러한 서술에 대해서는 신뢰할 수 있음을 함께 고려하는 방향으로 풀어나갈 수 있다. 점순 역시, 스스로의 감정에는 솔직하지만 마을의 위계나 규칙에는 상대적으로 덜 예민하다는 점에서 무조건 '조숙'하다고만은 바라볼 수 없는 것이다.[61] '감정'에 있어서 이들은

---

60 전신재, 앞의 글, 2008, 184면.

모두 서로의 '감정'에 대해 잘못 이해하거나 덜 이해하는, 어리숙한 인물인 것이며, 이로부터 감정 서사 「동백꽃」의 동력이 확보된 것이다.

이러한 포스트-서사학에 터한 이 글의 접근은 오늘날 김유정 문학으로부터 "노동, 계급, 약육강식의 현실, 젠더 등의 문제를 풍성하게 독해해내"[62]는 오늘날 학습자들에게 기존의 해석을 토대로 보다 타당한 의미망의 확장을 시도해낼 수 있도록 하는 주요한 방법이 될 수 있다. 특히 감정 중심의 접근은 작중 인물의 복합적인 심리에 주목함으로써, 관련한 개념이나 고정적이고 폐쇄적인 '노동, 계급, 약육강식의 현실, 젠더 등'의 분할선을 재확인하는 데 그치는 것이 아니라, 이러한 경계들의 중첩에 주목하고 최종국면을 '유보'시키는 접근을 가능케 한다는 점에서, 주어진 해석을 다시금 확인하고 재생산하는 것 이상의 해석교육을 실천할 수 있도록 하는 가능성을 확보할 수 있을 것이다.

대표적인 학습 활동의 예시[63]로 아래 〈표 1〉을 살펴보면, '나'를 신뢰할 수 없는 서술자로 전제하고 '닭싸움', '씨암탉', '나흘', '고추장', '동백꽃'과 같이 그 층위와 의미의 결이 다른 소재들을 '점순' 중심의 스토리로 재구성할 것을 요청하고 있다. 그러나 '나'와 점순 사이의 감정 갈등에 주목하는 이 글의 관점을 따르면, 오히려 닭싸움으로 작품을 전개하여 그 이유를 추적해가는 현재의 플롯을 따라 감자에서 씨암탉또는욕설으로, 이후 닭싸움으로 변주되어 나가는 이들의 감정의 이행에 보다 주목할 수 있다. 이는 '감자'와 '동백꽃'에 비해 상대적으로 그 관심이 축소되었던 '닭싸움'을 중심 소재로 보다 풍부한 해석을 시도할 계기를 마련해 준다.

---

61 정진석, 앞의 글, 2017, 216면.
62 우신영, 앞의 글, 2019, 57면.
63 노미숙 외, 『(중학교) 국어 2 지도서』, 천재교육, 2019, 88~91면.

1. 작품의 내용을 파악해 보자.

1) 주요 사건을 떠올리며 빈칸을 채우고, 사건이 발생한 순서대로 나열해 보자.
예시 답안) (나) (다) (라) (가) (마) (바)
(가) 오늘도 점순이가 <u>닭싸움</u>으로 '나'를 괴롭힘.
(나) <u>나흘 전</u> '나'는 점순이가 주는 감자를 거절함.
(다) 사흘 전 점순이가 '나'의 집 <u>씨암탉</u>을 때림.
(라) '나'는 수탉에게 <u>고추장</u>을 먹여 닭싸움을 붙임.
(마) 화가 난 '나'가 점순이네 수탉을 죽임.
(바) '나'와 점순이가 <u>동백꽃</u> 속에 파묻힘.

2) 1)을 참고하여 '나'와 점순이의 성격을 정리해 보자.
예시 답안) '나': 눈치가 없고 어수룩하다. 무뚝뚝하고 순박하다.
　　　　　 점순이: 나이에 비해 조숙하다. 자신의 감정에 솔직하고 당돌하다.

3) 다음 소재들이 작품에서 어떤 역할을 하는지 말해 보자. 소재 : 감자, 동백꽃
예시 답안) 감자: '나'를 향한 점순이의 관심과 호감을 보여 준다.
　　　　　 동백꽃: '나'와 점순이가 화해하는 분위기를 조성한다.

4) 앞의 활동을 바탕으로 작품의 주제를 생각해 보자.
예시 답안) 사춘기 시골 소년소녀의 순박하고 풋풋한 사랑

2. 서술자의 관점에 주목하여 작품을 감상해 보자.

1) 점순이가 '나'에게 말을 거는 이유를 생각해 보자.
예시 답안) '나'에게 호감이 있고 '나'와 친해지고 싶기 때문이다.

2) 제시된 장면에서 점순이를 대하는 서술자 '나'의 태도를 파악하고, 그와 관련된 표현을 찾아보자.
예시 답안) 점순이의 의도와 심리를 제대로 파악하지 못하고 평소와 다른 점순이의 모습을 의아하게
　　　　　 생각하고 있다.

3) 2)를 바탕으로 작품에 드러난 서술자 '나'의 특징을 생각해 보자.
예시 답안) 눈치 없고 어리숙하여 상대의 심리와 의도를 파악하지 못한다.

4) 제시된 장면의 서술자를 다음과 같이 바꾸면 작품의 내용이나 분위기가 어떻게 달라지는지 살펴보자.
예시 답안) '나'의 관심을 끌고자 하는 점순이의 행동과 의도가 좀 더 알기 쉽게 전달된다.
　　　　　 서술자가 관찰한 내용을 사실적으로 진술하면서 원래의 작품과 달리 해학적인 분위기가 느껴
　　　　　 지지 않는다. 점순이의 성장을 긍정적으로 바라보는 서술자의 관점과 함께 소작인의 아들과
　　　　　 마름의 딸이 어울리는 것을 걱정스럽게 바라보는 관심이 나타난다.

5) 앞의 활동을 바탕으로 이 작품에서 '나'와 같은 서술자를 설정하여 얻을 수 있는 효과를 생각해 보자.
예시 답안) 눈치 없고 어리숙한 '나'를 통해 상황이 전달되면서 '나'와 점순이 사이의 순박하고 풋풋한 사랑
　　　　　 이라는 주제가 효과적으로 드러난다. 독자도 아는 점순이의 마음을 정작 당사자인 '나'가 모르
　　　　　 는 채로 사건을 전달하면서 해학적인 분위기가 두드러지게 나타난다.

특히 '나'와 점순에 대해 '미숙/조숙'의 구분선을 반복하는 고정적인 해석 역시, 서로의 둔감함이 반복되는 지점을 짚어보는 방향으로 재구성될 수 있을 것이다. 나아가 주된 서술자 '나'가 "점순이의 의도와 심리를 제대로 파악하지 못하"고 있음에도 불구하고 "사춘기 시골 소년소녀의 순박하고 풋풋한 사랑"이라는 주제가 제시되는 해석의 공백은, '사랑'으로 이행되고 확장되는 '나'와 '점순' 사이의 다층적인 감정 갈등으로 바라보는 관점을 통해, 주어진 학습 개념으로 인해 발생하는 해석상의 기회비용을 최소화할 수 있을 것이다. 이를테면, '나'가 둔감한 부분과 점순이가 둔감한 부분이 감자와 씨암탉, 닭싸움으로 나아가는 과정에서 계속해서 어긋남으로써, 그 자체가 갈등의 동력이자 동백꽃이라는 우연한 연접의 기회가 됨을 이해하는 방향의 학습활동을 재구할 수 있을 것이다.

이러한 '감정'을 통한 「동백꽃」의 포스트-서사학적 교육의 방향을 논구하는 이 글의 논의는, 일종의 정형화된 서사학적 개념이나 교수학습-지식을 배제하는 것이 아니라, 이에 기반하면서도 그것의 '넘나듦', '틈', '균열'의 지점을 포착함으로써 해석의 다양성을 확보할 수 있다는 의의를 지닌다. 교육적 의도와 목적으로 봉합되지 않는 다양한 해석의 층위를 지닌 문학 작품을 다루는 데 있어, 이러한 포스트-서사학적 접근이 보다 기여할 수 있으리라는 기대와 함께, 이를 보다 구체적인 방법론으로 섬세히 구체화하는 것은 추후 논의의 몫으로 남겨두고자 한다.

참고문헌

1. 기본 자료

김유정, 유인순 편, 『김유정 단편선 – 동백꽃』, 문학과지성사, 2005.

김유정문학촌, 『김유정 문학의 재조명』, 소명출판, 2008.

김유정학회, 『김유정의 귀환』, 소명출판, 2012.

_____, 『김유정의 문학산맥』, 소명출판, 2017.

_____, 『김유정 문학 다시 읽기』, 소명출판, 2019.

_____, 『김유정 문학 콘서트』, 소명출판, 2020.

2. 논문 및 단행본

권두현, 「관계론적 존재론의 정동학」, 한국문학연구학회·젠더어펙트연구소 연합 국제학
　　　술대회 발표문, 2020.

권택영, 「'포스트–고전서사학'의 전망과 현재」, 『한국문학이론과 비평』 40, 한국문학이론
　　　과비평학회, 2008.

김근호, 「김유정 소설에서의 반전과 감정의 정치학」, 『한중인문학연구』 55, 한중인문학회,
　　　2017.

김동환, 「교과서 속의 이야기꾼, 김유정」, 김유정학회, 『김유정의 귀환』, 소명출판, 2012.

김미현, 「김유정 소설의 카니발적 구조 연구」, 이화여대 석사논문, 1990.

_____, 「21세기 한국소설에 나타난 감정 윤리의 동학」, 『우리말글』 82, 우리말글학회,
　　　2019.

김양선, 「1930년대 소설과 식민지 무의식의 한 양상 – 김유정 소설에 나타난 향토의 발견과
　　　섹슈얼리티를 중심으로」, 『한국근대문학연구』 5, 한국근대문학회, 2004.

김예리, 「김유정 문학의 웃음과 사랑」, 『한국예술연구』 14, 한국예술종합학교 한국예술연
　　　구소, 2016.

김윤정, 「김유정 소설의 정동 연구」, 『현대문학이론연구』 71, 현대문학이론학회, 2017.

김은정·장도준, 「김유정의 '동백꽃'의 갈등과 소통의 문제」, 『인문과학연구』 16, 대구가
　　　톨릭대 인문과학연구소, 2011.

김중신, 「김유정 소설에 나타난 해학의 구현 양상」, 『기저어문학회』 16, 수원대 국어국문학
　　　회, 2004.

김지혜, 「김유정 문학의 교과서 정전화(正典化) 연구」, 『현대문학이론연구』51, 현대문학 이론학회, 2012.

노귀남, 「김유정 문학세계의 이해」, 『새국어교육』 50, 한국국어교육학회, 1993.

노미숙 외, 『(중학교) 국어 2-1』, 천재교육, 2019.

_____ 외, 『(중학교) 국어 2 지도서』, 천재교육, 2019.

박 진, 「서술의 유형학에서 발화 행위의 프락시스(praxis)로—구조주의 이후 서술 이론의 동향과 전망」, 『한국문학이론과비평』 40, 한국문학이론과비평학회, 2008.

소영현, 「감정 사회학—수치와 분노라는 공감」, 소영현·이하나·최기숙, 『감정의 인문학』, 봄아필, 2013.

송주현, 「김유정 소설에 나타난 사랑의 의미 연구—인물 관계와 서사화 과정을 중심으로」, 『한민족어문학』 77, 한민족어문학회, 2017.

심재욱, 「김유정 문학의 미학적 정치성 연구」, 『어문논집』 78, 중앙어문학회, 2019.

양문규, 「김유정과 리얼리즘, 바흐친, 탈식민주의」, 김유정학회, 『김유정 문학 콘서트』, 소명출판, 2020.

오양진, 「남녀관계의 불안」, 『상허학보』 29, 상허학회, 2010.

오은엽, 「김유정 소설에 나타난 정념의 기호학적 연구—〈금따는 콩밧〉, 〈금〉, 〈노다지〉를 중심으로」, 『한중인문학연구』 47, 한중인문학회, 2015.

오태호, 「김유정 소설에 나타난 '연민의 서사' 연구—마사 누스바움의 '감정론'을 중심으로」, 김유정학회, 『김유정 문학 다시 읽기』, 소명출판, 2019.

우신영, 「문학교육에서 김유정 문학 읽기의 지평과 전망」, 『한중인문학연구』 64, 한중인문학회, 2019.

유인순, 「김유정의 우울증」, 김유정문학촌, 『김유정 문학의 재조명』, 소명출판, 2008.

이명호, 「감정의 문화정치」, 이명호 외, 『감정의 지도 그리기』, 소명출판, 2015.

이진송, 「김유정 소설의 장소 연구」, 이화여대 석사논문, 2015.

이하나, 「감정은 어떻게 역사화되는가?」, 소영현·이하나·최기숙, 『감정의 인문학』, 봄아필, 2013.

장수경, 「정념의 관점에서 본 김유정 소설의 미학」, 『한민족문화연구』 55, 한민족문화학회, 2016.

전소영, 「아파테이아, 감정의 잠재태」, 이명호 외, 『감정의 지도 그리기』, 소명출판, 2015.

전신재, 「서문」, 김유정문학촌, 『김유정 문학의 재조명』, 소명출판, 2008.

전신재, 「판소리와 김유정 소설의 언어와 정서」, 김유정문학촌, 『김유정 문학의 재조명』, 소명출판, 2008.

정연희, 「김유정 소설의 멜랑콜리 미학과 총체성의 저항」, 『우리문학연구』 56, 우리문학회, 2017.

정진석, 「동백꽃의 '나'를 믿지 않게 가르치기」, 김유정학회, 『김유정의 문학산맥』, 소명출판, 2017.

진용성, 「김유정 소설의 국어교육적 활용에 관한 연구」, 김유징학회, 『김유정의 문학산맥』, 소명출판, 2017.

최기숙, 「감정이라는 복잡계, 인문적 신호와 접속하기」, 소영현 · 이하나 · 최기숙, 『감정의 인문학』, 봄아필, 2013.

_____, 「심파(心波), 그리고 검은 마음의 뿌리」, 소영현 · 이하나 · 최기숙, 『감정의 인문학』, 봄아필, 2013.

표정옥, 「놀이의 서사시학」, 서강대 박사논문, 2002.

한만수, 「한국 서사문학의 바보인물 연구」, 동국대 박사논문, 1991.

한용환, 「도구의 학문에서 본질의 학문으로 – 서사학의 현재와 미래」, 『한국문학이론과 비평』 12(3), 한구문학이론과비평학회, 2008.

황국명, 「현단계 서사론의 과제와 전망」, 『인간 · 환경 · 미래』 4, 인제대 인간환경미래연구원, 2010.

Abbott, H. P., 우찬제 외역, 『서사학 강의(*The Cambridge Introduction to Narrative*)』, 문학과지성사, 2010.

Bakhtin, M. M., 이덕형 · 최건영 역, 『프랑수아 라블레의 작품과 중세 및 르네상스의 민중문화(*Rabelais and his world*)』, 아카넷, 2001.

Huizinga, J., 김윤수 역, 『호모 루덴스 – 놀이와 문화에 관한 한 연구(*Homo Ludens: a study of the play element in culture*)』, 까치, 1994.

맹세하는 인간과 처벌 없는 세계*

맹세의 시각에서 김유정 문학 다시 읽기

석형락

1. 들어가며

모든 말은 맹세와 유언 사이에 있다. 말하는 자의 의도는 정직해야 하고, 말의 내용은 사실에 부합해야 하며, 말과 사실이 어긋날 때 말하는 자는 말과 사실을 부합시키기 위해 노력해야 한다. 맹세이면서 유언인 말을 하는 자, 자기의 말에 책임지는 자는 부끄럽지 않을 것이다.[1] 모든 말이 맹세와 유언 사이에 있음에 가장 민감하게 반응하는 존재가 작가이고, 반응의 결과물이 문학이라면 작가는 맹세이면서 유언인 글쓰기를 좇는 존재일 것이다. 때문에 문학 연구에서 중요한 것 중 하나는 맹세와 유언에 대한 작가의 생각, 그 생각의 형상화 방법 등이 될 것이다. 김유정의 문학에 대해서 이런 시각을 견지하는 것은 그의 작품을 새롭게 읽는 데에 도움이 될 수 있다. 왜냐

---

* 이 글은 『춘원연구학보』 21(춘원연구학회, 2021.8)에 게재된 논문을 일부 수정하여 재수록한 것이다

1 "자신에게 늘 이르되 다 살고 나서 부끄럼이 없으라고." 전신재 편, 『원본 김유정 전집』(개정판), 강, 2007, 482면. 김유정은 처세훈에 대해 묻는 『조광』(1937.2)의 설문조사에서 이처럼 답했다. 이하 본문에서 이 책을 인용할 때는 면수만 기입함.

하면 김유정이 다수의 작품에서 맹세를 인물 설정이나 서사 전개에서 핵심적인 요소로 사용했고, 인간을 이해하거나 새로운 인간형을 창조하는 기준으로 삼았기 때문이다. 더 나아가 처녀작 「심청」을 제외한 모든 작품이 사망선고와도 같은 폐결핵 진단1933년[2] 이후에 쓰였음도 간과할 수 없다.[3] 사실상 김유정의 모든 작품이 그가 세계에 반드시 던져야만 하는 말맹세과 던질 수 있는 마지막 말유언의 사이에 있다고 보는 것은 과언이 아니다.

지금까지 김유정의 문학은 다양한 시각에서 논의되어 왔는데, 크게 1930년대 식민지 조선의 민중과 그들의 비참한 삶의 사실적 재현 등의 주제의식, 해학과 풍자 그리고 아이러니로 대표되는 창작기법, 들병이로 대표되는 여성인물 등의 인물형상화 방법, 아나키즘 등의 사상적 배경, 김유정 문학의 교육 방안 등으로 분류할 수 있다. 이와 같은 논의가 김유정 문학의 본질을 밝히고, 그 의미를 새롭게 생성하는 데 크게 기여했음은 주지의 사실이다. 하지만 정작 김유정이 언어행위를 어떻게 인식하고 작품을 창작했는지에 대한 연구는 찾기 어렵다. 김유정은 「병상의 생각」에서 자신의 문학관을

---

2 이 시기 결핵은 특별한 치료책이 없었고, 오히려 근대화 및 도시화로 인해 발생한 질병으로 여겨졌다. 환자의 격리나 소독, 검역만으로 그 효과를 발휘할 수 있을 것으로 믿었던 여타 급성 전염병과 달리 결핵은 근대적 위생 행정으로 대응하기 어려운 질병이었다. 최은경, 「일제강점기 조선총독부의 결핵 정책(1910~1945)－소극적 규제로 시작된 대응과 한계」, 『의사학』 22(3), 대한의사학회, 2013, 713~714면.

3 김유정은 수필 「길」에서 자신을 살도록 만든 것이 '연일 철야로 원고와 다투는' '길', 즉 글쓰기임을 밝히고 있다. 김유정은 다음과 같은 맹세로 글을 맺는다. "다만 한가지 내가 그 길을 완전히 걵고 날 그날까지는 나의 몸과 생명이 결코 격임이없을걸 굳게굳게 믿는바이다." 전신재 편, 앞의 책, 436면. 이와 관련하여 김미영은 김유정이 작가로 활동했던 기간이 여러 질병들과 싸우던 투병기와 겹쳐있음에 주목하여 김유정의 문학을 '병상의 기록'으로 규정한 바 있다. 김미영은 김유정이 육체적 존재로서의 인간의 한계와 비참함을 회화에 육박할 만큼 직설적으로 그렸다고 주장한다. 이러한 주장의 바탕에 정신적, 육체적 질병으로 인한 작가의 절박한 상황이 자리하고 있다는 것이 김미영의 전제다. 김미영, 「병상(病床)의 문학, 김유정 소설에 형상화된 육체적 존재로서의 인간」, 『인문논총』 제71권 제4호, 서울대 인문학연구원, 2014, 45~79면 참고.

피력한 바 있다. 이 글에서 그는 "표현이란 원래 전달을 전제로 하고야 비로소 그 생명이"469면 있음을 밝히고, 문학의 표현이 오용되고 있는 현실을 비판한다. 이어 "예술이란 그전달정도와 범위에 딿아 가치가 평가되어야"470면 한다고 주장한다. 즉 문학에서 표현은 사실에 부합해야 하고, 작가는 그러한 의식을 가지고 표현해야 한다는 것이 그의 생각임을 확인할 수 있다. 김유정의 이러한 생각은 언어와 사물의 일치를 목표로 삼는 맹세의 본질을 떠올리게 한다. 또한 김유정은 새로움보다는 "인류사회에 적극적으로 역할을 가져오는 데"470면에 예술적 가치를 두었다. 이러한 효용적 측면의 지향은 단순히 맹세가 언어행위에 그치는 것이 아니라 정치·사회적인 맥락에서 중요한 기능을 담당한 것과도 맥락을 같이한다. 이에 맹세의 시각에서 김유정 문학을 다시 읽어야 하는 필요성이 제기된다. 이 글에서는 김유정 문학에 나타난 맹세의 양상을 분석하고, 그 의미를 구명해보고자 한다.

일반적으로 맹세는 자신이 이루고자 하는 목표나 타인과 맺은 약속을 실천하겠다는 발화주체의 다짐을 의미한다. 여기서 말하는 목표나 약속은 미래의, 즉 아직 이루어지지 않은 목표, 아직 지켜지지 않은 약속을 말한다. 다짐은 목표나 약속의 이행을 강조하거나 확인하는 행위이므로, 아직 오지 않은 목표나 약속의 보증에 그 본질이 있다. 이럴 때 보증을 완성하는 것이 실천이다. 때문에 주체가 어떤 목표를 세웠는가, 타인과 어떤 약속을 맺었는가, 목표나 약속을 보증하기 위해 맹세했는가, 그 맹세를 지키기 위해서 어떤 실천을 했는가 등의 질문에 주체가 어떻게 답하느냐에 따라 주체의 다양한 양상이 드러난다. 또한 약속의 보증을 위해 사회가 어떤 장치를 마련했는가, 약속이 보증되지 않을 때 사회가 어떤 처벌을 했는가 등의 질문에 사회가 어떻게 답하느냐에 따라 사회의 다양한 양상이 드러나기도 한다. 이처럼 맹세는 인간과 사회의 양상을 진단하는 질문의 중심에 있다.

고대 서구에서 맹세가 의미하는 바를 가장 잘 정리한 사람은 조르조 아감벤이다. 아감벤은 이름과 사물 사이의 본래적 연관, 말하는 주체와 자신의 행위 사이의 본래적 연관을 무엇이 보증할 수 있는가라는 문제를 제기한 뒤,[4] 고대 그리스와 로마의 문헌을 통해 맹세가 진술 일반에 관한 것이 아니라 그 효력의 보증에 관한 것임을,[5] 다시 말해 어떤 유의미한 발언의 확인을 목표로 하면서 그 발언의 진실성 또는 유효성을 보증하는 언어행위라고 정리했다.[6] 아감벤의 논의를 정리하면 다음과 같은데, 맹세의 성격이 말의 형태를 띤다는 점,[7] 인도유럽어족 민족들의 서사시에서 재앙이 구두 계약의 분해, 즉 자신이 한 말에 대한 불성실로 규정되어 있다는 점,[8] 맹세의 목적이 거짓맹세의 방지가 아니라 처벌에 있다는 점,[9] 맹세가 (자기가 한 말에 끝까지 충실할 수 없는) 인간의 신뢰 불가능성과 (지시하는 대상에 온전히 부합할 수 없는) 언어의 신뢰 불가능성을 전제한다는 점,[10] 모든 고전들이 맹세에 충실하면서도 거짓맹세도 곧잘 하는 인간을 제시한다는 점,[11] 맹세가 (종교적이면서) 법적 성격을 지닌 약속의 정형구문으로 나타난다는 점,[12] 맹세가 인간의 언어를 최대한 진실하게 함으로써(말과 현실을 정확하게 대응시킴으로써) 하느님의 말씀이라는 신적인 모형과 일치시키려는 시도라는 점,[13] 맹세가 종

---

4   조르조 아감벤, 정문영 역, 『언어의 성사―맹세의 고고학』, 새물결, 2012, 141면.
5   위의 책, 19면.
6   위의 책, 21면.
7   위의 책, 22면.
8   위의 책, 23면.
9   위의 책, 24면.
10 위의 책, 26면.
11 위의 책, 34면.
12 위의 책, 43면.
13 위의 책, 49~50면. 사물에 부합하는 말을 하거나, 자신의 말을 현실에 일치시킬 때 인간은 신

교적 신성함의 뒷받침을 받는 확언이라는 점,[14] 맹세가 믿음으로 간주되었고 믿음을 받고 있는 사람이 자신을 믿는 사람을 수족처럼 부릴 수 있다는 점에서 믿음이 통치지배 및 힘권력과 같은 뜻이 된다는 점,[15] 고대에는 맹세에 법적 공인sanction, 처벌이 결여되어 있었다는 점,[16] 맹세가 신성화의 한 형식이며 특정한 조건 위에서 자신을 신성하게 만들기 위해 고안된 조작의 모습을 띤다는 점,[17] 맹세를 조건부 저주로 보는 점,[18] 말한다는 것은 맹세한다는 것이고 이름을 믿는다는 것이라는 점,[19] '나는 맹세한다'가 정황의 서술이 아니라 사실을 산출하고 의미를 현실화하는 언어적 언표화수행적 표현의 완벽한 범례라는 점,[20] 맹세가 '진실 말하기'이고 주체는 자신이 하는 확언의 진실성과 수행적으로 결합됨으로써 스스로를 구성하고 그러한 것으로서 자신을 살아 움직이게 한다는 점,[21] 법과 종교가 언어 경험의 파열을 막기 위한 시도에서 태어났고 발화를 사물에 묶어두려고 애쓴다는 점,[22] 인간은 말하기 위해서 자신의 말에 스스로를 걸어야만 하는 존재라는 점[23] 등은

에 가까워진다고 이해할 수 있다. 물론 그 반대는 신성모독이 된다. 이와 관련하여 아감벤은 라틴어 'religio'가 정형구문과 의례 규범들의 엄격한 준수를 뜻함과 동시에 신성모독, 저주의 의미가 있음을 밝힌다. 같은 책, 55면. 맹세에서 소환되는 신은 말과 사물이 분해될 수 없게 결합되어 있는 언어라는 사건 자체이고, 그런 의미에서 모든 발화 행위는 하나의 맹세이다. 같은 책, 99~100면. "맹세하는 자는 하느님이고 인간이 다만 그러한 말의 화자일 뿐이지만 하느님의 이름을 두고 한 맹세 속에서 인간의 언어는 신의 언어와 교신한다." 같은 책, 106면.

14 위의 책, 52면.
15 위의 책, 58~59면.
16 위의 책, 63면. 왜냐하면 처벌은 신들의 소관이기 때문이다.
17 위의 책, 67~68면. 신성화(sacratio)는 일종의 처벌인데, 신성화된 죄인은 공동체에서 추방된다. 사형에 처해지지는 않지만 누가 그를 죽인다고 해도 살인으로 보지 않는다.
18 위의 책, 69면. 아감벤은 맹세의 세 가지 결합조건을 제시하는데, 그것은 보증, 증인으로서의 신의 소환, 거짓맹세에 대한 저주이다. 같은 책, 70~71면.
19 위의 책, 116면.
20 위의 책, 116면.
21 위의 책, 121면.
22 위의 책, 122~123면. 이와 관련하여 아감벤은 법과 종교가 맹세에 선행하는 것이 아니라 맹세가 법과 종교에 선행하는 것이라고 본다. 같은 책, 137면.

우리가 맹세의 성격을 이해하는 데 시사하는 바가 크다.

고대 동아시아의 경우, 맹세의 기능과 양상에 대한 흔적은 『논어』와 『한비자』에서 찾아볼 수 있다. 고은강은 『논어』의 「자로」편에 나오는 언필신言必信을 동아시아 사상에서 말과 신뢰의 관계를 논하는 출발점으로 보았다.[24] 그는 언필신을 행위주체의 말과 실천의 일치, 내적인 도덕성과 외적인 언표 사이의 일관성, 외적인 언표의 논리적 타당성에 대한 행위주체의 내적 도덕성의 우위 등의 관점에서 접근한 뒤, 언필신이 맹세로서의 말을 의미하며, 유가철학에서 말은 곧 맹세임을 설명했다.[25] 황진영은 존 오스틴과 존 서얼의 화행론에 기대어, 한비자의 형명론形名論을 언어 수행적 관점에서 고찰한바 있다. 그는 형形을 드러나는 행동양식으로, 명名을 공적인 환경에서 행해지는 말이라고 해석한 뒤,[26] 한비자가 형과 명이 불일치하는 상황이 무질서를 초래하는 가장 큰 요인이고, 때문에 공식화된 선언 또는 발언을 행위의 출발점으로 보았다고 설명했다.[27] 그에 따르면 명이 약속이나 제안의 행위로 드러났을 때 그 명이 무효가 되지 않고, 충족될 수 있도록 수행결과를 일치시켜야 한다는 것이 한비자의 형명론의 핵심이라는 것이다.[28] 즉 약속의 실행이 반드시 보증되어야 한다는 점에서 한비자의 명이 (발언의 진실성 또는 유효성을 보증해야 한다는 점에서) 아감벤이 말한 맹세의 다른 이름임을 확인할 수 있다.

---

23 위의 책, 147면.
24 고은강, 「先秦철학에서 의사소통에 관한 일고찰—言必信을 중심으로」, 『동방학』 43, 2020, 40면.
25 위의 글, 53면. "한 마디로, 언필신은 맹세로서의 말을 의미한다. 동기주의적 관점에서든, 결과주의적 관점에서든 유가철학에서 말은 맹세다. 선진 유가철학 문헌을 살펴보면, 현대의 관점에서는 사적인 대화에 속하는 일상의 말들에서조차 말은 맹세로 기능한다."
26 황진영, 「한비자 형명일치(形名一致)론에 내재된 名의 언어 수행적 특징」, 『동아시아문화연구』 69, 2017, 219면.
27 위의 글, 219~220면.
28 위의 글, 220면.

이와 같은 논의를 참고하자면 우리는 맹세를 몇 가지 기준에 따라 구분할 수 있다. ① 대상의 양상에 따라 사적인가자신과의 관계 맺음, 공적인가타자와의 관계 맺음, 만약에 공적인 대상이라면 범위에 따라 개인적인가, 사회적인가. ② 맹세의 주체와 대상 사이의 거리에 따라 익숙한 존재인가, 낯선 존재인가. ③ 명시적 표현의 유무에 따라 맹세를 발화했는가, 발화하지 않았는가. ④ 이행에 걸린 실체재산의 유무에 따라 실체가 있는가, 없는가. ⑤ 처벌의 유무에 따라 맹세의 불이행에 따른 처벌이 있는가, 없는가. 특히 공적인 양상을 띠면서 낯선 존재와 재산 등의 실체를 걸고 하는 맹세, 불이행에 따른 강한 처벌개인의 손해 또는 공동체의 불행이 예상되는 맹세의 경우에는 명시적인 맹세행위가 요구되었다. 하지만 모든 관계 맺음에서 맹세가 명시적으로 발화되었던 것은 아니며, 맹세의 불이행에 항상 처벌이 뒤따랐던 것도 아니다. 언어적이면서 사회적으로 존재하는 인간은 살면서 다짐, 결심, 약속, 계약, 협의, 협약, 협정, 선언, 선서, 서약 등을 피할 수 없고, 그것은 곧 불완전한 언어행위 및 관계 맺음에 대한 보증인 맹세 또한 피할 수 없음을 의미한다.

말은 항상 말해지는 것의 진실성을 보증해야 하기에 맹세는 모든 말의 전제일 수밖에 없다. 말은 말을 듣는 이의 믿음을 얻어야 하고, 믿음을 얻을 때 그들을 움직일 수 있고, 그들이 움직일 때 사건이 발생한다. 데리다는 거짓말이 하나의 사건을 만들고 어떤 믿음의 효과를 일으키려고 하므로 수행적 형태의 표현을 포함하고, 때문에 진실의 약속을 배반하는 바로 그 지점에서조차도 진실의 약속을 암시한다고 말했다.[29] 다시 말해 참말이든 거짓말이든, 그 말이 언어행위이자 관계 맺음이라면 진실의 보증을 필요로 할 수밖에 없다.

---

29 자크 데리다, 배지선 역, 『거짓말의 역사』, 이숲, 2019, 32~33면.

언어행위를 본질로 하는 문학이 지금 있는 인간과 세계를 관찰하고 앞으로 있을 인간과 세계를 상상한다는 것을 부정할 수 없다면, 문학에서 맹세의 양상과 그 의미를 읽어내는 것 역시 어렵지 않을 것이다. 맹세의 시각에서 김유정의 문학을 살펴보려는 이 글의 시도가 김유정 문학을 지금 다시 읽어야 하는 이유를 제시하는 데 기여하길 기대한다.

2. 생명으로서의 맹세와 질서로서의 처벌

김유정 문학에서 맹세는 반복적으로 등장한다. 맹세는 작품의 주제의식을 드러내거나 서사의 전개를 추동하는 계기로 작용한다. 김유정은 누구보다 약속의 보증이라는 맹세의 본질을 중요하게 생각했다. 하지만 맹세 그 자체를 맹신하거나 물신화하지는 않았다. 맹세는 반드시 이행을 보증해야 하지만, 설사 이행이 보증되지 않는다 할지라도 인간의 삶은 지속될 수밖에 없기 때문이다. 여기에서는 구체적인 작품을 근거로 하여, 김유정 문학에 나타난 맹세의 양상을 정리하고 그 의미를 구명할 것이다. 맹세의 시각에서 접근할 때 김유정의 문학을 크게 고전을 다시 쓴 작품과 1930년대 식민지 배경 작품으로 구분할 수 있다.[30] 제2절에서는 전자를, 제3절에서는 후자를 중심으로 논의를 전개한다. 김유정이 고전을 다시 쓴 작품에는 「두포전」과 「산골」이 있다. 두 작품은 맹세가 무엇인지, 맹세가 인간에게 미치는 영향은 어떠한지, 인간은 무엇을 할 수 있는지 등의 질문에 대한 김유정의 답변

---

30 통상적으로 김유정의 작품은 농촌(또는 산골) 배경 작품과 도시 배경 작품으로 구분된다. 하지만 맹세의 시각에서 접근하면 고전을 다시 쓴 작품과 1930년대 식민지 배경 작품으로 구분할 수 있다.

에 해당된다. 「두포전」에서는 맹세의 주체인 칠태를 중심으로, 「산골」에서는 맹세의 객체인 이뿐이를 중심으로 서사가 전개된다. 두 작품은 맹세의 영향력이 입장의 차이에 따라 어떻게 달라질 수 있는지를 보여준다.

「두포전」은 아기장수 전설을 다시 쓴 작품으로 김유정 사후에 발표되었다. 전체 10개의 장으로 구성되어 있는데, 이중 1~6장을 김유정이 썼고, 그의 작고 이후 나머지 7~10장을 현덕이 이어서 썼다. 이 작품은 아기장수 전설을 기본 골격으로 하되 몇 가지 점에서 차이를 보인다. 기존의 아기장수 전설은 비천한 집안에서 태어난 비범한 아이가 부모 또는 적대 세력에 의해 죽임을 당한다는 내용을 담고 있다. 이에 비해 「두포전」에서 두포는 나라의 태자로 태어나 역신의 난을 피해 강원도 어느 노부부 아래에서 자란다. 노부부는 두포를 죽이기는커녕 사랑으로 키운다. 결말에서 역신은 패하고 태자는 임금으로 등극한다. 이러한 인물의 설정과 결말 처리 때문에 이 작품의 중심적인 서사가 행복한 결말을 맞는 두포가 아니라 비극적인 죽음을 맞는 칠태를 중심으로 전개된다. 김유정은 칠태를 중심으로 서사를 전개하기 위해 기존의 아기장수 전설에 변화를 준 것이다.[31] 「두포전」을 맹세의 시각, 즉 맹세의 주체는 누구인가, 맹세가 작품 전체에 어떤 영향을 미치는가 등의 시각에서 보자면 주인공은 두포가 아니라 칠태이다. 「두포전」에서 두포는 1, 2장에 등장한 뒤 10장에서 그 내력이 밝혀질 뿐, 정작 서사를 주

---

31 이와 관련하여 최배은은 「두포전」이 조력자의 기능을 강화하고 두포의 신분을 태자로 변경한 것은 김유정이 아기장수 설화의 비극성을 극복하고자 했기 때문이라고 보았다. 최배은, 「김유정의 「두포전」과 동아시아 아기장수 설화」, 『우리문학연구』 63, 우리문학회, 2019, 612면. 이 같은 해석은 「두포전」을 문학적 형상화에 실패한 작품으로 본 기존의 평가를 극복하여 작품의 의미를 적극적으로 읽으려는 시도라 할만하다. 하지만 「두포전」의 중심인물을 태자인 두포로 본다는 점에서, 이 작품이 하층민과 유랑민의 삶을 중심적인 테마로 하는 김유정 소설의 큰 줄기에서 벗어난 것으로 보는 기존의 시각에서 더 나아가지 못한 측면도 있다. 맹세의 시각에서 볼 때 「두포전」의 주인공은 두포가 아니라 칠태이고, 그렇다면 이 작품이 김유정 소설의 큰 줄기에서 벗어난다고 볼 수는 없다.

도적으로 이끌어가는 것은 3장부터 9장까지 등장하는 칠태이다. 「두포전」
은 두포의 집에 도둑질을 하러 간 칠태가 두포에게 욕을 당한 뒤, 복수하는
내용이 중심을 이룬다. 두포에게 복수하려는 칠태의 결심, 거듭되는 복수의
실패, 거짓맹세와 그 처벌로서의 비참한 최후가 이 작품의 중심서사이다.
이 작품에서 두포는 칠태 중심의 서사 전개를 위해 기능적으로만 등장할 뿐
이다. 이러한 점은 맹세의 시각으로 이 작품을 읽을 때 더욱 선명하게 드러
난다.

① 칠태는 두꺼비에 씌인듯이 등줄기에가 소름이 쭉 내끼쳤습니다. 그리고
속으로 썩 무서운 결심을 품었습니다.
"흐응! 네가 힘만으로는 안 될라! 어디 보자." (…중략…)
만나기만 하면 대뜸 달겨들어 해골을 두쪽으로 내겠다고 결심했던 것입니
다.354면

②"그 두포란 놈이 누군가 했더니, 알고 보니까 큰 도적단의 괴수더구면."
하고 여러가지로 거짓말을 꾸미었습니다.
동리 사람들은 처음에는 반신 반의하여 귓등으로 넘겼습니다. 마는 열번 찍
어 안 넘어가는 나무가 없다고, 나중에는 솔깃히 듣고 말았습니다. (…중략…)
그리하여 모든 사람이 모이어 회의를 하였습니다. 그리고 두포네를 이 동리
에서 내쫓거나, 그렇지 않으면 죽여 없새기로 결정하였습니다.356면

「두포전」에서 칠태는 동네에서 가장 무서운 인물로 등장한다. 그는 부자
가 된 두포의 집에서 도둑질을 하려다 크게 혼난 다음 두포에게 복수하겠다

고 결심한다. ①에서 보듯이 칠태는 생애 처음으로 당해보는 욕에 '무서운 결심'을 품는데, 이러한 내적 맹세가 칠태로 하여금 존재론적 좌절감을 극복하고 두포를 죽이도록 추동한다. 두포에게 복수하기 위해 밤낮으로 산을 뒤지고 다니던 칠태는 왼쪽 눈을 실명하고 자신의 한계를 깨달은 뒤 한 가지 꾀를 낸다. ②는 칠태가 동리에서 도둑질을 한 다음, 거짓말로 그 죄를 두포에게 뒤집어씌우고 동리 사람들을 선동하는 장면이다. 말이 곧 맹세라는 유가철학의 시각에서 보자면, 칠태의 거짓말은 곧 거짓맹세에 다름없다.[32] 대상의 양상에 따라 맹세를 구분할 때, ①은 사적 맹세, ②는 공적 맹세에 해당된다. 두 맹세의 주체가 칠태이고, 맹세가 칠태라는 인물의 형상화와 「두포전」의 서사전개에서 핵심적인 기능을 담당한다.

③ "무애한 사람에게 해를 입히려 하면 도리어 자신이 해를 입게되는줄을 깨달을수 있을가?"

하고, 노승은 엄한 얼굴로 칠태를 내려다 봅니다. 하지만 칠태는 무슨 뜻으로 하는 말인지도 깨닫지 못하면서 그저

"그럴줄 알다말구요. 알다뿐이겠습니까."

"그렇다면 이후로는 마음을 고치어 행실을 착하게 가질수 있을가?"

"네 고치고 말구요. 백번이래도 고치겠습니다."

하고, 칠태는 엎드리어 맹세를 하는 것이로되 그 속은 그저 어떻게 이 자리를 모면할 생각밖에는 없습니다. 노승은 또 한번

"다시 나쁜 일을 범하는 때는 네 몸에 큰 해가 미칠줄을 명심할 수 있을가?

---

32 "두포는 큰 도적단의 괴수다"라는 발화의 정형구문은 "나는 두포가 큰 도적단의 괴수임을 맹세한다"이다.

하고, 칠태에게 단단히 맹세를 받은 후

"이것을 붙잡고 나를 따라오너라."

하고, 노승은 지팽이를 들어 칠태에게 내밀었습니다.363면

④ "네 놈이, 인제두"

하고, 벌써 두포를 잡기나 하듯싶은 기쁜 얼굴로 이글이글 끓는 납을 그 구멍에 주루루 붓는것입니다.

그러나 칠태의 그 얼굴은 금새로 새파랗게 질리고 말았습니다. 그 끓는 납을 바위 뚫닌 구멍에 붓자마자, 갑자기 천지가 문어지는 꽝장한 소리로 바위와 아울러 땅이 요동을 합니다. 그나 그뿐입니까. 맞은편 산이 그대로 칠태를 향하고 물러오며 덮어내립니다. 그제야 칠태는 자기가 천벌을 입은 줄을 깨닫고

"아아, 하느님 제 죄를 용서하십시사."

하고, 비는것이나 이미 몸은 쏟아져내리는 돌 밑에 묻히고말았습니다.371면

두포에게 복수하려던 칠태는 죽을 위기에 처하고 자신을 구해줄 노승을 만난다. ③은 칠태가 살기 위해 노승에게 개과천선을 맹세하는 장면이다. 노승이 칠태의 목숨을 구해준 것은 칠태가 행실을 고치겠다는 맹세를, 자신의 맹세를 이행하지 않을 시 큰 해를 감수하겠다는 (거듭된) 맹세를 했기 때문이다. 발화된 맹세가 맹세 주체의 목숨을 구했고, 이런 맥락에서 칠태를 구한 것은 노승이면서도 칠태 자신이라고도 볼 수 있다. 이것은 일종의 자기 구원인데, 여기서 맹세가 곧 생명을 의미함이 드러난다. 물론 칠태가 노승이 하는 말의 의미를 깨닫지 못한 상태에서 위기를 모면할 생각에 한 맹세이기에 칠태의 맹세는 거짓맹세에 해당된다. 하지만 데리다가 언급한 바

있듯이, 진실의 약속을 배반하는 바로 그 지점에서조차 거짓말은 진실의 약속을 암시한다.[33] 즉 칠태의 거짓맹세가 참인지 거짓인지에 상관없이 맹세 그 자체가 생명을 보장하는 셈이다. ④는 칠태의 최후를 서술하고 있는 부분이다. 두포가 들어간 바위틈에 끓는 납을 부은 칠태는 결국 쏟아져내리는 돌에 파묻혀 죽음을 맞는다. 칠태가 비참한 최후를 맞은 것은 그가 저지른 악행 때문이 아니다. 왜냐하면 그는 두포가 있기 전부터 동리에서 악행을 일삼았기 때문이다. 칠태는 자신의 생명을 보장한 맹세, 즉 자신이 한 맹세를 스스로 저버렸고 그것이 죽음이라는 천벌을 불러왔다. 칠태는 맹세함으로써 스스로를 구했고, 그 맹세를 저버림으로써 스스로를 버렸다.[34] 이처럼 「두포전」은 맹세하는 인간의 모습과 맹세가 인간에게 주는 의미를 주체의 입장에서 보여준 작품으로 평가될 수 있다.

「산골」은 고전소설 『춘향전』을 모티프로 한 작품이다. 이 작품에서도 맹세는 인물의 성격화와 서사 전개에서 핵심적으로 기능하는데, 특히 맹세가 인간에게 미치는 영향을 다각도로 관찰하고 있어 그 의미가 크다. 이 작품에서 맹세는 인물 간의 갈등을 유발하는 사건 전개의 축으로 기능하고, 인물의 개인적인 욕망을 촉발하는 매개 역할을 하며, 주체가 욕망을 실현하기 위해 타인의 욕망을 희생시키는 계기로 작용한다. 맹세의 이러한 기능에 따라 이 작품에서 보증의 실패가 개인의 욕망에 불을 지피고, 포기될 수 없는 욕망이 맹세의 보증 자체를 의심하도록 부추기며, 결국은 타자의 희생을 대가로 하는 거짓맹세로 타락하는 양상을 확인할 수 있다. 여기에는 이행의 보증을 지속적으로 환기하려는 인간의 의지에 대한 믿음, 동시에 보증이 결

---

33 자크 데리다, 앞의 책, 32~33면.
34 그런 의미에서 노승에게 한 칠태의 말은 맹세이면서 유언이다.

국은 타자의 희생으로 이어질 수밖에 없다는 비극적 인식이 담겨있다.

⑤ "너 왜오니? 여름에 꼭 온다니까 어여 들어가라"

하고 역정을 내심에는 고만 두려웠으나 그래도 날데려 가라구 그몸에 매여달

리니 도련님은 얼마를 벙벙히 그냥 섰다가

"울지마라 이뿐아 그럼 내 서울가 자리나잡거든 널 데려가마" 하고 등을 두

다리며 달래일제 만일 이말에 이뿐이가 솔깃하야 꼭 고지뜯지만 않었드런들

도련님의 그손을 안타까이 놓지는 않았든걸 —

"정말 꼭 데려가지유?"

"그럼 한 달 후에면 꼭 데려가마."

"난 그럼 기다릴테야유!"123~124면

⑥ 어제밤 종은 상전과 못사는 법이라던 어머니의 말이 옳은지 글은지 그것

만 일렴으로 아르새기며 이리 씹고 저리도 씹어본다. 그러나 이뿐이는 아무렇

게도 나는 도련님과 꼭 살아보겠다 혼자 맹세하고 제가 아씨가 되면 어머니는

일테면 마님이 되련마는 왜 그리 극성인가 싶어서 좀 야속하였고127~128면

⑤는 도련님과 이뿐이가 헤어지는 장면이다. 맹세의 주체는 도련님이고,

맹세는 세 번에 걸쳐 반복된다. '여름에 꼭 온다'는 '서울에서 자리나잡거든

널 데려가마'로, 다시 '한달후에면 꼭 데려가마'로 이어지고, 이행의 조건은

장소와 시간에서 더욱 구체화된다. 이러한 조건의 구체화, 발화의 반복이

이행의 보증을 강화하면서 동시에 이행의 불완전성을 모순적으로 환기한

다. 이 장면에서 맹세는 도련님과 이뿐이가 헤어지는(정확히는 이뿐이가 도련

님을 기다리기로 하는) 동기를 제공하면서 이후 전개되는 사건에 긴장감을 유발한다. 그런데 약속한 시간을 점점 넘기면서 맹세의 보증은 약화되고, 이것이 이뿐이의 개인적 욕망을 추동한다. 김유정은 이뿐이의 이러한 욕망을 내적 맹세의 양상으로 그려낸다. ⑥은 도련님의 지켜지지 않은 맹세와 양반과 종의 계급적 한계를 환기하는 어머니의 말이 이뿐이의 내적 맹세를 자극하고 있음을 보여준다. 이 장면에서 도련님의 맹세가 이뿐이의 맹세로 전이되는데, 이것은 마치 인간이 타자의 욕망을 욕망하듯이 이뿐이가 도련님의 맹세를 맹세하는 것처럼 보인다. 다시 말해 이뿐이는 도련님의 (약화된, 이행되지 못하는) 맹세를 스스로 감당하기로 하는데, 그 과정에서 자기 욕망에 눈을 뜬다. 『춘향전』에서 맹세가 춘향의 정절, 즉 유교적 질서를 지탱하는 기능을 담당하고 있음에 비해, 「산골」에서 맹세는 유교적 질서를 약화시키면서 개인의 욕망을 강화시킨다. 때문에 이뿐이의 기다림은 유교적 질서 속에 속박된 수동적 행위라기보다는 타자의 불완전한 맹세를 스스로 짊어지려는 적극적인 행위의 발로로 볼 수 있다. 맹세의 객체는 필연적으로 주체가 될 수밖에 없다.

⑦ 하누님이 잡수시는 깨끗한 이 물을 몸으로 흐렸으니 누구라고 천벌을 아니 입을리 없고 몸에 물이 닷자 돋혔든 날개가 흐시부시 녹아버린 까닭이라고 말하고 도련님은 손짓으로 장사의 처참스러운 최후를 시늉하며 가장 두려운듯이 눈을 커닿게 끔적끔적 하드니 뒤를 이어 그말이 ―

"아 무서! 얘 우지마라 저 물에 눈물이 떨어지면 너 큰일난다." (…중략…)

며칠 후 서울로 떠나면 아주 놓질듯만 싶어서 도련님의 얼골을 이윽히 처다보고 그럼 다짐을 두고 가라하다가 도련님이 조곰도 서슴없이 입고있든 자기

의 저고리 고름 한짝을 뚝떼어 이뿐이 허리춤에 꾹 꽂아주며

"너 이래두 못믿겠니?"하니 황송도 하거니와 설마 이걸 두고야 잊으시진 않
겠지 하고 속이 든든하지 않은것도 아니었다. 132면

⑧ 내 너 허라는대로 다 할게니 도련님에게 편지를 쓰되 이뿐이는 여태 기다
립니다 하고 그리고 이런 소리는 아예 입밖에 내지말라 함으로 (…중략…)
"이편지 써왔으니깐 너 나구 꼭 살아야한다" 하고 크게 얼른것이 좀 잘못이
라 하드라도 이뿐이가 고개를 푹 숙이고 있다가
"그래" 하고 눈에 눈물을 보이며
"그편지 읽어봐" 하고 부드럽게 말한걸 보면 그리 노한것은 아니니 석숭이
는 기뻐서 그 앞에 떡 버티고 제가 썼으나 제가 못읽는 그편지를 떠듬떠듬 데
런님전상사리 가신지가 오래됐는디 왜 안오구 일녀바이댓는디 왜 안 오구하
니깐 이뿐이는 밤마두 눈물로 새오며 이뿐이는 그럼 죽을테니까 나를듯이 얼
찐 와서 — 이렇게 땀을 내이며 읽었으나 이뿐이는 다 읽은뒤 그걸 받아서 피
봉에 도로 넣고 그리고 나물 보구니속에 감추고는 그대루 덤덤이 산을 나려온다.
133~134면

⑦에서 도련님은 물과 관련하여 전해오는 전설을 언급하면서 자신의 약
속을 보증하려 한다. 하지만 자기 욕망에 눈뜬 이뿐이는 도련님의 약속을
의심한다. 도련님은 불이행으로 인해 이뿐이가 눈물을 흘리면 전설 속 장사
의 처참한 최후처럼 자신도 천벌을 받을 것을 맹세한다. 이것으로도 부족하
여 이뿐이가 다짐을 두고 가라고 하자 도련님은 자신의 '저고리 고름 한짝'
을 맹세의 증표[35]로 남긴다. 타자와의 관계 맺음, 명시적인 발화, 이행에 걸

린 실체, 불이행에 따른 강한 처벌 등 도련님의 맹세는 가장 강력한 보증을 제시하고 있다. 이러한 맹세는 욕망을 자각한 타자에게 주체가 맹세를 보증하려 할수록 그 보증이 불완전할 수밖에 없음을 방증한다. ⑧은 이뿐이가 도련님에게 약속의 이행을 촉구하고 불이행 시 자신의 죽음을 알리는 편지를 석숭이에게 부탁하는 장면이다. 그런데 도련님에게 약속의 이행을 촉구하기 위해 이뿐이는 석숭이와의 혼인을 약속한다. 문제는 도련님의 약속이 이행된다면 자신이 석숭이에게 약속한 혼인은 이행될 수 없다는 데 있다. 다시 말해, 이뿐이는 도련님의 약속을 보증받기 위해 석숭이에게 보증될 수 없는 약속을 한 셈이다. 이것은 일종의 이중구속에 해당되는데, 때문에 결과적으로 석숭이에게 한 이뿐이의 맹세는 거짓맹세가 된다. 거짓맹세는 필연적으로 타자의 희생을 야기할 수밖에 없고, 거짓맹세의 주체는 처벌(또는 불행)을 피할 수 없다. 여기가 맹세의 단일한 양상을 보여주는 (도련님이 춘향을 옥에서 구출하는) 『춘향전』과 (맹세를 저버린 도련님을 이뿐이가 기다리면서 끝나는) 「산골」이 갈라지는 지점이다.

타자의 맹세를 스스로 감당하는 여성인물의 등장, 자기 욕망을 촉발하는 계기로서의 맹세, 타자의 희생을 야기하는 거짓맹세, 맹세의 불이행이 결국 파국으로 끝나는 비극적 세계관, 그것을 바라보는 작가의 담담한 시선 등은 「산골」에서 확인할 수 있는 김유정 문학의 개성이라고 평가할 만하다. 「두포전」의 칠태맹세의 주체와 「산골」의 이뿐이맹세의 객체가 서 있는 입장이 다르다고 하더라도 맹세의 불이행이 결국 강한 처벌또는 불행로 이어지고 있다는 점

---

35 여기서 증표는 그리스어 명사 'hórkos'에 해당한다. 'hórkos'는 협정, 계약 또는 과거와 관련된 진술을 뒷받침하는 법적 서약을 의미하면서 동시에 서약을 보증하는 신성한 사물을 의미하기도 한다. 에밀 벵베니스트, 김현권 역, 「그리스에서의 서약」, 『인도·유럽사회의 제도·문화 어휘연구』 II, 아르케, 1999, 200면.

에서, 김유정은 맹세가 언어적이면서 사회적 존재인 인간에게 본질적인 언어행위임을 인식하고 있었다.

3. 이행되지 않는 맹세와 처벌 없는 세계

흔히 김유정 소설의 특징으로 농민이나 들병이 같은 약자 중심의 서사가 언급되곤 한다. 소설에서 등장인물들은 비윤리적인 행위를 함에도 불구하고 부정적으로 그려지지 않으며, 서술자는 그들을 향해 특별한 연민을 느끼지도 않는다.[36] 이와 관련하여 김유정의 문학을 아나키즘적 시각에서 읽으려는 시도가 이전부터 있어왔다. 방민호는 김유정이 「병상의 생각」에서 언급한 '위대한 사랑'을 크로포트킨의 아나키즘적 시각에서 읽어내려 한 바 있다.[37] 그의 논의에 따르면, 크로포트킨은 자연이 생존경쟁만큼이나 상호부조를 근본적인 원리로 삼아 작동된다고 보았는데, 김유정이 말하는 '사랑' 역시 크로포트킨이 말하는 원리 위에 구축되어야 하는 것임을 알 수 있다는 것이다.[38] 서동수는 김유정 문학의 유토피아 공동체를 크로포트킨의 상호부조론과 관련하여 논의했다.[39] 그는 김유정의 문학 속에 나타나는 고향을 소설과 비소설로 구분한 뒤, 소설이 현실 비판의 양상을, 비소설이 유

---

36 박현선은 서술자가 인물들의 비윤리적 행위에 대해서 가치판단을 드러내지 않다는 점을 지적하고 김유정이 윤리의식을 염두에 두고 작품을 창작했는지에 대해 의문을 제기한 바 있다. 박현선, 「김유정의 인식지평과 존재의 언어」, 『아시아문화연구』 27, 가천대 아시아문화연구소, 2012, 87면.

37 방민호, 「김유정, 이상, 크로포트킨」, 『한국현대문학연구』 44, 한국현대문학회, 2014, 281~317면 참고.

38 위의 글, 297~298면.

39 서동수, 「김유정 문학의 유토피아 공동체와 크로포트킨의 상호부조론」, 『스토리앤이미지텔링』 9, 건국대 스토리앤이미지텔링연구소, 2015, 101~125면 참고.

토피아 공동체 상상의 양상을 띠고 있음을 설명하고 크로포트킨의 상호부조가 그 계기로서 작용하였음을 밝혔다.[40] 홍기돈은 김유정의 「병상의 생각」과 안회남의 「겸허-김유정전」을 근거로 김유정 소설에서 현대 문명과 거리가 먼 원시적 인물 유형의 등장, 연대성과 사회성의 본능에서 파생되는 윤리의식 등을 읽어냈다.[41] 진영복은 김유정 문학의 대중성을 설명하기 위해 작품에 나타난 반개인주의적 성격을 아나키즘_{사회화된 개인주의}으로 규정했다.[42] 이어 김유정의 개인주의 비판이 상호부조하는 공동체의 모습을 소망하는 것과 맞물린다고 설명했다.[43]

정리하자면 이들의 논의는 김유정이 '최고 이상'이라고 말한 '위대한 사랑'을 중심으로, 근대 과학을 토대로 성립한 문명에 대한 비판,[44] 원시적 인물의 등장과 대안 세계로서의 고향의 제시, 상호부조하는 공동체의 소망 등으로 수렴된다. 하지만 근대 과학 및 문명의 공간으로서의 도시와 유토피아 공동체[45] 및 선취해야 하는 미래의 원형[46]으로서 농촌_{또는 산골}을 나누는 이 분법은 김유정의 문학을 공간에 따라 구분한 기존의 시각을 답습한 측면이 있다. 더하여 현대 도시 문명에 대한 비판이 단순히 자연친화적이고 원시적

---

40 위의 글, 119~120면.
41 홍기돈, 「김유정 소설의 아나키즘 면모 연구-원시적 인물 유형과 들병이 등장 작품을 중심으로」, 『어문론집』 70, 중앙어문학회, 2017, 331~361면 참고.
42 진영복, 「김유정 소설의 반개인주의 미학」, 『대중서사연구』 제2권 4호, 대중서사학회, 2017, 123~152면 참고.
43 위의 글, 133면.
44 이와 관련해서는 안미영의 선행 연구를 참고할 수 있다. 안미영은 김유정이 도시 배경 작품에서 시종일관 부정적이고 배타적인 시각을 고수하고 있음을 지적한 바 있다. 안미영은 김유정의 도시 배경 작품의 특성을 도시의 발달된 문명에 비해 상대적으로 열등한 계층이 작중 인물로 등장하는 것과 문명의 도시가 만들어낸 인공 정원의 한계와 인륜 상실을 제시한 것으로 정리했다. 안미영, 「김유정 소설의 문명 비판 연구」, 『현대소설연구』 11, 한국현대소설학회, 1999, 143~161면 참고.
45 서동수, 앞의 글, 105면.
46 진영복, 앞의 글, 148~149면.

인 공간에 대한 긍정으로 이어졌다고 볼 수 없고, 아나키즘적 시각이 김유정이 상상한 대안 세계의 모습을 온전히 설명했다고 볼 수도 없다. 김유정이 스스로 대안 세계를 구체적으로 설명한 바 없기에 작품을 통해 그 양상의 일단을 그려낼 수밖에 없다. 하지만 공간에 따른 기존의 구분에서 벗어나 맹세의 시각에서 김유정의 작품을 다시 읽으면, 그가 상상한 대안 세계의 일단을 짐작할 수 있다. 그것은 바로 처벌 없는 세계, 닫힌 제도가 아니라 열린 윤리[47]의 세계이다. 핵심은 공간이 아니라 언어행위에 있다.

김유정을 단순히 반근대주의자나 금기의 위반자로 말할 수는 없다.[48] 차라리 그는 질서를 통한 세계의 지속 가능성을 믿었다. 다만 그 질서는 법과 종교 등의 닫힌 제도가 아닌 맹세를 통한 구원과 처벌이라는 언어 수행적 질서였다. 이러한 언어 수행적 질서 아래에서 처벌은 (이상적) 세계를 구성하고 유지할 수 있다. 그런데 김유정의 1930년대 식민지 배경 작품에서는 처벌을 찾아보기 힘들다. 여전히 등장인물들은 타자와 관계 맺고 미래를 맹세하고, 또 그 맹세를 지키지 않는다. 다만 맹세를 지키지 않은 인물들이 그에 따른 처벌을 받지 않는다는 데 주목할 만한 차이점이 있다. 주지하다시피 인간이 맹세를 하는 가장 큰 이유는 그것이 이행되지 않을 때 개인이나 공동체에 큰 해를 끼치기 때문이다. 때문에 맹세의 주체는 신성한 사물 hórkos를 두고 불이행에 대한 강한 처벌을 약속하기도 한다. 더군다나 2장에서 살펴봤듯이, 김유정은 고전을 다시 쓴 「두포전」과 「산골」에서 맹세의 불이행이 개인에게 미치는 영향을 비극적으로 그렸다. 그런데 이번 장에서

---

47 박현선은 김유정의 작품에 등장하는 인물들이 윤리적 규범으로부터 자유롭다고 보고, 그들의 행위를 '초윤리적 행위'라고 명명했다. 박현선, 앞의 글, 102면. 그러나 이러한 명명은 김유정이 고전을 다시 쓴 작품들에는 해당되지 않는다.
48 유인순, 『김유정과의 동행』, 소명출판, 2014, 81면.

살펴볼 1930년대 식민지 배경 작품들에서는 맹세의 불이행에 대한 처벌의 내용이 전혀 드러나지 않는다. 김유정은 왜 불이행에 따른 처벌을 다루지 않았는가. 이에 김유정이 근대적 제도 아래 억압받는 세계에서 처벌이 최종심급이 될 수 없음을 말하고자 한 것이 아니었는지, 더 나아가 그가 처벌 없는 (대안적) 세계를 상상한 것은 아니었는지 짐작해볼 수 있다.

아감벤이 정리한 바 있듯이 고대에는 맹세에 법적 공인처벌이 결여되어 있었다.[49] 물론 이것이 처벌이 뒤따르지 않는 맹세는 지킬 필요가 없었다는 것을 의미하지는 않는다. 언어는 맹세를 통과하여 법과 종교가 될 수 있고, 처벌은 법을 완성하기는커녕 오히려 법의 불완전성을 지시할 뿐이다.[50] 그렇다면 1930년대 식민지 배경 작품에서 김유정이 처벌 없는 세계를 그린 것은 법으로 대표되는 근대적 제도의 불완전성을 겨냥한 것이 아니었을까. 김유정은 수필 「조선의 집시─들쌩이 철학」에서 다음과 같이 썼다. "가을은 농촌의 유일한 명절이다. 그와 동시에 여러 위협과 굴욕을 격고 나는 한 역경이다. 말하자면 그들은 지주와 빗쟁이에게 수확물을 주고 다시 한겨울을 염려하기 위하야 한해동안 쌈을흘렸는지도 모른다."415면 김유정이 본 1930년대 식민지 조선은 유일한 명절이 유일한 악몽에 다름없는 현실이었다. 1920년대부터 시작된 일제의 식민농정과 지주들의 착취로 농민들의 생활은 궁핍해졌고, 1929년 대공황이 발발하면서 농촌경제의 파탄이 심각한 지경에 이르렀다.[51] 1920년대를 이어 1930년대에는 농민들이 농촌을 이탈하는 불안정성이 더욱 심화되었다. 농민들이 '땀을 흘려' 법을 지킨 대가는

---

49 조르조 아감벤, 앞의 책, 63면.
50 위의 책, 64~65면.
51 최은진, 「1930년대 중반 조선농지령 시행 이후의 소작쟁의」, 『한국사연구』 189, 한국사연구회, 2020, 261면.

'수확물을 주고 다시 한겨울을 염려'해야 하는 처벌이었다. 때문에 법을 지키면 지킬수록 처벌받는 세계에서 김유정이 처벌의 엄중함을 그려내기보다 처벌 없는 세계를 상상했다는 것은 의미심장하다.

「총각과 맹꽁이」에서 덕만은 가혹한 도지로 인해 더 이상 생계를 유지하기 어렵고, 반드시 장가를 들어야 하는 절박한 상황에 처해있다. 이런 절박함으로 인해 뭉태에게 들병이와의 혼인을 도와달라고 요청한다. 뭉태는 덕만과의 약속을 저버리고 사욕을 채우지만 어떤 처벌도 받지 않는다. 덕만은 들병이와 같이 안 살겠다는 또 다른 다짐을 하면서 욕망을 포기할 뿐이다. 「금 따는 콩밭」에서 영식이는 수재의 말을 믿고 함께 금을 캐기로 약속한다. 영식이가 수재의 말을 믿은 이유는 수재가 자신의 목을 베라고 맹세했기 때문이다. 하지만 밭에서 금이 나오지 않자 수재는 거짓말을 하고 도망친다. 영식이는 지주와의 계약을 어겼고, 수재는 영식이에게 한 맹세를 지키지 않았다. 그러나 누구도 이 작품에서 처벌받지 않는다. 이처럼 김유정 문학 속의 인물들은 여전히 맹세하고, 또 맹세를 지키지 않는다.

「두포전」과 「산골」 등 고전을 다시 쓴 작품과 1930년대 식민지 배경 작품 사이에 드러나는 차이점은 크게 두 가지로 요약된다. 첫째 전자에서 맹세가 생명 또는 사랑과 같은 존재론적 계기를 바탕으로 나타나는 것에 비해, 후자에서 맹세는 주로 이권과 관련한 약속 또는 계약의 형태로 세속화된다. 둘째 자기 존재를 건 맹세를 지키지 못했을 때 맹세의 주체는 처벌을 피할 수 없지만, 세속화된 맹세를 지키지 못했을 때 맹세의 주체는 어떠한 처벌도 받지 않는다. 이러한 내용을 「따라지」, 「봄·봄」, 「가을」, 「만무방」을 중심으로 구체적으로 살펴본다.

① 쓸 방을 못쓰고 삭을세를 논것은 돈이 아수웠던 까닭이었다. 두 영감 마누라가 산다고 호젓해서 동무로 모은것도 아니다. 그런데 팔자가 사나운지 모다 우거지상, 노랑통이, 말괄냥이, 이런 몹쓸 것들뿐이다. 이망할것들이 방세를 내는 셈도 아니요 그렇다고 아주 안내는것도 아니다. 한달치를 비록 석달에 별러내는 한이 있더라도 역 내는건 내는거였다.305~306면

② "올갈엔 꼭 성례를 시켜주마. 암말말구 가서 뒷골의 콩밭이나 얼른갈아라" 하고 등을 뚜덕여줄 사람이누구냐.

나는장인님이 너무나 고마워서 어느듯 눈물까지 낫다. 점순이를 남기고 인젠 내쫓기려니, 하다 뜻밖의 말을듣고

"빙장님! 인젠 다시는 안그러겠어유—"

이렇게 맹서를하며 불야살야 지게를지고 일터로갔다.167면

「따라지」와 「봄·봄」은 이행의 지연과 처벌 없는 세계를 보여주는 작품에 해당된다. ①은 「따라지」의 한 장면이다. 이 작품에 등장하는 인물들이 함께 사는 이유는 이들이 월세를 살기로 집주인과 계약했기 때문이다. 그런데 이들은 계약을 성실하게 이행하지 않는다. 톨스토이는 월세를 내지 못하자 주인에게 참아달라고 부탁하고, 버스 걸과 그의 아버지는 병을 숨기고 계약한데다가 월세마저 제때 내지 않는다. 오히려 이들은 집주인에게 자신들의 상황이 더 어렵다고 호소한다. 아키코와 영애도 월세를 제때 내지 않는데, 이들은 계약을 불이행하면서도 큰 소리를 낸다. 그런데 이들은 계약을 이행하지 않으면서도 동시에 불이행하지도 않는다. 자기 식대로 또는 자기의 상황에 따라 조금씩 이행할 뿐이다. 느슨한 이행이라고 볼 수도 있고

이행의 지연이라고도 볼 수 있다. 이들은 계약을 하지 않으면 살 수 없지만, 그렇다고 계약의 내용을 성실하게 이행하면서 살 수도 없다. 계약의 엄정한 이행을 요구하는 법의 세계에서는 용납되지 않는 상황이다. 이에 집주인과 그의 조카가 톨스토이의 세간을 방에서 들어내려고 하자 아키코와 영애가 자기 일처럼 나서서 막아선다. '몹쓸 것들'의 상호부조하는 모습이 김유정의 문학을 아나키즘으로 읽으려 한 기존의 논의에 근거를 제공한다. 하지만 중요한 지점은 아키코와 영애가 집주인의 정당한 계약 이행을 힘으로 방해했음에도 불구하고 어떤 처벌도 받지 않는다는 데 있다. 김유정은 단지 아키코가 장독대 위에 요강을 버리겠다고 결심하는 장면을 그리면서 작품을 마무리할 뿐이다.

②는 「봄·봄」의 한 장면이다. 데릴사위인 '나'는 점순이와의 혼인을 두고 장인과 계약한다. 계약의 조속한 이행을 요구하는 '나'와 이행을 계속 지연시키려는 장인 사이의 갈등이 서사의 중심축이다. 점순이의 키라는 불합리한 조건을 든 장인에 대해 계약이 이행되리라는 '나'의 믿음은 점차 의심으로 바뀐다. 문제는 서로가 계약을 적극적으로 파기하지 않는다는 데 있다. '나'는 점순이와의 혼인을 원하고, 장인은 '나'의 노동력을 원한다. 계약은 이행되지 않고 기약 없이 지연되는데, 서로 간에는 계약 파기의 의지가 없다. 장인의 약속에 대한 구장의 보증, '나'의 태업과 장인의 폭력은 모두 계약의 파기가 아닌 유지를 향해 있다. '나'는 태업함으로써 계약을 제대로 이행하지 않지만 또 파기하지도 않고, 장인은 '나'의 혼인을 지연시킴으로써 계약을 제대로 이행하지 않지만 또 파기하지도 않는다. 두 사람 사이의 다툼은 미움이 아니라 구애에 가까울 지경이다. 장인은 가을에 꼭 혼인을 시켜주겠다고 다시 약속하고, '나'는 태업하지 않겠다고 맹세하면서 두 사

람 사이의 갈등은 봉합된다. 말과 현실 사이의 불일치가 불화를 불렀고, 말과 현실 사이의 일치를 함께 맹세하면서 화해가 가능해졌다. 이 작품에서도 김유정은 누구의 잘잘못을 따지지도, 불이행에 따른 처벌을 다루지도 않는다. 즉 파국을 막고 삶을 지속시키는 것이 결코 처벌일 수 없다는 김유정의 생각을 확인할 수 있다.

③ 매매계약서

일금 오십원야라

우금은 내 안해의 대금으로써 정히 영수합니다.

갑술년 시월 이십일

조복만

황거풍 전

여기에 복만이의 지장을 찍어 주니까 어디 한번 읽어보우 한다. 그리고 한참 나를 의심스리 바라보며 뭘 생각하드니 "그거면 고만이유 만일 내중에 조상이 돈을 해가주와서 물러달라면 어떻거우?" 하고 눈이 둥그래서 나를 책망을 하는것이다. 이놈이 소장에서 하든 버릇을 여기서 하는것이 아닌가 하도어이가 없어서 나도 벙벙히 처다만보았으나 옆에서 복만이가 그대루 써주라하니까

어떠한 일이 있드라도 내 안해는 물러달라지 않기로 맹세합니다.

그제서야 조끼 단추구녕에 굵은 쌈지끈으로 목을 매달린 커단 지갑이 비로소 움직인다. 194~195면

④ 그러나 캄캄하도록 털고나서 지주에게 도지를 제하고, 장리쌀을 제하고

색초를 제하고보니 남는것은 등줄기를흐르는 식은 땀이 잇슬따름. (…중략…)

　가뜩한데 업치고 덥치더라고 올에는 고나마 흉작이엇다. 샛바람과 비에 벼
는 깨깨 배틀렷다. 이놈을 가을하다간 먹을게 남지안홈은 물론이요 빗도 다 못
가릴모양. 에라 빌어먹을거. 너들끼리 캐다 먹던마던멋대로 하여라, 하고 내던
저두지 안흘수업다.102면

　「가을」은 거짓맹세를, 「만무방」은 거짓계약물신화된 계약을 다루는데, 두 작
품에서도 처벌 없는 세계의 일단을 확인할 수 있다. ③은 「가을」의 한 장면
이다. 복만은 소 장수 황거풍에게 자신의 아내를 판다. 재봉이는 복만이를
대신하여 매매 계약서를 작성한다. 매매를 믿지 못하는 황거풍은 계약서를
요구하고, 그래도 의심스러워 복만의 맹세까지 받아낸다. 맹세는 의심에 가
득 찬 황거풍으로 하여금 계약하도록 만든다. 하지만 복만의 아내는 황거풍
을 따라간 지 나흘만에 도망친다. 결과적으로 계약이 이행되지 못한 셈이니
복만의 맹세는 거짓맹세에 다름없다. 황거풍은 재봉이를 데리고 복만의 아
내를 찾아다니지만 결국 찾지 못한다. 예쁜 아내를 맞아 술장사를 시키고자
했던 홀아비 황거풍의 바람은 무너지고 만다. 하지만 김유정은 쭈그리고 앉
아 내일의 계획을 세우는 황거풍의 모습을 그리며 작품을 마무리한다. 이
작품에서도 거짓맹세의 주체인 복만과 도망친 복만의 아내, 간접적으로 계
약을 도운 재봉이 등 모두가 처벌받지 않는다. 심지어 계약의 피해자인 황
거풍은 복만들에게 복수를 다짐하지도 않는다. 여전히 맹세가 인물의 행위
를 추동하고 사건을 전개하지만 불이행에 따른 처벌이 언급되지 않고 있음
을 확인할 수 있다.

　④는 「만무방」의 한 장면이다. 형 응칠이는 빚 청산에 대한 성명서를 벽

에 남긴 뒤 야반도주하고, 동생 응오는 가을이 되었지만 벼를 베지 않는다. 왜냐하면 "농사는 열심으로 하는것가튼데 알고보면 남는건 겨우 남의 빗뿐"100면이고 "결말엔 봉변을 면치못할것"100면이기 때문이다. 열심히 계약을 이행하려는 농민에게 돌아오는 것은 봉변이다. 이에 응칠이는 빚을 갚지 않음으로써 팔자를 고치고, 응오는 살기 위해서 벼의 수확을 계속해서 미룬다. ④에서 응오가 벼의 수확을 미루는 이유를, 달리 말해 지주와의 계약 이행을 지연시키는 이유를 확인할 수 있다. 농민은 삶을 유지하기 위해 지주와 계약하는데, 계약대로 도지와 장리쌀, 색조를 제하고 나면 남는 것이 없다. 성실한 이행에 대가가 처벌인 셈이다. 여기에 흉작까지 더하니 남는 것은 고사하고 계약의 이행 자체가 불가능하다. 응칠이가 지주를 찾아가 도지의 감면을 요청하지만, 지주는 일 년 품은 빼야 하니 '벼에 불을 지르겠다'며 요청에 응하지 않는다. 응오와 응칠이가 계약의 온전한 이행을 위해 노력할 때 정작 이행을 방해하는 것은 지주, 넓게는 지주제와 식민농정 등의 법적 제도와 정책이다. 계약은 공동체의 유지와 번영을 전제하지 않고 그 자체로 물신이 된다. 이것은 계약의 탈을 쓴 거짓계약에 다름없다. 물신화된 계약은 파국을 자체에 내장할 수밖에 없다. 계약의 성실한 이행을 처벌로 갚는 세계에서 김유정이 그린 대안 세계의 모습이 처벌 없는 세계인 것은 어찌 보면 자연스럽다. 응오는 지주의 목숨이 아니라 자기의 벼를 훔친다.[52] 김유정은 그런 응오가 법에 의해 처벌받는 모습을 그리지 않는다. 이미 처벌받고 있는 사람에게 또 다른 처벌이 의미가 있을 리도 없다. 단지 응오는 형을 속인 대가로 형에게서 매를 맞을 뿐이다.

---

52 「만무방」에서는 흥에 겨워 어깨춤을 추던 삼십여 년 전의 가을과 강도가 사람을 찔러 죽이는 현재의 가을을 대비한다. 전신재, 앞의 책, 111면. 응오가 지주의 목숨을 뺏지 않은 것에서, 처벌에 처벌로 대응하는 것은 처벌의 인정에 다름없다는 김유정의 생각을 읽을 수 있다.

김유정의 눈에 비친 1930년대 식민지 조선의 현실은 맹세의 쇠퇴가 절정에 달했던 시기였다. 언어적이면서 사회적인 존재로서 인간은 끊임없이 타자와 관계 맺고 맹세해야 했지만, 식민지 현실은 인간에게 이행을 결코 허락하지 않았다. 인간과 말은 극단으로 분리되었고, 말은 닫힌 제도에 복무하는 무기가 되었다. 이러한 현실의 너머를 김유정은 처벌 없는 세계에서 찾았다. 고대에는 맹세에 법적인 처벌이 결여되어 있었다.[53] 처음부터 말은 발화 자체가 효력을 나타낼 뿐, 종교나 법의 구속을 받는 것은 아니었다. 김유정이 상상한 처벌 없는 세계에서 인간을 구속할 수 있는 것은 오직 스스로가 발화한 말뿐이며, 그 세계에서 인간은 온전히 자신을 걸고 맹세할 수 있다. 말을 목숨 같이 여기는 사람들이 자기 말에 책임지는 곳, 그곳이 김유정 문학이 제안하는 윤리의 세계이다.

4. 나오며

　　이 글은 「병상의 생각」에 나타난 김유정의 문학관이 맹세의 본질을 떠올리게 한다는 점에 착안하여, 맹세의 시각에서 김유정의 문학을 다시 읽은 결과물이다. 김유정 문학에서 맹세는 반복적으로 등장한다. 맹세는 작품의 주제의식을 드러내거나 서사의 전개를 추동하는 계기로 작용한다. 이에 김유정 문학을 고전을 다시 쓴 작품과 1930년대 식민지 배경 작품으로 구분하고, 해당 작품에 나타난 맹세의 양상과 그 의미를 살펴보았다. 본론에서 다룬 내용을 요약하면 아래와 같다.

53　조르조 아감벤, 앞의 책, 63면.

2절에서 고전을 다시 쓴 작품인 「두포전」과 「산골」을 중심으로 작품에 나타난 맹세의 양상과 그 의미를 살펴보았다. 「두포전」에서는 맹세의 주체인 칠태를 중심으로 서사가 전개된다. 위기에 처한 칠태를 구원한 것이 맹세이고, 비극적 죽음을 야기한 것도 맹세임을 밝힌 뒤, 맹세가 인간에게 생명을 의미한다는 것을 확인했다. 「산골」에서는 맹세의 객체인 이뿐이를 중심으로 서사가 전개된다. 특히 보증의 실패가 개인의 욕망에 불을 지피고, 포기될 수 없는 욕망이 보증 자체를 의심하도록 부추기며, 결국은 타자의 희생을 대가로 하는 거짓맹세로 타락하는 양상을 살펴보았다. 두 작품에서 맹세의 불이행이 결국 강한 처벌로 이어지고 있다는 점을 근거로 볼 때, 김유정은 맹세가 언어적이면서 사회적 존재인 인간에게 본질적인 언어행위임을 인식하고 있었다.

3절에서 1930년대 식민지 배경 작품인 「따라지」, 「봄·봄」, 「가을」, 「만무방」을 중심으로 김유정이 처벌 없는 세계, 닫힌 제도가 아니라 열린 윤리의 세계를 상상했음을 밝혔다. 지주제 및 식민농정 등의 법적 제도와 정책 아래에서 1930년대 농민들의 삶은 악몽이었다. 법을 지키면 지킬수록 처벌받는 세계에서 김유정은 처벌의 엄중함을 그려내기보다 처벌 없는 세계를 상상했다. 「따라지」와 「봄·봄」은 이행의 지연과 처벌 없는 세계를 보여주는 작품에 해당된다. 「따라지」의 아키코와 영애는 집주인의 정당한 계약이행을 힘으로 방해했음에도 불구하고 어떤 처벌도 받지 않는다. 「봄·봄」의 '나'와 장인은 계약을 제대로 이행하지 않지만 파기하지도 않는다. 계약의 지연이 둘 사이의 불화를 부르지만, 김유정은 불이행에 따른 처벌을 다루지 않는다. 이를 근거로 파국을 막고 삶을 지속시키는 것이 결코 처벌일수 없다는 김유정의 생각을 확인했다.

「가을」과「만무방」은 거짓맹세와 거짓계약을 다루고 있는 작품에 해당된다.「가을」에서 복만은 소 장수 황거풍에게 아내를 팔지만 아내는 나흘만에 도망친다. 하지만 거짓맹세를 한 복만, 도망친 복만의 아내, 거짓계약을 도운 재봉이 등 그 누구도 계약의 불이행에 따른 처벌을 받지 않는다.「만무방」에서 응오는 지주와의 계약을 이행하기 위해 노력하지만, 이행이 불가능함을 깨닫자 자기 벼를 훔친다. 벼를 불태우겠다는 지주의 말은 계약이 공동체의 유지나 번영이 아니라 계약의 이행 그 자체를 목적한다는 것을 의미한다. 이 작품에서도 김유정은 응오가 처벌받는 모습을 그리지 않는다.

1930년대 식민지 조선의 현실은 맹세의 쇠퇴가 절정에 달했던 시기였다. 인간과 말은 극단으로 분리되었고, 말은 닫힌 제도에 복무하는 무기가 되었다. 이에 계약의 성실한 이행을 처벌로 갚는 세계에서 김유정은 처벌 없는 세계를 상상했다. 이 글은 그 세계가 김유정 문학이 제안하는 윤리의 세계임을 확인했다.

참고문헌

1. 자료

전신재 편, 『원본 김유정 전집』(개정판), 강, 2007.

2. 단행본

유인순, 『김유정과의 동행』, 소명출판, 2014.

에밀 벵베니스트, 「그리스에서의 서약」, 김현권 역, 『인도·유럽사회의 제도·문화 어휘연구』 II, 아르케, 1999.

자크 데리다, 배지선 역, 『거짓말의 역사』, 이숲, 2019.

조르조 아감벤, 정문영 역, 『언어의 성사-맹세의 고고학』, 새물결, 2012.

3. 논문

고은강, 「先秦철학에서 의사소통에 관한 일고찰-言必信을 중심으로」, 『동방학』 43, 2020.

김미영, 「병상(病床)의 문학, 김유정 소설에 형상화된 육체적 존재로서의 인간」, 『인문논총』 제71권 제4호, 서울대 인문학연구원, 2014.

박현선, 「김유정의 인식지평과 존재의 언어」, 『아시아문화연구』 27, 가천대 아시아문화연구소, 2012.

방민호, 「김유정, 이상, 크로포트킨」, 『한국현대문학연구』 44, 한국현대문학회, 2014.

서동수, 「김유정 문학의 유토피아 공동체와 크로포트킨의 상호부조론」, 『스토리앤이미지텔링』 9, 건국대 스토리앤이미지텔링연구소, 2015.

안미영, 「김유정 소설의 문명 비판 연구」, 『현대소설연구』 11, 한국현대소설학회, 1999.

진영복, 「김유정 소설의 반개인주의 미학」, 『대중서사연구』 제2권 4호, 대중서사학회, 2017.

최배은, 「김유정의 「두포전」과 동아시아 아기장수 설화」, 『우리문학연구』 63, 우리문학회, 2019.

최은경, 「일제강점기 조선총독부의 결핵 정책(1910~1945)-소극적 규제로 시작된 대응과 한계」, 『의사학』 22(3), 대한의사학회, 2013.

최은진, 「1930년대 중반 조선농지령 시행 이후의 소작쟁의」, 『한국사연구』 189, 한국사연구회, 2020.

홍기돈, 「김유정 소설의 아나키즘 면모 연구-원시적 인물 유형과 들병이 등장 작품을 중심으로」, 『어문론집』 70, 중앙어문학회, 2017.

황진영, 「한비자 형명일치(形名一致)론에 내재된 名의 언어 수행적 특징」, 『동아시아문화
연구』 69, 2017.

김유정 소설에 나타난 비정상의 낯선 익숙함

이상민

1. 정상과 비정상의 경계는 어디인가

한 시대를 너무나 짧게, 힘들게 살다간 김유정. 그가 남긴 작품들은 1930년대 식민지 시대의 피폐하고 삭막한 삶을 해학적으로 풀어냈다는 평가를 받으며 끊임없이 재해석되고 있다. 그런데 그의 작품들을 읽다보면, 작품속에 내재된 '비정상'적 행위, '비정상'적 인물, '비정상'적 상황이 마냥 편히 웃을 수 있는 상황을 만들어내진 않는다. 오히려 그러한 비정상적 모습이 낯설면서 이질적으로 다가와, 말 그대로 소설 속에서만 등장할 뿐 현실에는 존재하지 않는 비현실적 상황으로 여기게 된다. 특히 비정상적으로 관계를 맺고 유지해 나가는 김유정 소설 속 가족의 모습은 매우 처참하여 현실에는 존재하지 않는 허상이기를 바라기도 한다.

그러나 실상 살펴보면 우리가 살아가고 있는 이 사회와 오늘날 현실은 김유정 소설 속 상황과 별반 차이가 없다. 하루가 멀다하고 뉴스에 나오는 가족 간 갈등 문제, 드라마 속 이야기가 아닌가 싶을 정도로 이기적이며 비도덕적인 가족 간 쟁투가 실제로 나타나고 있다. 소설보다 더 소설같은 사건이 실제로 일어나고 있는 것이다.

비현실적인 사건이 끊임없이 반복되면 일상처럼 느끼지만, 우리는 이를 정상적이지 않은, 비정상적이며 사회를 혼탁하게 만드는 불안정한 요인으로 치부해 버린다. 즉 정상과 비정상의 경계를 더욱 뚜렷하게 구분지어 상대적 도덕성으로 다른 대상을 바라보고, 사회의 규칙을 기반으로 규칙에서 벗어난 행위를 불안을 가중시키는 요소로 단정한다.

어디까지가 정상이고, 어디까지가 비정상일까? 우리가 살아가는 사회는 고정되어 있지 않고 끊임없이 유동적으로 변한다. 충돌하면서 공존하고, 분리되면서 연결되고, 갈등이 일어나면서 화합하는 상황이 지속적으로 일어난다. 이러한 속성을 구분짓는 경계는 불확실하고 모호하다. 그런데 우리는 유독 정상과 비정상을 인지하는 데 있어서는 명확하게 구분지으려 한다. 정상과 비정상을 굳이 구분지으려 하는 것은 사람들이 갖고 있는 두 가지 두려움 때문이라고 한다.[1] 하나는 자신이 사람들의 무리 속에서 배제될지 모른다는 두려움이고, 다른 하나는 정신장애에 대한 두려움이라고 한다. 정상이라는 것을 규정짓기는 매우 어렵지만, 정상성은 5가지 관점에 따라 정의내릴 수 있다.[2] 첫 번째는 통계적 정상으로, 통계적 모형에서 어떤 증상과 행동이 대체로 정상이라고 말하는 범위 안에 있는지 그렇지 않은지를 구분하는 것이다. 두 번째는 주관적 고통을 기준으로 한 정상이다. 세 번째는 사회적·문화적 기준이다. 문화마다, 그리고 각 사회에서 정상과 비정상을 어떻게 규정하느냐에 따라 구분이 달라진다는 것이다. 네 번째는 이상적 관점

---

1 김병수, 「정상과 비정상을 재정의하라」, 『인물과사상』, 인문과사상사, 2015.2, 169면.
2 위의 글, 172~174면 참조.

에 따른 정상이다. 우리가 이상적으로 생각하는 상태와 부합하면 정상이고, 그렇지 않다면 비정상이라는 것이다. 마지막 다섯 번째는 임상적 진단에 부합하는 정신장애가 없는 것을 정상이라고 규정하는 것이다.

정상과 비정상의 경계는 분명치 않고, 정상과 비정상은 그것으로 특징지어진 대상에 원래부터 내재해 있는 사태가 결코 아니다[3]라는 견해도 눈여겨 봐야 한다. 여기에서는 첫째, 정상과 비정상의 문제는 지식의 문제와 깊이 관련되어 있기 때문에 어떤 사물에 애초부터 내재되어 있다고 간주할 수 없고, 둘째, 정상과 비정상의 문제는 인간행위의 규칙성과 밀접히 관련되어 있기 때문에 어떤 대상에 본래적으로 고착된 것이라고 볼 수 없으며, 셋째, 정상과 비정상을 가르는 기준은 한 사회나 집단이 지닌 집합의식과 긴밀히 연결되어 있으므로, 그것 간의 경계가 분명해질 수 없을 뿐만 아니라 그것들이 특정의 사물이나 행위에 본질적으로 내재해 있다고 볼 수 없고, 마지막으로 정상과 비정상의 경계가 무 자르듯 선명하게 그어진다는 일반적인 견해는 이른바 정상적 외양이 행위자들 간의 지속적인 상호작용에 의한 성취라는 사실에 의해 무색해진다[4]고 밝히고 있다.

이러한 관점들을 종합해 살펴보면, 김유정 소설 속에 나타나는 비정상성은 우리나라의 사회적·문화적 기준과 우리가 이상적으로 생각하는 기준에 따라 규정되는 것으로 보인다. 그러나 이러한 기준으로 정상과 비정상을 나누어보더라도, 그것이 왜 정상인지, 그것이 왜 비정상인지 판단하기 어렵다. 우리는 우리가 규정해 놓은 비정상의 조건, 아니 우리에게 익숙하고 친근한 조건을 정상이라고 판단하고, 그렇지 않은 것을 비정상으로 쉽게 규정

---

3 김광기, 「정상과 비정상, 그리고 이방인」, 『사회이론』 33, 한국사회이론학회, 2008.6, 287면.
4 위의 글, 287~293면 참조.

해 버리기 때문이다.

사람은 실존적으로 존재하기 위해 경계 지음도 필요하지만, 사회적 존재로 살아가기 위해 경계를 가로지르는 관계 맺음도 필요하다. 관계맺음은 경계와 경계 사이를 연결하는데, 세계의 모든 것은 이 관계 안에서 자리한다.[5] 경계 지어진 존재는 사이-짓기를 통해 다른 존재와 관계를 맺어 새로운 존재가 된다. 나는 너를 만나 너와의 관계 안에서 새로운 내가 된다. 사이-짓기는 나를 나이게 하면서 이렇게 관계 맺어진 사이를 통해 또 다른 내가 되기도 한다. 나는 사이-짓기에 따라 아름답게 되기도 하고, 추하게 되기도 하며, 의미와 무의미를 체험하기도 한다. 다른 사람과 관계맺음에 따라 나는 선하고 기쁘고 빛나는 존재가 되기도 하지만, 그 반대가 되기도 한다.[6]

김유정 소설은 사람과 사람 간의 관계 맺음을 적나라하게 보여주고 있다. 그리고 그 관계 맺음을 통해 정상과 비정상의 가로지름도 보여준다. 이에 김유정 소설을 살펴보면서 비정상으로 간주되지만 이면에 퍼져있는 낯선 익숙함을 파악해 봐야 한다. 이는 인간의 무의식 속에 숨어 있던 동물적 욕망을 '맨얼굴 드러내기'[7]의 기법으로 충격을 환기시키는 과정이라 볼 수도 있다. 김유정은 일상성에서 전혀 이질화된 낯선 세계의 극한 상황에 소설 속 주인공을 던져 놓고 생명 본능의 욕망을 자극시키고 있다. 이러한 장치와 기법은 그의 소설 곳곳에서 발견된다. 평범한 한 사물이 특별한 사물이 되는 것도, 지속되는 시간에서 역사적 사건을 만들어내는 것도 이러한 사이 지음 때문에 가능하다.[8]

5　신승환, 「경계와 경계 넘나들기」, 『인성교육, 경계에 서다』, 북코리아, 2020, 20면.
6　위의 글, 21면.
7　김윤식, 「6・25 전쟁문학—세대론의 시각」, 문학과비평연구회 편, 『1950년대 문학연구』, 예하, 1991.
8　신승환, 앞의 글, 21면.

모든 사물을 있게 하는 존재의 특성으로 관계맺음, 사이짓기의 개념을 통해 김유정 소설에 나타난 인물들이 어떤 존재로 자리매김하고 있는지를 살펴보고, 이러한 인물 간의 사이짓기가 김유정 소설의 인물들은 현재에까지 어떻게 살아있게 만들어주는 원동력이 되는지 고찰해 보고자 한다. 이를 통해 김유정 소설 속에 나타난 정상과 비정상의 경계 넘나들기를 오늘날 어떻게 바라볼 수 있는지 알 수 있을 것이다.

2. 누가 피해자이고, 가해자인가, 경계의 모호성과 충돌

김유정 소설에는 서로서로 이용하고 이용당하는 불편한 관계 맺기가 적나라하게 등장한다. 대개 이러한 불편한 관계는 성性과 돈 문제에서 비롯되는데, 김유정 소설 속 등장인물들은 필요에 따라 서로를 이용하고 이용당하는 폭력적 관계가 엎치락뒤치락 끊임없이 전도되면서 긴장감을 유발한다. 속도감 있는 이야기 전개로 이용하고 있는 자가 누구인지, 이용당하는 사람이 누구인지 쉽사리 파악되지 않기 때문에 결말에 가서는 뒤통수 맞는 당혹감에 휩싸이기도 한다. 폭력적인 상황 속에서 비정상적 인물들이 펼치는 혼돈의 도가니. 그 안에서 김유정은 피해자와 가해자의 경계를 모호하게 하여, 모두를 피해자이면서 가해자로 판단 기준을 혼란에 빠뜨린다.

「산골나그네」에서는 어느날 낯선 19살 아낙네나그네가 나타나 덕돌이네와 인연을 맺어가는 과정을 보여준다. 나그네가 나타나기 전 덕돌이네는 망하기 일보 직전이었다. 원래 덕돌은 남촌 산에 사는 어느 집 둘째 딸과 혼약을 하였지만, 난데없는 선채금 30원을 가져오라는 말에 혼약이 깨져버린다. 게다가 술집에 오는 손님은 없고, 그나마 외상술을 마신 사람들도 돈을 갚기는커녕 밀린 술값을 내라는 말에 되려 가지 않겠다며 협박을 하는 상황이었다.

그러던 어느날 덕돌이네 집에 나그네가 찾아온 것이다. 낯선 나그네는 덕돌이네에겐 단비같은 존재였다. 나그네는 술꾼들의 발길이 끊어진 덕돌이네에 젊은이들이 몰려오게 하였고, 파혼한 덕돌이의 아내도 되어주었다. 덕돌 엄마는 나그네를 때로는 갈보로, 때로는 며느리로 역할을 바꿔가며 나름 이용하고 있었다.

자 저 패들이 새댁을 갈보로 횡보고 찾아온 맥이다. 물론 새댁 편으론 망칙스러운 일이겠지만 달포나 손님의 그림자가 드물던 우리 집으로 보면 재수의 빗발이다. 술국을 잡는다고 어디가 떨어지는 게 아니요. 욕이 아니니 나를 보아 오늘만 술 좀 팔아주기 바란다― 이런 의미를 곰상궂게 간곡히 말하였다.9면

어쨌든 나그네의 등장에 덕돌이네는 모처럼 행복한 하루하루를 보내는 듯하였다. 그러나 혼인을 하고 난 얼마 후, 나그네는 덕돌의 새옷을 가지고 도망쳐 버린다.

필연 잠든 틈을 타서 살며시 옷을 입고 자기의 옷이며 버선까지 들고 내뺐음이 분명하리라.

"도적년!"

모자는 광솔불을 켜들고 나섰다. 부엌과 잿간을 뒤졌다. 그리고 뜰 앞 수풀 속도 낱낱이 찾아봤으나 흔적도 없다.

"그래도 방 안을 다시 한번 찾아보자."

홀어머니는 구태여 며느리를 도둑 년으로까지는 생각하고 싶지 않았다. 거반 울상이 되어 허벙저벙 방 안으로 들어왔다. 마음을 가라앉혀 들쳐보니 아니면다르랴, 며느리 베개 밑에서 은비녀가 나온다. 달아날 계집 같으면 이 비싼 은비녀를 그냥 두고 갈 리 없다.50면

덕돌 엄마의 말처럼 나그네가 도둑이었다면, 값비싼 은비녀는 두고 옷과 버선만 들고 도망간 것은 매우 이상한 행동이다. 도대체 나그네에게는 어떤 이유가 있었던 것일까? 가난하고 갈 곳 없는 불쌍한 아낙네에게 술시중을 들게 하여 돈을 벌고, 장가를 못 들고 있던 덕돌과 결혼을 하도록 유도한 덕돌 엄마의 계획을 나그네가 보란 듯이 뒤엎어 버린 이유는 바로 그녀에게 거지나 다름없는 볼품없는 남자가 있었기 때문이다. 온갖 술시중을 들고 어거지로 혼인까지 한 뒤에 덕돌네에서 도망치듯 나온 이유가 겨우 덕돌의 옷을 훔쳐 남자에게 갈아입혀 떠나려는 것이었다니, 그 황당함은 독자들의 예상도 뛰어넘는 것이었다. 나그네가 도망간 것이 약자에 대한 폭력성, 배려를 위장한 이기성으로부터 벗어나려는 몸부림이 아닌, 덕돌이네를 역이용한 행위였다는 점에 허탈한 마음이 들게 된다. 그런데 아이러니하게도 그 이유가 자신의 남자를 보살피기 위한 행동이었다는 점에서 애틋한 마음도 함께 들게 된다.

「따라지」의 인물 관계도는 여러 다른 소설들과 사뭇 다르다. 이 소설에는 부부나 혈연관계의 가족이 아니라 한집에 세 들어 살고 있는 여러 명의 세입자, 아끼꼬와 영애, 김마까, 톨스토이가 등장한다. 그리고 이들에게 세를 주고 있는 집주인 노파는 세입자들이 제때 내지 않는 사글세에 늘 애를

끓는다. 집주인이면서도 세입자들에게 늘 당하며 살다보니, 다 내쫓고 새로 사람을 들일 궁리를 하곤 한다.

본래 주인과 세입자는 갑과 을의 입장이지만, 이 집에서는 요상하게 갑과 을의 위치가 전복되어 드러난다. 늘상 당하는 것은 을이 아닌 갑, 바로 주인 마누라인 것이다.

(1) 주인 마누라는 오만상이 찌푸려진다.

그러나 실상은 사글세를 못 받아서 약이 오른 것이다. 영감더러 받아 달라면 마누라에게 밀고 마누라가 받자니 고분히 내질 않는다.

여지껏 미뤄왔지만 너들 오늘은 안될라, 마음을 아주 다부지게 먹고 건넌방 문을 홱 열어제친다.88면

(2) 문의 구멍을 좀더 후벼판다마는 아끼꼬는 구렁이주인 마누라의 속을 빤히 다 안다. 인제 방세도 싫고 셋방 사람들 다 내쫓으려 한다. 김마까나 아끼꼬는 겁이 나서 차마 못 건드리고 제일 만만한 톨스토이부터 우선 몰아내려는 연극이었다.106면

(1)은 주인 마누라구렁이가 말을 듣지 않는 세입자들을 마음 먹고 내쫓으려는 상황을, (2)는 이미 주인 마누라의 속셈을 눈치채고 관망하는 모습을 보이고 있다. 주인 마누라가 자신의 조카가 써야 한다며 가장 만만한 톨스토이의 방을 장악하려 하자, 세입자들이 단합하여 대항하는 것이다. 맞고 때리고, 물고 물리는 폭력의 난장판을 김유정은 마치 블랙 코미디의 한 장면처럼 어둡지만 익살스런 방법으로 묘사하고 있다. 서로에게 무관심했고,

서로 싫어했던 관계이지만, 주인 마누라와의 대립에서는 연대감으로 똘똘 뭉쳐 싸우는 것이다.

구렁이는 문을 막고 섰는 아끼꼬의 팔을 잡아당긴다. 여편네는 찍소리 없이 눌려왔지만 오늘은 얼짜를 잔뜩 믿는 모양이다. 이걸 보고 옆에 섰던 영애가 또 아니꼬와서,

"제거라니? 누구보구 저야? 이 늙은이가 눈깔을 뺐나!"하고 그 팔을 뒤로 확 잡아챈다. 늙은 구렁이와 영애는 몸 중량의 비례가 안된다. 제풀에 비틀비틀 돌더니 벽에 가 쿵 하고 쓰러진다. (…중략…)

얼짜가 문턱에 책상을 떨구더니 용감히 홱 넘어 나온다. 아끼꼬는 저 자식이 달마찌의 흉내를 내는구나, 할 동안도 없이 영애의 뺨이 쩔꺽 —

"이년아! 늙은이를 쳐?"

"아 이 자식 보례! 누구 뺨을 때려?"

아끼꼬는 악을 지르자 그 혁대를 뒤로 잡아서 낚아챈다. 마루 위에 놓였던 다듬잇돌에 걸리어 얼짜는 엉덩방아가 쿵 하고. 잡은참 날아드는 숯바구니는 독 오른 영애의 분풀이이다.

그러자 또 아랫방 문이 확 열리고 지팡이가 김마까를 끌고나온다.

"이 자식이 웬 자식인데 남의 계집애 뺨을 때려?"108면

주인 마누라와 얼짜가 한 패로, 아끼꼬와 영애, 톨스토이와 김마끼가 한 패로 나뉘어 치열하게 싸우는 난장판이 벌어지자, 주인 마누라는 순사를 찾아간다. 사회의 질서를 바로잡고 법을 어긴 자를 처벌하는 임무를 맡은 순사는 애초부터 주인 마누라의 말을 '사글세를 내렸으면 좋지, 내쫓을려구

하니까 그렇게 분란이 일구 하는 게 아니야?'라며 믿지 않는다. 순사가 세입자들의 편이란 사실을 주인 마누라만 모르는 상황 속에서 '갈팡질팡 문지방을 넘다 또 고꾸라지려는' 주인 마누라의 긴급함과 '노파의 뒤를 따라오며 나른한 하품을' 하는 순사의 태연함이 공존하는 상황이다. 그런데 집에들어가 보니 엎치락뒤치락 죽일 듯이 싸우던 난장판은 온데간데 없고 집안은 한적하기 그지 없다.

> "어이구 분해! 이것들이 또 저를 고랑땡골탕을 먹이는군요! 입때까지 저 마루
> 에서 치고 깨물고 했답니다."
> 　노파는 이렇게 주먹으로 복장을 찧으며 원통한 사정을 하소한다. 왜냐면 이
> 것들이 이 기맥을 벌써 눈치채고 제각기 헤어져서 아주 얌전히 박혀 있다. 아
> 끼꼬는 문을 닫고 제 방에서 콧노래를 부르고, 지팡이를 들고 날뛰던 김마까는
> 언제 그랬더냔 듯이 제 방에서 끙끙, 여전히 신음소리. 이렇게 되면 이번에도
> 또 자기만 나무리키게 될 것을 알고.112면

　주인 마누라의 입장에서는 꽤 억울하고 답답할 상황임이 분명하다. 사글세를 내지 않았고 영애가 먼저 공격을 했지만, 믿었던 조카마저 '뭘 어떻게돼요, 되기'하며 아주머니의 편이 되어주길 거부하는 것이다. 결국 모든 사람이 주인 마누라와 관계 맺기를 거부하자 사실상 주인 마누라는 고립된 상태에 놓이게 되고, 단절되고 폐쇄된 존재로 전락하고 만다.

　일반적으로 주인과 세입자의 관계는 권위적이고 종속적인 관계로 설정된다. 주인이란 위치가 가지는 권위적 힘은 일반적으로 공감보다는 반감을갖기 마련이다. 그런데 김유정 소설에서는 표면상 주인이 힘없는 사람들을

구박하고 인정없는 듯 보이지만, 실상은 세입자들이 한패가 되어 집주인을 골탕먹이고 이용하는 형세이다. '어이구 분해!'를 연신 외치며 '주먹으로 복장을 찧며 원통한 사정을 하소'하는 노파의 모습에 어느새 독자의 마음에는 그를 이해하는 감정이 슬며시 들게 된다.

김유정 소설에서는 통상적인 갑과 을의 관계, 가해자와 피해자의 관계, 공감과 반감의 관계를 뒤집고 충돌시켜 불협화음을 만들어 버린다. 공감과 반감을 우리는 직접 의식하지는 않지만, 내부에서 무의식적으로 살아 있고 공감과 반감 간 상호작용으로 이루어지는 것이 우리의 감성이다.[9] 그 불협화음은 누가 가해자이고 누가 피해자인지 경계선을 흐릿하게 만들고, 판단을 모호하게 만든다. 김유정 소설에 나타난 이러한 경계의 충돌과 모순은 그의 작품을 끊임없이 새롭게 읽는 기제로 작용하고 있다.

3. 왜곡된 상황에서 예측 불일치로 다가오는 낯선 충격

김유정 소설에서 인물 간 갈등은 종종 의외의 원인에서 비롯된다. 또한 피폐하고 가난한 상황을 타개해 나가려는 인물들의 행동 역시 일상성의 범위를 벗어난다. 예를 들어 우리가 상식선에서 생각하는 부부의 모습이 그의 소설에서는 보이지 않는다. 신뢰와 정서적 교류가 충만한 부부의 이상적인 모습은 커녕, 때로는 가학적으로 때로는 비윤리적으로 관계를 맺고 있는 충격적인 부부의 모습이 그려진다. 왜곡된 상황과 예측할 수 없는 환경 속에서 일어나는 인물들의 행태는 비도덕적고 비규범적이라는 점에서 비정상

---

9   루돌프 슈타이너, 최혜경 역, 『인간에 대한 보편적인 앎』, 밝은누리, 54면.

적 행동이다.

앞서 살펴본 정상과 비정상을 나누는 경계 중 하나인 한 사회나 집단이 지닌 '집합의식'은 도덕 문제를 함축하고 있다. 집합의식은 당위의 문제를 강조하여 인식적 차원보다는 규범적 차원에서 스스로를 위치시킨다. 반복된 행위는 '이럴 땐 이렇게 하는 것이 옳으니 반드시 이런 식으로 행동해야 한다'고 사람들을 몰아세운다. 이러한 구속은 규칙적인 행위 자체가 수행하기도 하지만, 그 규칙적인 행위 저변에 깔려 있는 행위자들의 거대한 신념집합의식이 함께 수행된다. 따라서 한 사회에서 비정상으로 간주되는 사물, 행위, 신념들은 그것들의 본래적 속성 때문에 그렇게 간주되기보다는 그 사회의 도덕적인 문제와 결부되어 그러한 낙인을 받았다고 보는 것이 타당하다.[10] 즉 비정상은 이질적이고 이상한 것일 뿐만 아니라 부도덕한 것으로 낙인찍힌다. 이렇게 되면 비정상은 어떤 특정의 사회에서는 결코 바람직하지 않은, 그래서 수용할 수 없는 것이라 가치가 생기는 것이다.[11]

「정조」에서는 서방님을 사이에 두고 주인 아씨와 행랑어멈의 불편한 삼각관계를 그리고 있다. 주인 아씨는 서방님이 행랑어멈을 범한 뒤로, 행랑어멈의 태도가 매우 불량해지자 심기가 매우 불편한 상황이다. 서방님은 서방님대로 자신이 저지른 부적절한 관계가 술 때문에 이성적 판단이 마비된 상태로 일어난 것으로 치부하며, 오히려 행랑어멈이 자신을 유혹했다며 책임을 떠넘기려 한다. 서방님은 여기서 한 걸음 더 나아가 자신이 저지른 이 과오의 뒤처리를 부인에게 부탁하는 모습을 보인다. 일면 어처구니없는 황당한 상황이 벌어지지만 주인 아씨는 그 상황을 담담하게 받아들이고 무난

---

10 김광기, 「정상과 비정상, 그리고 이방인」, 『사회이론』 33, 한국사회이론학회, 2008.6, 292면.
11 위의 글, 292면.

하게 처리하려는 모습을 보인다.

"여보! 설혹 내가 잘못했다 합시다. 이왕 이렇게 되고 난 걸 노하면 뭘하오?"

하고 속 썩는 한숨을 휘 돌리고는,

"그렇다고 내가 나서서 나가라 마라 할 면목은 없고 허니 당신이 날 살리는 셈치고 그걸 조용히 불러서 돈 10원이나 주어서 나가게 하도록 해보우."

"당신도 못 내보내는 걸 내 말은 듣겠소?"

아씨는 아까 윽박질렀던 앙갚음으로 이렇게 톡 쏘아붙이긴 했으나,

"만일 친구들에게 이런 걸 발설한다면 내가 이 낯을 들고 문 밖 못 나설 터이니 당신이 잘 생각해서 해주." 66면

"나는 더 할 수 없소. 당신이 내쫓든지 어떡허든지 해보우!"

하고 속 썩는 한숨을 쉬니까,

"오죽 뱅충맞게 해야 돈을 주고도 못 내보낸담? 쩨!쩨!쩨!쩨!"하고 서방님은 도끼눈으로 혀를 채인다. 어멈을 못 내보내는 것이 마치 아씨의 말주변이 부족해 그런 듯싶어서이다. 71면

때론 유순하게 때론 다그치며 서방님과 행랑어멈의 관계를 단절시키려 애쓰는 주인 아씨를 향해 도리어 행랑어멈은 '아씨가 서방님과 어쩌다가 같이 자게 되면 시키지도 않으련만 아닌 밤중에 슬며시 들어와서 끓는 고래에다 불을 처 지펴서 요를 태우고 알몸을 구어놓'거나 '고기 한 매를 사러 보내도 일부러 주인의 안을 채이기 위하여 열나절이나 있다 오는' 행위를 일삼으며 속을 뒤집어 놓는다. 잘못을 저지른 서방님과 행랑어멈이 도리어 주

인 아씨를 심리적으로 억압하고 괴롭히는 상황이 발생하는 것이다.

물론 그렇다고 겉으로 전혀 수치심을 갖지 않아 보이는 서방님이 마냥 아무렇지도 않은 것은 아니다. 오히려 그런 일이 있고 난 뒤에 '자기를 보고 실쩍게 씽긋씽긋 웃는' 행랑어멈보다 '자기의 앞에 나서서 멋없이 굽신굽신하는 그 서방 놈이 더 능글차고 숭악한 것'으로 두려웠던 것이다. 그는 자신의 불안감을 드러내지 못하고 감춘 채, 애꿎은 주인 아씨만 닦달하며 돈 10원에 하루빨리 행랑어멈을 내보내도록 종용한다.

그러나 결국 이 일은 서방님이 행랑어멈에게 무려 2백 원을 쥐어주며 내보내는 것으로 마무리 되었다. 이 사실을 알게 된 주인 아씨는 걷잡을 수 없는 분노를 표출하게 된다. 눈엣가시같았던 행랑어멈을 내보냈는데도 그 상황에 분노한 이유는, 자신이 사달라던 70~80원짜리 신식의걸이는 안 사주고 행랑어멈에게 2백 원을 내어 준 것 때문이다. 주인 아씨는 서방님이 지키지 않은 정조보다도 행랑어멈에게 선뜻 2백 원을 주었다는 사실에 더 강한 분노를 표출한다. 지금까지 아무런 잘못을 하지 않았음에도 오히려 구박을 받아 연민을 일으키던 주인 아씨의 물욕이 겉으로 드러나는 아이러니한 상황이다.

「정조」에 등장한 인물 가운데 가장 정상이라고 생각한 주인 아씨의 마지막 행동에 '정조'는 무엇을 향한, 누구를 위한 정조인지 다시금 되묻게 된다. 부부의 정조를 저버린 남편은 아내에게 오히려 당당할 수 있고, 2백 원은 남편이 있는 여자를 탐한 잘못을 충분히 덮어줄 수 있을 만큼의 값어치가 있으며, 아내는 남편이 다른 여자와 관계를 맺은 사실보다 2백 원을 준 상황에 더 분노하는 상황이 왜곡되고 뒤틀어져 나타나는 것이다.

상황이 왜곡되고 비틀어지는 것은 「슬픈 이야기」에서도 발견된다. 사글세방에 사는 나는 옆방에 살고 있는 부부가 밤이 되면 자주 남편이 아내를 때리는 모습을 알게 된다. 남편은 아내를 때리는 소리가 다른 이들에게 들릴까 때론 조심하고, 여러 사람이 보는 앞에서는 아내를 끔찍하게 위하는 듯 가식적으로 행동한다.

그러나 부부만 있는 방에서 남편은 돌변한다. 나는 옆방 아내를 '시골서 조출히 자란 계집인 듯싶어 여필종부의 매운 절개를 변치 않으려고 애초부터 남편 노는 대로만 맡겨두는' 지조 있는 여자로 여긴다. '제 아내 제가 잡아먹는데 그야 뭐랄 게 아니겠지'라고 여기다가도, '이래도 맞고 저래도 맞는 그 아내의 처지는 실로 딱한 것으로 이대로 내가 두고 보는 것은 인륜에 벗어나는 일이라 생각'하는 것은 정의를 실현하는 올바른 모습이다. 생각을 실천으로 옮기는 것은 좀 더 용기가 필요한 일인데, 나는 실제 행동으로 보여준다.

그걸 어떻게 그다지도 쉽사리 네가 영예를 얻었느냐고 놈을 한창 구슬리다가, 뭐 그야 노력하면 될 수 있겠지요, 하며 홍청홍청 뻐기는 이때가 좋을 듯싶어서 그렇지만 그런 감독님의 체면으로 부인을 콕콕 쥐어박는 것은 좀 덜 된 생각이니까 아예 그러지마쇼, 하니까 놈이 남의 충고는 듣는 법 없이 대번에 낯을 붉히더니 댁이 누굴 교훈하는 거요, 하고 볼멘소리를 치며 나를 얼마간 노리다가 남의 내간사에 웬 참견이오, 하는 데는 그만 어이가 없어서 벙벙히 서 있었던 것이나 암만해도 놈에게 호령을 당한 것은 분한 듯싶어 그럼 계집을 쳐서 개 잡는 소리를 끼익 끼익 내게 해 가지고 옆집 사람도 못 자게 하는 것이 잘했소, 하고 놈보다 좀더 크게 질렀다.83면 그러나 그 날 밤 남편은 자신의 아내를 오해하여 '서방질한 거 냉큼 대라고 매로 밝혔고', 처남이 찾아와 말하기를 '그런 짓을 하면 저 누님의 신세는 영영 망쳐놓는 것이니 앞으론 아예 그러한 일이 없도록 삼가달라고 하였다'는 것이다. 괜한 오해를 불러일으킨 것 같아 나는 '그 아내를 동정한 것이 도리어 매를 맞기에 똑 알맞도록 만들어논 폭이라 미안도 하고 한편 모든 걸 그렇게도 알알이 아내에게로만 들쓰우려 드는 놈의 소행에 의분심'[85]면이 일어 그 방을 찾아간다. 우렁차게 박감독을 불렀으나 '한 30여 세 가량의 가슴이 떡 벌어지고 우람스런' 처남이 나와 나를 밀어내 버린다. '어쩌보는 수 없이 그대로 돌아서고 마는 자신이 너무도 야속'한 나머지 나는 다음과 같이 결심하고 그 방을 떠난다.

> 내가 아내를 갖든지 그렇지 않으면 이놈의 신당리를 떠나든지 이러는 수밖에 별 도리가 없으리라고 마음을 먹고는 내 방으로 부루루 들어와[86]면

용기있는 옳은 일을 해 놓고도 그에 대한 확신이 없어 저항하지 못하고 그대로 물러나버리는 상황이 된 것이다. 쭈빗거리며 뒤돌아나오는 그의 모습은 만화의 한 장면처럼 우스꽝스럽게 비춰질 수도 있지만, 갈등 상황을 스스로 왜곡시켜 자신이 아내를 갖든지 여기를 떠나는 것으로 결정해버림으로써 적극적 대응이 한순간 소극적 회피로 하강하여 변질되어 버렸다.

「땡볕」은 아픈 아내를 지게에 지고 대학병원을 찾아간 덕순 부부의 일화를 다룬 짧은 소설이다. 땡볕이 내리쬐는 무더운 날 지게에 아픈, 무거운 아내를 지고 가는 덕순이의 아내를 향한 마음은 애틋하다.

그런데 그 마음에는 두 가지 바람이 합쳐 있는데 '아내의 병을 씻은 듯이

고쳐 줄 수' 있을 거란 믿음과 그 병이 '기이한 병이라서 월급을 타먹고 있게 될' 것이란 마음이 공존하고 있다. 도통 아내의 이병이 무엇인지 모른 상태에서 상반된 결과에 대한 기대를 안고 있는 덕순의 마음 자체가 모순이다. 상식적으로 생각하면, 어떤 병인지 진단하지 못한 채 대학병원까지 찾아갈 정도면 매우 심각한 병이고, 게다가 그 병을 치료하는 데 매우 실험적이고 혁신적이어서 대학병원에서 월급을 주면서 임상실험을 할 정도가 된다면, 아내의 병이 씻은 듯이 나을 수 있을 것이란 가능성은 거의 없다고 생각해야 한다. 그러나 덕순은 아내의 병이 낫기를 바라는 마음과 그 치료가 자신들의 팔자까지 고쳐주기를 바라는 마음까지 같이 깃들어 있어 그 자체가 허무맹랑하면서도 한편으로는 안쓰러움이 배어난다.

그러나 그들의 바람과는 정반대로 아내의 병은 뱃속에 죽은 아이가 있었던 것이고, 하물며 수술을 한다해도 그 결과가 반드시 좋다고 단언할 수 없다는 진단을 받는다. 덕순과 아내는 월급을 받기는커녕 '제 병 고쳐주는데 무슨 월급을 준단 말이요?'하는 무안까지 당하게 된다. 이때 아내는 다음과 같이 선언한다.

"나는 죽으면 죽었지 배는 안 쨰요" 하고 얼굴이 노랗게 되는데는 더 할말이 없었다. 죽이더라도 제 원대로나 죽게 하는 것이 혹은 남편 된 사람의 도릴지도 모른다. 아내의 꼴에 하도 어이가 없어,
"죽는 거보담이야 수술을 하는 게 좀 낫겠지요!"
비소를 금치 못하고 섰는 간호부와 의사가 눈에 보이지 않도록 덕순이는 시선을 외면하고 뚱싯뚱싯 아내를 업고 나왔다. [122면]

'비소를 금치 못하는' 간호부와 의사처럼 덕순과 아내의 생각은 일반적 상식 수준을 벗어나서 어이없음을 자아내지만, 그 이면에 깔린 외면할 수 없지만 외면하고 싶은 현실에 대한 부정이 공감대를 만들어 낸다. 덕순의 생각처럼 남편의 도리가 '원대로 죽게 하는 것'은 필연 아닐 텐데, 그것은 수술비를 마련할 수 없을 만큼 가난한 현실을 애써 부정하고 싶은 일종의 자기 최면인 것이다.

이는 아내도 마찬가지다. 죽는 것과 배를 째는 것 중에 선택해야 한다면 당연 후자일 텐데, 아내는 죽는 것을 선택한다. 그렇다고 살고 싶은 욕망이 없는 것이 아니다. 내리쬐는 한낮 무더위 갈증에 냉수로 목을 축이자 왜떡을 먹고 싶은 욕구가 생기고, 배가 어느 정도 부르자 자신이 죽으면 살아가야 할 남편 걱정을 하기 시작한다. 수술해서 병을 고쳐 살고 싶지만, 그럴 형편이 안 되는 상황을 어쩔 수 없이 받아들이자니 눈물이 나는 것이다. 덩달아 덕순도 이를 처량한 유언으로 받아들이고 그가 할 수 있는 최선의 방법을 생각한다. '얼른 갖다 눕히고 죽이라두 한 그릇 더 얻어다 먹이는 것이 남편의 도리'라고 말이다.

상식적인 것, 규칙적인 것을 벗어날 때 우리는 그것을 비정상이라고 여긴다. 덕순과 아내의 행동과 판단은 지극히 비상식적이다. 그리고 아내의 원인 모를 병으로 돈을 벌 수 있다는 덕순의 잠재된 욕망은 매우 비윤리적이다. 그러나 그들의 판단과 행동이 정신분열이나 이상증세에서 기인한 것이 아니라 오히려 '생生'으로 지향하는 주체의 집념으로 봐야 한다.

인간이 하나의 주체로 탈없이 살아가기 위해서는 이상행동이더라도 사회가 용납하는 경계 안에서 이루어져야 한다. 그런 점에서 들뢰즈와 가타리가 자본주의 사회가 탈주와 변이를 가능하게 하는 거대한 욕망을 흐름을 해방하는 생산적인 사회이지만, 동시에 그 흐름을 자본주의가 용납할 수 없는 수준 이상으로 범람하는 것을 억제하는 거대하게 반생산적인 사회라고 본 것과도 맥락이 동일하다.

합리적이고 이성적인 인물을 김유정은 일상성에서 동떨어진 이질화된 낯선 세계에 던져 놓는다. 낯선 세계에 던져진 인물은 타인과 사회에서 강한 소외를 경험하게 된다. 에릭 프롬은 '소외란 인간이 그 자신을 이질적인 존재로서 경험하는 경험의 한 유형을 의미'한다고 정의내린다.[12]

한순간에 변해버린 낯선 세계 속에 던져져 소외된 이들은 아웃사이더의 위치로 전락해버린다. 아웃사이더는 사물을 꿰뚫어 볼 수 있는 유일한 사람이기도 한데, 그들은 병들어 있다는 것을 깨닫지 못하고 있는 문명 속에서 자기가 병자라는 것을 알고 있는 유일한 인간이다.[13] 왜곡되고 낯선 상황 속에서 소외당한 아웃사이더의 시선을 통해 드러나는 사회의 민낯을 적나라하게 드러내고자 한 김유정의 의도적 장치를 읽을 수 있는 것이다.

4. 무엇을 비정상이라 말할 수 있는가

김유정 소설은 다채롭게 읽힌다. 웃음과 슬픔, 사랑과 배신, 수치스러움, 연민 등의 감정이 혼재되고, 물욕과 타락한 성, 난무하는 가정폭력 등으로 점철되어 있다. 그리고 그 아래 가려진 불편한 진실과 민낯이 드러나는 순간, 무엇이 도덕적이고 무엇이 비도덕적인지 판단할 수 없고, 누구를 윤리

---

12 정문길, 『소외론 연구』, 문학과지성사, 1998, 181면.
13 콜린 윌슨, 이성규 역, 『아웃사이더』, 범우사, 2002, 27~53면 참조.

누구를 비윤리적이라 말할 수 없다는 혼란에 빠지게 된다.

　김유정은 오히려 비정상성을 권력집단이 가지고 있는 집단의식, 고착화된 시선이라고 본다. 그는 「땡볕」의 간호부와 의사가 오히려 비정상이라고 본다. 사회질서체제에 편입되지 않은 일종의 낙오자들을 비정상이라 바라보는 자들의 시선이 비정상이라고 폭로하는 것이다.. 김유정 소설에서는 비정상적으로 바라보는 고착화된 시선을 깨닫게 되는 낯설면서 불편한 충격을 경험하게 된다.

　김유정은 무엇이 정상이고 무엇이 비정상인지의 경계를 모호하게 만들고, 사람 간의 관계가 합리성과 이성에 근간하고 있지 않다는 사실을 김유정은 소설 속에서 끊임없이 폭로하고 있다. 김유정은 보편적이고 합리주의에서 벗어난 인물을 작품 속에 투영시켜 인물을 형상화하였고, 주제를 드러내었다. 그런 점에서 김유정 소설 속 인물들은 여전히 현재를 살아가고 있는 살아있는 주체들이며, 우리의 모습이 투영된 우리 자신이기도 한 것이다.

참고문헌

김광기, 「정상과 비정상, 그리고 이방인」, 『사회이론』 제33집, 한국사회이론학회, 2008.

김병수, 「정상과 비정상을 재정의하라」, 『인물과사상』, 인문과사상사, 2015.

김유정, 『김유정 전집』 1, 가람기획, 2003.

_____, 『산골 나그네』, 연인M&B, 2016.

김윤식, 「6·25 전쟁문학─세대론의 시각」, 문학과비평연구회 편, 『1950년대 문학연구』, 예하, 1991.

신승환, 「경계와 경계 넘나들기」, 가톨릭대 인간학연구소 편, 『인성교육, 경계에서다』, 북코리아, 2019.

정문길, 『소외론 연구』, 문학과 지성사, 1998.

루돌프 슈타이너, 최혜경 역, 『인간에 대한 보편적인 앎』, 밝은누리.

콜린 윌슨, 이성규 역, 『아웃사이더』, 범우사, 2002.

김유정의 「소낙비」에 나타난 '소리풍경' 연구

임보람

1. 들어가는 말

이 글은 김유정의 「소낙비」1935에 나타난 소리의 형상을 '소리풍경'으로 읽어보고 그것의 의미를 밝혀보고자 한다.[1] 이 작업을 수행하기 위해 작가 김유정이 이 소설에서 '소리풍경'을 수사학적으로 구축했다고 가정하며 논의를 진행하려고 한다.[2] 이 논의를 위해 다음의 두 측면을 고려한다. 첫째, '소리풍경'을 어떻게 소설분석의 개념으로 정의할 수 있을까? 둘째, '소리풍경'으로 「소낙비」를 분석하면 김유정 소설에 대한 논의를 어떻게 확장할 수 있을까?

첫째, 다양한 학문적 분야에서 사용되는 소리풍경은 머레이 쉐이퍼의 '사운드스케이프Soundscape'를 번역한 용어이다. 쉐이퍼는 시각적인 것을

---

[1] 이 글은 「김유정의 「산골나그네」에 나타난 소리의 수사학」(2021)의 후속 논문으로 김유정 소설을 '소리'라는 키워드로 읽기 위한 방법론을 모색하고자 기획되었다.

[2] 위에서 언급한 논문에서 소리를 제재로 하는 김유정 소설에 대한 논의를 검토했기 때문에 이 글에서는 지면상 생략하고자 한다.

강조하는 랜드스케이프landescape에 대응하여 소리Sound와 풍경Scape의 조어로 '사운드스케이프'를 만들었다.[3] 현재 문학 연구에서 사운드스케이프는 '음경音景',[4] '소리정경情景',[5] '소리풍경風景'[6] 등으로 번역되어 사용되고 있다. '음경'에서는 문학과 문화 연구에서 활용되는 소리 자체의 '힘'이 강조되고, '소리정경'에서는 공간성과 그것이 작중인물의 마음과 행동에 미치는 영향이 강조된다.

이 글은 서사의 전개 과정에서 소리로 얽힌 장소의 수사적 상황을 강조하기 위해 '소리풍경'을 사용하려고 한다. 풍경은 "단일한 한 시각에서 보여질 수 있는 장면반경"[7]을 뜻하며, 장소의 특성이 강조되는 단어이다. 장소는 신체에 기반한 경험적 공간으로서 소리와 긴밀하게 관계 맺는다. 이 경우 '소리풍경'은 단순한 청각적 이미지가 아니라 작중인물의 감각과 서사를 연결하고 독자의 상상력을 만들어내는 수사적 장치가 된다. 따라서 '소리풍경'은 수사적 상황에서 작중인물들, 장소, 소리가 긴밀하게 관계 맺고 있음을 확인하는 작업을 가능하게 하며, 김유정 소설의 특성으로 연구되어온 향토성, 토속성, 지역성 등을 소리와 함께 살펴볼 수 있게 한다.[8]

---

3 머레이 쉐이퍼, 한명호·오양기 역, 『사운드스케이프-세계의 조율』, 그물코, 2008.

4 임태훈은 문학과 문화 연구로서 소리를 '소리의 성질'에 입각해 사유하기 위해 사운드스케이프를 '음경'으로 번역한다. 임태훈, 「'음경'의 발견과 소설적 대응-이효석과 박태원을 중심으로」, 성균관대 석사논문, 2008.

5 이지은, 「일제강점기 '정오의 소리정경'에 담긴 '성스러운 소음'의 자취-윤동주의 「십자가」에 나타난 교회 종소리의 단상」, 『문학과 종교』 22권 1호, 2017, 152면.

6 임보람, 「이청준 소설에 나타난 소리의 수사학」, 서강대 박사논문, 2020.

7 최라영은 "문학작품에서 형상화된 '소리풍경'은 현실의 소리들이 인물을 자극하고 자각시키거나 혹은 그것이 인물에게 내면화"된다고 본다. "'소리풍경'이 청각적 측면에서의 '풍경'의 등가물이라고 할 때, '풍경'이 단일한 한 시각에서 보여질 수 있는 장면반경을 뜻한다면, 문학작품에서의 '소리풍경'은 청진자들에 의해 지각되고 이해되는 의식, 무의식까지를 포괄할 수 있는 소리환경으로 확장시켜 볼 필요가 있다"라고 지적했다. 최라영, 「박인환 시에 나타난 '청각적 이미지' 연구-'소리풍경(soundscape)'을 중심으로」, 『비교문학』 제24권 64호, 한국비교문학회, 2014, 243~279면.

둘째, 「소낙비」를 '소리풍경'으로 분석하면 다음과 같이 선행연구에 논의를 보탤 수 있다. 「소낙비」는 「산골나그네」1933, 「솟」1935, 「안해」1935, 「가을」1936 등과 함께 아내 팔기 모티브 또는 들병이 모티프로 분석되어 1930년대 시대적 특질을 이해하는데 중요한 작품으로 다루어져 왔다. 기존 연구는 이 소설들에서 일제 강점하에서 삶의 근거지를 잃고 떠도는 작중인물의 형상화 양상과 서사 전개 방식에 주목했다. 남편들이 자기 아내에게 성 서비스를 팔게 하는 비극적 서사를 분석하여, 이 소설들이 출구 없는 절망에 빠진 인물들의 "육체의 시학"을 보여준다고 분석하였다.[9] 같은 맥락에서 「소낙비」에 대한 논의에서도 극심한 가난에서 벗어나기 위해 아내에게 매춘을 시키는 남편과 이에 응하는 아내의 모습이 강조되었다.[10]

기존 연구에서 문제가 되는 지점은 매춘을 활용하여 최소한의 삶을 유지해야하는 서사에 대한 윤리적 판단이다. 이 문제는 연구자가 서사를 해석하는 태도뿐 아니라 소설이 쓰인 시대적 배경, 즉 식민지, 근대성, 민족주의, 계몽주의 같은 것의 맥락 속에서 문학과 윤리의 관계까지 고려되어 여러 층위에서 면밀하게 연구되어야 한다. 이 글은 이러한 연구의 어려움을 인정하기 때문에 이와는 다른 방식으로 이 연구의 문제 지점에 접근해보고자 한다. 그것은 작가가 구축한 미적 구조에서 작중인물에 대한 서술자의 태도를 유추하여 인물의 행위를 이해해보려는 것이다.[11] 달리 말하면 작가가 그 인

---

8 이현주, 「김유정 농촌소설에 나타난 '향토' 표상」, 『시학과 언어학』 제31호, 시학과언어학회, 2015, 174면.

9 김윤식, 「들병이 사상과 알몸의 시학」, 『현대문학과의 대화』, 서울대 출판부, 1994, 89~105면.

10 박세현, 「김유정 소설의 매춘구조 분석」, 『김유정의 소설세계』, 국학자료원, 1998, 265~293면); 한상무, 「김유정 소설에 나타난 부부 윤리」, 김유정학회 편, 『김유정의 귀환』, 소명출판, 2012, 109면.

11 김미현은 김유정을 "일제 치하라는 부정적 현실 속에서도 문학의 긍정적인 기능에 대해 고민한 작가"라고 평가하고, 「소낙비」, 「가을」, 「안해」, 「정조」, 「산골나그네」, 「정분」 등에 나타나는 '아내 팔기' 모티프를 칸트의 숭고 메커니즘을 중심으로 분석하였다. 이를 통해 "1930년대

물들에게 어떠한 태도로 다가가고 있으며, 이를 어떻게 미학적으로 담으려 했는가를 밝혀보려는 것이다.[12] 그리고 이 고안물을 '소리풍경'의 형상으로 구명하려고 한다.

이와 같은 문제의식은 다음의 질문에서 출발한다. 1930년대 문단에서는 소설 창작 기법의 중요성이 인식되었고, 많은 작가가 자신만의 창작 기법을 연구하고자 했다. 그렇다면 당대 촉망받던 작가인 김유정은 어떠한 미학적 고민으로 비참한 현실을 재현했을까?[13] 이 글은 김유정의 다양한 서술 기법 중에 한 단면을 밝혀내고자 그의 초기작이면서도, 그가 시대적 비극성을 강조하기 위해 아내 팔기 모티브를 중요한 서사의 핵으로 활용하고 있다고 판단되는 「소낙비」를 대상으로 한다. 이 소설을 꼼꼼하게 읽어보면서 형식적 특성을 '소리풍경'에서 찾고자 한다.[14] 이어지는 2장에서는 '소리풍경'을 형성하는 매개체인 바람의 역동성을 살펴보고, 3장에서는 '소리풍경'의 변화양상의 의미를 소낙비가 내리고 그치는 상황을 중심으로 고찰하려고 한다.

의 부정적 현실에 대한 문학적 숭고의 메커니즘 자체가 김유정 소설의 대표적 특성이자 1930년대의 부정적 현실에 대한 문학적 응전을 첨예하게" 보여준다고 보았다. 김미현, 「숭고의 탈경계성 – 김유정 소설의 "아내 팔기" 모티프를 중심으로」, 『한국문예비평연구』 38권 0호, 한국현대문예비평학회, 2012, 194·198면.

12 이 지점에서 『한국문학사』에서의 김현의 주장은 곱씹어볼 만하다. "김유정의 후기 작품들은 목가적 세계를 벗어나 뛰어난 현실 의식을 보여주며 농촌의 비참성에 눈을 돌리기 시작하여 하나의 소설적 트릭도 없이 있는 세계를 그대로 내보임으로써 어떤 작가보다도 식민지 치하의 농촌의 궁핍상을 여실하게 묘파해낸 뛰어난 현실 인식을 지닌 작가이다." 김윤식·김현, 『한국문학사』, 민음사, 1973, 108면.

13 김욱동 편, 『대화적 상상력』, 문학과지성사, 1985, 158면.

14 앞에서도 언급했지만, 이 글이 「김유정의 「산골나그네」에 나타난 소리의 수사학」의 후속 논문으로 '소리'에 방점을 두고 있는 것은, 「소낙비」와 「산골나그네」가 모두 1933년에 집필되었고, '소리'의 효과를 중요한 수사적 기법으로 활용하고 있기 때문이다.

2. 바람의 역동성과 '소리풍경' 형성

「소낙비」에는 매미 소리, 개소리, 뻐꾸기 소리, 빗소리, 쿨렁쿨렁 논물 나는 소리, 시내에서 고기 잡는 아이들의 고함, 농부들의 희희낙락한 메나리 소리 등 다양한 소리가 등장한다. 이 소리들은 소설의 배경인 강원도 산골을 '소리풍경'으로 이해하는데 있어서 중요한 참조점이 된다. 소리가 풍경으로서 이해될 수 있는 기본 조건이 있다면, 의식하지 않아도 들리는 기조음keynote sound[15]에 대한 인식이다.[16] 어떤 기조음이 활용되었느냐에 따라 소설을 지배하는 '소리풍경'의 양상이 결정된다. 그렇다면 기조음은 어떻게 풍경으로 연결될 수 있을까?

소리가 특정 풍경과 연결되어 '소리풍경'으로 형상화되기 위해서 소리와 풍경을 결합하게 하는 매개체가 필요하다. 아래의 인용문에서 알 수 있듯이 바람은 '소리풍경'을 형성하는 중요한 매개체로 기능한다.

음산한 검은 구름이 하늘에 뭉게뭉게 모여드는 것이 금시라도 비 한줄기 할 듯하면서도 여전히 짓궂은 햇발은 겹겹 산속에 묻힌 외진 마을을 통째로 자실 듯이 달구고 있었다. 이따금 생각나는 듯 산매들린 바람은 논밭간의 나무들을 뒤흔들며 미쳐 날뛰었다.

---

15 본문에서 인급한 기조음은 머레이 쉐이퍼의 '사운느스케이프' 개념 중 하나이다. 쉐이퍼는 소리가 인간에게 미치는 영향 관계를 고려하여 그 구성 범주를 기조음(keynote sounds), 신호음(sound signals), 표식음(soundmark)으로 나누었다. 기조음은 특정 지역의 소리환경을 형성하며, 그 지역에 살아가는 사람들의 특성이나 문화를 이해하는 데 도움이 된다. 신호음은 특정한 소리를 나타내며, 표식음은 특정 지역의 랜드마크(landmark)로 공동체가 존중하고 관심을 두는 소리이다. 머레이 쉐이퍼, 앞의 책, 24~25면.
16 조은숙, 「문순태 소설의 사운드스케이프」, 『현대문학이론 연구』 62호, 현대문학이론학회, 2015, 382면.

뫼 밖으로 농군들을 멀리 품앗이로 내보낸 안말의 공기는 쓸쓸하였다. 다만 맷

맷한 미루나무숲에서 거칠어 가는 농촌을 읊는 듯 매미의 애끓는 노래…….

　　매─음! 매─음!

　　춘호는 자기집 ─ 올봄에 오 원을 주고 사서 든 묵삭은 오막살이집 ─ 방 문턱

에 걸터앉아서 바른 주먹으로 턱을 괴고는 봉당에서 저녁으로 때울 감자를 씻

고 있는 아내를 묵묵히 노려보고 있었다. 그는 사날 밤이나 눈을 안 붙이고 성

화를 하는 바람에 농사에 고리삭은 그의 얼굴은 더욱 해쓱하였다.

　　"이봐, 그래 어떻게 돈 이 원만 안 해줄 테여?" (…중략…)

　　"돈 좀 안 해줄 테여?**17강조 - 인용자**

　　위의 인용문은 소설의 도입부에 해당한다. 서술자는 한여름 소낙비가 내

리기 직전 검은 구름이 하늘을 뒤덮고 있는 풍경을 묘사한다. 이 묘사에서

는 시각과 청각 표현이 두드러진다.**18** 이 풍경은 차례대로 "음산한 검은 구

름"의 이미지, "논밭간의 나무들을 뒤흔들며 미쳐 날뛰"는 바람의 이미지,

"농촌을 읊는 듯 매미의 애끓는 노래"의 이미지로 형상화된다. 서술자는 각

대상의 이미지에 "음산한", "미쳐 날뛰는", "애끓는" 등의 수식어를 붙임으

로써 그것의 의미를 강조하며 주관적 태도를 드러낸다.

　　서술자는 시각과 청각, 즉 보는 풍경과 듣는 풍경 사이에 바람을 배치하

여 "산매들렸"다고 표현하는데, 이 표현은 요사스러운 산 괴물이 몸에 붙는

---

17 김유정, 『원본 김유정 전집』, 전신재 편, 강, 1997, 38~39면. 이후부터 본문에는 면 번호만 표
　　기하겠음.

18 「산골 나그네」, 「산골」, 「소낙비」 등 산골을 소재로 하는 소설들은 소리 형상을 통해 서사를
　　시작한다. 이처럼 김유정이 소설의 도입부를 소리로써 시작한다는 것은 수사학적 기법에서 보
　　면 흥미로운 지점이다. 이 지점에 덧붙여, 김유정의 여러 소설에서 등장하는 소리의 특성과 형
　　상화를 살핀다면, 김유정 소설의 '소리의 수사학'을 기획할 수 있을 것이다.

다는 뜻이다. 괴물이 붙은 것처럼 요란하게 부는 모습으로 형상화되는 바람의 역동성은, '보는 상황'을 매미의 "매―음! 매―음!"의 울음소리가 들리는 '듣는 상황'으로 변화시킨다. 바람의 특성에 주목할 수 있게 하는 표현은 "안말의 공기는 쓸쓸하였다"라는 문장이다. 이 표현은 바람과 매미의 울음소리 사이에 위치한다. 바슐라르의 공기 상상력을 통해 공기와의 관련 속에서 바람의 속성을 이해해보면, 바람은 움직이며 가변적인 공기로서, 바람의 이미지는 공기 이미지의 역동성이 고조될 때 나타난다. 이 역동성은 그 대상의 속성을 전환할 수 있다. 그래서 형상을 갖추지 않은 바람은 풍경에 소리를 입히면서, 즉 시각적 이미지와 청각적 이미지의 복합 구성으로서의 '소리풍경'을 형상화하는데 기여한다.[19]

'소리풍경'의 장場안에는 춘호 부부가 사는 "올봄에 오 원을 주고 사서 든 묵삭은 오막살이집"이 있다. 이 집은 소리에 둘러싸여 있다. 그래서 오래되어 썩은 것처럼 보이는 집에서 살아가는 인물들에게 소리가 흡수되어 그 소리가 서사 전개에 어떻게 영향을 주는지 유추하게 한다. 독자는 이 오막살이 집 안에 있는 인물이 어떻게 소리로써 연결되어 있는지, 또한 소리와 지각의 관계에서 인물이 어떻게 사유하는지 고찰할 수 있다.

작중인물이 듣는 상황을 부각하려는 이러한 전략[20]은 소설의 제목인 '소낙비'와 관련 있다. 소낙비의 '소리풍경'은 구성적 사건으로 스토리를 만드

---

19 바슐라르는 상상력을 지각작용에 의해 받아들이게 된 이미지들을 변형시키는 능력이며, 무엇보다도 애초의 이미지로부터 우리를 해방시키고, 이미지를 변화시키는 능력"으로 설명한다. 가스통 바슐라르, 정영란 역, 『공기와 꿈―운동에 관한 상상력 연구』, 민음사, 1993, 10면.

20 이 전략은 '초점화'와 비교하면 더욱 그 의미가 분명해진다. '초점화'는 독자가 서술자의 목소리를 듣는 순간, 서술자의 눈을 통해 그의 행동을 보는 경우이다. 멜바 커디킨이 제시한 '청진화'는 독자가 서술자의 목소리를 듣는 순간, 서술자의 귀를 통해 그의 행동을 듣는 경우이다. 독자가 서사 속의 사건들을 '볼 때' 경유하는 작중인물의 의식 위치 또는 특질을 '초점화'라고 한다면, 독자가 서사 속의 사건들을 '들을 때' 경유하는 작중인물의 의식 위치 또는 특질을 '청진화'로 볼 수 있다. 멜바 커디-킨 외, 최라영 역, 『서술이론』 II, 소명출판, 2016, 61면.

는 필수적인 요소이다.[21] 이 '소리풍경'을 형성하는 바람은 매개체의 역할을 한다. 바꿔 말하면, 춘호의 노름 밑천인 돈 2원을 춘호의 처가 마련할 수 있느냐의 여부가 서사를 이끌어간다고 할 때, 이 과정에서 소낙비가 제재로 기능하고, 소낙비가 내리는 상황이 의미를 지니도록 바람이 관여한다는 것이다.

서술자는 오막살이 집을 서술한 뒤 곧이어 춘호와 춘호 처의 대화 상황을 서술한다. 이어지는 서술을 스토리로 이해하면, 춘호는 아내를 때리며 돈을 구해 오라고 한다. 춘호 처는 이 돈을 마련하기 위해 고민하다가 죽어도 가기 싫지만 쇠돌엄마를 찾아가기로 한다. 쇠돌엄마는 동리의 부자 양반 이주사에게 몸을 허락한 이후, 생계 걱정 없이 "얼굴도 모양내고, 옷치장도 하고, 밥걱정도 안 하고 하여 아주 금방석에 뒹구는 팔자가 되었다. 그리고 쇠돌 아버지도 이게 웬 땡이냔 듯이 아내를 내어논 채 눈을 살짝 감아 버리고 이주사에게서 나온 옷이나 입고 주는 쌀이나 먹"[41]는다. 춘호 처에게 생계를 걱정하지 않고 지내게 된 쇠돌엄마는 부러움의 대상이며, 마을에서 돈을 구할 수 있는 유일한 사람이다. 멀리서 쇠돌네 집을 지켜보면서 쇠돌엄마가 돌아오기를 기다리고 있는데 갑자기 소낙비가 내린다.

감사나운 구름송이가 하늘 신폭을 휘덮고는 차츰차츰 지면으로 처져 내리더니 그예 산봉우리에 엉기어 살풍경이 되고 만다. 먼 데서 개 짖는 소리가 앞뒷산을 한적하게 울린다. 빗방울은 하나 둘 떨어지기 시작하더니 차차 굵어지며 무더기

---

21 청진자의 역할은 「소낙비」의 제목의 변화를 통해 유추해볼 수 있다. 「소낙비」는 1935년 1월 1일 조선일보 신춘문예 현상 모집에 당선된 소설이다. 응모 당시의 원제목은 '따라지 목숨'이었는데, 신문사가 당선작이 발표될 때 '소낙비'로 개정하였다. 제목의 변화는, 소낙비와 따라지인 춘호 부부의 목숨이 관계가 있음을 알 수 있게 한다.

로 퍼부어 내린다. (…중략…)

그는 쇠돌엄마 오기를 지켜보며 우두커니 서서 기다리고 있었다.

나뭇잎에서 빗방울은 뚝뚝 떨어지며 그의 뺨을 흘러 젖가슴으로 스며든다. 바람은 지날 적마다 냉기와 함께 굵은 빗발을 몸에 들이친다.

비에 쪼르륵 젖은 치마가 몸에 찰싹 휘감기어 허리로, 궁둥이로, 다리로, 살의 윤곽이 그대로 비쳐 올랐다.

무던히 기다렸으나 쇠돌엄마는 오지 않았다. 하도 진력이 나서 하품을 하여 가며 정신없이 서 있노라니 왼편 언덕에서 사람 오는 발자국 소리가 들린다. 그는 고개를 돌려 보았다.

그러나 날쌔게 나무 틈으로 몸을 숨겼다.

동이배를 가진 이주사가 지우산을 받쳐 쓰고는 쇠돌네 집을 향하여 엉덩이를 껍죽거리며 내려가는 길이었다.42면

위의 인용문은 소나기가 내리기 시작하는 장면이다. 이 장면은 "먼 데서 개 짖는 소리"로 시작한다. 그리고 빗방울은 차차 무더기로 퍼부어 내리고 춘호 처는 그 비를 맞고 우두커니 서 있다. 여기서 바람의 강한 역동성은 춘호 처에게 "냉기와 함께 굵은 빗발을 몸에 들이"치게 한다. 그래서 "젖은 치마가 몸에 찰싹 휘감기어 허리로, 궁둥이로, 다리로, 살의 윤곽이 그대로 비쳐" 오른다. 비바람은 열아홉 살 춘호 처의 젊음을 관능적으로 형상화한다. 바슐라르의 상상력으로 이 바람을 읽어보면, 바람은 "사나운 바람"으로서 "순수한 분노, 대상 없는 분노, 구실 없는 분노를 상징"한다.[22] 이 분노는 돈 2원을 마련하지 못하면 남편에게 맞게 될 춘호 처의 감정을 은유한다고 볼

---

22 가스통 바슐라르, 앞의 책, 400면.

수 있다. 그리고 바람은 아내로서 돈 2원을 마련해야만 하는 춘호 처의 현재 처지를 나타낸다고 볼 수도 있다.

무엇보다 이 바람은 춘호 처가 비를 맞은 모습이 형상화된 다음에 서술되는 이주사의 발소리와 연결되어 사건을 해결할 수 있는 중요한 기능을 한다. 비에 젖은 춘호 처는 계속 서서 정신없이 쇠돌엄마를 기다렸지만, 그녀는 오지 않는다. 얼마 후 "왼편 언덕에서 사람 오는 발자국 소리를" 듣게 된다. 이 상황에서 춘호 처는 쇠돌엄마가 오기를 "지켜보"는 위치에서 소리를 듣는 위치로 변화한다.[23] 발자국 소리의 등장으로 인해 춘호 처에게 돈 2원을 줄 수 있는 유일한 사람이 쇠돌엄마에서 이주사로 변한다. 그렇다면, 춘호 부부에게 돈을 마련해 줄 수 있을까? 그 여부는 다음 장에서 살펴보겠다.

3. 소낙비가 내리는/그친 '소리풍경'

「소낙비」에서 '소낙비'는 '내리다'와 '그치다'라는 수사적 상황을 통해 서사의 구조화에 기능한다. 이 상황은 작중인물의 '듣는' 국면에 따라 각각의 '소리풍경'으로 형상화된다. 전자를 대표하는 소리는 빗소리이고, 후자를 대표하는 소리는 논물 나는 소리, 시내에서 고기 잡는 아이들의 고함, 농부들의 희희낙락한 메나리 소리 등이다. 두 소리를 나누는 기준은 공간성과 관련 있다. 전자는 공간상으로 좁고 단일한 소리이고, 후자는 공간상으로 폭넓게 분리되어있는 복합적인 소리이다.

---

23 바슐라르의 언급처럼 "폭풍우의 몽상 속에서 이미지를 주는 것은 눈이 아니고 놀란 귀이다." 앞의 책, 404면.

먼저 아래의 인용문을 통해 소낙비가 내리는 '소리풍경'의 양상을 살펴 보겠다.

① 이주사는 그래도 놓지 않으며 허겁스러운 눈짓으로 계집을 달랜다. 흘러 내리는 고의춤을 왼손으로 연신 치우치며 바른팔로는 계집을 잔뜩 움켜잡고 엄두를 못 내어 쩔쩔매다가 간신히 방 안으로 끙끙 몰아넣었다. 안으로 문고리는 재빠르게 채이었다.

밖에서는 모진 빗방울이 배춧잎에 부딪히는 소리, 바람에 나무 떠는 소리가 요란하다. 가 끔 양철통을 내려 굴리는 듯 거푸진 천둥 소리가 방고래를 울리며 날은 점점 침침하였다.

얼마쯤 지난 뒤였다. 이만하면 길이 들었으려니, 안심하고 이주사는 날숨을 후— 하고 돌린다. 실없이 고마운 비 때문에 발악도 못 치고 앙살도 못 피우고 무릎 앞에 고분고분 늘어져있는 계집을 대견히 바라보며 빙긋이 얼러 보았다. 계집은 온몸에 진땀이 쭉 흐르는 것이 꽤 더운 모양이다. 벽에 걸린 쇠돌엄마 의 적삼을 꺼내어 계집의 몸을 말쑥하게 훌닦기 시작한다. 발끝서부터 얼굴까 지⋯⋯.45면

② 먹물같이 짙은 밤이 내리었다. 비는 더욱 소리를 치며 앙상한 그들의 방 벽을 앞뒤로 울린다. 천장에서 비는 새지 않으나 집 지은 지가 오래되어 고래 가 물러앉다시피 된 방이라 도배를 못 한 방바닥에는 물이 스며들어 귀축축하 다. 거기다 거적 두 닢만 덩그렇게 깔아 놓은 것이 그들의 침소였다. 석웃불은 없어 캄캄한 바로 지옥이다. 벼룩은 사방에서 마냥 스멀거린다.

그러나 등걸잠에 익달한 그들은 천연스럽게 나란히 누워 줄기차게 퍼붓는 밤비 소리를 귀담아듣고 있었다. 가난으로 인하여 부부간의 애틋한 정을 모르

고 나날이 매질로 불평과 원한 중에서 복대기던 그들도 이 밤에는 불시로 화목
하였다. 단지 남의 품에 든 돈 이 원을 꿈꾸어 보고도……. 48면

①에서 서술자는 이주사의 시점을 따르지만, 소리에 관한 서술에서는 서
술자의 시점이 드러난다. ①의 '소리풍경'에서는 "모진 빗방울이 배춧잎에
부딪히는 소리", "바람에 나무 떠는 소리", "거푸진 천둥 소리"가 있다. 이
소리는 방 "밖에서는"이라는 표현에 따르면, 서사에서 비 내리는 풍경의 배
경음으로 기능한다. 하지만 서술자는 이 소리를 듣는 주체를 설정하지 않음
으로써 오히려 그 소리에 대한 의미를 분명하게 설정한다. 그것은 "가끔 양
철통을 내려 굴리는 듯 거푸진 천둥 소리가 방고래를 울리며 날은 점점 침
침하였다"라는 표현에서 확인된다.

청각적인 문화는 "죄의 문화를 내면적 양심의 목소리에 의거"해온 관행
과 관련이 있을 수 있다.[24] 이 관행에 따르면 서술자는 소낙비 내리는 소리
를 요란하게 형상화함으로써 이주사와 춘호 처의 행위를 강조한다. 이로써
이 상황은 서술자의 윤리적 태도와 연관된다. 무엇보다 그들의 행위가 이루
어지는 장소가 쇠돌엄마의 집이라는 점에서 그 태도는 더욱 분명하게 나타
난다. 춘호 처에게 쇠돌엄마는 동리의 부자 양반 이주사에게 몸을 허락한
이후, 생계 걱정 없이 살아가는 부러운 대상이다. 춘호 처는 쇠돌엄마를 부
러움의 대상으로 여기는데, 그 대상이 거주하는 집에서 쇠돌엄마와 같은 경
험을 한다. 이 상황에서 이주사는 벽에 걸린 쇠돌엄마의 적삼을 꺼내어 춘

---

24 "죄의 문화를 내면적 양심의 목소리에 의거하는 청각적인 문화로, 수치 문화를 타인의 시선에
대해 반응하는 시각적인 문화로 규정하는 관행에는 다분히 무리가 따른다"라고 보자면, 이 글
의 입장은 이 관행을 어느 정도 수용하는 태도를 보인다. 임홍빈, 『수치심과 죄책감』, 바다출판
사, 2016, 245면.

호 처의 몸을 닦아준다. 그들에게는 수치심의 감정도 형상화되지 않는다.[25] 일제강점기의 사회경제적 모순 속에서 살아가야 하는 그들에게는 자신의 행위를 판단하게 해줄 수 있는 존재가 없다. 그 판단 기준조차 모호하므로, 그들은 자신의 행위가 타자에 의해서 평가절하될 수 있다는 사실조차 인지하지 못한다.

②에서 소리를 듣는 주체는 춘호 부부이다. 그들이 듣는 주체의 역할을 부여받기 전에 빗소리는 집 밖에서 앙상한 그들의 방벽을 앞뒤로 울렸다. 이 소리는 ①에서 방고래를 울리는 빗소리처럼 배경음으로 기능했다. 하지만 춘호가 아내가 곧 돈 2원을 마련할 수 있게 되리라는 것을 알게 된 후, 처와 함께 나란히 누워 잠을 자는 상황에서 듣게 되는 장면에서 그 소리와 춘호 부부의 관계는 변한다. 춘호 부부에게 그 소리는 "귀담아" 들어야 하는 소리이다. 즉, 밤비 소리는 '소리풍경'의 성격을 뚜렷하게 특징지어주며, 주의를 기울여야 하는 특질을 갖는 표식음이다. 이 소리는 ①에서의 빗소리와 의미상 구분된다. 빗소리를 통해 서술자는 도덕적 판단 기준을 제시하였다. 그러나 ②소리에서는 그 도덕적 판단 기준에 의문을 제기한다. 즉, 인물들에게 어떤 도덕적 판단 기준을 제시해야 할까. 그것은 한 사회가 공유하는 도덕적 가치가 공동체적 성격을 지녔기 때문에 그 가치의 기준이 무엇이든지 그것은 동시대의 구성원들에게 같은 판단을 하도록 한다. 그들의 도덕적 태도는 항상 그 시대적 상황에서 구성원들에 의해 다시 매개되기 때문이다.[26]

---

25 장수경은 "수치를 주는 자(이주사)와 수치를 당하는 자(춘호 처) 사이에 불평등한 권력이 작동하고 있는 지점"을 분석한 뒤, 이를 허라금의 논의를 빌려 "김유정이 전근대적 가부장적 위계 권력의 상황에서 '수치심'이 남성 권력의 횡포를 통해 취약한 여성을 억압하고 통제하는 기능을 강화하는 문제를 가시화해서 보여주고자" 했다고 설명한다. 장수경, 「김유정 소설에 나타난 수치심의 양상과 의미─『소낙비』, 『생의 반려』를 중심으로」, 『스토리앤이미지텔링』 제18집, 건국대 스토리앤이미지텔링연구소, 2019, 214면.
26 임홍빈, 앞의 책, 249면.

다음으로 소낙비가 그친 이후에 '소리풍경'③을 살펴보겠다. 이 풍경을 이해하기 위해서, 앞서 ②와 ③의 '소리풍경' 사이에 왜 춘호 부부가 서울이라는 도시에 가서 살기를 바라는 이야기가 길게 배치됐는지에 대해 주목해야 한다.

③ 남편은 뒤 시간 가량을 샐 틈 없이 꼼꼼하게 주의를 다져 놓고는 서울의 풍습이며 생활방침 등을 자기의 의견대로 그럴싸하게 이야기하여 오다가 말끝이 어느덧 화장술에까지 이르게 되었다. 시골 여자가 서울에 가서 안잠을 잘 자주면 몇 해 후에는 집까지 얻어 갖는 수가 있는데, 거기에는 얼굴이 예뻐야 한다는 소문을 일찍 들은 바 있어 하는 소리였다. (…중략…)

"그래서 날마다 기름도 바르고, 분도 바르고, 버선도 신고해서 쥔 마음에 썩 들어야……."

한참 신바람이 올라 주워섬기다가 옆에서 쌔근쌔근 소리가 들리므로 고개를 돌려 보니 아내는 이미 곯아져 잠이 깊었다.

"이런 망할 거, 남 말하는데 자빠져 잔담."

남편은 혼자 중얼거리며 바른팔을 들어 이마 위로 흐트러진 아내의 머리칼을 뒤로 쓰다듬어 넘긴다. 세상에 귀한 것은 자기의 아내! 이 아내가 만약 없었던들 자기는 홀로 어떻게 살 수 있었으려는가! 명색이 남편이며 이날까지 옷 한 벌 변변히 못 해 입히고 고생만 짓시킨 그 죄가 너무나 큰 듯 가슴이 뻐근하였다. 그는 왈살스러운 팔로다 아내의 허리를 꼭 껴안아 가지고 앞으로 바특이 끌어 당겼다. 49~50면

위의 인용문에서 서술은 춘호의 시점으로 이루어진다. 춘호는 서울에 언

제 가느냐는 아내의 말을 듣고, 한번 가본 적이 있는 서울에 관해 이야기한다. 춘호는 아내에게 서울에 가면 꼭 지켜야 할 필수조건을 일일이 설명한다. 그리고 시골 여자가 서울 남자에게 성 노동을 제공할 경우, 그 여자는 거주할 수 있는 집을 마련할 수 있다는 말을 한다.

춘호의 생각에는 서울은 시골과는 다른 풍습과 생활방침이 있는 곳이다. 서울에서 행해지는 시골 여자의 성 노동은 시골에서의 가치관과 다른 평가를 받는다. 여자의 성 노동은, "올봄에 오 원을 주고 사서 든 묵삭은 오막살이"에서 살아가야 하는 그들에게 최소한의 삶의 근거지를 마련해줄 수 있는 유일한 방법이다. 그래서 춘호에게 서울은 아내의 성 노동만으로도 집을 얻을 수 있는 이상적인 곳으로 인식된다. 그들은 고향에서 흉작과 궁핍을 견디지 못하고 집과 세간살이를 버리고 산골로 도망을 왔기 때문에, 그들에게 집에 대한 욕망은 그 무엇보다 컸을 것이다.[27]

집에서 자기 존재의 뿌리를 내려서 안정감을 느끼고자 하는 남편은 서울에 관해 이야기하다가 아내가 자면서 내는 "쌔근쌔근 소리"를 듣는다. 그리고 "세상에 귀한 것은 자기의 아내!"라고 말하며, 아내의 허리를 꼭 껴안는다. 여기서 아내의 숨 쉬는 소리를 듣는 것은 아내와 춘호가 서로에게 스며드는 것을 의미한다. 비호성, 즉 집과 인간의 정서적 유대감과 관련하여 그 의미를 더욱 확장하면 그들이 서로 연결되어 버팀목이 되어준다면, 그들은 고향을 잃고 떠돌아다니는 현재 상황을 변화할 수 있는 힘을 얻을 수 있다. 이들의 관계 맺음의 양상은 다음의 '소리풍경'에서 형상화된다.

---

27 에드워드 랠프(Edward Relph)는 장소란 인간의 질서와 자연의 질서가 융합된 것으로 인간이 세계를 경험하는 의미 깊은 중심이라고 정의한다. 장소는 추상이나 개념이 아니라 생활 세계가 직접 경험되는 현상으로서 개인과 공동체 정체성의 중요 원천이다. 또한 사람들이 정서적, 심리적으로 깊은 유대를 느끼는 인간 실존의 심오한 중심을 이룬다. 에드워드 랠프, 김덕현 외역, 『장소와 장소상실』, 논형, 2005, 287면.

④ 밤새도록 줄기차게 내리던 빗소리가 아침에 이르러서야 겨우 그치고 점심때에는 생기로운 볕까지 들었다. 쿨렁쿨렁 논물 나는 소리는 요란히 들린다. 시내에서 고기 잡는 아이들의 고함이며, 농부들의 희희낙락한 메나리도 기운차게 들린다.

비는 춘호의 근심도 씻어 간 듯 오늘은 그에게도 즐거운 빛이 보였다.50면

위의 인용문은 비가 그친 뒤 '소리풍경'이다. 여기서는 "쿨렁쿨렁 논물 나는 소리", "아이들의 고함", "농부들의 희희낙락한 메나리" 소리가 "기운차게 들린다". 이 풍경에서 서술자는 남편으로 볼 수 있는데, 그 소리를 듣는 주체는 명확하게 드러나지 않는다. 그럼에도 위 소리들은 의식해서 들어야 하는 표식음으로 기능한다. 여기서 소리들은 앞서 ①, ②, ③의 '소리풍경'에서처럼 집을 울리는 공간상으로 좁고 단일한 소리들이 아니라 논, 시내와 같이 공간상으로 폭넓게 분리되어있는 복합적인 소리들이다. 그것은 독자들에게 이 소리를 어떻게 모아 해석할 것인가라는 질문을 불러일으킨다. 이 질문은, 작가가 이 소리를 듣고 해석할 수 있는 수사적 상황을 어떻게 구축하고 있는가의 질문으로 바뀔 수 있다.

어떤 것이든 '듣게 하는 것'은 독자에게 의미 있는 상상을 유도할 수 있다.[28] 작가는 그 소리를 들어야 하는 인물을 명확하게 제시하지는 않지만, 이 지점에서 독자를 듣는 주체로 참여시켜 집 없는 이들 부부에게 "요란하고, 기운차게" 소리를 듣게 한다. 그에게 이 "소리는 공간 의식을 넓혀주"기 때문에 소리가 얽혀있는 이 "공간적 인상을 불러일으킬 수 있다."[29] 이 소리를 통해 그들은 공간에 지탱된다고 지각하여, 그들이 사는 오두막을 '집'으

---

28 김성재, 『한국의 소리 커뮤니케이션』, 커뮤니케이션북스, 2012, 257면.
29 이-푸 투안, 구동회·심승희 역, 『공간과 장소』, 대윤, 1999, 33면.

로 느끼는 경험을 한다. 이런 맥락에서 보면, 돈 2원이 그들에게 새로운 안정감을 느끼게 할 가능성을 지닐 수 있다. 때문에 서사의 결론에서 남편이 아내를 모양내 이주사에게 보내는 행동이 온전히 부정적으로만 해석되지 않는다.

4. 나오는 말

이 글은 김유정의 「소낙비」에 나타난 소리의 형상을 '소리풍경'으로 읽어보고, 그것의 의미를 밝혀보고자 했다. 이를 위해 소설의 분석 틀로 사용할 수 있도록 '소리풍경'의 용어를 정의하였고, 이 개념이 선행연구와의 관계에서 「소낙비」를 해명하는데 어떤 역할을 할 수 있는지 살펴보았다.

이 글은 작가가 독자에게 청자로서 '듣는' 역할을 요구하기 위해서 소리의 수사적 상황을 구축하고 있다고 가정했다. 작가가 서사적 요소들과 맺는 관계에서 비롯되는 소리의 효과를 중요한 소설의 기술방식으로 삼고 있다고 보았기 때문이다. 이 지점이 독자가 문학적 상상력을 통해 소리를 듣는 과정이 소설 구조의 일부가 될 수 있다고 가정하는 이 글을 논의할 수 있게 하였다.

본론에서는 작중인물들의 '듣는' 국면들이 중요하게 그려지고 있는 수사적 상황에 주목하여 서사 전개에서 소리의 효과가 어떻게 나타나는지 살폈다. 소낙비가 내리는 과정을 중심으로 하여 2절에서는 소낙비가 내리기 시작하는 상황을, 3절에서는 소낙비가 내리고 그치는 상황을 각각 분석하였다. 2절에서는 '소리풍경'을 형성하는 매개체인 바람의 역동성을 이주사의 발소리와 연결하여 그 의미를 밝혔다. 3절에서는 소낙비라는 제재를 중심으로 소낙비가 내리고 그치는 풍경으로 나누어, 소낙비와 그 이외에 각각의 소리풍경을 형성하는 다른 소리를 찾아, 작중인물과 소리의 지각 관계가 어떻게 서사 전개에 영향을 미치는지 살펴보았다. 전자를 대표하는 소리는 빗소리로, 공간상으로 좁고 단일한 소리이다. 후자를 대표하는 소리는 논, 시내 등에서 들리는 소리로 공간상으로 폭넓게 분리되어있는 복합적인 소리이다.

이상으로 소리의 형상이 장소의 의미 생성에 기여하는 양상, 그리고 그 양상이 서사를 전개하는 추동력으로 기능하는 과정을 밝혀낼 수 있었다. 또한 '소리풍경'은 서사의 의미를 내재하고 작중인물에 대한 서술자의 태도를 드러내기 때문에 소리의 성격이 어떻게 작중인물의 행위에 영향을 주는지 유추할 수 있는 기능을 했다. 이 '소리풍경'으로 「소낙비」를 읽어보았을 때, 다음과 같은 결론을 끌어낼 수 있었다.

춘호 부부의 행위는 기존 연구에서 대부분 부정적으로 인식되어왔다. 그러나 그렇게 평가하기 이전에 춘호 부부가 자신이 처한 위험한 삶을 종합하여 인식할 만큼 지적이지 않다는 점을 고려해야 한다. 춘호는 생존을 위해서 아내에게 매춘을 강요하고, 춘호의 처는 고민 없이 그 강요에 응했다. 그들은 자신의 행동에 대해 수치심이나 죄의식을 느끼지 않았다. 그들 뿐 아니라 작중 인물 그 누구도 그에 행동에 대한 판단의 능력을 갖지 못했다. 그러한 능력을 가질 수 있는 도덕이나 윤리적 가치의 기준이 존재하기 힘든 시기 였기 때문이다. 이 시대의 비극성은 독자의 독서 행위 자체를 알레고리로 이해하는 '독서의 윤리'[30]의 문제로 접근해볼 수 있다. 작가는 그들의

---

30 " 가치체계와 서사는 서로 간섭하지 않고 각각의 완성을 촉진시킨다. (…중략…) 알레고리는 늘

행위에 대한 해석을 단순히 윤리적인 관점으로만 제안하지 않는다. 작가는 수사적 상황을 '소리풍경'이라는 미학적 구조로 형상화하여, 독자가 이 수사학적 읽기를 통해 윤리적 판단의 문제 자체에 의문을 제기하도록 한다.

'소리풍경'은 '보는 풍경'이 아니라 '들리는 풍경'이다. 이 풍경에서는 언제나 청자가 상정되기 때문에 소리의 감각을 기반으로 소리 주체와 청자의 공동 관계가 형성된다. 소설의 내적구성이 이 관계와 효과를 담지하기 때문에 '소리풍경'은 작중인물의 감각과 심리, 독자의 상상력, 소설의 구조와 서사 등을 만들어내는 역동적 힘을 지닌다. 확대하면 '소리풍경'은 소설의 내적·외적 구조를 만드는 수사학적 장치로써 작가의 주제 의식까지 아우를 수 있다.

이상으로 김유정의 「소낙비」에 나타난 '소리풍경'의 역할과 힘을 밝히는 이 글의 작업이, 선행연구에서 제기되었던 윤리적 문제를 미학적 층위에서 다시 고찰할 지점을 마련하는데 미약하나마 도움이 되길 바란다.

윤리적이다. 여기서 윤리적이라는 말은 변별되는 두 가지 가치체계 사이의 구조적 간섭을 지칭한다. 이러한 의미에서 윤리는 (구속되어 있거나 자유로운) 어떤 주체의 의지와 무관하고, 더구나 주체들 사이의 관계와도 무관하다. 이 윤리적 범주는 주관적이 아니라 언어적이며, 그런 한에서만 정언명령이다. (즉 그것은 가치라기보다는 범주이다) 도덕성은 '인간' '사랑' 혹은 '자아'와 같은 개념을 발생시키는 언어의 아포리아의 한 양상이지, 그러한 개념의 원인이나 결과가 아니다. 윤리적인 어조로의 이행은 선험적인 정언명령에서 비롯되는 것이 아니다. 그것은 언어적 혼돈을 지시하는(그러므로 신뢰할 수 없는) 양상이다." 폴 드만은 글쓰기-독서에 있어서의 윤리의 문제를 도덕과 구별하여, 독서의 윤리가 언어적인 아포리아에 의해 생성되는 것임을 강조한다. 폴 드만, 이창남 역, 『독서의 알레고리』, 문학과지성사, 2010, 280~281면.

참고문헌

1. 기본자료

김유정, 전신재 편, 『원본 김유정 전집』, 강, 1997.

2. 단행본

가스통 바슐라르, 정영란 역, 『공기와 꿈 – 운동에 관한 상상력 연구』, 민음사, 1993.

김성재, 『한국의 소리 커뮤니케이션』, 커뮤니케이션북스, 2012.

김욱동 편, 『대화적 상상력』, 문학과지성사, 1985.

김윤식, 「들병이 사상과 알몸의 시학」, 『현대문학과의 대화』, 서울대 출판부, 1994.

_____ · 김현, 『한국문학사』, 민음사, 1973.

머레이 쉐이퍼, 한명호 · 오양기 역, 『사운드스케이프 – 세계의 조율』, 그물코, 2008.

멜바 커디-킨 외, 최라영 역, 『서술이론』 II, 소명출판, 2016.

박세현, 「김유정 소설의 매춘구조 분석」, 『김유정의 소설세계』, 국학자료원, 1998.

에드워드 랠프, 김덕현 외역, 『장소와 장소상실』, 논형, 2005.

이푸 투안, 구동회 · 심승희 역, 『공간과 장소』, 대윤, 1995.

임홍빈, 『수치심과 죄책감』, 바다출판사, 2016.

폴 드만, 이창남 역, 『독서의 알레고리』, 문학과지성사, 2010.

3. 논문

김미현, 「숭고의 탈경계성 – 김유정 소설의 "아내 팔기" 모티프를 중심으로」, 『한국문예비
　　　평연구』 38권 0호, 한국현대문예비평학회, 2012.

이지은, 「일제강점기 '정오의 소리정경'에 담긴 '성스러운 소음'의 자취 – 윤동주의 「십자
　　　가」에 나타난 교회 종소리의 단상」, 『문학과 종교』 22권 1호, 2017.

이현주, 「김유정 농촌소설에 나타난 '향토' 표상」, 『시학과 언어학』 제31호, 시학과언어학
　　　회, 2015.

임보람, 「이청준 소설에 나타난 소리의 수사학」, 서강대 박사논문, 2020.

임태훈, 「'음경'의 발견과 소설적 대응 – 이효석과 박태원을 중심으로」, 성균관대 석사논문,
　　　2008.

장수경, 「김유정 소설에 나타난 수치심의 양상과 의미 – 『소낙비』, 『생의반려』를 중심으

로」, 『스토리앤이미지텔링』 제18집, 건국대 스토리앤이미지텔링연구소, 2019.

조은숙, 「문순태 소설의 사운드스케이프」, 『현대문학이론 연구』 62호, 현대문학이론학회, 2015.

최라영, 「박인환 시에 나타난 '청각적 이미지' 연구−'소리풍경soundscape'을 중심으로」, 『비교문학』 제24권 64호, 한국비교문학회, 2014.

한상무, 「김유정 소설에 나타난 부부 윤리」, 김유정학회 편, 『김유정의 귀환』, 소명출판, 2012.

제4부 / 유정을 다시 쓰다

유정有情과 이상理想의 날들

장편소설 「미드나잇 인 경성」 구상 전말기

하창수

H가 김유정과 이상을 중심으로 1930년대, 20대 후반이거나 30대 초반이었던 젊은 시인·소설가·평론가들이 실명으로 등장하는 장편소설을 구상한 건 2021년 봄, 김유정문학촌에 상주작가로 입주해 40여 일이 지난 어느 날이었다. 보통의 나무들보다 일찍 개화하는 생강나무의 노란 꽃들은 어느새 지기 시작했고, 모양이나 색깔이 생강나무와 엇비슷한 산수유는 한창 만발하던, 여느 봄꽃들도 여릿한 자태를 막 선보였거나 곧 터질 듯 망울들이 빵빵해져 있던, 아침저녁 쌀쌀한 바람조차 누가 뭐래도 봄이었던, 그런 때였다.

*

그날 H는 한 해 전인 2020년에 문학촌 촌장으로 부임한 작가 L과 자주 가던 인근 '유정국밥'에서 점심을 먹었다. L이 부임한 해에도 문학촌에 들렀다가 식사를 하게 되면 으레 그 국밥집으로 발길이 움직이곤 했는데, 상주작가로 입주한 뒤에는 자연스럽게 단골이 되었다. 순댓국과 소고기우거지국의 맛도 일품이지만 값이 저렴해 점심 무렵이면 늘 손님들로 붐볐다. 유난히 등산복 차림의 손님들이 많은 건 금병산을 등반하고 내려오는 사람들에게 인기가 높은 까닭이었고, 손님들 중에 춘천사람만큼 외지인의 비율이 높은 건 문학촌과 걸어서 채 5분 거리도 되지 않는 곳에 전철역이 있기 때문일 터였다.

점심때 손님들로 북적이는 사정을 잘 아는 두 사람은 점심시간을 5분씩 10분씩 슬금슬금 당겼는데, 그러다 보면 때론 정오가 채 되지 않아 국밥집 출입문을 나서는 경우도 있었다. 그날도 그런 날 중의 하나였다. 점심식사를 마친 두 사람의 발길은 촌장실로 향했다. 커피를 마시기 위해서였다. 촌장으로 부임하고 한 해 사이에 L이 내린 커피는 춘천의 문학인들 사이에 '맛있는 커피'로 은근히 소문이 나서 텀블러를 가지고 와 담아가는 사람이 생길 정도였다.

식사 후에는 옅게 마시는 버릇을 가진 H는 잔에다 커피를 반쯤 담고 끓인 물로 나머지 반을 채웠다. 그런 모양을 볼 때면 커피 마니아인 L은 핀잔 기미 가득한 미소를 입가에 씩 그려보이고는 가글하듯 북적북적 소리를 내며 커피를 들이킨다. L과 H는 소설의 시대라 불린 1980년대가 저물어가던 때에 각각 월간문예지와 계간문예지의 신인상을 받으며 문단에 나온 뒤 사는 곳은 달라도 30년 넘게 가까운 사이의 문우로 지냈다. 연배나 등단시기가 비슷한 이유도 있었지만, 그들의 문학적 유대나 우정엔 오직 글만 써서 생계를 꾸려야 하는 이른바 전업작가로서의 동지의식이 무엇보다 우선했다.

커피를 마시며 두런두런 나누던 두 사람의 얘기는, 김유정의 84주기 기일이 며칠 지나지 않은 때였던 탓인지 자연스럽게 김유정의 요절로 기울었다. 김유정의 때 이른 죽음은 20여 일 남짓 후 같은 폐결핵으로 세상을 떠난 이상과의 기묘한 인연으로 자연스럽게 이어졌다. 그러다가 두 신예거장의 돌연한 소천을 안타까워하며 쓴 당시 문인들의 추도문 몇 개가 기억력 좋은 L의 입을 통해 읊어졌다. 그 탓인지 두 사람은 갑자기 1937년 4월의 경성으로 공간이동을 한 듯 묘한 감회에 젖어들었다.

상箱은 오늘의 환경과 종족의 무지 속에 두기에는 너무도 아까운 천재였다. 상은 한 번도 잉크로 시를 쓴 일이 없다. 그는 스스로 제 혈관을 짜서 '시대의 혈서'를 쓴 것이다. 그는 현대라는 커다란 파선에서 떨어져 표랑하던 너무나 처참한 선체조각이었다.[1]

유정은 단지 원고료 때문에 소설을 쓰고 수필을 썼다. 4백 자 한 장에 50전쯤 받는 원고료를 바라고, 그는 피 섞인 침을 뱉어가면서도 소설을, 수필을 쓰지 않을 수 없었던 것이다. 이렇게 해서 쓴 원고의 원고료를 받아서 그는 밥을 먹었다.[2]

채만식의 절절한 애도사가 읊어지고 난 뒤 잠시 둘 사이에 교교한 침묵이 흘렀다. 반추의 시간이 필요하기도 했지만, 30년 넘게 쉽지 않은 전업작가로 살아온 L과 H에게는 이상과 김유정의 고단했던 삶이 좀은 남다른 무게로 전해졌을 터였다. H의 손바닥 안에서 뱅뱅 돌아가던 커피잔이 우뚝 멈추고, 뭔가를 떠올리려는 듯 그의 고개가 삐딱하게 들려올라갔다.

"채만식이 자신과 김유정을 비교해놓은 글이 있었지요? 자신은 김유정

---

1 시인 김기림이 이상의 죽음을 애도하면 쓴 「고(故) 이상의 추억」 중의 일부. 이해하기 힘든 예스런 표현은 요즘 식으로 고쳤다.
2 소설가 채만식이 김유정의 죽음에 부친 「밥이 사람을 먹다─유정의 굳김을 놓고」의 일부. 이해하기 힘든 예스런 표현은 요즘 식으로 고쳤다.

에 비하면 아무 것도 아닌 작가라고 썼던 거 말이죠. 그걸 보면 김유정이 참 대단했었구나 싶지만, 그보다 저는 채만식의 그릇이 오지게 컸다는 게 먼저 느껴져요. 채만식이 1902년생이었으니 김유정보다 나이가 여섯 살이나 위였잖아요."

세상에 법 없이도 살 사람이 유정임을 절실히 느꼈다. 공손하되 허식이 아니요, 다정하되 그냥 정이요, 유정에게 어디 교만이 있으리오. 그는 진실로 톨스토이(유정의 마지막 일작 「따라지」의 등장인물로 누이에게 얹혀살며 글을 쓰는 무기력한 존재)였다. 될 수만 있다면 나 같은 명색 없는 작가 여남은 갖다 주고 다시 물려오고 싶다.[3]

"채만식이 어떤 작갑니까. 태평천하, 탁류의 작가였잖아요. 그런 그의 겸손함이 참으로 대단해요. 후배작가의 죽음을 안타까워한 것만도 어지간한데, 그를 추켜세우며 자기 자신을 명색 없다고 할 수 있는 작가가 몇이나 되겠어요? 게다가 그냥 말로 한 것도 아니고, 영원히 남는 글에다가."

H가 채만식이 쓴 산문의 한 대목을 읊고 났을 때 L이 덧붙인 말이었다. L의 말에 H가 빙긋이 미소를 지었다. 몇 해 전 H가 모 문학상을 수상했을 때 시상식 연단에서 L이 했던 축사가 생각나서였다. 그때 L의 축사는 김유정을 상찬한 채만식 못지않았는데, 주례사로 치자면 천하에 둘이 없는 주례사였다.

"그런데, 그 시절엔 문우들 애기를 소설로 다룬 경우가 꽤 돼요."

둘의 대화는 이상과 김유정의 돌연한 죽음에 대한 문인들의 애도문에서

---

3 김유정이 세상을 떠난 뒤 채만식이 쓴 산문 「유정과 나」의 일부. 맨 뒤 문장의 방점은 필자가 붙임.

한 걸음 더 들어갔다. L은 김유정이 직접 등장하는 이상의 소설과 두 사람의 만남에 얽힌 단편소설 하나를 화제에 올렸다.

"이상의 소설은 제목이 아예 「김유정」이었죠?"

L이 확인하듯 묻는 말에 H의 고개가 끄덕거렸다. H는 L의 말에 주를 달 듯 덧붙였다.

"제목을 '김유정'이라 붙여놓고는 또 굳이 붙일 필요가 있을까 싶게 '소설체로 쓴 김유정론'이란 부제로 아예 명토를 박았지요. 김유정에 대한 애정이 참 애틋해요."

그리곤 H는 이상의 김유정에 대한 애정을 확인이라도 시켜주듯 이상의 그 단편에 나오는 유명한 몇 대목을 풀어놓았다. 성을 내는 법도 없고 누구를 대하든 언제나 밝은 얼굴인 시인 김기림, 역시 밝은 얼굴이긴 해도 예의를 지키지 않는 자와 마주치기라도 하면 부아가 치미는 속을 꾹 누르고 말았던 근시안경을 쓴 위험인물 박태원, 그리고 마뜩찮은 인간과 일합을 벌일 듯 큰소리는 치지만 그 이상을 진행시키지는 않는 코밑수염 정지용의 인물평 다음에 김유정이 등장한다.

모자를 홱 벗어 던지고 두루마기도 마고자도 민첩하게 턱 벗어 던지고 두 팔 훌떡 부르걷고 주먹으로는 적의 볼따구니를 발길로는 적의 사타구니를 격파하고도 오히려 힘이 남아서 엉덩방아를 찧고야 그치는 참으로 보기 드문 투사가 있으니 김유정이다.[4]

---

4 이상의 단편소설 「김유정─소설체로 쓴 김유정론」의 도입부에 나오는, 구인회 회원인 김기림, 박태원, 정지용에 대한 인물묘사를 거친 뒤 이어지는 김유정에 대한 부분. 이해하기 힘든 에스런 표현은 요즘 식으로 고쳤다.

"관찰이 참 예리하지 않아요?"

"잘 봐야 잘 쓸 수 있다는 걸 보여주는 전형적인 글이죠."

"그나저나 이 정도의 애정은 표현하기가 쉽지 않을 텐데…… 잘 나면 까대고 못 나면 조롱하는 게 문단사람들 은근한 장기인데 말이죠, 허허허."

웃고는 있었지만 H의 말에 어지간히 독이 서려 있었다. 그 독을 제거하기는커녕 좌악 퍼트리는 L의 말이 이어졌다.

"어디 문단사람들만 그럽니까. 인지상정이지요. 사람이란 존재의 특기 아닙니까. 까고 밟고 때리고 잡아당기는 게."

그 말끝에 뭐가 좋은지 둘은 크크거리며 웃어댔다. 그러다 L이 갑자기 웃음을 거두며 진지하다 싶을 만큼 표정을 굳혔다. 아스라한 기억이라도 떠올리듯 고개를 살짝 들어 맞은편 벽을 바라보았는데, 꽤 무겁게 흐르는 침묵을 그의 낮은 목소리가 걷어냈다.

"우리 때도 그랬나…… 기억이 잘 없네요. 우리 때도 누구는 이랬다 누구는 저랬다, 흠이든 칭찬이든 했었던가요? 그런 걸 쓰면 괜히 머쓱해질까 싶어 안 썼던 것 같기도 하네요."

특별할 건 없었지만 가볍지 않은 얘기였다. 회한 비슷한 기운이 담긴 L의 말에 기억을 더듬듯 눈이 가늘어졌던 H가 후르르 뱉어냈다.

"제 경우지만, 동료 얘기는커녕 제 사는 얘기만 썼는데도 핀잔을 먹었더랬죠."

무슨 사정이 있었냐는 물음이 담긴 L의 눈길에 씁쓸한 웃음으로 대답한 뒤 H가 설명을 보탰다.

"데뷔하고 3년쯤 지났나, 전업작가로 사는 고달픔 같은 걸 썼다가 사소설 운운하는 비평으로 심하게 까였던 적이 있어요."

H는 커피잔을 내려놓고는 손바닥으로 마른세수를 하듯 입가를 한번 쓸었다. 그다지 즐겁지 않은 일을 털어놓을 때 그가 하는 일종의 버릇이었다.

"출판사에 다니는 동안 통 글을 못 쓰고 있으니 아내가 전업작가를 권하더군요. 다른 일 안 하고 글만 쓰면 좋기야 하겠다는 생각도 들고, 못 쓸 거 없지 않느냐는 오기도 발동해서 덜컥 출판사에다 사표를 내버렸죠. 그러고 일 년쯤 지나는 동안 정말 열심히 글을 썼어요. 단편도 쓰고, 중편도 쓰고, 장편도 쓰고. 발표 지면도 지금보다 훨씬 많고 전반적으로 출판 상황도 괜찮았던 때라 열심히 쓰기만 하면 생활인으로서 면모가 서던 때였잖아요. 그런데 '열심히 한다'라는 거, 이게 좀 그랬어요. 뭔가 억지로 쥐어 짜낸다는 느낌에서 온전히 자유로울 수가 없었던 거죠. 제 경우엔, 뭐, 그랬어요. 아무튼 그즈음에 단편 원고청탁을 받았어요. 기분이 괜히 우울해져서 전업작가로 사는 일을 좀 시니컬하게 썼어요."

H는 다시 마른세수를 하고는 한숨까지 내쉬었다. 그를 바라보는 L의 표정에도 웃음기가 사라지고 없었다.

"근데, 공교롭게도, 같은 처지에 있던 P 역시 비슷한 상황을 그린 단편을 발표했어요."

"그 친구는 제목이 아예, 먹고사는 것에 관한 명상, 뭐 그랬었죠?"

"제가 쓴 단편의 제목은 '마魔'였어요. 마귀, 할 때 마. 마에 씌었다, 뭐 그런 뜻으로 썼던 거 같아요. 아무튼 그게 사단이었을까요, 평론가 K선생이 문예지 월평에다 대놓고 꾸지람으로 하셨죠. '소설가와 생활인 중에 택일하라!'고요. 요컨대, 전업작가 한다고 징징대지 마라, 뭐 이런 얘기였던 거죠. 얼마나 호되었는지, 반발심도 일어나고 화가 나기도 했지만, 뜨끔하더라고요."

"나도 어렴풋이 기억이 나네요."

L이 남은 커피를 죽 들이키고는 잔을 테이블에 내려놓으며 한 대꾸였다.

30년 전으로 건너갔다 오는 데는 그만한 시간이 걸린 것인지, 한동안 두 작가 사이에는 별다른 말이 오가지 않았다. 커피를 마저 비운 L이 얘기의 방향을 다시 김유정과 이상의 시대로 틀었다.

"그러고 보면 김유정, 이상, 박태원, 이태준이 활동하던 1930년대는 우리 문학에서 거의 유일하게 '꼰대'가 없었던 시대였어요. 당시는 현대문학이 시작되던 때라 꼰대 노릇할 선배나 선생이 존재하지 않았던 때문이겠죠. 이광수 연배의 작가나 시인도 그때는 현대문학을 함께 하는 동료고 동지였으니까요. 그런 만큼 문학적 개성이 가장 또렷하게 드러난 시기였다고도 할 수 있을 겁니다."

문학적 꼰대가 없던 시대 — 듣기에 따라서는 반발이 따를 수도 있지만, 그 말에는 강렬한 뭔가가 내재했다. 문학이 작가 개인의 산물이라는 점에서도 '꼰대'가 지닌 부정적 어의는 명확했다. 하지만 L이 거론한 꼰대에는 그것 말고도 꽤 많은 것들이 들어 있었다. 그 '많은 것'에 대해 H가 생각에 잠겨 있을 때, 촌장실 출입문에서 노크 소리가 들려왔다. 곧 여성 한 분이 안으로 들어섰다.

문학촌 사무국장 P였다. 김유정에 관해 전문연구자 못지않게 공부를 많이 한 그녀는 5년쯤 전에 학예사로 문학촌에 근무를 시작했다. H는 그녀의 책상에 놓인 여러 권의 김유정 연구서들, 특히 전신재 선생이 엮은 두툼한 『김유정 전집』이 갖가지 색깔의 포스트잇으로 도배가 되어 있는 걸 신기하게 본 적이 있었다.

"우리 국장님은 믹스 커피만 드시니 물부터 다시 끓여야겠네요. 허허."

L이 특유의 흐드러진 웃음을 터뜨리며 자리에서 일어났다.

"마침 잘 오셨어요."

길게 놓인 회의 테이블 앞으로 걸어와 의자에 앉는 P를 보며 H가 말했다.

"경성 외곽의 암자에서 요양 중이던 김유정을 이상이 찾아간 얘기가 나오는 소설, 그게 뭐였죠?"

"겸허, 말씀이군요."

"맞다, 겸허. 그게 안회남의 작품이죠?"

P가 고개를 끄덕였다. 그리곤 안회남이 김유정과 휘문고보를 같이 다닌 절친한 친구였다는 것, 김유정으로 하여금 소설을 쓰게 하는 데 결정적인 역할을 한 사람이라는 것, 그리고 「금수회의록」의 작가인 안국선의 외동아들로 유복한 가정환경에서 자라 김유정의 불우한 그것과 비교되곤 했었다는 것 등을 주르르 읊었다.

"안회남이 안국선의 아들이었군요."

H는 안회남의 부친이 소설가였다는 사실은 알고 있었지만 안국선이라는 건 처음 안 모양이었다. 김유정에 빠삭한 P의 포충망은 김유정의 주변 인물에까지 넓게 펼쳐져 있는 듯 안국선이 펴낸 『공진회共進會』라는 소설집이 우리나라 최초의 근대소설집이라는 것, 그 소설집에 실린 「기생」, 「인력거꾼」, 「시골 노인 이야기」 등은 패배주의에 빠져 현실에 순응하는 인물이 등장하는 단편인데 일제의 통치를 미화하는 시각이 드러나 있다는 것, 그래서 동물들을 내세워 당시의 현실을 비판하고 국권수호와 자주의식을 고취함으로써 치안방해라는 혐의로 우리나라 최초의 판매금지 소설이 된 「금수회의록禽獸會議錄」의 저자임에도 불구하고 안국선이 친일 성향의 작가로 분류된다는 얘기까지 들려주었다.

"우리 국장님, 문학촌의 보배 맞죠?"

L이 종이컵에다 믹스 커피를 타서 P에게로 내밀고는 확인하듯 H를 바라보았다.

"인정!"

P가 합세하면서 애기는 김유정과 이상의 인연으로 다시 길을 잡았다. 그 길에서 이제 마주친 건 안회남의 단편소설 「겸허」였다. H가 그 소설을 읽은 건 2003년이었는데, 김유정 연구로 첫 박사학위를 취득한 강원대학교 유인순 교수가 펴낸 『김유정을 찾아가는 길』을 통해서였다. 그런데 그때 H가 읽은 건 단편 전체가 아니라 유 교수가 '유정 사후 문단 지우知友가 쓴 김유정 실명소설'이라는 꼭지에 발췌해놓은 것들을 통해서였다.

"「겸허」가 처음 발표된 게 언제죠? 김유정이 세상을 떠나기 전에 발표하기엔 시간 상 좀 빠듯했을 것 같은데……"

P가 느릿느릿 고개를 끄덕였다.

"김유정이 세상을 떠났다는 애기로 소설이 시작하니까 당연히 사후겠죠? 제 기억이 틀리지 않다면, 1939년인가 그럴 거예요. 잠깐만요."

P가 얼른 자리에서 일어나 촌장실을 나갔다. 아마도 안회남의 「겸허」가 발표된 게 언제인지를 확인하러 갔을 거라고 H는 짐작했다. P가 돌아온 건 채 일분도 되지 않아서였다. 그녀의 손에 제법 두툼한 책 하나가 들려 있는데, 오른손 검지가 그 책의 한 부분에 책갈피처럼 꽂혀 있었다. 자리로 돌아온 P는 손가락이 찔러져 있던 부분을 펼치며 말했다.

"1939년 10월, 『문장』에 실렸다고 나오네요."

"그 책은 뭡니까?"

H가 묻자 P가 책을 넘겨 표지를 보여주었다. 김유정의 흑백사진과 노란

동백꽃이 들어가 있는 『김유정 전집』이었다. '한국단편소설문학의 정수'라는 부제가 붙어 있고, '김유정기념사업회'가 펴낸 것으로 되어 있었다. P로부터 책을 건네받은 H는 판권사항이 적힌 뒤편을 넘겨 살펴보았다.

"발행일자가 1994년 3월 29일로 되어 있는 걸 보니 김유정 선생의 기일에 맞춰서 발행을 했군요. 그런데 94년이면…… 이때 벌써 '김유정기념사업회'가 있었던가요? 제가 알기로 기념사업회가 만들어진 건 2009년인가 그런 것 같은데요?"

P의 설명에 의하면 1994년에 『김유정 전집』을 발행한 기념사업회는 1967년에 김유정 문인비를 건립하기 위한 추진위원회로 발족한 단체이고, 지금의 기념사업회는 2009년에 사단법인으로 등록한 단체였다.

"그러면 1939년 『문장』에 발표되었던 안회남의 「겸허」의 전문이 새롭게 실린 건 1994년 이 전집이 처음이란 얘기가 되는군요."

그리곤 H는 전집에서 「겸허」가 실린 부분을 펼치더니 마치 국어시간에 학생이 책을 읽듯 또박또박 읽기 시작했다.

유정이는 세상이 다 아는 바와 같이, 폐병으로 해서 서른 살을 채 못 살고 세상을 떠났다. 그러나 그의 이러한 불행은 그가 병상에 눕기 벌써 오래전부터 작정되었던 것이라고 나에게는 생각된다. 즉, 그것은 우연적인 아니라, 피치 못할 운명이었다고—

며칠 전 유정이는 유고遺稿를 정리하다가, 그의 중학 2학년 때의 일기 속에서 다음과 같은 의미의 문자를 발견하였다.[5]

---

5 김유정과는 휘문고보를 함께 다니며 절친한 친구 사이가 된 안회남이 김유정이 세상을 떠난 두 해 뒤에 발표한 단편 「겸허」의 시작 부분. '겸허(謙虛)'는 병상의 김유정이 책상머리에 직접 써서 붙여 놓았다고 알려진 문구로, 생명이 다 할 때까지 겸허한 자세로 집필을 하겠다는 애절한 염원

촌장이 커피메이커에 남은 커피로 잔을 채운 뒤 의자에 앉았다. 그리곤 책을 다 읽은 학생에게 다른 쪽을 펼쳐보라고 주문하는 국어교사처럼 오른쪽 검지를 들어보였다.

"김유정과 안회남의 대조적인 집안 분위기가 잘 묘사된 대목이 있지요? 김유정의 그 문제적 형도 등장하는."

H는 희죽 웃으며 두어 쪽을 넘겨 해당 부분을 찾아내고는 말 잘 듣는 학생 모드로 예의 또박또박 읽어나갔다.

　
유정은 우리 집에 와서 항용 궁둥이가 무거웠다. 그때 유정의 가정은 몰락해 가면서도 근 30칸이나 되는 집에 들어 있었는데, 습하고 음침한 냉기가 도는 그의 집을 나는 우선 외양부터 좋아하지 않았지만, 유정은 그것뿐만 아니라 내면적으로 더욱 우울한 사정이 있었던 모양이다.

"밥 먹구 가거라" 하면 유정은 우리 집안 식구들을 꺼려서 그랬던지 질색을 하며 펄쩍 일어나 나갔다. 그러나 지금 생각하면 그는 분명히 그때 자기 집엘 돌아가기 싫어하였다. 속으로는 권하는 대로 그냥 우리 집에 앉아서 얼마나 평화스럽게 같이 저녁을 먹고 싶어했었으랴—

하루 그를 집에까지 데려다주고, 유정이 난관을 무사히 통과하나, 나는 중문 간에 기대어 서서 귀를 대고 안마당의 기척을 엿듣고 있었다. 가만히.

"이놈 유정아."

"이놈 유정아."

별안간 이렇게 호통을 치는 소리가 들리어왔다. 날마다 밤마다 술 취하는 유정의 형님, 그의 백 씨가 팔을 걷고 씩씩거리며 대청 위에 섰고, 그 앞에 조그마

이 서려 있다. 이를 안회남은 소설의 제목으로 삼고, 여기에 '김유정 전'이라는 부제를 달았다.

한 유정이 엎디어 있는 꼴을 나는 넉넉히 짐작할 수 있었다.

"네 이놈 칼을 받을 테냐?"

"네 이놈 주먹을 받을 테냐?"

물론 가엾은 유정은 굳이 칼을 사양하고 주먹을 받았다.[6]

"아, 이게 정말이었을까요?"

H가 읽다 말고 한숨을 푹 내쉬었다.

"김유정에 대한 안회남의 유별난 우정이 지나치게 연민으로 치우쳐서…… 칼을 받을 테냐 주먹을 받을 테냐, 라는 것도 그렇고, 그런다고 칼 말고 주먹을 받았다, 이것도 그렇고요."

"그렇긴 하지만……"

L이 고개를 갸웃하며 토를 달았다.

"터울이 한참이나 나는 형이잖아요. 게다가 아버지도 돌아가신 상태고. 김유정에게 형은 그냥 아버지 대신이 아니라 아버지였죠. 몰락하긴 했어도 아직 서른 칸 집을 가진 대갓집이고, 법도는 무너져도 분위기란 건 무시할 수 없는 거거든요. 그러니 착한 성정의 김유정이라면 아무리 무리한 형의 요구라도 달게 받았을 거 같아요."

정월 초하루면 마을 사람 전체가 마을의 맨 웃어른을 찾아가 집단으로 세배를 드리는 도배都拜의 풍습이 지금도 살아 있는 강릉 위촌리 출신답게, 유가의 엄정한 법도가 여전히 남아 있어 충분히 그럴 수도 있었을 거라는 L의 말은 고답했지만 일리가 있었다.

"그런데."

---

6   위의 단편 중에, 김유정과 안회남의 집안 사정이 매우 달랐음이 드러나는 부분.

'김유정 박사' 사무국장이 쓰윽, 하고 칼을 뽑아 들었다.

"이 대목에 나오는 칼은 일종의 상징이라 볼 수도 있지 않을까 싶네요. 어릴 적 김유정의 트라우마라고 할까요?"

L과 H의 시선이 그녀에게로 붙박였다.

"기록에 보면, 김유정의 형 유근이 방탕하게 지내는 걸 알게 된 부친이 유근을 불러 마당에 무릎을 꿇려놓고는 나무라다가 화가 치밀어서 안방의 물건들을 마구 던졌다고 하죠. 보던 책도 던지고 베고 자던 침목도 던지고, 그러다 급기야 칼까지 던져버렸죠. 그걸 어린 김유정이 바들바들 떨면서 지켜봤고요."

"그 기록이란 게 김유정이 쓴 단편소설 아닌가요?"

"제목이 「형」이었죠."

H가 거들고, L이 매조지를 지었다. P가 고개를 끄덕이며 빙그레 웃었다. 그리곤 H가 펼쳐 들고 있던 책을 슬그머니 끌어당겨 해당 페이지를 열었다. 김유정의 단편소설 「형」이었다. P는 학창시절 국어시간에 책 읽는 여학생이 되었다.

"아버지가 형님에게 칼을……"

아버지가 형님에서 칼을 던진 것이 정통을 때렸으면 그 자리에 엎더질 것을 요행 뜻밖에 몸을 비껴서 땅에 떨어질 제 나는 다르르 떨었다. 이것이 십오 성상을 지난 묵은 기억이다. 마는 그 인상은 언제나 나의 가슴에 새로웠다. 내가 슬플 때, 고적할 때, 눈물이 흐를 때, 혹은 내가 자라난 그 가정을 저주할 때 제일 처음 나의 몸을 쏘아드는 화살이 이것이다. 이제로는 과거의 일이나 열 살이 채 못 된 어린 몸으로 목도하였을 제 나는 그 얼마나 간담을 졸였던가. 말뚝 같이 그 옆에 서 있던 나는 이내 울음을 터치고 말았다. 극도의 놀람과 아울러 애원을 표현하기에 나의 재주는 거기에 넘지 못하였던 까닭이다.[7]

거기까지 읽고 난 P는 L과 H를 번갈아 보며 설명을 보탰다.

"흥미롭기도 하고 안타깝기도 한 사실은, 이 「형」이란 작품이 『광업조선』이란 잡지에 발표된 게 김유정이 세상을 떠나고 2년도 훨씬 지난 1939년 11월이었다는 겁니다. 생전에 왜 발표가 되지 않았는지는, 아마도, 짐작이 가실 듯하네요."

L도 H도 묵묵히 고개를 끄덕였다. 소설가들에게는 자신의 이야기를 쓴다는 것이 부담으로 작용할 수밖에 없다는 걸 두 사람은 잘 알고 있었다. 더구나 치부일 수밖에 없는 어두운 가족사를 세상에 드러낸다는 건 부담 이상의 무엇이다.

촌장실 안으로 침묵이 고여 들었다. 고개를 약간 숙인 채 아무 말 없는 세 사람의 모습을 누군가 보았다면 정물화를 떠올렸을 것이다. 어쩌면 그때 그 정물화 속 세 사람의 머릿속에는 똑같은 문장들이 지나가고 있었을지도 모른다. 김유정이 중학 2학년 때 운동장에서 투포환에 쓰이는 쇠뭉치로 가슴을 맞은 그 사건, 그로 인해 가슴의 병이 덧나 폐병이 악화되었을 거라는 그 사연이 담긴, 술 취한 형에게 늘상 꾸지람을 듣던 소년 김유정의, 반어와 역설로 가득한 일기.

아아, 나는 영광이다. 영광이다. 오늘 학교에서 호강나게 **투포환**를 하며 신체를 단련했다. 그런데 나도 모르는 사이에 호강이 나의 가슴 위에 와서 떨어졌

7 김유정의 사후에 발표된 단편 「형」의 첫 부분.

다. 잠깐 아찔했다. 그러나 그것뿐으로 나는 쇳덩이로 가슴을 맞았는데도 아무렇지도 않았다. 나의 몸은 아버님의 피요 어머님의 살이요 우리 조상의 뼈다. 나는 건강하다. 호강으로 가슴을 맞고도 아무렇지 않다. 아아, 영광이다. 영광이다.[8]

말하지 않는 것이 말하는 것보다 더 큰 힘을 갖고 있다는 페르시아 속담의 '힘'이 2021년 봄의 어느 날, 김유정문학촌 촌장실 안을 온통 지배하고 있었다. 과연 누가 이 힘과 맞설 것인가, 싶을 즈음, 책장 넘기는 소리가 들렸고, 그 소리를 따라 H는 눈을 감고 L은 고개를 들어 강원도 인제에 사는 시인이 써준 "춘천은 가을도 봄"이라는 액자로 눈길을 돌렸다. 책장을 넘긴 건 P였고, 그녀의 목소리가 힘껏 드리워진 침묵을 째며 스며들었다. 점심을 먹고 시작된 L과 H의 얘기의 핵심이기도 한, 김유정과 이상이 함께 스러지기 한 해 전인 1936년, 어느 스산한 가을이었다. 이상이 송장처럼 누운 김유정에게 "이제 그만 함께 저 세상으로 가는 게 어떻겠냐" 제안을 하고, 그러나 "나는 아직 쓸 것이 많다"며 김유정이 그의 제안을 단호히 거절한 뒤의 일이다.

어느 날 병상에 누워 있는 그에게서 엽서가 와 찾아가 보니까, 유정이 내 귀에다 입을 대고 이상 형의 걱정을 하면서,

"혹시 자살을 할지도 모른다. 네가 눈치 좀 떠보렴" 하길래, 놀래어 자세히 알아보니, 이상 홀로 유정을 방문하여와서 우리 두 사람 사정이 딱하기 흡사하니, 이 세상 더 살면 뭐 그리 신통하고 뾰족한 게 있겠소, 둘이서 같이 죽어버립시다, 하더라고…….[9]

---

8 안회남의 단편 「겸허」에 인용되어 있는 중학생 시절 김유정의 일기.

"그러나 살고 싶었다."

P의 목소리에 슬픔이 듣는구나 싶을 때, 천정에 눈길을 두고 있던 L의 입에서 신음처럼, 살고 싶었다……, 하는 소리가 낮게 흘러나왔다. 거의 동시에 눈을 깊게 감고 있던 H의 입에서도 비슷한 소리가 비어져 나왔다. 아, 살고 싶었다.

그러나 유정은 살고 싶었다. 그는 끝끝내 죽으려 하지 않았다. 그래서 유정이 싫다고 하니까 이상은 무안을 당해 표연히 돌아갔다는 것이다. 유정의 말을 듣고 이상을 만나보니까, 그는 껄껄 웃으며,

"안 형, 제가 동경 가서 일곱 가지 외국어를 배워가지고 오겠습니다" 하며 그 시꺼먼 아래턱을 손바닥으로 비비는 것이었다.

그러던 김유정이 이상보다 먼저 죽었다. 살려고 버둥버둥 애를 쓰던 유정도 나중에는 각오를 했던 모양이다. 그의 머리맡 벽 위에는 어느 사이에 '겸허謙虛' 두 글자의 좌우명이 붙어 있었다. 나는 이것에 대하여 유정 자신의 설명을 들은 일이 없다. 그러나 송장이 다 된 유정의 머리맡에서 이 두 글자를 보았을 때 그때처럼 나의 가슴이 무거운 때는 없었고, 지금에도 그것을 되풀이하면 여전히 암담하다.

"아아, 멍하니 크게 뜬 그의 눈동자, 다른 사람이 아니고 유정이가 자기의 죽음을 알고, 그것을 각오하였다는 것은 참 불쌍하다. 그리고 모든 것을 단념하고, 자기를 극도로 낮추어 세상의 온갖 것에 머리를 숙이고 무릎을 꿇으려는 그 겸손한 마음이여. 그것은 정말 옳고 착하고 아름다운……."

---

9   안회남의 단편 「겸허」의 한 부분.

P의 목소리가 더욱 처연해졌다. H는 감은 눈을 더 이상 뜨려 하지 않고, L은 천정에 올려다 붙인 눈길을 떼려 하지 않았다. P의 처연한 목소리가, 어딘지 모르게, 어떤 끝을 향해, 심연을 향해, 벼랑을 향해 나아갔다.

아아, 멍하니 크게 뜬 그의 눈동자, 다른 사람이 아니고 유정이가 자기의 죽음을 알고, 그것을 각오하였다는 것은 참 불쌍하다. 그리고 모든 것을 단념하고, 자기를 극도로 낮추어 세상의 온갖 것에 머리를 숙이고 무릎을 꿇으려는 그 겸손한 마음이여. 그것은 정말 옳고 착하고 아름다운 태도이다. 유정이 야윈 손으로 떨리는 붓으로 이 '겸허' 두 글자를 마지막 힘을 다하여 써서 머리맡에 붙이고, 조용히 눈을 감아버린 것은 그대로 한 숭고한 종교의 세계이다. 다른 것은 내 존경하지 않더라도, 이것 한 가지에만은 나도 머리를 수그린다. 유정이 가고 한 10여 일인가 있다가 이상이 동경에서 별세하였다. 기묘한 우연이다.[10]

거기까지 읽어나간 P가 마치 덜미라도 잡힌 듯 우뚝 목소리를 멈추었다. 그 멈춘 것이 신호라도 된 듯 L이 촌장실 천정에서 시선을 거두었고, H는 감았던 눈을 번쩍 떴다. 눈을 뜬 H가 의자 등받이에서 몸을 떼어내며 L과 P를 번갈아 바라보았다. 그리곤 결연한 선언이라도 하듯 말했다.

"유정과 이상의 날들."

L과 P가 의아한 눈으로 H를 보았다.

"제가 쓸 다음 장편소설의 제목입니다."

H의 말에 두 사람의 고개가 *끄덕끄덕* 움직였다. 그리곤 그의 말을 흉내라도 내듯 반복했다.

---

10 안회남의 단편 「겸허」의 한 부분.

"유정과 이상의 날들."

"김유정과 이상의 날들."

그러자 H의 입가에 의미심장한 웃음이 떠올랐다.

"맞는데요, 유정과 이상의 한자가 다릅니다."

H는 촌장의 책상 위에 올려져 있던 이면지 한 장과 사인펜을 가져다가 큼지막하게 썼다.

유정有情과 이상理想의 날들

"병석의 김유정을 찾아와 함께 죽읍시다 했을 때 이상의 마음은 정情으로 가득 차 있어 有情유정이고요, 앞으로 써야 할 것이 많아 죽을 수 없습니다 하고 이상의 그 애절한 제안을 거절한 김유정의 마음을 가득 채운 것은 理想이상이었지요. 그래서 김유정金裕貞과 이상李箱의 날들은 또한 유정有情과 이상李箱의 날들입니다."

*

2021년 봄의 어느 날, 점심 무렵, 김유정문학촌 촌장실에서 H가 앞으로 쓰게 될 거라며 선언하듯 던져놓은 장편소설의 제목은, 아직은, 「유정과 이상의 날들」이었다. 그러다 그게 어떻게 「미드나잇 인 경성」으로 제목이 바뀌게 되는지를 얘기하자면 지금까지 쓴 것만큼이나 더 써야 한다. 지면도 시간도 빠듯하니, H가 구상한 장편소설의 전말은 아쉽지만 그 반만 밝히는 것으로 마무리한다. (끝)

유정, 봄을 그리다

김혁수

등장인물

현신現身의 유정

영기靈駕의 유정

박녹주, 들병이, 이상, 박형, 심형, 술집 주인, 인력거꾼, 청년회장, 청년, 영감, 영식, 영식 처, 장인, 점순, 뭉태, 이쁜이, 이주사, 춘호 처, 덕돌, 덕돌 모, 무속인, 일체一體, 사람들(1인2역)

무대

소설가 김유정이 살았던 시대1908~1937년의 농촌과 도시를 배경으로 한다. 주요 공간은 유정의 방, 실레마을 금병의숙 앞, 조선극장 무대, 동대문 근처 술집 등이다. 아울러 김유정의 소설 속 무대는, 영상을 활용하여 상징적으로 표현한다.

1장

어둠 속.

차가운 겨울바람 소리와 함께 휘날리는 눈송이.

현신現身의 유정, 이불을 덮고 누워있다. 끊어질 듯 이어지는 고통스러운 그의 숨소리와 함께 노래가 시작된다.

노래 1 - 봄이 오면

사람들　봄 봄이 오면 봄 봄이 오면

　　　　보드라운 바람에 싹이 트고 꽃도 피리라

　　　　봄 봄이 오면 봄 봄이 오면

　　　　만물 씩씩한 생명의 낙원으로 변할 것이다

　　　　따라서 나에게도 보드라운 그 무엇이 찾아와

　　　　무거운 이 우울함을 씻어줄 것만 같구나

　　　　봄 봄만 되거라 봄 봄이 오면

노래와 함께 김유정의 소설 속 사람들이 하나둘 나타난다. 하지만 그들이 노래하며 기다리는 봄은 암울하기만 하다. 그렇게 사람들은 결코 다가올 것 같지 않은 봄을 노래한다, 고통스럽게. 현신, 그들 속으로 다가가려 하지만 그럴수록 더욱 어긋나면서 멀어지기만 할 뿐이다. 일체一體, 사람들을 헤치며 나타나 과거와 현재를 넘나들 듯이 춤을 춘다. 사이. 새벽을 알리는 햇살이 비춘다. 일체, 그 빛을 따라 사라진다. 모든 것이 사라지고 홀로 남은 현신의 곁에는 매서운 겨울바람 소리만 남아있다. 이때, 차가운 겨울 햇살이 현신의 허름한 방을 비춘다. 벽면 한쪽의 '겸허謙虛'라는 글자가 적혀있는 색 바랜 종이 한 장이 눈에 띈다. 그리고 그 밑의 이불과 조그마한 책상, 책상 위의 원고지 묶음, 담배와 성냥 등이 보인다.

현신 (두려워하며) 봄, 봄이 오면…

일체가 사라진 그 곳에서 영가靈駕의 유정이 등장한다.

영가 유정! 무엇이 그리 두려운 것입니까?

현신 누, 누구시오?

영가 유정…이요, 당신의 유정…

현신 나의, 유정?

영가 당신의 영혼…

현신 나의, 영혼?

영가 보이는 이 세상에서 삶을 마치고 떠난 영혼. 하지만 아직 유정이 가야할 길을 찾지 못하고 떠도는 영혼. 세상은 나를 영가의 유정이라고 부릅니다.

현신 그럼 지금 여기 있는 나는 무엇이오?

영가 물론 유정이지요. 보이는 이 세상에 머물러 있는 육신. 세상은 당신을 현신의 유정이라고 부릅니다.

현신 현신의 유정이라…

영가 어떤 상상도, 그 어떤 바람도 갖지 마시오. 난 그저 현신의 유정 바로 당신이 이루지 못한 이야기 아니 한이라고 해야겠지요. 그

유정의 한이라는 굴레에서 벗어나고 싶어서 왔을 뿐이니까.

현신 결국 나 때문에 이 못난 유정 때문에. 나의 영혼이, 바로 당신
    이, 이렇게 떠돌고 있다? (가슴의 고통을 느끼며) 어쨌든 좋소.
    그렇다면, 당신이! 영가의 유정이라면, 제발! 병든 이 몸뚱이를,
    썩어가는 이 가슴을, 가져가 주시오, 제발…

이때, 박녹주의 노래 소리가 들려온다.

영가 녹주!
현신 ……!
영가 저 소리… 유정에게 너무도 소중했던 저 소리…

조명, 꺼진다.

2장

조선극장 무대.

노래 2 - 이별가

박녹주 여보 도련님 날 데려가오 여보 도련님 날 데려가오
    나를 잊고는 못 가리다 내가 도련님한테 살자고 하더이까 도련
    님이 내게 살자고 하였지요 도련님은 올라가면 그만이지만 나

는 남원 땅에 뚝 떨어져서 대체 누구를 믿고 산단 말이요

여보 도련님 날 데려가오 여보 도련님 날 데려가오

〈춘향가〉 중, 〈이별가〉

박녹주의 모습이 어둠 속에 묻힌다.

영가   박녹주… 유정이 그토록 사랑했던 여인, 명창 박녹주.

현신   명창이기에 사랑한 것이 아니오. 그저 한 여인을 너무도 사랑했을 뿐.

영가   세상 사람들은, 손가락질했지요. 유정의 이해할 수 없는 무모한 사랑을.

현신   무모하다, 무모하다! 닥치시오! 사랑은, 다 무모한 것이오.

영가, 말없이 다가가 현신의 어깨를 지그시 누른다. 사이. 영가, 그대로 현신을 지나쳐 나간다. 이때, 박녹주를 상징하는 국악의 장단 소리가 아련히 들린다. 순간, 현신 무엇인가를 발견하고 빠르게 그곳을 향한다. 조명 바뀌면. 현신, 박녹주가 타고 있는 인력거를 가로막고 있다.

박녹주   비키시오. (사이) 할 말 있소?

현신   있소.

박녹주   (사이) 나, 가겠소.

현신   할 말, 있다고 했소.

박녹주, 인력거에서 내린다.

박녹주 무엇이요? 할 말이.

현신   내가 보낸 것은 받으셨소?

박녹주 인편에 돌려보낼 것이니 그리 아시오.

현신   어찌 그럴 수 있소? 비록 빈약한 마음의 편지이지만… 기다렸
        소, 당신의 답장을. 기약 없이 기다린다는 것이 얼마나 비참하
        고 초라한지 아십니까?

박녹주 (돌아서며) 듣기 싫소.

현신   그렇다면 버리시오. 차라리 버리란 말이오.

박녹주 이, 이보시오, 유정! 도대체.

현신   날! 설득시키려고 하지 마시오.

박녹주 제발 이러지 마시오. 왜 이리 무례한 언행을 하는 것이오?

현신   그런 적 없소.

박녹주 정녕 없다고 했소? (사이) 대답해 보시오.

현신   사실, 사실… 사랑하고 있소.

박녹주 무슨 소리하는 거요? 나는 소리하는 사람인데 학생과 어찌 그
        럴 수 있단 말이오?

현신   학생과 소리하는 사람이 사랑해서는 안 된다는 법이 어디에 있
        소? 사랑이란 국경이 없는 것이오.

박녹주 사랑한 다음에는 어쩔 생각이오?

현신   결혼하는 겁니다.

박녹주 나는 그럴 수 없소. 학생은 나이도 나보다 어리고… 절대 그런

생각하지 마시오.

현신   나이 때문이란 말이오? 혹시 내가 돈이 없는 학생이기 때문이 아니구?

박녹주   그 무슨 말이오!

현신   그렇다면 내가 임금님 밥상이라도 훔쳐 오겠소!

박녹주   사람들이 봅니다.

현신   이미 세상이 다 알고 있소. 이 유정이 박녹주를 사랑한다는 사실을.

박녹주   그러니 하는 말이오. 당신의 친구들이 그 사람 장차 어떤 사람이 될지 알고 그리 푸대접 하냐고 따집디다. 유정, 그래 당신은 친구들의 기대처럼 그리될 것이오. 그러니 나 같은 사람은 잊으시오.

현신   사랑하고 있다고 말했소.

박녹주   그만하시오. 듣기싫소.

현신   그, 그 말이 듣기 싫다고 했소?

박녹주   대답하기도 싫소.

현신   진정, 사랑하고 있소.

박녹주   나, 가겠소.

현신   (사이) 나 같으면, 안 갈텐데…

박녹주, 인력거에 오른다.

현신   (주춤 주춤 물러서며) 나 같으면, 나 같으면, 못 갈텐데…

박녹주   난, 가야하오.

인력거가 현신의 앞을 지나간다. 현신, 몇 걸음 따라가는 듯하다가 결국
고개를 떨구는데.

노래 3 - 임이시어

현신   임이시어 저에게 지금

영가   (대사) 녹주를 향한 사랑으로

현신   단 하나의 원이 있다면

영가   (대사) 타고 가던 인력거에

현신   어려서 잃어버린 어머니

영가   (대사) 덤벼들기도 했던 유정

현신   어머니가 보고 싶습니다

영가   (대사) 사랑의 편지를 쓰고

현신   따스한 당신의 품에 안기어

영가   (대사) 쓰고 쓰고 또 쓰고

현신   마음껏 울어보고 싶습니다

영가   (대사) 책 몇 권 분량의 편지를 보냈건만

현신   하지만 너무 일찍 떠나셨으니

영가   (대사) 사랑을 받아들일 수 없었던 녹주는

현신   외로움을 어찌해야 합니까

영가   (대사) 찢고 찢고 또 찢고

현신   남은 것은 가혹한 이별의 기억뿐

영가	(대사) 마지막으로 혈서까지 쓰지만
현신	임이시어 당신은 아십니까
영가	(대사) 녹주의 마음은 돌아설 줄 모릅니다
현신	임이시어 제발 이 마음을 가져가소서
영가	(대사) 결국 유정은, 사랑의 상처를 가슴에 안고 자신도 모르게 시작된 병마까지 가슴에 담고 고향으로 돌아가게 됩니다.

현신, 고향을 향해 발걸음을 옮긴다.
그를 맞이하는 사람들.

노래 4 – 길

현신	헤매이던 길 그 길은 어디인가
	헤매이던 길 비로소 알았네
	나를 위한 길이 있음을
	얼마나 먼지 얼마나 긴지
	나는 모른다 나는 모른다
	그 길을 끝까지 걷는 날
	그날까지 나의 몸과 생명은
	결코 꺾임이 없도다
	아침이 올 때까지
들병이	헤매이던 길 그 길은 어디인가
	헤매이던 길 비로소 알았네
	우리를 위한 길이 있음을

다함께   당신의 마음 당신의 사랑

          얼마나 먼지 얼마나 긴지

          그 길을 끝까지 걷는 날

          그날까지 우리의 몸과 생명은

          결코 꺾임이 없도다

          아침이 올 때까지

현신   아침이 올 때까지

조명, 꺼진다.

3장

실레마을.

금병의숙 간판이 걸려있는 공회당 앞.

어둠 속에서 이도령의 "아이고오오오오…"하는 목소리가 들리면, 조명 들어온다. 마을 사람들이 연극을 보고 있다. 이도령과 성춘향의 이별 장면이 어설프면서도 과장된 연기로 구경꾼들의 웃음을 이끌어낸다. 여장을 하고 성춘향 역을 맡은 청년회장은 어색한 이 자리를 모면하려는 이도령(청년)을 이리저리 앞에서 막으며, 신파극 연기를 하고 있다.

청년회장 (이도령을 막으며, 마치 멱살이라도 잡을 듯이) 아이고오오오
          오… 여보 도련님! 날 데려가시오오오… 나를 버리고는 절대로!

못 갑니다아! 내가 먼저 도련님한테 살자고 했소? 도련님이 먼저 나한테 살자고 하였지요. (이도령이 사람들 속으로 도망간다) 도련님은 한양에 올라가면 그만이지만, 나는 남원 땅에 뚝! 떨어져서 대체 누구를 믿고 산단 말이오오… 여보 도련님, 날 데려가시오오오… 대체 이 성춘향이를 이 착한 성춘향이를 어찌 버리고 떠날 수 있단 말이오! (이도령을 잡고) 아이고, 못갑니다, 못간다구요오오오… (사람들에게) 동네 사람들! 안 그래요? 안 그러냐구요!

사람들　그렇지!

현신과 사람들, 박수를 보낸다. 감사하다고 인사하는 성춘향과 어색한 표정으로 고개 숙이는 이도령.

사람1　하이고! 재미있네, 재미있어. 살다보니 연극도 다 보고.

사람2　공회당이 극장이 되었네, 그려.

사람3　예끼, 이 사람! 공회당이 뭐야!

사람4　금병의숙이라구요, 금병의숙!

사람5　김선생님, 그런데 금병의숙이 뭐래유? 죄송해유, 무식해서.

사람6　자자, 모두 조용히 하고! 지금부터 대대로 명문 양반가문인 청풍김씨 집안의 김춘식 어른 자제 분이고 또 그 유명한 연희전문을 다니는 김유정 선생한테 직접 들어보자, 이 말이야!

현신　자, 여러분! 이렇게 모여 주셔서 감사합니다. (간판을 가리키며) 금병의숙! 알다시피 금병은 우리 강원도 춘천 그리고 이곳

실레마을 저 뒤에 떡하니 자리잡고 있는 저 금병산의 금병이구요, 의숙은 뜻의 자와 글방 숙자 그래서 뜻을 담은 글방이라는 말입니다. 물론 이곳 금병의숙은 지금의 농우회를 새롭게 탄생시킨 겁니다. 새롭게 태어난 만큼 해야할 일도 참 많겠죠? 우선, 여러분! 도박을 하지 말아야 합니다. (사이) 그 시간에 우리 모두 전답도 함께 경작해야 하고… 무엇보다 가장 중요한, 문맹퇴치! 글을 읽을 줄 알아야 합니다. 글을 알게 되면 방금 여러분이 재미있게 보신 연극도 할 수 있게 됩니다. 여러분 누구나 직접 배우가 돼서.

사람들, 저마다 자기가 이도령 또는 성춘향 역을 맡아야 한다고 떠들어댄다.

현신   여러분! 여기가 어디라구요?
사람들   금병의숙!

노래 5 – 농우회가
다함께   거룩하도다 우리 집 농우회
        손에 손잡고 장벽 굳게 모였네
        흙은 주인을 기다린다
        나서라 호미 들고
        지난 엿새 동안에 힘 다해 공부하고
        오늘 일요일 또 합하니 즐거워라

삼삼오오 작반하야 교외산보를 나가

산수 좋은 곳을 찾아 시원히 씻어보세

우리집 농우회 우리집 농우회

김유정의 〈농우회가〉

멀리서 군중의 외침이 들려온다. 사람들과 현신의 시선이 그곳을 향하는데.
조명, 꺼진다.

4장

군중의 외침과 함께

영상이 펼쳐진다.

일제강점기, 신문사의 모습과 신문들. '브나로드 운동'일제강점기에 동아일보사
가 주축이 되어 일으킨 농촌계몽운동과 관련된 신문의 기사와 자료사진들이 연속으로
보인다('아는 것이 힘! 배워야 산다. 가자, 민중 속으로!' 등의 구호와 함께 야학, 음악
과 연극, 위생 생활 교육, 조선어강습회 등의 활동 모습들). 순간, 영상이 일본 욱일
기로 가득찬다. 이어서 금병의숙 간판이 보인다. 사이. 금병의숙 간판이 파
편처럼 흩어진다. 어둠 속으로 사라지는 무대의 모든 것들. 홀로 서서 바라
보던 현신, 좌절감으로 무릎을 꿇는다.

영가　　(뛰어 들어오며) 유정, 일어서시오! 일어서서! 브나로드! 민중
　　　　속으로! 다시 돌아가야 합니다. 이 땅의 사람들이 인간답게 사

는 세상, 살맛나는 세상을 만들어 봅시다! 유정!

현신   유정… 나는 혁명가가 아닙니다. 부끄럽게도 독립운동가도 아니지요. 그저 글을 사랑하는 글쟁이일 뿐…

영가   지금 일본 놈들은 이 땅 곳곳에서 들불처럼 일어나는 브나로드 운동을 두려워하고 있소. 『동아일보』와 조선의 청년들이 거국적으로 전개한 브나로드, 민중 속으로 달려가는 민족문화운동을! 그러니 조선총독부의 금지조치는 당연하다고 할 수 있지요. 하지만 이럴수록 유정, 지금과 같은 그따위 나약한 모습을 보여서는 안 됩니다. 당당히 일어서시오! 다시 시작하는 겁니다! 금병의숙의 이름으로. (사이) 아는 것이 힘! 배워야 산다! 가자, 민중 속으로!

현신, 고개를 떨군다.

영가   (하늘을 향해) 유정…

조명, 꺼진다.

5장

현신의 방
작은 술상을 두고, 현신과 마주 앉은 들병이가 흥겹게 강원도 아리랑을 부르고 있다. 두 사람, 점차 흥에 겨워 덩실덩실 춤을 춘다. 순간 현신, 가슴을 부여잡으며 한쪽 구석으로 몸을 감춘다. 들병이, 놀라서 다가가는데.

들병이　(현신이 입을 막고 있는 손수건을 빼앗아 보며) 이, 이건 피…

현신　(빠르게 술상 앞으로가 잔을 들고 벌컥 마시며) 괜찮다, 이게
　　　약이다 약! 이렇게 좋은 약이 있는데 하하…

들병이　안됩니다! 이러다 큰일 납니다!

현신　(들병이의 시선을 피하며) 미안하구나.

들병이　무엇이 미안합니까?

현신　마음은 그렇지 않은데, 이 마음은 세상 모든 것과 싸워서 이길
　　　자신이 있는데… 그래서 난! 이렇게 가슴을 떡하니 펴고 서서
　　　세상을 휘이 둘러보는데… 무슨 놈의 세상이 이 모양 이 꼴이란
　　　말이냐! (사이) 내 고향 사람들, 그토록 처참한 농사꾼들… 그
　　　모습을 보면서도 내가 할 수 있는 일은 아무 것도 없으니… 미
　　　안하다, 들병아…

들병이　사람들에게는 글을, 제게는 소리를 가르쳐주지 않았습니까?

현신　진정 그것이 고마운 것이냐?

들병이　그럼요. 노름 밑천 한 푼 못 구해온다고 서방한테 쫓겨나던 보잘
　　　것 없던 이 몸이… 이렇게 흥겨운 소리를 하고 있지 않습니까?

들병이　언제부터인가 소리를 하면서 느낍니다. 세상 살면서 하루 세끼
　　　만 중요한 게 아니구나. 때로는 밥보다 소중한 게 있구나.

현신　(호탕하게 웃으며) 아하, 그게 바로 해학이다! 암, 해학이지.

들병이　해학이 무엇입니까?

현신	웃음이다, 웃음! 이 더럽고 처참한 세상에서 웃을 수 있게 해주는 거. 아하! 들병아, 내 너의 이야기를 소설로 써야겠다.
들병이	소설이요? 제목은 무엇입니까?
현신	글쎄다… 산골 나그네, 어떠냐?
들병이	그럼 제가 나그네입니까?
현신	너도, 나도 나그네다. 우리네 인생이 다, 나그네인 것을…

현신, 들병이의 손을 잡는데. 순간, 현신에게 가슴의 고통이 다시 시작된다.

노래 6 – 썩어가는 가슴아

현신	썩어가는 가슴아
	나 지금 마셔야 하는데 소리쳐야 하는데 춤을 추어야 하는데
	이놈의 가슴은 왜 이런단 말이냐 가슴아 썩어가는 가슴아
들병이	내님이여 그대여
	나 지금 그대와 있는데 벅차는 가슴안고 노래도 부르고 싶은데
	이 천한 들병이 아무것도 나눌 수가 없습니다 당신을 위해
현신	(대사) 나를 위해?
들병이	(대사) 서방님을 위해.
현신	우리 함께 떠나자
	이 썩어가는 가슴이지만 세상의 손가락질을 떨쳐버리고
	나의 내일 너의 내일을 밝혀주는 저 멀고 먼 광야를 향하여
들병이	그대와 함께라면
	나 어디인들 못가리오 천하고 천한 들병이 신세 던져버리고

따스한 햇살을 따라 피어오르는 꽃잎처럼 따르리다 당신을

햇살이 천천히 무대를 가로지른다. 현신, 그 햇살을 따라 걷는데.

영가 (소리) 유정! 어디로 가는 것입니까?

현신 희망을 찾아갑니다. 새로운 인생을 살기 위하여! 그리하려면 이 손 안에 금덩어리라도 있어야 하지 않겠소? 금을 찾을 것이오. 금을!

영가 (소리) 그 무슨 부질없는 짓입니까? 금, 금을 찾아 떠난다구요? 유정…

현신 비웃으시오, 맘껏! 김, 유, 정이 일확천금에 눈이 멀었다고! 하지만 난 떠날 것입니다. 나그네가 되어… 나 그리고 우리 모두 나그네인 것을…

음악과 함께 떠도는 사람들의 모습이 보인다.

노래 7 – 나그네

현신 나그네 우리는 모두 나그네
저 멀리서 소리없이 찾아온 우리는 모두 나그네
나그네 우리는 모두 나그네
저 멀리서 소리없이 찾아온 우리는 모두 나그네
왜 사랑을 버리고 떠났는가
왜 고향을 버리고 떠났는가

왜 가족을 버리고 떠났는가

아무도 묻지 않은

다함께   나그네 우리는 모두 나그네

저 멀리서 소리없이 찾아온 우리는 모두 나그네

현신   우리가 버린 사랑 고향 가족

지금은 쓸모없는 지나간 추억

하지만 우리는 나그네의 희망 놓지 않으리라

다함께   나그네 우리는 모두 나그네

그 누가 뭐라해도 나의 길 새로운 희망을 길을

걷고 또 걷는 우리는 나그네

나그네 우리는 모두 나그네

현신   나그네 우리는 모두 나그네

현신, 세상을 향해 소리치는데.

순간, 번개와 천둥소리.

조명, 꺼진다.

6장

소설 속 무대(소낙비).

내리는 비를 맞은 채 춘호 처가 쭈뼛거리며 들어온다. 홀로 서성거리고 있던 현신, 소설 속의 춘호가 되어 춘호 처를 무섭게 노려본다. 춘호 처, 그저 죄인처럼 서 있을 뿐이다.

현신   정말, 돈 좀 안 해 줄테여?
춘호처   어디서 무슨 수로유.

현신, 느닷없이 춘호 처의 어깨를 잡고 흔들어대더니 내팽개치듯 쓰러뜨린다.

현신   이년아, 계집 좋다는 게 뭐여! 남편 근심을 덜어줘야지. 끼고 자
        자는 게 계집이여? 오늘 중으로 무슨 수를 써서라도 돈, 구해봐!

현신, 휭하니 나간다. 고급스러운 우산을 쓰고 지나가던 이 주사가 춘호
처를 발견하고 다가온다.

이주사   아니 이보게. 이게 무슨 꼴이야? (사이) 이런, 이런… 춘혼가 뭔
        가하는 그 미친 서방 놈한테 또 맞았구먼.
춘호처   (옷고름을 고쳐매며) 아니구먼유.
이주사   아니긴! 척 보면 삼만리지. 자네보고 돈 구해오라던가? 미친놈!
        그놈이 노름판에 환장을 해서는, 쯧쯧… (음흉하게 쳐다보며)
        이봐. 그러게 내가 말하지 않았는가? 내 말만 잘 들으면 자넨
        돈 생기고 남편한테 안 맞고. 그뿐인가? 내가 비단옷, 철마다
        해줌세!

이주사, 한쪽 손으로 슬그머니 춘호 처의 허리를 감싼다.

춘호처 안되는디…
이주사 언제까지 맞으면서 살 거야? 우리 둘만 입 꽉 다물면 되는 거야.
        입, 꽉!

이주사, 춘호 처를 힘껏 끌어안으려는데.

춘호처 (피하며) 누가 봐유!
이주사 이 빗속에 누가 나 댕긴단 말이야.
춘호처 그래도…
이주사 알았구만, 알았어. (손을 내밀며) 가자구, 가.

춘호처, 마치 끌려가듯 나간다.
현신, 그들의 뒷모습과 소나기가 쏟아지는 하늘을 바라볼 뿐이다.

영가   (밝은 표정으로 나타나며) 유정, 왜 그러고 있는 것이오? 지금
        그 이야기, 『조선일보』 신춘문예에 1등으로 당선한 단편소설
        소낙비가 아니오? 아주 좋은 소설이라고 칭찬이 자자하던데.
        축하합니다! 이제 진정, 소설가가 되었으니.
현신   소설가라… 소낙비의 춘호가, 내 모습이, 부끄러울 뿐입니다.
영가   무엇이 부끄럽단 말입니까?
현신   유정이 춘호이고 춘호가 유정인 것을… 그 뿐인가요? 내 소설

속 사람들이 참혹한 내 고향 땅 사람들인 것을…

영가   그렇게 아픈 현실, 절대로 피하지 말고 쓰고 또 쓰시오.

현신   쓸 것이오. 이젠 술도 사고 약도 살 수 있게 되었으니… (사이)
       한심하지요? 술 마시고 취하려고 글을 쓰고, 약 먹고 목숨을 지
       탱하려고 글을 쓴다니…

영가   그것이 유정의 문학인 것을 어쩌겠습니까? 하지만 제발, 그렇
       게 고개 숙이지 말고, 저 하늘을 향해 가슴을 펴고, 마음껏 소리
       치면서 쓰시오! 유정의 이야기를!

현신   유정의 이야기…

노래 8 - 유정의 이야기

다함께   여기는 어디인가 너는 누구인가 유정의 이야기
         소낙비의 춘호 녀석 한심한 녀석 남편이라고
         마누라 마음껏 두들겨 패고 나서 하는 말
         돈 좀 구해와 그 잘난 몸뚱이 팔아서라도
         여기는 어디인가 너는 누구인가 유정의 이야기
         산골 나그네의 장가 못간 노총각 덕돌이라네
         예쁘장한 아낙네 제발로 찾아와 신이났다네
         하지만 새벽녘 그 여자 도망갔네 옷한벌 들고
         소낙비의 춘호 녀석 산골 나그네의 덕돌 녀석
         유정의 사람들 유정의 이야기 유정의 이야기

조명, 꺼진다.

7장

동대문 근처의 허름한 술집.

현신, 술에 취한 채 노래하며 들어온다.

현신   아리아리 쓰리쓰리 아라리요 아리랑 고개로 넘어간다아.

영가   유정, 너무 취한 거 같습니다.

현신   아, 유정! 나의 유정! 내가 오늘 구인회에 들어갔습니다! 아십니까? 구인회! 이 땅의 내로라하는 작가 아홉 명이 모인 구인회!

영가   충분히 기쁜 일이지요. 하지만 이런 모습, 보기에 영…

현신   (밖을 가리키며) 저 친구! 나보다 더 나를 좋아하는 아니 나를 존경까지 한다는 저 친구 이상, 이상 알지요? 나와 같은 폐병쟁이… 저 친구가 나를 주인공으로, 내 이름을 제목으로 글을 썼다지 뭡니까? 유정의 이야기를! 그런데 저 친구가 곧 일본으로 떠난답니다. 그러니 오늘 같은 날 어찌 술을 안 마실 수 있단 말이오? 안 그렇습니까?

이상   (박형, 심형과 들어오며) 김형! 뭐가 급해서 혼자 먼저 달려왔습니까? 이 친구 이상을 두고… (웃으며) 자 앉읍시다.

현신   마십시다, 마시자구요! 우리 오늘, 동대문 안에 있는 술이란 술은 다 마셔버립시다!

주인   (술주전자와 잔을 들고 오며) 보아하니 벌써 거나하게 마신 것 같은데…

현신   (박형과 심형을 가리키며) 이 두 친구는 마셨지요. 하지만 우리

두 사람은 아직 냄새도 못 맡았습니다. 안 그렇습니까?

이상   그렇지요.

현신   그러니 내쫓으려면 저 두 친구나 내쫓으시오.

주인   그런데 목소리는 (현신을 가리키며) 댁이 가장 취한 것 같구려.

심형   술 좀 취하면 안 됩니까?

주인   그게 아니라. (현신을 가리키며) 이 손님, 목소리가 너무 커요.
요즘 밤늦게 가무음곡으로 소란케 하는 건 법규상 안 된다는 거
모르시오?

박형   아따! 주인, 똑똑하네요.

심형   그 무슨 법이요? 세상에 술 마시고 기분 좋아서 노래 한번 부르
겠다는데. 유정, 부르시오 맘껏!

현신   그럽시다! 이 폐병쟁이가 술 한 잔 빌려 노래 좀 부르겠다는데,
무슨 놈의 법? (소리치듯) 아리아리 쓰리쓰리 아라리요…

순간, 현신은 가슴의 고통을 이겨내지 못하고 한쪽 구석으로 가 주저앉
은 채 숨을 몰아쉰다. 주인, 현신의 그런 모습을 보고 주춤주춤 피한다. 이
상, 다가가려는데 현신이 오지 말라고 손짓한다.

박형   (이상에게) 어쩌면 좋습니까? 유정을…

이상   따지고 보면 유정 그리고 나 아니 우리 모두 가슴 아픈 병자들
이지요. 문학이 예술이 이 가슴을 후벼 파고 있으니. 그저 이게
다 낭만이라고 생각하고 즐길 수밖에…

심형   그래! 그래서 사람들은 우리를 낭만주의 작가라고 하지요. 예

술이 예라, 술을 부르고, 낭만이 술을 마시게 하니까!

박형   그 무슨 허접한 소리요? 낭만이 술을 마시게 한다? 그거 너무
      나약한 변명이라는 생각 안 듭니까? 그러니 사람들이 낭만주의
      작가들을 향해 손가락질하는 겁니다. 아이구, 자기비판이라도
      하던지 해야지…

심형   자기비판? 우리가? 왜?

박형   우리가 아무리 순수예술을 추구하는 구인회이고 낭만주의 운운
      하고 있지만, 지금 이 세상은! 이 조선 땅은! 암울하기만 합니
      다. 그 속에서 살아가는 조선사람, 민중에 대해서 너무 무심하
      다는 생각을 지울 수가 없소이다. 그러니 우리부터 자기비판,
      자기성찰이 필요하지요!

심형   박형… 도대체 당신 사상이 뭡니까?

박형   뭐? 사상?

심형   그래, 사상! 사상이 의심스러워!

박형   (벌떡 일어서며) 이 사람이!

심형   (멱살을 잡으며) 그래, 어쩔테야?

심형과 박형, 서로 멱살을 잡고 있지만 휘청거릴 뿐이다. 이상, 말리기 위
해서 두 사람 사이에 있지만 어찌할 방법이 없다.

심형   이봐, 여기서 얼쩡거리지 말고 당장 카프에 들어가라구. 거기
      가면 조선민족! 계급해방! 예술무기! 이런 소리 마구마구 떠들
      어대니까.

박형   한심한 사람아! 낭만? 낭만! 지금은 일본 놈 세상이야! 일본 놈
       세상! 낭만이건 카프 건, 우리는 일본 놈 세상에 살고 있단 말
       이야!

심형   어이구, 독립운동가 나타나셨네. 그래 멋있다! 그러니까 가란
       말이야! 카프! 조선 프롤레타리아 예술가 동맹, 멋있다! 유정!
       우리 오늘 이 자식을 카프로 보내버립시다!

이때 주인이 참을 수 없다는 듯, 이들을 밖으로 밀어낸다. 카프와 낭만애
대한 말싸움 소리가 그치지 않는데. 사이. 영가, 그들이 나간 방향을 가리키
며 들어온다.

영가   유정! 저 소리가 들리지 않소? 그 가슴의 고통보다 더한 저 혼
       돈의 목소리가? 무어라 말을 해보시오. 당신의 생각을!

현신, 영가의 시선을 피한다.

영가   피하지 마시오! 유정, 나 영가는 현신의 유정, 당신의 생각을 알
       고 싶습니다. 아니, 말하시오. 소리치시오! 이 세상을 향해. 유
       정의 문학이 유정의 소설이 조선 민중에게 어떤 의미인지를!
       (사이) 나 비록 나약한 낭만주의 작가이지만 그렇다고 이 현실
       을! 결코 피하지 않는다고, 결코…

사람들의 〈아리랑〉 노래 소리가 구슬프면서도 장엄하게 들려온다. 동대

문 앞에 모여드는 사람들. '대한국민 만세!' '조선학도여, 일어서라!' '가자, 민중 속으로!' 등이 적혀있는 현수막을 들고 있다. 현신, 천천히 일어서서 걸어간다. 영가, 현신이 사람들과 함께하기를 바라지만. 사이. 현신, 사람들을 지나치고. 그렇게 사라진다. 순간, 한발의 총소리. 사람들 빠르게 흩어진다. 여기저기에서 대한독립을 외치며 피하는 사람들의 모습이 혼란스럽다. 그 상황 속에서 헤매던 영가, 어느 순간 그들과 함께한다.

영가   나! 조선사람이, 조선에서 조선 노래 부르고, 조선 만세 외치겠다는데, 그게 어쨌다는 거냐. (사람들 사이를 헤치고 나와 앞에 서며) 나! 조선사람이다, 나약한 조선사람… 고작, 매국노들이 팔아먹은 이 땅에 주저앉아 글이나 쓰는 소설가… 하지만, 난 이 땅의 주인! 조선사람이란 말이다, 조선사람! 우리는 이 땅의 주인, 조선사람이란 말이다, 조선사람!

순간, 일본 경찰의 총소리가 들린다.
쓰러지는 사람들.

노래 9 – 그날이 오면
영가   그날이 오면
            그날이 오면 그날이 오면
            삼각산이 일어나 더덩실 춤이라도 추고
            한강물이 뒤집혀 용솟음칠 그날이
            이 목숨이 끊기기 전에 와 주기만 할양이면

나는 밤하늘에 나는 까마귀와 같이

종로의 인경을 머리로 들이받아 울리오리다

두개골은 깨어져 산산조각이 나도

그날이 오면 그날이 오면

심훈, 「그날이 오면」

사람들, 노래부르며 힘차게 일어서면.

조명, 꺼진다.

8장

현신의 방.

겨울바람 소리와 함께

잠들어 있는 현신의 모습이 보인다.

이상   (들어오며) 김형, 계시오! 나 이상이요, 이상… (현신의 머리 위에 있는 편지를 들고) 내 친구… 보아라. 나는 날로 몸이 꺼진다. 이제는 자리에서 일어나기조차 자유롭지 못하다. 밤에는 불면증으로 인해 괴로운 시간을 원망하며 누워있다. 나는 참말로 일어나고 싶다. 지금 나는 병마와 최후의 담판 중이라 돈이 시급히 필요하다. 그 돈이 없다. 돈을 벌기 위해 글을 써야한다. 돈을 벌기 위하여… 돈 돈, 슬픈 일이다. (한숨을 내쉬고) 유정… 이제 모두 포기하는 겁니까? 그놈의 돈 때문에… 예술가의 혼을 포기하는 겁니까? 당신과 같은 폐병쟁이 나, 이상의 예술 혼은 진작 흐려졌지만… 유정, 당신만은 아니라고 믿었는데…

현신 (기침과 함께 일어나 앉으며) 언제 오셨소?

이상 (슬그머니 편지를 내려놓으며) 미안하오.

현신 어때요? (사이) 부끄럽소. 하지만 피와 땀으로 쓴 것입니다.

이상 채만식 선배가 그럽디다. 유정은 법 없이도 살 사람이고, 공손함이 허식이 아니며 다정하되 그냥 정이니, 어디 유정만한 사람이 있으리오. (사이) 그게 바로 유정이지요. 나, 이상은 결코 상상조차 할 수 없는 순수함을 가진 사람…

현신 순수라… 참으로 부질없는 말입니다.

이상 나 이상 그리고 여기 유정… 참으로 신기합니다. 우리가 겉으로는 정말 정반대인데 이 가슴 속 병마 그리고 다가오는 운명은 어찌 이리 같은지… (사이) 아, 다른 것이 있긴 있군요. 그 지독하게 고통스러운 사랑을 표현하는 방법… 명창 박녹주에 대한 유정의 사랑! 나로서는 상상조차 할 수 없는…

현신 녹주… 그리고 내 고향 사람들… 내가 사랑하는 그 사람들에게 잊혀진다는 사실이 두렵습니다. 아니 억울합니다.

이상 신념을 잃지 마시오. 나 요즘, 그놈의 신념을 빼앗기고 나니 죽음이라는 놈이 자꾸 다가와서 꼬여대고.

현신 요즘에야 그것을 빼앗기셨소? 이제? 겨우? 요즘에야?

이상 그렇다면 유정! 유정만 좋다면 난 오늘 밤 유정과 같이 이 몸뚱아리를 지워버리고 싶소이다. (사이) 우리 죽읍시다. 오늘 당장! 같이, 죽읍시다!

현신, 두려움에 이상의 시선을 피한다.

이상   (호탕하게 웃으며) 아니 그보다 먼저, 우리 한잔하러 갑시다.
       이별주를 해야지요.
현신   좋습니다. (상의를 벗으며) 오래간만에 새 옷도 입고…
이상   (현신의 가슴을 보고 놀라서) 김형! (사이) 어쩌면 좋소.
현신   보기 흉하시오?
이상   김형이 그저 한두 달만 술을 끊는다면 건강해질텐데…
현신   올해 봄, 내가 한 달쯤 몹시 앓았을 때, 의사가 말하기를 다가오
       는 가을을 넘기기 어렵다고 하더군요. 하지만 나는 술을 맘껏
       먹었습니다. 그리고 매일 밤낮으로 원고와 싸웠소. 그런데 나
       지금 이렇게 서 있습니다. 이 찬바람 부는 겨울이 왔는데도!
       (사이) 그런데, 그런데 이번만큼은…
이상   이번만큼?
현신   이번에 일본에 가면… 다시는 못 보게 될지도 모른다는.
이상   김형! 내 곧 돌아오리다. 그때까지 계속 글을 쓰시오, 글을.
현신   나 살고 싶습니다… 요즘 그런 생각이 자꾸 듭니다. 살고 싶다
       는… 창피하게도, 살고 싶다는 생각이…

현신, 주저앉으며 참았던 울음을 터뜨린다.

이상   울지마시오… 당신이 사랑하는 고향 사람들 그리고 박녹주… 그

           들이 정녕 원치않을 것입니다.

겨울바람 소리와 창밖으로 흩날리는 눈송이들.

노래 10 – 눈물아 멈추어라

이상   차가운 겨울바람 이리 부는데

           어두운 겨울밤은 이리 깊은데

           당신의 아픈마음 어찌 오늘도

           눈물아 멈추어라 멈춰 멈춰라

현신   우리의 우정보다 더욱 더깊은

           이별주 한잔두잔 깊이 나누며

           서러운 이내마음 멀리 던지리

           눈물아 멈추어라 멈춰 멈춰라

이상   유정이상 우리우정 진정 영원히

현신   유정이상 우리우정 진정 영원히

이상   유정문학 유정사랑 진정 영원히

현신   유정문학 유정사랑 진정 영원히

함께   이세상이 우리둘을 갈라 버려도

           눈물아 멈추어라 멈춰 멈춰라

조명, 꺼진다.

9장

영혼 혼례식.

무속인의 소리와 동작 속에서.

무대 한쪽에서 볏짚으로 만들고 한복을 입힌 신랑의 형상1(김유정)을 든 사람이, 다른 한쪽에서 볏짚으로 만들고 한복을 입힌 신부의 형상2(박녹주)를 든 사람이 나온다.

무속인　오십소사 오십소사 오십소사 청풍김씨 조상님들 오십소사 청풍
　　　　김씨 유정망제 이세상을 스물아홉 짧은날에 이세상을 떠났으니
　　　　청풍김씨 유정망제 못다살고 못다입고 못다먹고 못다보고 억울
　　　　하다 이세상을 떠났으니 이제나마 조상님들 모시옵고 영혼받아
　　　　났소이다 청풍김씨 문의공파 유정망제 영혼받아 났소이다 영혼
　　　　받아 났소이다 오십소사 오십소사 오십소사 유정망제 기다리고
　　　　기다리니 녹주망제 어디있다 이제오나 녹주망제 오십소사 오십
　　　　소사 오십소사…

무속인과 사람들의 움직임이 이어지는데.

순간, 현신이 소리치며 뛰어 들어온다.

현신　　그만! 그만두시오! 무엇을 하는 것이오? 내 말 안 들리시오? 도
　　　　대체 지금 무슨 짓을 하는 거요! 영가, 영가!

무속인의 소리와 사람들의 움직임이 산 듯 죽은 듯 반복되다가 사라진다.

영가　　유정의 집안, 청풍김씨 문중에서 영혼 혼례식을 올리는 것입니다.

현신　　영혼 혼례식?

영가　　유정의 영혼과 박녹주의 영혼을 맺는 혼례식…

현신　　이 무슨 부질없는 짓이란 말이오!

영가　　부질없다? 유정! 나 영가와 당신 현신이 녹주에 대한 미련 속에
　　　　갇혀 있는데 그리 말을 할 수 있소?

현신　　영가, 당신의 미련일 뿐입니다. (사이) 나는 결코, 혼자가 아니
　　　　었소.

영가　　혼자가 아니었다구요?

현신　　나 자신도 기억이 희미한 어느 날이었습니다. 연안김씨 집안의
　　　　여인… 나, 유정은 그 여인과 혼례를 올렸지요. 하지만 첫날밤
　　　　도 보내지 않고 돌려보냈습니다, 그 여인을… 내 몸이 병들고
　　　　능력도 없는데 남의 처녀를 망칠 수 없다는 생각에… 그렇게 한
　　　　여인에게 참으로 가혹한 기억을 남겨주었지요. 그러니 나는 총
　　　　각이 아닙니다. (사이) 그리고 그때 결심했습니다. 나, 유정은
　　　　영원히 결혼하지 않을 것이다! 나는 문학과 함께 살련다. 그것
　　　　이 나의 애인이요, 나의 아내다! 그러니까 나의 몸은 혼자가 아
　　　　니다!

노래 11 - 나의 몸은

현신　　나의 몸은 아버님의 피요

　　　　　나의 몸은 어머님의 살이며

　　　　　나의 정신은 예술과 문학의 뼈다

영가　　햇살을 두려워하고

　　　　　사람을 무서워하여

　　　　　답답한 가슴으로

　　　　　기나긴 밤을 새운다

함께　　지독한 고독과 슬픔에

　　　　　지나간 추억은 고통이지만

　　　　　이 생명 다하는 그날까지

　　　　　그때까지 눈물 흘리지 않으리라

　　　　　나의 몸은 아버님의 피요

　　　　　나의 몸은 어머님의 살이며

　　　　　나의 정신은 예술과 문학의 뼈다

일체, 헌신과 영가의 마음을 담아 춤을 추는데.

조명, 꺼진다.

10장

밤벌레 소리.

소설 속 무대(산골 나그네).

덕돌 가지마유! (들병이의 앞을 막으며) 가지마유… 왜 갑자기 간다는 거에유. 우리 집이 굶을까봐 그러시유?

덕돌모 (황급히 따라오며) 이보게, 아니지? 그건 아니지?

덕돌 우리 어머니도 좋은 사람이에유, 안 그래유?

들병이 그럼요. 그동안 저한테 얼마나 잘 해주셨는데요. 정말 고마운 마음 뿐이지요.

덕돌 그러니까 가지말구 우리랑 같이 살아유. 올해 잘만하면 내년에는 소 한 마리도 살 수 있는데… (손을 잡으며) 혹시 내가 싫은 게유?

덕돌모 에구, 이 녀석아! (손을 떼어놓고) 내 말 좀 들어보게. 아니, 젊은 아낙네가 홀몸으로 이리 돌아다니면 그 고생을 어떻게 하려구 그러는 게여. 사내를 만나서 자리를 잡아야지, 암. 그러니까 내 며느리가 되면 어떤가, 그 말이네. (사이) 잠깐, 잠깐만.

덕돌모, 보따리에서 옷과 은비녀를 꺼낸다.

덕돌모 이 은비녀, 비록 금은 아니지만 이 은비녀, 내가 며느리 될 사람한테 주려고 가지고 있던 건데. 어여, 이거 받게. 그리구 이 옷도 좀 입어보게, 어여!

들병이 이러지 마세요.

덕돌모 아, 글쎄 입어만 보라니까. 내가 이 녀석한테 돈 아끼지 말고 아주 좋은 놈으로 사오라고 한 건데. 이보게, 옷감이 이리 보드랍네. 어서, 입어보게. 응? 아이구, 이놈아! 넌 왜 그러고 있는 게여. 냉큼 저리 가지 않구!

덕돌모, 덕돌의 등짝을 친다. 덕돌, 투덜거리며 나간다. 사이. 들병이, 옷을 들어보는데.

덕돌모   아이구, 이쁘네 이뻐! 우리 며느리, 이뻐!

두 사람, 어둠 속에 묻히고
밤벌레 소리.
산길 어느 바위 위에 등을 돌린 채 쪼그리고 누워있는 현신의 모습이 보인다.

영가   (불안한 모습으로 나타나며) 소설, 산골 나그네… 유정! 무엇
　　　　때문에? 소설, 산골 나그네 이야기를 지금 꺼내는 것입니까?
현신   이 가슴이 말합니다. 이제 떠날 때가 된 것 같다고…
영가   아니! 안됩니다! 나, 이 영가의 유정은 당신의 기억 속에서 아
　　　　직 한 걸음도 빠져나오지 못하고 있는데… 떠난다구요?
현신   나, 역시 나그네 인생에 불과한 것을… 그러니 이제 떠나야지요.
영가   유정!

덕돌의 '어머니!'하고 부르는 소리와 함께 조명이 변화한다.

덕돌   어머니! 달아났어유! 내 색시가 달아났다구유!
덕돌모   뭐야? 이런 도적년! 어쩐지 이상하다 했구먼.
덕돌   내 옷이 없어졌어유.

덕돌모 지금 네 옷이 문제여? 은비녀, 은비녀를 찾아야지!

덕돌 은비녀는 여기 있구만유.

덕돌모 아이구, 이놈아! 그럼 도적년이 아니잖여.

덕돌 내 새옷이 없어졌단 말이에유!

덕돌모 도적년 같으면 이 은비녀를 놔두고, 네 놈의 그 잘난 옷 한벌 달랑 가지고 도망갔겠냐?

덕돌 그럼 이게 어찌 된 거에유?

덕돌모 낸들 알어? 어여, 찾아봐야지. (나가며) 어여!

아련히 들려오는 강원도 아리랑과 함께 조명이 변화한다.

들병이, 누워있는 현신에게 황급히 다가온다.

들병이 서방님, 일어나세요. 어서요.

현신 이제, 떠나려구?

들병이 왜요?

현신 아니 아니… 떠나야지 이제…

들병이 바람이 차네요. (들고 있던 옷을 걸쳐주며) 이거 입으세요.

현신 (사이) 옷이 너무 커. 좀 작았으면…

들병이 그런 말 말구 어서 가세요.

현신 옷이 많이 큰 거 같은데…

들병이 떠나야지요, 어서.

현신 그래 떠나야지. 너나 나나 우리 모두 나그네인 것을…

현신, 세상을 휘 둘러보는데. 사이. 고향 사람들의 모습이 하나둘씩 보인다.
그들의 고통스러운 삶을 상징하는 음악과 함께
조명, 천천히 꺼진다.

11장

영가   (소리) 유정! 떠나지 마시오!
현신   (소리) 떠날 것입니다, 이제는!

조명 들어오면
현신과 영가, 그들이 처음 만난 그 공간에서 그 모습 그대로.

노래 12 – 떠나는 유정

영가   여기, 당신의 유정이 그날처럼 이렇게 서 있는데
        아무 말 없이 이대로 떠날 수는 없습니다. 이리 허망하게
        아직도 외치지 못한 당신의 목소리가 내 귀를 맴도는데.
현신   떠날 것이오. 이몸 떠날 수 있는 것은 당당한 당신의 목소리,
        이 유정을 향한 목소리, 평생 억눌려 있던 숨겨진 내 목소리를
        느꼈기 때문입니다! 그 목소리 고맙소.
영가   난, 아직도 못다한 말이 있습니다. 유정의 사랑!
현신   무모한 사랑, 그 사랑은 나의 사랑은 박녹주도 그 어떤 여인도
        아닌 바로 나 자신에 대한 사랑이었지요. 무모한 그 사랑은!

영가   난, 아직도 못다한 말이 있습니다. 유정의 꿈!

현신   절망의 눈빛, 나 금찾아 떠나던 그날, 영가의 유정 당신의 나를
      향한 눈빛 그것은 나를 향한 마음이었지요. 허망한 그 꿈들!

영가   난, 아직도 못다한 말이 있습니다. 유정의 소설!

현신   소설 속 사람들과 춤추고 노래하던 그날들, 당신도 호탕하게 웃
      어주던 그 순간들!

영가   난, 아직도 못다한 말이 있습니다. 유정의 목소리!

현신   민중 속으로 달려가라던 뜨거운 목소리, 세상 사람들과 함께 외
      치던 그 상상의 날, 결코 잊을 수 없습니다. 유정의 목소리를!

영가   떠나지 마시오, 유정! 그 목소리가 사라지는 날까지.

현신   떠날 것입니다, 이제는 그 목소리가 들려오는 이 순간 떠날 것
      입니다! 이제는 그 목소리가 들려오는 이 순간, 이 순간! 나의
      운명을 향해. 나의 운명을 향해.

순간, 영가가 현신을 향해 소리친다.

영가   운명! 운명! 그따위 운명은 버리시오! 그리고 외치시오, 살고
      싶다고! 유정, 나! 유정은 살고 싶다고! (점점 현신이 아닌 세상
      을 향해 외치며) 나! 유정은… 살고 싶습니다! 세상 사람들한테
      는 그저 짧기만 한, 서른 번째 봄이거늘… 세상은 왜 나, 유정을
      버리는 것입니까? 나 유정이, 온 세상 사람들에게 하고 싶은 이
      야기가 차고 넘치는데, 유정의 못다한 이야기가 차고 넘치는데,
      왜! 유정의 운명은 이리도 짧기만 한 것입니까? 살고 싶습니다.

살아서 봄을 보고 싶습니다. (무너지며) 저기 저만치 멈추어 서서 물끄러미 나를 쳐다보고 있는 저 봄, 아무리 손짓을 해도, 아무리 간절히 외쳐도 다가오지 않는 저 봄! 저 봄을, 이 가슴으로 이 썩은 가슴으로 느껴보고 싶습니다. 이 썩은 가슴으로…

영가, 흐느낀다. 현신도 슬픔에 흔들린다. 현신, 천천히 걸음을 옮긴다. 현신을 찾아 영가가 왔던 그 길을 따라서. 사이. 영가의 뒤를 스치던 현신, 멈추어 서서 영가의 어깨를 감싼다. 마치 현신이 영가를 위로하듯이. 사이. 현신 다시 발걸음을 떼는데.

영가   유정! 유정, 당신이 지금 가장 하고 싶은 것은 무엇입니까?

현신   (천천히 돌아서고) 봄! 유정의 서른 번째 봄! 그 봄을 그리는 것입니다. (세상을 향해 손을 내저으며) 유정의 봄을…

상상의 봄이 펼쳐진다.
사람들이 그 봄의 햇살을 타고 오듯이 다가오며 노래한다.

노래 13 - 봄을 그리다

현신   봄 봄이 오면 봄 봄이 오면
            보드라운 바람에 싹이 트고 꽃도 피리라

영가   봄 봄이 오면 봄 봄이 오면
            만물 씩씩한 생명의 낙원으로 변할 것이다

현신   따라서 나에게도 보드라운 그 무엇이 찾아와

영가　　무거운 이 우울함을 씻어줄 것만 같구나

현신영가 봄 봄만 되거라 봄 봄만 되거라

현신　　봄 봄이 오면

다함께　봄 봄이 온다 봄 봄이 온다

　　　　온 세상 사람들아 나오너라 봄 봄이 온다

　　　　봄 봄이 온다 봄 봄이 온다

　　　　살아서 숨 쉬는 이들아 나와라 봄 봄이 온다 봄이 온다

　　　　차갑고 서러운 지난 세월 다 잊어버리고 다 잊어버리고

　　　　매섭고 두려운 겨울 바람 다 날려버리고 다 날려버리고

　　　　봄 봄이 온단다 우리들 모두가 그토록 기다리던 봄이

현신영가 봄이 온다

다함께　봄이 온다 봄이 온다 봄이 온다

일체, 사람들 속에서 춤을 추다가 멈추어 선다. 마치 시간이 멈추듯이.

현신　　봄이 온다!

동백꽃(생강나무꽃), 꽃잎들이 흩날리면서
천천히 막이 내려온다.

* 본 원고는 강원도립극단과 춘천문화재단이 공동으로 제작하여 공연한 〈유정, 봄을
그리다〉(2022.5.20~22, 춘천문화예술회관)를 재구성한 작품임.

필자 소개(수록순)

이만영(李萬英, Lee Man-young)
고려대학교 강사. 2014년에 계간 『실천문학』 신인상을 수상하면서 문학비평가로 등단, 2018년에 「한국 초기 근대소설과 진화론」이라는 논문으로 박사학위를 취득하였다. 「『무정』 판본의 서지적 고찰」(2017), 「1950~60년대 해학론의 전개 양상과 그 의미」(2022), 『센티멘탈 이광수─감성과 이데올로기』(공저, 2013), 『한국 근대문학의 형성과 진화론』(2021) 등 다수의 논문 및 단행본을 발표하였다.

안슈만 토마르(Anshuman Tomar)
경희대학교 국어국문학과 현대문학 박사. 한국 근현대소설 연구자이며 한국의 식민지 문학과 분단 문학에 관심을 가지고 있다. 「인도 분단 소설에 나타난 비극의 양상 연구─쿠쉬완트 싱의 「파키스탄행 열차」를 중심으로」(2021), 「주요섭과 물크 라즈 아난드 소설의 서발턴 비교 연구」(2020), 「한국과 인도의 소설에 나타난 무산계급 삶의 비교 연구」(2018) 등 다수의 논문을 발표하였다.

조비(曹飛, Cao Fei)
중국 안후이성 쑤저우대학교 외국어학과 강사이다. 아주대학교 대학원에서 국어국문학을 공부했다. 현재 대학에서 한국어 강의를 하고 있고 한국 고전 시가에도 관심을 가지고 있다. 「동북아 문화교류─한국 시조 문학에 수용된 중국 어전을 중심으로」 논문은 2022년 제2회 중국 안후이성 비교문학 청년학자 博融 포럼에 삼등상을 받았다.

표정옥(表正玉, Pyo Jung-ok)
숙명여자대학교 기초교양대학 교수이다. 「근대 최남선의 신화 문화론」(2017), 「신화적 상상력과 융합적 글쓰기」(2019), 「신화와 미학적 인간」(2016), 「신화적 상상력에 비쳐진 한국문학」(2014) 등 다수의 연구 저서와 다수의 논문이 있다. 현재 대학에서 신화, 문화, 여성, 놀이, 글쓰기, 토론 등 다양한 인문학 강의를 진행하고 있다.

박성애(朴聖愛 Park, Seong-ae)
서울시립대학교 강의전담객원교수로 한국아동청소년문학 연구자이다. 최근 논문으로 「과잉되고 우회하는 말하기와 윤리적 듣기」(2022), 「세계 내 타자의 밀도와 저항의 방식」(2021), 「아동서사문학의 장애담론과 소통 가능성」(2020), 「청소년소설에 나타나는 소년의 '행위' 가능성과 아버지의 이름」(2020) 등이 있다.

권미란(權美蘭, Kwon, Mi-ran)
서강대학교 강사. 한국 연극 전공하고 현재는 카이스트, 가천대, 연세대학교에서 연극과 글쓰기 강의를 하고 있다. 2016년 이강백 희곡 연구로 박사학위를 받았다.

김연숙(金淵淑, Kim Yeons-ook)
경희대학교 후마니타스칼리지 교수다.『여행의 모더니즘』(공역, 2022),「전후 재건기의 여성 성공담과 젠더담론」(2021),「전후 대중담론에 나타난 관계 지향의 욕망과 친밀성의 재구성」 (2021),『박경리의 말』(2020),『일제강점기 경성부민의 여가생활』(공저, 2018) 등 다수의 저 서와 논문이 있다. 현재 대학에서 인문 교양 강의를 담당하고 있다.

진은진(陳恩眞, Jin Eun-jin)
경희대학교 후마니타스칼리지 교수다. 여성탐색담의 서사적 전통 연구(2008), 심청전의 어 린이 문학 변용 양상(2018), 토끼전의 현대적 수용 양상과 전망(2016), 전설의 현대화와 공포 의 전략(2017) 등의 논저가 있다. 현재 대학에서 글쓰기를 담당하고 있으며, 어린이문학과 노 인 글쓰기에도 관심을 가지고 있다.

조미영(曹美英, Cho Mi-Young)
평택대학교 공연영상콘텐츠학과 겸임교수다.『창의적 사고와 글쓰기』(공저,2020),『스토리 텔링과 생활』(공저, 2020),「시간여행의 이중 서사가 갖는 의미 양상 연구-드라마 눈이 부시 게 를 중심으로」(2021) 등의 논문이 있다. 현재 대학에서 영상문학과 글쓰기를 가르치고 있다.

김병길(金炳佶, Kim Byoung-gill)
숙명여자대학교 교수로 한국 근현대소설 연구자이다. 저서로『역사소설 자미에 빠지다』(삼 인』,『역사문학 속과 통하다』(삼인),『정전의 질투』(소명출판),『우리말의 이단아들』(글누 림),『우리 근대의 루저들』(글누림),『우리 소설의 비급』(기파랑) 등이 있다.

김지은(金智恩, Kim Ji-eun)
국민대학교 교양대학 강사이다. 이화여자대학교 국어교육과를 졸업하였고, 동대학원에서 현 대소설교육을 공부하고 있다. 오늘날 청소년 학습자들이 향유하는 서사 장르를 기반으로 한 문학교육의 윤리적 역할에 대해 관심을 갖고 연구하고 있다. 국민대와 수원대에서 고전 읽기 및 글쓰기 등의 교양 교과목을 강의하고 있다.

석형락(石亨洛, Seok, Hyeong-rak)
아주대학교 다산학부대학 강의교수. 아주대학교에서 국어국문학을, 고려대학교 대학원에서 한국현대문학을 공부했다. 2012년『세계일보』신춘문예에서 평론이 당선되어 등단했다. 2022 년 제2회 김유정 학술상을 신진연구자 부문에서 받았다. 비평집『기어코 문제는 듣기다』가 있다.

이상민(李相旼, Lee Sang-min)
가톨릭대학교 학부대학 교수로, 한국 현대소설을 전공했다. 대학에서 교양교육을 담당하며 창의교육과 인성교육으로 연구영역을 확장해 가고 있다.『인성교육, 미래를 말하다』(북코리 아, 2022, 공저),『인성교육, 방법을 묻다』(북코리아, 2021, 공저),「가톨릭대학교 키스톤디자 인 교육과정연구」(2020) 등 다수 저서와 논문이 있다.

임보람(林보람, Im Bo-ram)
강원대 인문과학연구소 전임연구원. 주요 논문으로 「쓰레기로의 전회가능성과 생태학적 상상력」(2022), 「김유정의 산골 나그네에 나타난 소리의 수사학」(2021), 「「이청준의 「시간의 문」에 나타난 시간은유 연구」(2020), 「김승옥 소설에 나타난 유머의 수사학(2019)」 등이 있다. 언어로써 타자들과 관계 맺는 방식을 연구하고 있다.

하창수(河昌秀, Ha Chang-su)
소설가이자 번역가. 1987년 『문예중앙』 신인문학상에 중편소설 「청산유감」이 당선되어 등단. 1991년 장편소설 『돌아서지 않는 사람들』로 한국일보문학상, 2017년 단편 「철길 위의 소설가」로 현진건문학상을 수상했다. 중단편집 『서른 개의 문을 지나온 사람』, 『달의 연대기』, 장편소설 『그들의 나라』, 『함정』, 『1987』, 『봄을 잃다』, 『천국에서 돌아오다』, 『미로』 등을 출간했다. H.G 웰스, 어니스트 헤밍웨이, 윌리엄 포크너, 스콧 피츠제럴드, 러디어드 키플링, 헨리 제임스 등 주요 영미작가의 소설과 『바람 속으로』, 『명상의 기쁨』, 『오늘부터 다르게 살기로 했다』 등을 우리말로 옮겼다.

김혁수(金赫壽, Kim Hyuck-soo)
단국대학교 문화예술대학원 주임(초빙)교수이다. 1994년 문화일보 신춘문예와 월간문학 신인문학상을 통해 극작가로 등단. 『유정-봄을 그리다』(희곡집, 2021), 『무대 뒤에 있습니다』(희곡집, 2000) 등의 단행본을 발표하였다. 대산문화재단 우수 문인 선정과 함께 한국문협 작가상을 수상하였으며, 현재 극단 금병의숙 대표, 김유정문학촌 운영위원 등으로 활동하고 있다.